BASTEI
LÜBBE
TASCHENBUCH

Weitere Titel der Autoren:

Der Schatten Gottes
Lucifers Erbe
Das letzte Gebet
Das Ende aller Tage

Über die Autoren:

W. Michael Gear studierte Anthropologie und ist Mitglied der American Association of Physical Anthropology. Er führte zahlreiche Studien in den Bereichen menschliche Osteologie (Knochenkunde), Paläontologie, Forensik und Evolution von Primaten durch.
Kathleen O'Neal Gear war Referentin für Geschichte und Archäologie im US-Innenministerium. Für ihre herausragende Arbeit wurde sie zweimal mit einem Regierungspreis für besondere kulturelle Verdienste ausgezeichnet.

Gear & Gear

DER EDEN EFFEKT

Thriller

Aus dem Englischen von
Karin Meddekis

BASTEI
LÜBBE
TASCHENBUCH

BASTEI LÜBBE TASCHENBUCH
Band 16 608

1. Auflage: Januar 2012

Vollständige Taschenbuchausgabe

Bastei Lübbe Taschenbuch in der Bastei Lübbe GmbH & Co. KG

Deutsche Erstausgabe

Titel der Originalausgabe: »The Carbon Cauldron«

Titelillustration: © shutterstock/nathpat
Umschlaggestaltung:
Geviert – Büro für Kommunikationsdesign, München
Satz: Urban SatzKonzept, Düsseldorf
Gesetzt aus der Garamond
Druck und Verarbeitung: CPI – Ebner & Spiegel, Ulm
Printed in Germany
ISBN 978-3-404-16608-4

Gewidmet
Gerald und JoAnn Gerber

In Erinnerung an
Harleys, Beemers und
lange Touren

»Ehe wir Städte gebaut und
die Schrift erfunden haben und
die grossen Religionen gegründet wurden,
haben wir schon das Klima verändert.
Wir haben Landwirtschaft betrieben.«

William Ruddiman (*Pflüge, Seuchen & Petroleum*,
Princeton University Press, 2005, S. 4)

1. Kapitel

Simon Gunter hielt sich für einen einfachen Menschen. Er mochte einfache Dinge. Nur seine Aufträge waren es selten. Dieser Auftrag war bis jetzt einfach gewesen. Er hatte mit dem Professor telefoniert und ihm sein Angebot unterbreitet. Zu seiner großen Freude hatte der sich nicht nur interessiert gezeigt, sondern den Köder begeistert geschluckt.

Er ist kein komplizierter Mensch. Dieser Gedanke ließ Gunter lächeln, als er den Mantelkragen hochschlug und nach hinten in den dunklen Fahrersitz seines Mietwagens rutschte. Seine Aufmerksamkeit war auf das Wohnhaus auf der anderen Straßenseite gerichtet. Helle Lichter erleuchteten den Parkplatz, von dem erst vor wenigen Minuten die Gäste der Studentin weggefahren waren.

Zuvor hatte Gunter die Wagentür geöffnet und war durch die kalte Nacht gelaufen. Als er im Schatten des Wohnhauses gestanden hatte, konnte er den Lärm der Party hören: Musik, Lachen, klirrende Gläser.

Als bereits der frühe Morgen anbrach, machten die Gäste sich einzeln oder paarweise auf den Heimweg. Sie waren alle jung und leicht betrunken. Von Studenten hatte er auch nichts anderes erwartet.

Doch der schnittige BMW des Professors stand auch noch dort, nachdem die Lichter ausgegangen waren. Mittlerweile war der Wagen von einer dünnen Eisschicht bedeckt.

Es ist April. Wann wird es endlich warm in Wyoming?

Gunter schlang den Mantel eng um seinen Körper. Ab und zu schaltete er Motor und Lüftung ein, um die beschlagenen Scheiben vom Eis zu befreien.

Der Professor verbringt die Nacht also mit der Rothaarigen. Gunter hatte schon in Erfahrung gebracht, dass die Ehefrau und die beiden Jungen nicht zu Hause waren. Die Untreue des Professors war alles andere als ein Problem. Solche Indiskretionen lieferten dem großen Boss nur ein zusätzliches Druckmittel, falls es notwendig werden sollte, den Anthropologen zu motivieren.

Du Narr. Amüsiere dich nur heute Nacht. Er konnte es dem Professor nicht verdenken. Die Rothaarige – die Studentin des Professors – war eine bemerkenswert hübsche junge Frau Ende zwanzig. Um sich ein wenig zu vergnügen, stellte Gunter sich vor, wie er die Rothaarige langsam auszog, mit den Händen über ihre zarte weiße Haut strich und die rosafarbenen Brustwarzen reizte. Er wollte ihr gerade den Slip über die Beine streifen und das gelockte rote Schamdreieck entblößen, als Scheinwerfer die Straße erleuchteten.

Gunter rutschte auf dem Sitz noch tiefer nach unten und schaute in den Rückspiegel. Ein dunkler Chevrolet fuhr langsam die Straße hinunter. Als der Wagen den Parkplatz des Wohnhauses passierte, fuhr er nur noch im Schneckentempo. Durch das Seitenfenster sah Gunter einen Mann, der den Hals reckte und die Autos intensiv betrachtete. Dann fuhr der Chevrolet weiter und hielt einen halben Block entfernt am Bordstein.

Kurz darauf wurde die Fahrertür geöffnet, und im Licht der Innenbeleuchtung erkannte Gunter einen Mann in einem dunklen Mantel mit einer schwarzen Mütze auf dem Kopf. Der Mann schloss die Tür und verschwand in der Dunkelheit.

Gunter atmete tief ein, beugte sich nach unten und griff nach einem schwarzen Kunststoffkasten, der vor dem Beifahrersitz auf dem Boden stand. Er öffnete ihn und nahm ein großes, dunkles Betäubungsgewehr heraus, das in einer Schaumstoffeinlage lag.

Als die Silhouette des Eindringlings am Rande des Parkplatzes auftauchte, öffnete Gunter den Verschluss des Gewehrs und legte den Betäubungspfeil in den Lauf.

Der Eindringling war zu dem BMW des Professors gegangen und überprüfte das Kennzeichen. Anschließend wanderte sein Blick über das Wohnhaus.

Gunter erlaubte sich ein flüchtiges Lächeln, öffnete behutsam die Tür und trat in die Dunkelheit. Im Gegensatz zu dem Eindringling hatte er die Innenbeleuchtung ausgeschaltet.

Mit dem Betäubungsgewehr im Anschlag schlich er sich leise an sein Opfer heran.

Es interessierte sich noch jemand für den Professor. Gunter würde herausfinden, wer es war. Auch war es mit der Beseitigung allein nicht getan. Eine Erklärung musste abgegeben und eine Botschaft verbreitet werden, um andere Parteien abzuschrecken.

Jetzt war nichts mehr einfach.

Der Ofen sprang an, und die Lüftung begann zu surren. Anika French drehte sich auf der Couch stöhnend auf die Seite und fragte sich, warum sie so einen entsetzlichen Geschmack im Mund hatte. Sie hätte gerne weitergeschlafen und sich noch ein wenig ihren verrückten Träumen hingegeben, doch ihre volle Blase rebellierte. Als sie sich mit einer Hand über die Wange strich, fühlte sie den Abdruck des

Stoffes, den das grob gewebte, aber sehr dekorative Kissen dort hinterlassen hatte. Sie öffnete ein Auge und wagte einen Blick in ihre kleine Wohnung.

Ja. Anika lag vollständig bekleidet auf der Couch. Die Kopfschmerzen, der trockene, klebrige Mund und der unangenehm säuerliche Geschmack erinnerten sie daran, dass sie viel zu viel Wein getrunken hatte.

Oh Gott, diesen Tag werde ich hassen.

Sie richtete sich auf. Ein paar Strähnen ihres roten Haars fielen ihr ins Gesicht. Als sie die Füße auf den Boden setzte, freute sie sich, dass sich nicht alles vor ihren Augen drehte. Das war in der Vergangenheit schon ein- oder zweimal vorgekommen und gefiel ihr gar nicht.

Ihr Magen verkrampfte sich, und das Kratzen in der Kehle ließ keinen Zweifel daran, dass ihr Körper große Probleme hatte, den Alkohol zu verarbeiten.

Anika stand auf, stieß gegen eine leere Flasche und trat auf einen Teller, auf dem Käsereste klebten. Als sie den linken Fuß hob und die gelben Flecken auf ihrer Socke sah, verzog sie das Gesicht.

Was für ein Idiot lässt einen schmutzigen Teller auf dem Teppich stehen? Sie brummte verärgert und humpelte in die Küche, um den Käse nicht auf den Teppich zu schmieren. Doch als sie einen Blick zurückwarf, stellte sie fest, dass Bier, Wein, Popcorn und Pizzareste ihm bereits arg zugesetzt hatten. Ansammlungen leerer Bierflaschen standen wie Kegel neben ihren Grünpflanzen. Andere thronten auf den Lautsprechern.

Anika zog die Socke aus, lief zwei Schritte über den Küchenboden und spürte, wie sie kleben blieb. Der Boden musste auf jeden Fall gründlich gewischt werden.

Und die Spüle?

Verdammt! Fassungslos starrte sie auf die leeren Flaschen und auf den Berg aus schmutzigen Tellern, Gläsern und Besteck. Die gestapelten leeren Bierkästen, die Pizzakartons und Weinflaschen neben dem kleinen Plastikmülleimer erinnerten ebenfalls an das rauschende Fest.

Auch der Küchentisch war von leeren Flaschen übersät. Zigarettenkippen schwammen in undefinierbaren Flüssigkeiten. Anika verzog das Gesicht, atmete tief ein und fluchte über die große Anzahl ihrer Freunde, die rauchten. Studenten sollten schlauer sein. In ihrer Wohnung würde es noch wochenlang stinken.

Egal! Es war eine tolle Party gewesen. Und die hatte sie sich auch verdient.

Anika machte sich auf das Schlimmste gefasst, als sie die Badezimmertür aufstieß. Zu ihrer Erleichterung sah dieser Raum fast normal aus. Das Handtuch hing wie ein nasser, zerknitterter Lappen am Haken, im Waschbecken klebten Seifenreste, der Toilettensitz war hochgeklappt und zwei leere Bierflaschen standen auf der Ablage. Doch sie entdeckte keine größeren Schäden.

Stöhnend klappte Anika die Toilettenbrille hinunter und leerte ihre volle Blase. Einen Augenblick blieb sie noch sitzen, spürte den dumpfen Schmerz hinter den Augen, verdrängte verschwommene Gedanken und fragte sich, was für ein Idiot seinen Körper so behandelte.

Schließlich stand sie auf, wusch sich die Hände und trank einen Schluck Wasser aus den hohlen Händen. Sie griff nach dem zerknitterten Handtuch, zögerte dann aber und zog ein sauberes unter dem Waschbecken hervor.

Während Anika sich die Hände abtrocknete, betrachtete sie sich im Spiegel: dunkle Schatten unter den grünen Augen, kaum erkennbare Sommersprossen auf der geraden

Nase, der Abdruck des Kissens auf der rechten Wange. Sie hatte ein hübsches, schmales Gesicht mit hohen Wangenknochen, das Männer gerne intensiv betrachteten. Besonders ihr wunderschöner Mund hatte es ihnen angetan. Zumindest, bis Anika ihn öffnete und vehement ihre Meinung vertrat.

Und genau da lag das Problem: Sie hatte festgestellt, dass Männer sich schnell von ihrer Attraktivität beeindrucken ließen, doch sobald sie erkannten, wie intelligent sie war, blieben sie selten am Ball. Und man konnte mit Fug und Recht behaupten, dass Anika French intelligent war und einen analytischen Verstand besaß.

Sie verzog den Mund zu einer Art Lächeln, öffnete den Badezimmerschrank über dem Waschbecken und nahm die Zahnbürste heraus. Das Zähneputzen half zwar, aber es brachte keine Rückkehr in die Normalität.

Anika durchquerte die Diele, ging zwei Schritte in ihr Schlafzimmer hinein und blieb abrupt stehen.

Er lag auf dem Bauch und hatte das Gesicht ins Kissen vergraben. Sein nackter Oberkörper und ein Knie guckten aus der zerwühlten Bettdecke heraus, die seinen Unterkörper bis zum Po bedeckte.

Anikas Blick wanderte über den Kleiderhaufen auf dem Boden: Hemd, Unterhemd, Krawatte, Hose, und ganz oben lag ein Herrenslip.

Kein Wunder, dass ich auf der Couch geschlafen habe.

Die Erinnerung an seine flehenden blauen Augen, das betörende Lächeln und seine klammernden Hände kehrte zurück. »Komm schon, Anika! Wir haben etwas zu feiern! *Du* hast etwas zu feiern!«

»Ja, stimmt«, hatte sie erwidert. »Und für einen Professor bist du kein sehr cleverer Mann. Ach übrigens ... wo sind denn Denise und die Kinder heute?«

»In Denver. Und es ist ja nicht so, als ob wir nie …«

»Die Antwort lautet nein. Du bist verheiratet.«

Er zögerte. »Und wenn ich es nicht wäre?«

»Darüber haben wir schon tausendmal gesprochen.«

»Du bist nicht mehr meine Studentin. Jetzt bist du *Doktor French*.«

»Mark, die Antwort lautet nein.«

»Und wenn ich dir etwas Wichtiges zu sagen hätte?«

»Was? Dass du dich scheiden lässt? Das hab ich doch schon mal gehört.«

»Nein, etwas *wirklich* Wichtiges.«

Sie sah das Leuchten in seinen Augen. Diesen triumphierenden Blick kannte sie und wusste, dass er eine Enthüllung ankündigte, von der er glaubte, sie würde sie umhauen. Das letzte Mal hatte er so gestrahlt, als er zum Institutsleiter ernannt worden war.

»Anika, heute ist etwas Wichtiges passiert.«

»Stimmt. Ich habe erfolgreich meine Dissertation verteidigt. Oder glaubst du, ich habe nur aus einer Laune heraus den ganzen Fachbereich Anthropologie zu mir eingeladen?«

»Es ist noch besser. Besser, als du dir vorstellen kannst. Die letzte Hürde zu deinem Doktortitel ist nur noch ein Kinderspiel.«

»Was?«

Das Strahlen in seinen Augen wurde stärker. »Ich sage es dir, nachdem wir miteinander geschlafen haben.«

»Dann nimmst du das Geheimnis mit ins Grab.«

Er glaubte ihr nicht. »Komm schon! Es ist deine Zukunft. *Unsere* Zukunft.«

Er versuchte sie ins Schlafzimmer zu ziehen, doch sie schüttelte seine Hand ab. »Okay, geh schon mal vor. Wenn ich nicht da bin, fang ohne mich an.«

Ihre Stimme klang bitter, aber er war betrunken und so begeistert von seinem großen Geheimnis, dass er es gar nicht bemerkte.

Anika sah ihm nach, als er in Richtung Schlafzimmer schlurfte. Sie überlegte, ob sie ihre Handtasche nehmen und die Wohnung verlassen sollte, doch sie hatte zu viel getrunken.

Angewidert schaute sie noch einmal auf das Party-Chaos und kam zu dem Schluss, dass es zu groß war, um es jetzt zu beseitigen. Dann schaltete sie das Licht aus und warf sich auf die Couch.

Die Morgensonne schien durchs Fenster, als sie auf den schlafenden Mann schaute. »Und was jetzt?«

Anika ging zum Schrank, nahm ein paar Kleidungsstücke heraus, warf sie in eine Tasche und verließ auf Zehenspitzen das Zimmer.

Besser, als ich es mir vorstellen kann? Dieser Gedanke ließ Anika nicht los. Sie saß im Büro im ersten Stock an ihrem Schreibtisch. In dem Gebäude der Anthropologie herrschte an diesem Morgen Ruhe. Sie trank einen Schluck Kaffee und fürchtete sich vor dem Koffeinschub. Warum hatte Mark sich so verdammt rätselhaft ausgedrückt? Hatte er nicht gesagt, dass es etwas *wirklich* Wichtiges war?

Anika starrte auf die Diagramme und Tabellen, die an der Wand ihres Büros hingen. Die Unmenge an Daten – die Grundlage des Modells, *ihres Modells* – stach auf dem weißen Papier hervor. Jeder Datengruppe war eine statistische Formel zugeordnet.

Es sah gar nicht so großartig aus, und für Uneingeweihte wie ihren nüchternen Vater stellte es vermutlich nur ein Chaos aus Zahlen und Mathematik dar.

Anika lächelte bei dem Gedanken und erinnerte sich an das Telefonat gestern nach der Verteidigung. Sie hatte ihren Dad angerufen und ihm gesagt, dass sie die Verteidigung bestanden hatte.

»Ich freue mich, mein Schatz. Dann bist du jetzt eine Doktorin?«

»So gut wie. Es müssen noch ein paar Formulare ausgefüllt und meine Dissertation muss gedruckt und gebunden werden. Du bekommst auch ein Exemplar.«

»Wozu, mein Engel? Das wäre für mich nur das reinste Chinesisch. Und wann ist die Abschlussfeier?«

Er wurde »Red« French genannt. Diesen Spitznamen hatte er schon, seitdem er bei den Marines als Rekrut angefangen hatte. In Anikas Leben war ihr Vater, ein Berufssoldat, größtenteils abwesend gewesen. Bis zu dem Unfall.

»Du sagst mir das Datum, mein Schatz. Ich werde da sein, damit ich sehen kann, wie du die Urkunde ausgehändigt bekommst.«

»Das ist nur in der Highschool so, Dad. Hier …« Sie zögerte. »Ich bekomme einen Doktorhut.«

»Ich weiß.« Er zögerte kurz. »Deine Mutter wäre so stolz auf dich gewesen.«

»Ich weiß, Dad.«

Das Interesse und die Leidenschaft ihrer Mutter hatten der Ranch gehört, die sich über ein großes Gebiet am Platte River in Zentral-Wyoming erstreckte.

»Wie geht es dir?«, fragte sie.

»Ich habe einen großen Fall. In der letzten Woche wurden zwanzig Ballen Stacheldraht aus der Highway-Meisterei gestohlen.«

Anika kicherte. »Dann schnapp sie dir, Sheriff!«

Intuitiv hatte sie eines der beiden Bilder in die Hand

genommen, die hinten auf ihrem Schreibtisch standen. Der große, stämmige Red French war in seiner Uniform und mit einer Pistole an der Hüfte auf dem Foto abgebildet. Mit einem schiefen Lächeln schaute er in die Kamera. Ein paar Falten hatten sich in sein gerötetes Gesicht gegraben, und die winzige weiße Narbe auf der rechten Wange stach auf dem Foto seltsam hervor. Sie hatte es an dem Tag aufgenommen, als er als Sheriff von Converse County vereidigt worden war.

Ihr Dad hatte Mark Schott nie gemocht.

»Besser, als ich es mir vorstellen kann?« Anika wunderte sich erneut.

Sie lauschte den Schritten der Studenten, die über den Korridor liefen, und wandte sich dem Papierstapel auf dem Schreibtisch zu. In zwei Wochen würde sie die Universität von Wyoming als frischgebackene Doktorin der Anthropologie verlassen. Und dann?

Ihr Blick wanderte zu dem Modell. Ja, es war brillant, aber aufgrund der Sparmaßnahmen war es niemals schwerer gewesen, einen Job in ihrem Fachgebiet zu finden. Eine Menge Anthropologen, die genauso brillant waren wie sie, waren auf Jobsuche und schickten ihre Bewerbungsunterlagen an alle Universitäten mit offenen Stellen.

Anika spürte, dass er hinter ihr in der Tür stand. »Anika?«

Sie drehte sich um. Mark betrat das kleine Büro und schloss die Tür. Er räumte einen Stapel Bücher von dem zweiten Stuhl, und als er sich hinsetzte, schob er die Ärmel seines Tweedjacketts hoch. Aus Gründen, die sie niemals richtig verstanden hatte, gefiel es ihm, wenn die Manschetten herausguckten.

Dr. Mark Schott war eine elegante Erscheinung. Er verzichtete selten auf eine Krawatte, trug immer gebügelte

Hosen und konservative Tweedjacketts, als wäre er ein Oxford-Absolvent und käme nicht von der einzigen Universität in Wyoming. Offenbar war er nach Hause gefahren, um sich umzuziehen. Anika fragte sich, ob Denise schon aus Denver zurückgekehrt war.

Er zeigte auf die Unterlagen auf dem Schreibtisch, als wollte er ihrem Blick ausweichen. »Auf Jobsuche?«

»Das ist der nächste Schritt, oder?«

Mark lächelte verhalten. »Darüber wollte ich mit dir sprechen.«

»Vor oder nach dem Orgasmus?«

Er verzog das Gesicht. »Es lief nicht so gut, wie ich gehofft hatte. Hm ... zu viel Wein.«

Anika runzelte verächtlich die Augenbrauen.

Mark schaute auf die Uhr. »Eigentlich wollte ich dieses Gespräch in einer entspannteren Atmosphäre führen. Aber die Zeit ist knapp.«

»Okay, spuck's aus! Was hast du für eine großartige Neuigkeit?«

»Es besteht die Chance, dass ich woanders einen neuen Job antrete. Wenn alles so läuft, wie es im Augenblick aussieht, wird in unserem Fachbereich eine Stelle frei.« Er warf ihr einen verstohlenen Blick zu. »Wie würde es dir gefallen, einen Job hier in Wyoming anzunehmen? Wissenschaftliche Mitarbeiterin in der Anthropologie?«

Anika starrte ihn an. Ihre Gedanken überschlugen sich, doch wegen ihrer Kopfschmerzen fiel es ihr schwer, ihm eine vernünftige Antwort zu geben. »Aber ... ich meine, wird der Fachbereich nicht darauf bestehen, die Stelle auszuschreiben? Ich müsste mich bewerben wie alle anderen auch.«

Doch Mark hatte schon eine Lösung parat. »Nicht, wenn

die Stelle aus nicht öffentlichen Mitteln finanziert wird. Dann hätte ich auch größeren Einfluss. Wenn alles klappt, sind mir die Zustimmung des Präsidenten und der Verwaltung sicher.«

Obwohl Anika noch immer an den Folgen der ausschweifenden Party litt, wurde sie sofort hellhörig. »Aus welchen Mitteln wird sie denn bezahlt, und was soll ich tun?«

Er zeigte auf das Modell an der Wand. »Genau das, womit du dich in deiner Promotion beschäftigt hast. Du arbeitest mir bei meinem Projekt zu. Wenn es mit dem Job klappt, Anika, heben wir das Modell auf ein ganz neues Niveau.«

»Ein neues Niveau? Du kennst meine Vorbehalte. Warum tust du so geheimnisvoll?«

»Geheimnisvoll?«

Anika lehnte sich seufzend zurück. »Ich bin nicht mehr die naive junge Frau, die sich damals von dir hat verführen lassen. Ich habe begriffen, wer du wirklich bist.«

»Und wer bin ich?«

»Du kennst die Geschichte deines Fachs, die Theorien und die Leute, die sie entwickelt haben. Du hast im Bereich Kulturanthropologie alles gelesen, und du kennst dich verdammt gut in Archäologie aus. Ich habe noch nie jemanden gesehen, der so mitreißende Vorträge hält. Aber tief in deinem Inneren …«

Seine Lippen zuckten. »Nichts aber. Sprich weiter! Es wurde gerade spannend.«

»Mark, du hast mir immer einen Teil deiner Arbeit vorenthalten. Das ist der springende Punkt.«

»Der springende Punkt«, wiederholte er flüsternd.

Anika warf den Kopf zurück und schaute ihn fragend an.

Mark dachte kurz nach und sah dann wieder auf die Uhr. »Egal, was du von mir hältst, du würdest das Modell doch gerne weiterentwickeln, oder?«

»Natürlich.« Anika kniff die Augen zusammen. »Solange das nicht bedeutet …«

»Hier ist der Deal. Wenn es klappt, bekommst du eine Stelle hier, ein *hübsches* Gehalt, Extra-Boni und die Gelegenheit, unbegrenzt an einem Aspekt des Modells zu arbeiten, der dir gefällt. Und die ganzen Einführungsveranstaltungen, mit denen wissenschaftliche Mitarbeiter sich im ersten Jahr ihrer Anstellung herumschlagen müssen? Du musst nicht einmal Seminare geben, wenn du nicht möchtest.«

»Und als Gegenleistung?«

»Du brauchst nur Datenmaterial zu sammeln.« Er zögerte. »Ach so, ja, es könnte auch ein paar Einschränkungen geben in Bezug auf das, was du veröffentlichen darfst, und … hm …«

»Verzeihung?«, fragte Anika in spitzem Ton.

Mark rutschte verlegen auf dem Stuhl hin und her. »Anika, es könnte sein, dass ein Teil der Forschungsergebnisse zuerst einer Sicherheitsprüfung unterzogen wird.«

»Was zum Teufel redest du da?«

Er beugte sich vor und spreizte die Hände. »Du kannst das Modell weiterentwickeln, neue Daten hinzufügen und von deiner Forschungsarbeit alles, was du willst, unter deinem Namen veröffentlichen. Wenn es um prähistorische Daten geht, kannst du auch einen kritischen Artikel schreiben. Es ist mir egal. Aber alles, was du für mich machst … Da sieht es anders aus.«

»Bist du verrückt? Du weißt, wie wichtig das Modell ist! Ich kann den Niedergang und Zusammenbruch jeder prähistorischen Zivilisation beschreiben, die jemals existiert hat. Zum ersten Mal können Archäologen nachvollziehen und begreifen, warum Zivilisationen untergehen.«

Mark stand auf. Offensichtlich fühlte er sich nicht wohl in seiner Haut. »Ich habe einen Termin. Wir sprechen später weiter darüber.« Er öffnete die Tür. »Und bitte tu mir einen Gefallen. Sprich mit niemandem darüber, bis wir unser Gespräch fortgesetzt haben und du Zeit hattest, darüber nachzudenken!«

Mit diesen Worten ging er davon.

2. Kapitel

Washington D. C. hatte Dr. Maureen Cole immer in Staunen versetzt. Der polierte Fußboden im berühmten Foyer des Mayflower Hotels reflektierte das Licht. Maureen betrachtete die glänzenden Bodenfliesen, ehe sie den Blick zu den geschmackvoll dekorierten Wänden, den Holzverzierungen und Kunstwerken hob. Alles strahlte Eleganz aus, sogar die uniformierten Portiers waren elegant.

Und mitten in diesem feinen Ambiente stand Dusty Stewart. Er wirkte hier so fehl am Platz wie ein Kojote in einem Streichelzoo. Mit dem verschmutzten Westernhut aus Stroh und den abgelaufenen Cowboystiefeln bildete er einen starken Kontrast zu Maureen, die ein tadellos sitzendes Seidenkostüm von Marc Jacobs trug. Der ausgefranste Saum von Dustys zu langer Jeans schleifte über den glänzenden Marmorboden. Dazu trug er ein knallgelbes T-Shirt, auf dem in großen schwarzen Lettern der Aufdruck prangte: CHACO-KRIEGER FRESSEN IHRE NACHBARN. Seine Augen waren hinter einer Sonnenbrille mit verspiegelten Gläsern versteckt, doch als Zugeständnis an den Ort und die Tageszeit hatte er zumindest seinen blonden Bart gekämmt.

Dusty trat von einem Bein aufs andere, worauf sich die aufgeplatzte Naht an der Sohle des Stiefels wölbte. Maureen zuckte zusammen, als Sand auf den blitzsauberen Marmorboden rieselte.

Du kannst den Archäologen aus der Wüste bringen, dachte sie, *aber die Wüste begleitet ihn immer.*

In diesem Augenblick öffnete der Portier die glitzernde Glastür, um einer Gruppe französischer Touristen Einlass zu gewähren. Sie trugen europäische Freizeitkleidung und verstummten, als sie Dusty erblickten. Zwei der jungen Frauen blieben wie angewurzelt stehen, rissen die Augen auf und lächelten unbewusst.

Ihre Reaktion ärgerte Maureen ebenso wie Dustys Aufmachung. Dieser Mann zog die Aufmerksamkeit der Frauen auf sich wie ein Magnet. Welche Frau schaute nicht zweimal hin? Dusty strahlte ungezähmte Männlichkeit aus – jedenfalls bis er den Mund öffnete und eine absolut unangebrachte Bemerkung machte. Solange sie ihm Pflaster auf den Mund klebte, war er der beste Begleiter, den eine Frau sich wünschen konnte.

Als die drei jungen Männer Dusty musterten, unterdrückte sie ein Lächeln. Einer murmelte: *»Tabernac! C'est Roy Rogers!«*

»Oui, un cowboy, certainement.«

»Sans cheval et avec merde sur ses pieds.«

Humor, aus dem Irritation klang. Wenn Dusty verstanden hätte, was sie gesagt hatten, hätte er geknurrt und seinen Spöttern erklärt, dass er Archäologe war – verdammt – und dass Roy Rogers eine Kiva nicht von einem Whirlpool unterscheiden konnte.

Die Frauen warfen ihm noch immer Blicke über die Schultern zu, als sie auf die Aufzüge zusteuerten.

»Eine fröhliche Truppe«, sagte Dusty. »Ich wusste gar nicht, dass es in D.C. so viele Ausländer gibt. Außerdem dachte ich, die Franzosen mögen uns nicht.«

»Der Euro ist noch immer mehr wert als der Dollar. Darum sind die Staaten ein günstiges Urlaubsland.«

»Na dann.« Er steckte die Daumen hinter den Gürtel und

reckte seine breiten Schultern. Das T-Shirt betonte Dustys muskulösen Körper, den die vielen Jahre des Grabens, Siebens und Wanderns durch unwegsame Länder gestählt hatten. »Wurde auch Zeit, dass wir ihnen als Gegenleistung für den ganzen Käse, den sie uns schicken, etwas zurückgeben.«

Maureen seufzte.

»Wo bleibt dein Fahrer?« Dusty schaute auf die Uhr.

»Wenn es dir zu lange dauert, fahr ruhig schon los.«

Er schaute sie fragend an. »Ich soll dich in so einer Stadt allein lassen?«

»Mich?« Sie kicherte. »Wenn ich dich aus Washington herausbekomme, ohne eine Kaution zu hinterlegen, würde ich das als Wunder biblischen Ausmaßes bezeichnen. Du kannst nicht einmal nach Gallup in New Mexico fahren, ohne im Knast zu landen.«

»Das war nicht meine Schuld. Der Navajo hat laufend Bier bestellt.« Dusty zuckte zusammen. »Hier habe ich nicht viele Indianer gesehen. Geschweige denn Navajos.«

Maureen warf ihm einen drohenden Blick zu. »Lass uns den Plan noch mal durchgehen.«

Dusty zählte mit den Fingern die einzelnen Punkte auf. »Ich nehme ein Taxi zum Smithsonian. Ich frage an der Information nach Brian O'Neils Büro. Ich treffe mich mit Brian. Wir schauen uns die Anasazi-Artefakte an. Wir essen gemeinsam. Wir trinken ein Bier. Ich nehme ein Taxi zurück hierher, und wir treffen uns um sechs Uhr zum Abendessen.«

»Die Sache mit dem Bier macht mir Sorgen.«

»Vielleicht wäre es besser, wenn ich dich begleite. Ich traue dem FBI nicht. Ganz zu schweigen von dem, was sie von dir wollen.«

Maureen drückte die Handtasche mit den Unterlagen an sich. »Sie wollen nur meine Meinung hören.«

»Du bist kanadische Bürgerin. Du hast Rechte.«

»Dusty, ich war doch schon einmal als Beraterin für die amerikanische Regierung tätig.«

»Ja, und dabei bist du fast draufgegangen.« Mit finsterer Miene strich er sich über den Bart. »Und wer war die Frau, die sich beim letzten Mal, als du nichts mit dem FBI zu tun hattest, in meinem Wohnwagen verstecken musste?«

»Das war das Außenministerium. Diesmal ist es anders.«

»Woher willst du das wissen? Sie wollten dir nicht sagen, um was es geht. Sie haben dir nur das Flugticket geschickt und dich hierher zitiert.«

»Sie haben uns in einem schönen Hotel untergebracht.« Maureen zeigte auf das Foyer.

»Toll. Wenn etwas passiert, dann sag nicht, ich hätte dich nicht gewarnt.«

»Dr. Cole?«, rief der Portier. »Ihr Wagen ist da.«

»Bis nachher«, sagte Maureen, die nun auch ein wenig beunruhigt war.

»Wünsch mir Glück«, sagte Dusty, der plötzlich unsicher aussah, als sie ihn verließ.

»Bitte den Portier, dir ein Taxi zu rufen ... und gib ihm ein paar Dollar, wenn er dir die Tür aufhält.«

Ehe Maureen in die warme Frühlingsluft hinaustrat, erhaschte sie noch einen letzten Blick auf Dustys bedrückte Miene. Dieser Mann würde sich keine Sorgen machen, wenn sein Laster mitten in der Wüste eine Panne hätte, aber eine Taxifahrt in dieser Metropole jagte ihm Angst ein.

Ein schwarzer Lincoln wartete am Bürgersteig. Maureen drückte dem Portier ein Trinkgeld in die Hand, ehe sie sich auf die Rückbank setzte.

»Dr. Cole?«, fragte der Fahrer. Er starrte in den Rückspiegel und musterte sie intensiv.

»Ja.«

»Willkommen in Washington, Ma'am. Wir brauchen ungefähr fünfzehn Minuten bis zu unserem Ziel.«

Maureen lehnte sich zurück und schaute durch die getönten Scheiben, als der Fahrer sich geschickt in den Verkehr einfädelte. Sie konnte nicht umhin, noch einen letzten Blick über die Schulter zu werfen. Dusty, der in seinem knallgelben T-Shirt nicht zu übersehen war, unterhielt sich mit dem Portier.

Dann drehte Maureen sich wieder um. Als sie ihr langes schwarzes Haar über die Schulter warf, sah sie, dass ein paar graue Haare hinzugekommen waren. Schon mit Anfang zwanzig waren die ersten Haare ergraut, doch dank ihrer Abstammung von den Seneca-Indianern war es bisher bei einigen wenigen geblieben.

Eine Viertelstunde später bog der Fahrer von der Pennsylvania Avenue ab und fuhr in die Tiefgarage unter der imposanten FBI-Zentrale. Neben dem Sicherheitsposten öffnete der Fahrer das Fenster. Der uniformierte Agent schaute in den Wagen, ehe die Schranke geöffnet wurde.

Als der Wagen vor dem Eingang im Untergeschoss anhielt, öffnete eine Agentin in einem Hosenanzug – sie war farbig und in den Dreißigern – die Tür. Sie reichte Maureen lächelnd die Hand.

»Dr. Cole? Ich bin Tony Jacobs. Wie war die Fahrt?«

»Danke, gut.«

Jacobs führte Maureen durch die Sicherheitskontrolle. Sie musste den Metalldetektor passieren und ihren Reisepass vorlegen. Nachdem sie mehrere Hallen durchquert hatten und mit dem Aufzug gefahren waren, wurde Maureen in einen kleinen Konferenzraum geführt, in dessen Mitte ein von Stühlen umgebener Tisch stand. Die Leuchtstoffröhren an der Decke erhellten weiße Wände.

»Darf ich Ihnen etwas zu trinken anbieten?«, fragte Jacobs.

»Gerne. Eine Tasse Kaffee.«

»Nehmen Sie bitte Platz.« Jacobs zeigte auf einen Stuhl. Die Einrichtung war nüchtern, aber geschmackvoll. An einem Ende stand eine weiße Tafel.

Als Maureen sich hinsetzte, zog Jacobs ein paar Unterlagen aus der Tasche. »Dr. Cole, ich nehme an, Geheimhaltungsklauseln sind Ihnen vertraut«, sagte sie und reichte Maureen ein Formular. »Die Informationen, über die wir gleich sprechen werden, sind streng vertraulich und dürfen diesen Raum nicht verlassen.«

Maureen spähte auf das Formular, dachte: *Was soll's?*, und unterschrieb.

Sie legte den Stift gerade aus der Hand, als ein Mann und eine Frau mit Akten den Raum betraten. Sie waren beide im Businessstil gekleidet. Der Mann trug ein sportliches Jackett und eine Krawatte und die Frau einen engen grauen Rock, eine weiße Bluse und einen grauen Blazer. Eine junge Frau mit Kaffee in einem Styroporbecher folgte ihnen.

»Dr. Cole?« Der Mann trat vor und reichte ihr die Hand. »Ich bin Special Agent Phil Hart.«

Maureen schätzte ihn auf Mitte vierzig. Sein blondes Haar war an den Schläfen leicht ergraut. Er musterte sie mit wässrigen blauen Augen. Sein Gesicht war sauber rasiert und ein wenig füllig. Harts Bauch ließ auf zu viele Kalorien und zu wenig Sport schließen.

»Amy Randall.« Auch die Frau schüttelte Maureen die Hand. »Stellvertretende Außenministerin.« Maureen schätzte Randall ebenfalls auf Mitte vierzig. Wenn sie nicht ein so ausgeprägtes Kinn und kantiges Gesicht gehabt hätte, wäre sie eine attraktive Frau gewesen.

»Außenministerium?«, fragte Maureen, deren Unbehagen wuchs.

Amy Randall lächelte. »Den Minister hat Ihr Einsatz nach den Vorfällen auf der *White Star* und alles, was folgte, sehr beeindruckt.«

Maureen versteifte sich. »Wenn Sie noch einmal ein Kreuzfahrtschiff voller Leichen haben, suchen Sie sich bitte einen anderen, der die Leichen identifiziert und die Todesursache ermittelt. Sie wissen, dass gewisse muslimische Gruppen Fatwas herausgegeben haben, die meine Exekution fordern.«

Jacobs nahm gegenüber von Maureen Platz. »Das hier hat nichts mit dem Islam zu tun. Ich kann Sie beruhigen. Wir stellen Ihnen keine Falle und wollen Sie auch nicht zur Zielscheibe machen.«

»Schön. Nachdem ich das einmal durchgemacht habe, steht mir nicht der Sinn nach einer Wiederholung.«

Hart setzte sich auf einen Stuhl und schlug die Akte auf, die er mitgebracht hatte. »Wir wollen nur Ihre Meinung zu einem Artikel hören, der vor ein paar Monaten im *Journal of Strategic Assessment* veröffentlicht wurde.«

»So gut kenne ich das *Journal of Strategic Assessment* nicht.«

Hart tippte mit dem Zeigefinger auf die Akte. »Diese Fachzeitschrift wendet sich vor allem an Denkfabriken, die sich auf Globalisierung und Internationales Recht spezialisiert haben, und an aufstrebende Politiker. Die meisten Beiträge stammen von nicht staatlichen Organisationen, Beratern und von Politikern gekauften Autoren. Diese Richtung.«

Randall schlug die Akte auf und schob ein Dokument über den Tisch. »Wir haben Sie aufgrund Ihres anthropologischen Fachwissens zu uns gebeten.«

»Die Welt ist voller Anthropologen. Warum lassen Sie mich aus New Mexico einfliegen?«

Hart lächelte verkrampft. »Dr. Cole, die Anwendung anthropologischer Theorien ist für Sie mehr als nur eine intellektuelle Übung. Sie haben gesehen, was passiert, wenn Regierungen scheitern. Sie mussten die Leichen untersuchen. Das war keine rein akademische Arbeit.«

»Außerdem hoffen wir auf Ihre Diskretion«, fügte Randall hinzu. »Sie hatten schon mit kulturell sensiblen Situationen zu tun. Und im Gegensatz zu vielen Ihrer Kollegen sind Sie in der Lage, Gesamtzusammenhänge zu erkennen.«

»Gesamtzusammenhänge?« Verwundert las Maureen den Titel des kopierten Artikels: *Der Zusammenbruch des Nationalstaates: Ein prognostisches statistisches Modell.* Der Autor war Dr. Mark Schott. Maureen überflog die Zusammenfassung.

Ein wenig verwirrt begann sie daraufhin den Artikel zu lesen oder vielmehr das, was sie angesichts der komplizierten statistischen Gleichungen, die die Hälfte des Textes ausmachten, lesen konnte. Die anderen warteten schweigend. Nachdem Maureen ihre Lektüre beendet und eine halbe Tasse Kaffee getrunken hatte, hob sie den Blick.

»Eine interessante Arbeit. Archäologen arbeiten seit Jahren an Modellen, die den kulturellen Zusammenbruch von Zivilisationen erklären. Warum versetzt Sie gerade dieser Artikel in Aufregung?«

Phil Hart lehnte sich zurück. »Für Sie sind das keine Neuigkeiten?«

Maureen schob die Blätter hin und her. »Ich bin mir nicht sicher. Ehrlich gesagt ist Statistik nicht meine Stärke.«

Jacobs beugte sich vor. »Was halten Sie von den sieben aufgeführten Phasen?«

Maureen blätterte zurück zu der entsprechenden Seite und las die Überschriften. »Erstens: Der technologische Fortschritt ermöglicht eine erhöhte Ausbeutung der Ressourcen, wodurch Überschüsse erzeugt werden.« Sie schaute ihn an. »Das ist nichts Neues.«

»Und Punkt zwei?«, fragte Randall.

»Zweitens: Die Bevölkerung wächst proportional zu den vermehrt zur Verfügung stehenden Ressourcen. Diese Theorie geht auf Thomas Malthus zurück, der sie Anfang des 18. Jahrhunderts aufgestellt hat.« Maureen las weiter. »Drittens: Es kommt zu Spezialisierungen, in der Gesellschaft bilden sich Schichten, Handelswege werden gebaut, die Wirtschaft blüht. Das alles ist zweifellos richtig.«

Randall nickte zustimmend. »Wir sind ganz Ihrer Meinung. Es ist Punkt vier, der uns Sorgen bereitet.«

Maureen widmete sich wieder dem Text. »Viertens: Klimaveränderung in Verbindung mit der Ausbeutung von Ressourcen und dem Anwachsen der Bevölkerung erzeugt Mangel.« Sie verstummte einen kurzen Augenblick. »Das haben wir immer wieder dokumentiert. Nehmen Sie irgendeine beliebige Kultur. Die Flachland-Maya, die Anasazi, Cahokia, Mohenjo-Daro, die Indus-Kultur und sogar das alte Rom. Alles kein Grund zur Panik.«

»Und Punkt fünf?«, fragte Randall.

»Fünftens: Es kommt zu Mangel, wodurch sich Angst und Unruhe ausbreiten, was zu extremistischen, messianischen und nativistischen Bewegungen führt.« Maureen blickte auf. »Ich nehme an, Sie denken an meinen Vortrag über Religion und die Frage, wie Mangel islamistische fundamentalistische Bewegungen stärkt. Mit diesem Thema habe ich mich immer wieder auseinandergesetzt.«

»Und sechstens?«, fragte Hart.

»Sechstens: Konflikte brechen aus. Teile der Bevölkerung suchen sich neue Siedlungsräume. Epidemien breiten sich aus, und Handelswege werden abgeschnitten. Die Produktion stagniert, während Sozialsysteme zusammenbrechen.« Maureen zögerte keine Sekunde. »Bleibt noch Punkt sieben: Systeme brechen zusammen, und das Chaos bricht aus.«

Amy Randall hatte einen Stift aus der Tasche genommen und machte sich Notizen. »Ich nehme an, auch das ist keine Neuigkeit für Sie.«

Maureen rutschte auf dem Stuhl nach vorn. »Genau das haben wir in archäologischen Veröffentlichungen immer wieder beschrieben. Aber Sie brauchen mich nicht nach Washington einzufliegen, um mit mir über diese Veröffentlichungen zu diskutieren. Die anthropologische Literatur ist voll davon, und das schon seit den Fünfzigern, als Ralph Linton, Anthony F. C. Wallace, David Aberle und Ed Spicer diese Theorien formuliert haben.«

»Das ist nicht das, was uns wirklich Sorgen bereitet«, gab Jacobs zu. »Es sind die Statistiken. Wie aussagekräftig sind sie?«

»Ich habe Ihnen bereits gesagt, dass Sie in diesem Punkt die Falsche fragen. Nur ein sehr kompetenter Statistiker kann Ihnen diese Frage beantworten.«

Die drei warfen sich bedeutsame Blicke zu und schienen schweigend miteinander zu kommunizieren.

»Nehmen wir vorerst an, Dr. Schotts Modell funktioniert.« Amy Randall stand auf und spielte mit dem Stift in ihrer

Hand. »Dr. Cole, Sie verstehen eine Menge von moderner Zivilisation. In welcher dieser sieben Phasen befinden wir uns Ihrer Meinung nach?«

Maureen dachte nicht lange nach. »Genau in der Mitte von Phase fünf.« Sie hob eine Hand. »Aber heutzutage stellt sich der Fall viel komplexer dar, da wir es nicht nur mit einer einzigen Kultur oder Zivilisation zu tun haben.«

»Erläutern Sie das bitte.«

»Nehmen wir zum Beispiel Cahokia. Haben Sie schon mal davon gehört?« Die drei schüttelten die Köpfe. »Cahokia beherrschte den größten Teil des heutigen Illinois von etwa 900 bis 1200 nach Christi Geburt. Die Stadt lag an den Zuflüssen des Mississippi, des Missouri, des Illinois River und des Ohio River – den Haupttransportwegen. Sie war aber von anderen großen Gemeinwesen isoliert.«

»Gemeinwesen?«, fragte Jacobs.

»Archäologen zögern oft, das Wort ›Staat‹ für frühe Gesellschaftsformen zu verwenden. Ein Gemeinwesen ist eine in Schichten gegliederte politische Einheit mit Militär, Priestertum und klaren geografischen Grenzen. Vereinfacht gesagt hatte Cahokia keine mächtigen Nachbarn. Und es war begrenzt auf ein einzelnes zusammenhängendes Gebiet: das Östliche Waldland.«

»Und was bedeutet das?«, fragte Hart.

»Es bedeutet, dass Cahokia im Gegensatz zur modernen Welt ein in sich geschlossenes System war, dessen Aufstieg und Niedergang in diesem System selbst begründet lagen.«

Randall drückte die Mine ihres Kugelschreibers heraus. »Und die Welt ist das nicht?«

Maureen trank einen Schluck Kaffee. »Sicher, sie ist ein Planet, aber wir sprechen über Inselstaaten wie Indonesien,

Wüstenstaaten wie Saudi-Arabien, Staaten mit riesigen Steppen wie zum Beispiel Russland, Industriestaaten und Entwicklungsländer. Alle existieren innerhalb verschiedener Umweltzonen. Zudem haben wir es mit ökonomischen und kulturellen Verknüpfungen auf einem nie da gewesenen Niveau zu tun. Die Weltwirtschaft ist wie ein gigantisches Netz. Alles ist miteinander verknüpft. Thomas Friedman hat den Satz geprägt: ›Die Welt ist flach.‹«

»Und das heißt?«, fragte Randall.

Maureen zuckte mit den Schultern. »Ich gebe Ihnen ein Beispiel. Wenn Sie sich einen neuen Computer kaufen und Support benötigen, bekommen Sie den von jemandem in Indien. Dort wurden auch die Reservierungen für meinen Flug vorgenommen. Der Stift, den Sie in der Hand halten, wurde in China hergestellt. Der BMW, den Sie fahren, könnte in South Carolina produziert worden sein. Das Obst, das Sie zu Mittag essen, kommt wahrscheinlich aus Chile. Ein Engländer in Liverpool entwirft einen Elektromotor für ein italienisches Elektronikunternehmen mit Sitz in Mailand, das seine Produktionsstätten in Vietnam hat. Verstehen Sie?«

Jacobs, Randall und Hart warfen sich wieder bedeutsame Blicke zu.

Maureen lehnte sich zurück. »Was genau steckt dahinter?«

Randall zeigte auf den Artikel. »Nehmen wir einmal an, die Statistiken sind richtig. Wie ist Ihre Meinung als Anthropologin zu den ausgewerteten Daten?«

Maureen wandte ihre Aufmerksamkeit wieder dem Artikel zu. »Was Modelle anbelangt, bin ich keine Expertin, aber die hier genannten Daten ... pro Hektar produzierte Kilokalorien, Bevölkerung, Infrastruktur, Transportwesen, Energieverfügbarkeit, das wären die Daten, mit denen ich beginnen würde.« Sie zeigte auf verschiedene Spalten. »Ich weiß nicht, wie hoch die Anwendbarkeit einiger dieser sozialen Stabilitätsindizes ist und wie sie abgeleitet wurden.«

»Warum ist das wichtig?«, fragte Hart.

Maureen erkannte Unsicherheit in seinen wässrigen blauen Augen. »Dem Artikel zufolge misst Schott aktuelle soziale Spannungen innerhalb eines Kulturkreises. Das ist schwierig. Sicher, wir können die offensichtlichen Auswirkungen aufzeigen. Zum Beispiel willkürliche Gewalt oder Vandalismus wachsen so bedeutend an, dass man sie statistisch erfassen kann. Zunehmende Streitigkeiten innerhalb gesellschaftlicher Gruppen, Götterverehrungen, wachsender Fundamentalismus – viele Dinge können auf soziale Instabilität hinweisen. Das Problem ist, dass Kultur flexibel ist. Was in der einen Kultur eine kritische Funktionsstörung sein könnte, könnte von einer anderen absorbiert werden.«

»Und wenn diese Statistiken trotz der kulturellen Unterschiede aussagekräftige Instrumente sind?«, fragte Randall.

Maureen tippte mit dem Finger auf die Unterlagen. »Dann ist jemandem gerade ein großer Durchbruch gelungen.«

Jacobs, Hart und Randall wechselten vielsagende Blicke.

»Warum sollte das für das FBI und das Außenministerium ein Problem sein?«, fragte Maureen.

Randall atmete tief ein, um die Dramatik ihrer Antwort zu unterstreichen. »Es ist nicht der Artikel an sich, sondern die Art, wie wir darauf aufmerksam wurden.«

»Und das wäre?«, hakte Maureen nach.

»Streng geheim«, erwiderte Hart knapp.

Der stellvertretende Sheriff Steven Moulton aus dem Sheriff-Büro in Albany County schlug den Mantelkragen hoch, um sich vor dem bitterkalten Westwind zu schützen. Er schaute auf die sterblichen Überreste und ließ seinen Blick dann über die beiden Schienenstränge der Union-Pacific-Bahn gleiten. Sie glänzten in dem schräg einfallenden Licht der Morgensonne, als sein Blick nach Süden zu den Laramie Mountains wanderte. Die alte Zementfabrik thronte wie ein graues Ungeheuer auf dem braunen Rasen, über den der Wind fegte.

»Was meinen Sie?«, fragte der Beamte der Union-Pacific-Bahn, der den Fund gemeldet hatte.

Die Hände in den Taschen seiner Carhartt Jacke vergraben und mit dem Rücken zum Wind, schaute er auf den Mann, der neben ihm stand. Er tat alles, um nicht auf den Leichnam oder vielmehr die Leichenteile zu blicken, die an drei verschiedenen Stellen lagen.

Kopf und Oberkörper lagen weiter westlich, und der untere Teil des Rumpfes befand sich ebenso wie die abgetrennten Arme zwischen den Schienen. Die Beine waren nach Osten geschleudert worden, als die Räder des schweren Zuges den Körper überrollt und zerstückelt hatten.

Der Schotter unter den Schwellen war blutbefleckt.

Moulton verzog das Gesicht und schaute sich um. In seinen zehn Dienstjahren im Sheriff-Büro hatte er schon einige grausame Dinge zu sehen bekommen, doch bei diesem Anblick drehte sich ihm der Magen um.

»So weit außerhalb der Stadt?« Er schüttelte den Kopf. »Der Typ ist einfach nicht dafür angezogen. Und nicht nur das. Wenn er an den Schienen entlanggelaufen wäre, hätte der Zug ihn erfasst wie ein Laster ein Reh. Nein, er hat dort gelegen.«

»Und was haben Sie nun vor?«

Moulton schluckte, beugte sich hinunter und schnupperte am Mund des Toten. Nur der Gestank der durchtrennten Gedärme stieg ihm in die Nase. »Ich rieche keinen Alkohol. Ich werde wohl die Kriminalpolizei in Cheyenne verständigen, damit sie ihn abholen. Halten Sie alle Züge an. Ich will nicht, dass irgendjemand die Spuren am Tatort verwischt.«

»Und wie ist er hierhergekommen?«

Moulton zuckte mit den Schultern und starrte auf die Zufahrtsstraße, die den Schienen folgte. »Vielleicht stand er jemandem im Weg.«

Maureens Blick wanderte von Special Agent Jacobs zu Hart. Sie verstand die wachsende Spannung in dem Besprechungsraum nicht. Vielleicht war es etwas, was das FBI durch die Klimaanlage pumpte.

»Ich würde das gerne einem Kollegen zeigen«, sagte Maureen.

»Kommt überhaupt nicht in Frage.« Phil Hart schlug mit der flachen Hand auf den Tisch.

»Der Artikel wurde bereits veröffentlicht«, widersprach Maureen. »Ich nehme an, das *Journal of Strategic Assessment* ist eine problemlos zugängliche Zeitschrift, nicht wahr? Wahrscheinlich sogar im Netz verfügbar?«

»Wir müssen etwas unternehmen, um das zu verhindern«, erwiderte Hart.

Maureen lachte. »Sehr clever. Wie es im Augenblick aussieht, haben Sie einen obskuren Artikel in einer obskuren Fachzeitschrift, den nur eine Hand voll Experten gelesen hat. Wenn bekannt wird, dass der Staat auch nur mit dem

Gedanken an eine Zensur gespielt hat, will jeder ein Exemplar haben.«

Randall schüttelte den Kopf. »Dr. Cole hat recht. Wir sollten unsere Fingerabdrücke nicht darauf hinterlassen.«

Jacobs runzelte die Stirn. »Warum wollen Sie diesen Artikel einem Kollegen zeigen, Dr. Cole?«

»Nun, es gibt Archäologen, die sich auf diese Art von Modellen spezialisiert haben. Ich nehme an, Sie haben es schon einem Statistiker vorgelegt.«

Alle drei nickten. Über Randalls kantiges Gesicht huschte ein Lächeln, als sie Maureen antwortete. »An Statistikern mangelt es uns nicht im Außenministerium. Sie waren beeindruckt von der mathematischen Eleganz. Allerdings verstehen sie nicht, welche speziellen Daten für eine Manipulation benötigt werden. Das Modell weist auf jeden Fall Lücken auf. Als seien Teile ausgelassen worden.«

»Ich finde, Fred Zoah sollte sich das mal ansehen«, schlug Maureen vor.

»Wer ist das?« Hart runzelte skeptisch die Augenbrauen.

»Fred ist Archäologe an der University of Arizona. Sein Spezialgebiet ist die Hohokam-Kultur ...«

»Wie bitte?«, fragte Randall verwirrt.

»Das Volk, das vor etwa tausend Jahren das Gebiet rund um das heutige Phoenix in Arizona bewohnt hat.« Es erstaunte Maureen immer wieder, wie wenige Amerikaner das kulturelle Erbe ihres eigenen Landes kannten. »Die Menschen haben ein gigantisches Bewässerungssystem angelegt, das eine Fläche von über zehntausend Hektar bewässert hat. Fred hat Modelle ihrer Kultur entworfen, die Ernteerträge berechnet, die Arbeitsstunden, die erforderlich waren, um die Kanäle instand zu halten, die Tragfähigkeit der Bevölkerung und die soziale Stabilität. Basierend auf der jährlichen Niederschlagsmenge, die von paläoökologischen Daten abgeleitet wurde, kann er sogar die Wassermenge im Verhältnis zu den Ernteerträgen berechnen.«

Jacobs biss sich auf die Unterlippe. »Er wird mit den Informationen doch nicht an die Öffentlichkeit gehen?«

Maureen lächelte verstohlen. »Fred lebt sehr zurückgezogen. Seine Kollegen halten ihn für einen Eigenbrötler. Nach Freds Vorstellung gehören zu einem prickelnden Abend er selbst, sein Computer, ein Berg archäologischer Forschungsberichte und Statistikprogramme.«

»Sie machen Scherze«, murmelte Randall.

Maureen zuckte mit den Schultern. »Es gibt da einen alten Scherz, dass die Universität jedes Jahr an einer Seite angehoben wird. Alle Sonderlinge rollen in die Physik oder die Anthropologie. Eigentlich bekommt die Physik immer die Cleveren. Deshalb ist Fred eine Ausnahme.«

Die drei wechselten wieder Blicke.

»In Ordnung«, gab Hart nach. »Aber wenn etwas davon durchsickert, machen wir Ihnen die Hölle heiß.«

3. Kapitel

Viele hielten Kaiser, Elliot & Hatch für die renommierteste Anwaltskanzlei in Wyoming. Im Laufe der Jahre hatte die Kanzlei mit Sitz in Cheyenne zwei Gouverneure und einen Senator hervorgebracht. Sie vertrat einige der größten Energiekonzerne des Landes, eine Bahngesellschaft, zahlreiche landwirtschaftliche Genossenschaften, ein paar Filmstars und jeden, der in Rechtsprobleme mit hohem Streitwert verwickelt war.

Mark Schott dachte jedoch an alles andere als an die berühmten Persönlichkeiten, die diese Türen schon durchschritten hatten. Das feudale Foyer, in dem er saß, interessierte ihn wenig. Seine Gedanken waren bei Anika, als er sich auf dem dick gepolsterten Ledersessel zurücklehnte. Während der gesamten einstündigen Fahrt von Laramie hatte er an sie gedacht.

Er hatte sich verrechnet. Seine Hoffnung, dass die Feier in Verbindung mit dem hohen Alkoholkonsum und seinem Charme sie wieder in sein Bett treiben würde – nun ja, ihr Bett –, hatte sich nicht erfüllt.

Seit ihrer Trennung war er von ihr besessen. Seine Frau Denise war eine attraktive, kluge Brünette, aber aus irgendeinem Grunde hatte er den Sex mit ihr nie richtig genossen. Das war bei Anika vollkommen anders. Wenn sie miteinander schliefen, hatte er das Gefühl, dass sie perfekt zu seinem Körper passte. Und er betete ihren Körper an.

Vielleicht war es doch ein strategischer Fehler gewesen,

ihr zu sagen, dass Denise und ich uns scheiden lassen. Der Gedanke, diese Täuschung könnte ihn um Anika gebracht haben, war ihm unerträglich. Normalerweise war er schlauer. Mark hatte gehofft, dass Anika viel zu sehr in ihn verliebt war, um sich noch von ihm trennen zu können, wenn sie schließlich begriff, dass er Denise nicht verlassen würde.

Was war ihm bei seiner ersten Analyse ihrer Persönlichkeit entgangen? Sie war auf einer Ranch in Wyoming aufgewachsen und eine unbedarfte junge Frau, als sie mit dem Studium begonnen hatte. Auf einen Mann wie ihn, einen angesehenen, gebildeten Professor, hätte sie eigentlich fliegen müssen.

Mark hatte sie zu nationalen und internationalen anthropologischen Konferenzen mitgenommen und sie zu Partys mit einflussreichen Professoren eingeladen, die in Harvard und Cornell sowie an Universitäten in Arizona, Michigan und Pennsylvania lehrten. Er hatte sie den ganz Großen der Anthropologie vorgestellt und ihr gezeigt, dass er in Wissenschaftskreisen eine geachtete Autorität war.

»Es ist nicht so, dass ich dich nicht liebe«, hatte er zu ihr gesagt. »Aber ich kann mich nicht von Denise trennen. Das wäre nicht gut für die Jungen.« Es hätte auch seinem Ansehen an der Universität geschadet. Sein ursprünglicher Plan war gewesen, zuerst Institutsleiter und dann Dekan der Fakultät zu werden. Das wären die idealen Voraussetzungen gewesen, um an eine renommiertere Universität berufen zu werden.

Das war, bevor Anika das Modell entwickelt hatte. Erst als er schließlich begriff, woran sie genau arbeitete, erkannte er, welchen Wert sie hatte und wie er diesen nutzen konnte.

»Verdammt«, murmelte er. »Hätte ich es damals gewusst,

hätte ich Nägel mit Köpfen gemacht und mich von Denise scheiden lassen.«

»Dr. Schott?«, sagte die Sekretärin, als sie das Foyer betrat. Mark schätzte sie auf etwa fünfzig. Die Frau hatte ihr graues Haar zu einem strengen Knoten frisiert. Sie trug eine weiße Bluse und einen schlichten Rock. »Wenn Sie mir bitte folgen würden.«

Mark stand auf, strich seine Hose glatt und nahm die Aktentasche, die neben dem Sessel stand, in die Hand. Er reckte sich und folgte ihr durch die Tür. Sie stiegen eine Treppe hinauf und gingen einen Korridor entlang. Mark schaute in die Büros auf beiden Seiten, in denen Anwälte vor ihren Monitoren saßen. Auf ihren Schreibtischen lagen ordentlich gestapelte Unterlagen.

Die Sekretärin führte ihn in einen Besprechungsraum, bot ihm einen Platz am Tisch an und brachte ihm eine Tasse Kaffee. Mark trank einen Schluck, während sein Blick über die deckenhohen Bücherregale wanderte, auf denen dicht gedrängt beeindruckende juristische Werke standen.

»Dr. Schott?«

Mark drehte sich um und stand auf, als zwei Männer den Raum betraten.

»Ich bin Bruce Mitchell, einer der Partner der Kanzlei.« Mitchell reichte ihm die Hand. Er trug einen grauen Anzug, der mit Sicherheit maßgeschneidert war, ein Button-Down-Hemd und eine blaue Seidenkrawatte. Der Mann hatte eine sportliche Figur, einen gebräunten Teint und war vermutlich Anfang sechzig.

»Guten Tag«, sagte der andere Mann mit europäischem Akzent, vielleicht war es Niederländisch. »Simon Gunter. Wir haben telefoniert. Ich arbeite in der Vertragsabteilung der ECSITE-Corporation. Ich freue mich, Sie endlich persönlich kennenzulernen.« Mark schätzte Gunter auf Mitte dreißig. Gunter trug einen teuren italienischen Anzug, der einen so hohen Seidenanteil hatte, dass er im Neonlicht schimmerte. Seine makellos sauberen schwarzen Schuhe glänzten. An den Manschetten seines weißen Hemdes trug er mit Smaragden besetzte Manschettenknöpfe, und Mark war sicher, dass sie echt waren. Doch die tadellose Kleidung schien irgendwie nicht zu dem Mann zu passen, der sie trug. Mark fühlte sich unbehaglich in Gunters Gegenwart.

Warum?

Gunters kurz geschnittenes schwarzes Haar war sorgfältig frisiert. Er hatte eine hohe Stirn, eine gerade Nase, ein energisches Kinn, leicht geschürzte Lippen und intelligente braune Augen. Mark empfand den intensiven Blick des Mannes fast wie den eines Raubtiers. Auch Gunters Bewegungen erinnerten ihn an die einer Katze, die sich bemüht, niemanden einzuschüchtern.

Verdammt! Mit dem sollte man sich lieber nicht anlegen, dachte Mark, als er ihm die Hand schüttelte. Gunters Händedruck war kräftig, aber nicht zu fest.

»Nehmen Sie doch bitte wieder Platz«, sagte Mitchell freundlich. »Dürfen wir Ihnen noch etwas anderes anbieten, Dr. Schott, ehe wir beginnen?«

»Nein danke. Der Kaffee genügt mir.« Jetzt wünschte Mark sich, er hätte am Abend zuvor weniger getrunken. Sein scharfer Verstand hatte durch den Alkohol etwas gelitten.

Mit federnden Schritten ging Gunter auf den Tisch zu und setzte sich gegenüber von ihm, während Mitchell am Ende des Tisches Platz nahm. Ein Assistent trat ein, legte geräuschlos eine Akte auf den Holztisch und schloss die Tür, als er wieder hinausging.

»Also gut«, begann Mitchell. Er schlug die Akte auf und

legte Mark einen dicken Vertrag vor. »Nehmen Sie sich Zeit, und lesen Sie alles in Ruhe durch.«

Mark beugte sich vor, zupfte an den Manschetten und begann zu lesen. Wie in einer Anwaltskanzlei nicht anders zu erwarten, war der Text in einem sehr abgehobenen Stil verfasst. Selbst er als Professor, der es gewohnt war, anthropologische Abhandlungen zu lesen, stolperte über ein paar Formulierungen. Das Gehalt war jedoch in Fettdruck hervorgehoben. Als Mark die Zahl las, hüpfte sein Herz vor Freude.

Der folgende Absatz enthielt eine angemessene Summe für »Beratungen« durch den Fachbereich Anthropologie. Sie war hoch genug, um sicherzustellen, dass sein plötzlicher Wechsel zu ECSITE nicht zu viele Leute verärgern würde. Und dieses Geld brauchte er auch, um sich Anikas Mitarbeit zu sichern. Keine frischgebackene Doktorin würde ein solches Gehalt ausschlagen.

Das Datum seines Wechsels zur ECSITE-Corporation in München überraschte Mark jedoch.

Er sollte dort schon in der nächsten Woche mit seiner Arbeit beginnen? Nicht einmal mit Denise hatte er gesprochen. Ganz zu schweigen vom Fachbereich Anthropologie! Aber wenn man bedachte, was die Universität im Gegenzug bekam, würde sie sich ihm auf keinen Fall in den Weg stellen.

Über die Nichterfüllungsklausel stolperte Mark kurz. Da er Anika aber zu einem gut bezahlten Job verhelfen würde, konnte nichts schiefgehen. Dann folgte die Geheimhaltungsklausel. Kein Problem. Er würde Schweigen bewahren. Anika kannte nicht alle Einzelheiten, sodass sie ihm nicht auf die Schliche kommen konnte.

Als Mark seine Lektüre beendet hatte, ergriff Mitchell das Wort. »Dr. Schott, es handelt sich um einen Dreijahresvertrag. Während dieser Zeit stellen Sie ECSITE Ihre Dienste als Berater zur Verfügung. Sie bekommen ein Grundgehalt von zweihundertfünfzigtausend Dollar pro Jahr und zusätzliche Boni, die von der tatsächlichen Leistungsfähigkeit Ihres Modells abhängen.«

Er hob den Blick. »Die Höhe der Boni entspricht einem Prozentsatz von ECSITEs tatsächlichen Gewinnen nach Abzug der Ausgaben, und sie hängen von der Anwendbarkeit des Modells ab.«

»Ich verstehe.« Mark setzte eine ernste, nachdenkliche Miene auf, wie er es bei Fachbereichskonferenzen zu tun pflegte. Er hatte das ungute Gefühl, dass Gunter trotzdem erriet, wie nervös er war.

»Sie verstehen«, fügte Gunter in freundlichem Ton hinzu, »dass alles davon abhängt, wie sich das Modell in der realen Welt bewährt. Es muss alles leisten, was Sie uns zugesagt haben.«

Mark schenkte ihm sein schönstes Professorenlächeln. »Dessen bin ich mir durchaus bewusst. Ich nehme an, Sie haben die Statistikprogramme, die ich entwickelt habe, von Fachleuten überprüfen lassen.«

»Wir wissen, dass zwischen dem, was Sie in Ihrem Zeitschriftenartikel veröffentlicht haben, und dem Material, das Sie uns später zukommen ließen, hm ... wie soll ich sagen, eine Lücke klafft«, erwiderte Gunter, ohne eine Miene zu verziehen.

Mark erlaubte sich ein süffisantes Grinsen. »Hätte ich alles veröffentlicht, würden wir nicht hier sitzen, nicht wahr?«

Gunter lächelte zwar, doch dieses Lächeln verriet nichts. »Sie haben uns genug Material geliefert, um unsere Neugier zu wecken.« Mark lief ein kalter Schauer über den Rücken, als Gunters Blick härter wurde. »Wir wären sehr enttäuscht, wenn das Modell versagen und nicht die Ergebnisse liefern würde, die Sie uns versprochen haben.«

»Der Vertrag enthält in Paragraf 17 eine Nichterfüllungsklausel«, fügte Mitchell behutsam hinzu. »Sie beinhaltet auch die Erstattung entstandener Kosten an ECSITE, sollte das Modell nicht erfolgreich funktionieren.«

Mark überkam Unsicherheit. Dennoch zwang er sich dazu, sich zurückzulehnen und Selbstvertrauen vorzutäuschen. »Das ist das ausgefeilteste Programm für Sozialstatistik, das jemals geschrieben wurde. Die existierenden Modelle, von denen dieses hier abgeleitet wurde, sind wie das reinste Kinderspielzeug im Vergleich zur Brooklyn Bridge.«

Gunters Lippen zuckten leicht, doch er äußerte sich nicht dazu. Die dunklen Augen des Mannes blieben kalt.

»Ist es für Sie ein Problem, innerhalb des gewünschten Zeitrahmens nach München umzuziehen?«, fragte Mitchell. »ECSITE möchte, dass Sie so schnell wie möglich mit Ihrer Arbeit beginnen.«

Mark rutschte auf dem Stuhl nach vorn. »Wie wäre es, wenn ich am nächsten Donnerstag nach München komme?«

»Das wäre ganz in unserem Interesse.« Gunter beobachtete ihn, doch seine Gedanken blieben hinter dem starren Blick verborgen.

Mark griff in die Tasche, zog einen Stift heraus und setzte mit schwungvoller Geste seine Unterschrift unter den Vertrag.

Maureen Cole schaute auf das Thermometer auf dem Armaturenbrett des Leihwagens, als sie von der Schnellstraße abbog und auf das Gelände der University of Arizona fuhr.

Es war kein Problem, den Parkplatz zu finden, den Fred Zoah empfohlen hatte. Maureen zog ein Ticket und suchte eine Parklücke.

»Wirst du Fred mehr erzählen als mir?«, fragte Dusty, der auf dem Beifahrersitz saß.

Maureen, die darauf wartete, dass eine junge Frau aus einer Parklücke herausfuhr, schüttelte den Kopf. »Was gibt es denn da zu erzählen? Wir bitten Fred um seine Meinung zu einem prognostischen Modell.«

»Großartig.« Dusty zog den Hut tief in die Stirn, als Maureen in die Lücke fuhr. »Fred lässt fünf Statistikprogramme laufen, um zu entscheiden, ob er pinkeln muss, wenn er morgens aufsteht.«

»Fällt dir jemand ein, der ein prognostisches Modell besser beurteilen kann?«

»Nicht, wenn es um Statistik geht.«

»Sag ich doch.« Maureen nahm den Schott-Artikel von der Ablage, öffnete die Tür und trat hinaus in die heiße Luft. In Washington war es im Vergleich zu den fast vierzig Grad hier in Arizona richtig angenehm gewesen. Sie hatte es nicht als Problem gesehen, Dusty den Artikel lesen zu lassen.

Wenn es um die Erschließung einer neuen archäologischen Grabungsstätte, die Identifizierung winziger Tonfragmente oder die Datierung einer Pfeilspitze ging, war niemand besser. Aber Schotts Artikel hatte Dusty viel stärker verwirrt als Maureen.

Als sie in die Sonne traten, setzte Dusty seine Sonnenbrille mit den verspiegelten Gläsern auf und ging Maureen voraus zum Fachbereich Anthropologie. Als sie das klimatisierte Gebäude betraten, atmete Maureen erfreut die kühle Luft ein.

»Dieser Schott«, überlegte Dusty. »Er ist Institutsleiter in Wyoming. Nach dem Mitgliederverzeichnis der amerikanischen Anthropologie-Gesellschaft ist er Kulturanthropologe. Warum entwirft er ein prognostisches Modell für soziale Zusammenbrüche?«

»Was willst du mir damit sagen? Dass Kulturanthropologen sich nicht für soziokulturelle Funktionsstörungen interessieren? Ihnen ist es egal, warum Gesellschaften zusammenbrechen?«

»Meiner Einschätzung nach basiert dieser Artikel auf prähistorischen Modellen, auf die Archäologen wie Fred spezialisiert sind. Heutzutage kennen die meisten Kulturanthropologen nicht einmal David Aberle, Linton, Wallace oder Männer wie Spicer, die auf diesem Gebiet Pionierarbeit geleistet haben.«

»Und das heißt?«

»Diese Wissenschaftler haben ein gutes Gefühl dafür, wie der Einzelne mit Stress umgeht, wenn alles zusammenbricht.«

Dusty zeigte auf den Wegweiser des Gebäudes und fand Zoahs Zimmernummer. Nachdem sie eine Treppe hinaufgestiegen und einen Korridor hinuntergegangen waren, standen sie vor Dr. Fred Zoahs Tür. Sie war mit statistischen Gleichungen gepflastert.

Maureen klopfte.

Sie warteten.

Maureen klopfte noch einmal.

»Er hat gesagt, dass wir uns hier treffen, nicht wahr?« Dusty kratzte sich am Bart.

»Er hat gesagt, dass er den ganzen Nachmittag in seinem Büro ist.«

»Wenn man Fred kennt, weiß man, dass das nur ein Näherungswert mit einer statistischen Abweichung von fünf Prozent ist.«

Maureen hob gerade die Hand, um ein drittes Mal zu klopfen, als jemand in dem Büro rief: »Sprechstunden mittwochs und freitags!«

»Fred!«, rief Dusty. »Wir sind es.«

Maureen hörte einen Stuhl quietschen. Kurz darauf wurde die Tür einen Spalt breit geöffnet, und ein struppiger grauhaariger Mann spähte auf den Korridor. Hinter den dicken Brillengläsern des Kassengestells sahen seine Augen aus wie Fischaugen. »Oh, Dusty, Dr. Cole. Ich habe Sie nicht so früh erwartet.«

»Ich habe drei Uhr gesagt«, erinnerte Maureen ihn, als sie die Tür ganz öffnete.

Zoah, der ein zerknittertes weißes Hemd und eine Hose trug, auf der Büschel von Katzenhaaren klebten, schaute auf die Uhr. »Hm! Wann soll das denn gewesen sein? Das Mittagessen hab ich wohl auch verpasst.«

Als Maureen Zoahs unordentliches Büro betrat, fiel ihr auf, dass er das Hemd falsch zugeknöpft hatte und der Kragen schief saß. Die Fliege wurde von einer Sicherheitsnadel zusammengehalten, und er trug zwei verschiedenfarbige Socken.

Das Büro war ebenso chaotisch wie der Mann selbst. Auf dem Teppichboden türmten sich riesige Berge nachlässig aufgestapelter archäologischer Berichte, die sich gefährlich zur Seite neigten. Auf einem Arbeitstisch lagen einige Statistikbücher, die mindestens vier Kaffeetassen unter sich begruben. Der Papierkorb war randvoll mit zerknülltem Papier, das größtenteils mit Statistikformeln bedruckt war. An der Wand hingen lange Computerausdrucke, von denen sich an ein paar Ecken die Klebestreifen gelöst hatten.

Uralte Computer bildeten eine Art »Kunstwerk« in einer Ecke des Raumes – ein archäologisches Schichtenmodell. Maureen reckte den Hals und glaubte ganz unten einen Apple II und einen Xerox 820 zu erkennen.

»Ich behalte sie«, sagte Zoah nüchtern, als er ihr Interesse bemerkte. »Vielleicht muss ich noch mal ein altes Programm installieren, das ich vor Jahren entwickelt habe.«

Dusty verkniff sich ein Lächeln.

Auch auf den beiden Besucherstühlen und dem Schreibtisch, auf dem ein eingeschalteter Monitor stand, stapelten sich Unterlagen.

»Finden Sie hier überhaupt noch etwas wieder?«, fragte Dusty verwundert.

Zoah kicherte, und seine Augen bewegten sich hinter der Brille hin und her. »Wie alles im Leben ist es eine Frage der statistischen Wahrscheinlichkeit.«

Maureen reichte Zoah den Schott-Artikel. »Hier ist der Text, der uns interessiert. Es wäre nett, wenn Sie ihn sich mal ansehen würden.«

Zoah warf einen Blick auf den Titel. »Hm! Mark Schott. Nie was von ihm gehört. Und er veröffentlicht im *Journal of Strategic Assessment*?«

»Kennen Sie die Zeitschrift?«

»Sehr fachspezifisch«, murmelte Zoah. »Sie haben mehrere Artikel von mir angenommen. Größtenteils kritische Besprechungen. Politikwissenschaftler, Generäle im Ruhestand und ihresgleichen verstehen die Rolle der Kultur nicht. Sie glauben, dass Länder wie Angola die gleiche Politik, Wirtschaft und Sozialstruktur haben wie wir. Für manche Theoretiker ist Kultur das, was die Oper ihnen bietet.«

Zoah blätterte zu der ersten Statistik, und seine Lippen bewegten sich, als er sich die Daten anschaute. »Hm! Cleverer Gebrauch von Tau, nicht wahr? Und es ist eine neuartige Anwendung der Korrelationskoeffizienten.«

Zoah setzte sich auf seinen Stuhl. Er nahm einen Taschenrechner von Texas Instruments in die Hand und tippte geschickt Zahlen ein, während sein Blick zwischen dem Artikel und dem Display hin- und herwanderte.

Dusty schaute auf die grafische Darstellung einer Pueblo-Siedlung an der Wand.

Zoah blätterte wieder in dem Artikel und tippte Zahlen ein. Maureen wartete ungeduldig.

»Dr. Zoah?«, sagte sie schließlich. Dusty nahm von einem der Stapel einen Bericht, lehnte sich gegen die Tür und vertiefte sich in den Text.

Zoah schien alles um sich herum vergessen zu haben.

»Dr. Zoah«, sagte Maureen etwas lauter.

»Hm!« Er zuckte zusammen und schaute sie durch die dicken Brillengläser erstaunt an. »Ja? Verzeihung.«

»Wie ist Ihr erster Eindruck?«

»Faszinierend. Wo sind die restlichen Daten?«

Maureen beugte sich zu ihm hinunter. »Wie bitte?«

Zoah tippte mit dem Finger auf den Artikel. »Ein großes Potenzial. Aber nicht mehr als Hinweise auf den gesamten Anwendungsbereich des endgültigen Modells. Ich würde liebend gern den Rest der Daten sehen. Es fehlen zahlreiche Variablen.«

»Ach ja?«, fragte Dusty.

Zoah schaute ihn nachdenklich an. »Dieser Mark Schott ist ein cleverer Bursche. Er hat die besten Arbeiten aus diesem Forschungsbereich genommen – ich sehe sogar einige von mir, von Chuck Redman, Gunderson und David Hurst Thomas – und sich die Rosinen aus diesen Statistiken herausgepickt. Ich weiß nicht, woher diese eindrucksvollen

Statistiken stammen, aber sie sind unglaublich elegant. Dann hat er eine Synthese gebildet, sie alle einander angepasst und sie in ein nahtloses Ganzes eingefügt. Aber die konkreten Zahlen fehlen.«

»Fred, wir sind Feldarchäologen und keine mathematisch bewanderten Sozialtheoretiker. Geben Sie uns bitte eine einfache Erklärung.«

Zoah warf ihr einen irritierten Blick zu. »Mit Statistiken werden Wahrscheinlichkeiten gemessen: Wie hoch ist die Wahrscheinlichkeit, dass eine gegebene Annahme richtig sein könnte? Nicht mehr und nicht weniger. Mit Statistiken kann man nichts *beweisen.*«

Maureen nickte. »Man kann nur eine mathematische Einschätzung von Wahrscheinlichkeiten vornehmen.«

»Richtig. Es ist zum Beispiel unmöglich, alle Daten einer archäologischen Grabungsstätte oder gar einer lebenden Gesellschaft zu sammeln. Stattdessen verschafft man sich eine Stichprobe, einen prozentualen Anteil des Ganzen. Aber wie hoch sind die Chancen, dass unsere Stichprobe das Ganze akkurat widerspiegelt? In diesem Zusammenhang sprechen wir vom Konfidenzniveau, und das kann mathematisch bestimmt werden. Wir können aber noch mehr tun. Wir können durch eine Stichprobenerhebung etwas über die Menschen erfahren. Wir formulieren eine Hypothese. Zum Beispiel: Haben Frauen den Pueblo gebaut, den wir gerade ausgegraben haben? Wenn wir die Größe der auf dem Mörtel hinterlassenen Handabdrücke messen, können wir diese mit Messungen von Händen weiblicher Skelette vergleichen, die wir in dieser Grabungsstätte ausgegraben haben. Wir stellen fest, dass die meisten Abdrücke der Größe der Frauenhände entsprechen.«

»Aber wir sind niemals ganz sicher.«

»Richtig, Dr. Cole. Wurden vielleicht kleinere Männer aus anderen Dörfern geholt, um den Pueblo zu bauen? Wir wissen es nicht. Statistiken können uns aber zeigen, dass ein Vergleich zwischen den Abdrücken und den Händen der weiblichen Skelette nahelegt, dass diese Frauen *wahrscheinlich* den Pueblo gebaut haben.«

Dusty schaute von dem Bericht auf, in dem er las, und runzelte die Stirn. »Aber in dem Schott-Artikel geht es um viel mehr als um den Bau eines Pueblos.«

»Sie haben mich gebeten, es vereinfacht darzustellen«, entgegnete Zoah. »Das, was ich mache, und das, was Schott hier macht, bringt uns einen Quantensprung weiter in das Reich prognostischer Statistiken. Denken Sie nur an meine Arbeit über die Hohokam. Ich arbeite mit den Daten, die wir über die Kultur gesammelt haben, die im Phoenix-Becken hier in Arizona gelebt hat. Das beinhaltet archäologisches Material, Daten zur Umwelt, dem Klima, der Erde, der Wasserversorgung, der gesamten bebauten Fläche, der Instandhaltung der Kanäle, der Transportwege, der Lagerung, der zur Verfügung stehenden Ressourcen, der geschätzten Bevölkerungszahl basierend auf der Größe der Häuser und der Größe der Dörfer und eine Unmenge anderer Variablen. Anhand dieser Daten versuche ich genau darzustellen, wie die Hohokam-Kultur funktioniert hat. Basierend auf den Variablen, die ich ausgewählt habe, kann ich dabei berechnen, wie hoch die Chancen sind, dass mein Modell richtig ist.«

»Aber Sie sind niemals hundertprozentig sicher.« Maureen schmerzten bereits die Füße vom langen Stehen.

»Niemals.« Zoah seufzte. »Mit jeder neuen Ausgrabung werden Daten produziert, die das Modell modifizieren. Ich kann nur ein klareres Bild und eine höhere Wahrscheinlichkeit erreichen, sodass ich verstehen kann, wie die Hohokam tatsächlich gelebt haben und wie ihre Kultur funktioniert hat.«

»Und was halten Sie von Schotts Arbeit?«, fragte Dusty. »Was ist sein Ziel?«

Zoah grinste die beiden an und zeigte dabei seine gelben Zähne. »Ah, ein raffinierter Mann. Schott nimmt die archäologischen Modelle wie zum Beispiel meins und wendet sie auf die moderne Gesellschaft an.«

»Aber wie moderne Gesellschaften funktionieren, das wissen wir. In dieser Zeit leben wir doch, nicht wahr?«

Zoah winkte ab. »Was ist das wahre Ziel der Archäologie? Was stellt sie uns zur Verfügung, was wir für das Studium unserer gegenwärtigen Welt nicht verwenden können?«

»Zeit«, sagte Maureen leise. »Die Archäologie gibt uns die Möglichkeit, menschliche Kultursysteme im Verlauf der Zeit zu studieren.«

»Ja, genau«, pflichtete Zoah ihr bei. »Mein besonderes Interesse an den Hohokam gilt der Frage, warum diese Kultur letztendlich untergegangen ist. Denken Sie mal darüber nach. Fünfhundert Jahre lang blühte die Hohokam-Kultur in einer der unwirtlichsten Wüsten der Erde. Und dann 1380 nach Christi Geburt ging sie unter. Migration von Norden und dazu eine Naturkatastrophe machten es ihr unmöglich, weiter Nahrung zu produzieren. Innerhalb einer Generation trocknete zuerst das riesige Kanalsystem aus, und anschließend vertrockneten die einst grünen Felder. Zurück blieben von Sonne und Wind ausgedörrte Böden, und die großen Städte wurden verlassen.«

»Genauso wie bei den Anasazi im Gebiet des Chaco Canyon«, meinte Dusty.

Zoah nahm die Brille ab und putzte sie an seinem Hemd.

»Und wie bei den Cahokia, den Flachland-Maya, der Harappa-Kultur, den Minoern, den Hethitern und anderen. Unsere Modelle haben uns gezeigt, dass die meisten großen Kulturen, Nationen, Staaten – wie auch immer man sie nennen will – demselben Muster folgen.«

Zoah zeigte auf den Artikel. »Schotts Arbeit ist darum so brillant, weil er alles nimmt, was wir erfahren haben, und das Modell auf die moderne Welt anwendet.«

Maureen nickte. »Verstehe. Aber wie groß ist die Chance, dass es tatsächlich etwas vorhersagen kann?«

»Genau das«, begann Zoah, »habe ich versucht, Ihnen zu Beginn zu erklären. Die mathematischen Berechnungen sind unglaublich elegant und die Statistiken neuartig und überzeugend. Wirklich brillant. Aber alles hängt davon ab, wie die Daten gesammelt wurden. Die Variablen, also die Art und Qualität der verwendeten Daten, sind entscheidend, um den Wert des prognostischen Modells zu beurteilen.«

»Das verstehe ich nicht.« Dusty schob seinen Hut ein Stück zurück.

Zoah schaute ihn mit seinen großen Augen irritiert an. »Wenn man die falschen Daten erfasst, ist Dr. Schotts Modell nichts weiter als eine intellektuelle Kuriosität. Erfasst man aber die richtigen Daten, wird das Modell zu einem sehr überzeugenden und mächtigen prognostischen Instrument.«

Dusty verzog das Gesicht. »Um was zu prognostizieren?«

Maureen lief ein Schauer über den Rücken. »Den Zusammenbruch moderner Nationen. Schotts Arbeit stützt sich auf archäologische Modelle, weil diese auf die Untersuchungen gescheiterter Kulturen zurückgehen. Habe ich recht, Dr. Zoah?«

Er nickte. »Es sieht ganz so aus.«

4. Kapitel

Die University of Wyoming in Laramie liegt am östlichen Rand einer hohen Gebirgskette. Der in einer Höhe von über zweitausend Metern gelegene Universitätscampus ist unaufhörlich Westwinden ausgesetzt. Anika, die im Westen aufgewachsen war, hätte in ihrem Mantel eigentlich passend angezogen sein müssen, doch selbst für Ende April war es bitterkalt.

Sie senkte den Kopf, um sich vor dem eisigen Wind zu schützen, und schaute auf die Wolken, die über den Himmel zogen. Wie in jedem Jahr seit der Jahrtausendwende schien es wieder ein furchtbar trockener Frühling zu werden. Im Westen waren riesige Drehkiefernwälder durch den Befall von Bergkiefern gestorben, die sich durch den Temperaturanstieg in rasantem Tempo vermehrten. Von seltenen Ausnahmen abgesehen war der Himmel im Sommer ständig durch ferne Waldbrände getrübt, die durch Blitzeinschläge und gelegentlich auch durch Menschenhand ausgelöst wurden, wodurch immer größere Waldbestände zerstört wurden.

Und die Skeptiker weigern sich noch immer, an einen Klimawandel zu glauben? Anika dachte über die Fakten nach. Das durch fossile Brennstoffe frei werdende Kohlendioxid hatte, in Verbindung mit einer sich seit elftausend Jahren ausdehnenden Landwirtschaft, Höchstwerte in der Atmosphäre erreicht, wie sie seit dem Pliozän vor dreieinhalb Millionen Jahren unbekannt waren.

»Es ist nicht die Erderwärmung«, flüsterte sie. »Es ist die von dem System aufgenommene Energie.« Da weniger als dreißig Prozent der Amerikaner über eine wissenschaftliche Bildung verfügten, war es kein Wunder, dass die Menschen verwirrt waren. Anika wusste jedoch, welche Konsequenzen aus dieser aufgenommenen Energie resultierten. Seit 1900 war die Temperatur auf der Erde aufgrund der Treibhausgase um circa 0,8 Grad Celsius gestiegen. Das führte zu einer unglaublichen Zunahme an Energie, von der viel in Hitze umgewandelt wurde, die aber auch den Wind und die Meeresströmungen antrieb und sensible biologische Systeme zerstörte.

Anika näherte sich der Tür des Verwaltungsgebäudes und war froh, dem kalten Wind zu entfliehen.

Als sie das Gebäude betrat, wanderten ihre Gedanken von der Energie zu der rätselhaften Aufforderung, die sie erhalten hatte, als sie am Morgen in ihr Büro gekommen war. Die Sekretärin des Fachbereichs hatte den Kopf ins Zimmer gestreckt und gesagt: »Ihre Anwesenheit wird auf höchster Ebene verlangt. Dr. Chambers bittet Sie, um zehn Uhr in sein Büro zu kommen.«

»Der Präsident? Warum?«

Mary Ann zuckte nur mit den Schultern. »Er ist der Präsident.«

Anika hatte nicht die geringste Ahnung, warum gerade ihr eine solche Aufmerksamkeit zuteilwurde. Ob wohl alle frischgebackenen Doktoren zu einem Gespräch gebeten wurden?

Sie meldete sich bei der Sekretärin und wurde in einen kleinen Besprechungsraum geführt. Zu ihrer Verwunderung saß Mark Schott dort bereits am Tisch. Er lehnte sich auf dem Stuhl zurück und sah ausgesprochen arrogant aus.

Der Dekan des Colleges für Sozialwissenschaften, Bill Laslo, kauerte wie ein Geier auf seinem Platz gegenüber von Mark. Und am Kopfende des Tisches saß Präsident Chambers. Er stand auf, reichte ihr die Hand und begrüßte sie. »Ms French? Ich danke Ihnen, dass Sie den kurzfristigen Termin wahrnehmen konnten.«

Anika schüttelte dem Universitätspräsidenten die Hand und versuchte an seinem Blick abzulesen, warum er sie zu sich gebeten hatte. Chambers trug ein Jackett, ein weißes Hemd und eine Krawatte. Seine freundliche Miene verriet nichts.

Oh Gott, hoffentlich geht es nicht um Mark und mich.

Doch ein Blick in Marks Gesicht beruhigte sie. Er sah nicht aus wie jemand, der auf eine Strafpredigt gefasst war, weil er mit einer seiner Studentinnen geschlafen hatte.

Als Anika sich setzte, fühlte sie sich noch immer unwohl in ihrer Haut.

»Dr. Schott, informieren Sie Ms French doch bitte, worüber wir soeben gesprochen haben.«

Laslo rutschte auf dem Stuhl hin und her und verbarg nicht, wie verärgert er war.

Mark grinste siegessicher und zufrieden. »Ich habe bei der ECSITE-Corporation einen Posten als internationaler Berater angenommen. Die Sache wurde erst in letzter Minute entschieden, und das Unternehmen möchte, dass ich meinen Job in München am Donnerstag antrete.«

Anika starrte ihn schockiert an. *Das steckte also hinter seinem mysteriösen Geheimnis.* »Bist du nicht vertraglich an die Universität gebunden? Und was ist mit deinen Seminaren?«

Mark warf Chambers einen Blick zu. »Mein Vertrag mit ECSITE beinhaltet großzügige Zahlungen sowohl an die Universität als auch an den Fachbereich Anthropologie. Es ist mir gelungen, ein sehr lukratives Abkommen mit ECSITE auszuhandeln. Die Universität erhält ein Stipendium, um unter meiner Leitung bei verschiedenen Aspekten der Forschung mitzuarbeiten, die ich im Bereich der International Development Studies betreibe. Das beinhaltet vierzigtausend pro Jahr für den Fachbereich.« Er musterte sie erwartungsvoll. »Und meine wissenschaftliche Mitarbeiterin erhält zehntausend Dollar.«

»Das bin dann wohl ich«, vermutete Anika, als sie das Strahlen in Marks Blick sah. »Von zehntausend Dollar pro Jahr kann ich nicht leben.«

Der Dekan Laslo mischte sich ein. »Es kommen noch die Seminare von Dr. Schott hinzu. Da im Fachbereich eine Lücke entsteht, wenn er uns verlässt, hat er vorgeschlagen, dass Sie seine Stelle übernehmen. Natürlich nicht als Leiterin des Fachbereichs, sondern als Dozentin.«

»Warum ich?«

»Weil du die notwendigen Fachkenntnisse für die Forschungen besitzt, die ECSITE betreiben will, Anika«, erwiderte Mark, ehe die anderen sich zu Wort melden konnten.

»Statistische prognostische Modelle entwerfen«, folgerte sie.

»Genau.« Mark lächelte zufrieden und lehnte sich zurück. »Es ist alles perfekt. Die Bewerbungen, die du verschickt hast, kannst du vergessen. Das ist der erste Schritt auf deiner Karriereleiter. Du kannst deine Forschungen fortsetzen und hast die Chance, sie anzuwenden. Gleichzeitig bist du der Konkurrenz gegenüber im Vorteil und hast zusätzlich noch zehntausend Dollar in der Tasche.«

Pragmatisch, wie sie war, begann Anika zu rechnen. »Du hast über alles gründlich nachgedacht, nicht wahr?«

Mark zuckte mit den Schultern. »Wie du bereits gesagt hast, muss jemand meine Seminare bis zum Ende des Semesters übernehmen. Du kennst den Lehrplan und bist mit der Materie vertraut. So können wir einen nahtlosen Übergang sicherstellen.«

Chambers presste die Fingerspitzen gegeneinander und beugte sich vor. »Ms French, für die Universität ist das kein Problem. Ich habe alles mit Dr. Schott besprochen. Wir müssen die von ECSITE gestellten Bedingungen für das Stipendium erfüllen und Mark durch jemanden ersetzen, der sich mit prognostischen Modellen auskennt. Da Sie, wie wir wissen, Expertin auf diesem Gebiet sind, wären wir froh, so schnell jemand Passendes gefunden zu haben.«

»Wie viele Stunden muss ich geben?«, fragte Anika.

»Neun.« Laslo klang verstimmt. »Zwei Überblicksvorlesungen und ein Masterseminar von jeweils drei Wochenstunden.«

»Sechs Stunden«, mischte Mark sich ein. »Drei davon über statistische Modelle für höhere Semester. Die Thematik der restlichen Stunden kann Anika sich selbst aussuchen.«

»Eine Vertretung nimmt, was sie kriegen kann!«, brüllte Laslo.

»Aber keine Vertretung, die der Universität so viel Geld einbringt wie Anika.« Mark verstummte kurz. »Ich kann ECSITE auch bei der Suche nach einer anderen Universität behilflich sein, die unsere Forschungen unterstützt. Bill Davis aus Utah hat sich mit prognostischen Modellen beschäftigt.«

Anika hatte Mühe, sich ein Lächeln zu verkneifen. Universitäten waren von Geldgebern abhängig. Was für einen großartigen Deal Mark mit ECSITE ausgehandelt hatte, bewies Chambers' Entscheidung klar und deutlich.

»Ms French kann unterrichten, was sie will, Bill«, sagte der Präsident in ruhigem Ton. »Ich persönlich bin bereit, mich darauf einzulassen. Wenn wir zusätzliche Seminare im Bereich anthropologischer prognostischer Modelle anbieten können, warum nicht? Angesichts der Kürzungen der Forschungsgelder werde ich alles tun, damit wir konkurrenzfähig bleiben.«

Anika warf Mark einen beeindruckten Blick zu. *Verdammt! Da hast du einen wirklich großen Coup gelandet. Sie fressen dir praktisch aus der Hand.* Wie viel Geld war sein Deal wert? Vermutlich mindestens ein paar Hunderttausend und zahlreiche zusätzliche Vergünstigungen.

Chambers wandte sich wieder Anika zu. »Ms French? Sind Sie interessiert?«

Sie zögerte, denn sie hatte keine Lust, sich von Mark Schott für seine Projekte benutzen zu lassen. Außerdem hatte sie ein komisches Gefühl im Bauch. Doch sprachen die Fakten eine klare Sprache. Die Chancen, irgendwo anders einen Job zu finden, lagen unter zehn Prozent. Und selbst wenn sie einen Job finden würde, läge das Gehalt, das sie bei einer anderen Institution bekäme, unterhalb der Armutsgrenze.

Diesen Fakten konnte sie sich nicht verschließen. *Sei nicht albern! Mein Gott, Mark geht nach Europa. Das ist ein toller Job! Er ist sicher, und ich bekomme zusätzlich zehntausend Dollar und brauche nicht einmal umzuziehen.*

»Ich nehme das Angebot gerne an.«

Chambers warf ihr einen selbstgefälligen Blick zu und trommelte mit den Fingern auf den Tisch. »Ich lasse Ihnen die Verträge zukommen.« Er schaute sich um. »Gibt es sonst noch etwas? Nein? Dann lasse ich Sie jetzt allein, und Sie können die Einzelheiten mit Ms French besprechen, Mark.«

Als Anika hinter Mark den Raum verließ und noch immer zu begreifen versuchte, was soeben passiert war, sagte Laslo in gedämpftem Ton: »Sie waren schon immer ein aalglatter Typ, Mark. Warum habe ich in Ihrer Nähe immer das Gefühl, ich würde mit einem Gebrauchtwagenhändler sprechen?«

Mark warf ihm einen Seitenblick zu. »Woher soll ich das wissen? Aber bei Ihrem Gehalt sollten Sie wirklich mal darüber nachdenken, sich einen Neuwagen zu kaufen. Dann haben Sie auch bessere Garantiebedingungen.«

Anika schloss die Tür hinter sich und folgte Mark in sein Büro. Sie war nicht verwundert, dass die Hälfte seiner Bücher bereits in Kartons verpackt war.

Wie immer setzte sie sich auf den Stuhl neben seinem Schreibtisch. »Laslo hat recht. Was steckt wirklich dahinter?«

Mark setzte sich hin, zupfte an seinen Manschetten und lächelte. »Wo bleibt dein Vertrauen, nach allem, was wir beide gemeinsam erlebt haben?«

»Soll ich dir nach allem, was ich mit dir erlebt habe, jemals wieder vertrauen? Mark, auf dem Weg zu deinem Büro hab ich mal ein bisschen gerechnet. Es geht hier um wahnsinnig viel Geld. Sonst würde die Universität nicht nach deiner Pfeife tanzen.«

Er grinste triumphierend. »Du kannst nicht abstreiten, dass ich gut für mich sorge, Dr. French. Und wenn man bedenkt, wie viele Anthropologen mit abgeschlossenem Studium in diesem Land einen Job suchen, hast du wirklich Glück gehabt. Du hast eine tolle Stelle als Dozentin und bekommst ein ordentliches Gehalt. Und in Chambers'

Büro habe ich nicht erwähnt, dass es noch zusätzliche Vergünstigungen gibt.«

»Was denn für Vergünstigungen?«

»Reisen. Gelegentlich nach Europa und überallhin sonst auf der Welt, wenn du glaubst, für deine Forschungen Daten sammeln zu müssen. Und wenn du gute Leistungen bringst, besteht die Chance, in die Privatwirtschaft zu wechseln. Da würdest du bedeutend mehr verdienen.«

Anika fröstelte. »Auf der Grundlage *meines* Modells, richtig? Mark, wir waren uns einig, dass wir niemals versuchen würden ...«

»Nein!«, unterbrach er sie und hob eine Hand. Er wirkte plötzlich ziemlich angespannt. »Hör mir zu. ECSITE ist daran interessiert, seine Gelder dort zu investieren, wo das Unternehmen beim Aufbau von Entwicklungsländern den größten Einfluss nehmen kann. Ich helfe ihnen nur, die besten Standorte für ihre Investitionen auszuwählen. Ich untersuche die Sozialstrukturen, die Gebräuche der Einheimischen und die Verteilsysteme. Können Bildungseinrichtungen problemlos in die Stammesgesellschaft integriert werden? Eine Einschätzung der religiösen Flexibilität ... diese Dinge. Ja, es stimmt, die Untersuchungen basieren auf *Teilen* deines Modells.«

Er kniff die Augen zusammen. »Sicher, du hast das Grundmodell entwickelt. Mein Beitrag lag darin, zu untersuchen, wie man es so nutzen kann, dass es der realen Welt Nutzen bringt. Eine Möglichkeit, das Leben der Menschen zu verbessern.«

»Diese ECSITE-Corporation? Was ist das genau für ein Unternehmen?«

»ECSITE ist auf internationale Investitionen spezialisiert – auf Investoren, die in den Entwicklungsländern nach guten

Anlagemöglichkeiten suchen. Sie haben festgestellt, dass Ökonomie eine Sache ist und Politik eine andere. Sie sehen einen Vorteil darin, die Menschen zu verstehen. Die meisten Investmentunternehmen haben keinen Sinn für die Kultur der Einheimischen oder die Frage, wie sich ein plötzlicher Kapitalfluss oder neue Technologien auf eine Stammes- oder Sippengesellschaft auswirken. Du erinnerst dich an die Traktor-Studie aus dem Tschad?«

»Klar. Traktoren im Wert mehrerer Millionen Dollar wurden in ein Gebiet geliefert, wo dank neu gebohrter Brunnen Wasser für die Landwirtschaft zur Verfügung stand. Allerdings fehlte die Infrastruktur, um Kraftstoff zu transportieren, und auch die technischen Fähigkeiten, um die Traktoren zu warten. Ganz zu schweigen von der Tatsache, dass die in Illinois hergestellten Ersatzteile nicht in den lokalen Souks lagerten. Jetzt rosten dort Traktoren im Wert mehrerer Millionen Dollar in der Sonne, während die Felder von Rindern mit jungsteinzeitlichen Holzpflügen bearbeitet werden.«

»Stell dir vor, dieses Modell wäre noch komplexer, und es ginge darum, ein indonesisches Dorf zu urbanisieren, Schnellstraßen, Supermärkte und dergleichen zu bauen.«

»Der traditionelle Tauschhandel bricht zusammen. Verpflichtungen innerhalb der Familien, die früher ohne weiteres erfüllt wurden, werden nicht mehr respektiert. Handelsverbindungen brechen ab. Großfamilien zerfallen. Die Älteren werden ihrem Schicksal überlassen und verhungern; Menschen ohne Ausbildung und Arbeit rutschen in die Kriminalität, die Prostitution und den Drogenmissbrauch ab. Das ganze System ist von Grund auf gestört.«

»Wäre es nicht fantastisch, so etwas zu wissen, ehe man Milliarden für den Bau einer Stadt dort investiert?«

Anika musterte Mark und dachte im Stillen über die von ihm vorgeschlagene Anwendung des Modells nach. Sie konnte den potenziellen Nutzen nicht abstreiten. »Wenn das alles stimmt, warum machst du dann so ein schuldbewusstes Gesicht?«

»Wieso schuldbewusst?«

»Als hättest du jemanden betrogen. Diesen Blick kenne ich. Genauso hast du ausgesehen, als du Denise betrogen hast. Und mich.«

Um ihrem Blick auszuweichen, zupfte Mark wieder an seinen Manschetten. »Ich weiß, dass ich Fehler gemacht habe, aber ich habe versucht, sie wiedergutzumachen. Ich hoffe, du bist froh, dass ich dir diesen Job besorgt habe.« Er hob die Hand, um ihren Protest zurückzuweisen. »Damit ist ein Teil des Problems gelöst.«

»Das bin ich?«, nahm sie an.

Er lächelte schüchtern. »Du bringst das Schlechteste in mir zum Vorschein. Nimm den Job, treibe die Forschung voran, und selbst wenn du an der Universität bleibst, kannst du nach zwei Jahren deine eigenen Bedingungen stellen.«

»Das hört sich fast nach einem Abschied an.«

»Vermutlich.« Mark schaute auf den Schreibtisch. »Meine Zukunft liegt in Europa.«

»Irgendetwas stimmt da nicht, Mark.«

»He, ich habe den Vertrag schon unterschrieben.« Er schaute sie besänftigend an. »Den Versuch ist es wert, oder? Es wäre doch gut, wenn das Modell, *dein* Modell, der angewandten Anthropologie ein Instrument an die Hand gibt, um die oftmals nachteiligen Auswirkungen des Fortschritts in labilen Gesellschaften zu vermeiden, oder? Sollte man es nicht wenigstens versuchen?«

»Ich hoffe, du weißt, was du tust.«

»Wenn es funktioniert, wird dein Modell die Welt verändern.«

Anika verkniff sich eine bissige Erwiderung. »Sicher. Dann gib mir jetzt am besten mal deine Aufzeichnungen. In zwei Stunden muss ich dein Seminar für angewandte Anthropologie geben. Ich muss mich vorbereiten, damit ich weiß, was ich den Studenten erzählen soll.«

Maureen beobachtete Dusty, der in ihrem Zimmer im ersten Stock des Tucson's Hilton Garden Inn hin und her lief und die Sonnenbrille durch die Luft schwang. Ein vertrautes Stirnrunzeln verriet seine Gedanken, als er über alles nachdachte, was Zoah ihnen erzählt hatte. »Jemand kann mit mathematischen Berechnungen den Zusammenbruch einer Nation vorhersagen?«

»Vielleicht.«

»Von meinen Steuergeldern«, murmelte Dusty. »Die Regierung lässt dich einfliegen, nur weil jemand einen Zeitschriftenartikel gefunden hat.« Er warf ihr einen ungläubigen Blick zu. »Oder es steckt mehr dahinter.«

»Hör auf, Stewart! Kein Wort mehr. Ich hätte dich nicht einmal diesen verdammten Artikel lesen lassen dürfen.«

Maureen schaute aus dem Fenster. Hier in Arizona brannte die Sonne unbarmherzig auf den zäh fließenden Feierabendverkehr auf der mehrspurigen I-10 nieder. Hinter den Gebäuden und jenseits des San Pedro Valley flimmerten in der Ferne die mit Riesenkakteen bewachsenen Berge in der glühenden Hitze.

»Es steckt also mehr dahinter?«

»Nein!« Maureen warf die Hände in die Luft. »Ich weiß es nicht.«

Dusty betrachtete sie misstrauisch. »Mir gefiel es viel besser, als wir uns nur mit Navajo-Hexen oder prähistorischen Serienkillern herumplagen mussten.«

Sie schaute auf die Uhr. »Damals war alles einfacher, nicht wahr?«

Dusty lächelte, und Maureen fuhr fort: »Ich muss in Washington anrufen. Warum gehst du nicht nach unten in die Bar und trinkst ein Bier?«

»Ich soll nicht zuhören?«

Sie zeigte auf die Tür.

Dusty zögerte.

»Mein Gott, Stewart. Es geschehen wohl noch Zeichen und Wunder.«

»Was?«

»Ich hätte nie gedacht, dass du mal eine Gelegenheit ausschlägst, ein Bier trinken zu gehen.«

Dusty grinste, nahm den Hut und presste ihn auf seinen Kopf. »Vielleicht rufe ich die Leute vom Institut für Wüsten-Archäologie an. Mal sehen, ob einer Lust auf eine kleine Party hat.«

»Warum nicht. Aber erwähne bloß diesen Artikel nicht.«

Dusty grinste über beide Wangen. »Ja, Doc. Man kann mir vieles nachsagen, aber dämlich bin ich nicht.« Mit diesen Worten setzte er die Sonnenbrille auf und verschwand.

Maureen ging zum Hoteltelefon, las die Hinweise für Ferngespräche durch und wählte die Nummer in Washington, die man ihr gegeben hatte.

Amy Randall meldete sich nach dem zweiten Klingeln. »Randall.«

»Hier ist Maureen Cole.«

»Was haben Sie herausgefunden?«

»Ich habe Fred Zoah den Artikel gezeigt.«

»Und?«

»Er hat gesagt, er wolle sich noch eingehender damit befassen.«

»Und sein erster Eindruck?«

»Verwirrend. Er war so versunken, dass er alles um sich herum vergaß. Ich wette, dass er nicht einmal etwas zu Abend gegessen hat. Jedenfalls steht fest, dass er sehr beeindruckt war. Offenbar hat dieser Dr. Schott die besten archäologischen Modelle genommen und sie so verändert, dass man sie auf die moderne Welt anwenden kann. Ein prognostisches Modell, das den Zusammenbruch eines modernen Staates vorhersagen könnte.«

»Könnte? Warum nur könnte?«

»Nach Freds erster Analyse fehlen die wichtigsten Variablen und die Begründung für viele statistische Funktionen.«

»Wie habe ich das zu verstehen?«

»Ein prognostisches Modell ist nur so gut wie die Daten, auf denen es basiert. Wenn man zum Beispiel den Preis für Konsumgüter zugrunde legt, kann man nur eine Aussage über den Lebensstandard einer Familie treffen, wenn man ihn zum Haushaltseinkommen in Beziehung setzt. In unserem Fall verrät der Artikel nicht, welche Variablen man in die Statistiken einfügen muss. Es ist so, als würde man Gleichungen ohne Zahlen lösen.«

»Das Modell könnte also auch wertlos sein.«

»Könnte. Fred war jedoch sehr beeindruckt. Und er gehört nicht zu den Leuten, die sich schnell beeindrucken lassen.«

Schweigen.

»Ms Randall?«

»Nennen Sie mich bitte Amy.«

»In Ordnung, Amy. Meine nächste Frage ist, warum Sie nicht einfach Dr. Schott anrufen und ihn fragen?«

»Das ist Ihre nächste Aufgabe. Ich lasse Ihnen sofort einen Flug nach Laramie buchen.«

»Warum ich?«

»Weil Sie unsere Anthropologin sind. Außerdem sind Sie bereits über alles informiert. Und halten Sie bitte Kontakt zu Zoah! Wenn er etwas herausbekommt, möchte ich es wissen.«

»Sie haben doch eigene Statistiker, oder?«

»Haben wir, aber dieser Artikel hat sie verwirrt. Nachdem Sie mit Dr. Schott gesprochen haben, wird es vielleicht einfacher für sie sein, sich ein Urteil zu bilden.« Sie machte eine kurze Pause. »Da ist noch etwas. Wenn Sie mit Dr. Schott sprechen, fragen Sie ihn doch bitte, ob ihn noch jemand wegen des Artikels kontaktiert hat.«

»Wer denn?«

»Die Chinesen zum Beispiel. Es würde uns sehr interessieren. Ich wünsche Ihnen einen guten Flug. Ach ja, das hätte ich fast vergessen. Nehmen Sie diesmal auf gar keinen Fall Stewart mit! Das ist eine Order.«

Maureen legte auf und starrte auf das Telefon. »Die Chinesen?«

5. Kapitel

Der Denver International Airport versetzte Mark Schott immer wieder in Erstaunen. Wer hätte gedacht, dass man einen Flughafen unter einem riesigen Zelt bauen konnte? Und dann auch noch in den Rocky Mountains, wo die Winter ausgesprochen streng waren.

Nachdem er die Sicherheitsschleuse passiert hatte, zog er die Schuhe wieder an, nahm seine Tasche sowie das Kleingeld und drehte sich um. Denise und die Jungen standen auf der oberen Ebene. Will schaute ihn verzweifelt an. Der kleine Jake hatte Tränen in den Augen. Denise sah aus, als würde sie es nicht mehr lange durchhalten, ihrem Mann ständig grimmige Blicke zuzuwerfen.

Es ist ja nicht für ewig, sagte sich Mark und winkte ein letztes Mal, ehe er mit dem Aufzug hinunter zu den Bahngleisen fuhr. Zu Marks Verwunderung erwartete Simon Gunter ihn dort. Der Mann sah in seinem grauen Seidenanzug an diesem Ort so fehl am Platz aus wie ein Maschinengewehr auf einem Kinderspielplatz.

Mark verdrängte den Gedanken an den letzten heftigen Wortwechsel mit Denise und dachte: *Bald werde ich auch so einen Anzug haben. Vielleicht von Tom Ford, maßgeschneidert.*

»Hallo, Simon!« Er reichte ihm die Hand. »Ich dachte, wir treffen uns erst im Flugzeug.«

»Ihre Frau und Ihre Kinder haben Sie begleitet?«, fragte Gunter, anstatt die Begrüßung zu erwidern.

»Ja. Denise hat mich zum Flughafen gefahren. Die Jungen sind total durcheinander.«

»Folgt Ihre Familie Ihnen bald nach München?«

Gunters eindringlicher Blick machte Mark nervös. Was hatte dieser Typ an sich, dass ihm ständig kalte Schauer über den Rücken liefen? »Die Jungen haben noch drei Wochen Schule. Denise hat Verpflichtungen. Ja ... doch. Wahrscheinlich Ende des Sommers.«

»Hat Denise Verständnis für Ihre Arbeit? Unterstützt sie Sie?«

»Machen Sie Scherze? Als wir uns kennengelernt haben, hat sie Englisch studiert und ein Anthropologie-Seminar als Wahlfach belegt. Ehrlich gesagt glaube ich, sie hat das College nur besucht, um sich einen erfolgreichen Ehemann zu angeln. Nach unserer Hochzeit brach sie das Studium sofort ab. Sie wollte Kinder haben. Es gefällt ihr, die Frau eines Professors zu sein. Sie engagiert sich ehrenamtlich und ist an der Schule der Jungen aktiv. Der Umzug würde ihr ganzes Leben auf den Kopf stellen.«

Gunter nickte, als sie sich zu der Menge gesellten, die in den Zug stieg. »Es gibt viele Dinge, die man berücksichtigen muss«, erwiderte er, ohne zu erläutern, was genau er damit meinte.

»Wem sagen Sie das. Freunde, Familie, der Verkauf des Hauses. Welche Schule werden die Jungen besuchen? Sprechen sie dort Englisch? Kommen sie gut mit?«

»Ihre Frau ist nicht glücklich«, meinte Gunter, als die Türen des Zuges sich schlossen.

Mark zuckte verlegen mit den Schultern. »Es kam alles sehr plötzlich.« Das war eine maßlose Untertreibung. Nachdem Mark Denise die Neuigkeit eröffnet hatte, hatten sie sich zwei Tage lang gestritten wie die Kesselflicker.

»Deutschland? Bist du verrückt geworden? Wen zum Teufel kennen wir denn in Deutschland?« Er hatte den Widerhall ihrer schrillen Stimme noch im Ohr.

Mark warf Gunter einen Seitenblick zu. Er würde ihm auf keinen Fall sagen, dass sich Denise rundweg geweigert hatte mitzukommen. Aber wer wusste schon, was die Zukunft brachte? Vielleicht würde sie nachgeben, nachdem sie ein oder zwei Monate getrennt waren. Auch Geld würde wahrscheinlich eine Rolle spielen. Demnächst konnte sie sich alles leisten, was ihr Herz begehrte.

Und wenn sie sich weigerte, nach München zu kommen? Na und! In Deutschland gab es auch hübsche Frauen.

»Dr. Schott?« Gunter riss ihn aus seinen Gedanken. »Hat Sie noch jemand wegen des Modells kontaktiert?«

»Wie meinen Sie das?«

»Vielleicht ein Konkurrent von uns? Eine Behörde?«

»Nein. Wie kommen Sie darauf?« *Verdammt! Es gibt noch andere, die Interesse haben? Vielleicht hätte ich mehr Geld verlangen sollen.*

»Und mit der Universität läuft alles gut?«, fragte Gunter, ohne die Gegenfrage zu beantworten.

»Wie ich es vermutet hatte. Wissenschaftliche Mitarbeiter helfen mir bei dem Projekt, und wir bekommen Unterstützung vom Fachbereich. Dem Präsidenten gefällt der Gedanke sehr, neue Seminare über prognostische Modelle in den Lehrplan aufzunehmen.«

Gunter musterte Mark mit undurchdringlichem Blick. »Sie haben ihm doch nicht zu viel verraten?«

»Nein.« Mark schaute auf die kleinen Ventilatoren im Tunnel, die sich drehten, als der Zug an ihnen vorbeiraste. »Meine Aufgabe ist es, den Mitarbeitern spezielle Projekte zu geben, an denen sie arbeiten und die sie testen.« Er zeigte auf seinen Kopf. »Der Gesamtzusammenhang bleibt hier drin.«

»Gut. Die Sache erfordert aber viel Fingerspitzengefühl.«

»Sicher.« Mark schwenkte eine Hand durch die Luft. »Ich schicke ihnen einen Zeh, einen Finger, vielleicht ein Knie. Wie das alles in den Körper passt, das ist meine Sache.«

Gunter nickte mit starrem Blick. »Und wo, glauben Sie, liegt Ihre Verantwortung, Dr. Schott?«

Mark zuckte mit den Schultern. »Für große Investmentunternehmen wie ECSITE? Ich nehme an, ich benutze das Modell, um vorherzusagen, in welchen Ländern man am besten nicht investieren sollte. Warum sollten Sie Milliarden in eine Wirtschaft investieren, die bald zusammenbrechen wird? Richtig?«

Gunter lächelte grimmig.

»Sehen wir den Tatsachen ins Auge«, fuhr Mark fort. »Auf der Erde leben rund sieben Milliarden Menschen. Wir haben es mit immer knapper werdenden Ressourcen zu tun. Das wird sich in Entbehrung, Korruption auf politischer Ebene, Klimawandel, abnehmenden Nahrungsmittelressourcen und gelegentlichen Epidemien niederschlagen. Tja, damit werden internationale Investitionen ein gefährliches Spiel. Je besser ECSITE die Anfangsbedingungen kennt, desto größer ist die Chance, dass Ihr Unternehmen noch steht, wenn die Musik verstummt.«

»Musik? Ich verstehe nicht.«

»Haben Sie als Kind nie die *Reise nach Jerusalem* gespielt? Dieses Spiel, bei dem sich immer, wenn die Musik aussetzt, alle Kinder schnell auf einen Stuhl setzen müssen, aber in jeder Runde ein Kind stehen bleibt, weil ein Platz fehlt? Ihr Unternehmen möchte das einzige sein, das einen Stuhl ergattert, wenn die Musik für immer verstummt.«

»Das haben Sie richtig erkannt, Dr. Schott.«

Anika French stellte schnell fest, dass es zwar schön war, als Dozentin zu arbeiten, dass es aber auch eine ganz neue Herausforderung war, Seminare zu geben. Mit einem dicken Stapel Seminararbeiten unter dem Arm stieg sie die Treppe vom Seminarraum zu ihrem Büro hinauf. Dreißig Studenten hatten ihre Seminararbeiten abgegeben, und jede von ihnen umfasste zwanzig Seiten. Das bedeutete, dass sie am Wochenende sechshundert Seiten lesen musste.

Für die Universität war es eine clevere Entscheidung gewesen, sie einzustellen. Bis zu den Semesterferien im Herbst gehörte sie nicht offiziell zum Lehrkörper der Universität. Bis dahin fiel sie in eine Grauzone der Lehrbeauftragten, die schlechter bezahlt wurden. Sie hatte auch keinerlei Vergünstigungen außer denen, die sie im Augenblick noch durch ihren Studentenstatus genoss.

Anika erfuhr nach und nach, welche Aufgaben sie übernehmen musste. Es war beängstigend, aber der Gedanke, dass es andere vor ihr auch geschafft hatten, tröstete sie. Vor der Fachbereichskonferenz am nächsten Montag fürchtete sie sich jedoch. Von einem Augenblick zum anderen gehörte sie dazu. Die Professoren bombardierten sie bereits mit Fragen, die sie kaum beantworten konnte. Alte Freunde waren plötzlich zurückhaltend, und überall auf den Korridoren fragten die Menschen sich hinter vorgehaltener Hand, warum Mark Schott die Universität verlassen und die Verwaltung beschlossen hatte, ausgerechnet Anika French die Vertretung seiner Seminare zu übertragen.

Ich schaffe das schon, sagte sie sich. *Ich mache meine Arbeit, zeige, was ich kann, und halte mich aus allem raus.*

Als Anika in den Gang einbog, in dem ihr Büro lag, und die brünette Frau vor ihrem Büro stehen sah, wäre sie beinahe wie angewurzelt stehen geblieben.

Okay. Jetzt nur die Ruhe bewahren und sachlich bleiben!

Anika ging schnellen Schrittes weiter und lächelte. »Hallo, Denise! Ich dachte, Sie sind in München.«

Denise Schott war eine attraktive Frau mit feinen Gesichtszügen und großen braunen Augen. Sie kleidete sich so, dass ihr Busen und ihre langen Beine gut zur Geltung kamen. Heute trug sie eine enge Bluse, eine braune Baumwollhose mit einem Gürtel, der ihre schlanke Taille betonte, und braune Slipper. Ihr schulterlanges Haar war gelockt, als käme sie soeben vom Friseur.

Denise lächelte verhalten, doch ihre Augen funkelten feindselig. »Er hat Sie also auch verlassen?«

»Wie bitte?«

Denise wies mit dem Kopf auf Anikas Büro, um anzudeuten, dass sie das Gespräch gerne drinnen fortsetzen wollte.

Anika öffnete die Tür und legte die Seminararbeiten auf eine Ecke des Schreibtisches. Sie bot Denise einen Stuhl an und setzte sich. Mit klopfendem Herzen fragte sie: »Was kann ich für Sie tun?«

»Was führt Mark im Schilde?«

»Wie bitte?«

»Ich habe eure Affäre jahrelang ertragen. Lassen wir die Spielchen. Was macht Mark in Deutschland? Was hat das alles zu bedeuten?«

Anika versteifte sich. »Ich weiß nur, dass er eine Stelle bei der ECSITE-Corporation angenommen hat. Ich habe mal im Internet recherchiert. Es scheint sich um ein milliardenschweres Investmentunternehmen zu handeln. Berater für Megabanken. Der Vorstandsvorsitzende ist Russe, ein gewisser Michail Kasperski. Die Zentrale sitzt in Zürich, aber die meisten Geschäfte werden von einer Kleinstadt in der Nähe von München aus abgewickelt.«

Denise schaute Anika beinahe angewidert an. »Sind Sie schwanger?«

»Schwanger?«

»Beantworten Sie jede Frage mit einer Frage? Sagen Sie doch einfach ja oder nein.«

»Nein! Hören Sie. Ich schlafe nicht mehr mit Mark! Ich war selbst vollkommen überrascht.«

Denise beruhigte sich ein wenig, aber sie hatte dennoch Mühe, sich zu beherrschen. »Geht es um eine andere Frau?«

»Glaube ich nicht.«

»Hat er nicht mit Ihnen darüber gesprochen? Und Sie wussten wirklich nichts von seinen Plänen?«

»Nein.«

»Steckt er in Schwierigkeiten?«

»Nicht, dass ich wüsste.« Anika atmete tief ein, um sich zu beruhigen. »Ich weiß nur, dass es um sehr viel Geld geht. Das hat er Ihnen doch sicher auch erzählt, oder?«

Denise nickte betrübt. »Ja. Geld, Geld, Geld. Mein Gott, als gäbe es nichts Wichtigeres.« Sie schnaubte wütend. »Deutschland? Warum dieses verdammte Deutschland? Was war denn so schlecht an seiner Professorenstelle hier?«

»Ich weiß es nicht, Denise. Ich habe erst Montagmorgen davon erfahren. Ich schwöre es.«

Denise musterte Anika eindringlich. »Hat er Sie gefragt, ob Sie mitkommen?«

Anika fühlte sich schrecklich unwohl in ihrer Haut. »Ja, hat er.«

»Und?« Die Frau sah aus, als würde sie jeden Augenblick zusammenbrechen.

»Begraben wir das Kriegsbeil?«

Denise nickte. Sie biss sich auf die Lippen und bereitete sich innerlich auf das Schlimmste vor.

»Meine Beziehung zu Ihrem Mann beschränkt sich ausschließlich auf die Forschung. Punkt. Ich bin mindestens für ein Jahr vertraglich an die Universität gebunden. Und selbst wenn ich keinen Vertrag hätte und er nicht verheiratet wäre, würde ich nicht nach München gehen. Punkt.«

»Es gab eine Zeit, da hätten Sie sich anders entschieden«, sagte Denise in anklagendem Ton.

Anika zuckte zusammen.

»Ich wusste es«, flüsterte Denise. »So ging es den anderen auch. Aber bei Ihnen war es anders: Er hat Sie tatsächlich geliebt. Danach war es nie mehr wie früher.«

Anika schwieg. Ihr blutete das Herz.

»Unsere Ehe war von Anfang an die reinste Farce.«

»Gehen Sie nicht nach München?«, fragte Anika, um das Thema zu wechseln.

»Ich ... ich weiß es nicht. Will und Jake sind todunglücklich. Ich weiß nicht, was ich tun soll. Deutschland? Es ist so weit weg.«

»Es tut mir leid, Denise. Es tut mir wirklich sehr, sehr leid.«

Denise schaute in die Ferne. »Dann war es also nicht Ihr Auto?«

»Welches Auto?«, fragte Anika verwirrt.

»Das Auto, das vor unserem Haus stand. Jemand hat uns beobachtet.«

Anika schüttelte den Kopf. Jemand hatte Denise' Haus beobachtet? Vielleicht jemand von ECSITE? Aber warum? Sie wussten doch, dass Mark bereits auf dem Weg nach Deutschland war. Anika sah die Sorge in Denise' Augen. »Hören Sie, seitdem ich das alles erfahren habe, bin ich ziemlich durcheinander. Ich bin froh, wenn ich nachts sechs Stunden schlafen kann. Ich habe bestimmt keine Zeit, mich in einem Auto vor Ihr Haus zu setzen. Das ist verrückt.«

Denise hob den Blick. »Wer kann das gewesen sein?«

Anika dachte kurz nach und kam zu dem Schluss, dass es nur eine Erklärung dafür geben konnte. »Denise, Sie sind eine attraktive Frau. Interessiert sich ein anderer Mann für Sie? Könnte es sein, dass Sie jemanden kennengelernt haben, der nun ein krankhaftes Interesse an Ihnen entwickelt?«

»Nein.«

»Wenn jemand Ihr Haus beobachtet, müssen Sie auf jeden Fall die Polizei einschalten.«

»Vielleicht hat es nichts zu bedeuten. Ich habe Mark gestern zum Flughafen gefahren und die ganze Nacht nicht geschlafen. Ich bin durch die Wohnung gelaufen und habe versucht, das alles zu begreifen.«

»Haben Sie jemandem erzählt, dass Mark nach Deutschland geht? Dass sie jetzt mit den Kindern allein sind?«

»Nein, niemandem.«

Anika stand auf. »Denise, informieren Sie die Polizei! Sofort. Wenn Sie zu Hause sind, schließen Sie die Türen ab! Und ruhen Sie sich aus!« Anika atmete tief ein. »Ich weiß nicht, wie ich Ihnen helfen könnte, aber wenn Sie etwas brauchen ...«

»Ich glaube, Sie haben schon genug getan.« Denise verzog das Gesicht und stand auf. »Tut mir leid. Das hätte ich nicht sagen sollen.« Sie lächelte verhalten. »Irgendwie sitzen wir ja jetzt im selben Boot. Vorgeführt vom selben Mann.«

Anika begleitete sie zur Tür. »Versprechen Sie mir, die Polizei zu verständigen, wenn Sie den Wagen noch einmal sehen. Und wenn ich Ihnen nicht helfen kann, dann vielleicht jemand anders. Sprechen Sie mit einem Psychologen, Ihrem Pfarrer, Freunden, irgendjemandem.«

»Tut mir leid, dass ich Sie belästigt habe«, sagte eine verzweifelte Denise.

»Kein Problem.«

Anika schaute Denise Schott nach, wie sie ihre Schultern straffte und den Raum verließ. Dann setzte sie sich an den Schreibtisch, stützte den Kopf auf die Hände und atmete tief durch.

Verdammt, Mark! Du fährst wie eine Dampfwalze durch das Leben anderer und zerstörst alles.

Kurz darauf glaubte Anika zu hören, dass Denise zurückkehrte und im Türrahmen stehen blieb. »Ja, Denise? War noch etwas?«, fragte sie höflich, ohne sich anmerken zu lassen, wie aufgewühlt sie war.

»Anika French?« Die Stimme klang beherrscht und gehörte definitiv nicht Denise.

Anika hob den Kopf und drehte sich zu einer großen Frau mit langen Beinen um, die ein maßgeschneidertes Kostüm und eine hellblaue Bluse trug. Ihr Gesicht mit den neugierigen, intelligenten braunen Augen deutete auf indianische oder hispanische Vorfahren hin. In ihrem langen schwarzen Haar schimmerten ein paar weiße Haare.

Die Frau neigte den Kopf zur Seite. »Komme ich ungelegen?«, fragte sie höflich.

Anika lachte, als hätte Maureen einen Scherz gemacht. »Zeit ist genau das, was ich im Augenblick überhaupt nicht habe. Darum passt es jetzt nicht schlechter als zu irgendeinem anderen Zeitpunkt. Was kann ich für Sie tun?«

»Ich bin Dr. Maureen Cole.«

Anika zuckte zusammen, als sie den Namen hörte, und starrte sie ungläubig an. »Dr. Cole?« Sie stand auf und schüttelte ihr die Hand. Plötzlich war ihre Lethargie wie weggeblasen. »Warum sind Sie ... Ich meine, was kann ich für Sie tun?«

Maureen lächelte gequält. »Im Ernst. Ich kann auch später wiederkommen. Oder wir vereinbaren einen Termin.«

»Nein! Ich bin begeistert. Es geschieht nicht jeden Tag, dass eine Berühmtheit in mein Büro schneit.«

»Eine Berühmtheit?«

»Ja, nicht auf jeden wird im Namen der Anthropologie geschossen und ein Bombenattentat verübt. Sie haben das Geheimnis der *White Star* gelöst und den religiösen Fundamentalismus als das bloßgestellt, was er ist. Sie wurden zum Symbol der Vernunft gegen den Aberglauben.«

»Nun ja ...« Cole sah sich um und schaute auf das Modell, das an der hinteren Wand des Büros hing. Sie trat vor und betrachtete es. Anika fiel auf, dass sie eine Ledermappe unter dem Arm trug.

»Das ist meine Dissertation«, sagte Anika ein wenig verlegen. »Es ist, hm, eine Art ...«

»Ein prognostisches Modell«, beendete Cole den Satz. »Und es ist sehr komplex und ausgefeilt.«

»Danke!« Was sollte sie auch sagen, wenn keine Geringere als Maureen Cole in ihr Büro marschierte und ihre Dissertation lobte?

Cole drehte sich um und schaute Anika neugierig an. »*Ihre* Dissertation?«

Anika, die plötzlich einen trockenen Mund hatte, schluckte. »Ja, Ma'am.«

»Erzählen Sie mir etwas über Dr. Schott. Hat er Ihre Doktorarbeit betreut?«

Anika ging ein Licht auf. Das Modell. Alles drehte sich um das Modell. Sogar die Tatsache, dass Maureen Cole plötzlich in ihrem Büro stand. Warum? Was war die fehlende Variable? »Ja, Dr. Schott war mein Erstgutachter. Wir mussten mit den Mathematikern zusammenarbeiten, um die Statistiken weiterzuentwickeln.«

»Ist Dr. Schott kein Statistiker?«

»Nun, er hat Grundkenntnisse. Ist besser als neunzig Prozent der Kulturanthropologen in diesem Bereich.«

Cole musterte Anika abschätzend. »Als ich an der Information nach Dr. Schott gefragt habe, wurde mir gesagt, dass er nicht da ist, und man verwies mich an Sie.«

»Mark ... Dr. Schott ist nach Deutschland geflogen.«

Cole runzelte die Stirn und öffnete die Ledermappe. »Ms French, würden Sie sich das bitte mal ansehen? Sie haben gesagt, dass Sie bei Dr. Schott promoviert haben, und ich habe Ihr Modell an der Wand gesehen. Könnten Sie mir sagen, was er mit dem Artikel bezwecken wollte?«

»Was er damit bezwecken wollte?« Anika nahm den Artikel entgegen, den Maureen ihr reichte, setzte sich hin und überflog die Titelseite. *Journal of Strategic Assessment. Der Zusammenbruch des Nationalstaates. Ein prognostisches statistisches Modell.*

Als sie umblätterte, fand sie ihre erste Statistik und dann die nächsten. Hektisch blätterte sie durch den Artikel und erkannte ihre Arbeit wieder. Schließlich blätterte Anika zurück zur Titelseite, wo Mark Schott als Autor genannt wurde. Sein Name war fett gedruckt und sprang sofort ins Auge.

»Das verstehe ich nicht. Das ist meine Arbeit, aber das habe ich nicht geschrieben.«

In Anika stieg unbändige Wut auf. *Die fehlende Variable. Mark, du Mistkerl!*

Mark Schott schaute hinunter auf unterschiedlich große grüne Felder, Baumgruppen, die wie in einem Garten in Reihen gepflanzt waren, gewundene Straßen und hübsche bayerische Dörfer, in denen die Häuser mit roten Ziegeln gedeckt waren. Der Airbus ging im Anflug auf den Flughafen München in die Kurve.

Mark war schrecklich aufgeregt. Es passierte wirklich. Und er flog erster Klasse!

Er konnte es kaum glauben. Mark hatte immer gehofft, dass er zum Zeitpunkt seiner Emeritierung eine Professur an einer der großen Universitäten innehaben würde. Er hatte von Harvard gesprochen, doch eine der anderen Eliteuniversitäten hätte ihm auch gefallen. Auf das, was jetzt geschah, hatten seine kühnsten Träume ihn nicht vorbereitet.

Mark spähte zu Simon Gunter hinüber, der kerzengerade auf dem dick gepolsterten Sitz am Gang saß. Er war in Gedanken versunken und starrte mit seinen braunen Augen auf die Trennwand vor ihm.

Der lange Flug mit Gunter war kein Vergnügen gewesen. Man hätte ihn auch als »konversationsgestört« bezeichnen können. Zu Marks Verwunderung besaß Gunter keinen Sinn für Humor. Er mochte keine Scherze und zeigte kein Interesse daran, über die attraktiven Flugbegleiterinnen zu sprechen, die ihnen jeden Wunsch von den Augen ablasen. Sie hatten Mark reichlich teuren Champagner serviert.

Mark war noch nie erster Klasse geflogen. Professoren

fielen nicht in die sozioökonomische Gruppe, die das tat. Wenn das ein Indiz für die Richtung war, die sein Leben jetzt nahm, war er sehr zufrieden.

Der große Airbus senkte die Flughöhe und flog wie ein Gott vom Himmel hinab.

Die Landung war perfekt. Danach rollte der Airbus eine Ewigkeit, bevor er am Gate hielt. Mark nahm seine Tasche und zog sein Jackett an, das die lächelnde Flugbegleiterin ihm reichte. Er blinzelte ihr zu, was sie mit einem professionellen Lächeln zur Kenntnis nahm.

»Ein Wagen wartet auf uns«, sagte Gunter. »Wir treffen uns auf der anderen Seite der Passkontrolle. Haben Sie die Papiere, die ich Ihnen gegeben habe?«

Mark legte kurz eine Hand auf seine Brusttasche. »Es ist alles hier.«

»In Ordnung. Machen Sie keine Scherze! Seien Sie ganz nüchtern! Diese Leute haben keinen Sinn für Humor.«

Und das ist ausgerechnet dir aufgefallen?

Es lief alles reibungslos. Mark folgte den Anweisungen, machte keine Scherze, beantwortete die Fragen und bekam den Einreisestempel. Gunter wartete bereits auf ihn. Marks Gepäck mit dem grünen Anhänger wurde nicht einmal kontrolliert, als er dem Beamten seine Zollerklärung gab. Er folgte Gunter durch den Ausgang ins Freie.

Ein Mann in einem Anzug und eine Frau in einem Kostüm, die am Rande der Menge warteten, kamen auf sie zu. Sie waren beide mittelgroß, und Mark schätzte sie auf Mitte dreißig. Er schaute sich die Frau mit der perfekten, sportlichen Figur und dem federnden Gang genauer an. Sie hatte ihr blondes Haar hochgesteckt, sodass er nicht sehen konnte, wie lang es war. Als er einen guten Blick auf ihr hübsches Gesicht, die vollen Lippen und die strahlenden blauen

Augen erhaschte, übernahm das limbische System die Vorherrschaft in seinem Gehirn.

Umwerfend! Hoffentlich ist sie nicht Gunters Freundin.

Während Mark sich bemühte, sie nicht wie ein Idiot anzustarren, lächelte die Frau Gunter an und wechselte ein paar Worte mit ihm auf Deutsch. Gunter antwortete ihr und drehte sich zu Mark um. »Dr. Schott, das ist Stephanie Huntz. Sie wird Ihnen helfen, sich bei ECSITE einzuleben. Wenn Sie Fragen haben oder irgendetwas brauchen, können Sie auf ihre Unterstützung zählen.«

»Ich freue mich, Sie kennenzulernen.« Ihr Englisch hatte einen leichten Akzent. Mark glaubte, Interesse in den blauen Augen aufblitzen zu sehen, als sie ihm die Hand reichte und sie fest drückte. »Wir freuen uns auf die Zusammenarbeit mit Ihnen.«

Mark schluckte. »Hm ... ich freue mich auch. Nach den vielen Jahren an der Universität brauche ich sicherlich eine Menge Unterstützung.« Im Gegensatz zu Gunters Lächeln war ihres echt. Schneeweiße Zähne strahlten hinter vollen roten Lippen.

Huntz wies mit dem Kinn auf Gunter. »Jeder, der einen langen Flug mit Gunter überlebt und dann noch gut gelaunt ist, muss wirklich gute Nerven haben.«

Mark lachte und hoffte, nicht zu erröten. Gunter, der offenbar nichts mitbekommen hatte, drehte sich zu dem braunhaarigen Mann mit den breiten Schultern um. »Darf ich Ihnen Pierre LeFevre aus unserem Züricher Büro vorstellen. Er wird die Ergebnisse Ihrer Forschungen umsetzen.«

»Angenehm.« LeFevre streckte die Hand aus. »Ich habe Ihre Arbeit eingehend studiert. Auch wenn das veröffentlichte Material faszinierend ist, kann ich es kaum erwarten, mich mit den Variablen zu beschäftigen, die Sie in einen so kurzen Artikel nicht einfügen konnten.«

»Das kommt alles noch«, sagte Mark.

»Ich habe es kurz vor Ihrem Flug noch überprüft. FedEx hat uns informiert, dass Ihr Material morgen im Laufe des Tages geliefert werden müsste«, mischte Stephanie Huntz sich ein.

Ohne ein weiteres Wort zu sagen, bedeutete Gunter den anderen weiterzugehen.

LeFevre und Gunter gingen voraus und unterhielten sich auf Deutsch. Mark versuchte dem Gespräch zu folgen und hörte, dass Gunter mehrmals nein sagte.

»Sprechen Sie kein Deutsch?«, fragte Stephanie, und als sie lächelte, bildeten sich kleine Grübchen neben den Mundwinkeln. Gab es irgendetwas an ihr, was nicht bezaubernd war?

»Ich bin nie dazu gekommen, diese Sprache zu lernen. Vielleicht könnte ich jetzt damit beginnen.«

»Wenn Sie die Zeit finden. Sie werden sehen, dass die meisten Deutschen genug Englisch können, um sich zu verständigen. Alle Ihre Kollegen sprechen fließend Englisch.«

»Wo haben Sie Englisch gelernt?«

»Mein Vater war Amerikaner. Er hat meine Mutter kennengelernt, als er in Heidelberg stationiert war. Als er nach Virginia versetzt wurde, nahm er meine Mutter und mich mit.« Sie zuckte mit den Schultern. »Später lernte er eine andere Frau kennen, und meine Mutter und ich zogen wieder nach Deutschland. Ein paar Jahre nach der Scheidung kam er bei einem Flugzeugabsturz ums Leben.« Sie hob ihre schmale Hand. »Offenbar legte er auf die Sicherheit beim Fliegen genauso wenig wert wie auf die Treue in der Ehe. Diesen Fehler habe ich nie gemacht.«

»Bezieht sich das jetzt auf die Ehe?« Sie war natürlich verheiratet. Man müsste schon sehr an den deutschen Männern zweifeln, wenn ein so reizendes Wesen wie sie noch ungebunden wäre.

»Aufs Fliegen«, sagte sie gleichmütig. »Ich habe die Liebe meines Vaters für schnelle Flugzeuge geerbt. Und glücklicherweise den Realitätssinn und den Selbsterhaltungstrieb meiner Mutter.«

»Sie stammen also aus Heidelberg?«

Stephanie warf ihm einen kühlen Blick zu. »Es ist eine der schönsten Städte der Welt. Vielleicht haben Sie Lust, sich die Stadt und das Schloss einmal anzusehen, sobald hier alles läuft?«

»Das würde mir gefallen.«

Mark war begeistert, als ein langer schwarzer Mercedes am Bordstein hielt. Der Fahrer legte das Gepäck von ihm und Gunter in den Kofferraum, ehe er die Tür öffnete. Mark, Stephanie und Pierre LeFevre setzten sich auf die Rückbank. Gunter nahm auf dem Beifahrersitz Platz.

Als sie den Schildern zur Autobahn folgten, reckte Mark den Hals und starrte auf die großartige Architektur des Terminals. Anschließend bewunderte er die luxuriöse Innenausstattung des Mercedes.

Ja, daran könnte man sich gewöhnen.

»Sind Sie zum ersten Mal in Deutschland?«, fragte ihn Stephanie.

»Nein. Ich habe ein paar Konferenzen in Frankfurt und eine in Berlin besucht. Aber es blieb nur Zeit, um an den Veranstaltungen teilzunehmen und Vorträge zu halten.«

Und dann erblickte Mark zum ersten Mal die Alpen, die noch von Schnee bedeckt waren. »Fantastisch«, flüsterte er.

»Aus der Luft betrachtet sind die Alpen noch schöner. Waren Sie schon mal in den Bergen?«, fragte Stephanie.

»In Wyoming gibt es auch Gebirge, und Laramie liegt gleich nördlich von Colorado. Ich bin in Iowa geboren. Berge sind dennoch immer etwas Besonderes.«

»Unsere Büros werden Ihnen gefallen. Sie liegen außerhalb von Oberau am Fuße der Alpen.«

»Ich habe so viele Fragen«, unterbrach LeFevre ihr Gespräch. »Wie weit sind Sie mit der Stress-Statistik? Stress in einem Gesellschaftssystem zu messen, das ist sehr subjektiv. Ich persönlich ...«

»Pierre«, mischte Stephanie sich ein. »Lassen Sie Dr. Schott doch erst einmal richtig ankommen. Er hat einen langen Flug hinter sich. Und dann auch noch zusammen mit Gunter. Gönnen Sie ihm etwas Zeit zum Entspannen.«

»Tut mir leid.« Pierre grinste. »Ich habe einfach so viele Fragen.«

Stephanie lachte. »Klar. So viele Fragen. Nur Statistiken und kein Leben.«

»Ich habe ein Leben«, widersprach LeFevre.

»Ja, ein intimes Verhältnis mit einem Computer.« Sie wandte sich wieder Mark zu. »Aber er hatte seit dem Studium keine Verabredung mehr mit einer Frau. Und ich habe gehört, es war sogar damals eine Verabredung mit seiner Mathematikprofessorin.«

Pierre verzog das Gesicht, lächelte und zuckte mit den Schultern. »Wenn Gott eine intelligente Frau erschaffen würde, wäre ich vielleicht geneigt, sie einzuladen und einen wunderschönen Abend mit ihr zu verbringen.«

»Was für ein Vergnügen«, flüsterte Stephanie Mark in verschwörerischem Ton zu, »den ganzen Abend Gleichungen auf die Tischdecke zu kritzeln.«

Mark betrachtete Stephanie Huntz aus den Augenwinkeln und bewunderte ihren schönen Busen und die schmale Taille, die man unter der taillierten Jacke erahnen konnte. Der Rock war im Sitzen hochgerutscht, und die dunklen Nylonstrümpfe betonten ihre hübschen Beine. Sie trug keinen Ring. Doch heutzutage hatte das nichts zu bedeuten.

»Und was macht man in Oberau? Ich meine nach Feierabend?«

»Fahren Sie Ski?«

»Ich hatte nie die Zeit, es zu lernen. Ich wäre ein ungeschickter Anfänger.«

»Garmisch-Partenkirchen ist nicht weit entfernt. Im Winter ist der Ort ein wahres Urlaubsparadies mit vielen Restaurants und Geschäften. Das Nachtleben hat alles zu bieten, was man sich wünschen kann. Aber wenn Ihnen Großstädte besser gefallen, auch München ist nur eine halbe Autostunde entfernt. Theater, Oper, Luxusgeschäfte, fantastische Restaurants, Museen und Kirchen. Dort finden Sie alles.«

Mark, der von Stephanie regelrecht verzaubert war, bemerkte erst jetzt, dass sie mit großer Geschwindigkeit fuhren und förmlich über die linke Spur flogen. *Das also ist die Autobahn*, dachte er.

Sogar in Wyoming, diesem großen, weiten Land, war es ihm niemals gelungen, seinen BMW auch nur annähernd auszufahren. Die Gefahr, ein Reh oder eine Antilope zu überfahren, war zu groß. Außerdem stand überall die Highway-Polizei und schrieb saftige Strafzettel, um die Staatskasse zu füllen.

»Ja«, verkündete er. »Ich glaube, hier wird es mir gefallen.«

6. Kapitel

Maureen Cole beobachtete Anika French und sah, wie verwirrt sie war.

»Sie wussten nicht, dass das hier veröffentlicht worden ist?«

»Nein.« Das Blut war aus Anikas Gesicht gewichen, und die Sommersprossen auf ihrer hellen Haut traten deutlich hervor. Sie warf Maureen einen traurigen Blick zu. »Ich kann nicht glauben, dass er das getan hat.«

»Er wird als Autor genannt. Die Veröffentlichung des Artikels hat große Aufregung verursacht. Bis hinauf ins Außenministerium.«

»Aber ... warum?«

»Es ist eine beeindruckende Arbeit.«

»Dieser Artikel? Er ist nicht einmal vollständig.«

»Ich weiß.«

»Sie wissen es?« Anika war wie gelähmt.

»Fred Zoah ist fasziniert. Wissen Sie, wer das ist?«

»Natürlich. Einige seiner Arbeiten bilden die Grundlage für meine Ideen.« Anika blätterte zum Ende des Artikels. »Wo sind die Quellenangaben?«

»Es gibt keine.«

Anika schluckte.

»Das ist jetzt nicht das Problem, Ms French. Niemand stellt Ihre Integrität in Frage. Aber Dr. Zoah war mit vielen Ihrer Statistikformeln nicht vertraut.«

»Viele basieren auf Mustern, die sich aus paläoklimatischen Daten ergaben. Ich habe Klimawandelmodelle miteinander kombiniert, um gesellschaftliche Kräfte nachzubilden. Sie lassen sich gut mit Modellen wie zum Beispiel denen von Zoah verbinden, die den Zusammenbruch alter Kulturen simulieren.«

»Eine brillante Arbeit. Die Frage ist: Funktioniert das Modell, wenn die richtigen Variablen in die Gleichungen eingefügt werden?«

Anika schob ihren Stuhl zurück. »Verstehen Sie das Konzept des Umkipppunktes?«

»Natürlich. Der Terminus stammt aus der Klimatologie. Er beschreibt den Punkt, ab dem ein System nicht mehr in seinen früheren Zustand zurückkehren kann. Der Punkt ohne Wiederkehr, in dessen Folge sich ein neues System herausbildet.«

»Dies habe ich auf alte Kulturen angewendet. Nach meinen Forschungen sind Gesellschaften nach denselben Mustern aufgebaut wie natürliche Systeme. Wie beim Klima haben auch sie Kräfte und Energien, die die Richtung vorgeben, die eine Gesellschaft in ihrer Entwicklung nehmen wird. Das kann Kultur, Umwelt, das Klima, das Militär, die Wirtschaft und andere Bereiche betreffen. Sobald die Gesellschaften den Umkipppunkt überschritten haben, treibt die Trägheit sie voran. Sie können nicht mehr zurück. Es ist verblüffend.«

Dr. Cole musterte sie mit ruhigem Blick. »Aber Menschen haben die Fähigkeit zu wählen. Führer, vor allem solche mit messianischen Zügen, können die Richtung ganzer Gesellschaften verändern.«

»Und unter Berücksichtigung innerer und äußerer Kräfte, die auf die Gesellschaft einwirken, kann ich eine statistische Prognose ihres voraussichtlichen Erscheinens treffen.

Wenn der charismatische oder messianische Führer aufsteigt, ist es ein Zeichen dafür, dass eine Gesellschaft bereits den Umkipppunkt überschritten hat. Denken Sie an Deutschland in der Zeit nach dem Ersten Weltkrieg. Die Unsicherheiten in der Weimarer Republik, die Depression, all das waren Kräfte, die Adolf Hitler an die Macht gebracht haben.«

Maureen war furchtbar angespannt. »Der Titel des Artikels lässt darauf schließen, dass das Modell für die heutige Welt von Nutzen sein könnte. Haben Sie getestet, ob es auf moderne Gesellschaften anwendbar ist?«

»Nein«, erwiderte Anika mit skeptischem Blick. »Nein, das habe ich nicht.«

»Warum hat Dr. Schott angedeutet, es wäre der Fall?«

Anika rieb sich über die Stirn. »Wir haben eines Abends darüber gesprochen. Er meinte, ich sollte es tun.« Sie verstummte kurz. »Ich entschied mich dagegen.«

»Warum?«

»Ich hatte Angst vor dem, was ich herausfinden würde, Dr. Cole.«

»Ich verstehe.«

»Ja?«

»Weil Sie zu beängstigenden Ergebnissen kommen könnten?«

Anika lachte freudlos. »Möchten Sie diejenige sein, die aufdeckt, dass die Welt unwiderruflich auf Chaos und Zusammenbruch zusteuert?«

Der stellvertretende Sheriff Steve Moulton überprüfte den Sitz seines Gürtels mit der schweren Automatikwaffe, den Ersatzmagazinen, den Handschellen und dem Schlagstock.

Dann strich er den Kragen seines Uniformhemdes glatt und klopfte leise an den Türrahmen.

Bill Gallagher, der Sheriff von Albany County, saß an seinem Schreibtisch. Als es klopfte, schaute er auf und bat Steve herein. »Ich habe den Bericht aus Cheyenne über unser unbekanntes Opfer erhalten. Sie konnten ihn als Paul Albert Fetzer Junior, geboren am 2. Januar 1984 in Providence, Rhode Island, identifizieren. Mr Fetzer hat einen Highschoolabschluss und ging im Juni 2002 zur US-Army. Er leitete Spezialeinsätze, die größtenteils streng geheim waren. 2007 begann er bei Blackwater und diente dort als Führer einer Spezialeinheit. Nach der Auflösung von Blackwater nahm er einen Job in Afghanistan an. Dort setzte er die Interessen eines Stammesfürsten durch, der an einer Reihe von Mohnfeldern beteiligt war. Doch dann wurde der Stammesfürst tot aufgefunden, und Fetzer schien von der Landkarte verschwunden zu sein.« Gallagher hob den Blick. »Bis wir die Leichenteile hier auf unseren Schienen gefunden haben.«

»Verdammt!«

»Ja. Es kommt noch besser, Steve. Die Gerichtsmedizin hat Chemikalien in Fetzers Blut gefunden. Die FTIR-Spektroskopie beweist, dass er zum Zeitpunkt des Todes bewusstlos war. Acetylcholin und Dopamin-Hemmer. Das Zeug muss gespritzt werden, damit es wirkt. In Cheyenne konnten sie die Einstichstelle nicht finden. Vermutlich wurde sie zerstört, als der Zug den Körper überrollt hat. Ach so, und die Leiche weist keine Kratzer, keine Quetschungen, keine Prellungen oder andere Spuren eines Kampfes auf.«

Moulton rutschte unruhig auf dem Stuhl hin und her. »Er ist also nicht über die Schienen gelaufen. Jemand hat ihn dorthin gelegt.«

»Ich habe das Police Department in Laramie angerufen. Sie wissen dort nichts über irgendwelche Drogendeals größeren Maßstabs. Keine Gerüchte über ungewöhnliche Vorkommnisse. Hier haben wir auch nichts gehört. Bei Fetzer wurde nichts gefunden außer gefälschten Ausweispapieren, zweihundert Dollar, einem Messer, einer Surefire Taschenlampe und einer Schlüsselkarte für das Ramada Inn. In dem Zimmer stand nur eine Reisetasche mit Kleidung. Einen Tag bevor er auf den Schienen sein Leben aushauchte, hatte er dort eingecheckt und das Zimmer für eine Woche gemietet. Mehr wissen wir noch nicht.«

»Eine Woche? Hört sich nicht nach jemandem an, der auf der Flucht ist.«

»Nee.«

»Vielleicht war er geschäftlich unterwegs. Aber was für Geschäfte können das gewesen sein?«

»Keine Ahnung«, sagte Gallagher leise. »Eins steht jedenfalls fest: Aus seiner Akte geht hervor, dass Fetzer ein harter Typ war.«

»Aber ein noch härterer Typ hat es geschafft, ihn zu beseitigen.«

»Ja. Und es könnte sein, dass der noch durch unser County spaziert.«

Maureen atmete tief ein und aus. Die Situation war beinahe absurd. Der Erstgutachter hatte die Dissertation seiner cleveren jungen Doktorandin veröffentlicht. Der Artikel weckte das Interesse des FBI und des Außenministeriums und veranlasste die Behörden, Maureen um Hilfe zu bitten. Nachdem sie das ganze Land durchquert hatte, stand sie nun einer verwirrten, attraktiven Rothaarigen mit besorgter Miene gegenüber, die die ganze Aufregung ausgelöst hatte.

Maureen schaute auf die Uhr. »Ich mache Ihnen einen Vorschlag. Es ist fast fünf. Alles, was ich heute gegessen habe, war ein sogenannter Frühstücks-Wrap am Tucson Airport. Was halten Sie davon, wenn wir irgendwo etwas essen gehen und in Ruhe über alles sprechen? Ich lade Sie ein.«

Anika schaute unsicher auf den Stapel Seminararbeiten auf der Ecke ihres Schreibtisches. »Ich weiß nicht. Ich habe verdammt viel Arbeit.« Doch dann hob sie sofort entsetzt den Blick. »Mein Gott, was rede ich denn da! Natürlich komme ich mit. Die berühmteste Anthropologin der Welt lädt mich zum Essen ein! Da sage ich doch nicht nein!«

Maureen runzelte die Stirn. »Na ja, Ruhm ist vergänglich. Wenn es nach mir ginge, würde ich jetzt im Labor stehen und die pathologischen Befunde eines Skelettes analysieren.«

Anikas Miene verriet, dass sie ihr kein Wort glaubte. Sie stand auf, legte die Doktorarbeit behutsam auf den Stuhl und griff nach ihrer Tasche.

Maureen zögerte. »Könnten Sie Ihre Doktorarbeit vielleicht mitnehmen? Ich würde gerne einen Blick hineinwerfen.«

»Natürlich.« Anika hob sie auf und reichte sie ihr wie ein Geschenk.

Maureen trat auf den Gang und wartete, bis Anika die Tür abgeschlossen hatte. Auf dem Hauptgang stand ein Mann vor den Schaukästen der Archäologie, in denen Speerspitzen der Clovis-Kultur ausgestellt waren. Normalerweise hätte Maureen nicht weiter auf ihn geachtet, doch die Art, wie er dort stand, sein kurz geschorenes Haar und die muskulösen Schultern machten sie stutzig. Ein Student war das jedenfalls nicht.

»Kennen Sie den?«, fragte Maureen und deutete unauffällig auf den Mann.

»Nein.«

Reiß dich zusammen, Maureen! Du bist hier in einer Universität. Doch seit schon einmal auf sie geschossen worden war, geriet sie schnell in Panik. Als sie mit Anika die Treppe hinunterging, sprach die junge Frau in angeregtem Ton über ihre Forschungsarbeit und verglich Sozialsysteme mit Klimamodellen. Auf diese Idee wäre Maureen nie gekommen. Doch die Menschen und das Klima waren beide irdischen Ursprungs, unglaublich komplex und letztendlich beide auf Energie angewiesen.

Unten an der Treppe warf Maureen einen Blick zurück und überzeugte sich davon, dass der Mann ihnen nicht folgte. *Ich werde noch paranoid auf meine alten Tage. Doch das bedeutet nicht, dass ich dumm bin.*

Sie wandte sich wieder Anika zu. »Was hat Sie in erster Linie dazu bewogen, das Klima mit Gesellschaften zu vergleichen?«

Sie kamen am Anthropologischen Museum vorbei und verließen das Gebäude durch den Seiteneingang. Anika ging Maureen voraus zum Parkplatz. »Zuerst habe ich mich für die Frage interessiert, wie das Klima den Zusammenbruch von Kulturen beeinflusst. Ich habe mir die Modelle angesehen, die auf der Grundlage der Daten über Maya und Cahokia erstellt worden waren. Dann habe ich versucht, die Daten auf den Zusammenbruch der Mississippi-Kulturen im Südosten Amerikas im 14. Jahrhundert anzuwenden. Das Klima spielte eine große Rolle.

Das führte mich zu den Klimamodellen. Im Gegensatz

zu menschlichen Gesellschaften, die unterschiedliche Wirtschaften, Religionen und politische Strukturen haben, nehmen wir an, dass die klimatischen Kräfte in der Vergangenheit ebenso gewirkt haben wie heute. Sie unterliegen unveränderlichen physikalischen Gesetzen, nicht wahr? Ich habe begonnen, Klimamodelle zu entwerfen. Und dabei bin ich auf Ähnlichkeiten gestoßen, auch wenn die Bedingungen unterschiedlich sind.

Aus einem Gefühl heraus habe ich Variablen wie zum Beispiel Nahrungsmittelproduktion pro Hektar, Transportwesen, Lagerhaltung und Bevölkerung anstelle von Temperatur, Strömungen, Windrichtungen und Niederschlägen in ein Klimamodell eingesetzt. Es war ein sehr grobes Modell, aber ich hatte eine Wechselbeziehung. Das weckte meine Neugier, und daher begann ich das Modell zu verfeinern. Mit der Zeit wurden die Ergebnisse immer aussagekräftiger.«

»Da steht mein Wagen«, sagte Maureen. »Sagen Sie mir, wohin ich fahren soll. Sie können es sich aussuchen. Als hungrige frischgebackene Doktorin müsste es ein Restaurant geben, das normalerweise Ihr Budget übersteigt.«

Anika wies ihr den Weg in die recht kleine Innenstadt von Laramie und zu einem Restaurant, das auf Steaks und Meeresfrüchte spezialisiert war.

»Nehmen Sie keine Meeresfrüchte«, riet Anika ihr, als sie an einen Tisch geführt wurden. »Da ich auf einer Ranch aufgewachsen bin, kann ich Ihnen sagen, dass es hier die besten Steaks gibt.«

Maureen lächelte. »Wenn Sie mich bitte entschuldigen würden. Ich muss kurz telefonieren. Bestellen Sie mir bitte eine Tasse Kaffee und für sich, was Sie gerne möchten.«

Sie ging in den kleinen Eingangsbereich, zog das Handy aus der Tasche und gab Amy Randalls Nummer ein.

»Randall.«

»Sind Sie immer im Büro? In D.C. ist es schon nach sieben.«

»Dr. Cole? Natürlich bin ich noch im Büro. Es ist Freitagabend, und ich bin stellvertretende Außenministerin. Wo sollte ich sonst sein?« Sie klang sarkastisch. »Was haben Sie herausgefunden?«

Maureen erzählte Amy Randall in groben Zügen, was sie von Anika French erfahren hatte.

»Sie hat gerade ihre Doktorarbeit geschrieben?«

»Ihr Erstgutachter, Mark Schott, hat ohne ihr Wissen ihre Forschungsergebnisse veröffentlicht, und dann auch noch unter seinem Namen. Das ist schäbig, kommt aber gar nicht so selten vor. Er ist übrigens in Deutschland.«

»Wo?«

»Das weiß ich noch nicht.« Maureen machte eine kurze Pause. »Mir ist aufgefallen, dass die junge Frau unter großem Stress steht. Ich glaube, es steckt noch mehr dahinter.«

»Das ist die Untertreibung des Jahres. Einer meiner Mitarbeiter hat mit Zoah gesprochen. Man hätte meinen können, es wäre alles Griechisch: Taus, Deltas und Gammas. Nach dem Telefonat hat mein Team kannenweise Kaffee in sich hineingeschüttet und mit so viel Elan auf die Tastaturen getippt, als ginge es um ein neues Spielzeug. Ich habe es seit Jahren nicht so aufgeregt erlebt.«

»Das Modell ist eine Mischung aus sozialen und klimatischen Statistiken.«

»Und was hat French gesagt? Kann dieses Ding wirklich den Zusammenbruch einer Nation vorhersagen?«

Maureen seufzte. »Sie hat es nicht versucht.«

»Warum nicht?«

»Weil sie die Antwort zu kennen glaubt.« Maureen wartete ein paar Sekunden, bis Amy diese Information verdaut hatte. »Sie spricht übrigens nicht über eine Nation.«

»Und das heißt?«

»Ich erinnere mich nicht an den genauen Wortlaut, aber sie sagte, sie wolle keine Beweise dafür haben, dass das Ende der Welt bevorstehe.«

Schweigen.

»Dr. Cole. Ich will, dass sie das erste Flugzeug nach Washington nimmt. Und sie soll alles mitbringen, was sie hat. Diagramme, Daten, Grafiken, Aufzeichnungen, alles.«

»Ich werde es versuchen.«

»Es wird Ihnen gelingen, oder ich setze das FBI-Büro vor Ort auf Anika French an, und die können sie dann nach Washington eskortieren.«

»Ja, Ma'am.«

Maureen beendete das Gespräch und kehrte an den Tisch zurück. Anika studierte die Speisekarte. Vor ihr stand ein großes Glas helles Bier.

»Sie sind also auf einer Ranch aufgewachsen?«

Anika hob den Blick. »Wenn es Ihnen nichts ausmacht, bestelle ich mir das Porterhouse, medium.« Sie warf ihr einen besorgten Blick zu. »Sie sind doch keine Vegetarierin?«

»Nein, bin ich nicht – trotz der Massentierhaltung.«

Anika zeigte auf die Speisekarte. »Das stammt alles von Rindern aus dieser Gegend, die frisches Gras gefressen haben. Keine Hormone und keine Antibiotika. Ja, ich bin auf einer richtigen Ranch in Wyoming aufgewachsen. Sie war Moms große Leidenschaft.«

»Und Ihr Vater?«

»Er war die größte Zeit seines Lebens Marine. War? Er wird niemals etwas anderes sein. Als meine Mutter starb, kehrte er nach Hause zurück. Ich machte gerade meinen Highschoolabschluss. Er hat die Ranch übernommen, aber jetzt ist sie verpachtet. Dad ist Sheriff in unserem County.« Sie runzelte die Stirn. »In diesem Augenblick jagt er Diebe, die Stacheldraht gestohlen haben.«

»Stehen Sie sich nahe?«

Anika zuckte mit den Schultern. »Ich glaube, man kann sagen, dass wir durch die Gene und die riesige Last seiner Schuld auf immer verbunden sind.«

»Er ist zu lange von zu Hause fort gewesen?«

Anika nickte. »Mom hat mir beigebracht, stolz auf ihn zu sein. Und jetzt im Rückblick, nachdem ich so viel über ihn erfahren habe, bin ich es wirklich. Mein Vater war mit Leib und Seele Soldat. Er ist noch immer sehr engagiert in seinem Job, auch wenn es heute nur noch darum geht, Drogenküchen auszuheben und Kleinkriminelle zu jagen.«

»Wie sind Sie zur Anthropologie gekommen?«

»Auf unserer Ranch befanden sich zahlreiche archäologische Grabungsstätten. Mom unterrichtete Geschichte an der Highschool, um Geld zu verdienen, damit sie die Ranch nicht aufgeben musste. Sie lud Archäologiestudenten der University of Wyoming ein, eine Siedlungsstätte amerikanischer Ureinwohner auszugraben. Ich war begeistert. Vorher wollte ich Mathematik studieren.«

»Eine seltene Kombination, Mathematik und Anthropologie.«

»In Anbetracht dessen, was ich über Landwirtschaft weiß, ist es besser, als Kälber aufzuziehen, Kühe zu impfen und jeden Cent zehnmal umzudrehen.«

»Ist es so schlimm?«

»Dr. Cole, überall auf der Welt überleben kleine Landwirtschaftsbetriebe einzig und allein durch hohe staatliche

Subventionen, ob hier oder in Europa oder in China. In der Landwirtschaft kann man nur Geld verdienen, wenn man große Genossenschaften bildet und auf Massenproduktion setzt.«

Anika beugte sich vor. »Wussten Sie, dass in China die menschliche Nahrungsmittelproduktion 56 Prozent der gesamten Biomasse ausmacht?«

»Unheimlich.«

Sie bestellten ihre Steaks.

»Wo ist Dr. Schott?«

»In München. Er hat eine Stelle bei der ECSITE-Corporation angenommen. Es handelt sich um ein internationales Investmentunternehmen. Bis Sie hier aufgetaucht sind, habe ich das alles nicht verstanden. Warum stellt ein Investmentunternehmen Mark ein? Und es kam ganz plötzlich.« Sie erblasste. »Und dann haben Sie mir den Artikel gezeigt, und die Variablen ergaben einen Sinn.«

Maureen trank einen Schluck Kaffee. »Apropos, haben die Chinesen Dr. Schott eine Stelle angeboten?«

Anika starrte sie an. »Die Chinesen? Bis Montag habe ich nichts von den Deutschen gewusst. Die Nachricht kam für mich wie aus heiterem Himmel.« Sie schluckte. »Wenn die Chinesen interessiert sind ... Aber warum sollten sie? Die globalen Verflechtungen ...«

Maureens Handy klingelte.

»Dr. Cole?«

»Hallo, Amy!«

»Könnten Sie wohl nachsehen, was Sie in Dr. Schotts Büro finden, und vielleicht auch einen Blick in seine Aufzeichnungen werfen?«

»Er ist in München. Offenbar arbeitet er für eine gewisse ECSITE-Corporation. Kennen Sie das Unternehmen?«

»ECSITE?«

»Ja, genau.«

Schweigen.

»Amy!«

»Alles, was Sie über Dr. Schotts Kontakte herausfinden können, wäre äußerst hilfreich.« Amy klang angespannt.

»Ich werde sehen, was ich tun kann.«

Als Maureen das Handy einsteckte, starrte Anika sie verständnislos an.

»Würden Sie mich bitte aufklären, Dr. Cole?«

Maureen seufzte. »Nachdem Dr. Schott diesen Artikel veröffentlicht hat, brach ein regelrechter Sturm los, Anika. Unglücklicherweise befinden Sie sich mittendrin.«

Anika öffnete den Mund und versuchte sich einen Reim auf alles zu machen. In ihren Augen spiegelte sich Angst.

»Keine Panik. Sie sind nicht in Schwierigkeiten. Ich wurde vom FBI nach Washington gerufen. Dann wurde ich ans Außenministerium übergeben. Die Kollegen dort möchten, dass ich einen Blick in Mark Schotts Büro werfe.«

»Es ist ausgeräumt. Ich habe das Licht ausgeschaltet, nachdem das Umzugsunternehmen den letzten Karton hinausgetragen hat«, entgegnete Anika und presste die Lippen zusammen.

»In Ordnung, aber da ist noch etwas. Die stellvertretende Außenministerin möchte, dass Sie nach Washington kommen. Sofort.«

»Washington?« Anika starrte sie fassungslos an. »Ich muss Seminararbeiten korrigieren.«

»Entweder fliegen Sie mit mir oder mit einer charmanten Eskorte von FBI-Agenten.«

Anika riss die Augen auf. »Ich kann hier nicht weg, Dr. Cole. Ich habe alle Seminare von Mark übernommen. Mir wurde eine Stelle als Dozentin angeboten. Wissen Sie, was das bedeutet? Ich habe soeben meine Dissertation verteidigt. Ich kann das alles nicht aufs Spiel setzen.«

Maureen lächelte. »Wenn ich das mit der Universität kläre, wären Sie dann einverstanden?«

Anika nickte zögernd, als Maureen das Handy aus der Tasche zog und Amy Randalls Nummer eingab.

»Randall.«

»Amy, es gibt hier ein kleines Problem. Jemand von höchster Stelle muss die University of Wyoming kontaktieren und dafür sorgen, dass Anika French von ihren Verpflichtungen freigestellt wird, damit sie sofort nach Washington fliegen kann. Und es muss sichergestellt werden, dass Ms French durch die Reise keinerlei Nachteile entstehen.«

»Sie machen Scherze.«

»Ich glaube, wenn Sie dieses kleine Problem lösen, wird Ms French Ihnen ewig dankbar sein.«

»Soll der Außenminister oder der Präsident der Vereinigten Staaten dort anrufen?«

»Sie machen Scherze.«

»Nicht, wenn man bedenkt, was auf dem Spiel steht. Betrachten Sie das Problem mit der Universität als geklärt. Und wie sieht es mit Schotts Büro aus?«

»Leer geräumt.«

»Versuchen Sie es bei ihm zu Hause. Ich schicke Ihnen jemand. Lassen Sie Ihr Handy eingeschaltet. Er findet Sie dann schon.«

»In Ordnung.« Maureen beendete gerade das Gespräch, als ihnen brutzelnde Steaks serviert wurden. Maureen atmete den Duft tief ein. »Das Ministerium regelt das mit der Universität. Ehe wir nach Washington fliegen, müssen wir ein paar Dinge erledigen. Zuerst müssen wir noch mal in Ihr Büro gehen und alle Notizen und Unterlagen holen.«

Anika, die noch immer blass war, trank einen Schluck Bier. »Das kann doch alles nicht wahr sein, oder?«

»Doch. Essen Sie jetzt Ihr Steak. Sie müssen sich stärken.«

7. Kapitel

Auf der Fahrt nach Oberau kam es Mark fast so vor, als würde er träumen. Stephanie Huntz fungierte als freundliche Reisebegleiterin. Sie zeigte ihm das Firmengebäude der BMW-Niederlassung München und fragte ihn, was er für einen Wagen hatte. Mark erfuhr, wie man die Marke BMW auf Deutsch aussprach. Er unterdrückte das Verlangen, aus dem Fenster zu sehen oder Stephanie zu persönliche Fragen über ihre Beziehung zu Männern zu stellen. Doch ihm entging nicht, dass sie immer »ich« und nie »wir« sagte, wenn sie davon sprach, hierhin oder dorthin zu gehen. Das machte ihm Hoffnung.

An Denise und die beiden Jungen dachte er kaum. Mark verdrängte jeden Gedanken an den heftigen Streit, der zwischen ihm und seiner Frau entbrannt war, nachdem er ihr mitgeteilt hatte, dass er den Job bei ECSITE annehmen würde. Seine Ankunft in Deutschland kam ihm so vor, als würde er sein altes Leben verlassen und ein Traumland betreten.

Als Stephanie eine witzige Bemerkung machte, stimmte Mark in ihr Lachen ein, und es überraschte ihn kaum, dass der Traum ihn so sehr berauschte. Im Vergleich dazu war Denise nur ein Nachtmahr, der allmählich verblasste.

Mark blinzelte. Der Jetlag machte ihm zu schaffen, und die Müdigkeit nach dem langen Flug zehrte an seinen Kraftreserven.

Wie soll ich mich verhalten? Stephanies Vater hatte ihre

Mutter verlassen. Was genau soll ich ihr erzählen, damit sie mich nicht in dieselbe Schublade packt wie ihren Vater?

Darüber musste er intensiv nachdenken. Mark hatte Mühe, ein Gähnen zu unterdrücken. »Verzeihung. Der lange Flug. Ich hätte mir am Flughafen einen Energydrink kaufen sollen.«

»Oh!« Stephanie schenkte ihm ein bezauberndes Lächeln, schnallte sich ab und beugte sich zu der Minibar hinter dem Fahrersitz vor. Sie öffnete den Deckel und zog ein paar Flaschen und Dosen heraus, bis sie tatsächlich einen Energydrink fand. »Wir haben auch Bier, Wein, Bourbon und Mineralwasser, wenn Ihnen das lieber ist.«

»Nein, das ist genau das Richtige.«

Mark nahm die Dose entgegen, und Stephanie schnallte sich wieder an.

Pierre LeFevre hatte größtenteils geschwiegen, seitdem Stephanie ihn in die Schranken gewiesen hatte. »Ich möchte, dass Sie und Ihr Team so schnell wie möglich mit der Arbeit beginnen«, sagte er nun. »Das, was ich bisher gesehen habe, ist faszinierend. Sogar der große Boss ist schon ganz ungeduldig.«

»Ich glaube, Sie werden überrascht sein«, gab Mark zu. »Und vielleicht ein wenig schockiert.«

»Warum schockiert?«

Mark lächelte Pierre väterlich an, als wäre er einer seiner Studenten. »Es wird Ihnen vielleicht nicht gefallen, was Sie sehen, nachdem Sie alle Variablen eingefügt haben.«

»Gibt es Probleme mit dem Modell?« LeFevre runzelte die Stirn und neigte den Kopf zur Seite, als dächte er angestrengt über diese Möglichkeit nach.

»Das Modell funktioniert.« Mark zuckte mit den Schultern und beobachtete Stephanie aus den Augenwinkeln, damit ihm ihre Reaktion nicht entging. »Das heißt nicht, dass man es nicht hier und da noch etwas ausfeilen könnte. Das habe ich Simon bei unserem ersten Gespräch gesagt. Nein, ich spreche über das, was Sie entdecken werden. Es ist ziemlich unerfreulich, falls mir nichts entgangen ist.«

LeFevre nickte. »Damit habe ich fast gerechnet«, sagte er leise. »Das Problem besteht darin, genau vorherzusagen, was den Zusammenbruch auslösen und wo er sich ereignen wird.«

Im Süden erhoben sich die weißen Berge der Alpen, die sich im Licht der Spätnachmittagssonne deutlich gegen den Horizont abzeichneten. Es war ein einmaliger Anblick. Kein Wunder, dass die Alpen zu den schönsten Gebirgen der Welt zählten. Die gezackten, schneebedeckten Gipfel schienen in den Himmel zu ragen und bildeten einen starken Kontrast zu den frühlingsgrünen Wäldern im Tal.

Als die Autobahn endete, schloss sich eine zweispurige Straße an. Einen knappen Kilometer später bog der Fahrer links in eine Seitenstraße ab.

»Wir sind fast da«, sagte Stephanie mit strahlender Miene. »Haben Sie ein wenig Geduld, Pierre. Es wird nicht lange dauern, bis wir das Modell in die Praxis umsetzen können.«

Und dann werden Sie nicht mehr gut schlafen. Mark schaute auf hübsche Häuser, die ein Stück von der Straße entfernt standen, und auf kleine umzäunte Weiden, auf denen Pferde und ein paar Kühe grasten. Nadelbäume behinderten ab und zu den Blick auf die Alpen.

Die Straße endete vor einem großen schmiedeeisernen Tor mit einem Wachhaus. Auf beiden Seiten des Tores erstreckte sich eine hohe Mauer. Als der Fahrer des Mercedes anhielt, lehnte sich ein Wachposten heraus. Der Fahrer ließ das Fenster herunter, sodass der Wachmann einen Blick in den Wagen werfen konnte. Dann nickte er und trat zurück, worauf das Tor sich öffnete.

»Hier sind die Büros?«, fragte Mark ungläubig.

Stephanie lächelte. »Ursprünglich war es ein Landsitz. Der große Boss hat diesen Ort aus verschiedenen Gründen ausgewählt. Er liegt sehr abgeschieden und verschont uns daher vor Ablenkungen aller Art. Außerdem bietet er Sicherheitsstandards, die in einem normalen Bürogebäude niemals gewährleistet wären, was angesichts unserer Arbeit von größter Bedeutung ist.«

Mark runzelte die Stirn. »Ich verstehe nicht.«

Stephanie schaute ihn mit ihren blauen Augen nüchtern an. »Mark, Sie müssen verstehen, dass ECSITE mit Milliardenbeträgen arbeitet, die uns von einigen der größten multinationalen Konzernen der Welt anvertraut wurden. Viele unserer Informationen sind streng geheim. Wenn finanzielle Details unserer Kunden in die falschen Hände fielen, wäre das das Ende von ECSITE. Wir wären von einem Moment auf den anderen ruiniert. Megakonzerne, Regierungen und Großbanken vertrauen uns. Es gab noch niemals eine Sicherheitslücke.« Sie wandte kurz den Blick ab. »Gott stehe uns bei, sollte das jemals der Fall sein!«

Mark warf einen Blick über die Schulter und sah, dass das Tor sich wieder schloss, nachdem der Mercedes hindurchgefahren war. Die Zufahrt wand sich bergauf durch Bäume und Wiesen bis zu einem kreisrunden Platz. Jenseits der Wiese sah er ein herrschaftliches vierstöckiges Gebäude. Die Architektur mit dem dunklen Fachwerk, das die weißen Mauern durchzog, war typisch bayerisch. Rings um die Fenster und Türen war die Fassade verziert.

»Sieht aus wie ein Palast«, murmelte er.

»Das war es auch einst«, bestätigte ihm Stephanie. »Dieses Haus war vor der Reichsgründung unter Bismarck der Wohnsitz verschiedener Kardinäle und Fürsten. Wie alles, was einen Wert hatte, rissen die Nazis es sich später unter den Nagel, und ein hochrangiger Nazi-Industrieller quartierte sich dort ein. Nach dem Krieg beherbergte es Soldaten der alliierten Besatzungsmächte, bis die westdeutsche Regierung wieder auf eigenen Füßen stand. Unser großer Boss hat es vor fünf Jahren gekauft. Er verbringt die meiste Zeit in unserer Zentrale in Zürich, in der Nähe der Banken, aber die eigentliche Arbeit machen wir hier.«

Anstatt auf das Herrschaftshaus zuzufahren, folgte der Mercedes einer gepflasterten Straße, die am Gebäude vorbei und durch ein kleines Waldstück führte. Auf der Anhöhe hinter dem Haus stand mitten im Wald ein hübsches, modern aussehendes dreistöckiges Wohnhaus. Auf beiden Seiten waren Anbauten mit Holzdächern in den Hang gebaut worden. Eines davon sah aus wie ein Gasthaus, wie Mark feststellte. Im Fenster hingen Neonschilder mit Bierreklame, und davor standen ein Fahrradständer, ein paar Autos und drei Motorräder.

»Ja«, sagte Stephanie, die Marks Blick folgte, »das ist unser Restaurant mit einer Kneipe. Es gibt dort 104 Sorten Bier, und darunter verbirgt sich einer der besten Weinkeller Europas. Die Küche ist ein Meisterwerk, und der Küchenchef weltbekannt.«

»Wahnsinn.«

Der Mercedes blieb vor dem Wohnhaus stehen.

Mark wartete, bis der Fahrer die Tür öffnete, und dann trat er hinaus in die kühle Nachmittagsluft. Es duftete nach Kiefern und Gras.

»Ich zeige Ihnen Ihre Wohnung.«

Mark verabschiedete sich von den anderen und folgte Stephanie den Weg entlang, der parallel zu dem langgestreckten Gebäude verlief. Vor der Nummer 3 blieb sie stehen und öffnete die Tür.

Mark wusste nicht, was er erwarten sollte. Als er eintrat, stand er in einem großzügig geschnittenen Wohnzimmer mit einer Couch, einer Stereoanlage, bequemen Relaxsesseln und einem teuren Teppichboden. Die Wandverkleidung aus Teakholz war auf Hochglanz poliert. Hinter einer verzierten Trennwand entdeckte er eine moderne Küche mit einem Edelstahlherd mit sechs Platten, einem riesigen Kühlschrank und Schränken, in denen feines Porzellan und Kristallgläser standen. Der Parkettboden glänzte. Vier mit Leder überzogene Barhocker standen vor einer Frühstücksbar aus Marmor.

»Muss verdammt viel Arbeit sein, das alles sauber zu halten.«

»Darum kümmern sich unsere Reinigungskräfte.«

»Im Ernst?« Einen solchen Luxus hätte Mark vielleicht in einer der Villen in Jackson erwartet, aber niemals in Laramie. Als er ins Gäste-WC schaute, war er sprachlos. Die Armaturen waren vergoldet, und die Toilette war ein Kunstwerk aus Porzellan.

»Das Beste kommt noch«, sagte Stephanie und zeigte nach oben. Sie stieg die mit Teppich ausgelegten Stufen hinauf. Mark folgte ihr kopfschüttelnd.

Der erste Stock war in zwei Räume aufgeteilt. Mark starrte fassungslos in das Arbeitszimmer. An den Wänden standen Aktenschränke aus Walnussholz, über denen passende, mit geschnitztem Blumendekor verzierte Bücherregale hingen. Er versank beinahe im Teppich, als er auf den Kirschholz-Schreibtisch zuging, der in der Mitte stand. In den Staaten hätte er für etwas in dieser Art zehn Riesen hinlegen müssen. Der Monitor und die Tastatur sahen anders aus als alles, was er bisher bei Best Buy gesehen hatte.

»Wo ist die Maus?«, fragte er.

»Sie brauchen keine. Das System folgt der Bewegung Ihrer Augen. Zweimal Blinzeln heißt linke Maustaste und dreimal Blinzeln rechte Maustaste. Wenn Sie sich daran gewöhnt haben, wird Ihnen die Maus so vorsintflutlich vorkommen wie eine Steinaxt.«

Vor der Fensterfront mit Blick auf das Tal und die Alpen dahinter standen ebenfalls zwei beeindruckende Relaxsessel.

»Unglaublich.«

Eine Tür führte hinaus auf die Dachterrasse aus Teakholz, die über das Erdgeschoss hinausragte. Dort standen bequeme Polstersessel, ein massiver Glastisch und ein kleiner Kühlschrank.

Stephanie neigte den Kopf zur Seite. »Meinen Sie, hier können Sie arbeiten?«

»Mit Sicherheit.« Mark schaute auf die kleine Hausbar, die aus einem Kühlschrank, einer Spüle und einem kleinen Schrank bestand. Er öffnete den Schrank, in dem auf einer Seite Kristallgläser und auf der anderen Flaschen standen.

Mit wiegenden Hüften ging Stephanie weiter: »Das Schlafzimmer und das Badezimmer sind hier.«

Sie führte ihn in einen großen Raum mit einem riesigen Bett. In einer Ecke stand ein Whirlpool mit sprudelndem blauem Wasser. Die rechte Wand war verspiegelt und führte in einen begehbaren Kleiderschrank. Das Badezimmer war mit weißem Marmor verkleidet. Die Wanne, die gleichzeitig als Dusche diente, verfügte über eine Trennwand aus dickem Glas. Sie bot Platz für zwei Personen und war mit mehreren Duschköpfen ausgestattet. Vergoldete Armaturen glitzerten in der Sonne, die durch ein Oberlicht in der Decke drang.

Neben einem Bidet stand eine hochmoderne Toilette.

»Wahnsinn.« Mark drehte sich um und zeigte auf die gläserne graue Wand. »Und was ist das hier?«

»Das können Sie sich aussuchen.«

»Hm?«

»In der Wand verbirgt sich ein holografischer Projektor und zeigt jede Szene, die Sie sich vorstellen oder programmieren können: ein Strand auf den Bahamas, die Oberfläche des Mondes, eine Fahrt auf dem Amazonas, der Große Preis von Frankreich? Was immer Sie wollen.« Stephanie drückte auf eine Taste der Konsole neben dem Bett und rief das Menü auf. »Das hier ist schön!«, rief sie, nachdem sie etwas ausgesucht hatte.

Dann drückte sie auf eine andere Taste, und sofort erschien eine farbenprächtige Szene. Mark starrte ungläubig auf einen Wasserfall im Regenwald. Das Rauschen des fallenden Wassers vermischte sich mit dem Gesang tropischer Vögel.

»Das ist wirklich fantastisch!«

»Wie fantastisch das wirklich ist, wissen Sie erst, wenn Sie mit einem kühlen Glas Wein in der Hand im Whirlpool sitzen«, erwiderte sie mit strahlenden Augen. »Sie können ein beliebiges Programm auswählen und Ihrer Fantasie dann freien Lauf lassen.«

Stephanie drückte auf eine andere Taste, worauf das Geräusch des Wasserfalls verstummte und die gläserne Wand wieder ihren ursprünglichen Grauton annahm.

»Ihre Unterlagen werden morgen geliefert.« Stephanie ging an ihm vorbei. »Haben Sie Lust, mit einem Glas Champagner auf Ihren neuen Job anzustoßen? Und dann lasse ich Sie allein, damit Sie sich ausruhen können.«

»Gerne. Dafür bin ich immer zu haben.«

Mark schaute Stephanie nach, die mit verführerischer Eleganz auf die kleine Bar im Büro zuging. Als sie sich hinunterbeugte, um den Kühlschrank zu öffnen, blickte er direkt auf ihren wunderschönen Hintern.

Sein limbisches System schüttete Hormone aus.

Stephanie richtete sich wieder auf, lächelte ihn an und drehte den Draht am Verschluss einer Flasche Dom Perignon auf. Mark öffnete den Schrank und nahm zwei Champagnerflöten heraus. Mit einem lauten Knall flog der Korken durch den Raum.

Stephanie goss den Champagner in die Gläser, stellte die Flasche ab und stieß mit ihm an.

»Willkommen im ECSITE-Team, Dr. Schott.«

»Ich muss schon sagen, das ist wirklich eine tolle Begrüßung.«

»Ihr Modell hat das Potenzial, unserem Unternehmen viel Geld einzubringen. Sie sind eine sehr wichtige Person geworden.«

Stephanie griff sich ins Haar und zog die Spange heraus, worauf üppiges blondes Haar auf ihre Schultern fiel und eine seiner Fragen beantwortete. Anschließend knöpfte sie die Jacke auf, zog sie aus und räumte etwaige Zweifel an ihren körperlichen Reizen aus. Nachdem sie die Jacke über einen Stuhl gelegt hatte, setzte sie sich auf einen der Relaxsessel, lehnte sich zurück und streifte die Schuhe ab.

Mark setzte sich auf den anderen Relaxsessel und beobachtete Stephanie, die an ihrem Glas nippte, lächelte und die Augen schloss, um den Champagner zu genießen. »Machen Sie sich schon Sorgen?«

Zu Marks Überraschung schien sich der Sessel seinem Körper anzupassen und ihn sogar leicht zu massieren. »Sorgen?«

»Ich meine, ob Sie solche Fragen quälen wie zum Beispiel: Ist das nicht alles viel zu schön, um wahr zu sein? Wo ist der Haken?«

»Und wo ist der Haken?«

»Zwei Dinge. Erste Warnung: Es wäre sehr gut, wenn das Modell auch funktioniert. Fehlschläge nehmen wir hier sehr ernst. Zweite Warnung: Die Sicherheit nehmen wir noch ernster als Fehlschläge. Keine E-Mails, keine Telefonate, keine Briefe oder andere ungenehmigte Kommunikation. Das Grundstück wird von Kameras überwacht, und unsere Technologie ist die beste, die es derzeit gibt. Wir *werden* es erfahren, wenn Sie sich nicht daran halten, und dann *werden* ernste Konsequenzen gezogen. Haben Sie verstanden?«

»Das kann ich mir gut vorstellen, wenn Milliarden auf dem Spiel stehen.«

»Wenn Sie das Modell fertigstellen, wird der Lohn Sie andererseits für die Unannehmlichkeiten entschädigen. Ja, die Wohnung ist wunderschön, aber bis jetzt haben Sie nur die Spitze des Eisberges gesehen.«

»Ach, das ist noch nicht alles?«

»Dr. Schott, angenommen, Sie liefern uns das Modell in angemessener Zeit, dann wird keiner Ihrer Träume unerreichbar für Sie bleiben. Aber alles hat seinen Preis.«

Als Anika die Tür zur Anthropologie aufstieß, schwirrte ihr der Kopf. Sie kam sich vor, als würde sie in einer Achterbahn sitzen, die ununterbrochen Loopings drehte. Nicht einmal an den Geschmack des Steaks, das sie gedankenlos verschlungen hatte, konnte sie sich erinnern. Der Gedanke an das, was ihre Dissertation ausgelöst hatte, schien ihre analytischen Fähigkeiten zu lähmen.

Maureen Cole folgte ihr die Treppe zur Westseite des Gebäudes hinauf. Als sie in den Gang einbogen, in dem ihr Büro lag, kam Anika plötzlich alles fremd vor, als wäre sie in einer anderen Welt.

Was zum Teufel geht hier vor? Es ist nur ein statistisches Modell, verdammt! Ja, ein Modell, das vielleicht das Ende der Welt vorhersagen wird. Und ich habe es geschrieben.

Wie benommen ging sie den Korridor hinunter, suchte den Schlüssel und schloss die Tür auf. Sie schaltete das Licht ein und wich entsetzt zurück.

Als Erstes fielen Anika die nackten Wände auf, an denen ihre ausgefeilten grafischen Darstellungen gehangen hatten. Sie schaute auf den Schreibtisch. Der Computer war weg. Das Foto ihres Vaters lag dort, wo der Monitor gestanden hatte. Sogar die Seminararbeiten waren verschwunden. Ihr Papierkorb war geleert worden, und an den fehlenden Aktenschrank daneben erinnerte nur noch der Abdruck auf dem Teppich.

Maureen stand hinter ihr und starrte ungläubig in den Raum.

»Ich verstehe das nicht«, murmelte Anika und schüttelte den Kopf. »Was hat das zu bedeuten?«

Maureen schaute sich um. »Ihre Bücher sind auch verschwunden.«

Anika wirbelte herum und starrte auf die leeren Regale. »Aber wir waren doch nur kurz etwas essen!«

Maureen schaute auf die Uhr. »Anderthalb Stunden.«

»Dr. Cole?«, fragte ein Mann, der auf dem Gang stand.

Ein Mann mittleren Alters in einer sportlichen Jacke, einer braunen Dockers und Schnürschuhen hielt ihr eine kleine Lederbrieftasche mit Dienstmarke und Foto hin. Er hatte ein sympathisches Gesicht, eine Knollennase und einen breiten Mund. »Ich bin Peter Salazar vom FBI. Ich wurde gebeten, Sie auf jede erdenkliche Art zu unterstützen.«

Maureen überprüfte die Dienstmarke und gab ihm die Brieftasche zurück. »Unglücklicherweise sind wir wohl zu spät gekommen, Agent Salazar.«

»Meine Sachen. Jemand hat meine ganzen Sachen gestohlen! Wir waren nur anderthalb Stunden weg«, schimpfte Anika. »Wer tut so etwas?«

Salazar sah die Frauen beunruhigt an. »Was ist passiert?«

»Während wir im Restaurant waren, hat jemand Anikas Büro ausgeräumt«, erklärte ihm Maureen. »Es handelt sich bei den Forschungsarbeiten von Anika French um hochsensibles Material, Agent Salazar. Es ist ein Statistikmodell. Dieses Modell zu schützen, ist einer der Gründe, warum Sie hier sind.«

Salazar winkte die beiden Frauen zu sich. »Es ist wohl das Beste, wenn wir dafür sorgen, dass keine Spuren verwischt werden, nicht wahr? Fassen Sie nichts an! Kommen Sie auf den Gang hinaus!«

»Und Sie haben keine Idee, wer das getan haben könnte?«, fragte Salazar Anika, nachdem sie ihr Büro verlassen hatte.

»Nein«, erwiderte sie mit weichen Knien.

Maureen verschränkte die Arme und runzelte die Stirn. »Als wir vorhin gegangen sind, stand ein Mann auf dem Gang und starrte auf die Schaukästen. Irgendetwas an ihm ...«

»Was denn?«, fragte Salazar.

»Es war nur so ein Gefühl. Wie ein Student sah er nicht aus. Er war älter, muskulös und hatte kurz geschorenes Haar. Das ist nicht so ungewöhnlich, aber die Art, wie er dort stand, erinnerte mich an jemanden, den man engagiert, damit er für andere die Drecksarbeit übernimmt.«

»Würden Sie mir das bitte genauer erklären?«

»Ich glaube, es war sein arrogantes Auftreten. Wenn Sie den Vergleich erlauben, sah er aus wie ein Mann, der schon häufiger in Schießereien verwickelt war. Wie die Auftragskiller, denen ich im Irak begegnet bin und die von Blackwater angeheuert worden waren.«

»Ich verstehe«, sagte Salazar nachdenklich. »Hören Sie, Dr. Cole, ich bin über diesen Fall nicht vollständig informiert. Meine Vorgesetzten haben mich gebeten, Sie auf jede erdenkliche Art zu unterstützen. Und jetzt sagen Sie, das Büro wurde ausgeräumt?«

»Ja, das gesamte Datenmaterial von Ms French ist verschwunden«, bestätigte Maureen. »Offenbar haben die Täter nur darauf gewartet, dass wir das Büro verlassen. Und dabei hatten wir gar keine Verabredung, sondern haben uns spontan entschieden, etwas essen zu gehen.«

»Wer tut so etwas?«, fragte Anika noch einmal.

»Jemand, der unbedingt das Modell haben will«, erwiderte Maureen.

»Sie haben alles mitgenommen!«

»Nein, haben sie nicht«, sagte Maureen leise. »Ihre Dissertation liegt noch im Auto. Wir sollten sie schnell holen.«

Es stellte sich heraus, dass Peter Salazar vom örtlichen FBI-Büro für die University of Wyoming zuständig war. Wer hätte gedacht, dass das FBI auch Universitäten überwachte!

»Interessant, dass Sie Blackwater erwähnt haben, Dr. Cole«, sagte Salazar, der am Steuer saß. »Das Sheriff-Büro hat uns informiert, dass im Süden der Stadt eine Leiche auf den Schienen gefunden wurde.«

»Diese Geschichte, die in der Zeitung stand?«, fragte Anika, die auf dem Beifahrersitz Platz genommen hatte.

»Ja.« Salazar zuckte mit den Schultern. »Es hat sich herausgestellt, dass der Tote früher bei Blackwater gearbeitet hat.«

»Wie schon gesagt, war es nur ein Gefühl«, sagte Maureen vom Rücksitz aus. »Das ist nichts, was man vor Gericht verwenden könnte.«

»Trotzdem seltsam, nicht wahr?«

Anika dachte angestrengt nach. »Zwei Männer von Blackwater? Beide unter mysteriösen Umständen in Laramie? Die Wahrscheinlichkeit, dass es sich um einen Zufall handelt, liegt bei 2,65 Millionen zu eins. Wenn man von einer Bevölkerung von 305 Millionen und der Wahrscheinlichkeit ausgeht, dass ... Mein Gott, hören Sie mir zu.«

Salazar warf ihr einen kurzen Blick zu, während er auf der University Avenue Richtung Osten fuhr.

»Ich habe gesagt, es was nur ein Gefühl«, erinnerte Maureen sie.

Anika rutschte unruhig hin und her. »Haben Sie auf uns gewartet? Vor meinem Büro, meine ich?«

»Nein. Ich war gerade erst dort angekommen. Ich habe Sie über Dr. Coles Handy aufgespürt«, erwiderte Salazar, als er zu dem prachtvollen Haus am Fuße der Laramie Mountains abbog.

»Viele Handys haben GPS«, erklärte Maureen Anika. »Das habe ich in München auf die harte Tour erfahren müssen.«

»Die harte Tour?«, fragte Anika.

»Meine Bodyguards brachten mich in Sicherheit, nachdem eine Frau erschossen worden war, die sich für mich ausgegeben hatte. Das ist eine lange Geschichte.«

Anika schluckte. Sie erinnerte sich an die Geschichte. Cole hatte in München einen Vortrag gehalten. Die ganze Welt hatte zugesehen. München? Und genau dort war Mark jetzt, nicht wahr? Intuitiv dachte sie darüber nach, ob es sich um einen Zufall handeln konnte. Es musste so sein.

»Die nächste Straße links«, sagte Anika mit einem flauen Gefühl im Magen. »Es ist eine kleine Anliegerstraße, und Marks Haus steht ungefähr in der Mitte.« Sie schaute auf die Häuser und erinnerte sich an die Partys des Fachbereichs, die sie dort gefeiert hatten. Doch das war in einer anderen Welt und zu einer anderen Zeit gewesen. »Hier ist es. Auf der rechten Seite.«

Salazar parkte den Wagen in der Einfahrt hinter Denise' Tahoe.

»Hm, ich glaube, es ist besser, wenn ich hier warte.« Anika fühlte sich nicht wohl in ihrer Haut. »Ich habe Denise heute schon gesehen. Meine Anwesenheit wird wenig hilfreich sein.«

Maureen beugte sich zu ihr vor. »Tut mir leid, aber nach dem, was in Ihrem Büro passiert ist, lasse ich Sie nicht mehr aus den Augen.«

Anika stieg aus und trat in die kalte Abendluft. Das Steak lag ihr wie ein Stein im Magen. Sie ging hinter Salazar auf den Eingang zu, und Maureen folgte ihnen. In der Dunkelheit schienen Gefahren zu lauern, und das gelbe Licht im Wohnzimmer schien daran nichts zu ändern.

Salazar klingelte.

Sie warteten.

Er klingelte ein zweites Mal, und als er kräftig klopfte, sprang die Tür auf und er schaute in ein leeres Wohnzimmer.

»Hallo?«, rief Salazar. »Ms Schott? Ich bin Agent Peter Salazar vom FBI. Hallo? Ist jemand zu Hause?«

»Was meinen Sie?«, fragte Maureen. »Sollen wir hineingehen?«

Salazar dachte kurz nach. »Nach dem, was ich gerade in Ms Frenchs Büro gesehen habe, besteht für mich Grund zu der Annahme, dass Ms Schott in Gefahr sein könnte.«

Anika fühlte sich einer Ohnmacht nahe, als sie das Wohnzimmer betraten. Alles war ihr vertraut. Der Flachbildfernseher war eingeschaltet. Im History Channel sprach ein Kommentator über verschollene Geister.

»Hier riecht's angebrannt«, stellte Maureen fest und lief den anderen voraus in die Küche. Auf dem Herd stand ein Topf mit Nudeln. Das Wasser war vollständig verdampft, und die angebrannten Nudeln klebten am Topfboden. Auf der Arbeitsplatte lag ein geöffnetes Paket Hotdogs. In einem Sieb lag Brokkoli, der noch gewaschen werden musste. Maureen schaltete den Herd aus.

»Ms Schott?«, brüllte Salazar. »Hallo? Ist jemand zu Hause?«

Mit klopfendem Herzen führte Anika den Agenten und Maureen durchs Haus. Sie war nicht überrascht, dass Marks Büro bis auf ein paar Bücher vollkommen ausgeräumt worden war. Er hatte seine Unterlagen sicher mit nach München genommen.

»Denise?«, rief Anika verzweifelt, doch im Haus herrschte Stille. Nur die Geräusche des Fernsehers drangen aus dem Wohnzimmer.

»Wie viele Leute wohnen hier?«, fragte Salazar.

»Nachdem Mark nach München gegangen ist, nur noch Denise und die beiden Jungs.«

»Wie alt sind die Jungs?«

»Neun und vierzehn.«

Salazar nahm ein Familienfoto von der Wand und starrte auf Denise und die beiden Kinder. »Ist das Foto aktuell?«

Anika nickte. Salazar nahm sein Handy vom Gürtel, trat zur Seite und sprach in dringlichem Ton.

»Denise würde niemals Essen aufsetzen und dann das Haus verlassen«, flüsterte Anika mutlos.

Maureen öffnete die Garagentür. »Was für einen Wagen fährt Mark?«

»Einen BMW.«

»Er steht hier. Haben die Schotts außer dem Tahoe noch einen Wagen?«

»Nein.«

Maureen drehte sich wieder zur Küche hin um.

Salazar klappte sein Handy zu. »Die Polizei ist auf dem Weg hierher. Sie überprüfen, ob in Krankenhäusern oder in Arztpraxen Notfälle behandelt wurden.« Er wandte sich Anika zu. »Sie sagten, Sie haben Ms Schott heute schon gesehen? Wirkte Sie besorgt?«

»Ja.« Anika schluckte. »Sie glaubte, ich wäre vielleicht mit Mark nach Deutschland gegangen. Wir ... Es gab Streit zwischen uns. Früher, meine ich.«

Salazar nahm die Informationen zur Kenntnis, ohne weiter darauf einzugehen. »Hat sie irgendetwas gesagt? Vielleicht, dass jemand sie belästigt hat?«

»Sie hat mir von dem Auto erzählt.«

»Was denn für ein Auto?«

Anika hatte Mühe, klar zu denken. »Nachdem sie Mark zum Flughafen gefahren hatte, war sie so aufgedreht, dass sie nicht schlafen konnte. Sie sah einen Wagen auf der Straße stehen und glaubte, der Fahrer würde das Haus beobachten.«

»Hat sie gesagt, was für ein Wagen es war?«

»Nein. Sie dachte, ich könnte es gewesen sein.«

»Haben Sie so etwas schon mal gemacht?«, fragte Salazar in ernstem Ton.

»Was? Mein Gott, nein! Warum sollte ich sein Haus beobachten?«

»Die Frage ist«, sagte Dr. Cole nüchtern, »warum jemand anders es tun sollte.«

»Denise weiß nichts!«, stieß Anika erregt hervor. »Sie ist nur die Frau des Professors. Sie wusste nicht einmal, dass er nach Deutschland geht. Seine Forschungsarbeit war ihr ziemlich gleichgültig. Und über das Modell weiß sie mit Sicherheit überhaupt nichts.«

Salazar starrte auf die dampfenden Nudeln. »Vielleicht weiß das nicht jeder.«

8. Kapitel

Eine Wiesenlerche sang. Die vertrauten fröhlichen Klänge ertönten in unmittelbarer Nähe des Bettes, und das war erstaunlich. Als Mark sich auf die Seite drehte, schmiegte sich die feine Seidenbettwäsche an seinen Körper. Er blinzelte, nahm eine Bewegung wahr und starrte auf eine Herde Büffel, die keinen Schritt von ihm entfernt auf einer grünen Wiese weidete. Der Yellowstone Park. Kein Zweifel.

Plötzlich war Mark hellwach. Er schaute sich um und sah den Whirlpool und die Spiegelwand hinter sich, auf der sich Yellowstone-Büffel spiegelten.

Mark richtete sich auf, warf die Bettdecke zurück und rieb sich den Rücken. Yellowstone sah verdammt echt aus. Er schüttelte den Kopf und schlurfte ins Badezimmer. Als er die Toilette das erste Mal benutzt hatte, hatte er eine Viertelstunde gebraucht, um zu begreifen, wie die Wasserspülung funktionierte. Die Dusche blieb ein Rätsel, doch es gelang ihm, zwei der oberen Duschköpfe, die das Wasser seitlich auf seinen Oberkörper spritzten, kaltes Wasser zu entlocken. Irgendwie schaffte er es sogar, drei Duschköpfe der programmierbaren Dusche zu aktivieren, aber das Wasser blieb kalt. Das Duschen dauerte daher nur wenige Minuten.

Fröstelnd trocknete er sich ab, schlang sich das Handtuch um die Hüften und ging zum Schrank.

»Sie können alles, was Sie morgen anziehen möchten, in den Wäscheschacht werfen. Morgens hängt alles gewaschen und gebügelt wieder in diesem Schrank«, hatte Stephanie gesagt, ehe sie gegangen war.

Als Mark die Tür öffnete, fand er Hose, Hemd, Krawatte und Jackett tatsächlich gereinigt und gebügelt auf Bügeln im Schrank vor.

»Wie machen die das?«, fragte er sich.

Nachdem er sich angezogen hatte, ging er ins Arbeitszimmer und schaute durch die große Fensterfront auf die Alpen. Über den Gipfeln türmten sich dicke Wolken.

»So viel Technologie und kein Kaffee«, knurrte Mark, als er die Treppe hinunterstieg, doch dann zögerte er. Er hörte, dass Speck in einer Pfanne brutzelte, und ihm stieg der Duft des gebratenen Specks und von Kaffee in die Nase. Es roch eindeutig nach Frühstück.

Stephanie stand mit einem Pfannenwender in der Hand vor dem Herd.

»In meinem Zimmer waren Büffel«, begrüßte Mark sie.

»Ich hoffe, Sie entschuldigen mein Eindringen. Betrachten Sie es als Weckruf. Es ist fast Mittag, und Ihr Team ist so ungeduldig, dass die Leute schon auf den Bleistiften kauen. Wenn Sie nicht gleich dort auftauchen, bekommt Pierre noch eine Herzattacke.«

Mark betrachtete Stephanie. Sie reichte ihm eine Tasse Kaffee mit Sahne und Zucker. Nein, er hatte nicht geträumt. Sie war so hübsch wie in seiner Erinnerung. Oder in seinen Träumen.

»Die Dusche ist schlauer als ich.«

»Ich hätte sie Ihnen erklären müssen.« Stephanie lächelte, worauf sich wieder Grübchen in ihren Wangen bildeten.

»Nein, nein, ich dusche gerne kalt. Vor allem, wenn die einzigen Duschköpfe, die funktionieren, das Wasser genau auf meine Hüften spritzen. Das erinnert mich daran, was für ein harter Kerl ich bin.«

»Verstehe.«

»Ich hoffe nicht. Nachdem ich mit so kaltem Wasser geduscht habe, könnten Sie Ihre Meinung über mich ändern.«

Stephanie lächelte. »Wie möchten Sie die Eier?«

»Ich dachte, in Deutschland bekommt man ein kontinentales Frühstück serviert.«

»Wenn es Ihnen lieber ist.« Sie drehte sich zu dem großen silbernen Kühlschrank um.

»Nein, Speck mit gewendeten Spiegeleiern ist super. Haben Sie Tabascosauce?«

»Was glauben Sie denn? Natürlich. Wir sind doch keine Barbaren. In dem Schrank dort.«

Mark fand in dem Schrank Teller aus so feinem Porzellan, dass sie ihm fürs Frühstück zu schade erschienen. Doch im gleichen Moment schob Stephanie sein Frühstück auf einen solchen Teller.

»Und wie viel Zeit bleibt mir noch, bis ich nicht mehr geweckt werde und mir mein Frühstück selbst machen muss?«

Stephanie musterte ihn mit ernstem Blick. »Mark, es hängt alles davon ab, wie viel Unterstützung Sie brauchen. Im Augenblick fällt es in meine Verantwortung, dafür zu sorgen, dass Sie keine Probleme haben, das Modell zu entwickeln.«

Mark träufelte etwas Tabasco auf die Eier. »Was für eine Position nehmen Sie hier bei ECSITE genau ein?«

»Man könnte sagen, dass ich mich um Probleme kümmere. Ich sorge dafür, dass der Laden läuft. Ich stelle sicher, dass wir die Informationen bekommen, die wir brauchen.«

»Hört sich ein bisschen an wie das Mädchen für alles.«

Sie lächelte verschmitzt. »Ja, ich glaube, genau das bin ich auch. Ich kümmere mich um unvorhergesehene Schwierigkeiten. Recherchieren, ermitteln, analysieren, Frühstück machen. Diese Dinge.«

»Verstehe.«

»Das hoffe ich.« Sie trank einen Schluck Kaffee. »Haben Sie, nachdem Sie eine Nacht geschlafen haben und alles verarbeiten konnten, irgendwelche Vorbehalte, dass Sie den Job hier bei ECSITE angenommen haben?«

»Nur das große, verschlossene Tor da draußen.«

»Ich hoffe, das klingt jetzt nicht taktlos, aber wir haben eine Menge Geld in Sie und das Modell investiert. Sie haben uns versichert, dass es funktioniert. Sollte das nicht der Fall sein, sagen Sie es mir jetzt. Dann können Sie sofort durch dieses Tor marschieren, und Sie werden nie wieder etwas von uns hören.«

»Es funktioniert.«

»Wenn es Ihnen gelingt, Pierre und sein Team zu beeindrucken, könnten wir beide am nächsten Samstag in Garmisch-Partenkirchen essen gehen und uns entspannen.«

Mark tunkte sein Toastbrot in den Rest des Eis und schickte sich an, die Teller zusammenzustellen.

»Sie können alles stehen lassen. Das Reinigungspersonal kümmert sich darum. Kommen Sie. Die Kisten mit Ihren Aufzeichnungen und Forschungsunterlagen sind schon geliefert worden und stehen im Büro Ihrer Arbeitsgruppe. Jetzt ist der Zeitpunkt gekommen, dass Sie uns zeigen, was dieses Modell kann und wie Sie es entwickelt haben.«

»In die Höhle des Löwen, hm?«

»Ich hoffe für Sie, Sie werden nicht gefressen.«

Die Art, wie sie es sagte, jagte Mark einen kalten Schauer

über den Rücken. Als er sie anschaute, funkelte sie ihn mit ihren blauen Augen verschmitzt an.

Das war sicherlich nur ein Scherz, beruhigte er sich.

Nach dem Telefonat mit Amy Randall steckte Maureen das Handy wieder in die Halterung an der Rückenlehne des Sitzes vor ihr. Sie lehnte sich zurück, starrte an die Decke der Gulfstream und spürte das leichte Ruckeln des Jets. Warum schien sie immer von einem Problem ins andere zu schlittern, sobald sie in einer Privatmaschine saß?

Amy Randall hatte bei Netjets einen Charterflug für sie gebucht, damit sie so schnell wie möglich in Washington ankamen. Es schien alles furchtbar dringend zu sein. Bis jetzt gab es keine neuen Erkenntnisse über Denise Schott und die beiden Jungen. Das FBI setzte die Ermittlungen fort. Doch unabhängig von dem, was in Laramie geschah, verlangte das Außenministerium, dass Anika French am kommenden Morgen um acht Uhr in Washington zu sein hatte.

Maureen rieb sich die müden Augen. Die Ereignisse überschlugen sich, und sie versuchte zu begreifen, was alles geschehen war. Anika hatte kaum Zeit gehabt, um zu packen. Aus Sicherheitsgründen wartete vor ihrer Wohnung ein Polizist aus Laramie auf sie. Erst nach einer gründlichen Durchsuchung der Wohnung durfte Anika ihre Aufzeichnungen holen und eine Tasche packen. Dann schloss sie die Tür und wurde zu dem kleinen Flughafen in Laramie begleitet.

Jetzt flog die Gulfstream durch die Nacht Richtung Osten. Durch das Fenster sah Maureen einzelne Städte. Ihre wachsende Anzahl und Größe verrieten ihr, dass sie Ostnebraska überflogen. Die Städte lagen hier enger zusammen und deuteten auf eine größere Bevölkerungsdichte hin.

»Gibt es etwas Neues?«, fragte Anika, die ihr gegenübersaß. Sie hatte den Sitz zurückgestellt, die Beine ausgestreckt und die Arme verschränkt. Man sah ihr an, dass sie auf einer Ranch aufgewachsen war. Ihr rotes Haar hatte sie zu einem Pferdeschwanz zusammengebunden, und sie trug ihre beste Alltagskleidung: eine taillierte weiße Bluse im Westernlook, eine neue, enge Wrangler-Jeans mit einem verzierten Ledergürtel, der ihre schmale Taille betonte, und spitze Cowboystiefel mit Absatz.

Wie viele Doktoranden mit einem schmalen Budget verfügte Anika nur über eine dürftige Garderobe. Die junge Frau hatte die einzigen beiden Röcke, die sie besaß, ein paar Blusen und ihren einzigen Blazer für die Reise nach Washington eingepackt. Ein Paar Schuhe, Unterwäsche, Seidenstrümpfe und ein Kulturbeutel waren ebenfalls in dem alten, abgenutzten Koffer gelandet.

Maureen musterte Anika. Die junge Frau sah furchtbar abgespannt aus, und ihre Augen waren geschwollen. Die Körperhaltung verriet, wie erschöpft und beunruhigt sie war.

»Die Kriminaltechniker des FBI haben die Spurensicherung in Ihrem Büro abgeschlossen. Es gibt keine Hinweise auf einen Einbruch. Entweder hatten sie einen Schlüssel, oder sie haben das Schloss professionell geöffnet. Die Einbrecher, die Ihre Sachen gestohlen haben, haben keinen einzigen Fingerabdruck hinterlassen. Als Nächstes nimmt das FBI Denise' Haus unter die Lupe. Alle Kriminalbehörden aus Wyoming und Nordcolorado beteiligen sich an der Suche nach Denise und ihren Kindern.«

»Ich weiß, wie so etwas abläuft. Ich bin die Tochter eines

Sheriffs.« Anika richtete sich auf. »Oh mein Gott! Dad! Davon hört er morgen früh als Erstes. Er kennt Denise' Namen und wird sich furchtbar aufregen.«

»Rufen Sie ihn sofort an, wenn wir landen. Am besten sagen Sie ihm …«

»Die Wahrheit, Dr. Cole. Er ist mein Vater. Ich kann ihm nicht irgendwelchen Mist erzählen.« Sie lächelte verhalten. »Das durchschaut er sofort. Nachdem er wieder zu Hause war, hat er mir nichts durchgehen lassen. Er wird sich wahnsinnige Sorgen machen.«

»Also, zuerst einmal nennen Sie mich bitte Maureen. Zweitens wird es Einschränkungen geben, was Sie wem sagen dürfen. Soviel ich weiß, ist Ihr Modell gerade in jenes schwarze Loch gefallen, das sie nationale Sicherheit nennen.«

»Das ist alles wie ein Albtraum. Zwei Jahre lang habe ich mich von früh bis spät mit diesem Projekt beschäftigt. Verstehen Sie das? Das ist meine Zukunft. Ein echter Beitrag zur anthropologischen Theorie.« Anika schloss kurz die Augen und war sichtlich niedergeschlagen. »Jetzt werden Menschen vermisst. Mark hat meine Arbeit unter seinem Namen veröffentlicht. Das Modell wurde gestohlen, und meine Arbeit wird als streng geheim eingestuft?«

»Wir haben noch die Dissertation. Agent Salazar kontaktiert Ihre Gutachter. Die meisten Kopien Ihrer Doktorarbeit hat er schon sichergestellt. Sogar das Exemplar aus der Druckerei. Bis auf das Exemplar von Mark scheinen alle vorzuliegen.«

»Plötzlich hört es sich gar nicht mehr so schlecht an, zu der großen Gruppe unbekannter promovierter Hochschulabsolventen zu gehören, die verzweifelt einen Job suchen.«

»Kann ich mir vorstellen.«

Anika musterte sie. »Wie schaffen Sie es, so ruhig zu bleiben?«

Maureen lehnte sich zurück und legte eine Hand auf die Dissertation, die auf dem Sitz neben ihr lag. »Ruhig?«

» Mich macht das alles hier total fertig. Aber Sie nehmen einfach alles in die Hand. Man könnte meinen, Sie hätten Ihr ganzes Leben nichts anderes gemacht.«

»Ich habe nie darüber nachgedacht.« Maureen zuckte mit den Schultern. »Irgendwann nach den Ereignissen in New Mexico hat es sich so ergeben. Nach Afghanistan und dem Irak. Dann die *White Star* und alles, was folgte ... Ich glaube, Menschen ändern sich.«

»Viele von uns schauen zu Ihnen auf. Es ist fast so, als wären Sie die neue Margaret Mead.«

»Oh Gott, ich hoffe nicht! Maggie war nicht gerade das, was man unter einem normalen oder ausgeglichenen Menschen versteht. Außerdem bin ich viel größer.«

Anika lächelte kurz, doch dann wurde sie sofort wieder ernst. »Ich mache mir große Sorgen um Denise und die beiden Jungen.«

»Erzählen Sie mir etwas über Mark Schott.«

Anika lachte freudlos. »Wie soll ich Mark beschreiben? Er ist unheimlich clever und steckt voller Energie. Im Gegensatz zu vielen anderen Professoren fasziniert ihn die Anthropologie noch immer. Er hält mitreißende Vorträge. Er ist ein Experte auf seinem Gebiet, und er kennt die meisten einflussreichen Leute. Aber ...«

»Aber er hat Ihre Arbeit veröffentlicht und es nicht für nötig befunden, es Ihnen zu sagen?«

»Ja, er ist verdammt ehrgeizig. Er konnte es kaum erwarten, Institutsleiter zu werden. Ich habe erst am Montag von dem Job bei ECSITE erfahren, und am Donnerstag sitzt er im Flugzeug und fliegt nach München.« Anika sah aus dem Fenster. »Irgendwie hat er alle im Stich gelassen.«

»Sie mögen ihn noch immer?«

Anika strich sich durchs Haar. »Ich weiß nicht, was ich von ihm halten soll. Er war mein Professor, und ich habe viel bei ihm gelernt. Er hat mich angespornt und meine Forschung unterstützt. Ich habe ihm viel zu verdanken. Jetzt habe ich aber das Gefühl, alles, was er in Wyoming gemacht hat, wäre nur ein Sprungbrett für ihn gewesen.«

»Sie haben mir schon etwas von seinem Deal erzählt. Wenn man bedenkt, was ECSITE der Universität zahlt, kann man sich gut vorstellen, dass er wahrscheinlich bedeutend mehr bekommt.«

»Mit Sicherheit. Sein Ziel war es, einen Lehrstuhl für Anthropologie in Harvard zu haben, wenn er irgendwann emeritiert wird. Ich schätze, er hat etwas Besseres gefunden.«

»Und etwas viel Gefährlicheres.« Maureen nahm die Dissertation in die Hand und blätterte sie durch.

Anika war sichtlich beunruhigt. »Ich wünschte, ich hätte mich niemals damit beschäftigt.«

»Ach, Anika, wenn Sie es nicht gewesen wären, hätte jemand anders es herausgefunden. Wissen ist wie Feuer. Ohne es wären unsere Vorfahren wie die robusten Australopithecina ausgestorben. Und mit Feuer können wir die Städte all jener, die wir nicht mögen, niederbrennen. Vorausgesetzt, wir verbrennen uns dabei nicht selbst.«

»Es ist nur ein Modell.«

»Ein *beschreibendes* Modell, das denjenigen Macht verleiht, die wissen, wie man es anwenden muss. Ein Investmentunternehmen, sagten Sie? Wie wertvoll könnte Ihr Modell für Investmentbanker sein? Was würde es jemandem einbringen, die Daten eines bestimmten Landes einzugeben und zu erfahren, wie hoch die Wahrscheinlichkeit ist, dass es in den nächsten fünf Jahren zusammenbricht? Oder welchen Wert hätte es, in der Lage zu sein, soziale Unruhen, Missernten oder einen Regimewechsel vorherzusagen?«

»Milliarden«, flüsterte Anika.

Maureen betrachtete die ausgefeilten Statistiken, die sie nicht nachvollziehen konnte. »Hätte ECSITE einen Grund, die Unterlagen aus Ihrem Büro zu stehlen? Oder Denise und die Kinder zu entführen?«

»Wahrscheinlich nicht. Sie hätten nur zu fragen brauchen. Schließlich arbeiten wir ja für das Unternehmen. Verdammt! Wenn sie Denise und die Jungen entführt hätten, würde das Mark nicht gerade inspirieren, ihnen zu helfen. Er wird außer sich sein, wenn er hört, dass sie verschwunden sind.«

»Wahrscheinlich wurden sie entführt, um als Druckmittel zu dienen.«

Anika biss sich auf die Lippe, als sie darüber nachdachte. »ECSITE hätte darauf bestehen können, dass sie Mark begleitet. Glauben Sie mir, Denise ist keine komplizierte Frau. Man braucht ihr nur Geld anzubieten, und schon ist sie mit von der Partie.«

»Vielleicht war es auch nicht ECSITE«, überlegte Maureen laut, »sondern ein Konkurrent. Es geht nicht darum, Mark zu größeren Leistungen anzuspornen, sondern genau das Gegenteil ist der Fall. Verlassen Sie ECSITE, oder Sie sehen Ihre Familie nie wieder.«

Anika kniff die Augen zusammen und dachte angestrengt nach. Dann runzelte sie die Stirn und nickte. »Erinnern Sie sich, was wir über den Toten auf den Schienen erfahren haben? Er hat früher bei Blackwater gearbeitet.

Als Sie den Typen auf dem Flur der Anthropologie gesehen haben, dachten Sie sofort an Blackwater. Das Opfer auf den Schienen, dieser Fetzer, wurde getötet, um ein Exempel zu statuieren. Vielleicht handelte es sich um eine Botschaft für den anderen Mann. Halten Sie sich da raus, oder Sie enden wie Ihr Freund auf den Schienen!« Anika hob den Blick. »War Denise' Entführung eine Vergeltungsmaßnahme? Eine Botschaft, die lautet: Wir lassen uns nicht einschüchtern. Wir haben einen Trumpf in der Hand, den wir gegen euch verwenden können.«

Anika rieb sich die Augen. »Nein. Ich bin so erschöpft, dass meine Fantasie wohl mit mir durchgeht. So etwas passiert nicht in Laramie. Es muss eine einfache, harmlose Erklärung geben.«

Maureen beobachtete die junge Frau, die angestrengt versuchte, Ruhe zu bewahren. »Anika, während der Ermittlungen im Fall der *White Star* und auch noch danach habe ich viele Dinge auf die harte Tour lernen müssen. Amy Randalls Vorgänger hat mich nur als Bauernopfer gesehen, und dann hat er versucht, mich zu töten, um seine eigenen Ziele zu erreichen. Er wollte unbedingt Außenminister werden. Was ist das im Vergleich dazu, Milliarden zu verdienen, indem man die Zukunft vorhersagt?«

»Sie machen mir Angst, Maureen.«

»Mir wird bei dem Gedanken auch ganz mulmig.«

9. Kapitel

Stephanie Huntz führte Mark über den gepflegten Rasen zu einem der großen Gebäude neben der Lichtung. Das Haus war unverkennbar im bayerischen Stil gebaut: zwei Stockwerke mit einem breiten, flachen Giebeldach. Das obere Stockwerk war mit Holzschnitzereien verziert, und auf beiden Seiten befanden sich Balkone, die von dem überhängenden Dach überragt wurden. Bleifenster wurden von kunstvollen Stuckverzierungen umrahmt.

»Hübsch«, sagte Mark.

»Wir nennen diesen Stil ›Lüftlmalerei‹. Es handelt sich um eine in Bayern heimische Form der Fassadenmalerei.«

Im Inneren erwarteten ihn jedoch keine dunklen Gänge, sondern hochmoderne Büroräume wie überall in der Welt: geflieste Böden, große Grünpflanzen und breite Korridore. Alles bestand aus Aluminium, Edelstahl und Glas. Mark schaute durch die Glastüren in große Büros, wo sich Leute an ihren Arbeitsplätzen über Computer beugten. In einem Büro beobachtete eine Gruppe von Männern und Frauen eine ganze Wand voller Börsenticker. Die Zahlen liefen über die Monitore und gaben den Stand des Dow Jones, von NASDAQ, FTSE, Hongkong, BOLSA und anderer Börsenindizes an, die er nicht kannte. Mark konnte nur einen kurzen Blick daraufwerfen, denn Stephanie blieb vor einem Aufzug mit glänzenden Messingtüren stehen, in denen man sich beinahe spiegeln konnte. Sie drückte auf die Taste. »Vorläufig ist Ihr Büro im Untergeschoss.«

Im Aufzug drückte sie auf 3, dann fuhren sie in die Tiefe.

Mark trat auf einen Gang, der von Büros mit Glaswänden gesäumt war. Auch hier herrschte hektische Aktivität.

»Ich hätte nicht gedacht, dass hier so viele Menschen wohnen.«

»Es gibt noch ein anderes Wohnhaus hinter den Bäumen. Es ist größer als Ihres.« Stephanie zwinkerte ihm zu. »Die Wohnungen sind nicht so schön. Und einige der Analytiker wohnen in München oder einem Vorort. Sie unterstehen nicht Ihrer Sicherheitsstufe und arbeiten nicht mit Ihnen und Ihrem Team zusammen.«

»Verstehe.«

»Das hoffe ich. Ab sofort sprechen Sie nur noch mit Ihrem Team über Ihre Arbeit.«

»Und mit Ihnen.«

»Natürlich.«

Stephanie führte ihn zur letzten Tür auf der rechten Seite, die im Gegensatz zu den anderen nicht aus Glas bestand.

Sie nahm eine Schlüsselkarte aus der Tasche, zog sie durch das Lesegerät und gab einen Code ein. »Sie bekommen später auch eine Schlüsselkarte und einen Sicherheitscode. Jetzt stelle ich Sie Ihrem Team vor«, sagte sie und öffnete die Tür.

Mark betrat den Raum, der ihn an eine Einsatzzentrale im Pentagon erinnerte. An den Wänden hingen riesige Monitore, unter denen Computer standen. Der ovale Tisch in der Mitte des Raumes war von schwarzen Bürostühlen umringt. Seine Kisten mit den FedEx-Aufklebern standen in der Mitte.

Pierre LeFevre kam mit ausgestreckter Hand auf ihn zu. »Dr. Schott! Endlich.« Er begrüßte Mark per Handschlag und drehte sich dann um. »Da ich noch andere Aufgaben wahrnehmen muss, möchte ich Ihnen vorher Ihr Team vorstellen. Das ist Jacques Terblanch.«

Mark reichte Terblanch die Hand. Er war ein großer Mann mit ergrautem Haar, sanften braunen Augen und einem schmalen Mund. »Ich freue mich, Sie kennenzulernen.«

»Wu Liu, angenehm«, stellte sich ein Ostasiate mit starkem chinesischem Akzent vor. Er war jung, stämmig gebaut, hatte ein rundes Gesicht und struppiges schwarzes Haar.

»Francine Inoui«, sagte LeFevre, als eine Frau um die vierzig in einer Jogginghose und einem schlabberigen Pullover vortrat, die aussah, als wäre sie magersüchtig. Sie hatte ein strenges Gesicht und ein langes Kinn.

»Max Kalaschnikow«, stellte der nächste Mann sich vor. »Ja, es stimmt, ich bin ein entfernter Cousin.«

»Von wem?« Mark drückte dem dicken Mann die Hand. Er hatte ein breites Gesicht und hellblaue Augen.

»Sie haben doch schon mal von Michail Kalaschnikow gehört, dem Erfinder des AK-47, oder?« Als er lächelte, wurde ein Goldzahn sichtbar. »Ich bin aber viel friedfertiger.«

»Ich freue mich, Sie kennenzulernen, Dr. Schott«, sagte eine kleine indische Frau, die ihm zögernd die Hand reichte. »Ich bin Nanda Hashahurti.« Sie lächelte schüchtern.

Nanda hatte einen schlaffen Händedruck und berührte kaum seine Finger. Sie war erst Mitte zwanzig und trug graue Wollstrümpfe, eine weiße Button-Down-Bluse und eine Jacke.

Pierre zeigte ungeduldig auf die Kisten. »Sollen wir auspacken?«

»Warten Sie eine Minute!« Mark lächelte in die ungeduldige Runde. »Wir sollten uns zuerst hinsetzen und ein paar Dinge besprechen.«

»Was denn besprechen?«, fragte Pierre LeFevre und rieb sich die Hände.

»Wir müssen grundsätzliche Dinge klären.« Mark ging auf den Tisch zu und stellte eine Kiste auf den Boden, die im Weg stand. »Ich verstehe Ihren Enthusiasmus, Pierre, und schätze ihn sehr. Aber bevor ich Sie auf die Statistiken loslasse, muss ich etwas über meine Mitarbeiter wissen. Und bevor Sie nicht wissen, wie das Modell entwickelt wurde, drehen Sie sich im Kreis. Sie werden immer wieder Erklärungen von mir verlangen, die ich Ihnen jetzt geben kann.«

Er warf Stephanie einen Blick zu, die sich hinten an die Wand gestellt hatte. Sie beobachtete alles mit kritischem Blick. Gut. Er würde ihr zeigen, wie kompetent er war.

»Kaffee?«, fragte Mark, als der Tisch abgeräumt war. »Ich schlage vor, wir trinken alle eine Tasse Kaffee und gehen alles Punkt für Punkt durch.«

Nanda Hashahurti und Max Kalaschnikow gingen zu der Kaffeemaschine, die in einer Ecke stand.

Mark setzte sich auf einen Stuhl, worauf die anderen ebenfalls Platz nahmen. Kalaschnikow stellte einen Styroporbecher sowie Sahne und Zucker vor sich auf den Tisch. Gegenüber von ihm saß LeFevre, der sehr angespannt aussah. Stephanie hatte sich ebenfalls am Ende des Tisches auf einen Stuhl gesetzt, aber in deutlichem Abstand zu den anderen. Interessant. Außerdem sah es so aus, als würden auch die anderen nicht gerade ihre Nähe suchen.

»Erstens«, begann Mark, der in die Rolle des Professors schlüpfte, »muss ich wissen, wer von Ihnen Anthropologe ist.«

Niemand meldete sich.

»Ich nehme an, Sie haben alle Wirtschaftswissenschaften mit Schwerpunkt Ökonometrie studiert, richtig? Wirtschaftstheorien, Statistiken, Prognosen zum Bruttoinlandsprodukt, diese Dinge?«

Alle nickten.

»Sie sind es gewohnt, mit präzisen Daten zu arbeiten. Sich an etablierten Theorien der Wirtschaftsstatistik zu orientieren, die die Produktionskapazitäten in Bezug auf Geld- und Währungspolitik, Zinssätze, Konsumnachfrage und dergleichen bewertet.«

Alle nickten.

»Um es bildlich auszudrücken benutzen Sie Skalpelle, um Teile der Wirtschaft zu sezieren. Aus Ihrer Perspektive ist das Erstellen und Benutzen dieses Modells so, als würden Sie Ihr Skalpell gegen eine Steinaxt eintauschen.«

»Wie bitte?«, rief LeFevre.

Mark lehnte sich zurück. »Ich komme aus dem Bereich der Sozialwissenschaften, zu denen die unterschiedlichsten Disziplinen gehören. Anthropologen haben fast das ganze letzte Jahrhundert gebraucht, um zu ihrem Entsetzen festzustellen, dass Statistiken ein ziemlich ungenaues Instrument sind, wenn es darum geht, soziale Daten zu interpretieren. Auch wenn wir uns noch so sehr anstrengen, können wir mit unserer Arbeit niemals die mathematische Eleganz erreichen, der sich Physiker, Chemiker und Mathematiker erfreuen.« Er hob die Hand. »Ich weiß. Wirtschaftswissenschaftler beklagen die Ungenauigkeit ihrer Statistiken. Zu viele Variablen, sagen sie. Wie kann man Wahlergebnisse im Verhältnis zu einem sinkenden Verbrauchervertrauen messen?«

»Wollen Sie damit sagen, dass Ihr Modell noch ungenauer ist?«, fragte Liu. »Warum diskutieren wir dann überhaupt darüber?«

»Dazu komme ich gleich«, erwiderte Mark und sah in

seine Kaffeetasse. »Lassen Sie uns zuerst einen kurzen Blick auf den Ursprung des Modells werfen. Archäologen erstellen seit Jahren Modelle untergegangener Kulturen. Sie haben von der Maya-Zivilisation in Mittelamerika gehört?« Alle nickten. »Haben Sie auch von den Hohokam in Arizona gehört?« Keiner nickte.

Mark trank einen Schluck Kaffee und fürchtete sich vor dem Zucker- und Koffeinschock. »Wichtig ist, dass Archäologen vor allem in Amerika Modelle dieser untergegangenen Zivilisationen erstellt haben, um zu erklären, warum sie untergegangen sind. Während der Rest der statistischen Welt sich in immer ausgefeiltere und elegantere mathematische Modelle vertieft hat, haben wir inzwischen die Steinaxt verbessert.«

Francine Inoui hob eine Hand. »Ich verstehe diese Steinaxt-Metapher nicht«, sagte sie mit einem französischen Akzent.

»Denken Sie an archäologische Dokumentationen. Sie sind sehr lückenhaft. Wir müssen eine Menge beschreibender Statistiken erstellen, um die Qualität der Daten, die wir retten können, sicherzustellen. Und dann ergänzen wir die fehlenden Teile durch *Inferenzstatistiken*.«

Jacques Terblanch rief: »Aber mit Inferenzstatistiken können Sie keinen hohen Grad an Genauigkeit oder Vorhersagbarkeit erwarten!«

»Darum wird Anthropologen nachgesagt, dass sie ein Konfidenzniveau von 0,5 Prozent glücklich macht. Wir akzeptieren, dass vielleicht eine von zwanzig Studien falsch ist.« Einige grinsten nervös. »Daher die Steinaxt.«

Auch LeFevre wirkte nervös. »Warum benutzen Sie Ihre Steinaxt bei einem so hohen Standardfehler?«

Mit theatralischer Geste führte Mark seine Tasse an die

Lippen und trank einen Schluck. »Die Steinaxt wurde nur erfunden, um Bäume zu fällen.«

Er musterte die Anwesenden, auf deren Gesichtern sich Verwirrung spiegelte.

»Die Archäologie hat nur einen Teil des Modells geliefert. Wie Sie dem Artikel sicherlich entnommen haben, wurde der Rest aus anderen Quellen übernommen und angepasst: Klimawandel-Modelle.«

»Warum Klimawandel-Modelle?«, fragte Liu.

»Weil Klimawandel-Modelle die Wirkung von *Energie* innerhalb eines Systems beschreiben. Und das ist der Schlüssel zu dem, was wir tun werden.«

»Und das wäre?«, fragte Kalaschnikow.

Mark war sich Stephanies Anwesenheit deutlich bewusst, doch er widerstand dem Drang zu beobachten, wie sie reagierte. »Den Energiefluss in einem geschlossenen Gesellschaftssystem zu beschreiben. In diesem Fall in der gesamten Weltwirtschaft. Ebenso wie beim Klimawandel ist es eine große Aufgabe, in einem Modell zu erfassen, wie rund sieben Milliarden Menschen Energie gewinnen, transportieren und verbrauchen. Und auch hier werden Inferenzstatistiken benutzt, um Lücken in den Daten zu schließen.«

Mark erkannte die Skepsis, die sich in den Mienen und in der Körpersprache der Anwesenden spiegelte, die auf ihren Stühlen ein Stück hinuntergerutscht waren.

»Wie machen wir das? Indem wir zu den Grundbedürfnissen zurückkehren. Was brauchen Menschen? In erster Linie Lebensmittel. Dann Wasser. Schutz vor den Elementen. Sicherheit für sich selbst und ihre Familien und Schutz vor Gewalt. Die Möglichkeit, einen Sexualpartner zu finden, und schließlich Vorhersagbarkeit. Sie wollen wissen, dass es morgen ungefähr so sein wird wie heute. Wenn man irgendeine dieser Variablen aus der Gleichung entfernt, steigt die Wahrscheinlichkeit von soziokulturellen Störungen, von Stress, einer Veränderung des Systems – wie immer Sie es nennen wollen.«

»Und welches sind die berüchtigten fehlenden Variablen?«, fragte Inoui und trommelte mit den Fingern auf den Tisch.

»Die elementaren Faktoren: die Nutzung der gesamten Weltressourcen im Verhältnis zum Verbrauch. Nahrungsmittelproduktion – menschlicher Kraftstoff und Ernährung – geteilt durch rund sieben Milliarden Menschen. Kurzum, kann die Agrarwirtschaft genügend Kilokalorien erzeugen, um die wachsende Bevölkerung auf der Welt zu ernähren?

Das Ergebnis wird in Beziehung gesetzt zu der Verteilung und dem Transport von Nahrungsmitteln – einer Variablen, die schwieriger zu definieren ist. Welcher Prozentsatz der Kilokalorien geht durch verdorbene Nahrungsmittel und Unwirtschaftlichkeit verloren?

Welche Auswirkungen hat der Klimawandel auf die Ernte? Was passiert, wenn einige Fischbestände zusammenbrechen?

Und dann geht es um Energie. Von der einfachen Energie wie zum Beispiel lokal vorhandenem Brennholz bis zum Vertrieb von Lkw-Kraftstoff. Kann das Stromversorgungsnetz aufrechterhalten werden? Wie viele Tonnen Rohöl können verarbeitet werden?

Dann der medizinische Aspekt: Besteht eine hinreichende Infrastruktur, um eine große Epidemie zu bekämpfen? Wie wirkt sich eine Seuche in Südostasien auf die Nahrungsmittelproduktion aus? Wie groß ist der Panikfaktor? Führt er zu demografischen Verschiebungen? Welche Menschen sind betroffen, und wohin gehen sie?

Doch das sind nur Beispiele für die Art der Daten, mit denen wir arbeiten müssen.«

Pierre LeFevre trommelte mit den Fingern auf den Tisch. »Warum sollten wir in Anbetracht all dieser Inferenzstatistiken – ein anderes Wort für Vermutungen – diesem Modell vertrauen?«

Mark nickte. »Ein guter Statistiker testet immer die Nullhypothese – und zwar daraufhin, dass sie keine mathematisch signifikanten Auswirkungen hat. Meine Nullhypothese war immer, dass die Welt, egal, welche Variablen ich benutze, weiterhin so funktionieren wird wie bisher. Das wäre der Normalzustand, wenn Sie so wollen. Das Leben geht weiter. Das Wirtschaftswachstum hält an, Bauern bestellen ihre Felder, Bergleute fördern Kohle und Erz, und Fabrikanten stellen Produkte her. Es steht Strom zur Verfügung, und unsere Autos fahren. Das wollte ich beweisen.«

»Und?«, fragte Stephanie, die sich zum ersten Mal zu Wort meldete.

Mark ignorierte sie und konzentrierte sich auf sein neues Team. »Gleichgültig, welche Variablen wir einsetzen, die Resultate bleiben dieselben: Die Nullhypothese – der Normalzustand – wird zurückgewiesen.«

Mark lächelte die Anwesenden, die sich auf ihren Stühlen aufrichteten, grimmig an. »Genau so ist es. Und wenn wir die Nullhypothese nicht beweisen können, steuern wir unvermeidbar auf eine globale Katastrophe zu. Hunger, Krieg, Epidemien.«

»Und am Ende steht der Zusammenbruch«, sagte Pierre nachdenklich. »Und dem sollen wir vertrauen? Obwohl Sie alles mit Ihrer Steinaxt bearbeitet haben?«

Mark nickte. »Wenn Sie zu weit vom Wesentlichen abweichen und sich erlauben, sich in komplizierte mathematische Berechnungen zu verstricken, werden Sie die Schlüsselvariablen vergessen: Gibt es genügend Nahrungsmittel für die Menschen? Sind Ihre Kinder in Sicherheit? Brennt das Licht? Wird morgen alles so sein wie heute? Wenn wir eine dieser Fragen auf lange Sicht mit nein beantworten müssen, werden die Dinge chaotisch und sehr unangenehm werden.«

Mark griff in die Tasche und zog einen USB-Stick heraus, auf dem Anikas Dissertation gespeichert war. Er hatte wohlweislich ihren Namen durch seinen ersetzt. »Ich möchte, dass Sie sich das hier herunterladen, es lesen und sich intensiv damit beschäftigen. Dann beginnen wir damit, die Variablen zu konkretisieren. Betrachten Sie das hier als ersten Entwurf. Er ist noch grob und muss weiterentwickelt, angepasst und bearbeitet werden. Aber wenn wir keine Fehler bei den Grundannahmen finden, werden wir die Steinaxt schwingen. Der Baum wird fallen. Und wenn das geschieht, werden viele Menschen sterben.«

Als Anika French im Konferenzraum des Außenministeriums Platz nahm, sah Maureen die bleierne Müdigkeit in den Gesichtszügen und Augen der jungen Frau. Sie hatte ihr rotes Haar wieder zu einem Pferdeschwanz zusammengebunden. Das ging schnell und war praktisch. Anlässlich dieses besonderen Treffens trug Anika ihre guten Schuhe, einen schwarzen Rock, eine weiße Bluse und einen grauen Blazer. Sie hielt einen Energydrink in der Hand, als könnte dieser ihren Schlafmangel kompensieren.

Vielleicht hätte ich mir auch eine Dose von diesem Zeug besorgen sollen. Maureens Augenlider waren schwer wie

Blei. Der Blick, den sie in den Hotelspiegel geworfen hatte, ehe sie aufgebrochen waren, hatte sie nicht beruhigt. Zumindest hatte sie noch schnell duschen und sich umziehen können. Doch ihre saubere Kleidung war durch den Transport in der Reisetasche zerknittert.

Maureen hatte sich gefragt, ob die Zeit wohl ausreichte, sie noch zum Bügeln zu geben.

Alles in allem waren ihnen zwei Stunden Zeit im Hotel geblieben, ehe der Fahrer des Außenministeriums sie Punkt halb acht morgens abgeholt und sie nach Foggy Bottom gebracht hatte. Dort wurden sie am Eingang empfangen, mit Besucherausweisen ausgestattet und in aller Eile zu dem kleinen Konferenzraum geführt.

Zum Glück hatte man ihnen Kaffee angeboten. Maureen spürte, dass die Müdigkeit an ihren Kraftreserven zehrte. Anika stand mit Sicherheit kurz vor einem Zusammenbruch. Sie hatte nicht nur eine furchtbar anstrengende Woche hinter sich, in der ihr Büro ausgeraubt worden war und die Frau ihres Professors sowie deren beiden Kinder verschwunden waren.

Zwei Männer in Anzügen öffneten die Tür und betraten den Raum vor Amy Randall, Agent Hart und der Außenministerin, die tatsächlich persönlich zu diesem Treffen erschien.

Maureen stand auf. Anika riss die Augen auf und stand ebenfalls auf.

Nachdem sie sich alle vorgestellt hatten, schüttelte die Außenministerin Maureen die Hand. Im Gegensatz zu der auffälligen, farbenfrohen Garderobe ihres Vorgängers trug sie ein geschmackvolles, maßgeschneidertes graues Kostüm. Ihr graues Haar hatte sie sorgfältig hochgesteckt. »Ich freue mich, Sie endlich kennenzulernen, Dr. Cole«, sagte sie mit kühlem Blick. »Ich habe Ihre Arbeit verfolgt. Lassen Sie mich Ihnen noch einmal im Namen unseres Landes danken, dass Sie entscheidend dazu beigetragen haben, Bill Reeves' unerlaubte Aktivitäten aufzudecken.«

»Keine Ursache, Frau Außenministerin. Ich glaube, dieses kleine Abenteuer hat uns alle schockiert.« Maureen drehte sich um. »Das ist Dr. Anika French.«

Anika schüttelte der Außenministerin die Hand. »Allerdings liegt mir die Ernennungsurkunde zum Doktor noch nicht vor.«

Die Außenministerin musterte die beiden Frauen aufmerksam. »Sie sehen erschöpft aus.«

»Es waren anstrengende Tage.« Maureen wartete, bis die Ministerin Platz genommen hatte, ehe sie sich wieder hinsetzte.

Die Ministerin ließ den Blick über die Anwesenden schweifen. »Ich werde mich bemühen, Sie nicht allzu lange aufzuhalten. Auf mich warten noch zahlreiche Termine, und zuvor muss ich den Präsidenten informieren, sobald wir unser Gespräch beendet haben.« Die Ministerin starrte auf Anikas Dissertation. »Ist das das Dokument?«

Anika zuckte zusammen wie ein Kaninchen im Scheinwerferlicht.

»Ja, das ist Anikas Dissertation«, sagte Maureen. »Das Einzige, was wir retten konnten. Alles andere wurde gestohlen. Das FBI versucht den Verbleib der Aufzeichnungen und grafischen Darstellungen von Dr. French zu ermitteln.«

Die Außenministerin winkte ab. »Darüber bin ich im Bilde.«

»Gibt es schon neue Informationen über Denise und die Jungen?«, stieß Anika hervor.

»Nein.« Die Ministerin wartete, bis die beiden Männer in den Anzügen ihre Notebooks aufgeklappt hatten. Als sie nickten, fuhr sie fort. »Erklären Sie mir bitte ganz genau und in knappen Worten, worum es in diesem Modell geht. Warum messen so viele Menschen ihm eine so große Bedeutung bei?«

Anika fuhr sich mit der Zunge über die Lippen und faltete nervös die Hände. Zögernd stellte sie die Entwicklung des Modells dar und erklärte die Parallelen zwischen Gesellschaftssystemen und Klimamodellen.

»Die Statistiken wurden von archäologischen Modellen und von Klimamodellen abgeleitet?«

»Ja, sie sind eine Synthese. Die Lücken in den archäologischen Aufzeichnungen wurden gefüllt, indem Klimawandel- und Reaktionsmodelle eingesetzt wurden, um menschliches Verhalten in einem System mit abnehmenden Ressourcen vorherzusagen. Das Modell erklärt den Prozess, in dessen Verlauf Gesellschaften den Punkt ohne Wiederkehr überschreiten, den Umkipppunkt, wenn Sie so wollen.«

»Und was passiert dann?«

»Dann ist die Belastungsgrenze erreicht. Anika spricht von dem auslösenden Ereignis eines Zusammenbruchs. Das gesamte System stürzt ins Chaos«, fuhr Maureen fort, die sah, dass Anika kaum noch die Augen offen halten konnte. »Mangel löst Gewalt aus. Konflikte brechen aus. Soziale Institutionen brechen zusammen oder funktionieren nicht mehr. Nachbarn verbünden sich entweder, um sich zu schützen, oder wenden sich gegeneinander. Das gesamte System gerät ins Taumeln und versinkt in Anarchie.«

Die Ministerin schob ihren Kiefer hin und her. »Und das Modell sagt voraus, wann das geschieht? Wann eine Gesellschaft angreifbar ist?«

Anika nickte, doch selbst das fiel ihr schwer.

»Und das wissen Sie genau?«

Anika hatte große Mühe, sich zu konzentrieren. »Es hat bei jedem prähistorischen politischen System funktioniert, auf das ich das Modell angewendet habe.«

»Aber die Resultate standen immer von vornherein fest. Unsere Statistiker haben sich mit dem Schott-Artikel beschäftigt. Die Variablen haben sie sehr verwirrt, doch keiner von ihnen sieht eine Bedrohung für die modernen Gesellschaften.«

Anika hob die Hand. »Der Schott-Artikel, Frau Ministerin? Das ist nur eine verkürzte Darstellung. Ihre Mitarbeiter werden nicht gewusst haben, dass die Sozialstatistiken auf der Grundlage von Klimamodellen erstellt wurden. Wenn sie nicht mit archäologischen Modellen vertraut sind, können sie nicht verstehen, wie man die Korrelationskoeffizienten oder Algorithmen anwendet.« Anika machte eine kurze Pause. »Das steht in meiner Dissertation.« Sie zuckte zusammen. »Nun, größtenteils.«

»Was soll das heißen, größtenteils?«

Anika spreizte die Hände. »Das Modell, das ich eingereicht habe, war dazu bestimmt, die Anforderungen einer Dissertation zu erfüllen. In der Dissertation wird eine prähistorische Gesellschaft dargestellt. In diesem Fall Cahokia.«

Maureen, die den verwirrten Blick der Außenministerin sah, fügte hinzu: »Das größte prähistorische Reich in Nordamerika bis circa 1200 nach Christi Geburt.«

»Warum habe ich noch nie etwas davon gehört?«

Maureen sagte nicht: Weil Sie Amerikanerin sind und keine Ahnung von Ihrer eigenen Geschichte haben. Stattdessen antwortete sie: »Die Grabungsstätte liegt in der Nähe von St. Louis. Ihre Mitarbeiter können das recherchieren.«

»Noch einmal zurück zu dem Problem.« Die Außenministerin sah Anika mit durchdringendem Blick an. »Der Schott-Artikel behauptet, dass das Modell auf die moderne Welt übertragbar ist. Sie scheinen diese Meinung zu teilen. Warum?«

Maureen sah winzige Schweißperlen auf Anikas Stirn glitzern, als die junge Frau sich vorbeugte. »Weil die Kulturen, die wir anhand archäologischer Befunde studieren, denselben fundamentalen Regeln folgen wie die moderne globale Gesellschaft.« Anika holte tief Luft. »Wir sagen immer, dass wir die Vergangenheit studieren, damit sie sich nicht wiederholt, Frau Ministerin. Wenn uns die Ergebnisse dann vorliegen, glaubt sie niemand. Wir sagen immer: Ja, aber heute ist es anders. Wir haben Traktoren, Flugzeuge, Wissenschaft und Kommunikation. Wir haben Instrumente, die die Menschen damals nicht hatten.«

»Ich glaube, dass ist eine Untertreibung …«

»Aber wir sind nicht anders, Ma'am. Unser Verhalten hat sich nicht grundsätzlich verändert. Ausbeutung der Ressourcen, Umverteilung, Handel, Produktion – all diese Dinge geschehen heutzutage nur auf einem sehr viel höher entwickelten Niveau. In der Weltwirtschaft sind dieselben grundlegenden Verhaltensweisen zu finden, wie es sie in grauer Vorzeit in den Gesellschaften der Jäger und Sammler gab. Wenn Gesellschaften sesshaft werden, sich vergrößern und entwickeln, bleiben die Grundlagen doch gleich.«

Die Außenministerin presste die Hände zusammen. »Doch wenn Böden ausgelaugt sind, düngen wir sie. Um Dürre zu bekämpfen, bohren wir Brunnen. Das ist der Unterschied, Dr. French. Wir finden alternative Lösungen, die nicht von den Göttern abhängen.«

Anika schüttelte eigensinnig den Kopf. »Sie denken lokal.

Ich denke global. Nehmen Sie irgendeinen Faktor. Den Verlust der Artenvielfalt? Kohlendioxid in der Atmosphäre? Die Übersäuerung der Meere? Ozonabbau? Stickstoff- und Phosphorkreisläufe? Und der wichtigste Faktor von allen: das Bevölkerungswachstum. Bei allem Respekt, Ma'am, aber wo sind da Ihre alternativen Lösungen?«

»Wir arbeiten daran.«

»Die gesellschaftlichen Triebkräfte werden es nicht zulassen. Die Regel lautet, dass mit der Weiterentwicklung der Gesellschaften in Verbindung mit der Ausbeutung von Ressourcen ein exponentiell ansteigender Verlust an Flexibilität einhergeht.«

»Erklären Sie das bitte.«

»In der Zeit des Jagens und Sammelns nahmen die Menschen einfach ihre Zelte und zogen weiter ins nächste Tal, wenn sie die Tiere größtenteils erlegt hatten. Doch die Entwicklung des Ackerbaus fesselte die Menschen an ein bestimmtes Stück Land. In Cahokia veränderte sich das Klima, der Boden war ausgelaugt, und die Getreideernte fiel schlecht aus. Zweihunderttausend Menschen konnten nicht einfach ihre Zelte abbrechen und weiterziehen. Stattdessen brach die gesamte Gesellschaft zusammen. Vergleichen Sie das mit unserer modernen Welt. Was passiert, wenn an die sieben Milliarden Menschen, denen die Vorräte an Nahrungsmitteln und Energie gerade noch das Überleben sichern, eine Katastrophe erleben?«

»Welche zum Beispiel?« Die Außenministerin sah sie skeptisch an.

»Drei Jahre mit schweren Regenfällen im amerikanischen Mittelwesten zerstören über vierzig Prozent der Ernte. Der Monsun über dem Indischen Ozean verlagert sich nach Norden über Pakistan, anstatt für Niederschläge an den Südhängen des Himalajas zu sorgen. Die Meeresströmungen des Atlantischen Ozeans kommen zum Stillstand, und dadurch sinkt die Temperatur in Europa um vier Grad. In diesem Szenario wäre der Winter in Berlin nicht viel wärmer als der in Fairbanks, Alaska.«

Im Konferenzraum herrschte Stille. Die Außenministerin wandte sich Maureen zu. »Dr. Cole? Was sagen Sie dazu?«

»Ich stimme Dr. French zu, Ma'am. Denken Sie an die Lektion, die uns der Vorfall der *White Star* erteilt hat. Und das war nur ein Schluckauf der atlantischen Meeresströmung.«

Die Ministerin warf Amy Randall einen Blick zu und dann den beiden Männern, die sich auf ihre Mitschrift konzentrierten. »Sie haben das Modell aber nie an einer modernen, funktionierenden Gesellschaft getestet, Ms French, nicht wahr? Warum nicht?«

»Weil ich weiß, was ich herausfinden würde.« Anika hielt den Blick gesenkt.

»Und was wäre das?«

»Dass wir den Umkipppunkt bereits überschritten haben. Und es gibt nichts, was diese oder irgendeine andere Regierung tun könnte, um eine Katastrophe zu verhindern.«

10. Kapitel

Alle gähnten und massierten sich den Nacken, doch Mark Schott, dessen Körper noch auf die Zeit in Wyoming eingestellt war, fand nun seinen Rhythmus. Er war jetzt topfit und kam richtig in Fahrt.

Er hatte bemerkt, dass Stephanie nach etwa einer Stunde gegangen war. Seitdem hatte er nicht mehr an sie gedacht, bis sie schließlich zurückkehrte, fragend die Stirn runzelte und mit bedeutsamem Blick auf ihre Armbanduhr zeigte.

»Sie sehen alle müde aus!«, rief sie. »Wir machen Schluss für heute.«

Die gute Nachricht wurde mit erfreutem Lächeln zur Kenntnis genommen. Alle räumten ihre Arbeitsplätze auf und schlossen ihre Unterlagen in Schubladen ein.

Dann verabschiedeten sie sich und ließen Mark und Stephanie in dem Raum zurück, in dem jetzt Stille herrschte.

»Wie ist es gelaufen?«, fragte sie.

»Ich glaube, allmählich verstehen sie, worum es geht.« Verdammt, sie war noch hübscher als in seiner Erinnerung. Was wäre es wohl für ein Gefühl, jeden Abend von einer solchen Frau begrüßt zu werden? Mark lächelte sie charmant an, als er sein Exemplar der Dissertation in den ihm zugewiesenen Schreibtisch legte und ihn abschloss.

»Und was haben Sie für einen Plan?«, fragte sie, als sie auf den Gang traten.

»Wir arbeiten das Cahokia-Modell durch, bis sie alle entscheidenden Prinzipien verstanden haben. Sobald sie Verbesserungen des Modells vorschlagen, weiß ich, dass sie es begriffen haben. So clever, wie diese Leute sind, rechne ich mit drei Tagen.«

Sie betraten den Aufzug. »Und um ein Modell einer modernen Gesellschaft zu erstellen? Wie lange wird das dauern?«, fragte sie.

»Das ist ein wenig komplizierter.« Mark verließ hinter Stephanie den Aufzug. »Bei einer prähistorischen oder historischen Gesellschaft haben wir es mit einem geschlossenen System zu tun. In der modernen Welt entwickeln sich die Gesellschaften immer weiter. Wir leben in einer Weltwirtschaft. Alles, und ich meine wirklich alles, ist miteinander verbunden. Soziale Unruhen in Indien beeinträchtigen Steuerberatungsunternehmen hier in Deutschland, in den Vereinigten Staaten und fast in ganz Europa. Ein Taifun, der Taiwan heimsucht, kann sich auf die Just-in-time-Lieferung von Bordcomputern für Airbusse auswirken, die in einer Montagehalle in Frankreich warten.«

»Wir sind mit dem Konzept der ›flachen Erde‹ durchaus vertraut. Aber wie kompensieren Sie das?«

Als sie das Gebäude verließen, wunderte Mark sich, dass es schon dunkel war. Wie war das möglich?

»Ich habe Gunter erklärt, dass ich auf meine Mitarbeiter in Wyoming angewiesen bin. Wir müssen die richtigen Daten haben. Als ich die Idee für das Modell entwickelt habe, hat Anika French mir entscheidend dabei geholfen, die Variablen zu definieren. Sobald wir wissen, welche Fragen wir stellen müssen, übergebe ich einen Teil des Projektes an sie.« Er lächelte. »Sie soll ruhig etwas tun für ihr Geld. Immerhin habe ich ihr den Job besorgt.«

Stephanie begleitete ihn über den Rasen zu seinem Haus.

Die Alpen leuchteten im Schein des Halbmondes. »Hm, es hat ein paar Komplikationen gegeben.«

Mark schaute sie fragend an. »Was ist passiert?«

»Die amerikanische Regierung hat sie nach Washington geholt.« Stephanie schaute ihn mit ihren blauen Augen an.

»Was?« Mark blieb stehen. »Die Regierung? Warum?«

»Offenbar sind sie ebenfalls an dem Modell interessiert.«

»Im Ernst?«

»Hat die Regierung Sie nie kontaktiert?«

»Nein. Der Einzige, der Kontakt zu mir aufgenommen hat, war Gunter.« Sie gingen weiter. »Und was bedeutet das?«

»Das bedeutet, dass die jetzt Ihre wissenschaftliche Mitarbeiterin haben, und das Letzte, was wir wollen, ist, dass sie der Richtung unserer Forschungen folgen. Was bedeutet der Verlust von Ms French für Ihren Zeitplan zur Fertigstellung des Modells?«

Mark seufzte. »Ich weiß es nicht genau.« Wut stieg in ihm auf. »Verdammt!«, rief er und holte tief Luft. »Egal. Das bedeutet, dass wir mehr Tests durchführen müssen. Das ist alles. Sie haben gehört, was ich in der Einführung gesagt habe? Grundsätzlich ändert sich nichts. Aber wir müssen jetzt vor allem die große Menge überflüssiger Daten in den Griff kriegen. Wenn wir dabei die Schlüsselvariablen isolieren können – nennen wir sie Kernfaktoren –, die Auswirkungen auf globaler Ebene haben, fügt sich alles andere zusammen. Wichtig ist vor allem, dass die Qualität der Kernfaktoren stimmt.«

»Und welches sind die Kernfaktoren?«

»Die wichtigsten sind Nahrungsmittel und Energieproduktion. Keine übertriebenen Schätzungen, sondern die tatsächliche Produktion. Dann müssten wir die Möglichkeiten einschätzen können, diese Produkte an die Verbraucher zu verteilen. Angenommen, wir haben den Umkipppunkt bereits überschritten, dann ist es von größter Bedeutung zu erkennen, dass ein Zusammenbruch ausgelöst wurde. Wir müssen wissen, wann und wo das System zusammenbricht, sei es bei der Produktion oder irgendwo in der Verteilkette.«

»Aber es muss ein kritischer Zusammenbruch sein.« Stephanie nickte.

»Richtig. Das Beispiel, das ich für Flugzeugteile angeführt habe, wäre nicht kritisch. Selbst wenn Airbus für ein Jahr schließen müsste, würden die sozialen Folgen sich nicht so auswirken, dass es zu einem Systemkollaps käme. Erinnern Sie sich, was ich gesagt habe? Wir suchen nach Defiziten bei Nahrungsmitteln, Wasser, Energie, Wohnraum, Vorhersagbarkeit. Und genau in dieser Reihenfolge und mit dieser Priorität.«

»Wir können alle Daten beschaffen, die Sie brauchen«, sagte Stephanie, die sich ihrer Sache sehr sicher zu sein schien.

Als sie vor Marks Wohnung ankamen, öffnete sie die Tür und trat ein. Der köstliche Duft von gekochtem Hummer lag in der Luft. Mark schloss die Tür hinter sich, und als er einen Koch in der Küche stehen sah, bekam er einen Schreck.

»Wie weit sind Sie, Eduard?«, fragte Stephanie.

»In fünf Minuten ist alles fertig, Ms Huntz. Wenn Sie und der Gentleman sich kurz frisch machen möchten, steht das Essen anschließend auf dem Tisch.«

Mark runzelte fragend die Stirn.

Stephanie warf ihm einen ängstlichen Blick zu. »Wenn Sie lieber allein essen möchten, ist das kein Problem.«

»Nein, nein. Das ist wunderbar. Ich dachte, ich müsste Sie fragen«, erwiderte Mark mit einem gewinnenden Lächeln.

Ihre funkelnden Augen, ihr Lächeln und die Grübchen neben den Mundwinkeln genügten ihm als Antwort. »Ich ziehe mich nur kurz um.«

Als Mark zurückkehrte, war das Licht gedimmt. Auf dem Tisch brannten Kerzen, und das Menü stand auf dem Tisch: ein köstlich zubereiteter Hummer, weißer Spargel, in Gewürzen geschmorte Kartoffeln und eine Flasche Dom Perignon. Stephanie nahm gegenüber von ihm Platz. Das Kerzenlicht verlieh ihrem gelockten Haar einen seidigen Schimmer.

Nachdem Eduard das Menü serviert hatte, verbeugte er sich und verließ das Haus.

»Erwartet mich nun jeden Abend so ein Menü?«

»Wenn Sie möchten.« Stephanie nahm die Gabel in die Hand, spießte eine Kartoffel auf und biss genüsslich hinein. »Hm, Kardamom. Köstlich.« Sie schluckte den Bissen hinunter. »Greifen Sie zu!«

Mark brach eine Hummerschere auf. »Stephanie?«

»Ja?«

»Ich glaube nicht, dass Ihrem Chef, dem großen Boss, die Ergebnisse gefallen werden, wenn wir alle Schwachstellen aus dem Modell entfernt haben.«

Stephanie schaute ihn ungerührt an. »Warum nicht?«

Mark seufzte zufrieden, als er den Hummer mit einem Schluck Champagner hinunterspülte. »Ich erkläre es Ihnen. Rund sieben Milliarden Menschen leben auf diesem Planeten, der höchstens zwei Milliarden vernünftig versorgen kann. Die schlechte Nachricht ist, dass der ganze Planet von geborgter Zeit lebt. Wir haben den Umkipppunkt überschritten.«

Stephanie verzog keine Miene. »Ja, ich weiß.«

»Wenn Sie es wissen, warum haben Sie mich dann eingestellt, um es zu beweisen?«

»Das ist nicht der Grund, warum wir Sie eingestellt haben, Mark.«

»Sondern?«

»Wenn Sie das Modell fertiggestellt haben, ist es Ihre Aufgabe festzustellen, wo das globale System zusammenbrechen wird. Die Frage ist, welches Ereignis letztlich zum Zusammenbruch führen wird.«

»Und dann? Ich meine, was bleibt dann noch? Die Menschen hungern, haben Angst und ziehen plündernd und randalierend durch die Straßen. Regierungen lösen sich inmitten großen Aufruhrs auf. Handelsbeziehungen brechen ab. Die gesamte Industrie kollabiert.«

»Sicher.« Stephanie schob sich genüsslich ein Stück Hummer in den Mund. Die Kerzen warfen einen goldenen Schimmer auf ihr Gesicht. »Alles geht zum Teufel, nicht wahr?«

»Davon wäre man jedenfalls im Mittelalter buchstäblich überzeugt gewesen.«

Sie lächelte aufreizend. »Dann profitiert besonders der Teufel von dem, was kommt. Und dabei kommen Sie ins Spiel, Mark. Sie sollen uns helfen, ECSITE strategisch so zu platzieren, dass unser Unternehmen noch steht, wenn der Zusammenbruch erfolgt.«

»Ich glaube, Sie haben mich nicht verstanden. Es wird nicht mehr viel stehen. Milliarden von Menschen werden sterben, zuerst an Hunger, dann an Epidemien, weil die medizinische Versorgung zusammenbricht, und dann durch den Krieg, der unweigerlich ausbrechen wird. Das ist kein schönes Bild.«

»Das wussten Sie, als Sie den Job angenommen haben«, erwiderte Stephanie in spöttischem Ton. »Wie auch wir haben Sie sich dafür entschieden, das Beste aus einer schlechten Situation zu machen. Es wird Überlebende geben, wenn alles vorbei ist. Wir haben vor, unter den Überlebenden zu sein. Die ultimative Evolution, finden Sie nicht?«

Mark spürte Wut in sich aufsteigen.

Stephanie bemerkte es und lächelte. »Sie sind nicht überzeugend, Mark. Sie sind genau wie ich ein hoffnungsloser Pragmatiker. Warum sonst hätten Sie Ihre Frau und Ihre Kinder zurücklassen sollen? Weil sie nicht in die kommende Weltordnung passen. Wir schon.«

Mark starrte auf seinen Teller und wusste nicht, was er sagen sollte.

»Entspannen Sie sich. Nehmen Sie es nicht zu ernst. Sie sind hier unter gleichgesinnten Freunden. Die beste Zeit für Heilige ist der Moment, wenn Zivilisationen entstehen und man optimistisch in die Zukunft blickt. Wenn Sie ein Heiliger wären, Mark, hätten wir jemand anders gefunden, und Sie hätten dann mit dem Rest der Welt Ihr Glück suchen können.«

»Kein Heiliger?« Mark grinste. Er wusste nicht genau, warum ihn das ärgerte. »Nein, ich glaube nicht.«

»Ich möchte einen Toast aussprechen.« Stephanie hob ihr Champagnerglas. »Auf die, die keine Angst haben, die Zukunft anzupacken.« Sie stießen miteinander an.

»Hm, es ist nur so, dass der Vorstellung, man habe seine Seele an den Teufel verkauft, in unserer Kultur eine äußerst negative Bedeutung zukommt.«

»Stimmt.« Stephanie zeigte auf das Essen. »Aber es sind angenehme Vergünstigungen damit verbunden. Was würden Sie lieber tun, sobald die Dominosteine fallen? Im Kerzenschein Hummer von ECSITE essen oder hungernd durch ein Dorf in Asien laufen und hoffen, dass Sie irgendwo eine Hand voll Reis finden?«

»Wie Louis in *Casablanca* sagt: ›Es sieht so aus, als wären Sie der einzige Mensch, der noch weniger Skrupel hat als ich.‹«

»Verwandte Seelen«, pflichtete Stephanie ihm bei. Ihre Pupillen weiteten sich. »Und glauben Sie, dass Sie uns das Modell liefern können, nachdem Sie jetzt wissen, was ECSITE will? Können Sie uns das prognostische Modell erstellen, das uns hilft, den besten Weg vorherzusagen, um einen kommenden Zusammenbruch zu überleben?«

Mark nickte und wunderte sich, dass es bislang so einfach gewesen war. »Ich glaube schon. Ohne Ms French wird es etwas komplizierter sein, aber wenn ich die richtigen Mitarbeiter habe und mich in die Sache hineinknie, kriege ich es hin.« Er runzelte die Stirn. »Wissen Sie, man kann eine Menge Geld machen, wenn man weiß, wie Zivilisationen zusammenbrechen. Auf dem Schwarzmarkt wird der Handel mit Drogen, Waffen, konservierten Lebensmitteln und dergleichen blühen.«

Stephanie strahlte vergnügt. »Jetzt denken Sie allmählich wie der große Boss. Und Sie sollten Ms French noch nicht ganz abschreiben.«

»Ach, ich dachte, sie fällt in die Kategorie der Heiligen.«

»Vielleicht. Vergessen wir sie vorerst. Den heutigen Abend sollten wir für Entdeckungen reservieren.«

»Entdeckungen?«

»Neugier führt immer zu Entdeckungen, nicht wahr? Kommen Sie!« Sie stand auf und reichte ihm die Hand.

Mark ergriff sie und ließ sich von ihr die Treppe hinauf ins Schlafzimmer führen. Stephanie ging zu der Konsole, mit der man die Bilder der holografischen Wand steuern konnte. Sie rief das Menü auf und wählte den tropischen Wasserfall aus. Als das Geräusch plätschernden Wassers und singender Vögel den Raum erfüllte, ging sie auf Mark zu und legte die Hände auf seine Schultern. »Ich habe mich erkundigt. Das hier wurde auf einer karibischen Insel namens Dominica aufgenommen. Ich kriege das nicht mehr aus dem Kopf.«

Mark schaute Stephanie in die Augen. »Ich auch nicht.«

Er zog sie an sich und küsste sie leidenschaftlich. Dann spürte er, dass sie ihm die Jacke auszog und sein Hemd aufknöpfte. Als Mark es über die Arme streifte, öffnete Stephanie geschickt seinen Hosengürtel und zog den Reißverschluss auf. Während sie sich noch immer küssten, schob Stephanie seine Hose und den Slip bis zu den Füßen hinunter.

Mark streifte die Schuhe ab und befreite sich von den letzten Kleidungsstücken. Stephanie war schon barfuß, und ihr Rock und der Slip glitten über ihre wohlgeformten, muskulösen Beine auf den Boden.

Mit klopfendem Herzen knöpfte er ihre Bluse auf, legte die Hände auf ihren Rücken und hakte den BH auf. Als auch die Bluse und der BH auf dem Boden lagen, stockte Mark beinahe der Atem. Stephanie stand stolz vor ihm und neigte den Kopf zur Seite. Ihre Augen strahlten. Von dem Wasserfall und dem Whirlpool umrahmt, verwandelte sie sich in eine mythische, göttergleiche Gestalt, die ihm den Atem nahm.

»Verdammt«, flüsterte er.

Stephanie trat vor und schlang die Arme um seinen Nacken. Sie presste sich an ihn und stieß verspielt gegen seinen steifen Penis. »Dann schauen wir mal, was für ein teuflisches Vergnügen wir heraufbeschwören können, nachdem wir unsere Seelen nun verkauft haben.«

Maureen beobachtete die Außenministerin, die über Anikas Behauptungen nachdachte. Die Frau war Juristin und keine Wissenschaftlerin. Es verstand sich von selbst, dass Regierungen aus Politikern bestanden, die wussten, was man tun musste, um gewählt zu werden. Die Erfolgreichen unter ihnen wussten noch etwas: wie man wiedergewählt wurde.

Keine der dafür erforderlichen Fähigkeiten erhöhte ihr Verständnis für die Wissenschaft. Die meisten glaubten, das Wort »Theorie« bedeutete eine wilde Schätzung und keine genau überprüfte Erklärung der Realität, die bis zur Stunde nicht zurückgewiesen werden konnte.

»Nicht jeder glaubt an das Ende der Welt«, sagte die Ministerin. »Propheten haben das Ende der Welt in den letzten zweitausend Jahren schon tausendmal vorhergesagt. Und wenn wir am nächsten Morgen aufwachen, ist die Welt dennoch immer da.«

Anika lachte freudlos. »Und sie wird auch noch bestehen, wenn wir als Spezies ausgestorben sind. Menschen haben Schwierigkeiten, sich eine Million Jahre vorzustellen, geschweige denn eine Milliarde. Vor 252 Millionen Jahren wurden neunzig Prozent des Lebens auf der Erde ausgelöscht. Der Großteil der Überlebenden waren Pilze, Bakterien, ein paar primitive Pflanzen und die Tiere, die sie gefressen haben. Es dauerte dreißig Millionen Jahre, *dreißig*

Millionen, bis sich das Leben in der Trias erholt hat. Wir sind kurzlebige Wesen, Frau Ministerin.«

»Sie glauben jedenfalls daran, Dr. French.«

»Mit Glauben hat das nichts zu tun, Ma'am. Ein Gläubiger akzeptiert etwas aufgrund seines Glaubens. Ich wäre hocherfreut über die Nullhypothese und dass schon alles gut gehen wird. Mein Problem ist, dass die beste Wissenschaft, die wir haben, auf etwas anderes hindeutet.«

»Sie haben das Modell nicht getestet. Sie behaupten, Wissenschaftlerin zu sein, aber Sie wissen überhaupt nicht, ob Ihre Vermutung stimmt. In Wirklichkeit wollen Sie es gar nicht wissen.«

Anika errötete und senkte den Blick.

Die Außenministerin lenkte ein. »Abgesehen von meiner persönlichen Meinung in dieser Sache ist mein Problem, dass verschiedene Gruppen Interesse an dem haben, was Ihr Modell vorhersagt. Das betrifft mich durchaus. Und wenn Sie recht haben? Würde das Wissen nicht Impulse für Gegenmaßnahmen liefern?« Die Ministerin verstummte kurz. »Um vielleicht Menschen wie mich davon zu überzeugen, aktiv zu werden?«

»Ma'am, erinnern Sie sich an die Kräfte, über die wir gesprochen haben? Ebenso wie Klimamodellen wohnt auch Gesellschaftssystemen eine Trägheit inne. Nehmen Sie zum Beispiel fossile Brennstoffe. Jeder weiß, dass es fatal ist, Gigatonnen von Kohlendioxid in die Atmosphäre zu blasen. Was würde denn passieren, wenn die Regierung den Gebrauch aller fossilen Brennstoffe verbietet? Sofort.«

»Das ganze Land würde zusammenbrechen.«

»Dazu würde es niemals kommen, Ma'am. Das Land würde sich weigern, den Befehl zu befolgen, und wenn die Regierung versuchen würde, die Einhaltung des Verbotes zu erzwingen, würde die Trägheit dem entgegenwirken. Eine alternative Energiequelle – wenn Sie überhaupt eine hätten – kann nur langsam eingeführt werden und die Trägheit in Bezug auf fossile Brennstoffe vertreiben. Aber Trägheit kann auch weniger greifbar sein. Was passierte, als Lenin und später Stalin die Orthodoxe Kirche in Russland auszulöschen versuchten? Sie hatten die Geheimpolizei, die Armee, Apparatschiks und Kommissare, um das Verbot durchzusetzen. Und ist die Russische Orthodoxe Kirche tot?«

»Ich verstehe, was Sie mit Trägheit meinen.« Die Ministerin wechselte das Thema. »Wie können wir Ihren Dr. Schott erreichen?«

»Das weiß ich nicht, Ma'dam. Er hat gesagt, dass er uns kontaktieren wird. Die Universität, meine ich.«

»Hat er Ihnen nicht gesagt, wohin er geht?«

»Nur, dass er nach München fliegt.« Anika verstummte kurz. »Er steckt in Schwierigkeiten, nicht wahr?«

Die Außenministerin nickte leicht. »ECSITE hat den Ruf, skrupellos vorzugehen, nicht lockerzulassen und sich um *jeden* Preis durchzusetzen. Nicht so bekannt ist, dass das Unternehmen auch im Ruf steht, sich Leuten zu entledigen, die seinen Zielen gedient haben. Das ist ihre Vorgehensweise, um zu verhindern, dass die Konkurrenz ihre Methoden nachahmen oder auch nur verstehen kann. Im Augenblick müssen wir davon ausgehen, dass sie das Modell haben und es benutzen wollen.« Sie warf Amy Randall einen Blick zu. »Und wenn ECSITE das Modell in seinen Besitz gebracht hat, bedeutet das, dass sie einen Plan haben, wie sie davon profitieren können.«

»Sonst hätten sie Dr. Schott nicht eingestellt«, meinte Randall nachdenklich. »Wusste Dr. Schott von Ihrer Abneigung, das Modell anzuwenden?«, fragte sie Anika. »Hat er es an modernen Gesellschaften getestet?«

»Wir haben kurz darüber diskutiert. Ich weiß aber, dass Mark nie versucht hat, es auf moderne Gesellschaften anzuwenden.«

»Wieso sind Sie sich so sicher?«, fragte die Außenministerin.

»Er hat nur mit den prähistorischen Modellen gearbeitet.« Sie lächelte verhalten. »Aus diesem Grunde hat er auch durchgesetzt, dass ich den Job bekomme und die Universität die Gelder erhält. Er wusste, dass er mich braucht, um das Modell anzupassen.«

»Informieren Sie uns sofort, wenn er versucht, Sie zu kontaktieren, hören Sie? Können Sie das Modell inzwischen testen?«

»Die Daten und Statistiken, die ich dafür brauche, sind gestohlen worden«, erwiderte Anika mit betrübter Miene.

»Und ECSITE hat sie wahrscheinlich nicht«, überlegte Maureen. »Vermutlich haben die Männer von Blackwater sie und diejenigen, für die sie arbeiten.«

Randall, Hart und die Außenministerin wechselten ein paar leise Worte.

Jemand, der viel Macht hat, dachte Maureen. *Jemand, der Profis engagiert, die die Drecksarbeit machen.*

Die Außenministerin schaute auf die Uhr. »Mir rennt die Zeit davon. In Ordnung. Der nächste Punkt auf der Liste: Ich muss wissen, ob das Modell funktioniert.«

»Und was ist, wenn sich herausstellt – wie Dr. French vermutet –, dass unsere Welt den Umkipppunkt bereits überschritten hat?«, fragte Maureen.

»Dazu kann ich erst etwas sagen, wenn ich die Daten gesehen habe.« Die Ministerin stand auf und wandte sich

Randall zu. »Sorgen Sie dafür, dass die Damen einen Arbeitsplatz, Computer, Berater und Daten erhalten. Sie kümmern sich darum, dass sie *alles* bekommen, was sie brauchen. Verstanden?«

»Ja, Ma'am.«

Die beiden Männer klappten ihre Notebooks zu und folgten der Außenministerin zur Tür. Diese drehte sich noch einmal um, ehe sie den Besprechungsraum verließ. »Dr. French? Wann haben Sie eine Antwort für mich?«

»Ma'am, wenn ich allein arbeite, weiß ich nicht, wann ...«

»Ziehen Sie jeden hinzu, den Sie brauchen. Wir haben keine Zeit für lange Experimente.« Sie schaute noch einmal auf die Uhr. »Auch wenn Sie Himmel und Hölle in Bewegung setzen müssen, ich brauche bis Freitag eine Antwort.«

»Bis Freitag?«

»Das wäre gut.« Mit diesen Worten drehte die Ministerin sich um und ging mit schnellen Schritten davon, gefolgt von den beiden Protokollführern.

Anika schnappte nach Luft.

Amy Randall stützte sich kampferprobt auf dem Tisch auf. »Okay, irgendwie müssen wir das schaffen. Und wie machen wir das?«

Anika starrte in die Ferne und sah aus, als bekäme sie keine Luft mehr.

»Können wir jeden anrufen, den wir brauchen?«, fragte Maureen. »Haben wir Zugang zu Daten, Computern und Programmierern?«

»Sie haben gehört, was die Außenministerin gesagt hat.«

»Anika? Möchten Sie, dass Fred Zoah kommt?«

Anika schien allmählich aus ihrer Trance zu erwachen und nickte. »Er wird das archäologische Modell sofort verstehen. Und Sie haben gesagt, dass er den Schott-Artikel bereits gelesen hat.«

Randall wandte sich Hart zu. »Schicken Sie ihm ein Flugzeug. Sofort.«

»Agent Hart, er ist ein wenig exzentrisch«, mischte Maureen sich ein. »Könnte gut sein, dass er sein ganzes Büro mitnehmen will.«

»Das kriegen wir schon hin.« Hart klappte sein Handy auf.

»Klimatologen?«, schlug Maureen vor.

Anika nickte. »Gail Wade. Sie arbeitet bei der Wetter- und Ozeanografiebehörde in Boulder.«

»Gut«, sagte Hart. »Wir holen sie her.«

»Und Phil Sinclair«, sagte Anika. »Er hat bei William Ruddiman studiert. Niemand versteht das Anthropozän besser.«

»Das was?«, fragte Randall. »Ist das nicht ein Vorfahre der Menschen? Wie Lucy?«

Maureen erklärte es ihr. »Das Anthropozän. So nennen Klimatologen die letzten elftausend Jahre, seit Menschen tatsächlich Einfluss auf das Klima nehmen.«

»Was soll das heißen, auf das Klima Einfluss nehmen?«

»Es ist kompliziert und umstritten. Ihrer Chefin wird das nicht gefallen, aber die Daten sind sehr aussagekräftig«, erwiderte Maureen und wandte sich dann Anika zu. »Statistiker?«

»Ken Foley. Er gibt das *Journal of the American Statistical Association* heraus.«

Hart nickte und schrieb sich die Namen auf.

»Wie sieht es mit Daten aus?«, fragte Maureen. »Welche Daten brauchen Sie?«

»Ich weiß nicht.« Anika runzelte die Stirn. »Es geht alles viel zu schnell. Bilder der Landset-Satelliten, Wirtschaftsberichte, Wasserqualität, Bevölkerungsdichte, Gesamtmenge der Weltenergieproduktion, Infrastrukturanalysen und vieles mehr. In Laramie stand mir eine ganze Bibliothek zur Verfügung.«

»Wir haben hier auch eine, ein Stück die Straße hinunter – unsere Nationalbibliothek«, meinte Randall trocken. »Das Außenministerium verfügt über Boten, die Ihnen alles holen können, was Sie brauchen. Und was die landwirtschaftliche Produktion, Anbauflächen in Hektar und Infrastrukturanalysen betrifft, so sind das Dinge, um die sich das Außenministerium kümmert. Wenn wir es nicht haben, kann Langley es besorgen.«

»Langley?«, fragte Anika. »Sie meinen die CIA?«

»So werden Ihre Steuergelder verpulvert.« Randall kniff die Augen zusammen. »Jedenfalls die Gelder, die nicht für die Tilgung der Staatsschulden verwendet werden.«

»Toll«, flüsterte Anika.

»Wie sieht es mit der Sicherheit aus?«, fragte Maureen.

Randall schaute sie fragend an. »Sicherheit?«

»Anikas Büro wurde ausgeräumt. Denise Schott und ihre beiden Kinder sind entführt worden. Die Außenministerin hat selbst gesagt, dass verschiedene Interessengruppen das Modell gerne an sich reißen würden. Sogar die Chinesen wurden erwähnt. Soll Anika jetzt etwa in einem ganz normalen, unbewachten Hotel untergebracht werden?«

»Wir sorgen für die Sicherheit«, sagte Hart.

Maureen verzog das Gesicht. »Auch ich war schon einmal in einer solchen Situation, und damals wurde ein Anschlag auf mich verübt. Ich möchte Skip Murphy.«

Hart runzelte die Stirn und hob einen Finger. Er wollte gerade etwas erwidern, doch Amy Randall kam ihm zuvor. »Sie bekommen ihn. Ende der Diskussion.«

»Wer ist Skip Murphy?«, fragte Anika, der die wachsende Spannung nicht entging.

»Jemand, der dafür sorgt, dass Sie am Leben bleiben, wenn alle anderen versagen.«

Anika riss die Augen auf, und dann hallte ihr trockenes Lachen durch den Raum.

11. Kapitel

Die sanften Klänge von Nanci Griffith, die die Nöte auf einer sechzehn Hektar großen Farm besang, hallten aus der alten Stereoanlage, die auf der mit Werkzeugen übersäten Werkbank stand. Die Neonröhren an der Decke brannten zwar, aber es war angenehm, dass die helle Frühlingssonne durch die geöffnete Werkstatttür schien und zusätzliches Licht spendete. Sean »Skip« Murphy beugte sich über die Ventile seiner BMW RT. Alle zehntausend Kilometer montierte er konsequent die Motorschutzbügel ab, drehte die Zündkerzen heraus und löste die Zylinderkopfabdeckung aus Aluminium.

Richtige Mechaniker montierten das gesamte Motorgehäuse ab, nahmen den Steuergehäusedeckel ab und drehten den ersten Zylinder mit einem Inbusschlüssel auf den oberen Totpunkt. Skip, der diese Mühe nicht auf sich nehmen wollte, legte den dritten Gang ein, drehte das Hinterrad und schaute auf die Stellung der Nockenwelle, um zu sehen, ob der Kolben den oberen Totpunkt erreicht hatte.

Anschließend kontrollierte er mit der Fühlerlehre das Ventilspiel und stellte den Einlass auf 0,15 mm und den Auslass auf 0,30 mm ein.

Nachdem er mit einer Seite fertig war, wiederholte er die gleiche Prozedur am nächsten Zylinder des Boxermotors.

Er fummelte gerade an der Einstellschraube und der Mutter am linken Auspuff herum, als sein Handy klingelte.

Knurrend griff er nach einem Lappen, wischte sich die Finger ab und zog das Handy heraus. »Skip.«

»Hallo, Murphy, störe ich?«

»Ich stell die Ventile an meiner Maschine ein.« Die Stimme klang vertraut. »Doc? Bist du das?«

»Ja, ich bin es. Und bei dir dreht sich immer alles um dein Motorrad.«

»Ich dachte, ich hätte dich zum wahren Glauben bekehrt. Bist du jetzt auch mal gefahren? Aber darum rufst du bestimmt nicht an, oder?«

»Ich fürchte, nein.«

»Wer macht dir diesmal das Leben schwer, Doc? Die Muslime und die Christen hast du schon hinter dir. Bleiben nur noch die Hindus, die Buddhisten und nachdem, was ich bei deinen Vorträgen gelernt habe, die Atheisten.«

»Diesmal geht es nicht um mich. Ich bin im Außenministerium. Stehst du zur Verfügung?«

»Ende der Woche kommt eine Familie aus Saudi-Arabien, aber das kann ich auch an einen meiner Jungs übergeben. Um was geht's?«

»Das würde ich dir gerne persönlich sagen. Ich hätte nicht angerufen, wenn es sich nicht um eine äußerst brisante Angelegenheit handeln würde.«

Skip biss sich auf die Unterlippe. »Ich bin in Manassas, und du bist am anderen Ende der Stadt. In zwanzig Minuten bin ich mit dem Motorrad fertig, geduscht und angezogen. Heute ist Sonntag, also kommt noch mal eine halbe Stunde dazu. Wie finde ich dich, wenn ich da bin?«

»Jemand wartet am Haupteingang auf dich.«

»Besteht die Chance, dass ich dich zu einem gemeinsamen Abendessen überreden kann?«

»Kann ich jetzt noch nicht sagen. Danke, Skip!«

Skip seufzte, klopfte auf das Motorrad und sagte: »Tut mir leid, Schätzchen. Keine Spritztour heute Nachmittag. Aber du weißt ja, dass ich dich nur versetze, weil ich mich mit einer anderen schönen Frau treffe.«

Maureen Cole hatte also wieder einmal mit dem Außenministerium zu tun. Bei ihrem letzten Einsatz war es ihm gerade eben gelungen, ihr das Leben zu retten, wobei jedoch Jenn, die Frau, in die er sich verliebt hatte, von einer Bombe zerfetzt worden war. Maureens Problem war, dass sie klipp und klar gesagt hatte, wie es war. Und das machte die Leute immer wütend.

Mein Gott, hoffentlich geraten wir nicht wieder in eine so gefährliche Situation!

Maureen, die hinter der Glastür stand, schaute auf Skip Murphy, der ihr entgegenkam. Er trug wie immer eine braune Dockers, Turnschuhe, ein hellbraunes Sakko, das seine breiten Schultern betonte, und ein blaues Hemd mit einer passenden Krawatte. In seinem schwarzen Haar und dem sauber getrimmten Bart schimmerte das Sonnenlicht. Bei jedem Schritt strahlte dieser Mann Kompetenz aus. Er ging federnd und mit geradem Rücken, während er sich aufmerksam umschaute und die Umgebung beobachtete.

»Das ist er?«, fragte der Sicherheitsbeamte.

»Das ist er«, erwiderte Maureen, als der Sicherheitsbeamte die Tür per Fernbedienung öffnete.

Mit seinem unverkennbaren schiefen Lächeln auf den Lippen wechselte Skip durch die Glastür einen Blick mit ihr. Er passierte die zweite Doppeltür und ging auf Maureen zu. »Wie ist die Lage, Doc?«

Sie umarmte ihn. »Oh, du bist kleiner als in meiner Erinnerung.«

»Eh, Doc! Sag einem Mann niemals, dass er klein ist! Das verletzt sein Ego gewaltig.«

Maureen schob ihn ein Stück zurück und fühlte die harten Muskeln unter dem Jackett. »Wenn ich an dich denke, Skip, meine ich immer, dass du ein Bild von einem Mann bist.«

»Guter taktischer Rückzug, Doc. Aber du willst ja auch etwas von mir.«

Maureen drehte sich um und folgte dem Sicherheitsbeamten. Sie sah zu, als Murphy seine Pistole, ein Messer, eine Taschenlampe und seine Schlüssel aus den Taschen nahm. Dann passierte er den Metalldetektor und den Körperscanner und erhielt einen codierten Besucherausweis.

»Und um was geht es?«, fragte Skip, als sie dem Sicherheitsbeamten den Gang hinunterfolgten. »Du hast mir einen Schrecken eingejagt. Regierungsbeamten sitzen nur in äußersten Notfällen am Sonntag in ihren Büros. Was hast du diesmal gemacht?«

»Ehrlich gesagt geht es nicht um mich. Sie heißt Anika French und hat gerade ihre Doktorarbeit in Anthropologie geschrieben.«

»Oh verdammt! Noch eine Anthropologin. Wisst ihr nicht, dass ihr eigentlich mit Pygmäen leben, Neandertaler ausgraben und die Bundeslade suchen solltet?«

»Anika gehört zu den Anthropologen, die sich mehr mit der Theorie beschäftigen. Sie hat ein Modell entwickelt, das beschreibt, aus welchen Gründen alte Kulturen zusammenbrechen.«

»Hört sich bis jetzt noch nicht gefährlich an.«

»Das Problem ist, dass es auch auf die moderne Welt angewendet werden kann. Ein prognostisches Modell, das den Zusammenbruch globaler Zivilisationen vorhersagt. Das Wissen, wann und wo es mit einem System den Bach hinuntergeht, ist einer Reihe von Leuten eine Menge wert.«

Skip schürzte die Lippen. »Derjenige, der es hat, gewinnt also einen bedeutenden geopolitischen Vorteil. Die strategischen Auswirkungen sind enorm.«

»Ganz genau. Und dabei ist Anika nur eine verdammt clevere Frau, die die einzelnen Teile zusammengefügt hat. Sie ist besser als alle anderen, Skip.«

»Hübsch?«

»Schon, aber du erinnerst mich ja immer daran, dass es sich um eine Geschäftsbeziehung handelt. Sie ist deine Kundin.«

»Ja, vor diesem Problem stehe ich immer wieder. Ich muss etwas dagegen tun.«

Sie fuhren mit dem Aufzug in den zweiten Stock. »Wer hat die Federführung?«, fragte Skip.

»Die Außenministerin. Sie informiert in diesem Augenblick den Präsidenten.«

»Okay, dann ist die Sache noch schlimmer als befürchtet. Wo seid ihr untergebracht?«

»In der vergangenen Nacht haben wir zwei Stunden im Courtyard Marriott geschlafen.«

»Das geht gar nicht, Doc. Dann könntest du dich genauso gut mit einem Schild, auf dem ›Schnapp mich!‹ steht, mitten in der Stadt auf eine Kreuzung stellen.«

»Was schlägst du vor?«

»Es ist nur eine einzelne Frau. Ich würde ein sicheres Haus vorschlagen, von wo sie schnell verschwinden kann.«

»Es ist nicht nur eine Frau, sondern ein ganzes Team.« Maureen erklärte ihm, wie sie das Modell testen wollten.

»Okay, ich liebe Herausforderungen. Das St. Regis, die

sechste Etage. Die Zimmer grenzen alle aneinander. Es ist ein freistehendes Gebäude, und das Hotel kennt sich mit Sicherheitsstandards bestens aus. Wir können den Zugang mit drei Mann sichern. Schöner, gut einsehbarer Wendekreis. Von der Sechzehnten und der K Street kommen wir überallhin. Wenn wir entsprechend früh oder spät unterwegs sind, können wir dem Berufsverkehr ausweichen.«

»Und du glaubst, das Außenministerium spendiert das St. Regis?«

»Wenn die Außenministerin sich dafür einsetzt? Ja.«

»Wir können einfach sechs Zimmer im sechsten Stock belegen? Einfach so?«

»Ja, das können wir.«

»Oh, wie ich dich liebe, Skip.«

»Bist du noch immer mit diesem schmuddeligen Archäologen zusammen?«

Maureen lächelte gequält. »Es ist ein ständiges Auf und Ab mit Dusty. Warum finde ich nie einen normalen Mann?«

»Eh, ich bin normal.«

»Ich bin deine Kundin.«

»Diese Anika French ist eine Kundin und vielleicht auch das Außenministerium.«

»Ich gehöre zu dem Team, das du beschützt.«

»Ich hasse es, mit dir zu diskutieren.«

»Ich gewinne immer.«

Der Sicherheitsbeamte öffnete die Tür. Maureen ließ Skip den Vortritt. Anika unterhielt sich in ernstem Ton mit Randall und Hart. Alle drei hoben den Blick.

»Meine Damen und Herren«, sagte Maureen. »Das ist Sean Murphy. Er sorgt für die Sicherheit.«

»Nennen Sie mich Skip«, sagte er. »Hallo, Hart! Wie geht's?«

»Bis ich dich gesehen habe, ganz gut. Es ist eine Weile her. Wie ist die Lage, Skip?« Die beiden Männer schüttelten sich die Hand, und Maureen spürte eine gewisse Spannung zwischen ihnen.

»Amy Randall, vertretende Außenministerin. Ich freue mich, Sie kennenzulernen.«

Skip schaute ihr in die Augen und begrüßte sie. »Angenehm.«

Anika reichte Skip unsicher die Hand. »Anika French, Mr Murphy.«

Skip warf ihr einen beruhigenden Blick zu. »Ich habe gesagt, Sie können mich Skip nennen. Jeder, der mich mit Mr Murphy anspricht, ist entweder ein Schuldeneintreiber oder jemand von der Finanzbehörde, der sich wundert, dass die Zahlen in meiner Steuererklärung nicht stimmen.«

Anika lachte zum ersten Mal seit Tagen. »Sie erinnern mich an meinen Vater.«

»Was macht er?«

»Jetzt? Er ist Sheriff von Converse County in Wyoming. Aber er wird immer ein Marine bleiben.«

»Name?«

»Er wird Red genannt.«

Murphy grinste. »Major Red French? *Der* Red French?«

»Sie kennen ihn?«

»Ich hatte die Ehre, ihn ein paarmal zu treffen. Er wird sich nicht an mich erinnern. Ich war nur ein einfacher Soldat, und geredet habe ich auch nicht viel.«

»Dann hat sich deine Kommunikationsfähigkeit nicht verbessert«, murmelte Hart. »Skip, kann ich kurz mit dir sprechen?«

»Klar.« Skip zögerte. »Wenn Sie das nächste Mal mit

Ihrem Vater sprechen, sagen Sie ihm, dass alles in Ordnung ist, solange *ich* Sie beschütze.«

Anika lächelte. Skip und Hart zogen sich ans Ende des Raumes zurück und steckten die Köpfe zusammen.

»Warum habe ich das Gefühl, dass sie sich nicht mögen?«, sagte Anika.

Randall hob den Kopf von der Liste, die sie zusammengestellt hatte. »Mögen oder nicht mögen, das steht hier nicht zur Debatte. Die Außenministerin möchte, dass die Sache schnell und effizient erledigt wird. Und genauso machen wir es.«

Skip beobachtete die schwarze Limousine, die vor dem Haupteingang des St.-Regis-Hotels anhielt, und schaute sich noch einmal um. Zu diesem frühen Zeitpunkt seines Einsatzes war das Gefahrenpotenzial noch gering. Die einzigen Leute, die Anika Frenchs Aufenthaltsort kannten, waren die, die in dem Konferenzraum des Außenministeriums gesessen hatten.

Der Portier öffnete den hinteren Wagenschlag des Lincolns, und Maureen stieg aus, gefolgt von einer verstörten Anika French.

Skip trat vor und reichte Anika die Hand. »Wir haben alles im Griff.«

Maureen warf ihm einen Seitenblick zu. »Okay. Und erklärst du mir, wie du es geschafft hast, eine ganze Etage eines Luxushotels räumen zu lassen?«

»Das ist eine verrückte Sache, Doc. Ein Gast aus Nigeria, irgendein Minister, hat vorher mit seiner ganzen Gefolgschaft dort gewohnt. Zum Entsetzen des Hotels wurde eine heimtückische Art nigerianischer Wanzen entdeckt. Und das nicht nur in einem Zimmer, sondern in dreien! Um auf der sicheren Seite zu sein, bat das St. Regis die Gäste diskret, in ein anderes Hotel zu ziehen. Die Unkosten wurden natürlich übernommen, und außerdem wurden ihnen noch verschiedene andere Vergünstigungen angeboten.«

»Und im Gegenzug?«

»Wird das St. Regis mehrere teure Großveranstaltungen für das Außenministerium ausrichten.«

»Murphy, du bist ein Schurke.«

Skip führte sie durch das feudale Foyer zu den Aufzügen und drückte auf den Knopf für die sechste Etage. »Der sechste Stock ist nicht der teuerste, aber der sicherste. Euer Gepäck steht schon in den Zimmern.«

Anika gähnte.

Skip führte sie den Gang hinunter zu Anikas Zimmer. Er trat ein, schaltete das Licht ein und überprüfte den Raum, den Schrank und das Badezimmer, um nicht aus der Übung zu kommen.

Anika setzte sich aufs Bett und ließ die Schultern hängen.

Skip hockte sich vor sie hin und schaute ihr in die Augen. »Anika, das sind die Regeln. Erstens: keine Telefonate. Keine. Punkt. Wenn Sie unbedingt telefonieren müssen, wenden Sie sich an mich. Ich lasse mir dann etwas einfallen. Zweitens: Solange wir das Hotel nicht in eine Festung verwandelt haben, machen Sie niemandem die Tür auf. Nicht der Polizei, keinem Zimmermädchen und nicht dem Zimmerservice. Wenn jemand klopft, rufen Sie mich an, bevor Sie auch nur einen Blick durch den Spion werfen. Wenn Sie den Zimmerservice brauchen, rufen Sie mich. Ich besorge Ihnen alles, was Sie brauchen. Und wenn ich zurückkomme, öffnen Sie die Tür erst, wenn Sie mein fröhliches Gesicht durch den Spion sehen. Verstanden?«

»Ja, verstanden.«

»Regel Nummer drei: Sie verlassen dieses Zimmer aus keinem einzigen Grund, wenn Sie nicht in meiner charmanten Begleitung sind. Auch dann nicht, wenn das Hotel in Flammen steht. Sie bleiben hier, bis ich Sie hole. Verstanden?«

»Ja, Sir. Aber jetzt möchte ich nur noch schlafen.«

»Das können Sie gerne tun. Und schließen Sie die Tür ab, wenn wir gegangen sind.«

»Ja, Sir.«

Skip führte Maureen hinaus und wartete, bis er das Klicken des Schlosses hörte.

»Ja, Skip.« Maureen lächelte. »Ich weiß Bescheid.«

Skip folgte Maureen in ihr Zimmer, überprüfte es und ging zurück zur Tür. »Sag mal, Maureen, wie gefährlich, glaubst du, wird es diesmal?«

Maureen strich sich über den Hinterkopf und zerzauste ihr dickes, langes Haar. »Das kann ich dir wirklich nicht sagen. Du erinnerst dich sicher an den Tag, als wir uns an der Reling der *White Star* getroffen haben. Damals glaubte ich, es sei keine große Sache. Ich wollte nur herausfinden, warum all diese Menschen gestorben sind.«

»Ja, die Bomben gingen erst später hoch.«

»Ich kann dir nicht sagen, wo ich bin, Dad.« Anika lachte. »Gerade du müsstest es doch verstehen, wenn ich sage, dass es geheim ist.«

»Geheim? Verdammt, mein Schatz, wie ist es möglich, dass eine Doktorandin plötzlich in eine Geheimoperation verstrickt ist?« Er dachte kurz nach. »Ah, ich kann es mir schon denken. Sag mir nur eins: Es hat doch wohl nichts mit mir zu tun, dass sie dich ausgewählt haben? Nach dem Motto: Wie der Vater so die Tochter?«

»Nein, Dad. Tut mir leid. Es handelt sich um ein ganz anderes Ministerium. Das habe ich allein und ganz unbeabsichtigt geschafft.«

»Ich weiß nicht, was du tust, mein Schatz, und ich will es auch gar nicht wissen. Aber du musst wissen, dass du deinen alten Herrn sehr stolz gemacht hast.«

»Danke, Dad!« Anika warf Skip Murphy einen Blick zu. Er stand mit verschränkten Armen auf der anderen Seite des Konferenzraums und sprach mit Hart. »Hier ist ein Mann, der für uns arbeitet. Er heißt Skip Murphy. Er war früher bei den Marines. Ich glaube, ihr wart damals gemeinsam im Nahen Osten im Einsatz. Er meint, du würdest dich nicht an ihn erinnern.«

»Stämmig, breite, muskulöse Schultern, clevere braune Augen, schwarzes Haar und ein freches Grinsen?«

»Das ist er. Er hat gesagt, du brauchst dir keine Sorgen zu machen, solange er mich beschützt.«

»Verstehe«, erwiderte Anikas Vater nach einem Moment des Schweigens.

»Dad? Gibt es etwas, was ich über Murphy wissen muss?«

»Du hast mir gerade mehr gesagt, als du ahnst, Mädchen. Wenn dieser Mann dir sagt, was du tun sollst, tu es einfach, in Ordnung?«

»Ja, Major. Das war klar und deutlich.« Sie hielt kurz inne. »Ich liebe dich, Dad.«

»Ich dich auch, mein Schatz.«

Anika legte auf und starrte nachdenklich aufs Telefon. Skip hatte ihr erlaubt, ihren Dad anzurufen. Wenn jemand so clever war, dass er das Gespräch abhörte, dann wusste derjenige bereits, dass sie im Außenministerium war.

»Meine Damen und Herren!«, rief Amy Randall und klatschte in die Hände. »Nehmen Sie doch bitte Platz.«

Anika setzte sich hin und ließ ihren Blick über die Anwesenden schweifen. Mein Team. Diese Vorstellung machte sie noch immer sprachlos. Dr. Fred Zoah saß ihr gegenüber, ein Mann, dessen Arbeit sie schon seit Jahren bewunderte. Obwohl es draußen vierundzwanzig Grad warm war, trug er einen ungebügelten Pullover. Nervös schaute er durch seine dicke Brille wie eine Eule, die sich verirrt hatte.

Neben ihm saß Maureen Cole, die lebende Legende, und neben ihr Gail Wade, die wahrscheinlich weltweit die besten Modelle für Klimaveränderungen erstellte. Die untersetzte Frau mit dem grauen Haar sah aus, als sollte sie lieber stricken und Katzen aufpäppeln, als in der halben Welt Dürren vorherzusagen.

Phil Sinclair war dreißig Jahre alt, ein dürrer Mann mit einem dicken Brillengestell, einem fliehenden Kinn und einem Adamsapfel, der sich ständig auf und ab bewegte. Er hatte bei Bill Ruddiman studiert und mit brillanten wissenschaftlichen Thesen beharrlich Argumente derjenigen widerlegt, die den menschlichen Einfluss auf den Klimawandel leugneten.

Und dann war da noch Ken Foley, ein Mann, der für theoretische Statistiken lebte. Mit seinem fast kahlen Schädel und dem schwabbeligen Körper sah er wie ein Versicherungsvertreter aus einer Kleinstadt aus.

Und sie schauen alle mich an. Anikas Unbehagen wuchs. *All diese Experten warten nun auf meine Anweisungen.*

Amy Randall stand am Ende des Tisches und wechselte mit jedem Einzelnen einen Blick. »Sie haben alle die Sicherheitsbestimmungen und die Geheimhaltungserklärung unterschrieben. Sie wurden alle in das Thema eingewiesen und haben den Schott-Artikel gelesen. Die meisten von Ihnen hatten die Möglichkeit, Dr. Frenchs Dissertation wenigstens zu überfliegen. Ihre Aufgabe ist es, das Modell von Dr. French auf globaler Ebene zu testen. Meine Aufgabe ist es, dafür zu sorgen, dass Sie dies so schnell wie möglich tun. Falls Sie irgendetwas brauchen, sprechen Sie mich oder Dr. French an, und Sie bekommen es sofort.«

Alle warfen Anika fragende Blicke zu.

Randall straffte die Schultern. »Dann übergebe ich jetzt an Dr. French.«

Anika versuchte sich zu beruhigen. Verdammt! Sie sollte diesen Experten jetzt erklären, wo es langging?

Und dann hörte sie plötzlich Mark Schotts Stimme: »Kennst du die Fakten? Wenn du sie kennst, gibt es nichts, worüber du dir Sorgen machen müsstest.«

Sie lächelte. *Mark, auch wenn du ein Idiot bist, war das wirklich mal ein guter Tipp.*

Jetzt konnte Anika zeigen, was sie draufhatte. Sie stand auf. »Zuerst einmal möchte ich mich bei Ihnen allen bedanken, dass Sie gekommen sind.«

»Wir hatten ja keine andere Wahl«, schimpfte Gail Wade verärgert.

»Ich bitte Sie«, entgegnete Anika. »Kost und Logis frei, eine luxuriöse Unterkunft, eine bewaffnete Eskorte, und wir werden alle erschossen, wenn wir aus der Schule plaudern. Das ist doch nicht schlecht, oder?«

Jetzt lachten einige.

»Okay, Spaß beiseite.« Anika schaute einen nach dem anderen an. »Jetzt wird es ernst. Unsere Aufgabe ist es, zu überprüfen, ob das Modell zuverlässig das Ende der Welt vorhersagt.« Sie wartete, bis alle diese Information verarbeitet hatten. »Die Bösen arbeiten bereits daran. Unsere Aufgabe ist es, ihnen zuvorzukommen.«

Anika atmete tief durch und sah, dass Skip Murphy, der hinten im Raum stand, grinste. »In Ordnung, dann an die Arbeit.«

Gott stehe uns allen bei, falls ich tatsächlich recht behalten sollte!

12. Kapitel

Mark Schott hätte später schwören können, in einen Wirbelwind geraten zu sein. Am ersten Morgen nachdem sie sich geliebt hatten, hatte Stephanie ihn auf eine sehr erotische Weise geweckt. Nach dem Duschen und einem schnellen Frühstück begleitete er sie in das Büro oder das Labor, wie er es jetzt nannte. Nachdem es ihm endlich gelungen war, die Erinnerung an die Ereignisse der vergangenen Nacht aus seinem Kopf zu vertreiben – konnte Sex tatsächlich so phänomenal sein? –, vertiefte er sich in die Arbeit.

Nach einem Leben mit mäßig motivierten Studenten war sein Team wie eine frische Brise für ihn. Die Mitarbeiter stürzten sich geradezu besessen in die Arbeit. Nach einigen Tagen hatten sie das Cahokia-Modell komplett verstanden, und wie er es vorhergesagt hatte, schlugen sie Verbesserungen vor, die er kaum nachvollziehen konnte.

Wenn Mark das Labor abends verließ und sich sein Kopf von den vielen Permutationen drehte, lenkte Stephanie seine Aufmerksamkeit auf hohe Rippe, Schnecken, dampfende Muscheln und andere Delikatessen. Nach dem Essen gingen sie ins Schlafzimmer, um sich exotischem Sex hinzugeben und immer wieder neues Terrain zu erkunden, das sogar seine Fantasie überstieg. Ein anderes Mal lagen sie im Bett und hielten sich umschlungen, während sie auf unglaubliche Landschaften schauten. Sie wagten es sogar, sich mitten auf den Champs-Élysées zu lieben, während ahnungslose französische Passanten wenige Zentimeter an ihren Köpfen vorbeigingen.

Und am nächsten Morgen ging es wieder ins Labor.

Mark wusste nicht mehr, wie viele Tage schon verstrichen waren. Er diskutierte gerade mit Terblanch über einen Korrelationskoeffizienten, als Stephanie das Labor betrat. Auf den Mann, der sie begleitete, achtete er kaum und schaute abwesend auf die Uhr. Verdammt, die Zeit schien zu fliegen.

»Mark?«, rief Stephanie.

Er winkte ihr flüchtig zu und konzentrierte sich wieder auf die Statistik. »Ich bin mir einfach nicht sicher, ob diese Korrelationen wirklich von Bedeutung sind«, knurrte er. »Erinnern Sie sich an meine Regel?«

»Man soll von statistisch signifikanten Daten nicht auf Kausalzusammenhänge schließen«, murmelte Terblanch. »Es ist nur so, dass die Daten dieser Gesellschaftssysteme nicht vollständig vorliegen. Wenn Sie mir solide ökonomische Daten geben ...« Als Terblanch auf Stephanies Begleiter schaute, verstummte er und stand auf. Es sah beinahe so aus, als würde er Haltung annehmen.

Mark verzog das Gesicht und drehte sich um. Der Mann war groß und kräftig, aber nicht unbedingt dick. Er trug einen tadellos geschnittenen italienischen Anzug, der zu schimmern schien, und glänzende Schuhe. Aber es war das Gesicht, das Marks Aufmerksamkeit erregte. Mit den dicken, faltigen Wangen und den zusammengepressten Lippen ähnelte der Mann einer Bulldogge. Sein Schädel erinnerte an ein stumpfes Artilleriegeschoss, das oben mit dichtem weißem Haar bedeckt war. Er hatte eine platte Nase, blaue Augen und schielte leicht.

Der große Boss verzog den Mund zu einem schiefen

Grinsen. Er trat vor, reichte Mark seine große, schwielige Hand und drückte sie fest.

»Dr. Schott, ich freue mich, Sie kennenzulernen. Die Berichte über Ihre Arbeit waren äußerst erfreulich. Sie liegen gut in der Zeit, ja?«

»Michail Kasperski?«, fragte Mark. »Ich freue mich, Sir.«

»Verzeihung.« Kasperski musterte ihn mit kühlem Blick. »Manchmal vergesse ich, mich vorzustellen.«

»Es gab ein paar Rückschläge, aber jetzt machen wir Fortschritte. Ich glaube, Sir, dass wir in der nächsten Woche einen Test am Beispiel eines modernen Staates durchführen können. Ich denke an Indonesien.«

»Warum Indonesien?«

»Indonesien gehört zu den bevölkerungsreichsten Ländern. An die 230 Millionen Menschen mit einer Bevölkerungsdichte von 195 pro Quadratkilometer. Das wirtschaftliche Profil des Landes, die Einkommensverteilung, der Prozentsatz der Verstädterung und die im eigenen Land verfügbaren Ressourcen entsprechen fast dem globalen Mittelwert. Von Vorteil ist außerdem, dass es sich um einen Inselstaat handelt, der für Einwanderer nicht gut erreichbar ist. Aber es gibt ein paar Probleme.«

»Welche?«

»Erstens die Genauigkeit ihrer Wirtschaftsberichte. Wir glauben, dass die Zahlen der Agrarproduktion zu hoch angegeben wurden. Wir zweifeln auch an den Angaben der durchschnittlichen Familieneinkommen.«

»Morgen früh liegen Ihnen die richtigen Zahlen vor.«

»Oh, das könnte schwieriger sein, als Sie glauben. Einige Minister halten diese Zahlen unter Verschluss. Eine Art Berufsgeheimnis.«

Kasperski lachte aus vollem Hals. »Ich glaube nicht, dass es ein Problem sein wird, diese Dinge in Erfahrung zu bringen. Nennen Sie es mein Berufsgeheimnis.«

Mark zögerte. »Sie wissen aber, dass wir hier Neuland erforschen, nicht wahr? Der erste Test könnte darauf hindeuten, dass die Variablen, die wir benutzen, eine beträchtliche Neubewertung unsererseits verlangen. Wir werden auf gar keinen Fall konkrete Ergebnisse erzielen.«

»Ich verstehe.«

»Gut.« Mark rieb sich die Hände. Er fühlte sich nicht wohl in seiner Haut. Der Typ war noch unheimlicher als Gunter – kalt und berechnend. Mark spürte seinen eisigen Blick auf sich ruhen, und er fragte sich, wie dieser Mann ihn wohl anschauen würde, wenn er wütend war. »Ich möchte nicht, dass die Erwartungen zu hoch sind. Es ist besser, wenn sie übertroffen werden. Dann können sich alle freuen und glücklich sein. Wenn die Erwartungen erfüllt werden, klopfen die Leute einander auf den Rücken, krempeln die Ärmel hoch und machen weiter. Aber wenn die Ergebnisse unterhalb der Erwartungen liegen ... Nun, in diese Situation möchte ich nicht geraten.«

»Ich verstehe Sie sehr gut, Dr. Schott«, erwiderte Kasperski. »Ist hier alles zu Ihrer Zufriedenheit?«

»Man kann sagen, wir können uns alle freuen, und ja, ich bin sehr glücklich.« Mark widerstand dem Drang, Stephanie einen Blick zuzuwerfen.

»Gut.« Kasperski drehte sich ein Stück zur Seite. »Wir erhoffen uns sehr viel von Ihrer Arbeit, Dr. Schott. Sie haben uns bereits eine Menge beigebracht und uns Einblicke in Dinge gewährt, die wir niemals zuvor erforscht haben. Wissen wird vor allem in der Zukunft denjenigen, die es liefern, große Vorteile bringen.«

»Danke!«

»Sie geben uns die Lösung an die Hand, die Zukunft vorherzusagen, Dr. Schott. Damit können wir die Welt neu gestalten. Unsere Dankbarkeit wird jenseits Ihrer Vorstellungskraft liegen.«

Mark erkannte eine sonderbare Erregung in Stephanies Augen.

Kasperski drehte sich zu ihr um und sagte: »Belohne den guten Doktor heute Abend, meine Liebe.«

Und mit diesen Worten ging er hinaus.

Marks Mitarbeiter entspannten sich sofort, und einige seufzten erleichtert. Man hatte das Gefühl, als wäre es in dem Raum plötzlich wärmer und sicherer geworden.

Stephanie lächelte Mark zufrieden an und wandte sich dann den anderen zu. »Ich schlage vor, Sie packen alle ein und machen heute früher Schluss. Es ist Freitagabend. Sie haben alle so hart gearbeitet, dass niemand etwas dagegen hat, wenn Sie erst morgen Mittag wieder hier erscheinen.«

Terblanch, Liu und Kalaschnikow räumten grinsend ihre Unterlagen weg.

Stephanie wartete, während Mark seine Unterlagen verstaute. Dann hakte sie sich bei ihm ein und verließ mit ihm das Labor.

»Eine besondere Nacht«, murmelte sie.

Mark lachte. »Jede Nacht mit dir ist etwas Besonderes. Was kocht Eduard heute?«

»Nichts«, erwiderte Stephanie, als sie aus dem Aufzug stiegen und den Gang hinuntergingen. »Heute machen wir etwas anderes.«

»Ach ja?«

»Warte ab«, sagte sie fröhlich.

Zu seiner Überraschung führte sie ihn zu einem schnittigen silbernen Jaguar XKR, der am Bordstein stand. »Steig ein!«

Mark rutschte auf den Beifahrersitz und war begeistert, als die Tür mit einem perfekten melodischen Klicken zufiel. Er machte es sich auf dem der Körperform angepassten Sitz bequem und schnallte sich an.

Stephanie saß hinter dem Holzlenkrad und startete den Motor. Der Jaguar dröhnte, als sie den ersten Gang einlegte und Gas gab. »Kompressormotor. Fünfhundert PS. Das ist mein Spielzeug.«

»Schönes Spielzeug. Wohin fahren wir?«

»Ich habe dir einen Abend in der Stadt versprochen. Du hast es verdient.«

»Das Team hat es verdient«, erwiderte Mark. »Es sind gute Mitarbeiter.«

Als sie um das Herrschaftshaus herumfuhren, brannte hinter vielen Fenstern gelbes Licht. Stephanie warf ihm einen Seitenblick zu. »Ist jemand dabei, mit dem du nicht zufrieden bist?«

Mark zuckte mit den Schultern. »Francine Inoui ist etwas angespannt. Die mangelnde Aussagekraft der Statistiken macht sie ein wenig verrückt. Sie besteht darauf, absolute Gewissheit zu erlangen, bekommt aber nur wahrscheinliche Antworten.«

»Soll ich sie ersetzen?«

»Was? Nein. Ich meine, sie ist schon gut. Ich habe nichts gegen Skeptiker. Ihre Kritik spornt uns an.«

Stephanie nickte. Vor dem Tor hielt sie an und ließ das Fenster herunter. Der Wachmann trat an den Wagen und leuchtete mit einer Taschenlampe hinein, um die Insassen zu überprüfen.

»Hohe Sicherheitsstandards«, meinte Mark, als sie weiterfuhren.

»Wir können gar nicht vorsichtig genug sein. Wir beide wissen, was kommen wird, Mark, und daher könnte ein sicherer Zufluchtsort sich als angenehme Sache erweisen.«

»Vorausgesetzt, die deutsche Regierung stattet uns keinen Besuch ab.«

»Wir werden vorher gewarnt. Und die geografische Lage ist ideal. Die Straße teilt sich in Garmisch-Partenkirchen. Wenn man links abbiegt, ist man schnell in Österreich und in einer knappen Stunde in Italien. Biegt man rechts ab, ist man in wenigen Minuten in der Schweiz.«

»Verstehe.«

An der Landstraße hielt Stephanie an und wartete, bis ihr eine Lücke im Verkehr erlaubte, links abzubiegen. Dann gab sie ordentlich Gas.

»Juhu!«, rief Mark, als die Reifen quietschten und er in den Sitz gepresst wurde. Stephanie schien es zu gefallen, heiße Schlitten zu fahren.

»Was hältst du vom großen Boss?«

»Ich würde ihn nicht gerne verärgern.«

»Das ist gut. Dann lebst du länger.« Sie überholte zügig einen Lastwagen und schaltete in den dritten Gang. »Mehr als alles andere schätzt Michail Loyalität und belohnt sie entsprechend. Dessen solltest du dir wirklich bewusst sein.«

Mark drehte sich der Magen um. *Verdammt, wie schnell fuhr sie?* Doch einen Blick auf den Tacho zu werfen wäre nicht sehr männlich. Die hohe Geschwindigkeit machte ihn nervös, doch Stephanie saß so cool hinter dem Lenkrad, als würde sie fünfzig fahren. »Was hat er früher gemacht?«

»Er stammt aus den Rängen des ehemaligen KGB.«

»Du machst Scherze.«

»Dann hat er sich mit seinem besten Freund, einem gewissen Wladimir Putin, überworfen. Du weißt, wen ich meine?«

»Ja sicher«, erwiderte Mark erstaunt. Da er aber nicht wagte, den Blick von der Fahrbahn abzuwenden, zeigte er keine weitere Reaktion. »Was ist dann passiert?«

»Keine Ahnung. Jedenfalls war Michail der Meinung, dass es wohl klüger wäre, Russland zu verlassen. Du kannst dich entspannen. Seine Stärke lag in seiner Tätigkeit als Analytiker und nicht in der als Geheimagent. Er hat ein gutes Gespür für Entwicklungen. Wie sich Staaten entwickeln und wo sich günstige Gelegenheiten für gute Investitionen bieten. Er hatte die besondere Begabung, sensible Informationen zu beschaffen, sie zu analysieren und zu nutzen. Durch seine Tätigkeit für die amerikanische Regierung sowohl in Afghanistan als auch im Irak hat er ein Vermögen gemacht. Sie suchten nach Wegen, Männer und Material in beide Länder zu bringen, und er hat es ihnen ermöglicht. Währenddessen arbeitete er auch mit den großen Banken zusammen und bewertete Darlehensanträge. Was bringt es einer Bank, ein paar Milliarden in eine wackelige Regierung zu pumpen, die in den nächsten Monaten zusammenbricht?«

»Cleverer Bursche.«

»Unterschätze ihn nie! Er denkt immer fünf Schritte voraus.« Stephanie schüttelte den Kopf. »Es ist fast unheimlich.«

Als sie den Ortskern von Garmisch-Partenkirchen erreichten, bog Stephanie rechts ab und zeigte auf ein Restaurant. »Traditionell bayerisch? Das Braustüberl ist das Beste.«

»Du musst es wissen. Du kennst dich hier aus.«

Stephanie parkte den Wagen und stieg aus. Mark atmete tief ein. Sein Herz klopfte noch immer von der schnellen Fahrt. Der Jaguar piepte, als Stephanie den Alarm aktivierte. Sie hakte sich bei ihm ein, und dann gingen sie auf das Restaurant zu.

»Schön«, sagte Mark, als sie sich einen Weg durch die Menge vor der Tür bahnten. Auf der linken Seite sah er ein traditionelles Wirtshaus, wie er es aus Filmen kannte. Und es war auch genauso laut. Stephanie führte ihn ins Restaurant, das rechter Hand lag. Nachdem sie mit dem Wirt ein paar Worte auf Deutsch gewechselt hatte, wurden sie an einen Tisch neben einem großen Kachelofen geführt. Die Kellnerinnen trugen hübsche Dirndl, und sie waren alle jung und sportlich.

»Die meisten sind Skifahrerinnen«, erklärte Stephanie ihm. »Sie arbeiten hier, um sich den Sport leisten zu können.« Eine kurze Pause. »Vertraust du mir?«

»Was ist das für eine Frage?«

»Dann bestelle ich für uns beide.«

Mark lehnte sich grinsend zurück. »Einverstanden.«

Es dauerte nicht lange, bis ihnen zwei große Bierhumpen gebracht wurden. Stephanie beugte sich vor und hob ihren Humpen. »Auf die Zukunft!«

»Die nicht so rosig aussieht.«

Sie zuckte mit den Schultern. »Denjenigen, die einen kühlen Kopf bewahren, bieten sich günstige Gelegenheiten, während andere vor einer Katastrophe stehen.«

»Darum geht es also in Oberau?«

»Kannst du dir einen besseren Ort vorstellen, um eine Katastrophe zu überleben?«

Mark neigte den Kopf zur Seite. »Okay. Und wie geht es mit uns beiden weiter? Auf weite Sicht, meine ich.«

Stephanie kniff die Augen zusammen. »Jetzt werde bloß nicht sentimental.«

»Bin ich nicht. Ich muss allerdings zugeben, dass mir deine Gesellschaft gefällt.« Bevor sie etwas sagen konnte, hob er die Hand und fuhr fort. »Ich bin ein großer Junge, Stephanie. Ich möchte nur die Spielregeln kennen.«

Stephanie wurde zugänglicher. »In Ordnung. Und wenn du dich jetzt fragst, ja, ich bin käuflich. Mein Job war es, sicherzustellen, dass du dich schnell bei uns einlebst. Doch der Sex war allein meine Entscheidung.«

»Du bist keine Heilige.«

»Ich dachte, das mit den Heiligen hätten wir geklärt.«

»Einverstanden, ich verliere kein Wort mehr darüber.« Mark trank einen Schluck Bier. »Was passiert, wenn ich mich eingelebt habe? Verlässt du mich dann?«

Stephanie musterte ihn, während sie ihre Finger an den Seiten des Bierhumpens hinuntergleiten ließ. »Mark, was, glaubst du, bin ich für eine Frau?«

»Ich glaube, ich weiß es. Aber warum sagst du es mir nicht einfach, damit es keine Missverständnisse gibt?«

»Vergiss niemals, dass ich als herzloses Miststück bekannt bin. Und dafür entschuldige ich mich nicht. Ich habe dir anfangs gesagt, dass ich diejenige bin, die Probleme löst, und das mache ich sehr gut. Meine Loyalität gehört ECSITE, und ich werde dementsprechend bezahlt. Die Arbeit ist anspruchsvoll und interessant, und sie macht mir wahnsinnig viel Freude. In Wahrheit willst du wissen, ob ich in deiner Nähe bleibe? Die lange und komplizierte Antwort lautet nein.« Sie sah ihn an. »Bitte sag jetzt nicht, das ist ein Problem.«

»Wie schon gesagt, bin ich ein großer Junge. Aber ich werde deine Gesellschaft sehr vermissen.«

Sie lächelte spöttisch. »Gesellschaft wird für dich kein Problem sein.«

»Ach ja? Es wird mir niemals gelingen, den Wasserfall auf der holografischen Wand allein zum Laufen zu bringen.«

»Ich habe dein Profil ausgearbeitet. Ich weiß, welche Art Frauen du magst. Sag mir, wenn ich mich irre. Intelligent, weltgewandt, gebildet, selbstsicher, attraktiv, auf sexuellem Gebiet experimentierfreudig, interessiert, aber keine Klette. Du hattest in deinem Job als Universitätsprofessor schon oft Verhältnisse mit Studentinnen, und die Sache mit der Ehefrau hat sich bei dir auch nicht als ideal herausgestellt. Für monogame Beziehungen bist du nicht geschaffen, und das ist einer der Gründe, warum ich mich entschlossen habe, mit dir zu schlafen. Allerdings weiß ich noch nicht, ob du Blondinen, Brünette oder Rothaarige bevorzugst.«

»Heute Nacht nehme ich eine Blondine.« Mark trank einen Schluck Bier. »Ist es wirklich so einfach? Wenn ich einsam bin, besorgt ECSITE mir eine Frau? Dort, wo ich herkomme, gibt es dafür einen Namen.«

»Wenn man bedenkt, wo du herkommst, kann man das wohl kaum so sagen. Du spielst nun in einer ganz anderen Liga, Cowboy.«

Das Essen wurde serviert. Mark beugte sich vor. »Das sieht lecker aus.«

»Das ist Schweinebraten. Und daneben liegt Weißwurst. Tunke sie in den süßen Senf. Schwarzbrot kennst du sicherlich.«

»Köstlich. Ich glaube, hier könnte ich es aushalten.«

»Genieße den Augenblick.«

»Amen.«

Nachdem sie zum Dessert Zwetschgenstrudel gegessen hatten, suchte Mark die Toilette auf. In Gedanken war er noch ganz bei Stephanie Huntz, als er auf das Urinbecken zusteuerte. Er hatte es intuitiv geahnt, dass sie nicht lange in seiner Nähe bleiben würde. Doch es verletzte sein Ego, es aus ihrem Mund zu hören. Wie konnte ein Mann eine Frau wie sie einfach gehen lassen?

Und dann bekam er eine andere Frau? Attraktiv und selbstsicher? Auf sexuellem Gebiet experimentierfreudig? Intelligent und interessiert, aber keine Klette?

»Verdammter Mist«, flüsterte er, als ein Mann, der ein deutsches Lied trällerte, hinter ihm die Toilette betrat.

Mark trat vom Urinbecken zurück und warf einen Blick auf den Mann: ein großer blonder Typ in T-Shirt und Jeans, der offenbar betrunken war. Er grinste Mark dümmlich an, stolperte beinahe und taumelte auf das Urinbecken zu.

Als sie aneinander vorbeigingen, lehnte er sich gegen Mark, worauf dieser fast das Gleichgewicht verlor. Mark hielt ihn fest, damit er nicht umfiel. »Immer langsam.«

Der Mann streckte die Hand nach ihm aus und kratzte dabei mit seinem Ring über Marks Hand.

»Danke!« Er schüttelte Mark kräftig die Hand, grinste und strahlte ihn mit wässrigen Augen an. Dann ließ er Marks Hand los und taumelte zum Urinbecken.

Als Mark am Waschbecken stand und sich die Hände wusch, starrte er verärgert auf die roten Kratzer, die der Ring des Mannes hinterlassen hatte. Der Betrunkene stützte sich mit einer Hand auf dem Porzellanbecken ab und trällerte noch immer sein deutsches Lied.

Als Mark an den Tisch zurückkehrte, musterte Stephanie ihn verwundert.

»Freitagnacht in Garmisch«, murmelte Mark und starrte auf die Kratzer auf seiner Hand.

Sie nippten gerade an ihrem Dessertwein, als Mark feststellte, dass etwas nicht stimmte. Er blinzelte mit den Augen, und ihm wurde heiß und schwindlig.

»Ist alles in Ordnung?«, fragte Stephanie.

Mark rollte den Kopf von einer Seite zur anderen und atmete tief ein. »Ja. Seltsam. Mir ist nur ein wenig schwindlig.«

»Am Alkohol kann es nicht liegen. Ich hab gesehen, was du getrunken hast.« Sie musterte ihn. »Du bist knallrot und ganz verschwitzt.«

»Ja, und mein Herz klopft so stark wie beim Sex mit dir.« Mark grinste und blinzelte wieder mit den Augen. »Vielleicht das Essen?«

»Wir gehen«, beschloss Stephanie. »Komm! Wir fahren zurück nach Oberau, dann können sie dich in der Klinik durchchecken.«

Mark schluckte und war froh, dass Stephanie seine Hand nahm. Ihm wurde wieder schwindelig. »Puh!«

Kurz darauf standen sie auf dem Bürgersteig. Mark lehnte sich an sie. »Komisch. Als hätte ich plötzlich eine schwere Grippe.«

»Hoffen wir, dass das alles ist«. knurrte Stephanie in unheilvollem Ton. »Du hast doch nichts genommen? Drogen? LSD? Ecstacy?«

»Nein.« Mark konnte kaum einen klaren Gedanken fassen. »Ich nehme keine Drogen.« Die Lichter auf der Straße verschwammen vor seinen Augen, und das Schwindelgefühl wurde immer schlimmer.

Zwei Männer in Ledermänteln näherten sich. Mark starrte auf ihre weißen Turnschuhe, die für ihn aussahen wie weiße Kaninchen, die über den Asphalt hoppelten.

Stephanie drückte Mark gegen eine Mauer, als die beiden Männer an ihnen vorbeigingen, und steckte die Finger der rechten Hand in ihre geöffnete Handtasche. Einer der Männer sagte etwas, worauf Stephanie in feindseligem Ton »Nein danke« erwiderte.

In diesem Augenblick drehte sich Mark der Magen um. Er beugte sich vor und erbrach sich auf den Bürgersteig.

Mark wusste nicht, was passiert war, aber Stephanie begann krampfartig zu zucken und brach zusammen. Während sie neben ihm um sich trat und sich hin und her wand, stolperte er und fiel in sein Erbrochenes.

Dann packten ihn blitzschnell die beiden Männer in den Ledermänteln unter den Achseln und schleiften ihn zur Straße.

Ein schwarzer Van kam schlingernd zum Stehen. Die Seitentüren öffneten sich, und zwei Männer sprangen heraus. Ihre Schritte hallten wie Hammerschläge auf dem Bürgersteig.

Mark spürte, dass er hochgerissen wurde. Als er durch die Luft segelte, fallen gelassen wurde und auf dem Boden des Vans landete, musste er wieder würgen.

Ehe die Türen geschlossen wurden, erhaschte er noch einen Blick auf Stephanie, die mühsam aufstand und eine silberne Pistole auf den Wagen richtete. Mark sah das Mündungsfeuer, hörte den Knall und spürte, dass der Mann, der ihn festhielt, zusammenzuckte. Zwei Männer in T-Shirts rannten mit Waffen in den Händen an Stephanie vorbei auf den Van zu. Dann fielen die Türen zu.

Jemand schrie etwas auf Deutsch, während der Van mit quietschenden Reifen schlingernd davonfuhr. Laute Schüsse hallten durch die Luft. Die Männer in dem Van verloren das Gleichgewicht. Als sie zu Boden stürzten, landeten sie auf Mark, der kaum noch Luft bekam. Lautes Fluchen war zu hören.

Der Van bog mit voller Geschwindigkeit um die Ecken, und sie alle wurden von einer Seite zur anderen geschleudert. Der Motor dröhnte laut. Mark Schott spürte, wie etwas Warmes, Klebriges durch seine Kleidung drang. Dann versank alles um ihn herum in Dunkelheit.

13. Kapitel

Anika leerte den letzten Energydrink. Sie hielt die Dose beim Trinken fast senkrecht, damit auch der letzte Tropfen herauslief. Dann drehte sie sich um und warf die leere Dose in den Abfalleimer. Auch die anderen hatten jede Menge Energydrinks, Fruchtsaft und Kaffee getrunken sowie andere Getränke, die aufputschten, ohne die Sinne zu trüben.

Am Montag, dem ersten Tag, herrschte Chaos. Alle bestanden darauf, ihre eigenen Paradigmen in das Modell einzufügen. In dem allgemeinen Durcheinander beugten sich alle über ihre Computer und verlangten nach Daten. Akten wurden durchforstet und Informationen geliefert, was unweigerlich dazu führte, dass sie sich in einem Wust verwirrender Details verloren.

»Sie müssen das Gesamtbild im Auge behalten«, bat Anika. »Wenn Sie sich irgendwann dabei ertappen, einen Bezug zwischen dem Zustand der Straßen in Sambia und der Treibstoffversorgung des Landes herzustellen, sind Sie bereits in Daten versunken. Uns interessieren nur die wichtigsten Entwicklungen.«

»Und wie definieren Sie die?«, hatte Ken Foley gefragt. »Sie können nicht irgendwelche Datenkategorien auslassen und dennoch aussagekräftige Ergebnisse erhalten! Die Statistiken verlieren zu sehr an Präzision.«

Und innerhalb von Minuten wurden die nächsten Daten angefordert.

Am Dienstag schlug Gail Wade mit den Händen auf den Tisch und sagte zu Amy Randall: »Ich rauche seit zehn Jahren nicht mehr, aber jetzt brauche ich eine Packung Zigaretten.« Angeregt durch das Nikotin hatte sie schließlich eine Eingebung. Sie zog sich an ihren Schreibtisch zurück, entwarf ein Modell nach dem anderen und fügte neue Variablen ein.

Zu Anikas großer Freude stand Fred Zoah dem Projekt von Anfang an positiv gegenüber und übernahm ihre Rolle bei den erregten Diskussionen. Das einzige Problem war, dass ihn die Arbeit so sehr fesselte, dass er manchmal den Faden verlor. Dann verstummte er und tippte auf die Tasten seines Taschenrechners.

Maureen agierte als Moderatorin, und Anika wunderte sich über ihr umfassendes Wissen. Es gelang ihr immer wieder, die erregten Gemüter zu beruhigen, Ärger aus der Welt zu schaffen und die Streithähne wieder in die Gruppe zu integrieren.

Phil Sinclairs Beitrag bestand aus präzisen paläoklimatischen Daten, die Gail Wade wiederum anspornten, ihre Klimamodelle zu modifizieren.

Am Mittwoch begann Ken Foley, der Skeptiker, der immer wieder über die Unanwendbarkeit verschiedener Statistiken wetterte, schließlich zu grinsen. »Ich hab's! Vergessen Sie Gaults Problem. Wir akzeptieren einfach die Größe des Standardfehlers. Es bleibt ein konstanter, aber selbstkorrigierender Standardfehler.«

Anika begriff, dass das ihr Umkipppunkt gewesen war. Von nun an spiegelten die Daten die gesellschaftlichen Triebkräfte wider, die sie durch ihre eigene Trägheit vorantrieben, als sie die statistischen Formeln in das endgültige Programm einfügten.

Am Donnerstag hatten sie bis spät am Abend gearbeitet und das endgültige Programm in den Computer eingegeben. Schweigend und müde waren sie zu den Autos gegangen und zurück zum St. Regis gefahren worden.

Als der schwarze Lincoln am Freitagmorgen vor dem Hoteleingang hielt, nickte Skip Anika und Maureen zu und begleitete sie zu der Limousine. Er beugte sich hinein, überprüfte den Fahrer und hielt den beiden Frauen die Tür auf. Sie setzten sich auf die Rückbank und ließen sich erschöpft in die Ledersitze sinken.

Maureen musterte sie. »Heute ist der Tag der Wahrheit.«

»Vielleicht.« Doch in Anikas Miene spiegelten sich Bedenken. »Und was ist, wenn wir den Ausdruck lesen und Ken uns wieder diesen finsteren Blick zuwirft? Er hatte die ganze Nacht über Zeit, darüber nachzudenken. Ich sehe ihn schon vor mir, wie er seinen Kopf massiert und sagt: ›Das beweist nichts. Die Ergebnisse sind falsch. Kontingenztabellen können nur verwendet werden, wenn alle Kategorien völlig unabhängig voneinander sind.‹«

Maureen lächelte. »Dann überdenken wir die Statistiken noch einmal, bis wir die richtigen Ergebnisse haben.«

»Dieser Mann macht mich wahnsinnig.«

»Als ich mit Statistik begonnen habe, gehörte ich zu den Glücklichen, die einen fantastischen Dozenten hatten. Ein paar Wochen nach Beginn des Seminars sagte er grinsend: ›Es gibt zwei Arten von Statistikern in den Sozialwissenschaften. Diejenigen, die die Mauern des Schlosses bauen, und diejenigen, die versuchen sie niederzureißen. Ich persönlich bin eher derjenige, der Mauern niederreißt, denn wer will schon in einem Schloss mit rissigen Mauern wohnen?‹«

Anika starrte aus dem Fenster in die Morgendämmerung,

als der Wagen einer kurvenreichen Straße durch Washington folgte. »Darum habe ich um seine Mitarbeit gebeten. Welche Ergebnisse wir auch immer bekommen, sie müssen allen Prüfungen standhalten.«

»Das wird uns nicht gelingen«, erinnerte Maureen sie. »Eine andere Gruppe Wissenschaftler könnte andere Daten auswählen, andere Kategorien ausschließen, ausgefeiltere Statistiken benutzen und ihr Wahrscheinlichkeitsniveau senken, um festzustellen, dass alles ein glückliches Ende nimmt.«

»Was war es noch gleich, was Mark Twain gesagt hat? ›Es gibt drei Sorten von Lügen: Lügen, gemeine Lügen und Statistiken.‹«

Als sie zum Konferenzraum geführt wurden, saßen Zoah, Wade, Sinclair und Foley bereits dort und warteten, während sie Kaffee aus Styroporbechern tranken.

Amy Randall stand hinten im Raum und hielt ein Telefon ans Ohr gedrückt. Anika wechselte einen Blick mit ihr, worauf Amy kurz nickte und auflegte.

»Guten Morgen«, begrüßte Anika das Team. »Dann wollen wir mal sehen, was wir haben.« Sie zeigte auf den Drucker. »Fred, Sie waren von Anfang an mit von der Partie. Möchten Sie die ehrenvolle Aufgabe übernehmen?«

Diese Frage entlockte ihm tatsächlich ein Lächeln. »Dr. French, es ist Ihr Modell. Haben Sie etwas dagegen, wenn ich Ihnen über die Schulter schaue?«

Anika ging zu dem Drucker und nahm den Ausdruck heraus. Alle drängten sich um sie, als sie die Seiten auf dem Tisch ausbreitete.

Einer nach dem anderen kommentierte die Ergebnisse. Die erste Hälfte bestand aus beschreibenden Statistiken des Klimas, der landwirtschaftlichen Produktion, der Energieressourcen, der Bodennutzung, der Übersäuerung der Meere, der Stickstoff- und Phosphorkreisläufe, der Frischwasser-Ressourcen, des Verlustes der Artenvielfalt und anderer Faktoren, die mit der Bevölkerung, dem Verteilsystem, der Infrastruktur und dem Konsum in eine Wechselbeziehung gebracht worden waren.

Die sozialen Statistiken, die die Triebkräfte, die Trägheit und die Reaktion beschrieben, kamen erst in der zweiten Hälfte. Erst da konnten die Ergebnisse am sozialen Verhalten überprüft werden.

»Oh Mann«, murmelte Fred. »Diese Methode deckt wirklich alles schonungslos auf.«

Wade zog eine Zigarette aus der Schachtel und steckte sie sich in den Mund. »Ich bin mir immer noch nicht sicher, ob es nicht besser gewesen wäre, bei der landwirtschaftlichen Produktion Quadratkilometer statt Hektar zu nehmen.«

Einer nach dem anderen gab seinen Kommentar ab. Anika sah, wohin das führte. »Leute, wir mussten irgendwo eine Grenze ziehen, sonst hätten wir uns zu sehr in Details verstrickt.«

»Verdammt«, sagte Phil leise. »Schauen Sie auf die lineare Beziehung zwischen der landwirtschaftlichen Tragfähigkeit und dem Anwachsen der Bevölkerung. Das kann nicht richtig sein.«

»Ist es aber, wenn wir Qualitätsdaten benutzt haben«, flüsterte Foley. »Und wir haben die besten Schätzungen genommen, die uns zugänglich waren.«

Maureen hatte bereits den gesamten Ausdruck überflogen. Plötzlich verharrte sie reglos und starrte auf das Papier. Anika stellte sich neben sie und blickte auf die ausgedruckte Gleichung und den Zahlenwert daneben. Das war noch eine von Ken Foleys Spezialitäten. Er nannte sie »die bittere Pille«, und jeder musste sie schlucken, ehe er die Gültigkeit der Ergebnisse glauben konnte.

Die Zahl brannte sich Anika ins Gehirn: 0,002.

»Ken?«, rief sie. »Das möchten Sie sich sicher ansehen.«

Foley stellte sich neben sie, starrte auf die Zahl und fuhr sich mit der Zunge über die Lippen. Sein kahler Schädel schimmerte im Licht der Deckenlampe.

Amy Randall spürte die Anspannung. »Was ist los?«

Anika atmete tief ein. »Amy, das Modell sollte die Nullhypothese beweisen. Erinnern Sie sich, was das ist?«

»Sicher. Der Normalzustand. Es gibt keine Probleme. Die Zukunft ist nicht in Gefahr.«

Anikas Kehle war wie zugeschnürt. »Die Nullhypothese wurde zurückgewiesen. Und Kens bitterer Pille zufolge stehen die Chancen, dass wir uns geirrt haben, nur zwei zu tausend.«

Alle Farbe wich aus Amy Randalls Gesicht. Sie nickte, ging zum Telefon und wählte eine Nummer.

Die anderen drängten sich zusammen und schauten mit finsteren Mienen auf Kens bittere Pille.

»Wenn wir uns vielleicht die Temperaturen der Weltmeere noch einmal genauer anschauen«, schlug Wade vor.

»Warum?«, wollte Sinclair wissen. »Wir haben die atlantische Strömung bereits als Konstante akzeptiert, obwohl wir wissen, dass sie sich innerhalb weniger Jahre abschwächen könnte.«

Anika hörte Amy Randall sagen: »Ja, Ma'am. Sofort.«

Fred Zoah rückte seine Brille zurecht. »Nachdem ich das gesehen habe, weiß ich gar nicht, ob ich mir die Daten der gesellschaftlichen Triebkräfte überhaupt noch ansehen möchte.«

»French? Cole?«, rief Randall. »Kommen Sie mit! Die anderen überprüfen, ob sie noch Fehler in dem Modell finden.«

»Sollen wir den Ausdruck mitnehmen?«, fragte Anika.

»Nicht nötig. Ein zweiter Ausdruck wartet auf uns. Kommen Sie, Murphy! Sorgen Sie für unsere Sicherheit.«

Wie benommen griff Anika nach ihrer Handtasche. Sie war so niedergeschlagen, dass sie nicht einmal fragte, wohin sie gingen.

Als sie hinter den anderen den Raum verließ, drängte sich ihr die Frage auf: Wo und wie wird es beginnen? Ein kleines, scheinbar unbedeutendes Ereignis? Der erste Dominostein würde fast lautlos fallen. Doch wenn die nächsten fielen, würde es einen höllischen Lärm geben, der den Tod der globalen Zivilisation mit Pauken und Trompeten verkündete.

Skip warf Anika French ein schiefes Lächeln zu, als sie vor dem Tor auf der Pennsylvania Avenue 1600 anhielten. Mit großen Augen verfolgte die Rothaarige eingeschüchtert die strenge Sicherheitskontrolle. Der Wachposten nahm Amy Randalls Ausweis entgegen, verglich ihn mit den Angaben in seiner Datenbank und überprüfte dann die Ausweise der anderen.

Als sie in dem Lincoln vor dem großen Tor warteten, flüsterte Anika ehrfürchtig: »Verdammt! Betrete ich jetzt das Weiße Haus?«

»Was haben Sie denn erwartet?«, fragte Randall. »Sie haben gerade das Ende der Welt bewiesen. Dachten Sie, niemand würde es zur Kenntnis nehmen?«

Der Wagen hielt vor dem Eingang am Westflügel, wo sie

erneut von Sicherheitsbeamten kontrolliert wurden. Skip, dem diese Prozedur vertraut war, gab seine Heckler & Koch ab und legte seine Ausweispapiere und den in Virginia ausgestellten Waffenschein zum versteckten Führen einer Waffe vor, ehe er den Metalldetektor passierte.

Maureen lächelte gequält, und Anika sah aus, als würde sie gleich hyperventilieren.

Skip kannte den Raum, zu dem sie geführt wurden. Er war dort schon einmal gewesen, aber beim letzten Mal mit Jenn Royce. Er hätte am liebsten geflucht, und sein Herz war voller Schmerz.

»Warten Sie bitte einen Augenblick«, bat Amy Randall sie und ging mit schnellen Schritten davon.

Ein Referent fragte, ob er ihnen etwas anbieten dürfe. Skip bat sofort um Kaffee und forderte die anderen auf, es ebenfalls zu tun. Nachdem der Referent gegangen war, zwang Skip sich zu einem Lächeln und schaute sich die Gemälde an den Wänden an, an die er sich von seinem letzten Besuch noch erinnerte. »Das hier gefällt mir besonders gut«, sagte er und zeigte auf ein Bodmer-Gemälde vom Oberlauf des Missouri.

»Sie waren schon einmal hier?«, fragte Anika mit bebender Stimme.

»Ja. In demselben Raum. Ich habe einen Terroristen eingeschmuggelt, der versucht hat, Dr. Cole mit einer Briefbombe in die Luft zu sprengen. Später wollte er sie in Amsterdam erschießen, doch Jenn und ich haben es ihm ausgeredet.«

»Sie haben einen Terroristen ins Weiße Haus gebracht? Und das haben Sie überlebt?« Anika brach in Lachen aus, das ein wenig hysterisch klang. »Sie machen Scherze.«

»Ich wünschte, es wäre so«, meinte Maureen trocken.

Skip schenkte Anika ein missglücktes Lächeln, um seinen

Kummer zu verbergen. *Hoffentlich verliere ich nicht auch noch eine dieser beiden Frauen. Versprich mir, lieber Gott, dass dies kein schlechtes Omen ist!*

»Irgendwann wurden dann in der Küche des Weißen Hauses Cheeseburger bestellt«, fuhr Skip in lockerem Ton fort. »Der Terrorist, Ali, studiert jetzt vergleichende Religionswissenschaften in Georgetown. Mein Rat? Entspannen Sie sich, und genießen Sie die Kunstwerke. Und wenn die Sache brenzlig wird, bestellen wir Cheeseburger.«

Um sich zu entspannen, atmete Anika tief ein und aus und setzte sich dann an den Tisch. Skip versuchte die Erinnerung an Jenn beiseitezuschieben und betrachtete lächelnd den Bodmer.

Ihm blieb kaum Zeit, seinen Kaffee zu trinken, denn es dauerte nicht lange, bis der Referent zurückkehrte und sagte: »Wenn Sie mir bitte alle folgen würden.«

Skip bedeutete den Frauen vorauszugehen und folgte ihnen, als sie an Gemälden und Türen vorbei durch geschmackvoll dekorierte Gänge geführt wurden. Ihm kam der Gedanke, dass das ungewisse Schicksal ganzer Staaten auf den Schultern der Männer und Frauen gelegen hatte, die diese Gänge schon durchquert hatten. Niemand spazierte unbeschwert durch dieses Haus.

Er hatte wieder Jenns Bild vor Augen, doch er schob es an jenen geheimen Ort, an den er im Laufe der Jahre schon so viele andere Gesichter verbannt hatte.

Der große Schock kam, als der Referent eine Tür öffnete und Skip hinter Anika und Maureen das Oval Office betrat. Zu seiner Überraschung war es kleiner, als es im Fernsehen wirkte. In der Mitte des Raumes standen einander auf einem Teppich mit dem Präsidentensiegel zwei Sofas gegenüber. Eine Kopie des besagten Ausdrucks lag in der

Mitte des glänzenden Couchtisches, der zwischen den beiden Sofas stand.

Skip sah die Menschen, die sich um den Schreibtisch drängten, der vor der berühmten Terrassentür mit den Seidenvorhängen stand.

Amy Randall stand auf der linken und die Außenministerin auf der rechten Seite des großen Schreibtisches. Die Außenministerin schaute auf, nickte Cole zu und starrte Anika French mit reserviertem Blick an. Dann warf sie Skip einen Blick zu und erkannte ihn gleich wieder. »Mr Murphy, ich habe gehört, dass Sie uns wieder unterstützen. Wie kommt es, dass Sie immer dabei sind, wenn es Probleme mit Anthropologen gibt?«

»Schon meine Mutter hat gesagt, dass ich keinen guten Riecher bei der Wahl meiner Freunde hätte, Frau Ministerin«, erwiderte Skip.

Sie runzelte die Stirn, doch der Mann, der hinter dem Schreibtisch saß, grinste. Er stand auf und trat vor den Schreibtisch. Der Präsident sah größer aus als im Fernsehen.

»Mr President«, sagte die Außenministerin. »Darf ich Ihnen Dr. Anika French und Dr. Maureen Cole vorstellen? Sie werden von Mr Sean Murphy begleitet, der für ihre Sicherheit sorgt.«

»Angenehm.« Der Präsident begrüßte alle der Reihe nach mit Handschlag und einem warmen, beruhigenden Lächeln. Dann schürzte er kurz die Lippen und runzelte die Stirn. »Bitte setzen Sie sich doch!« Er ging den anderen voraus zu den Sofas. »Ich habe mir den Ausdruck bereits angesehen.«

Er bot den Damen Plätze an. Maureen und Anika setzten sich auf eines der Sofas, und der Präsident und die Außenministerin nahmen gegenüber von ihnen Platz. Zwischen ihnen stand der Couchtisch, auf dem der Ausdruck lag. Skip stellte sich schräg hinter das Sofa und faltete die Hände.

Der Präsident beugte sich vor und zeigte auf den Ausdruck. »Und was bedeutet das nun? Ich möchte keine Zeit mit Hintergrundinformationen vergeuden, warum oder wie das Modell entwickelt wurde. Mich interessieren nur die Ergebnisse.«

Anika öffnete den Mund, doch es kam kein Laut über ihre Lippen.

»Mr President«, sagte Maureen ruhig, »die globale Zivilisation, wie wir sie kennen, steuert auf eine Katastrophe zu.«

»Dr. Cole.« Der Präsident musterte sie mit hartem Blick. »Verzeihung, aber das habe ich schon mal gehört. Die Welt ist verdammt. Das Ende naht. Die Apokalypse steht unmittelbar bevor. Doch irgendwie sind wir immer davongekommen. Warum sollte es in diesem Fall …« Er zeigte auf das Modell. »… plötzlich anders sein?«

Maureen zuckte nicht mit der Wimper. »Weil die Wissenschaft darauf hindeutet, dass es so ist.«

»Hindeutet? Nur hindeutet?«

»Es sind statistische Wahrscheinlichkeiten«, sagte Anika, die sich wieder etwas gefangen hatte.

»Das Modell basiert also nur auf Statistiken? Ich bitte Sie. Da brauchen wir schon bessere Beweise.«

»Die Chance, dass wir uns geirrt haben, beträgt zwei zu tausend.« Der harte Blick des Präsidenten verunsicherte Anika. Skip funkelte den Präsidenten seinerseits finster an. *Komm, lass es nicht an Anika aus.*

»Sicher«, sagte Maureen und beugte sich vor. »Es basiert

auf Statistiken, und ja, es stimmt, dass sie falsch sein könnten. Es besteht eine *sehr geringe* Chance.«

Maureen schaute dem Präsidenten in die Augen. »Bei allem Respekt, Mr President, Sie haben sich aufgrund von Umfragewerten zu Ihrer Kandidatur entschlossen. Und wie hoch war die Fehlerquote? Vier Prozent? Und heute trifft Ihre Regierung keine politischen Entscheidungen, ohne zuvor mit Hilfe von Statistiken die Auswirkungen einzuschätzen. Bei allem Respekt, Mr President, aber Ken Foley und Gail Wade sind allen Mitarbeitern in Ihrer Regierung diesbezüglich haushoch überlegen.«

»Nun gut.« Der Präsident lehnte sich zurück und atmete tief ein. »Sie wissen, dass ich Leute daransetzen werde, die alles geben, um die Unsinnigkeit der Ergebnisse zu beweisen.«

Anika lächelte erschöpft und schüttelte den Kopf.

»Dr. French?«, fragte der Präsident neugierig.

»Dr. Cole und ich haben noch heute Morgen darüber diskutiert. Ja, Sir. Natürlich können sie ein Modell entwickeln, das unsere Ergebnisse widerlegt, wenn sie genau die Daten nehmen, die sie brauchen, und alle gegenteiligen Angaben hinauswerfen. Doch mit der Wirklichkeit hat das genauso wenig zu tun, wie wenn Husseins ehemaliger Propagandachef ›Baghdad Bob‹ jedem erzählt, dass der Irak den Krieg gewinnen wird, während amerikanische Panzer bereits in die Außenbezirke der Hauptstadt rollen.«

»Baghdad Bob, hm? Ich verstehe, Dr. French.«

»Ich befürchte, in dieser Studie wurden viel zu große Datenmengen verarbeitet«, mischte sich die Außenministerin ein. »Ich meine, kann man die ganze Welt statistisch erfassen? Das muss doch problematisch sein.«

»Ist es auch«, erwiderte Anika. »Man kann die Daten in

immer kleinere Einheiten unterteilen und sich immer wieder im Kreis drehen, während man versucht, die Bäume zu zählen. Aber wir sind mit dem Hubschrauber geflogen und haben uns den gesamten Wald angesehen. Als wir uns heute Morgen endlich das Gesamtbild anschauen konnten, Ma'am, haben wir einen gewaltigen Schreck bekommen.«

»Ökonomen, das Verteidigungs- und Außenministerium, Professoren der Politischen Wissenschaften, Stiftungen wie das Brookings Institute stellen solche Überlegungen seit Jahren an. Sie hatten nur begrenzten Erfolg und kamen immer wieder zu widersprüchlichen Ergebnissen. Und dann tauchen Sie plötzlich auf – und dann noch eine Anthropologin – und behaupten – Simsalabim! –, es ist vollbracht!«, entgegnete die Außenministerin.

»Die anderen Studien haben sich immer in einem Wust von Daten verloren«, erklärte Maureen. »Dr. Frenchs Modell wurde von zahlreichen archäologischen Modellen abgeleitet, die auf gescheiterten Systemen beruhten.«

»Warum habe ich nie zuvor davon gehört?«

»Steht das *Mid Continental Journal of Archaeology* auf Ihrer Lektüreliste?«

»Das was?«

»Das meine ich. Eine kleine Gruppe amerikanischer Archäologen beschäftigt sich seit dreißig Jahren damit, Modelle zu verbessern und sie an geschlossenen Systemen zu testen. Langsam, aber sicher haben sie bestimmt, welche Kategorien sie beibehalten, welche sie ausschließen, und welche Statistiken man braucht, um die Lücken zu füllen. Aber da es sich um Archäologen handelte, hat das niemanden interessiert. Wer im Verteidigungs- oder Außenministerium hätte gedacht, wir könnten aus dem Untergang der Tiefland-Maya Mitte des 9. Jahrhunderts etwas lernen?«

»Sie sagen also, diese Erkenntnisse lagen uns schon die ganze Zeit vor? Und wir hätten sie sehen können?«

Maureen zuckte mit den Schultern. »Selbst die Archäologen begriffen nicht, wie relevant ihre Forschungen waren. Sie ahnten es erst, nachdem Dr. French alles zusammengefügt hatte. Ihre hervorragende Arbeit bestand darin, eine Verbindung zwischen Klimamodellen und Sozialsystemen herzustellen. Damit war das letzte Puzzlestück eingefügt. Jetzt können wir auf den Wald hinunterschauen, auch wenn der Blick nicht sehr erfreulich ist.«

Der Präsident stand auf, trat an die Wand und schaute auf das Porträt von Abraham Lincoln. »Nach dem, was Sie mir erzählt haben, sieht also jeder dasselbe, der in diesem Hubschrauber fliegt?«

»Das hängt davon ab, ob Sie die Wahrheit hören möchten oder das, was Baghdad Bob verkündet«, sagte Maureen.

Der Präsident starrte noch immer auf das Porträt von Lincoln, als sein Stabschef die Tür öffnete und sagte: »Mr President?«

»Später, Robert.«

»Ja, Sir.« Der Mann verließ mit gerunzelter Stirn das Oval Office.

Skip sah, dass die Außenministerin und Randall verwunderte Blicke wechselten. In dem Raum herrschte Stille. Nur das Ticken einer antiken Uhr war zu hören.

»Wie viel Zeit bleibt uns nach den Ergebnissen Ihrer Statistiken noch, um diese Sache abzuwenden?«, fragte der Präsident schließlich.

»Gar keine«, entgegnete Anika, die sich elend fühlte. »Wir haben in Bezug auf die Natur und die Gesellschaft den Umkipppunkt bereits überschritten.«

»Erklären Sie mir das bitte!«

Anika rutschte unruhig hin und her. »Unsere besten gegenwärtigen Schätzungen besagen, dass die Erde auf lange Sicht maximal 2,4 Milliarden Menschen ernähren kann, ohne den Planeten dauerhaft zu schädigen. Auf der Erde leben sieben Milliarden Menschen. Es wird angenommen, dass die Kohlendioxid-Konzentration 350 ppm nicht übersteigen sollte. Dadurch bleiben Spielräume für Vulkanausbrüche und die Wärmeabsorption der Meere. Wir sind bei 390 angekommen, und die CO_2-Konzentration steigt weiter. Die anderen Daten finden Sie in dem Modell.«

»Dann sind also alle korrektiven Maßnahmen …?«

»Unwirksam, Mr President. Gesellschaftliche Trägheit wird jedes größere Einschreiten verhindern.«

»Das verstehe ich nicht.«

Anika spielte nervös mit ihren Fingern. »Gesellschaftliche Trägheit kann man sich wie eine Triebkraft vorstellen. Wir machen Dinge, weil wir sie immer so gemacht haben. Unsere Weltwirtschaft zum Beispiel ist von Erdöl abhängig: Flugzeuge, Lastkraftwagen, Traktoren, Autos, Züge, Schiffe, alles. Ein Kopfsalat oder ein Hamburger haben vom Hersteller bis zum Verbraucher im Durchschnitt einen Transportweg von 2500 Kilometern hinter sich. Kohle erzeugt den größten Teil der weltweiten Elektrizität. Sieben Milliarden Menschen bestehen darauf, sich fortzupflanzen und zu essen, und ihre Anzahl steigt. Es gibt einen Grund, warum die Bevölkerung das Tabuthema bei den internationalen Klimakonferenzen ist. Nennen Sie es die ultimative gesellschaftliche Triebkraft. Sie können den Menschen nicht sagen, dass sie sich nicht mehr fortpflanzen dürfen.«

Skip beobachtete den Präsidenten, der wie erstarrt auf dem Sofa saß. Es musste ganz schön unangenehm sein, der mächtigste Mann der Welt zu sein und dann von einer unerfahrenen jungen Frau erklärt zu bekommen, dass man rein gar nichts machen konnte.

»Ich bitte Sie. Irgendetwas muss man doch tun können.«

Maureen seufzte. »Mr President? Können Sie 2,5 Milliarden Tonnen Kohlendioxid aus der Atmosphäre herausziehen? Hätten Sie eine Idee, wie man die menschliche Bevölkerung um zwei Drittel reduzieren könnte?«

Mit zusammengepressten Lippen und wütend funkelnden Augen drehte der Präsident sich um.

Verdammt, der Typ sieht aus, als hätte er irgendetwas vor. Unbewusst spannte Skip die Muskeln an, ließ die Arme locker herunterhängen und verlagerte sein Gewicht auf die Fußballen.

Was würdest du tun, Skip, alter Junge? Den Präsidenten der Vereinigten Staaten angreifen, wenn er sich auf Maureen und Anika stürzt?

Zu Skips Erleichterung wies der Präsident nur wütend mit dem Kopf zur Tür.

Skip atmete tief ein, trat vor und stellte sich wie zufällig zwischen die beiden Frauen und den Präsidenten. Sein Kopf pochte, und vor Nervosität bildeten sich Schweißperlen auf seiner Stirn.

Nachdem sie das Oval Office verlassen hatten, atmete er erleichtert auf. *Verdammt, der Typ geriet schnell in Rage.*

»Das ist wirklich nicht gut gelaufen«, meinte die Außenministerin beunruhigt. »Ich habe ihn noch nie so aufgebracht gesehen.«

»Wie würde es Ihnen in seiner Position denn gefallen, das zu hören, was wir gerade gesagt haben? Er trägt die Verantwortung dafür, oder glaubt es zumindest. Und jetzt bricht alles zusammen. Welche politischen Entscheidungen soll er in dieser Situation treffen?«, erwiderte Maureen in betrübtem Ton.

Die Außenministerin musterte die Frauen eindringlich. »Jetzt mal im Ernst. Wie gut ist das Modell wirklich?«

»Ma'am.« Anika sah mehr als besorgt aus. »Immer wenn es Zweifel gab, haben wir eine Menge Daten manipuliert, um positivere Werte zu bekommen. Wir haben *versucht*, die Nullhypothese zu beweisen. Wir scheiterten, bevor wir auch nur zu den gesellschaftlichen Triebkräften kamen.«

»Sie will sagen«, fügte Maureen hinzu, »dass jeder seriöse Forscher, der versucht, unsere Ergebnisse zu reproduzieren – selbst wenn er die Hälfte der Daten weglassen würde –, zu demselben Ergebnis kommen wird: Es geht den Bach hinunter.«

»Wann?« Die Außenministerin sah sie noch immer eindringlich an.

»Ehrlich gesagt ...« Gedankenverloren strich Anika sich eine Haarsträhne aus der feuchten Stirn. »... ist es ein Wunder, dass wir es bis jetzt geschafft haben. Wir haben den Umkipppunkt in Bezug auf die sicheren und die ungesicherten Erkenntnisse längst überschritten. Gegenwärtig werden wir durch die gesellschaftliche Trägheit vorangetrieben. Unterdessen schließen wir weiterhin vor allen Problemen die Augen und balancieren auf einem Seil, das dünner und dünner wird.«

Die Außenministerin nickte. »Bis es schließlich irgendwo zum Kollaps kommt.«

»Unglücklicherweise, Frau Ministerin, ist das unvermeidbar.«

»Und so, wie ich es verstanden habe«, warf Skip ein, »kann das jeden Augenblick passieren.«

»Noch schlimmer.« Anika trat unruhig von einem Bein aufs andere und atmete tief ein. »Es könnte sogar sein, dass der Zusammenbruch bereits ausgelöst wurde und wir die Auswirkungen nur noch nicht begreifen.«

»Bleiben Sie in der Nähe.« Die Außenministerin schaute zur Tür, als Frank Card, der Berater für nationale Sicherheit, den Gang hinunter zum Oval Office lief. »Vielleicht brauchen wir Sie noch einmal. Ich versuche ihn zu beruhigen.«

»Sicher«, sagte Skip. »Wir sind im Wartezimmer.« Als er dem Berater folgte, fragte er in ruhigem Ton: »Wie wäre es mit Cheeseburger zum Mittagessen?«

14. Kapitel

Durst.

Verdammt!

Und meine Blase. Auch das noch.

Mark versuchte die Traumfetzen einzufangen, doch es gelang ihm nicht.

Er strich sich mit der Zunge über den trockenen Gaumen. Was für eine hundsmiserable Laune der Natur, dass seine Blase zum Platzen gefüllt und sein Mund vollkommen ausgetrocknet war. Die Evolution hätte dafür sorgen müssen, dass Wasser durch Osmose durch die Blasenwand dringt. Bei Buschratten war das möglich, wodurch sich ihr Urin konzentrierte.

Mark versuchte die Augen zu öffnen, doch seine Lider waren schwer wie Blei. Im ersten Moment sah er alles verschwommen. Mühsam hob er die Hand und rieb sich die Augen, worauf sich sein Blick klärte. Mark blinzelte. Unmittelbar über ihm schwebten zwei Engel in weißen Gewändern mit starren Flügeln über einem fast nackten Mann, der nur ein einfaches Tuch um seine Lenden geschlungen hatte. Der Mann streckte die geöffnete Hand in die Höhe, als bäte er um Hilfe, um von dem Felsen aufzusteigen, an dem er lehnte.

Wer hatte so eine Deckenmalerei in seinem Haus?

Das großartige Gemälde schloss ringsherum mit kunstvollen Holzverzierungen ab, die sich bis hinunter zu den blau getünchten Wänden wölbten. Rechter Hand befand sich ein Fenster mit weißen Gardinen, vor dem auf beiden Seiten ein hoher Baum stand. In der Ferne ragten schneebedeckte Berge in den Himmel. Die Gardinen wehten in einer leichten Brise, und der Duft von Rosen hing in der Luft.

Mark drehte sich um, warf die weiche weiße Bettdecke zurück und schaute sich um. Er lag in einem großen Bett und war splitternackt, als würde gerade eine heiße Nacht hinter ihm liegen. An einer Wand stand ein Kleiderschrank aus dunklem Holz, und daneben befand sich ein antiker Ohrensessel mit hohen Lehnen, der wahnsinnig bequem aussah. In dem Raum gab es zwei geschlossene Türen.

»Hinter welcher ist wohl das Badezimmer?« Mark stellte die Beine auf den Boden und taumelte leicht, als er aufstand und auf die nächstgelegene Tür zuging. Als er sie öffnete, fand er eine Toilette, ein Waschbecken und eine Badewanne.

»Gleich die richtige Tür«, murmelte er und massierte sich mit einer Hand den Nacken, während er dankbar seine Blase leerte. Dann trat er ans Waschbecken und drehte den Hahn auf. Mark spritzte sich Wasser ins Gesicht und trank einen Schluck aus der hohlen Hand. Inzwischen fühlte er sich bereits etwas besser, obwohl er starke Kopfschmerzen hatte. Er trocknete sich das Gesicht ab, schaute in den Spiegel und wunderte sich über seine blutunterlaufenen Augen.

»Okay, Mark, wo bist du?«

»Italien!«, rief eine Frau aus dem Schlafzimmer.

Mark streckte den Kopf durch die Tür und blinzelte. Eine große, schlanke Asiatin, die einen gut sitzenden schwarzen Hosenanzug trug, hatte es sich in dem großen Ohrensessel bequem gemacht. Eines ihrer langen Beine hatte sie zu sich auf den Sessel gezogen und umfasste es mit einer Hand am Fußgelenk. Ihr rechter Arm hing über der

Rückenlehne. Sie beobachtete Mark mit neugierigen dunklen Augen. Glänzendes schwarzes Haar fiel ihr über die Schultern auf den Rücken, und daher konnte er nicht sehen, wie lang es war. Die Frau war eine klassische Schönheit: hohe Wangenknochen, große, mandelförmige Augen, ein wohlgeformtes Kinn, ein herzförmiger Mund und eine perfekt proportionierte Nase.

»Klar, Italien«, murmelte Mark und lehnte sich gegen den Türrahmen. »Wie bin ich hierhergekommen?«

»In einem Van.« Sie neigte den Kopf zur Seite und musterte ihn. »Die Wirkung der Drogen müsste mittlerweile abgeklungen sein, und Ihre Erinnerung wird zurückkehren. Sie waren gestern Abend mit Stephanie Huntz in einem Restaurant in Garmisch-Partenkirchen. Ein Betrunkener taumelte in die Herrentoilette, als Sie am Urinbecken standen. Er hat Sie mit einem Ring an der Hand gekratzt.«

Marks Erinnerung kehrte allmählich zurück. »Mir wurde schwindlig und übel.«

»Die süße Stephanie beschloss, sofort aufzubrechen. Es ging alles so schnell, dass ihre beiden ständigen Begleiter, die gerade ein Bier tranken, im ersten Augenblick nicht begriffen, was geschehen war. Zum Glück hat der Wirt die beiden aufgehalten und sie aufgefordert zu bezahlen, ehe sie das Restaurant verlassen konnten. Inzwischen waren Sie schon draußen und haben das köstliche Mahl auf den Bürgersteig erbrochen. Meine Leute haben Sie gepackt und in den Van geworfen.«

»Stephanie«, murmelte Mark. Er erinnerte sich vage, dass sie mühsam aufgestanden war, eine Pistole auf den Van gerichtet und abgedrückt hatte.

»Wir glauben, dass sie zu Boden ging, nachdem Teo sie mit einem Elektroschocker angegriffen hat.« Sie runzelte die Stirn und schaute in die Ferne. »Der Stromschlag wird sie außer Gefecht gesetzt haben. Man darf diese Frau auf keinen Fall unterschätzen.«

»Wo ist meine Kleidung?«

»Sie wird gewaschen. Wir hätten Chins Blut sonst nicht aus Ihrem Jackett herausbekommen.«

»Wer ist Chin?«

»Einer der Männer in dem Van. Er hat eine Kugel in die Seite abbekommen. Dr. Santiori hat seine Niere gestern Nacht entfernt. Wahrscheinlich kommt er durch, aber für eine genaue Prognose ist es noch zu früh.«

Mark schluckte. Er erinnerte sich an das metallische Klicken und die klebrige Flüssigkeit.

»Was zum Teufel hat das alles zu bedeuten?« Mark schüttelte den Kopf. Unwirkliche Erinnerungen konkurrierten mit der noch größeren Unmöglichkeit, hier in diesem Zimmer nackt aufzuwachen. *Italien?*

»Sie wurden vor dem sicheren Tod bewahrt, Dr. Schott. Ich hatte gehofft, Sie würden ein wenig Dankbarkeit zeigen. Andererseits wissen Sie auch nicht viel über ECSITE, den teuflischen Michail Kasperski oder die charmante Stephanie, nicht wahr?«

Marks Rücken schmerzte, als er nach einem Handtuch griff und es sich um die Hüften schlang.

Die Frau lächelte. »Ich hätte nicht gedacht, dass Sie so schüchtern sind. In Ihrer Akte steht, dass Sie keine Probleme damit haben, sich nackt mit einer Frau in einem Schlafzimmer aufzuhalten.«

»Wer sind Sie?«

»Ich bin Michelle Lee.«

Sie musterte ihn spöttisch, als sie näher trat und sich aufs Bett setzte.

»Sie haben mich also gerettet?«, sagte Mark.

»Sie hätten Sie getötet. Wahrscheinlich innerhalb weniger Tage, nachdem Sie sich davon überzeugt hätten, dass das Modell funktioniert.«

»Was? Aber warum zum Teufel sollten Sie mich denn *töten?* Ich habe Ihnen das verdammte Modell gegeben.«

»Und dafür werden sie Ihnen auch ewig dankbar sein.« Michelle lächelte. »Der gute alte Michail weiß, was Dankbarkeit heißt. Diejenigen, die seiner Sache dienen, behält er in wärmster Erinnerung. Es ist nur so, dass er sie beseitigt, sobald er sie nicht mehr braucht. Es hat keinen Sinn, jemanden am Leben zu lassen, der das Modell irgendwann auch für jemand anders reproduzieren könnte. Er will immer bestens abgesichert sein. Genau aus diesem Grund hält er auch die Aktienmehrheit von einigen der größten Versicherungsgesellschaften der Welt.«

Mark fuhr sich übers Gesicht. »Mein Gott, da habe ich mich wirklich blenden lassen.«

Michelle stieß ein helles Lachen aus. »Sie tun mir beinahe leid. Beinahe.«

»Ich verstehe das nicht. Sie haben mir eine fantastische Wohnung zur Verfügung gestellt und sich ausgezeichnet um mich gekümmert. Warum sollten sie das alles tun, wenn sie mich dann umbringen wollen?«

Sie runzelte die Stirn. »Sagen Sie, Dr. Schott, hätten Sie sich so angestrengt, wenn das Unternehmen Sie in einer Zelle untergebracht hätte? Nein? Das glaube ich auch nicht. Menschen, denen eine Waffe an den Kopf gehalten wird, schwant mitunter, dass es kein gutes Ende nehmen wird. Warum sollten sie also ihre zukünftigen Mörder unterstützen, wenn sie eh schon so gut wie tot sind? Und wie man hört, gefällt es Stephanie, zuerst mit ihren Opfern zu spielen.«

»Was?«

Michelle betrachtete ihn nachdenklich. »Ich frage mich, wie sie es gemacht hätte. Ein langsam wirkendes Gift, um Ihr bevorstehendes Ende richtig auszukosten? Wenn sie Ihrer überdrüssig gewesen wäre, hätte es andererseits auch eine Kugel sein können. Ich wette, sie hätte einen günstigen Augenblick gewählt, um den größtmöglichen Effekt zu erzielen. Vielleicht unmittelbar nach berauschendem Sex.«

»Sie haben eine kranke Fantasie.«

»Ich?« Sie lachte auf. »Das ist ja toll. Im Vergleich zu Stephanie?« Sie wurde sofort wieder ernst. »Jetzt hören Sie mir gut zu. Kasperski nennt sie seine ›Problemlöserin‹. Immer, wenn er unbedingt etwas haben will, was ein anderer Mann besitzt, lässt er die süße Stephanie von der Leine. Die Frau lebt für die Jagd. Sie geht mit ihnen ins Bett und entlockt ihnen alles, was sie wissen will – Kontonummern, streng geheime Firmeninterna, Umsatzzahlen oder manchmal auch ein prognostisches Modell –, und geht. Wenn die Opfer entbehrlich sind, tötet sie sie vorher.«

Mark ließ die Schultern hängen. »Ich verstehe das alles nicht.«

Michelles Blick wurde milder. »Nein, wahrscheinlich verstehen Sie es wirklich nicht«, fuhr sie in leisem Ton fort. »Sie sind mitten in ein Spiel geraten, bei dem es um Milliarden geht, Mark. Wenn Kasperski das Modell von Grund auf versteht, hat er ein Instrument, mit dem er ganze Gesellschaften manipulieren kann. Vielleicht sogar Länder zu Fall bringen kann. Ein rücksichtsloser Mann könnte ein Vermögen machen, wenn er wüsste, was in der nächsten Zukunft zusammenbrechen wird.«

»Und wer sind Sie? Ich meine, für wen arbeiten Sie?«

»CIA«, behauptete sie in gleichmütigem Ton, jedoch

ohne sich in irgendeiner Form zu legitimieren. »Eigentlich wollten wir Sie da herausholen, ehe zu viel Schaden angerichtet wurde. Und das führt mich zu meiner nächsten Frage. Wie viel weiß er über das Modell?«

»Alles«, murmelte Mark, der sich über sich selbst ärgerte. »Nun, das meiste.«

»Das meiste?«

»Gestern ist es uns gelungen, mit einer prähistorischen Gesellschaft einen Testlauf durchzuführen. Die Ergebnisse waren jedenfalls sehr vielversprechend. Heute wollten wir damit beginnen, einen Test mit Indonesien durchzuführen. Zunächst wollten wir die richtigen Variablen suchen, um sie dann in das Modell einzusetzen.«

Michelle nickte. »Darum ist Stephanie mit Ihnen nach Garmisch gefahren? Als Belohnung?«

»Ja, so ungefähr.« Mark warf ihr einen skeptischen Blick zu. »Woher wussten Sie, dass ich gestern Abend im Braustüberl war?«

»Wir wussten es nicht. Wir haben Stephanies Stammlokale die ganze Woche über beobachtet. Wir hatten nur diese Chance, und auch sie war nicht besonders groß.«

Mark dachte an den mysteriösen Chin, der angeblich von einer Kugel getroffen worden war, und er erinnerte sich an die Männer, die das Gleichgewicht verloren hatten und genau auf ihm gelandet waren.

»Wenn Sie von der CIA sind, warum bin ich dann nicht in einer Ihrer Niederlassungen? Oder in einer Botschaft?«, fragte Mark.

»Haben Sie schon mal etwas von einem *sicheren Haus* gehört?«

»Ja.«

Michelle schaute sich im Zimmer um und spreizte die

Hände, als wollte sie ihren Worten Nachdruck verleihen. »Das hier ist ein sicheres Haus. Aber es gibt einen Haken.«

»Und der wäre?«

»Michail Kasperski, ECSITE und natürlich Stephanie.«

»Warum haben Sie mich nicht einfach mitten in der Nacht heimlich da herausgeholt, in ein Flugzeug gesetzt und nach Hause gebracht?«

Grazil stand Michelle vom Stuhl auf und ging auf ihn zu. Ihr glänzendes schwarzes Haar wippte im gleichen Rhythmus wie ihre schön geschwungenen Hüften. Der gut sitzende schwarze Hosenanzug betonte ihren vollen Busen, den flachen Bauch und den geschmeidigen Körper.

Sie hockte sich vor ihn hin, schaute ihm in die Augen und legte ihre langen, hübschen Hände auf seine Knie. »Weil Sie hier in Europa sind, wo ECSITE alles unter Kontrolle hat. Kasperski hat in jeder Großstadt Informanten bei der Polizei und auch an allen Flughäfen und bei den meisten Zoll- und Einwanderungsbehörden seine Leute. Wenn Sie sich selbst entschlossen hätten, sein Unternehmen zu verlassen, wäre er furchtbar wütend geworden. Doch wir haben Sie praktisch vor seinen Augen entführt. Michail ist förmlich *gezwungen*, darauf zu reagieren. Und Ms Huntz? Bei ihr wird dieses Gefühl, sich rächen zu müssen, noch viel stärker sein. Wir haben Sie aus ihren Fängen gerissen. Sie kocht vor Wut. In diesem Augenblick stellt ECSITE auf der Suche nach Ihnen ganz Europa auf den Kopf.«

»Ich Glückspilz«, murmelte Mark und rieb sich übers Gesicht.

»Sobald sie auch nur die geringste Ahnung haben, wo Sie sein könnten, werden sie kommen – koste es, was es wolle.« Michelle kniff die Augen zusammen. »Es heißt, Gott möge dem Opfer helfen, wenn Stephanie ›auf die Jagd geht‹. Sie ist stinksauer, Mark. Für Stephanie ist es jetzt eine Frage der Ehre, Sie zu töten. Am besten, Sie verhalten sich jetzt ganz ruhig.«

»Und wo in Italien bin ich genau?«

»In einer Privatvilla in den Dolomiten.«

»Okay. Und was soll ich hier tun?«

Sie lächelte wissend. »Sie könnten zum Beispiel an Ihrem Modell arbeiten.«

»Ich wünschte, ich hätte ein Buch mitgenommen.« Skip lehnte sich zurück, verschränkte die Arme über dem Bauch und rekelte sich auf seinem Stuhl. Anika musste unwillkürlich an einen kräftigen Tiger denken. Auch dass sein Blick oft traurig war und sich in der Ferne verlor, war ihr nicht entgangen, und sie fragte sich, woher diese Verwundbarkeit kam, die sich in seinen braunen Augen spiegelte.

Maureen saß gegenüber von Anika und klopfte mit den Fingern auf die Tischplatte. Sie hatten schon gegessen, und die Cheeseburger waren tatsächlich so gut gewesen, wie Murphy behauptet hatte.

»Ich kann nicht glauben, dass ich den Präsidenten der Vereinigten Staaten belehrt habe«, sagte Anika immer wieder. »Dad wird verrückt werden, wenn ich es ihm erzähle.« Sie warf Murphy einen Blick zu, denn sobald sie in Panik zu geraten drohte, tat er irgendetwas, um sie abzulenken.

»Wie schaffst du es, so ruhig zu bleiben, Murphy?«, fragte Maureen.

Skip strich abwesend über seinen schwarzen Bart. »Wahrscheinlich, weil zu oft auf mich geschossen wurde, wenn auch daneben, und weil ich zu oft angeschissen wurde, und das leider erfolgreich, Doc.«

»Du hättest Poet werden sollen.«

Er riss scheinbar erstaunt die Augen auf. »Komisch, dass du das sagst. Ich bin nämlich tatsächlich einer. Und ein ziemlich guter dazu. Obwohl meine besten Arbeiten jetzt schon fünf- oder sechsmal übermalt wurden.«

»Übermalt?«, fragte Anika.

»Anika? Fragen Sie besser nicht«, warnte Maureen sie.

»Ja.« Skip zog an seinem Bart. »Meine besten Einfälle habe ich immer auf der Herrentoilette in Clancy's Bar. Es blieb ihnen wohl nichts anderes übrig, als die Wände zu streichen.«

»Ich hab Sie gewarnt«, murmelte Maureen.

»Sie müssen in Europa viel Spaß miteinander gehabt haben.« Anika verstand ihre Bemerkung durchaus doppeldeutig, denn ihr waren die Blicke aufgefallen, die Maureen und Skip mitunter wechselten. Doch dann gab es noch diesen Dusty Stewart, mit dem Maureen einige Zeit in New Mexico verbracht hatte. Anika kannte die Geschichten nur bruchstückhaft.

Ihr Gespräch wurde unterbrochen, als ein Geheimdienstagent in einem Anzug den Kopf ins Zimmer streckte. »Wenn Sie mir bitte alle folgen würden.«

»Mein Gott.« Anika seufzte. »Sagen Sie mir, dass wir zurück zum Hotel gefahren werden.«

Doch das geschah nicht. Der Agent führte sie durch verschiedene Gänge zu einem Aufzug, wo bereits ein Marine in einer Paradeuniform wartete. In dem Aufzug benutzte der Geheimdienstagent einen elektronischen Schlüssel und drückte auf eine Taste, worauf der Aufzug in die Tiefe fuhr.

Was jetzt?

Der Korridor im Untergeschoss, den sie betraten, ähnelte den hübsch dekorierten Gängen im Obergeschoss in keiner Weise. Hier zählte allein die Zweckmäßigkeit, und an allen Türen hingen kleine Schilder.

Sie betraten einen Raum, auf dem stand: Krisenraum. Wie erwartet stand in der Mitte ein langer Tisch. An den Wänden hingen zahlreiche Bildschirme. Auf vielen waren Landkarten zu sehen, auf anderen Zahlenreihen, einige zeigten leere Konferenzräume, und andere wiederum waren ausgeschaltet.

Als Anika sah, wer alles in dem Raum saß, schluckte sie.

Die Außenministerin trat vor und sagte: »Treten Sie bitte ein!«

Anika begrüßte die Anwesenden der Reihe nach mit Handschlag. Ihr wurde ganz schwindlig.

»Bob Mason, Stabschef. Angenehm.«

»Dr. French, ich bin Frank Card, der Berater für Nationale Sicherheit.«

»Admiral Jim Stark, Generalstabschef. Angenehm.«

»Bill Garcia. Direktor der CIA.«

»Ich bin Monica Scalia, Dr. French. Direktorin des FBI.«

Hinter ihnen wartete eine Gruppe von Referenten und Beratern, die sich offenbar nicht vorzustellen brauchten.

»Nehmen Sie bitte Platz!«

Anika und Maureen wurden zu zwei Stühlen in der Mitte des langen Tisches geführt, auf dem neben Papierstapeln, Notebooks, Notizblöcken und Wasserflaschen auch Telefone und Monitore standen. Mehrere Exemplare ihres Modells lagen ausgebreitet auf dem Tisch, und die wichtigsten Seiten waren mit Anmerkungen versehen.

Mit klopfendem Herzen warf Anika einen Blick über ihre Schulter auf Skip, der in militärischer Haltung neben den anderen stand. Er sah aus wie ein Soldat in Gegenwart seiner Vorgesetzten.

»Dr. French, Ihr Bericht hat für große Aufregung gesorgt«, begann Frank Card, der Berater für Nationale Sicherheit. »Wir haben uns hier auf Anweisung des Präsidenten versammelt, um Ihre Behauptungen zu überprüfen und herauszufinden, wie wahrscheinlich sie sind. Und wir sollen Strategien formulieren, wie die Situation in den Griff zu bekommen ist.«

Sein Blick wanderte zu Maureen. »Dr. Cole, als kanadische Bürgerin sind Sie nur hier, weil Sie in der Vergangenheit schon einmal für die Vereinigten Staaten von Amerika gearbeitet haben. Und Sie haben Ihr Wort gehalten, als es um die Geheimhaltung streng vertraulicher Informationen ging. Vor Ihnen liegt eine weitere Geheimhaltungsvereinbarung. Das French-Modell, wie wir es nun nennen, fällt unter die nationale Sicherheit.« Er lächelte. »Topsecret, wie man so sagt. Haben Sie als kanadische Bürgerin, die Ihrer Regierung Loyalität schuldet, Probleme mit den Einschränkungen, die Ihnen auferlegt werden? Falls Sie irgendwelche Fragen zu den Konsequenzen Ihrer eidesstattlichen Versicherung haben, stellen Sie sie bitte jetzt.«

Maureen runzelte die Stirn und holte tief Luft. »In Anbetracht der Tatsache, dass ich mit den Erkenntnissen des French-Modells vertraut bin, bin ich sicher, dass ich zumindest im Augenblick die Notwendigkeit zur Geheimhaltung besser verstehe als Sie. Ich akzeptiere die Geheimhaltungsvereinbarung und stimme ihr zu. Sie haben mein Wort.« Sie unterschrieb die Formulare an den Stellen, die durch kleine gelbe Klebepfeile gekennzeichnet waren.

Die am Tisch versammelten Personen wechselten Blicke.

»Wir akzeptieren Ihr Wort, Dr. Cole. Sie haben mich dennoch neugierig gemacht. Was meinen Sie damit, dass Sie die Notwendigkeit zur Geheimhaltung besser verstehen?«

Maureen beugte sich vor und stützte sich dabei auf die Ellbogen. »Meine Damen und Herren, das French-Modell darf auf keinen Fall an die Öffentlichkeit gelangen.«

»Maureen?«, fragte Anika erstaunt.

»Ich denke schon seit heute Morgen darüber nach. Wir haben so angestrengt an dem Modell gearbeitet, Anika, dass wir gar nicht darüber nachgedacht haben, was passiert, wenn das Wissen an die Öffentlichkeit dringt. Sie sind Sozialwissenschaftlerin. Was meinen Sie?«

Anika lehnte sich zurück, und plötzlich sah sie vor Augen, was geschehen würde. »Mein Gott«, flüsterte sie. »Das Modell selbst könnte den Zusammenbruch auslösen. Die Menschen drehen durch. Sie hamstern und randalieren, und es kommt zu einer totalen soziokulturellen Funktionsstörung.«

»Vielleicht könnten Sie den anderen erklären, warum Sie so beunruhigt sind?«, bat die Außenministerin.

Anikas Herz klopfte laut. Sie fuhr sich mit der Zunge über die Lippen. »Es ist wohl das Beste, wenn ich Ihnen alles von Anfang an erkläre.«

Sie versuchte, es so präzise wie möglich darzustellen. Als sie verstummte, prasselten Fragen auf sie ein. Die meisten wollten wissen, warum sie sich so sicher war.

Schließlich hob Anika beschwichtigend die Hände. »Gedulden Sie sich bitte. Sie werden das Modell testen. Entweder hält es dem Test stand oder nicht.« Als ihr Blick über die Anwesenden hinwegglitt, spürte sie Wut in sich aufsteigen. »Wenn Sie ebenso wissenschaftlich vorgehen wie wir und die Nullhypothese testen, *wird* das Modell Bestand haben. Unsere Daten sind zu gut. Aber das ist nicht der Punkt.«

»Sondern?«, fragte Bill Garcia, der Direktor der CIA.

Anika errötete. »Die Frage ist: Was können Sie dagegen tun? Welche politischen Maßnahmen können eingeführt werden angesichts der Tatsache, dass die Welt Raubbau an ihren Ressourcen betrieben hat, eine Bevölkerung von sieben Milliarden Menschen untragbar und der Klimawandel eine Realität ist? Wir befinden uns in einer Situation, in der es keine Lösung gibt. Die Kräfte, die uns vorwärtstreiben, können nicht aufgehalten werden.«

»Vorausgesetzt, wir glauben Ihnen«, sagte Monica Scalia, die Direktorin des FBI, aufgebracht.

Frank Card spreizte die Hände. »Zunächst operieren wir mit der Worst-Case-Annahme, dass Dr. French recht hat, Monica.« Er warf Jim Stark einen Blick zu. »Admiral Stark, das Verteidigungsministerium hat für derartige Situationen Bedrohungsanalysen und strategische Planungen durchgeführt.«

»Nicht für Katastrophen dieses Ausmaßes.« Der Admiral lehnte sich zurück und spielte mit dem Stift, den er in der Hand hielt. »Uns liegen aber Szenarien vor, die wir entsprechend weiterentwickeln können.« Er warf Bob Mason, dem Stabschef des Präsidenten, einen Blick zu. »Die meisten unserer Zukunftsszenarien zielen darauf ab, wichtige Ressourcen zu sichern und Engpässe für Öl und strategisch bedeutsame Rohstoffe in den Griff zu bekommen. Für unser Land haben wir eine Strategie für die Verhängung des Ausnahmezustandes etwa nach einem Atomangriff, dem Einschlag eines Asteroiden oder anderer großer Katastrophen ausgearbeitet. Wir verfügen über eine Langzeitstrategie, die Rationierung, Bevölkerungskontrolle und Steuerung der Wirtschaft umfasst. Ist das die Richtung, die dem Präsidenten vorschwebt?«

»Allein die Verhängung des Ausnahmezustandes würde schon zum Kollaps führen«, sagte Anika. Die Anwesenden schauten sie verständnislos an. »Der Tropfen, der das Fass zum Überlaufen bringt, wenn Sie so wollen. Das Ereignis, das eine Kettenreaktion auslöst.«

»Warten Sie«, warf Mason ein. »Ich hatte noch keine Gelegenheit, mir Ihr Modell tatsächlich anzusehen. Ich meine, wo und wie wird es beginnen? Was sind die Anzeichen eines unmittelbar bevorstehenden Zusammenbruchs, Dr. French?«

»Das könnte alles sein. Die Unterbrechung der atlantischen Strömungen, woraufhin in Europa eisige Kälte ausbricht; das Auseinanderbrechen des Schelfeises in der Antarktis, woraufhin Küstengebiete überschwemmt werden; eine Verlagerung der Monsunwinde, woraufhin sich die atmosphärische Zirkulation rund um die tibetische Hochebene verändert, oder es könnten auch nur exzessive Regenfälle im amerikanischen Mittelwesten sein und ihre Auswirkungen auf die Getreideproduktion. Auf politischer Ebene könnte es eine Revolution in China sein, ein Atomkrieg zwischen Pakistan und Indien oder vielleicht der Bombenangriff eines sogenannten Schurkenstaats auf eine Großstadt. Denkbar ist auch etwas, was anfangs relativ unbedeutend zu sein scheint, dann aber einen Dominoeffekt auslöst. Erinnern Sie sich an die Ermordung des Erzherzogs Franz Ferdinand? Sie führte schließlich zum Ersten Weltkrieg.«

»Sie wissen es also nicht«, sagte Garcia.

Anika wünschte sich, ihr Mund wäre nicht so trocken gewesen. »Das Problem mit den Weltressourcen ist, dass sie zu stark ausgebeutet werden und zugleich miteinander vernetzt sind. Dieses System hält keinen großen Belastungen stand. Etwas so Harmloses wie ein Reisbrand in Südostasien könnte zu einer Hungersnot führen. Die weltweiten Nahrungsmittelressourcen reichen nicht aus, um das Defizit zu decken. Hunger führt zu zivilen Unruhen und zu Chaos. Ein Krieg bricht aus, und alles bricht zusammen. Oder es könnte sich um etwas so Simples wie das Aussterben einer Planktonart handeln, wenn der pH-Wert der Ozeane sinkt. Die Nahrungskette der Ozeane bricht zusammen, worauf unsere größten Fischbestände eingehen.«

Anika holte tief Luft. »Die globale Zivilisation ist sehr leicht verwundbar, weil sie ein unvorstellbar hoch entwickeltes Niveau erreicht hat. Alles ist miteinander vernetzt und dadurch anfällig. Es ist, als bestünde sie aus Glasfasern: schön, elastisch, aber doch zerbrechlich. Es wird geschätzt, dass die weltweiten Nahrungsmittelvorräte für drei Monate ausreichen. Was würde geschehen, wenn sich die atmosphärischen Strömungen rund um die tibetische Hochebene verändern und die Agrarproduktion in Nordindien aufgrund von Dürren in zwei aufeinanderfolgenden Jahren um die Hälfte sinkt? Das Modell prognostiziert, dass die indische Regierung zusammenbrechen würde.«

»Mein Gott«, murmelte Mason.

»Okay, zurück zu unserem aktuellen Problem«, sagte Garcia. »Im Augenblick wissen nur wenige, dass es den Bach hinuntergeht, nicht wahr?« Er musterte Anika. »Wie viel von alldem weiß Dr. Schott?«

»Mark hat meine Doktorarbeit betreut. Er versteht das Grundmodell. Wenn er genug Zeit und die richtigen Leute und Quellen hat, wird er zu denselben Ergebnissen kommen.«

»Er versteht also das gesamte Modell?«

»Nun, nicht ganz. Mark interessiert sich nicht so sehr für die Details.«

»Wo ist er jetzt?«, fragte Garcia.

»ECSITE hat ihn«, sagte Monica Scalia. »Er ist in Oberau in Deutschland.«

Garcia schrieb seufzend etwas auf einen Zettel, den er einem Mitarbeiter reichte, der hinter ihm stand. »Und das sagen Sie mir erst jetzt? Verdammt!«

Scalia schaute ihn ungerührt an. »Bis heute haben wir uns nur im Zusammenhang mit einem Entführungsfall und einem Einbruchdiebstahl in Wyoming für ihn interessiert.«

»Gibt es noch etwas, was ich wissen muss?«, fragte Garcia mit ungerührtem Blick.

Scalia informierte ihn über den Einbruch in Anikas Büro.

Garcia schrieb weiterhin Notizen auf Zettel und reichte sie über die Schulter seinem Mitarbeiter, der nun telefonierte.

»Also versteht ECSITE den Wert des Modells und versucht es zu reproduzieren?«, sagte Frank Card. »Sollte das der Fall sein, wird es bald in der ganzen Welt bekannt sein und an den Meistbietenden verkauft.«

Die Außenministerin räusperte sich. »Der chinesische Geheimdienst ist interessiert. Er könnte sogar hinter dem Einbruch in Dr. Frenchs Büro und dem Diebstahl ihrer Unterlagen stecken. Einer ihrer Auftragskiller wurde tot auf irgendwelchen Bahnschienen im Süden von Laramie aufgefunden.«

Anika starrte sie ungläubig an. *Die Chinesen?*

Maureen runzelte die Stirn und warf Anika einen vielsagenden Blick zu. Anika dachte über die Informationen nach.

Garcia schüttelte erschöpft den Kopf und schrieb wieder etwas auf einen Zettel. »Das wird ja immer besser. Warum stellen wir es nicht gleich ins Internet?«

»Schott hat es so gut wie getan«, sagte Scalia und sprach über den im *Journal of Strategic Assessment* veröffentlichten Artikel.

Garcia machte sich wieder eine Notiz. »ECSITE, verdammter Mist!«

»Steht das Unternehmen auf Ihrer Prioritätenliste ganz oben?«, fragte Scalia.

Garcia strich sich übers Kinn. »Ja. Michail Kasperski war ein Busenfreund von Wladimir Putin, bis Kasperski für Putins Geschmack zu blutrünstig wurde. Kasperski wandte sich der Privatwirtschaft zu und eröffnete ein Büro in Zürich.« Sein Blick wanderte über die Anwesenden hinweg. »Sie müssen sich ECSITE wie einen wirtschaftlich orientierten KGB vorstellen, der inmitten der internationalen Bankkartelle operiert. Kasperski hat sich darauf spezialisiert, sich bei mächtigen Börsenmaklern und Wirtschaftsfachleuten sensible Informationen über Investitionen zu verschaffen, Kapital daraus zu schlagen und damit zu handeln. Verstehen Sie?«

Anika schloss die Augen. *Armer Mark*.

»Die gute Nachricht ist – wenn man es überhaupt so ausdrücken kann«, fügte Garcia hinzu, »dass ECSITE Schott eliminieren wird, wenn sie ihn nicht mehr brauchen.«

Anika schnappte nach Luft, worauf Garcia sie mitfühlend anschaute. »Tut mir leid, Dr. French, aber mit solchen Leuten haben wir es hier zu tun.«

»Gibt es keine Möglichkeit, ihn da rauszuholen?«, fragte die Außenministerin.

»Aus Oberau? Dann müssten wir die Marines schicken.

Der Ort ist eine Festung, und Kasperski wird gut beschützt. Er hat die Hälfte der Politiker in Europa in der Hand.«

»Was ist mit Denise und den beiden Jungen?«, fragte Anika. »Gibt es Neuigkeiten?«

Scalia seufzte laut. »Sie sind spurlos verschwunden. Keine Nachricht von ihnen, keine Hinweise. Nichts.«

»Sie sollen also als Druckmittel eingesetzt werden?«, fragte Gracia.

»Vermutlich.« Scalia warf ihm einen Seitenblick zu. »Wir wissen aber nicht, von wem.«

Anika schüttelte den Kopf. *Ein Druckmittel? Natürlich um Mark unter Druck zu setzen.*

Bob Mason beugte sich vor. »Okay, gehen wir von der Richtigkeit des Modells aus. Mindestens drei Gruppen – und vielleicht sogar noch mehr – wissen von seiner Existenz. Zunächst einmal müssen wir den Schott-Artikel zurückhalten und dafür sorgen, dass er nicht in Umlauf gerät.«

»Dazu ist es zu spät«, unterbrach Maureen ihn. »Das *Journal for Strategic Assessment* wird im Netz veröffentlicht. Man kann es kostenlos abonnieren. Jeder Versuch Ihrerseits, es zu zensieren, wird nur das Interesse anfachen.«

»Wir sollen gar nichts tun?«, fragte Mason ungläubig.

»Wichtiger ist die Frage, was mit den Aufzeichnungen und den Diagrammen geschehen ist, die aus Dr. Frenchs Büro gestohlen wurden. Wenn ich es richtig verstanden habe, hat dieses Material einen enormen Wert«, sagte Scalia.

Anika nickte. »Viele meiner Gedanken zu dem Thema, die ich mir notiert hatte, befanden sich bei den Unterlagen in meinem Aktenschrank.«

Garcia atmete tief ein. »Geheimnisse stehlen, das hört

sich ganz nach ECSITE an. Wir müssen uns über den alten Kasperski ernsthaft Gedanken machen.«

Nicht Kasperski. Das ist unwahrscheinlich, dachte Anika. *Es muss ein anderer Interessent sein.*

»Und der Schott-Artikel?«, fragte Mason.

Maureen zuckte mit den Schultern. »Ihr Vorteil ist, dass es sich dabei nur um einen Entwurf handelt. Es werden Experten benötigt, um die Lücken zu füllen, und außerdem wurden Anikas Statistiken nicht alle veröffentlicht. Wir haben eine harte Woche hinter uns und unter Anikas Leitung und mit Hilfe wichtiger Quellen des Außenministeriums an dem Modell gearbeitet. Ohne Anikas Hilfe hätten wir Monate gebraucht und wären tausendmal in Sackgassen gelandet, bis wir Ergebnisse erzielt hätten.«

Anika errötete, als sich ihr alle Blicke zuwandten.

»Okay, Leute«, knurrte Frank Card. »Dann sitzen wir auf unserer eigenen kleinen Bombe. Und die Bösen arbeiten bereits daran, sie hochgehen zu lassen. Was können wir tun, damit es nicht so weit kommt?«

15. Kapitel

»Ich verstehe das nicht«, sagte Mark und schnitt ein Stück von seinem Frühstückscroissant ab. »Sie wollen, dass ich an dem Modell arbeite? Hier? Ohne Material?«

Michelle Lee saß gegenüber von ihm am Tisch. Sie hatte ihre wohlgeformten Beine übereinandergeschlagen und hielt eine Tasse Kaffee in der Hand. »Wir lassen Unterlagen kommen. Kopien von Anika Frenchs Aufzeichnungen. Wir sind in der Lage, Ihnen alle Daten zu besorgen, die Sie brauchen.«

Mark sah sich in dem Esszimmer um und warf einen Blick an die hohe Decke. Die Wände waren in einem blassen Orange gestrichen, und die Gardinen wehten in der frischen Morgenbrise, die durch die geöffneten Fenster drang. Mark schaute in den hübschen Garten mit dem gemähten Rasen, den gelben und roten Rosen, blühenden Obstbäumen und gepflegten Blumenbeeten.

»Ich muss mich mit Anika in Verbindung setzen. Das ist unumgänglich, wenn ich das Modell an modernen Gesellschaften testen soll.« Er lächelte Michelle an. »Wir haben sozusagen als Team zusammengearbeitet. Darum steht sie auch bei ECSITE auf der Gehaltsliste.«

»Nicht mehr«, erwiderte Michelle. »Jetzt arbeitet sie mit dem Außenministerium zusammen. Sie haben sie vor einer Woche nach Washington fliegen lassen.«

»Stephanie hat es mir erzählt. Ich kann sie doch anrufen, oder?«

»So einfach ist das nicht. Wir haben hier keine sichere Leitung. Der verdammte Kasperski überwacht unter Garantie alles.« Sie runzelte die Stirn. »Und wir haben noch ein Problem: Nicht jeder ist davon überzeugt, dass das Modell auch funktioniert. Haben Sie schon mal von einem Doppelblindversuch gehört?«

»Sicher. Er nimmt dem Wissenschaftler die Möglichkeit, die Ergebnisse zu beeinflussen.«

Michelle lächelte. »Genau. Der Direktor will wissen, ob zwei Wissenschaftler unabhängig voneinander zu demselben Ergebnis kommen. Anika arbeitet an ihrem Modell und Sie an Ihrem. Wie kann man die beiden vergleichen, wenn sie fertig sind?«

»Das verstehe ich nicht. Anika und ich gehen von denselben Grundannahmen aus. Inwiefern kann man das als unabhängig voneinander bezeichnen?«

Michelle trank einen Schluck Kaffee und warf ihm einen vielsagenden Blick zu. Dann stellte sie die Tasse auf den Tisch und sagte: »Wir können nicht alles haben. Ja, Sie gehen beide von denselben Grundannahmen aus. Aber wenn wir einfach irgendjemanden auswählen würden – sagen wir zum Beispiel Fred Zoah –, wüsste er gar nicht, wo er beginnen sollte. Okay, Sie haben Ihre Grundannahmen. Die Frage ist, ob Sie zu denselben Ergebnissen kommen wie Anika.«

»Entweder funktioniert das Modell oder nicht.«

»Ich bitte Sie, Mark. Sie sind doch ein kluger Mann. Wir sprechen über die Zukunft der Erde. Glauben Sie wirklich, wir erwägen auf Grundlage eines einzigen Modells politische Maßnahmen, die Milliarden Menschen betreffen? Dieses wertvolle Modell, das Sie und Anika entdeckt haben, hat das Potenzial, den Lauf der Weltpolitik zu verändern. Sogar ein Schurke wie Kasperski hat das herausgefunden. Wir sprechen über die Umverteilung von Milliarden von Dollar und politischen Maßnahmen, die ganze Gesellschaften durcheinanderbringen können. Wir müssten sehr dumm sein, wenn wir uns auf ein einziges Modell verlassen würden.«

Mark nickte. Er war sich der Problematik durchaus bewusst. »Sollte ich recht behalten, wird es keine Gewinner geben, wer auch immer mit dem Modell arbeitet.« Er hob die Arme, als würde er eine imaginäre Weltkugel umfassen. »Es brechen zwangsläufig finstere Zeiten an. Stellen Sie es sich so vor wie den Untergang des Römischen Reiches. Barbaren in einer Welt, die man kaum wiedererkennt. Betrachtet man die archäologischen Modelle, wird man froh sein können, wenn Menschen nach dem Zusammenbruch auf einem jungsteinzeitlichen Kulturniveau leben.«

Michelle musterte ihn eindringlich. »Ist das nicht ein bisschen übertrieben?«

»Die Erde ist flach, Michelle. Alles ist durch multinationale und wirtschaftliche Interessen miteinander verbunden. Achtzig Prozent der Steuerberatungsfirmen in den Vereinigten Staaten lassen Steuererklärungen in Indien anfertigen. In dreißig Ländern rund um den Globus werden Teile für die Boeing hergestellt. In China werden achtzig Prozent der amerikanischen Haushaltsgüter produziert, und gleichzeitig fahren chinesische Fahrzeuge mit Kraftstoff aus dem Iran oder aus Saudi-Arabien. In Indonesien entstehen japanische Motorräder mithilfe von Maschinen, die aus Korea stammen und mit amerikanischen Computerprogrammen laufen. Europäische Häuser werden mit russischem Erdgas beheizt, nach dem kanadische Bohranlagen gebohrt haben. Italienische Kleidung, die in Mailand entworfen wurde, wird aus Stoffen, die in Pakistan gewebt wurden, mit japanischen Nähmaschinen in Vietnam genäht. Verstehen Sie?«

Mark nahm knurrend die kleine Tasse in die Hand und nippte an seinem Espresso.

»Versteht Kasperski das alles?«

»Natürlich.« Mark stellte die Tasse wieder ab. »Vielleicht nicht bis ins letzte Detail. Er hat vor, während des Zusammenbruchs ein Vermögen zu machen. Der Mistkerl versteht aber nicht, dass er so viele Milliarden machen kann, wie er will. Es ist egal. Es wird nichts mehr geben, wofür man es ausgeben kann.«

»Wahrscheinlich haben Sie recht. Er versteht es nicht. Sonst hätte er Sie persönlich erschossen.«

»Stephanie scheint zu glauben, dass sie auf dem Firmenkomplex in Oberau in Sicherheit sind. Wie in einer mittelalterlichen Burg oder so ähnlich.«

»Und warum sind sie es nicht?«

Mark schüttelte langsam den Kopf. »Sie sind dort von Computern und Elektrizität abhängig. Das ist es, was die Leute nicht begreifen. Eines Tages wird die Elektrizität ausfallen. Wahrscheinlich, weil ein in Taiwan hergestellter Computerchip durchbrennt. Aber es gibt keinen Ersatz für den Chip, weil die Fabrik in Taiwan wegen Hungerrevolten ihren Betrieb einstellen musste.«

»Glauben Sie wirklich, die Welt ist so verwundbar?«

»Michelle, strengen Sie Ihren hübschen Kopf ein wenig an, und denken Sie scharf nach. Beginnen Sie bei den einfachen Dingen. Der Van, mit dem ich hierhergebracht wurde, verfügt über eine Direkteinspritzung, die von einem Computer gesteuert wird. Was passiert, wenn er ausfällt und es im Geschäft kein Ersatzteil gibt? Hm?« Er beugte sich vor und biss ein Stück von dem Kuchen ab.

»Sie meinen also, es ist hoffnungslos«, sagte sie nachdenklich.

Mark fuchtelte mit der Gabel durch die Luft. »Darum wollte Anika ihr verdammtes Modell nicht testen. Darum habe ich den Job bei ECSITE angenommen, meine Familie verlassen und mich entschlossen, eine Weile auf großem Fuß zu leben. Es hat alles damit zu tun, dass wir eine so verdammt komplizierte, miteinander vernetzte Wirtschaft aufgebaut haben, die von Hochtechnologie angetrieben wird und eine überbevölkerte Welt mit Just-in-time-Lieferungen versorgt. Wenn man einen der Pfeiler, auf denen dieses System ruht, niederreißt – nur einen einzigen –, bricht das ganze komplexe System in sich zusammen.«

»Wer, glauben Sie, könnte überleben? Industriegiganten wie China?«

Mark schüttelte den Kopf. »Zu viele Menschen und eine unzulängliche Verteilung der Handelsgüter. Die Chinesen haben in ihrer Weisheit den Wasserbüffel durch Traktoren ersetzt. Millionen haben der ländlichen Armut den Rücken gekehrt, um in Fabriken zu arbeiten. Sie ernähren eine Milliarde Menschen, indem sie importierte Nahrungsmittel in Lastkraftwagen transportieren, die mit importiertem Diesel angetrieben werden. Sie ersetzen in rasantem Tempo die Bauernmärkte in den Städten durch Lebensmittelgeschäfte und lagern Lebensmittel in Kühlschränken, die in Korea hergestellt wurden. Erkennen Sie das potenzielle Problem?«

»Und wie lautet die Antwort?«

»Kulturen, die auf einfachem Niveau leben, haben die größte Chance zu überleben. Subsistenzbauern wie zum Beispiel in den Randgebieten Schwarzafrikas, die es gewohnt sind, sich selbst zu versorgen, ihr eigenes Korn zu mahlen und ihre eigenen Hühner zu essen, sind die potenziellen Überlebenden.«

Michelles Miene veränderte sich. »Wenn man einen der Pfeiler niederreißt. Welche Pfeiler? Erklären Sie mir das bitte genauer.«

»Schauen Sie, vor achtzehntausend Jahren, am Ende des Pleistozäns, verliefen die Ozeanströmungen noch anders. Die Saharawüste, die heute aus Sand und Felsen besteht, war eine Graslandschaft mit Antilopen, Flüssen und kleinen Seen. Die Amazonaswälder betrugen nur ein Drittel ihrer heutigen Größe, und dort fiel auch nur die Hälfte der heutigen Niederschlagsmenge. Der indische Monsun war der pakistanische Monsun, und die Winde wehten im Uhrzeigersinn rund um die tibetische Hochebene. Heute ist es genau umgekehrt. Die Winde wehen gegen den Uhrzeigersinn, und der gesamte Regen fällt an den Südhängen der Berge. Solche Systeme funktionieren wie ein Schalter. Sie laufen in die eine oder die andere Richtung. Was passiert, wenn sie im nächsten Jahr umspringen? Einfach so?«

»Warum sollten sie das tun?«

»Weil Paläoklimatologen wie Reid Bryson herausgefunden haben, dass sie es tun. Er nennt es den ›Indus-Effekt‹. Die klimatische Energie schaltet diesen Schalter an und aus. Und aufgrund der Treibhausgase erhält die Erde gegenwärtig mehr Energie als noch vor zehntausend Jahren. Aber wir kommen von der Frage ab: Was passiert?«

»Eine Verschiebung der Regenfälle?«

»Richtig. Afghanistan, Pakistan und die Wüsten im Westen Chinas werden unter katastrophalen Überflutungen leiden, die Felder, Bewässerungssysteme, Straßen und ganze Städte vernichten. In Südost-China, Indochina und Nord-Indien kommt es plötzlich zu einer extremen Dürre. Die

Flusspegel sinken um zwei Drittel, worauf fruchtbare Reisfelder austrocknen und der Boden vom Wind abgetragen wird.«

»*Falls* es so weit kommt«, entgegnete Michelle verärgert.

»Okay«, fuhr Mark freundlich fort. »Vielleicht bekommen wir den Indus-Effekt nicht zu spüren. Vielleicht wird es auch das Auseinanderbrechen des Schelfeises sein, worauf der Meeresspiegel um ein paar Meter steigt. Zwei Milliarden Menschen flüchten über Nacht ins Landesinnere. Dann können wir uns von Bangladesch und allen Küstenstädten wie Miami, New Orleans, Bombay, London, Amsterdam, Hongkong, Brisbane, Tampa und wie sie alle heißen, verabschieden.«

Michelle schüttelte den Kopf. Ihr langes Haar schimmerte im Licht. »Ihre Vorhersagen sind deprimierend.«

»Immer vorausgesetzt, das Modell ist richtig.« Mark zuckte mit den Schultern und lehnte sich zurück. Plötzlich wurde ihm alles klar. Er begann zu lachen. Michelle schaute ihn irritiert an.

»Was ist?«, fragte sie.

»Ich lache über mich selbst. Das Modell ist bedeutungslos, Michelle. Was hat überhaupt noch einen Sinn? Die Liegestühle am Deck der Titanic nach dem Stand der Sonne auszurichten? Das verdammte Klima wird tun, was es tun will. Die Folgen der gesellschaftlichen Triebkräfte sind genauso unausweichlich. Es ist wie bei der Titanic, die trotz der Warnung vor Eisbergen mit voller Kraft vorausfuhr. Wir sind bereits so gut wie tot, also können wir auch weiterhin Champagner schlürfen, Kaviar essen und tanzen.«

»Warum?«, fragte sie perplex.

»Weil alles, was wir jetzt nicht genießen, auf dem Meeresgrund landen wird.«

Michelle wollte gerade etwas erwidern, als ein Schuss ertönte und sofort darauf zwei weitere folgten.

»Hier entlang!«, rief Michelle und sprang auf.

Dann wirbelte sie herum, und ihr schwarzes Haar flog durch die Luft, während sie auf die Tür zurannte. Als Mark wie benommen aufstand, fiel sein Stuhl um. Er warf schnell einen Blick aus dem Fenster. Zwei schwarz gekleidete Gestalten hockten hinter den Blumenbeeten und näherten sich in geduckter Haltung dem Haus. Das Bild brannte sich Mark ins Gehirn: Stephanie und Simon Gunter mit Maschinenpistolen.

Als die Limousine vor dem St. Regis hielt, wunderte Skip sich, auf beiden Seiten der aus Holz und Glas bestehenden Eingangstür zwei Männer in Anzügen stehen zu sehen.

»Bill«, sagte er zu dem Fahrer. »Wenn ich ausgestiegen bin, verschließen Sie die Tür hinter mir! Anika und Maureen, ihr bleibt im Wagen sitzen! Bill, wenn ich Ihnen ein Zeichen gebe, fahren Sie, so schnell Sie können, auf direktem Weg zur FBI-Zentrale! Wenden Sie sich an den Sicherheitsbeamten, und bitten Sie ihn, sofort Scalia anzurufen, Verstanden?«

»Verstanden, Skip.«

Skip stieg aus, warf die Tür hinter sich zu und hörte, wie die Zentralverriegelung einrastete. Er ging auf den ersten Mann zu, der ihn mit einem Nicken begrüßte.

»Sind Sie Skip Murphy?«

»Wenn Sie der Schuldeneintreiber sind, versuchen Sie es bei mir zu Hause.«

Der Mann grinste und reichte ihm seine Ausweispapiere. Skip nahm sie nicht entgegen und warf auch keinen Blick darauf, als der Mann sich vorstellte. »Agent Mike Gallagher.

FBI. Monica Scalia hat uns den Auftrag erteilt, hier im Hotel für die Sicherheit zu sorgen.«

»Ihr Vorgesetzter ist Matt Parkinson?«

»Matt ist letzte Woche in den Ruhestand getreten.«

Skip atmete aus. »Okay, richtige Antwort.« Er kehrte zum Wagen zurück und bedeutete Anika und Maureen auszusteigen.

Als sie das Foyer betraten, entdeckte Skip zwei weitere Agenten, unauffällig und in legerer Kleidung.

»Kommen Sie, Agent Gallagher. Wir halten eine kleine Besprechung in der Einsatzzentrale ab.«

Gallagher stellte sich den beiden Frauen vor und zeigte ihnen seine Ausweispapiere, nachdem sie in den Aufzug gestiegen waren.

Anika schaute Skip fragend an.

»Später«, sagte er.

Im sechsten Stock öffnete Skip mit seiner Schlüsselkarte die Tür zur Einsatzzentrale, wo Maxine Martin an einem Schreibtisch saß. Neben ihr stand eine halbe Tasse Kaffee. Normalerweise arbeitete Maxine als Polizistin in Zivil, doch es machte ihr nichts aus, ein paar Überstunden zu machen, um Sicherheitsaufgaben zu übernehmen, wenn Frauen involviert waren.

»Max? Alles in Ordnung?«

»Alles ruhig. Die Fahrer haben angerufen. Die Gruppe vom Außenministerium ist unterwegs; voraussichtliche Ankunft in fünfzehn Minuten.«

»Kümmern Sie sich bitte um Agent Gallagher, während ich die beiden Frauen zu ihren Zimmern bringe.«

»Ja, Boss.«

Gallagher trat ein, und Skip ging mit Maureen und Anika den Gang hinunter. Ein weiterer FBI-Agent wartete an der

Tür zum Treppenhaus. Als der Mann nickte, konnte man das Kabel seines Headsets sehen.

»Wir müssen reden.« Skip betrat Anikas Zimmer als Erster.

»Das FBI?«, fragte Maureen.

»Ja, sieht so aus.« Skip überprüfte das Zimmer und setzte sich dann auf Anikas Bett. »Offenbar haben sie Bedenken, einem privaten Personenschützer eure Sicherheit anzuvertrauen.«

»Und was bedeutet das?«

»Ich habe das Gefühl, dass Agent Gallagher mir gleich sagen wird, dass ich raus bin aus dem Job.«

Maureen kniff die Augen zusammen. »Ist es dann nicht besser, wenn wir dich begleiten?«

»Ich kann euch nicht aufhalten.« Skip zwinkerte den beiden Frauen zu. »Wollt ihr das wirklich widerspruchslos hinnehmen, falls es der Fall sein sollte?«

»Ich schließe mich Maureen an«, erklärte Anika mit Nachdruck.

»Okay, dann schauen wir mal, was da los ist.«

Skip stand auf und ging den beiden Frauen voraus zum Kontrollzentrum. Gallagher saß auf dem Bett und trank einen Schluck von dem abgestandenen Kaffee. Er war überrascht, als er sah, dass Maureen und Anika hinter Skip den Raum betraten.

»Agent Gallagher, meine Schützlinge möchten eine Tasse Kaffee. Außerdem möchten sie ebenso wie ich gerne hören, was Sie zu sagen haben.«

»Mein Befehl lautet, die Sicherheit von Dr. French und Dr. Cole sicherzustellen. Das Außenministerium hat uns soeben mitgeteilt, dass Ihr Einsatz hier beendet ist«, erklärte er in selbstsicherem Ton. »Ende der Diskussion.«

»Das war's dann wohl.« Skip drehte sich um. »Du hast gehört, was er gesagt hat, Dr. Cole.«

Maureen nickte. »Zwanzig Euro?«

»Das wäre okay. Ich lasse von Nancy einen Vertrag aufsetzen.«

»Warten Sie!«, schrie Gallagher und stand auf. »Was zum Teufel hat das zu bedeuten?«

»Dr. Cole hat mich gerade für zwanzig Euro engagiert, damit ich für ihre Sicherheit sorge.« Skip zuckte mit den Schultern. »Sie ist meine Kundin.«

»Ich auch«, sagte Anika. »Ich zahle dasselbe.«

»Einverstanden«, sagte Skip.

»Ich finde das gar nicht komisch.« Gallagher ging auf Skip zu.

»Agent Gallagher«, mischte Maureen sich ein. »Ich bin kanadische Bürgerin und arbeite auf Bitte Ihrer Regierung und zum Wohle Ihrer Regierung. Habe ich es richtig verstanden, dass die Vereinigten Staaten mir nun ohne mein Einverständnis Einschränkungen auferlegen?«

»Denken Sie, was Sie wollen, Ma'am.«

Maureen drehte sich zu Maxine um, die die Auseinandersetzung erstaunt verfolgte. »Würden Sie mir bitte die Nummer der Kanadischen Botschaft heraussuchen?«

Gallagher legte eine Hand auf das Telefon. »Niemand ruft hier irgendjemanden an.«

»Sie verweigern mir das Recht, meine Regierung anzurufen?«, fragte Maureen. »Vor Zeugen?«

»Moment mal«, sagte Skip ruhig. »Agent Gallagher? Könnten wir beide kurz unter vier Augen miteinander sprechen?«

Gallagher funkelte Maureen wütend an, doch sie ließ sich nicht beirren.

»Kommen Sie, Mike! Wir gehen raus auf den Gang und reden.«

Gallagher biss sich wütend auf die Lippe und nickte dann.

Als sie auf dem Gang standen, stieß er mit dem Finger gegen Skips Brust. »Was zum Teufel soll das? Wollen Sie im Knast landen, weil Sie einen FBI-Agenten an der Ausübung seines Jobs hindern?«

Skip ließ sich nicht aus der Ruhe bringen. »Ich glaube nicht, dass Sie mir das zur Last legen wollen.« Er lehnte sich gegen die Wand und wies mit dem Kopf in Richtung Raum. »Ich habe zwei Zeuginnen, die bestätigen können, dass ich niemals auch nur angedeutet habe, dass ich einen Job brauche.«

»Und was sollte dieser Quatsch mit den zwanzig Euro? Cole hat sich das doch nicht gerade eben ausgedacht.«

»Für den Preis hat sie mich engagiert, nachdem Bill, dieser Mistkerl, mich in Amsterdam gefeuert hat. Nein, ich habe sie auch beim letzten Mal nicht dazu überredet. Das verbietet mir meine Berufsehre.« Er musterte Gallagher. »Ich habe Cole schon mehrmals das Leben gerettet, während der Rest der Welt – einschließlich Amy Randalls Vorgänger – versucht hat, sie zu töten. Vermutlich hat Monica Scalia gar keine Ahnung von diesen Geschichten. Clever, wie sie ist, möchte die Lady, dass jemand für ihre Sicherheit sorgt. Sie wussten gar nicht, was Sie da für einen Fall übernehmen, und Sie sind vermutlich ein verdammt guter Agent. Sonst hätte Scalia Sie nicht ausgewählt, wenn man bedenkt, warum diese beiden Frauen Personenschutz brauchen. Ich mache Ihnen einen Vorschlag: Wir schließen einen Kompromiss, sodass Sie Ihren Job machen können und ich meinen.«

»Sind Sie immer so clever, Murphy?«

»Nun, ich habe auch schon mehrfach Mist gebaut. Wenn das hier vorbei ist, trinken wir beide mal ein Bier, und dann erzähle ich Ihnen, was ich im Irak erlebt habe.«

»Und warum sollte ich mich darauf einlassen?«

Skip strich nachdenklich über seinen Bart. »Erstens: Ich habe gehört, wie böse die Bösen heute sind. Genaueres kann ich Ihnen nicht sagen, denn es ist geheim, und darum müssen Sie Ihren Boss fragen. Zweitens: Wir beenden diesen Machomist zwischen uns. Wenn wir gemeinsam für ihre Sicherheit sorgen, sind unsere Chancen auf Erfolg größer. Drittens: Sie sind FBI-Agent. Sie haben Regeln, an die Sie sich halten müssen, weil es das System so vorsieht und weil es die Regeln sind. Als privater Personenschützer habe ich mehr – wie soll man es ausdrücken? – Spielraum. Verstehen Sie?«

»Ja, aber Sie haben mich nicht überzeugt.«

»Das bringt uns zu Punkt vier. Hat Scalia Sie informiert, warum diese Leute so gefährdet sind?«

»Nein. Ich bin nur für ihre Sicherheit zuständig.«

»Viertens: Ich bin über alles im Bilde und weiß, warum die Angelegenheit streng geheim ist. Cole und French kooperieren. Niemand hat ein Interesse daran, sie zu verärgern. Wenn Cole ihre Botschaft angerufen hätte, hätte das ziemlich viel Staub aufgewirbelt. Unglücklicherweise hätten Sie das meiste davon abbekommen, ohne die geringste Ahnung zu haben, wie Sie in eine so dumme Situation geraten konnten, obwohl Sie nur Ihren Job gemacht haben.«

Gallagher blieb skeptisch.

»Hören Sie«, fuhr Skip fort, »ich hab keine Lust, mich lange mit Ihnen zu streiten, und darum mache ich heute Nacht keinen Ärger. Sprechen Sie morgen mit Scalia, und erzählen Sie ihr genau, was hier passiert ist. Sagen Sie ihr alles, was ich gesagt habe. Als Agent sollte es Ihnen gelingen, die Akten von Maureen Cole und Bill Reeves einzusehen. Das erleichtert es Ihnen, die Sache richtig einzuschätzen.«

»Wenn Sie mir Mist erzählen …«

Skip grinste. »Tut mir leid, Mike. Auch wenn ich es gerne tun würde, aber es steht einfach zu viel auf dem Spiel.«

Gallagher seufzte. »Okay, Murphy. Aber sofort morgen früh …«

»Ja, ich verlasse mich darauf.«

Skip drehte sich zur Tür um und öffnete sie mit der Schlüsselkarte. Er trat ein und sagte: »Wir haben das Problem vorerst gelöst. Anika, Maureen, es ist nicht nötig, heute Nacht noch internationale Krisen heraufzubeschwören. Ich begleite euch zu euren Zimmern.«

Maureen funkelte Gallagher böse an. »Ist alles geklärt?«

»Morgen früh wird alles geregelt.« Skip hielt den Daumen hoch und warf Gallagher einen Blick zu. »Niemand hat sich darum gekümmert, Mike und sein Team zu informieren, ehe sie den Job übernommen haben. Bis jetzt ist er noch nicht in den Fall eingeweiht, also spricht niemand in seiner Gegenwart und der seines Teams über irgendetwas. Verstanden?«

Anika und Maureen nickten.

Es klopfte. Skip blickte durch den Spion. Amy Randall stand auf dem Gang.

Skip öffnete die Tür. Randall schien überrascht zu sein, Cole und French zu sehen. »Kein Wunder, dass Sie nicht in Ihren Zimmern waren.«

»Wir mussten noch ein paar Dinge mit Agent Gallagher klären«, sagte Skip. »Was gibt's, Ma'am?«

»Murphy, French und Cole, Sie kommen mit«, erwiderte sie und zeigte nacheinander auf die drei Anwesenden. »Wir müssen irgendwo in Ruhe reden.«

»Ich schlage vor, auf der Terrasse.« Skip warf Gallagher einen Blick zu. »Könnten Ihre Leute rasch vorausgehen und dafür sorgen, dass wir auf der Terrasse ungestört sind?«

Gallagher war wie ausgewechselt, seitdem Randall aufgetaucht war. »Kein Problem.« Er drückte ein Handy ans Ohr und sprach leise hinein.

Anika und Maureen schauten sich beunruhigt an, als Skip sie zum Aufzug führte. Kurz darauf traten sie in die angenehme Washingtoner Nacht hinaus. Drei von Gallaghers Agenten standen am Rand der Terrasse und sorgten für die Sicherheit.

»Was ist passiert?«, fragte Anika. »Sind sie zu einer Entscheidung gekommen?«

»Es geht um Schott«, erwiderte Randall. »Jemand hat ihn in Garmisch-Partenkirchen auf offener Straße aus den Händen von ECSITE entführt. Die Polizei vor Ort sagt, es handle sich um einen Drogendeal, bei dem etwas schiefgegangen ist. Es fielen Schüsse. Als alles vorbei war, war Mark Schott verschwunden.«

Anikas Blick verlor sich in der Ferne, als sie darüber nachdachte, was das bedeutete. »Dann haben die Chinesen jetzt alles?«

Skip runzelte die Stirn. »Woher haben Sie die Information, Amy?«

»Von der CIA. Garcia war ein wenig irritiert durch das, was Scalia während der Sitzung gesagt hat. Ich habe gerade mit unserer Botschaft in München gesprochen. Sie wussten davon, verstehen aber nicht, was es bedeutet.«

»Wie haben sie es erfahren?«, fragte Maureen.

Randall drehte sich um und warf einen Blick auf die Stadt. »Offenbar liegen in jeder Polizeiwache, an jedem Checkpoint und an jedem Flughafen in Europa ein Bild von Mark Schott und seine Beschreibung vor. Auch bei Interpol steht er als bekannter Drogenboss, der sofort zu verhaften ist, auf der Fahndungsliste.«

»Ein Drogendealer?«, rief Anika. Dann veränderte sich ihre Miene. »Ah, das ist clever. Alle Behörden in Europa fahnden jetzt nach ihm. Die Chinesen müssen ihn verstecken, wenn er nicht bereits in irgendeiner Botschaft ist.«

»Wer ist so dreist, Schott mitten in Garmisch zu entführen, Amy?«, fragte Skip.

»Jemand, der der Meinung ist, Schott in seine Gewalt zu bringen, ist mehr wert, als sich großen Ärger mit Michail Kasperski einzuhandeln. Kasperski ist nicht der Typ, der so etwas einfach hinnimmt. Und auch seine Mitarbeiterin nicht, die mit ihm unterwegs war und die diese Entführung in eine peinliche Lage gebracht hat.«

»Jemand, den ich kenne?«, fragte Skip.

»Stephanie Huntz. Schon mal von ihr gehört?«

»Nein.«

Randall lächelte verhalten. »Wie wir gehört haben, soll sie im wahrsten Sinne des Wortes ein ›blutrünstiges, psychopathisches Miststück‹ sein. Ich gebe Ihnen morgen früh Fotos. Wenn sie in Washington gesehen wird, fliege ich Sie alle zum Cheyenne Mountain in Colorada, schließe Sie dort in den unterirdischen Gewölben ein und werfe den Schlüssel weg, um auf der sicheren Seite zu sein.«

»Hat Kasperski irgendwelche ernst zu nehmenden Konkurrenten?«

Randall lachte. »Konkurrenten? Nicht unter den Lebenden. Aber eine Menge mächtiger und einflussreicher Leute hassen ihn wie die Pest. Es könnte jeder von ihnen gewesen sein.«

»Das waren jedenfalls keine Amateure.« Skip folgte Randalls Blick auf die Lichter der Stadt. »Ich habe einen Freund in München. Helmut Rath. Wenn jemand Profis engagiert hat, könnte es sein, dass er etwas weiß. Soll ich ihn anrufen und bitten, sich umzuhören?«

»Das wäre nett.«

»Okay, wird gemacht.«

»Amy, wir haben noch ein Problem«, sagte Maureen, die das Gespräch zwischen Skip und Randall interessiert verfolgt hatte.

»Und das wäre, Dr. Cole?«

»Das FBI hat gerade versucht, Skip zu feuern. Entweder sorgt Murphy weiterhin für meine persönliche Sicherheit, oder ich verabschiede mich. Es macht mir nichts aus, wenn er mit dem FBI zusammenarbeitet, aber wenn es um Anikas und meine Sicherheit geht, möchte ich Skip.«

»Darf ich fragen, warum?«

»Bill Reeves glaubte, als tote Märtyrerin hätte ich eine größere Bedeutung als als lebende Dozentin. So etwas kann einen schon nervös machen. Im Augenblick wäre es mir jedenfalls lieber, wenn ich mich auf unser Problem konzentrieren könnte, anstatt mir die statistische Wahrscheinlichkeit auszurechnen, dass ich als Fallstudie in Zielballistik auf dem Tisch eines Gerichtsmediziners lande.«

»Okay. Ich rufe Scalia morgen früh an.« Randall drehte sich zu Skip um. »Einverstanden? Sonst bricht hier ein hässlicher kleiner Revierkampf aus, den ich gerne vermeiden würde.«

Skip holte tief Luft. »Ja. Ich informiere Mike Gallagher, dass er heute Nacht die Verantwortung trägt.«

Anika runzelte die Stirn. »Amy, der Einsatz hat sich durch Marks Entführung erhöht. Das verstehen Sie, nicht wahr? Kasperski muss nun mit einer dramatischen Aktion darauf reagieren.«

»Warum sagen Sie das?«, fragte Randall.

»Das ist die klassische Spieltheorie. Kasperski hat gerade einen seiner wichtigsten Vermögenswerte verloren. Nun ist er zu einem cleveren Schachzug gezwungen, um seine Position zurückzugewinnen und den Gegner in die Schranken zu weisen. Das bedeutet, er muss sich Mark zurückholen ... oder ihn töten.«

Randall schaute sie mitfühlend an. »Anika, ich kann Ihnen nur sagen, dass die Regierung alles tut, um ihn zu finden. Wir werden Interpol kontaktieren und nachforschen, wer den Haftbefehl für ihn erlassen hat, und die Spur zurückverfolgen. Vermutlich steckt Kasperski dahinter, doch er sollte uns nicht unterschätzen.«

Ja, dachte Skip, *solange derjenige, der Schott in seiner Gewalt hat, ihm keine Kugel in den Kopf schießt, um Schadensbegrenzung zu betreiben, wenn ihr ihm zu nahe kommt.*

Anika fuchtelte mit der Hand durch die Luft. »Ich glaube, Sie verstehen es nicht. Kasperski und die Chinesen wissen beide, dass sie im Spiel sind. Bis jetzt haben beide brillant agiert. Beide sind vorgerückt, haben große Risiken in Kauf genommen und den Trumpf des anderen in ihre Gewalt gebracht.«

»Ja und?«

Anika schaute Randall eindringlich an. »Niemand auf unserer Seite scheint zu verstehen, dass wir auch im Spiel sind.«

»Aber wir haben die Asse in diesem Spiel«, erwiderte Randall. »Wir haben Sie und das Modell. Wir werden gewinnen.«

Anika lag eine Erwiderung auf der Zunge, doch dann besann sie sich eines Besseren und schwieg.

16. Kapitel

Maschinengewehrfeuer kannte Mark nur aus Filmen. Dennoch erkannte er das Knattern der Maschinenpistolen sofort, als Geschosse in das Haus einschlugen. »Was zum Teufel hat das zu bedeuten?«

»Kommen Sie, Mark!«, schrie Michelle ihm über die Schulter hinweg zu und rannte auf eine verzierte Holztür zu. Hastig gab sie einen Sicherheitscode ein, ehe sie die Tür aufriss.

Die Geschosse zischten durch die Luft, bevor sie in die Wand eindrangen und Staub und Putz umherwirbelten. Mark starrte auf die Löcher, die sie hinterließen, und warf dann einen Blick zurück auf das geöffnete Fenster. Die Gardine war vollkommen zerfetzt.

Michelle griff nach seinem Arm und zog Mark durch die Tür.

Sie drückte die Tür zu und sicherte sie mit einem dicken Stahlriegel. Mark warf gerade einen Blick auf die Steinstufen, da zog Michelle ihn auch schon hinunter in die Dunkelheit.

Beinahe wäre er gestolpert, doch dann fand er sein Gleichgewicht wieder und eilte die steile Treppe hinunter, während seine Hände über die unverputzten Steinwände glitten.

Als sie unten ankamen, drückte Michelle auf einen Lichtschalter, gab einen Code auf einer Tastatur ein und führte Mark in einen Weinkeller. An den Wänden standen Regale voller Weinflaschen. Ohne eine Sekunde zu zögern, sicherte sie die Tür wieder mit einem Stahlriegel und führte ihn durch den Raum. Marks Herz klopfte bis zum Zerspringen, als Michelle mit ihren schlanken Fingern über die Seite eines Regals tastete.

Ein lauter Knall erschütterte den Raum, und die Flaschen klirrten.

»Das ist nicht gut.«

»Nein«, pflichtete sie ihm bei. »Da.« Sie zog an einem Hebel. »Helfen Sie mir!«

Gemeinsam drückten sie gegen das Weinregal, worauf es zur Seite glitt und ihr Blick in einen beleuchteten Raum mit Computern, Schreibtischen und Stühlen fiel.

»Helfen Sie mir!«, befahl Michelle, die Mühe hatte, die schwere Geheimtür zu schließen. Mark stellte sich neben sie, und mit vereinten Kräften drückten sie gegen die Tür, bis sie einrastete.

Er drehte sich um und sah, dass an den Wänden zahlreiche Landkarten hingen. Zwei asiatische Männer warfen Dokumente und den Inhalt ganzer Schubladen in einen riesigen Reißwolf, der an einer Wand stand. An einer anderen Wand stand Hightech-Equipment, eine andere wurde von großen Metallschränken gesäumt. Durch eine offene Tür sah Mark Nachtsichtgeräte und andere Geräte, die er nicht kannte.

Die nächste Explosion ließ den Boden erbeben.

»Hier entlang!«, rief Michelle und nahm seine Hand. Sie lief gerade mit ihm um die Schreibtische herum, als die Computer zu qualmen begannen und das Plastik schmolz. Ein beißender Gestank stieg in die Luft.

An einem Tisch blieb Michelle kurz stehen und wühlte in Dokumenten, bis sie einen Reisepass fand. Sie schlug ihn auf, nickte und warf ihn Mark zu.

»Stecken Sie den ein!«

Auf der gegenüberliegenden Seite des Raumes gab Michelle einen Code ein und drehte dann an dem Knauf der schweren Sicherheitstür aus Metall. Hinter der Tür befand sich eine Treppe, die hinunter in eine große, beleuchtete Garage führte. Als Mark hinter Michelle im Eiltempo die Treppe hinabstieg, erkannte er den schwarzen Van wieder. Die Einschusslöcher waren mit Spachtelmasse ausgebessert und die Farbe ringsherum abgeschmirgelt worden, sodass man das blanke Metall sah.

Auch ein Mercedes, ein paar unauffällige Kleinwagen der Marke Fiat und ein Alpha Romeo standen dort. Ganz hinten parkten zwei kleine Lieferwagen.

Mark lief hinter Michelle her und war geschockt, als er einen geöffneten Waffenschrank sah. Zwei schwarze Maschinenpistolen standen in einem Gestell, in dem Platz für zehn war. Michelle blieb erneut kurz stehen und nahm eine schwarze Pistole und einige Magazine von einem unteren Brett. Sie steckte die Magazine in eine Tasche ihres Gürtels, zog den Schlitten der Pistole zurück und ließ ihn wieder vorschnappen.

»Jetzt hier entlang!«, rief sie und lief um die Autos herum. Von einem Haken an der Wand riss sie einen Rucksack herunter und steckte die Pistole hinein. Anschließend führte Michelle Mark zu einem Metallschrank neben einem schnittigen roten Motorrad und öffnete die Türen. Sie zögerte einen winzigen Augenblick, ehe sie Mark eine schwere schwarze Jacke zuwarf.

»Ziehen Sie die an«, forderte sie ihn auf. »Schnell.«

Kaum hatte Mark die Jacke über den Schultern, warf Michelle ihm einen Integralhelm zu. »Was zum Teufel haben Sie vor?«

»Es geht um Ihr Leben«, fuhr sie ihn an. »Setzen Sie den Helm auf!«

Michelle riss eine rote Motorradjacke aus dem Schrank und zog sie an. Ehe sie sich einen zweiten schwarzen Helm nahm, zog sie ihr Haar unter der Jacke hervor und warf Mark den Rucksack zu.

Er schnallte sich den Rucksack auf den Rücken und setzte den Helm auf. Als er durch das getönte Visier schaute und an dem Kinnriemen herumnestelte, erschien ihm der Raum dunkler.

Michelle setzte ebenfalls den Helm auf und zog den Riemen fest. Schon bebte der Boden unter der nächsten Detonation.

Sie stieg auf das Motorrad und klappte den Seitenständer hoch. Als sie den Motor startete, blickte sie ungeduldig hinter sich.

Bei der nächsten Explosion rieselte Staub von der Decke. Jetzt zögerte Mark nicht mehr. Vorsichtig stieg er auf den kleinen Soziussitz, und es dauerte einen Augenblick, bis seine Füße endlich auf den hohen Fußrasten standen.

»Halten Sie sich fest!«, rief Michelle.

Mark schlang die Arme um ihre Taille. Mit dröhnendem Auspuff verließen sie die beleuchtete Garage und fuhren in einen dunklen Tunnel hinein. Die Scheinwerfer spendeten nur ungenügend Licht. Mark klammerte sich an Michelle und spähte über ihre Schulter.

Wenig später sah er einen Lichtstrahl, dann schwang eine Tür auf, und sie verließen den Tunnel. Michelle zögerte nur den Bruchteil einer Sekunde, als sie in eine unübersichtliche Kurve hineinfuhr.

Mark schloss die Augen und zog den Kopf ein. Er klammerte sich noch fester an Michelle und machte sich innerlich auf einen Sturz gefasst. Stattdessen richtete sie die Maschine wieder auf und beschleunigte. Mark hob den Blick und schaute auf die kurvenreiche Straße, die von Eichen und Weiden gesäumt war.

»Verdammt!«, rief Michelle über den dröhnenden Motorenlärm hinweg. »Entspannen Sie sich! Ich kriege kaum Luft!«

Mark lockerte seinen Griff ein wenig. Er drehte sich um und sah Rauch über den Bäumen aufsteigen, wo er die Villa vermutete.

»Wohin fahren wir?«

»Weg von hier. Halten Sie sich fest!«

Auf der asphaltierten Straße folgte eine Kurve auf die andere. Mark schluckte und war starr vor Angst, als Michelle sich immer tiefer in die Kurven legte. Die Fliehkräfte pressten sein Hinterteil auf den kleinen Sitz.

»Bleiben Sie locker!«, schrie Michelle. »Vertrauen Sie mir! Sie müssen sich mit mir in die Kurven legen.«

Ja, okay. Sie drosselte kaum das Tempo, als sie eine gewundene, zweispurige Straße erreichten. Mark fragte sich, ob der Tod im Kugelhagel einer Maschinenpistole nicht schneller und schmerzloser gewesen wäre.

Doch irgendwie gelang es Michelle, den physikalischen Gesetzen zu trotzen. Die Räder rutschten nicht unter ihnen weg, und sie baute keinen Unfall. Das rote Motorrad folgte den Kurven, als würde es auf Schienen fahren. Noch immer voller Angst klammerte Mark sich an Michelle und warf ab und zu einen Blick zurück, während sie sich in rasantem Tempo immer weiter von der Villa entfernten.

Das Motorrad schien förmlich durch die Kurven zu fliegen. Zu ihrer Linken war ein steiler Abgrund, und zu ihrer Rechten erhoben sich nackte Felsen. Wenn Michelle vor den Kurven abbremste, wurde Mark nach vorn gedrückt. Sobald sie wieder Gas gab, rutschte er ein Stück zurück.

Hin und wieder bot sich Mark ein herrlicher Blick auf die hohen, gezackten Berge ringsherum, deren Gipfel von Schnee bedeckt waren. In jeder anderen Situation hätte er den Anblick genossen, doch die schwindelerregenden Abhänge ließen seinen Magen rebellieren.

Wenn sie die Kontrolle verliert, segeln wir in die Ewigkeit. Und niemand wird jemals unsere Leichen finden. Er fragte sich, was wohl schlimmer wäre: der tiefe Fall in den Tod oder wie eine Fliege auf einer Windschutzscheibe zerquetscht zu werden, falls Michelle eine Kurve falsch einschätzen und gegen einen Felsen prallen sollte.

Michelle fluchte, als sie nach einer unübersichtlichen Kurve plötzlich scharf bremsen musste, sodass Mark beinahe über sie hinwegflog. Es gelang ihr, die Maschine kurz vor zwei Carabinieri zum Stehen zu bringen, die neben einem Streifenwagen mit eingeschaltetem Blaulicht standen.

Michelle schaltete in den Leerlauf, klappte das Visier hoch und schrie irgendetwas auf Italienisch, als einer der Polizisten sich dem Motorrad näherte.

Mark schluckte und verfolgte aufmerksam das Gespräch. Michelle fluchte und zeigte auf die Umgebung, um den Polizisten vermutlich darauf hinzuweisen, dass er einen ungünstigen Platz für eine Verkehrskontrolle gewählt hatte.

Der Polizist stellte eine Frage.

Michelle antwortete auf Italienisch. Sie sprach sehr schnell, und ihr Ton war nicht besonders freundlich.

Der Polizist sagte noch etwas.

Michelle redete weiter und zeigte mit dem Daumen über die Schulter auf Mark.

Der Polizist lachte und winkte sie durch.

Michelle klappte ihr Visier herunter und legte den ersten Gang ein. Dann gab sie ordentlich Gas und entfernte sich mit aufheulendem Motor von den beiden Polizisten.

»Was wollten die beiden?«, rief Mark, als sie in den zweiten Gang schaltete.

»Sie suchen einen amerikanischen Drogendealer. Vermutlich Sie. Zum Glück haben Sie den Mund gehalten.«

»Was haben Sie denen erzählt?«

»Dass wir uns hätten überschlagen können und dass sie ihre Kontrolle auf gerader Strecke durchführen sollen, wo man genug Zeit zum Bremsen hat.«

»Sie haben auf mich gezeigt.«

»Ich hab ihm erzählt, dass Sie mein Freund aus Mailand sind und ich mich schon darauf freue, dass Sie mich in dem Hotelzimmer, das wir in Cortina gebucht haben, richtig durchvögeln.«

»Das glaub ich nicht!«

»Hätten Sie als Polizist noch weitere Fragen gestellt, nachdem Sie das gehört haben?«

Wahrscheinlich nicht. Dann legten sie sich wieder in die Kurven und trotzten den physikalischen Gesetzen. Mark hätte gerne den Blick auf die Berge genossen, die ringsherum majestätisch in die Höhe ragten. Doch die ständige Angst, vom Motorrad zu fliegen, die fehlenden Schutzgeländer und die tiefen Abgründe sorgten dafür, dass sein starrer Blick in Erwartung drohender Gefahren nach vorn gerichtet blieb.

Als Michelle hinter einem überladenen Lastwagen das Tempo drosselte, fragte Mark: »Wohin fahren wir?«

»Venedig. Ich hoffe, Ihr Hintern hält das aus.«

»Wie meinen Sie das?«

»Das hier ist eine Ducati. Glauben Sie mir, Sie werden bald wissen, was ich meine.«

Ehe Mark etwas erwidern konnte, bot ihr eine Kurve linker Hand ausreichende Sicht. Die Ducati heulte auf, als Michelle den Lastwagen überholte und Mark sich in Todesangst an sie klammerte.

An einer T-Kreuzung verlangsamte Michelle das Tempo und hielt an. Sie wartete auf eine Lücke im Verkehr, bis sie links abbiegen konnte, dann schaltete sie schnell wieder in die höheren Gänge.

Allmählich fand Mark Gefallen an Michelles gewagter Fahrweise, sodass er sein taubes Gesäß fast vergaß. Seine verkrampften Knie begannen zu schmerzen. Verdammt! Der Sitz wurde richtig heiß.

Auf die zweispurige Straße folgte eine Autobahn, und die Leitplanken flogen mit unglaublicher Geschwindigkeit an ihnen vorbei. Michelle schlängelte sich durch den Verkehr, als würde sie Slalom fahren. Zu Marks Verwunderung regten die Italiener sich überhaupt nicht auf. In Amerika hätte ihre verrückte Fahrweise quietschende Bremsen, lautes Hupen und das Ausstrecken des Mittelfingers zur Folge gehabt.

Während der Wind an seinem Helm zog, warf er einen Blick über die Schulter. Stephanie war auf der Jagd nach ihm, genauso wie Michelle es vorhergesagt hatte. Er würde den flüchtigen Blick auf sie niemals vergessen. Der Umgang mit Maschinenpistolen schien Stephanie vertraut zu sein. Bei dem Gedanken an die Schüsse und Explosionen zuckte Mark zusammen. Es hatte mit Sicherheit Tote gegeben.

Verdammter Mist! Kasperski hatte der CIA den Kampf angesagt. Und in diesem Kampf geht es um mich.

Anika warf sich aufs Bett, blinzelte und schaute auf die Uhr auf dem Nachtschrank. Es war 3 Uhr 13. Die Zahlen leuchteten, als wollten sie sich über sie lustig machen.

»Mein Gott, ich will endlich schlafen!« Sie warf sich auf den Rücken und starrte an die dunkle Decke. *Was für ein Tag!* Es begann mit den niederschmetternden Ergebnissen des prognostischen Modells. Anschließend war sie in aller Eile ins Oval Office geführt worden, wo sie den Präsidenten verärgert hatte – *den Präsidenten*, verdammt! Sie stand noch unter Schock, als sie dann ängstlich in diesem Wartezimmer gesessen und sich gefragt hatte, wie sie jemals wieder aus dem Schlamassel herauskommen sollte. Darauf folgte die Besprechung mit den Kabinettsmitgliedern, die sie mit Fragen bombardierten. Und als sie schon glaubte, es könnte nicht mehr schlimmer kommen, wurde Skip gefeuert und vielleicht auch wieder eingestellt. Zu guter Letzt erfuhr sie, dass Mark unter Feuerbeschuss gekidnappt worden war.

Anika rieb sich übers Gesicht. Es war still in dem Zimmer, nur das Surren der Klimaanlage war zu hören.

Dad, du würdest es nicht glauben. Sie sah sein großes, markantes Gesicht vor Augen und hatte das Gefühl, seine Stimme zu hören: »Da bist du ja in einen ordentlichen Schlamassel geraten, mein Schatz.«

Ja, Dad. Sie verzog das Gesicht. *Und morgen geht es weiter. Ich spüre es schon in den Knochen.*

Anika erinnerte sich an die Auseinandersetzung zwischen Skip Murphy und Agent Gallagher. Amy Randall hatte sich zurückgehalten. »In Ordnung, Mike. Heute Nacht halten Sie hier die Stellung. Morgen früh besprechen wir dann die Einzelheiten.« Dann hatte Skip einen Finger auf Gallaghers Brust gepresst. »Sie passen auf meine Leute auf, sonst lernen Sie mich kennen.«

»Das ist nicht unser erstes Rodeo, Murphy«, hatte Gallagher lächelnd erwidert.

Anika rieb sich die brennenden Augen. Schon als sie noch ein Kind war, war ihre Mutter mit ihr zu den Rodeos der Viehzüchter in der Umgebung gegangen, zu dem Rodeo auf dem Volksfest in Douglas und sogar zu dem großen in Cheyenne, wo sie die professionellen Rodeo- und Bullenreiter des Cowboy-Verbandes gesehen hatte.

Ein tiefer Schmerz brannte in Anikas Bauch. Was hätte sie dafür gegeben, wieder in diesem kleinen, baufälligen Haus auf der Ranch zu sein, wo das Leben daraus bestand, Jagd auf Mäuse zu machen, die durch die Risse im Fundament krochen, und jeden Cent dreimal umzudrehen, um die Rechnungen bezahlen zu können.

Es klopfte leise an der Tür.

Anika stieg unwillig aus dem Bett und spähte durch den Spion. Vor der Tür stand ein Mann im Anzug mit einem Tablett in der Hand, das mit einer runden silbernen Haube abgedeckt war.

»Wer ist da?«

»FBI, Ms French.« Der Mann hielt seinen Dienstausweis vor den Spion. »Ich muss Sie wecken. Ich habe Frühstück für Sie mitgebracht. Sie müssen in fünfzehn Minuten fertig sein.«

»Es ist Viertel nach drei!«, rief Anika.

»Das Weiße Haus will Sie sprechen, Ma'am.«

»Einen Moment bitte.« Anika zog sich schnell ihre Hose an und stopfte das langärmelige T-Shirt in den Hosenbund. Gähnend kehrte sie zur Tür zurück, schaltete das Licht ein und blinzelte, als der Agent eintrat und das Tablett auf den Tisch stellte.

»Tut mir leid, Ma'am«, sagte er, als sie den Deckel hob. Auf dem Teller lag ein Sandwich.

»Frühstück?«, fragte sie und schaute den Mann verständnislos an.

Anikas Blick fiel auf die kleine Spraydose, die er in der Hand hielt, da sprühte er ihr auch schon ins Gesicht.

Sie trat einen Schritt zurück, wirbelte herum und schlug die Hände vors Gesicht. Sofort darauf drehte sich alles vor ihren Augen. Als sie weiche Knie bekam, fing der Mann sie auf. Er legte sie vorsichtig auf den Boden und sprach in ein winziges Mikrofon. »Ich hab sie.«

Dann verschwamm alles vor ihren Augen, und die Welt um sie herum löste sich auf.

Mark stand unter der Dusche, rieb sich die Pobacken und freute sich, dass er seine Knie wieder spürte.

Was zum Teufel ist mit mir passiert? Was Denise wohl dazu sagen würde? Vermutlich, dass er genau das bekam, was er verdient hatte.

Mark seufzte und war dankbar, dass sie, Will und Jake in Wyoming in Sicherheit waren. Wenn die Jungen nicht gewesen wären, hätte er sich schon vor Jahren scheiden lassen.

Lügner. Er hatte seine Frau für seine Universitätskarriere gebraucht. Ein verheirateter Mann galt als reifer, ausgeglichener und verantwortungsbewusster.

»Was bist du nur für ein Stück Dreck, Mark Schott.«

Es kam ihm so vor, als wäre dieser alte Mark Schott nur eine Art Illusion oder vielleicht ein Traum gewesen. Gab es Denise und die beiden Jungen wirklich? Hatte er dieses Leben geführt? Stand in Laramie wirklich ein Haus mit seinem Namen an der Tür? Hatte er vor all den Studenten Vorlesungen gehalten? Hatte er sich tatsächlich so ins Zeug gelegt, um die Karriereleiter hinaufzusteigen und Institutsleiter zu werden? Hatte er all diese Affären gehabt?

In Oberau hatte sich etwas verändert. Er hatte einen Blick in ein anderes Leben geworfen, das ihm seltsamerweise realer und doch auch wie ein Traum erschien.

Mein Gott, Stephanie mit einer Maschinenpistole? Noch interessanter war, wie sie sie gehalten und das Ziel anvisiert hatte. Man hätte meinen können, die schwarze Waffe sei eine Verlängerung ihres Körpers gewesen.

War das wirklich die kultivierte Frau? Mark versuchte die beiden Bilder von Stephanie miteinander zu verbinden: Liebhaberin und Mörderin. Doch es wollte ihm nicht gelingen.

Er blinzelte in das Wasser und drehte die schicke Mischbatterie zu. *Habe ich tatsächlich mit einer Mörderin geschlafen, die geplant hat, mich zu töten? Ist diese Frau mit der Maschinenpistole dieselbe Frau, die mir leidenschaftliche Blicke zugeworfen hat?*

»Wie viele Menschen hast du in der Villa getötet, süße Stephanie?«

Mark trat aus der Dusche heraus und trocknete sich ab. Dann wischte er über den beschlagenen Spiegel und schaute sich an. In eine solche Situation gerieten Anthropologie-Professoren normalerweise nicht.

Er nahm seine Kleidung vom Toilettendeckel, zog sich an und ging zurück ins Hotelzimmer.

Michelle saß auf der Kante des Himmelbetts und sortierte den Inhalt des Rucksacks. »Fühlen Sie sich jetzt besser?«

»Ja, und es hat sich herausgestellt, dass mir bei dieser verrückten Fahrt kein Malheur passiert ist.«

Sie lächelte verschmitzt. »Das war wohl Ihre erste Motorradtour, was?«

»Ich fand das immer zu gefährlich.«

»Und mit psychopathischen Frauen zu schlafen war für Sie eine sichere Alternative?«

Mark ging auf das Bett zu. »Ich habe sie gesehen, als sie hinter Gunter durch den Garten geschlichen ist.«

Michelle zuckte mit den Schultern. »Klar. Sie fühlt sich gut dabei, die Verfolgung aufzunehmen und den Verwundeten den Rest zu geben.« Sie reichte ihm ein dickes Bündel Geld. »Das sind zweitausend Euro für Notfälle. Wir gehen später shoppen und kaufen eine Brieftasche und Kleidung für Sie.«

Mark trat ans Fenster. Er schaute auf Venedigs Canal Grande und die Gondeln auf dem Wasser. Es sah beinahe aus wie ein Filmset, doch es war alles real. Hinter der Lagune mit den zahlreichen Booten ragten Kirchen mit weißen Kuppeln und im klassischen venezianischen Stil gebaute Häuser auf.

Michelle saß noch immer auf dem Bett. Sie sah sehr angespannt aus. In ihrer Haltung spiegelten sich Wut, Enttäuschung und große Sorge.

Nachdem Michelle sich durch den Verkehr geschlängelt hatte, hielt sie vor einer kleinen Garage am Stadtrand an. Sie lief um das Gebäude herum, kehrte mit einem Schlüssel zurück und öffnete das Schwingtor. Mark schob das Motorrad in die Garage und wunderte sich, wie leicht es war. Dann zog Michelle das Tor herunter und schloss ab.

Anschließend nahm sie ein Handy aus dem Rucksack und rief ein Taxi. Zwanzig Minuten später setzte der Fahrer sie an der Anlegestelle ab. Ein Wassertaxi brachte sie zum Seiteneingang des Hotels.

»Wie heißt dieses Hotel noch gleich?«

»Hotel Danieli«, erwiderte Michelle, die mit unbewegter

Miene einen Stapel Kreditkarten durchsah. »Sehr berühmt. Und hoffentlich kein Ort, an dem Kasperski uns vermutet.«

Mark zog seinen neuen Reisepass aus der Tasche. »Brian Joseph Meyer. Geburtsdatum: 1980. Geburtsort: Cleveland, Ohio.« Auf dem Foto sah er aus, als hätte er Drogen genommen. Vermutlich war das auch der Fall. Er konnte sich nicht an die Aufnahme erinnern.

»Was mache ich beruflich?«

Michelle zuckte mit den Schultern. »Das können Sie sich aussuchen. Nehmen Sie irgendetwas, was nichts mit Anthropologie und der Universität zu tun hat. Sie sollten locker darüber plaudern und vernünftig Fragen zu dem Beruf beantworten können.«

Mark dachte kurz nach. »Reiseschriftsteller?«

»Wer ist Ihr Verleger? Wie ist der Name Ihres Lektors?«

»Okay, dann besser etwas anderes.«

»Überlegen Sie in aller Ruhe.« Michelle beugte sich wieder vor und sortierte die Kreditkarten. Mark hatte beobachtet, dass sie es schon zum dritten Mal machte und mit den Gedanken offenbar ganz woanders war.

Ihr Handy klingelte. Michelle stand auf und klappte es auf. *»Si?«* Sie ging in eine Ecke des Zimmers, neigte den Kopf und lauschte. Mark sah, dass sie immer wieder kurz nickte und ihm Blicke zuwarf. Schließlich beendete sie das Gespräch. Eine ganze Weile stand sie mit gesenktem Kopf da und starrte auf den Boden.

»In der Villa sind viele Menschen getötet worden, nicht wahr?«

Michelle hob den Blick, in dem sich Schmerz und Wut spiegelten. »Ich habe Ihnen gesagt, dass Ihre Entführung für ihn wie ein Schlag ins Gesicht war.«

»Der Mann hat die CIA angegriffen«, erinnerte Mark sie. »Er glaubt doch nicht etwa, dass er ungestraft davonkommt.«

Michelle musterte ihn, kehrte dann zum Bett zurück und starrte auf die Kreditkarten.

»Es tut mir leid.«

»Warum?« Michelle trat ans Fenster und schaute auf die Riva degli Schiavoni und das Wasser dahinter. »Wir haben den Anfang gemacht, indem wir Sie in unsere Gewalt gebracht haben.«

»Ich hätte Gunters Angebot auch ablehnen können.«

»Dann hätten die sich irgendetwas einfallen lassen, um Sie in ihre Gewalt zu bringen, Mark. Wahrscheinlich hätten die Sie einfach irgendwo auf der Straße entführt.«

»Gekidnappt?«

Michelle lachte spöttisch. »Wir haben es hier mit Kasperski zu tun. Und Sie aus dem Land zu schleusen? Es wäre nur ein wenig aufwendiger für ihn geworden. Er hätte zum Beispiel einen Privatjet gebraucht. Was? Das überrascht Sie? So schwer ist es nun wirklich nicht, Sie zu entführen. Wir haben Sie praktisch aus Stephanies Armen gerissen.«

Mark stutzte. »Wenn er mich jetzt verloren hat, wie sieht es dann mit Anikas Sicherheit aus? Sie haben gesagt, sie arbeitet für das Außenministerium, nicht wahr?«

»Ja«, sagte Michelle ruhig. »Entspannen Sie sich. Für ihre Sicherheit wird gesorgt.«

»Und was passiert jetzt?«

Michelle schüttelte den Kopf und runzelte besorgt die Stirn. Mit unter der Brust verschränkten Armen stand sie eine ganze Weile da und starrte durch das Fenster in die Ferne.

Mark zog das Geld aus der Tasche und zählte es gedankenverloren.

»Was Sie mir heute Morgen erzählt haben«, sagte Michelle. »Über den Zusammenbruch der modernen Zivilisation. Sie glauben wirklich daran, nicht wahr?«

»Glauben ist etwas anderes, Michelle. Die Fakten sind unwiderlegbar.« Er lächelte erschöpft. »Mein Rat? Investieren Sie nicht in langfristige Anleihen.«

»Sind Sie noch bereit, uns bei dem Modell zu helfen?«

»Ich habe ja sonst nichts vor, nicht wahr?« Er sah sie fragend an. »Vorausgesetzt, Sie sorgen dafür, dass wir lange genug am Leben bleiben.«

»Geben Sie mir etwas Zeit, über alles nachzudenken«, flüsterte sie unsicher.

»Lassen Sie sich aber nicht zu viel Zeit.« Mark sah sich in dem geschmackvoll eingerichteten Zimmer um. »Das hier ist ein sehr schönes Hotel. Es wäre eine Schande, wenn es in die Luft fliegt.«

Als Antwort darauf nahm sie die schwarze Pistole aus dem Rucksack. Sie zog den Verschluss zurück, überprüfte die Patronenkammer und ließ den Verschluss wieder vorschnappen.

17. Kapitel

Skips Handy klingelte. Er richtete sich im Bett auf und schaute auf die Uhr: 4 Uhr 18. Während er sich noch sammelte, drückte er auf die Sprechtaste und meldete sich: »Murphy.«

»Skip? Hier ist Maureen. Du musst sofort kommen. Anika ist verschwunden.«

»Was ist passiert?« Skip schaltete das Licht ein und tastete nach seiner Hose.

»Niemand sagt mir was. Sie haben überprüft, ob alle in ihren Betten liegen. Ich sollte in meinem Zimmer bleiben und die Tür abschließen. Aber nachdem ich durch den Spion gesehen und an der Tür gelauscht habe, kann ich dir sagen, dass Anika verschwunden ist. Die Agenten laufen wie aufgescheuchte Hühner hin und her.«

»Verdammt! Bin gleich da.« Skip legte auf und spürte Panik in sich aufsteigen. Zum Teufel mit der Krawatte. Er stopfte sie in eine Tasche, anstatt sich die Zeit zu nehmen, sie zu binden. Den Holster mit der Heckler & Koch befestigte er an der Innenseite seines Gürtels.

Er lief zur Garage, und als das Tor aufschwang, stieß es beinahe gegen den Spiegel seiner alten Maschine.

Trotz des Tempolimits und der roten Ampeln hielt er fünfzehn Minuten später hinter drei schwarzen Tahoes der Regierung vor dem St. Regis an. Er warf dem Pagen den Motorradschlüssel zu, rannte durch die Tür und wurde sofort von einem jungen Agenten mit ernster Miene aufgehalten.

»Sorry, Sir. Niemand darf ...«

»Sagen Sie Mike Gallagher, dass Skip Murphy hier ist und ich stark hoffe, dass er weiß, wo sich Anika French aufhält.«

Der Agent sprach leise in das kleine Mikrofon an seinem Ärmel und sagte dann: »Sie können durchgehen.«

Skip nickte dem Agenten vor den Aufzügen flüchtig zu und konnte seine Wut kaum zügeln, als er dann darauf wartete, dass die Kabine im sechsten Stock hielt.

Die Tür zur Einsatzzentrale war geöffnet. Mike Gallagher, der vor dem Tisch stand, sah völlig gerädert aus. Ein älterer Mann mit offenem Jackett saß auf einem Stuhl und telefonierte. Nachdem er aufgelegt hatte, lehnte er sich zurück. »Okay, es sind alle alarmiert. Das Police Department Washington erhält in diesem Augenblick Anika Frenchs Beschreibung. Jede Polizeiwache im Land ist informiert, Grenzkontrollen, Zoll- und Einwanderungsbehörden, Langley, alle.«

»Sie haben sie nicht gefunden?«, fragte Skip resigniert.

»Sind Sie Murphy?« Der Mann nickte kurz. »Ich hab Sie überprüft. Sie haben den Ruf, Ihren Job anständig zu machen.«

»Und wer sind Sie?«

»Stew Ortega. Verantwortlicher Special Agent vom Washington Metro Field Office.« Er beugte sich vor und rieb sich übers Gesicht. Nach seiner lässigen Kleidung zu urteilen, schätzte Skip, dass er gerade aus dem Bett geworfen worden war.

»Was ist passiert?«, fragte Skip.

»Es ist eine laufende Ermittlung, Mr Murphy. Ich habe nicht die Befugnis ...«

»Vielleicht sollten Sie umgehend Monica Scalia anrufen

und sie um grünes Licht bitten, um mich auf den aktuellen Stand zu bringen. Denn in diesem Augenblick brauchen Sie mich viel mehr als ich Sie, mein Freund.«

Skip stieß Gallagher zur Seite, beugte sich hinunter und starrte Ortega wütend an.

Ortega erwiderte den Blick und gab schließlich nach. »In Ordnung, ich sage Ihnen, was wir wissen. Um Punkt zwei Uhr hält ein Lieferwagen vor der Anlieferungszone der Küche an. Ein Typ mit einer Rechnung in der Hand klingelt an der Tür zur Hotelküche. Einer der Köche der Nachtschicht lässt ihn herein. Das Hotel hat keine Überwachungskameras in der verdammten Küche, und darum wissen wir nicht, was anschließend geschah. Dann öffnet sich das Rolltor, und wir können sehen, dass mehrere Männer von der Ladefläche des Lieferwagens auf die Laderampe springen. Bis jetzt konnten wir nur Schatten erkennen, aber vielleicht können wir die Bildqualität noch verbessern. Um drei Uhr sechs bringt jemand, der wie ein Kellner gekleidet ist, ein paar Brownies ins Sicherheitszentrum, wo der diensthabende Agent sie offenbar isst. Um drei Uhr sieben gehen alle Kameras aus.«

Skips Herz klopfte laut.

Ortega fuhr fort: »Was die weiteren Ereignisse betrifft, fehlt uns die zeitliche Abfolge, aber jemand geht zu unserem Agenten, der den Warenaufzug überwacht, und betäubt ihn. Vermutlich mit einem Betäubungsspray.«

Ortega rieb sich wieder übers Gesicht. »Etwa um zehn vor vier trifft der erste Mitarbeiter der Frühschicht ein und findet seine Kollegen der Nachtschicht bewusstlos, gefesselt und geknebelt auf dem Küchenboden. Er ruft seinen Vorgesetzten an, der sofort in die Küche eilt und das Sicherheitszentrum anruft. Wir erfahren etwa fünf Minuten später davon, als sie den Kollegen im Sicherheitszentrum ebenfalls bewusstlos vorfinden. Er ist mit Klebeband an seinen Stuhl gefesselt, und die Kameras sind ausgeschaltet.«

»Sie haben nur Anika French entführt?«, fragte Skip.

»Sonst fehlt niemand. Die Spurensicherung untersucht in diesem Augenblick ihr Zimmer. Bis jetzt haben sie nichts gefunden. Das Bett ist zerwühlt, und darum wissen wir, dass die junge Frau in dem Bett geschlafen hat. Allerdings sind alle ihre Sachen – Koffer, Toilettenartikel und Zahnbürste – verschwunden. Das Einzige, was wir gefunden haben, ist ein Sandwich auf einem Tablett. Die Spurensicherung hat es sofort ins Labor geschickt.«

»So haben sie sich Zugang verschafft.« Skip richtete sich auf. Ihm war übel. »Profis. Richtige Profis. Verdammter Mist!«

»Ja«, sagte Ortega. »Richtige Profis. Verflucht!«

Gallagher sah aus, als wäre er am liebsten im Boden versunken. Wäre Skip nicht so wütend gewesen, hätte er fast Mitleid mit ihm haben können. »Maureen hat das Zimmer gleich gegenüber. Hat sie was gehört?«

Ortega warf Gallagher einen Blick zu. »Holen Sie Dr. Cole!«

Mit aschfahlem Gesicht verließ Gallagher den Raum.

»Bis jetzt hatte ich noch keine Gelegenheit, mit ihr zu sprechen«, sagte Ortega. »Ich war damit beschäftigt, Schadensbegrenzung zu betreiben.« Er zögerte kurz. »Hier geht es um eine ganz große Sache, nicht wahr?«

»Ja, Agent Ortega, ich fürchte, ja.«

Gallagher streckte den Kopf ins Zimmer. »Dr. Cole hat gesagt, sie verlässt ihr Zimmer nicht, bevor Murphy ihr grünes Licht gibt.«

»So kenne ich sie«, sagte Skip und folgte Gallagher den

Gang hinunter. Er stellte sich vor den Spion und sagte: »Du kannst rauskommen, Doc. Es ist alles in Ordnung.«

Maureen schloss die Tür auf und funkelte Gallagher wütend an. Sie folgte Skip den Gang hinunter und warf nervöse Blicke auf die Zimmer der anderen Teammitglieder.

Die beiden betraten den Kontrollraum. »Hast du etwas gehört, Maureen?«, fragte Skip.

Sie schüttelte den Kopf. »Ich war nach diesem anstrengenden Tag todmüde, Skip. Als das FBI mich geweckt hat, mussten sie die Tür fast einschlagen.«

»Vielleicht hat Anika einen leichten Schlaf?«, überlegte Ortega. »Oder sie hatten einen Hauptschlüssel.«

»Glaub ich nicht«, erwiderte Skip aufgebracht. »Anika hat ihr Zimmer immer von innen verschlossen. Vielleicht fehlt Ihrem Agenten, der mit dem Betäubungsspray außer Gefecht gesetzt wurde, der Dienstausweis?«

»Mist! Woher wissen Sie das? So haben sie es gemacht?«

Skip konnte sich gut vorstellen, wie die Entführer vorgegangen waren. Anika war dabei gewesen, als er die Verantwortung an Gallagher übergeben hatte. Sie kannte nicht alle Agenten. Vermutlich hatte sie einen Blick durch den Spion geworfen, den Dienstausweis und die Dienstmarke gesehen und das letzte entscheidende Schloss geöffnet.

»Es ist wohl das Beste, wenn Sie Bill Garcia in Langley sofort informieren, Ortega«, sagte Skip. »Bevor Sie ihn einweihen, sagen Sie ihm, er soll seine Suche in der Datenbank auf die Top 100 konzentrieren. Er weiß dann schon, was Sie meinen.«

Ortega zögerte. »Den Direktor der CIA anzurufen übersteigt meine Kompetenzen.«

»Berufen Sie sich auf mich.«

Ortega blickte zweifelnd, doch er hob den Hörer ab und wählte eine Nummer.

Maureen sah mitgenommen aus. »Mein Gott, die arme Anika. Nach allem, was sie durchgemacht hat? Sie muss wahnsinnige Angst haben.«

»Sie wollen sie lebend«, beruhigte Skip sie. *Oder sie schalten die Konkurrenz aus.*

Doch dann verwarf er den Gedanken wieder. Er bat Maureen, ihm in die hinterste Ecke des Raumes zu folgen. »Ich schätze, dass war ECSITE. Verdammt! Anika hat uns gewarnt. Erinnerst du dich, was sie über die Spieltheorie gesagt hat? Mark Schott wurde gerade entführt. Wer eignet sich besser als Anika, um diese Lücke zu füllen?«

Maureen runzelte die Stirn und dachte darüber nach.

»Murphy?«, rief Ortega. »Der Direktor der CIA will mit Ihnen sprechen.«

Skip nahm den Hörer und meldete sich. »Murphy, Sir. Das ist keine sichere Leitung.«

»Wie ist Ihre Meinung?«

»Richtige Profis, die vermutlich von uns, dem russischen Geheimdienst, Israel oder vielleicht den Chinesen oder den Deutschen ausgebildet wurden.«

»Und wie hoch ist die Chance, die junge Frau aus ihrer Gewalt zu befreien?«

»Wenn wir ein Wunder oder einen Zufall ausschließen, hat sie das Land bereits verlassen. Sie müssen den Präsidenten informieren.«

»Das habe ich vor«, erwiderte der Mann gereizt. »Was hat das FBI da gemacht?«

»Sie waren für die Sicherheit verantwortlich, Sir.«

»Monica?«

»Washington Metro Field Office.«

»Verflucht.«

»Sir, ich hätte eine Idee.«

»Lassen Sie hören.«

»Unter vier Augen, Sir. Das ist keine sichere Leitung.«

»Ich schicke Ihnen einen Wagen. Hier ist meine Nummer, unter der Sie mich persönlich erreichen können. Haben Sie etwas zu schreiben?«

Murphy schrieb sich die Nummer auf, faltete den Zettel und steckte ihn in die Tasche. Dann legte er seufzend auf.

»Den Präsidenten?«, fragte Ortega, dem der Schweiß auf der Stirn stand.

Skip atmete tief ein. »Ortega, wollen Sie meinen Rat hören?

Dr. Coles Team sollte sofort zur Andrews Airbase oder vielleicht nach Quantico gebracht werden. An einen Ort, den man mit einer ganzen Armee stürmen müsste, um sie da herauszuholen.«

Maureen ging auf Skip zu und schaute ihn fragend an. »Glaubst du auch, was ich glaube?«

»Du meinst, wer sie entführt hat? Ja. Anika hat gesagt, es würde eine dramatische Aktion sein. Nach dem, was wir heute erfahren haben, passt alles zusammen.«

»Dann steckt also keine dritte Gruppe dahinter?«

»Möglich, aber nicht wahrscheinlich.«

Sie nickte. »Denk daran, was wir bei der Besprechung gehört haben. Sie überlassen nichts dem Zufall.«

»Ja, ich weiß.«

»Glaubst du, du kannst sie befreien?«

Skip lächelte verhalten. »Vorausgesetzt, ich finde sie.«

Maureen nahm seine Hände und drückte sie. »Du musst verdammt vorsichtig sein, Skip Murphy.«

»Ich kenne niemanden, der vorsichtiger ist.«

»Ich kann mich aber erinnern ...«

»Gott bewahre mich vor Frauen mit einem guten Gedächtnis.«

Gallagher, der fast ein wenig verzweifelt wirkte, hielt Skip an der Tür auf. »Sie haben mich gewarnt. Danke! Und was ist, wenn Ihnen das passiert wäre?«

Skip zuckte mit den Schultern. »Gegen solche Profis stehen die Chancen immer fifty-fifty.« *Aber ich wusste, was auf dem Spiel steht, und Anika hätte mich gerufen. Und wenn ich festgestellt hätte, dass sie dieses verdammte Sandwich nicht bestellt hat, hätte ich diesem Schwein, das sie entführt hat, eine Kugel verpasst.*

Michelle hatte vorgeschlagen, auf der Terrazza Danieli, dem Restaurant auf der Dachterrasse des Hotels, zu Abend zu essen. Dort hatten sie gesehen, wie der Abend über dem Bacino di San Marco hereinbrach und die untergehende Sonne den Lido mit seinen Nobelherbergen in ein dunstiges, märchenhaft blaues Licht tauchte.

Mark strich sich durchs Haar. Die schwarze Farbe verunsicherte ihn. Am Nachmittag war Michelle mit der Pistole und dem Rucksack verschwunden und hatte ihn fast eine halbe Stunde allein gelassen. Als sie mit neuer Kleidung und Haarfarbe zurückkehrte, führte sie ihn sofort zum Waschbecken im Badezimmer.

Nun saß er im Restaurant, schaute über das Geländer und genoss die herrliche Aussicht. Er hatte sich Meeresfrüchte und Eis und sie Dorade mit gegrillter Polenta bestellt. Die zweite Flasche Prosecco war beinahe leer. Mark verteilte den Rest in beide Gläser.

Als ihm der Gestank der Abwässer in die Nase stieg, verzog er das Gesicht.

»Die Gezeiten ändern sich, und der Wind steht ungünstig«, sagte Michelle. »Bei Ebbe wird das Wasser aus Venedig herausgezogen.«

»Billiger, als zu pumpen, vermute ich.« Mark sah, dass jenseits der Lagune die Lichter angingen. Im Westen wurde Santa Maria della Salute an der Mündung des Canal Grande angestrahlt.

Während des Essens hatte Michelle größtenteils geschwiegen. Jetzt lächelte sie. »Ebenso wie der Rest der Welt ertrinkt Venedig in seinem eigenen Abfall.«

»In der Tat ein fröhlicher Gedanke.«

»Es war auch kein fröhlicher Tag.«

»Noch eine Flasche Prosecco? Wenn man genug trinkt, vergisst man den Kummer.«

Als Michelle tief einatmete, richtete sich Marks Blick unwillkürlich auf ihren Busen. *Es ist schon seltsam. Sobald die Angst nachlässt, sorgt das limbische System dafür, dass wir uns wieder für ganz andere Dinge interessieren.*

Michelle betrachtete ihn nachdenklich. »Ich hätte nicht vermutet, dass Sie sich in einer Krisensituation so gut halten. Ich dachte, Sie würden in Panik geraten und durchdrehen.«

»So war es auch. Als wir im Hotel ankamen, musste ich schnell nachsehen, ob ich mir nicht vor Angst in die Hosen gemacht habe.«

Michelles Blick ging in die Ferne. In ihm mischten sich Wut mit Kummer und Schuldgefühlen. Mark war sich sicher, dass sie an den Anschlag vom Morgen dachte.

»Wenn Sie geblieben wären, Michelle, wären Sie jetzt genauso tot wie die anderen.«

»Ich habe nur meinen Job gemacht. Was haben Sie vor, wenn Sie jemals wieder nach Hause kommen?«

»Ich werde aufhören, mich wie ein Idiot zu benehmen. Ich gebe Denise das Haus, die Autos und lasse mich scheiden. So einen Mann wie mich hat sie wirklich nicht verdient. Ich werde versuchen, mit Will und Jake Frieden zu schließen. Und was ich dann mache, weiß ich nicht. Vielleicht schaue ich zu, wie die Welt untergeht.«

Michelle strich mit ihren schlanken Fingern über das Glas. »Der Meeresspiegel steigt. Venedig wird zu den ersten Orten gehören, die von der Landkarte verschwinden.«

»Ich freue mich, dass ich die Stadt kennengelernt habe. Letztendlich wird die Erde bestehen bleiben und neu beginnen. Das hat sie in den vergangenen Milliarden Jahren immer wieder getan.«

Michelle zeigte auf die Lichter, die sich nun auf dem Wasser, den Booten in der Lagune und in den Fenstern der umliegenden Häusern spiegelten. »Dann ist das alles hier also dem Untergang geweiht?«

»Die Geschichte, die Gebäude und die Leidenschaft der Menschen, die sie gebaut haben. Ja. All das wird zur Erde zurückkehren.«

»Und was ist dann der Sinn von Kunst und Schönheit?«

»Ich nehme an, uns zu unterhalten. Wir sind eine egoistische Spezies.«

»Das ist keine großartige Grabinschrift für die Menschheit.«

Mark trank einen Schluck Prosecco. »Das Überleben der Menschen war immer abhängig von einem Gleichgewicht zwischen der egoistischen und der selbstlosen Seite unseres Charakters. Wenn wir unserem Nachbarn nicht mit einer

Keule auf den Kopf geschlagen haben, haben wir ihm die Hand gereicht, um ihn aus dem Dreck zu ziehen. Wenn wir nicht so gewalttätig und egoistisch gewesen wären, wie wir es immer noch sind, wären unsere Vorfahren schon vor zwei Millionen Jahren ausgestorben. Und wenn wir nicht in der Lage gewesen wären, Bündnisse zu gegenseitigem Nutzen zu schließen, unsere Ressourcen zu teilen und uns in die Lage anderer zu versetzen, wären wir ebenfalls ausgestorben. Wir Menschen sind sonderbare Kreaturen.«

»Vorausgesetzt, Sie haben recht und uns steht tatsächlich nicht mehr viel Zukunft bevor ...«

»Ich habe recht.«

»Wozu ist das Leben dann da?«

Mark ließ seinen Blick über das Wasser gleiten und genoss die Schönheit Venedigs. »Vielleicht ist das Jetzt alles, worauf wir uns verlassen können.« Er betrachtete Michelle. Das sanfte Licht des Restaurants ließ ihr Züge weicher erscheinen. Die Frau, die mit halsbrecherischer Geschwindigkeit auf der Ducati durch die Dolomiten gerast war, um ihn in Sicherheit zu bringen, hatte sich in eine atemberaubende Schönheit verwandelt, die von ihren eigenen Dämonen gejagt wurde.

Sie wechselten einen wissenden Blick, in den sich Resignation mischte. »Vielleicht ist das Jetzt alles, was wir jemals hatten«, sagte sie. »Der Rest – die Träume, Hoffnungen und Sehnsüchte – ist nur eine Illusion.«

Michelle schob ihren Stuhl zurück, stand auf und warf sich ihr langes Haar über die Schultern.

Mark stand ebenfalls auf. »Grazie e buona sera«, verabschiedete sie der Kellner, und Mark nickte ihm freundlich zu.

Sie schwiegen beide, als Michelle vor Mark die Treppe hinunterstieg, die an klassischen Kunstwerken und Skulpturen vorbeiführte. Das Geländer aus Holz ließ ihn an den Lauf der Zeit denken und an die Tausende bekannter und unbekannter Menschen, die diese Stufen schon gegangen waren.

Als sie vor ihrem Zimmer ankamen, überprüfte Michelle, ob das Papierstückchen noch unverrückt unter der Tür steckte, sodass sie sicher sein konnte, dass sich niemand Zutritt verschafft hatte.

Kaum hatte Michelle das Zimmer betreten, schob sie einen Stuhl unter den Türgriff, schaltete die Tischlampe ein und drehte sich zu Mark um. Sie legte die Hände auf seine Brust und schaute ihm in die Augen, als wollte sie seine Seele ergründen.

Was sieht sie dort?

Zu welchen Schlüssen sie kam, wusste Mark nicht, aber sie legte die Lippen auf seinen Mund und küsste ihn zärtlich. Als er sie umarmte, erinnerte er sich an den engen Körperkontakt während der Motorradfahrt.

Michelle knöpfte sein Hemd auf und schaute ihm in die Augen.

»Bist du sicher, dass du das willst?«, fragte er leise.

»Heute Nacht brauche ich das Jetzt mehr als alle Illusionen von morgen.«

Während Mark sich auszog, streifte Michelle ihre Schuhe ab und ließ ihre Hose über die Hüften nach unten gleiten. Dann schmiegte sie sich mit ihrem warmen, zarten, straffen Körper an ihn. Ihre Zunge erkundete seinen Mund, der nach Sekt schmeckte, und stieß spielerisch gegen seine Zähne. Ihr langes, glattes Haar fiel über seine Hände, als er ihren BH öffnete und spürte, wie er zu Boden fiel.

Dann führte Michelle Mark zum Bett. Er zog ihr den Slip

aus und legte sich auf die Decken. Michelle setzte sich rittlings auf seine Hüften und musterte ihn mit ihren großen, dunklen Augen.

Als Mark den Mund öffnete, um etwas zu sagen, legte sie einen Finger auf seine Lippen, beugte sich zu ihm hinunter und küsste ihn. Ihr schwarzes Haar umrahmte seinen Kopf wie ein Seidenvorhang.

Das Jetzt. Das ist alles, was sie will. Nur das Jetzt.

Später wunderte Mark sich, wo die Zeit geblieben war. Als in der Ferne Kirchenglocken läuteten, wandte er seine Aufmerksamkeit von ihr ab und wieder der Welt zu.

Michelle schmiegte sich an ihn und presste ihren zarten Po gegen seinen erschlafften Penis. Mark hatte die Arme um sie geschlungen und umfasste mit der rechten Hand ihre Brust. Die Brustwarzen waren nun nicht mehr hart, sondern zart und weich. Sein Kopf lag auf ihrem seidigen Haar, das nach Shampoo duftete.

Michelle hatte die ganze Zeit kein einziges Wort gesprochen, sondern nur laut gestöhnt, als sie den Höhepunkt erreichte.

»Was machen wir jetzt?«, fragte sie schließlich.

»Sollen wir duschen?«

»Ich meine, wir alle. Welchen Rat würdest du der Regierung geben? Welchen Plan vorschlagen? Was können die Vereinigten Staaten tun, um noch irgendetwas zu retten?«

»Als Erstes? Die Macht dezentralisieren. Einfache Maschinen herstellen, die mit Pflanzenöl laufen. Wieder Telegrafenleitungen verlegen oder alte Kurbeltelefone benutzen.« Er seufzte. »Das würde eine Revolte auslösen, die Menschen aber zwingen, die Städte zu verlassen und zurück auf die Bauernhöfe zu gehen. Es müsste alles getan werden, um die Abhängigkeit von Technologien zu verringern. Aber das sind reine Hirngespinste, Michelle.«

»Warum?«

»Die gesellschaftliche Trägheit. Selbst wenn man den Menschen die Daten vorlegen würde und die Fakten unwiderlegbar sind, würden sie nicht akzeptieren, dass wir geradewegs auf eine Apokalypse zusteuern. Sie würden sich dafür entscheiden zu glauben, dass irgendetwas – Gott, die Wissenschaft oder die Technologie – sie retten wird. In solchen Situationen steigen die Messiasse auf, ob religiöser oder politischer Natur. Und alle behaupten, Lösungen zu haben. Die gesellschaftliche Trägheit wird jede politische Aktion verhindern, bis es zu spät ist.«

»Könnte ein autokratischer Staat wie China es schaffen?«

»Wahrscheinlich nicht. Auch hier würde man aufgrund der gesellschaftlichen Trägheit und der wirtschaftlichen Triebkräfte scheitern. Ich bin keineswegs ein Chinaexperte, aber sie haben den Menschen dort zu viel versprochen. Man kann nicht einer Milliarde Menschen sagen: ›Wir modernisieren das Land‹, und dann: ›Vergesst den Traum von einem Auto und eurem eigenen Geschäft. Vergesst es, zur Universität zu gehen, und züchtet wieder Wasserbüffel, denn ihr müsst zurück auf die Felder.‹«

»Wo siehst du noch geopolitische Vorteile?«

»Du musst aufhören, in den Begriffen der alten Weltordnung zu denken, Michelle. Es wird keine geopolitischen Vorteile geben. Falls es überhaupt noch so etwas wie Regierungen gibt, werden diese sich um lokale Probleme kümmern müssen, verstehst du? Es geht dann nicht mehr um nationale oder internationale Probleme, sondern um lokale. Meiner Einschätzung nach wird es bestenfalls ein Feudalsystem sein, was bestehen bleibt. Herren, ihre Krieger und die Bauern, die sie ernähren. Also, meine liebe CIA-Agentin, willkommen im neuen Mittelalter.«

»Das Material, das du brauchst, um an dem Modell zu arbeiten, wird morgen von FedEx geliefert.« Ihr Ton wurde schärfer. »Du musst mir beweisen, warum du so denkst.«

»Okay. Langley kann uns also die Unterlagen schicken? Können sie uns nicht auch hier herausbringen und uns zurück in die guten, alten Vereinigten Staaten fliegen?«

»Noch nicht. Nicht, solange Kasperski überall seine Finger im Spiel hat.« Sie neigte den Kopf und musterte ihn abschätzend. »Mark? Vertraust du mir?«

»Wenn es sein muss, würde ich dir sogar mein Leben anvertrauen.«

»Morgen früh heiraten wir.«

»Ja ... okay.«

»Natürlich nur zum Schein. Wir kaufen Eheringe. Keine Sorge. Die Kreditkarten – auch die, mit der ich heute Morgen hier eingecheckt habe – können nicht zurückverfolgt werden. In den nächsten drei Tagen sind wir ein frisch vermähltes Paar. Das hier ist unsere Hochzeitsreise. Meinst du, du kannst die Rolle spielen? Händchen halten, bummeln, Fotos von den Sehenswürdigkeiten machen, mich in der Öffentlichkeit küssen?«

»Nachdem, was wir gerade gemacht haben, muss ich das nicht spielen.«

Sie lächelte geheimnisvoll. »Gut. Denn ein frisch vermähltes Paar auf der Hochzeitsreise verbringt durchaus eine ganze Woche an so einem Ort hier. Und niemand würde Verdacht schöpfen, wenn es mehr als die übliche Zeit in einem Hotelzimmer verbringt. Kasperski wird erwarten, dass wir dich von einem Ort zum anderen bringen und dich in einer

Luftwaffenbasis wie zum Beispiel Aviano verstecken, um dich von dort auszufliegen. Wenn wir hierbleiben, haben wir auch Zeit, dein Äußeres noch weiter zu verändern. Rasiere dich nicht mehr. Ich versuche deine Haut mit einer Bräunungslotion dunkler zu tönen.«

»Toll! Flitterwochen in Venedig. Ich glaube, das wird mir gefallen.«

Michelles Miene verdunkelte sich. »Das ist kein Spiel. Ab sofort nenne ich dich Brian. Ich bin deine Frau: Shelly Meyer. Wenn du dich im falschen Augenblick in Gegenwart der falschen Leute versprichst, sind wir beide tot.« Sie verstummte kurz. »Verstanden?«, fragte sie dann.

Als Mark sich an die Carabinieri erinnerte, die einen amerikanischen Drogendealer suchten, musste er wieder an Stephanie denken. Es war unglaublich, welche Freude es ihr zu bereiten schien, die Maschinenpistole in den Händen zu halten.

18. Kapitel

Der Wagen, den Garcia geschickt hatte, brachte Skip nicht weiter als bis zum Weißen Haus. Wieder erklärte er ordnungsgemäß, dass er eine Waffe trug, und gab diese, seine Schlüssel, die Taschenlampe, das Leatherman-Taschenmesser und ein Kampfmesser ab, ehe er die Sicherheitsschleusen passierte. Diesmal kam er nicht dazu, die Gemälde zu betrachten oder einen Cheeseburger zu bestellen. Der Wachposten der Marines brachte ihn sofort in den Krisenraum im Untergeschoss, wo er die Besprechung am vergangenen Nachmittag verfolgt hatte.

Ihm wurden Kaffee und Donuts angeboten, um ihm die Wartezeit zu verkürzen. Ein Wachposten stand entspannt im Hintergrund.

Als Erster betrat Bob Mason den Raum, gefolgt von Frank Card. Sie begrüßten Skip, und er beantwortete die Fragen, die er beantworten konnte. Dann stürmte eine gereizte Monica Scalia mit wütend funkelnden Augen herein.

»Wie konnten Sie das zulassen?«, fragte sie, nachdem sie alle begrüßt hatte.

»Ma'am«, erwiderte Skip, der nicht vorhatte, diese Anschuldigung auf sich sitzen zu lassen, »ich wurde gestern offiziell von Agent Gallagher gefeuert, der daraufhin die Verantwortung übernahm.«

»Nun mal sacht, Monica«, sagte die Außenministerin, als sie den Raum betrat. »Ich habe gerade mit Amy Randall gesprochen. Für dieses Dilemma sind *Sie* verantwortlich.«

Skip, der sich bewusst war, dass Mason und Card die Szene beobachteten, hob die Hände. »Bei allem Respekt, aber es ist zu spät für gegenseitige Schuldzuweisungen. Eines kann ich Ihnen versichern: Die Leute, die Dr. French entführt haben, waren echte Profis. Sie haben das St. Regis heimlich beobachtet, sich genauestens informiert und die Ankunft des FBI brillant für ihre Zwecke benutzt.«

»Uns benutzt?«, rief Scalia.

»Sie benutzt.« Skip stützte sich auf den Tisch. »Gallaghers Team hatte keine Ahnung, um was es überhaupt ging. Eine Gruppe Professoren beschützen? Vor wem? Sie mussten den Eindruck gehabt haben, dass sie da eine ganz ruhige Kugel schieben können. In einem Fünsternehotel herumhängen und dafür sorgen, dass kein Unbefugter den sechsten Stock betritt. Sie kannten weder das Hotelpersonal noch die Abläufe hier, und sie waren nur flüchtig in den Job eingewiesen worden. Sie waren überhaupt nicht in der Lage dazu, in dieser konkreten Situation Bedrohungen als solche zu erkennen.«

Monica Scalia, die noch immer vor Wut kochte, goss sich eine Tasse Kaffee ein.

»Die Frage ist«, sagte Bob Mason, »wer Dr. French entführt hat.«

Skip richtete sich auf und setzte sich hin. »Ich wette ECSITE. Alles passt. Anika hat es sogar vorhergesagt. Versetzen Sie sich in Kasperskis Lage. Er hatte Mark Schott, der an dem Modell gearbeitet hat und wahrscheinlich gut vorankam, bis er in Garmisch entführt wurde.

Nun, ich weiß nur das, was ich gestern hier gehört habe, aber ich schätze, Kasperski hat nicht nur seinen einzigen Anthropologen verloren, sondern auch sein Gesicht. Für einen Mann mit seinem Ruf ist es nicht hinnehmbar, sich eine Koryphäe wie Schott vor der Nase wegschnappen zu lassen. Er muss der Welt beweisen, dass er sich so etwas nicht gefallen lässt.«

»Und dann hat er French aus den Händen des FBI entführt«, sagte Card. »Das macht Sinn.«

»Mittlerweile hat Kasperski nicht nur herausgefunden, dass Schott gar nicht der Urheber des Modells ist«, fuhr Skip fort. »Jetzt hat er auch noch die einzige Person, die wirklich weiß, wie man es anwendet. Und der große Bonus ist, dass wir ihr gerade noch Gelegenheit gegeben haben, alles weiterzuentwickeln.«

»Mist!« Card schlug gerade auf den Tisch, als Bill Garcia mit einer Akte unter dem Arm hereinkam. Zwei Männer in Anzügen folgten ihm. Einer ging sofort auf einen der freien Arbeitsplätze zu, setzte sich und begann auf der Tastatur zu tippen.

»Was ist mit der Organisation, die Schott entführt hat?«, fragte Scalia. »Diese mysteriöse dritte Gruppe? Die Chinesen oder wer auch immer dahintersteckt. Sollen wir sie ignorieren?«

»Ich glaube nicht, dass das möglich ist«, erwiderte Skip in ernstem Ton. »Aber ich wette dennoch, es war Kasperski. Irgendjemand muss Mark Schott als Drogendealer denunziert haben. Für mich heißt das, dass Kasperski alles daransetzt, seinen Verlust so gering wie möglich zu halten, wenn es um Schott geht.«

»Und es wird immer interessanter«, sagte der Direktor der CIA. »John? Sind Sie so weit?«

»Gleich, Sir.«

Das Bild, das auf dem Monitor erschien, sah aus wie eine mit weißem Stuck verzierte Villa in den Bergen. Nach den Pflanzen und dem Winkel des Sonnenlichts zu urteilen, schätzte Skip, dass es eine Südlage irgendwo in Italien war. Aus den Fenstern und Türen quoll Rauch, und Feuerwehrleute spritzten Wasser auf das verschachtelte Hauptgebäude. Mit ihren Schläuchen und Stiefeln zerstörten sie den aufwendig gestalteten Garten.

»Was ist das?«, fragte Card.

»Nach Aussagen der Carabinieri vor Ort wurde gerade ein Drogenboss von seiner Konkurrenz ausgeschaltet. Fünfzehn Tote, größtenteils durch Handfeuerwaffen. Mindestens vier Blutlachen weisen darauf hin, dass weitere Opfer von den Tätern aus dem Haus geschafft wurden. Ersten kriminaltechnischen Untersuchungen zufolge wurden vorwiegend Heckler & Koch MP5 Maschinenpistolen eingesetzt. Bei dem Sprengstoff, der benutzt wurde, um die Türen zu zerstören, handelt es sich um spezielles C4 der NATO. Auf dem Esszimmertisch wurden Spuren von Heroin gefunden. Das nächste Bild.«

Auf dem Monitor waren nun die ausgebrannten Trümmer des Hausinneren zu sehen. Leichen lagen auf dem Boden, und alles war von Rauch geschwärzt.

»Weiter bitte.«

Das nächste Bild zeigte eine gesprengte Tür, die zu einer Treppe führte.

»Weiter.«

Nun sah man eine Art Kontrollzentrum. An den Wänden hingen Landkarten, und auf den Schreibtischen waren die geschmolzenen und verbrannten Reste von Computern zu erkennen. Ein rauchender Abfalleimer stand neben einem riesigen Aktenvernichter. Zwei Männer lagen ausgestreckt auf dem Boden.

»Für die Carabinieri war das alles eine echte Überraschung. Sie nennen es das Operationszentrum. Nach ihren

Aussagen soll von diesem Raum aus ein mächtiger europäischer Drogenring operiert haben. Weiter.«

Das folgende Bild zeigte eine riesige Garage mit zahlreichen Fahrzeugen darin. Ein schwarzer Van, der an mehreren Stellen mit Spachtelmasse ausgebessert worden war, fiel besonders ins Auge.

»Schauen Sie sich den Van genau an«, sagte Garcia. »Mit der Spachtelmasse wurden Schusslöcher repariert. Interessant ist für uns, dass Mark Schotts Fingerabdrücke sowohl in dem Van als auch in einem Schlafzimmer der Villa sichergestellt wurden.«

»Verdammter Mist«, murmelte Card.

Skip verschränkte die Arme. »Kasperski hat es den Entführern heimgezahlt. Aber wer waren die?«

»John, zeigen Sie noch mal das Kontrollzentrum«, forderte Garcia ihn auf.

Skip starrte auf den ausgebrannten Raum. »Sieht fast aus wie eine militärische Einrichtung, nicht wahr?«

»Ja.« Garcia stellte sich nun neben den Monitor. »Drogenbosse legen normalerweise kein so großes Feuer, um Computer zu zerstören.« Er zeigte auf ein rauchendes Ausrüstungsteil. »Sie benutzen auch keine passiven Radargeräte. Die dazugehörige Radarschüssel befindet sich übrigens in der Nähe auf einem erhöhten Standort als Wassertank getarnt. Die umliegenden Bäume sind mit hochempfindlichen Empfangsgeräten bestückt. Der ausgebrannte Stahlschrank, den Sie hier links im Bild sehen, wurde offenbar angezündet, doch an den Resten kann man noch erkennen, dass es sich um Hightech-Überwachungsgeräte handelte. Kurzum, Spionage-Equipment.« Er verstummte kurz. »Wir gehen vom chinesischen Geheimdienst aus.«

»Und wen spionieren die aus?«, fragte Scalia.

»Meine Meinung?« Garcia schaute in die Runde. »Das war eine Überwachungsstation für NATO-Aktivitäten rund um die Aviano Airbase.«

»Dann war das Heroin auf dem Tisch eine falsche Spur?«, fragte Skip.

»Davon müssen wir ausgehen.« Garcia drehte sich um und warf der Außenministerin einen Blick zu.

»Da möglicherweise die Sicherheit der NATO betroffen und ein amerikanischer Bürger involviert ist, hat das Außenministerium die Italiener gefragt, ob sie einverstanden sind, dass die Spurensicherung des FBI die Villa inspiziert. Sie sind bereits unterwegs«, sagte sie.

Skip kaute an seinem Daumennagel und betrachtete das Bild. »Heißt das jetzt, Kasperski hat Schott und French?«

»Das wissen wir nicht. Wir wissen aber, dass ein Motorrad fehlt. Aufgrund der Ersatzteile wurde es als Ducati 1198 identifiziert. Nach den Reifenspuren auf dem Betonboden zu urteilen, muss der Fahrer die Garage in aller Eile verlassen haben.«

»Kann Schott Motorrad fahren?«, fragte Skip.

»Unseres Wissens nicht«, antwortete Garcia. »Nach unseren Informationen entspricht er dem Klischee des konservativen Professors.«

»Clevere Idee mit dem Motorrad. So hätte ich es auch gemacht«, sagte Skip. »Gibt es von den Carabinieri Hinweise auf ein rotes Motorrad?«

Der zweite Mann hinter Garcia blätterte in den Unterlagen. »Eine Polizeikontrolle in der Nähe hat vier Lastwagen, ein Paar in einem Alpha Romeo und eine junge Frau, die mit ihrem Freund eine Spritztour machte, gemeldet.«

»Ein Punkt für die Chinesen«, sagte Skip.

»Genau wissen wir nicht, dass sie dahinterstecken«, meinte Garcia.

»Nicht hundertprozentig.«

»Verzeihen Sie, Mr Murphy, aber warum genau sind Sie eigentlich hier?«, fragte Bob Mason. »Und warum hören wir auf Sie?«

Skip drehte sich zum Tisch um. »Weil Kasperski Anika French entführt hat. Er hat es getan, und dabei war es meine Aufgabe, sie zu schützen. Ihre Sicherheit und ihre unversehrte Rückkehr sind von großer Bedeutung für die nationale Sicherheit. Ich will sie zurückhaben.«

»Wie?«, fragte Garcia. »Wir haben es mit Michail Kasperski zu tun. Er hat jeden größeren Politiker auf dem Kontinent in der Hand, oder er kontrolliert einen Großteil ihrer Kapitalanlagen, wenn er nicht sogar direkt daran beteiligt ist. Diesem Typ stehen eine Menge Druckmittel zur Verfügung, und er hat keine Skrupel, sie einzusetzen.«

»Jeder Versuch dieser Regierung, sich in Kasperskis Geschäfte einzumischen, wird zu einer diplomatischen Krise führen. Man könnte fast sagen, er ist der mächtigste Mann in Europa«, fügte Card hinzu.

»Ja, darauf baue ich«, sagte Skip. »Dieser Mistkerl hat gerade eine amerikanische Bürgerin entführt, die im Interesse unserer nationalen Sicherheit mit ungeheuer wichtigen Arbeiten betraut war. Und dann hat er diese Entführung auch noch so durchgezogen, dass wir wie Idioten dastehen.«

»Ich stimme Ihnen zu«, sagte Frank Card mürrisch. »Aber nach dieser Aktion weiß er auch, dass wir aktiv werden.«

Skip breitete die Arme aus. »Natürlich weiß er das. Das Außenministerium streckt wie immer in solchen Fällen seine Fühler aus. ›Wie hoch ist das Lösegeld? Wie viel wird uns die Sache kosten?‹ Da wir ein Rechtsstaat sind, halten wir uns an zivilisierte Regeln. Mit einer solchen Reaktion wird er rechnen.«

Skip warf Scalia einen Blick zu. »Der Typ hat mit Sicherheit Vermögenswerte in den Staaten: Bankkonten, Kapitalanlagen, Dinge, die auf richterlichen Beschluss eingefroren werden können. Vielleicht hat er Partner, die Sie unter die Lupe nehmen können? Steuerprüfungen? Geldwäsche oder kriminelle Verbindungen unterstellen? Irgendetwas, um diejenigen zu schikanieren, die mit ihm zu tun haben. Deshalb müssen diese Leute auch auf jeden Fall erfahren, dass er der Grund für ihre Schwierigkeiten ist.«

Scalia lächelte freudlos. »Ich glaube, das können wir arrangieren. Es liegen sogar Handlungsanweisungen für derartige Fälle vor. Ich muss die Sache aber noch vom Präsidenten absegnen lassen, auch wenn das eine reine Formalität sein dürfte.«

Skip wandte sich Bill Garcia zu. »Die CIA hat vermutlich eigene Möglichkeiten, ihm das Leben schwer zu machen. Sie könnte sich an seine engsten Mitarbeiter heften und versuchen ihnen irgendetwas anzuhängen. Seine internationalen Geschäftsbeziehungen und alle seine Operationen auf jede erdenkliche Weise sabotieren. Alles tun, um ihn von einem möglichen Angriff auf seinen Firmenkomplex abzulenken. Dafür sind Sie zuständig.«

Skip räusperte sich. »Wir sollten ihn davon überzeugen, dass wir alles tun, was wir tun können, außer eines: seinen Firmenkomplex in Oberau anzugreifen. Verstehen Sie? Er muss glauben, so etwas stünde überhaupt nicht zur Debatte. Sagen Sie der deutschen Regierung klar und deutlich, dass keine Razzia in Oberau geplant ist. Wenn Kasperski so gut ist, wie Sie sagen, wird er davon hören.«

»Und warum steht das nicht zur Debatte?«, fragte Garcia.

»Weil das mein Problem ist. Um die Sache durchzuziehen, brauche ich Unterstützung: größtenteils Ausrüstung, Geheimdienstinformationen, Informationen über die Abläufe im Unternehmen und Geld. Vielleicht Hilfe, um sie aus dem Land zu schleusen, wenn alles klappt. Nichts, was bis Langley oder in die Vereinigten Staaten zurückverfolgt werden kann.«

Er wandte sich der Außenministerin zu. »Vom Außenministerium brauche ich Dokumente, vielleicht diplomatische Immunität für Anika oder eine Möglichkeit, um sie über Botschaften und Konsulate aus Deutschland herauszubringen.«

»Mr Murphy«, sagte Mason, »das, was Sie planen, darf nicht mit diesem Land oder dieser Regierung in Verbindung gebracht werden.«

Skip strich sich über den Bart. »Das verstehe ich. Und ich verlasse mich darauf, dass Sie jede Kenntnis meiner Pläne abstreiten und die Verantwortung von sich weisen.« Er grinste. »Ich brauche nicht einmal eine glaubwürdige Tarnung. Die Kosten für die Operation und die Leute, die ich engagiere, werden von meinem Sicherheitsunternehmen SSM bezahlt. Wenn mein Plan schiefgeht, sage ich einfach die Wahrheit: Anika French ist meine Kundin. Kasperski hat sie entführt, und ich hole sie da wieder heraus.«

»Glauben Sie, Kasperski schluckt das?«, fragte Card.

»Ob er es schluckt? Er wird es mit Kaviar hinunterschlucken.« Skip zeigte auf das Bild des zerstörten Kontrollraums. »Kasperski und ich verstehen einander: Wenn jemand einen seiner wichtigsten Mitarbeiter entführt, brennt er dessen Stützpunkt nieder. Und wenn jemand eine Frau entführt, die unter meinem Schutz steht, halte ich mich an dieselben Spielregeln.«

In dem Raum herrschte Stille.

»Wenn Sie geschnappt werden, Murphy, werfen die Deutschen Sie ins Gefängnis«, sagte Garcia schließlich. »Das wissen Sie, nicht wahr?«

Skip nickte. »Es ist nicht das erste Mal, dass ich meinen Kopf für dieses Land hinhalte, Sir. Und so Gott will, wird es nicht das letzte Mal sein.«

Red French, der zum Sheriff von Converse County gewählt worden war, saß am Frühstückstisch und hatte gerade ein deftiges Frühstück aus Eiern mit roten Bohnen und Chilistreifen gegessen.

Als er die Kaffeetasse in die Hand nahm und einen Schluck trank, spürte er wieder den entsetzlichen Schmerz über den Verlust seiner Frau. Die Küche sah mitgenommen aus und war zum letzten Mal Anfang der Sechzigerjahre renoviert worden. Nur seine Frau hatte sie einmal mit weißer Farbe gestrichen. Red hatte oft mit dem Gedanken gespielt, sie zu modernisieren, den alten weißen Gasofen zu entsorgen und einen modernen Herd zu kaufen. Er wollte auch den abgenutzten Linoleumboden herausreißen und ihn durch einen glänzenden PVC-Boden oder dieses moderne Zeug ersetzen, das wie Holz aussah.

Immer, wenn er fest entschlossen war, die Sache anzugehen, hatte er den Plan schließlich doch wieder verworfen. Es wäre ihm sonst vorgekommen, als würde er die beiden Frauen verraten, die er liebte und so oft im Stich gelassen hatte.

Er schaute aus dem alten Schiebefenster auf den Hof der

Ranch, die Scheune und die niedrig hängenden elektrischen Leitungen.

Ob das Unglück wohl auch passiert wäre, wenn er zu Hause gewesen wäre? Hätte *er* dann die Leiter getragen und nicht sie?

Reds Aufmerksamkeit wandte sich der Lampe über dem Scheunentor zu. An dem Tag, als seine Frau mit einer Glühbirne in der Tasche hinausgegangen war, hatte es geregnet. Sie hatte Mühe gehabt, die Aluminiumleiter aufzustellen.

Vielleicht wehte auch eine kräftige Brise, oder sie war auf dem matschigen Boden ausgerutscht. Jedenfalls war sie mit dem oberen Teil der Leiter an die verdammte Stromleitung gekommen.

Anika hatte sie gefunden. Sie lag auf der Seite; über ihre leblosen Augen lief das Regenwasser, und ihr Gesicht war mit Schlamm bespritzt.

Red atmete tief ein und aus. Dann trank er den letzten Schluck Kaffee und trug die Teller zum Spülbecken. Sie hatten noch nie eine Spülmaschine besessen. Sobald sie mal etwas Geld übrig hatten, ging es für die Ranch, die Bank oder Futterrechnungen drauf.

Als Red seinen Teller abgewaschen hatte, stellte er ihn auf das Abtropfgitter und vergewisserte sich, dass seine saubere Uniform keine Spritzer abbekommen hatte.

An der Tür nahm er den breitkrempigen Hut, setzte ihn auf und drehte sich gerade um, als das Telefon klingelte.

»Ja, Red hier«, meldete er sich. Um was ging es diesmal? Durchgebrannte Pferde? Ein Kind, das auf einem Quad durch die Gegend fuhr?

»Sind Sie Major Red French?«, fragte eine unbekannte Stimme.

»Ja.«

Und als er hörte, was der Anrufer zu sagen hatte, gefror ihm das Blut in den Adern.

»Wer sind Sie?«

Als Red die ruhige Antwort vernahm, hatte er das Gefühl, den Boden unter den Füßen zu verlieren.

»Was wollen Sie?«

Nachdem der Mann es ihm gesagt hatte, legte Red auf und ging auf den wackeligen Esszimmertisch zu. Er setzte sich und starrte ungläubig in die Ferne.

Anika French hatte die Arme schützend um den Oberkörper geschlungen und schaute auf die Wellen, die an den weißen Strand spülten. Eine warme Brise zerzauste ihr rotes Haar. Ihr Blick ging zum Horizont, wo das klare, türkisblaue Wasser den Himmel berührte.

Ein kleines Stück vom Strand entfernt stand inmitten von Mangroven und Palmen ein prächtiges Haus, das die Insel dominierte. In unmittelbarer Nähe gab es einen Hubschrauberlandeplatz. Zwei Boote, die in dem geschützten Kanal hinter dem Haus an einem Steg festgemacht waren, und ein Hubschrauber schienen die einzigen Möglichkeiten zu bieten, diese Insel zu verlassen. Die Boote wurden bewacht, und einen Hubschrauber zu fliegen hätte sich Anika ohnehin nicht zugetraut.

Um zu fliehen, hätte sie schwimmen müssen. Doch links und rechts von ihr standen muskulöse Bodyguards in etwa drei Metern Entfernung – nahe genug, um sie zu ergreifen, falls sie zum Ufer laufen würde. Nahe genug, um mit ihren Elektroschockpistolen auf sie zu schießen.

Anika konnte einfach nicht glauben, dass ausgerechnet sie in eine solche Situation geraten war.

Das Letzte, woran sie sich erinnerte, waren der FBI-Agent in ihrem Hotelzimmer und das verdammte Sandwich, das er ihr gebracht hatte. Und dann war sie hier auf dieser gottverlassenen kleinen Insel aufgewacht.

Als sie ein Surren hörte, drehte sie sich um und sah im nächsten Augenblick einen weißen Hubschrauber, der im Sonnenlicht glänzte, über den Palmen auftauchen. Er kreiste in der Luft, ehe er auf dem Landeplatz hinter dem großen Haus mit den roten Dachziegeln landete.

»Ich nehme an, Sie werden abgeholt«, sagte einer der Wachmänner. »Kommen Sie. Wir wollen die Gäste begrüßen.«

Anika schürzte die Lippen und fragte sich, ob sie es schaffen könnte, ans Ufer zu rennen und ins Wasser zu springen. Sie war in Wyoming aufgewachsen, fernab von Meer und Strand, und hatte in dem Schwimmbad der Douglas-Highschool schwimmen gelernt. Hier gab es keine sicheren Begrenzungen, sondern nur die endlose Weite des Meeres.

Resigniert drehte sie sich um und stapfte durch den Sand zu der Holztreppe des Hauses. Als einer ihrer Bewacher die Tür öffnete, verstummte das Surren der Rotoren.

Auch von innen war das Haus mit den Teakholzböden, den großen Fenstern mit Blick aufs Meer und den teuren Kunstwerken an den Wänden wunderschön. Es hatte hohe Decken, an denen sich prunkvolle Ventilatoren langsam drehten. Ein geschmackvoller Glastisch mit verchromten Stühlen und mehrere gemütliche Sofas waren die einzigen Möbel.

Hinter dem Haus waren Stimmen zu hören, und kurz darauf betrat eine sportliche Frau mit blondem Haar das Haus. Sie trug eine locker sitzende weiße Bluse, unter der sich ihr voller Busen abzeichnete. Die hautenge Levis betonte ihre langen Beine. Sie musterte Anika mit hübschen blauen Augen und begrüßte sie mit einem warmen, herzlichen Lächeln.

»Dr. French? Ich freue mich sehr, Sie kennenzulernen.« Sie reichte ihr die Hand, doch Anika ignorierte sie. »Ich bin Stephanie Huntz. Verzeihen Sie meine Aufmachung. Die letzten Tage waren sehr ereignisreich, und daher hatte ich erst während des Flugs hierher Gelegenheit, ein wenig zu schlafen.«

»Wo zum Teufel bin ich?«

Stephanie warf den beiden Wachmännern einen fragenden Blick zu und lächelte. »Ziemlich unhöflich, nicht wahr? Ich meine, dass sie es Ihnen nicht gesagt haben. Sie sind auf den Bahamas. Wir dachten, Sie hätten vielleicht Lust, sich ein wenig auszuruhen und zu erholen, nachdem Sie so hart für die Amerikaner arbeiten mussten. Ich hoffe, Sie wurden gut behandelt?«

»Wenn man bei einer Entführung von guter Behandlung sprechen kann. Bis jetzt wurde ich jedenfalls weder geschlagen noch vergewaltigt. Ich schätze, darauf kann ich mich noch freuen.«

»Unsinn«, erwiderte Stephanie mit ihrem leichten deutschen Akzent. »Wir wären keine guten Gastgeber, wenn wir zu solch schäbigen Methoden greifen würden. Setzen Sie sich!« Sie zeigte auf den großen Glastisch mit Blick auf den Strand. »Wir müssen ein paar Dinge besprechen. Gunter?« Stephanie drehte sich zu einem schwarzhaarigen, muskulösen Mann um, der in diesem Augenblick durch den Hintereingang das Haus betrat. »Bring uns zwei Gläser von diesem köstlichen Mangosaft! Ich habe während des ganzen Flugs davon geträumt.«

Der Mann ging in die Küche.

Anika wählte einen Stuhl, der weit von Stephanie entfernt stand, und nahm zögernd Platz. Stephanie setzte sich ebenfalls. Sie wirkte entspannt und schaute mit sehnsüchtigem Blick aufs Wasser. »Leider bin ich nicht oft hier. Ich vermisse diesen Frieden. Das Schnorcheln ist herrlich. Ganz in der Nähe ist ein altes Fischerboot gesunken. Dort gibt es wunderschöne Fische.«

»Kommen Sie zur Sache.«

Stephanie schaute sie amüsiert an, worauf sich kleine Grübchen neben ihren Mundwinkeln zeigten. »Vorgestellt habe ich mich ja bereits. Entspannen Sie sich bitte!«

»Lassen Sie mich raten«, sagte Anika, als der Mann namens Gunter den Mangosaft auf den Tisch stellte und den Raum wieder verließ. »Sie haben Mark nicht mehr. Jetzt haben Sie Probleme mit dem Modell, und darum haben Sie mich entführt.«

Stephanies Miene verdunkelte sich, als würde sie an ein unangenehmes Erlebnis denken. Dann nickte sie. »Sie sind eine clevere Frau. Das erspart mir die schwierige Aufgabe, Sie auf den aktuellen Stand der Dinge zu bringen.« Sie nahm ein Glas und trank einen Schluck. »Köstlich. Frisch gepresst.« Offenbar ärgerte es sie, dass Anika ihr Glas nicht anrührte. »Probieren Sie doch wenigstens – wenn auch nur aus Höflichkeit.«

Anika trank einen Schluck. Sie hatte noch nie frisch gepressten Mangosaft getrunken.

»Einverstanden«, fuhr Stephanie fort. »Wenn Sie darauf bestehen, sofort über unsere Geschäftsbeziehung zu sprechen, sage ich Ihnen, was wir wissen: Die Weltwirtschaft steht kurz vor dem Zusammenbruch, und dieser Zusammenbruch ist nicht mehr aufzuhalten. Wir sind einzig und allein an dem Modell interessiert, um uns dadurch zu bereichern. Es hat keinen Sinn, es abzustreiten. Mein Arbeitgeber möchte in der bestmöglichen Position sein, wenn das Unvermeidliche eintritt.«

»Der Glückliche.« Anika trank noch einen Schluck.

»Ist Ihnen das Mittelalter vertraut? Die Entstehung der Feudalgesellschaft? Das ist die Zukunft, nicht wahr? Denjenigen, die pragmatisch genug sind, erlaubt dieses Wissen, etwas zu retten.« Sie zuckte mit den Schultern. »Mein Arbeitgeber ist kein Heiliger, aber die Alternative ist Chaos und der totale gesellschaftliche Zusammenbruch.«

»Kasperski möchte also nur einen kleinen Teil der Welt für sich selbst retten?«, fragte Anika in sarkastischem Ton.

»Ich weiß, das ist nicht viel«, gab Stephanie zu. »Doch das Ende der Globalisierung schließt die Weltherrschaft aus, nicht wahr?« Sie lächelte spöttisch. »Das war ein Scherz.«

»Darüber kann ich nicht lachen.«

»Ich brauche Ihnen wohl kaum zu sagen, dass wir ein wenig verärgert waren, als wir erfuhren, dass Mark nicht das kreative Genie ist, das hinter dem Modell steckt«, fuhr Stephanie fort. »Wir hofften aber, die Probleme mit seiner Hilfe lösen zu können.«

»Bis er entführt wurde.«

»Wir haben alles versucht, um ihn zurückzuholen. Wir wissen immer noch nicht, wie die Chinesen es geschafft haben, ihn in Sicherheit zu bringen. Aber das ist eine andere Geschichte. Bedauerlicherweise bedeutete das für uns, dass wir Sie entführen mussten. Und jetzt hören Sie mir bitte gut zu. Es gibt zwei Möglichkeiten, die Entscheidung liegt bei Ihnen. Angesichts des Unvermeidlichen gibt es nicht viel, worauf wir uns freuen können. Moral, wie wir sie heutzutage verstehen, funktioniert als Überlebensstrategie dann nicht mehr. Dr. French, bitte seien Sie sich über alle Konsequenzen Ihrer Entscheidung im Klaren.« Sie warf Anika einen eisigen Blick zu. »Die erste Möglichkeit bedeutet, dass Sie sehr reich werden und ein schönes, angenehmes Leben führen. Mark hat vor allem den Hummer und den Champagner genossen. Sie können sich nicht vorstellen, in was für einem schönen Haus Sie wohnen werden. Und es gibt zahlreiche Annehmlichkeiten. Ihr Gehalt wird Sie mehr als zufriedenstellen, und sobald Sie Ihre Zuverlässigkeit bewiesen haben, gehören Urlaube an Orten wie diesem hier dazu.« Sie breitete die Arme aus. »Wir belohnen unsere Mitarbeiter gut.«

»Ich habe gehört, Sie töten sie, sobald sie ihren Zweck erfüllt haben.«

Stephanie musterte sie skeptisch. »Warum sollten wir das tun?«

»Um jedes Risiko zu vermeiden und sicherzustellen, dass niemand Ihre Arbeit reproduzieren kann – und um ein paar Hunderttausend im Jahr zu sparen.«

Stephanie dachte kurz nach und nickte dann zögernd. »Klingt logisch, doch es würde sich nicht rechnen.«

»Wie bitte?«

»Meinen Sie wirklich, uns käme es auf ein paar mickrige Hunderttausend an, wenn wir mit dem fertigen Modell ein paar Milliarden machen können?«

Anika runzelte nachdenklich die Stirn. Noch hatte sie nicht genügend Informationen, um diese Aussage einschätzen zu können.

»Sie haben dennoch einen sehr wichtigen Punkt angesprochen. Es ist uns tatsächlich wichtig, dass Konkurrenten unsere Arbeit nicht reproduzieren können. Mark Schott ist ein anschauliches Beispiel für die Risiken, die wir eingehen.« Sie räusperte sich. »Wenn Sie etwas so Ausgefeiltes wie dieses Modell entwerfen können, stellt sich andererseits die Frage, welche Wunder Ihr cleverer Verstand noch vollbringen kann, wenn man Ihnen den richtigen Anreiz bietet. Im Gegensatz zu dem, was Sie gehört haben mögen, gehen wir sorgsam mit wertvollen Mitarbeitern um. Abgesehen von der moralischen Seite wäre es eine äußerst unproduktive Geschäftspraxis, es nicht zu tun.«

»Dann ist ja alles wunderbar, nicht wahr?«, spottete Anika und trank ihren Saft aus.

»Natürlich nicht. Sie müssen sich Ihr Geld erst verdienen, indem Sie gute Ergebnisse liefern und Loyalität beweisen. Im ersten Jahr ist Ihre Handlungsfreiheit eingeschränkt, und Sie werden ständig überwacht. Wir stellen Sie sozusagen auf die Probe.«

Anika wollte ihr gerade einen giftigen Blick zuwerfen, besann sich dann aber eines Besseren. Denk nach, Anika! Benutze deinen Verstand! »Okay. Das ist die erste Möglichkeit. Und die zweite?«

»Die ist nicht so angenehm. Wir wären dann Gegenspieler, und da uns jedes Mittel recht ist, um Ihre Kooperation sicherzustellen, werden Sie furchtbar unglücklich sein. Und zwar so sehr, dass Sie sich unseren Wünschen schon allein deshalb fügen werden, um dem Elend ein Ende zu setzen. Sie müssen wissen, dass wir uns voll und ganz dem Pragmatismus verschrieben haben. Und dieser wird laut Ihrer eigenen Zukunftsprognosen die ethische Grundlage sein, an der die Menschen von morgen sich orientieren werden.«

»Alles ist erlaubt.«

»Alles«, bestätigte Stephanie mit Nachdruck.

»Bis wann muss ich meine Entscheidung getroffen haben?«

»Lassen Sie sich ruhig Zeit! Ich würde Ihnen empfehlen, zuerst die angenehme Variante zu wählen und zu testen, welche Vorteile sie Ihnen bringt. Nach einer gewissen Zeit wissen wir dann, ob Sie es ernst meinen. Und sollte dies nicht der Fall sein, ändern sich Ihre, nun ja, Lebensumstände.«

»Es gibt nur diese beiden Möglichkeiten?«

»Anika, wie auch immer Sie sich entscheiden mögen, jedenfalls sollten Sie kein Spiel mit uns treiben. Wenn Sie es tun, wird das für Sie sowohl körperlich als auch psychisch verheerende Konsequenzen haben.«

19. Kapitel

Maureen Cole machte ein nachdenkliches Gesicht, als Amy Randall ihnen erklärte, wie ihr Leben ab sofort aussehen würde. Hinter ihr saß das Team am Konferenztisch, und ihnen allen war anzusehen, dass ihnen Böses schwante. Sie waren an diesem Morgen mit Geleitschutz zum Außenministerium gefahren worden, und die Washingtoner Verkehrspolizei hatte sogar Kreuzungen gesperrt.

Amy Randall stand vor der riesigen Weltkarte, die eine ganze Wand bedeckte. Sie sah wütend aus, aber sie war nicht die Einzige.

»Heute Abend fahren Sie nicht zum Hotel zurück.« Randall stemmte die Hände in die Hüften. »Wir bringen Sie zur Andrews Airbase. Ihr Gepäck wird dort schon auf Sie warten.«

Die Anwesenden nahmen diese Information schweigend zur Kenntnis.

Randall hob frustriert die Hände. »Mir gefällt das auch nicht, aber nachdem Anika entführt wurde, haben wir keine andere Wahl.«

»Was ist mit Skip?«, fragte Maureen.

Randall atmete tief ein, warf einen unsicheren Blick in die Runde und ging auf Maureen zu. »Eigentlich ist es streng geheim«, sagte sie leise. »Ich würde es Ihnen nicht sagen, wenn uns Anika nicht so viel bedeuten würde. Skip versucht sie zu befreien.«

Maureen war unendlich erleichtert. »Gott sei Dank!«

»Das soll eine gute Nachricht sein?«, fragte Zoah ungläubig.

»Kasperski hat Anika entführt, und Skip ist stinksauer«, erwiderte Maureen. »Ich an Kasperskis Stelle wäre darüber sehr beunruhigt.«

Randalls Blick wanderte durch den Raum. »Offenbar haben Sie es alle gehört. Ich bitte Sie, diese Information sofort wieder aus Ihrem Gedächtnis zu streichen.«

Die Wissenschaftler schauten sich an.

»Verdammt!«, rief Ken Foley. »Anika ist eine von uns. Wir sind nur eine Gruppe Wissenschaftler, aber wir sind clever. Sie bitten sofort die Außenministerin hierher und fragen Sie, was wir tun können, um Skip zu helfen. Wir verstehen etwas von Systemen und Ressourcen, und auf beides ist Kasperski angewiesen. Und wenn wir die Antworten nicht kennen, wissen wir, wer sie hat.«

Fred Zoah nahm die Brille ab und reinigte sie an seinem Hemd. »Wir brauchen Landkarten, Schaubilder, Schemata, Pläne und alles, was uns helfen könnte. Wir haben studiert, wie Systeme zusammenbrechen. Vielleicht ist jetzt der Zeitpunkt gekommen, unsere Hypothesen zu testen. Wir werden eines von Kasperskis Systemen zerstören.«

Maureen lächelte grimmig. »Was haben Sie zu verlieren, Amy? Sie haben uns doch sowieso hier eingesperrt. Dann können wir uns auch nützlich machen.«

Sinclair meldete sich zu Wort. Sein Adamsapfel hüpfte beim Sprechen auf und ab. »Kasperskis Firmenkomplex in Deutschland ist ein geschlossenes System, nicht wahr?« Er warf Amy einen Blick zu. »Ich persönlich würde gerne alles darüber erfahren. Fotos, Lagepläne und alles sehen, was Sie haben.«

»Ganz genau. Da ich Klimatologin bin, möchte ich Kasperski mit einem Unwetter überraschen«, fügte Gail Wade hinzu.

»Es wird ein Hurrikan sein«, versprach Foley.

Mark rieb sich den Rücken und schaute von den fotokopierten Aufzeichnungen auf, die ordentlich sortiert auf dem Boden des Hotelzimmers lagen. Auf einer Seite stand der geöffnete FedEx-Karton mit einem Absender aus New Jersey. Trotz des dicken Teppichs schmerzten seine Knie. Auch das Licht war nicht sehr gut, und als er auf Anikas Handschrift schaute, verschwammen die Buchstaben beinahe vor seinen Augen.

»Darauf wollte sie also hinaus«, murmelte er.

»Fortschritte?«, fragte Michelle. Sie saß am Tisch und überflog ein paar von Anikas Unterlagen, ohne das Geringste zu verstehen.

»Ein Teil des Puzzles«, erwiderte Mark und schaute zum Fenster. »Es ist fast dunkel. Auch Frischvermählte müssen etwas essen.«

Er drehte den goldenen Ehering an seinem Finger hin und her. Nach seiner Heirat mit Denise damals hatte er sich immer geweigert, einen Ehering zu tragen. Kein Wunder, dass seine Ehe nicht von Glück gesegnet war. Jetzt hing sein Leben von einem goldenen Ring ab. Doch wenn er es recht bedachte, war es vielleicht immer so gewesen. Hätte er damals schon verstanden, was ihm jetzt bewusst geworden war, hätte sein Leben mit Denise vielleicht eine andere Wende genommen. Und er wäre nun in Laramie in Sicherheit und würde mit seiner Familie gemütlich zu Abend essen.

Der Einkaufsbummel hatte unglaublichen Spaß gemacht. Er und Michelle ... nein, er und Shelly waren von einem

Geschäft zum anderen gelaufen und hatten sich eine neue Garderobe gekauft, sich Schmuck, Muranoglas, prächtige Kronleuchter angesehen, Händchen gehalten und das Geld anderer Leute ausgegeben.

Okay, dann starb er eben morgen. Heute war jedenfalls ein herrlicher Tag gewesen. Er besaß nun einen Prada-Anzug, eine Hilfiger-Hose, Ferragamo-Schuhe, Zegna-Hemden, einen schicken Filzhut und neue Nikes.

Mark hatte es gehasst, mit Denise shoppen zu gehen, aber Michelle alias Shelly dabei zu beobachten, wie sie Dolce-und-Gabana-Kleider, Escada-Kostüme und Rodriguez-Outfits anprobierte, war wie eine Offenbarung. Sie bot in der teuren Kleidung, die ihre hübsche Figur betonte, einen atemberaubenden Anblick. Ihr kräftiges schwarzes Haar glänzte im Licht. Diese Frau wusste intuitiv, was ihr gut stand und wie sie es tragen musste, um Männer zu beeindrucken. Schon kleine Veränderungen in der Körperhaltung – ob nun eine leichte Neigung der Hüfte oder der Schulter – erzielten bei ihr große Wirkung.

Offenbar war sie schon häufiger in diese Rolle geschlüpft. Rolle? Fest stand, dass sie sich in teurer Designerkleidung wohlfühlte. Eine sonderbare Vorstellung, wenn man bedachte, wie sicher sie die Ducati gelenkt hatte und wie gut sie mit der Pistole umgehen konnte.

Michelle schob Anikas Aufzeichnungen, in denen sie gelesen hatte, auf den Tisch und half ihm, die Unterlagen in der richtigen Reihenfolge in den Karton zu legen. Dann klebte sie ihn mit Paketband zu und klebte eine winzige Ecke davon obendrauf.

»Wenn jemand den Karton öffnet, wird er das hier übersehen.« Sie zeigte auf das Stückchen Klebeband. »Wenn diese Ecke fehlt, sagst du mir Bescheid, okay?«

»Ja.« Mark stand auf und verzog das Gesicht, als er sich streckte. »Puh, ich bin doch nicht mehr so jung, wie ich dachte!«

»Das geht uns allen so, Brian.«

Michelle nahm ihre Handtasche, verließ mit Mark das Hotelzimmer und schob einen kleinen Papierkeil unter die Tür. Nachdem sie sich wieder aufgerichtet hatte, lächelte sie ihn an. »Italienisch heute?«

»Nein, Burger King natürlich.«

Sie stieß ausgelassen mit der Hüfte gegen seinen Po.

Hand in Hand stiegen sie die Treppe zur Rezeption hinunter und traten hinaus auf die Riva degli Schiavoni. Auf der Ponte della Paglia blieb Michelle stehen und zeigte auf die geschlossene Brücke über dem schmalen Kanal. »Das ist die Seufzerbrücke. Sie ist so gebaut worden, damit Häftlinge, die aus dem alten Gefängnis zum Dogenpalast gebracht wurden, nicht durch einen Sprung ins Wasser entkommen konnten. Es gibt aber auch noch die Erklärung, dass politische Gefangene auf diese Weise ungesehen und heimlich zur Hinrichtung geführt werden konnten.«

»Entzückend.«

Sie gingen am Campanile vorbei, betraten den Markusplatz und tauchten in der Menge unter. Die Tauben ließen sich von den Menschenmassen nicht einschüchtern. Sie schienen zu spüren, wo jemand im nächsten Augenblick den Fuß aufsetzte, und suchten sich einfach ein neues Plätzchen.

Es bereitete Michelle und Mark großes Vergnügen, die Speisekarten vor den Restaurants zu studieren. Schließlich fiel Michelles Wahl auf ein Restaurant im Opernviertel. Als sie es betraten, wurden sie an einen Tisch hinten im Lokal geführt.

Michelle wählte einen Wein aus der Gegend und half Mark bei seiner Bestellung. Als sie sich im Kerzenschein über den Tisch vorbeugte, umhüllte das lange Haar ihre Schultern wie eine Mantille. Das sanfte Licht spiegelte sich in ihren Augen. »Was meinst du, Brian? Kriegst du das hin mit dem Modell?«

Mark seufzte. »Sicher, aber wenn ich im Hotelzimmer daran arbeite, ist es so, als würde man versuchen, die Mona Lisa mit Buntstiften zu malen. In Oberau hatte ich Computer und Mitarbeiter, die sich mit Statistiken auskannten, und Zugang zu Datenmaterial. Jedenfalls habe ich jetzt zumindest eine Vorstellung davon, welche Variablen Anika benutzt. Wonach sie sucht.« Er schüttelte den Kopf. »Verdammt! Sie hatte schon alles zusammen, und es lag direkt vor meinen Augen.«

»Und wenn du es gewusst hättest?«

Er zuckte hilflos mit den Schultern. »Dann hätte ich Laramie nicht ohne die Unterlagen verlassen, und Kasperski wäre schon viel weiter.«

In diesem Moment klingelte Michelles Handy. »Verzeihung, Brian. Bin gleich wieder da.«

Mark beobachtete, wie sie aufstand und anmutig um die Tische herum zur Tür ging. Kurz darauf sah er sie vor dem Fenster auf der beleuchteten Straße stehen und telefonieren.

Sie nickte, und es sah fast so aus, als würde sie sich gegen das Handy lehnen. Ab und zu warf sie einen Blick ins Restaurant. *Ob sie über mich sprechen?*

Mark dankte dem Kellner, als er das Essen brachte, und wartete, bis Michelle zurückkehrte.

»Ärger?«, fragte er.

Michelle setzte sich wieder, legte die Serviette auf ihren

Schoß und runzelte die Stirn. »Es gibt Komplikationen. Wie du mir, so ich dir, lautet offenbar die Devise. Unserem Freund Kasperski ist es gelungen, Anika French in Washington aus den Händen des FBI zu entführen. Ich habe dich entführt, und er hat sie entführt.«

»Wie viele Tote?«, fragte Mark wie betäubt.

Michelle schaute ihn amüsiert an, während sie eine Muschel aufspießte und Nudeln um die Gabel wickelte. »Kasperski ist nicht dumm. Die Amerikaner sind in einer verzwickten Lage und natürlich fuchsteufelswild. Aber FBI-Agenten töten? Damit würde Kasperski sich Sanktionen einhandeln, die er lieber vermeiden möchte.«

»Das verstehe ich nicht.« Mark spürte furchtbare Angst in sich aufsteigen.

»Brian, in diesem Spiel gibt es Regeln. Eine einfache Entführung bedeutet, dass die Vereinigten Staaten Druck ausüben werden, ein Lösegeld anbieten und eine Reihe, sagen wir, ›sanfter Methoden‹ zum Einsatz bringen, um French zurückzubekommen. Das Letzte, was Kasperski will, ist ein SEAL-Team, das irgendwann nachts vom Himmel fällt.« Sie hielt kurz inne. »Dennoch wird das gute alte Amerika viel Druck auf die Deutschen ausüben. Viele von ihnen werden daraufhin ihre Verbindungen zu Kasperski noch einmal überdenken.«

Mark runzelte die Stirn. »Ich würde Stephanies Angriff auf die Villa nicht gerade als ›sanfte Methode‹ bezeichnen.«

Michelle lächelte versonnen. »Die CIA setzt für Operationen wie in der Villa oft gekaufte Leute ein. Auch hier war das größtenteils der Fall. Andere, wie zum Beispiel ich, nehmen für solche Operationen eine Identität an, die nicht bis in die Staaten zurückverfolgt werden kann.«

»Hm?«

»Denk doch mal nach, Brian. Du hast die Kommandozentrale gesehen. Glaubst du, die CIA würde irgendeine Spur hinterlassen, die die italienische Regierung – ein geschätzter NATO-Verbündeter – bis Langley zurückverfolgen könnte? Das könnte zu einer internationalen Krise führen.« Sie zeigte mit der Gabel auf ihn. »Mach nicht so ein entsetztes Gesicht, und probier mal die Venusmuscheln. Sie sind köstlich.«

Mark schob sich eine Muschel in den Mund. *Oh, Anika, es tut mir so leid!*

Was musste sie nun durchstehen? Er dachte an Kasperski. Dieser Mann war eiskalt und skrupellos.

»Was glaubst du, Shelly, wie groß sind die Chancen, Anika zu befreien?«

»Gering. Ich wette, nachdem sie dich verloren haben, wird Anika so schnell nicht in Garmisch-Partenkirchen zum Essen ausgeführt.« Als Michelle sah, wie bestürzt Mark war, fügte sie hinzu: »Ihr wird nichts zustoßen, Brian. Wie schon gesagt, gibt es Regeln in diesem Spiel. Kasperskis Angriff auf die Villa fällt in eine Grauzone. Wir haben ihn praktisch dazu herausgefordert, Vergeltung zu üben, indem wir dich in unsere Gewalt gebracht haben. Anika Frenchs Entführung aus den Vereinigten Staaten war eine wahre Meisterleistung. Niemand hat Schaden genommen, und er wird ihr auch nichts antun. Sonst würde er die wohlwollende Haltung der Deutschen und vielleicht sogar der Schweizer einbüßen.«

»Und was wird er stattdessen tun? Du hast selbst gesagt, dass Stephanie mich irgendwann getötet hätte.«

»Du bist aus freien Stücken nach Oberau gereist. Da ging es nicht um nationale Ehre. Wen hätte es schon interessiert, wenn du in Europa verschwunden wärest? Aber eine amerikanische Bürgerin, die auf amerikanischem Boden entführt wurde? Da gelten ganz andere Regeln.«

»Du meinst also, ich sollte mich entspannen und mein Essen genießen?«

»Warum nicht? French hat vorläufig nichts zu befürchten«, sagte sie und schaute ihn nachdenklich an. »Das bedeutet aber auch, dass er genau die Person in seiner Gewalt hat, die ihm das vollständige Modell geben kann.«

»Was schlägst du vor?«

»Ich schlage vor, wir lassen uns dieses leckere Essen schmecken. Anschließend kehren wir ins Hotel zurück, ziehen uns aus und legen uns auf unser traumhaftes Bett. Dann verwöhne ich dich mit einer Ganzkörpermassage. Wenn sich deine Verspannungen gelöst haben, kannst du weiter an dem Modell arbeiten.«

»Das hört sich enttäuschend an.«

»Warum?«, erwiderte Michelle mit einem verführerischen Blick. »Meine Aufgabe ist es, dafür zu sorgen, dass du an dem Modell arbeitest ... Es sei denn, du findest eine Möglichkeit, um mich abzulenken.«

Als sie zurückkehrten, steckte der Papierkeil noch immer unter der Tür, und auch die winzige Ecke Paketband klebte noch an der ursprünglichen Stelle. Mark warf nur einen flüchtigen Blick auf den Karton, ehe er sich entkleidete und dann Michelle zuwandte.

Sie abzulenken würde ihm leichtfallen. Ihm war alles recht, wenn er nur nicht wieder an dem Modell arbeiten musste. Nach Michelles herrlicher Massage bediente er sich jeden Tricks, um ihr Vergnügen zu verlängern.

Als er sich schließlich erschöpft auf den Rücken fallen ließ und die Luft auf seinem heißen Körper genoss, verschwand Michelle kurz im Badezimmer.

Als sie zurückkehrte, schaltete sie das Licht aus und legte sich neben ihn. »Das Modell läuft uns nicht weg«, murmelte sie.

Mark konnte nicht einschlafen. Stattdessen lag er in der Dunkelheit, starrte an die Decke und dachte an Anika. Er hatte vor Augen, wie sie mit nachdenklicher Miene in seinen Seminaren gesessen hatte. Erinnerungen an Begegnungen in ihrem Büro quälten ihn, und wie sie einst jedes Mal, wenn er ihre Tür öffnete, aufgeregt den Blick gehoben hatte.

Er erinnerte sich an die Nacht, als er sie zum ersten Mal geküsst und mit seinen Fingern durch ihr dickes rotes Haar gefahren war. Sie hatten nur wenige Male miteinander geschlafen, aber seltsamerweise konnte er sich an jede Einzelheit erinnern.

Warum zum Teufel habe ich nur diesen verdammten Artikel geschrieben? Er hatte nichts als Unglück gebracht.

Weil ich ein egoistischer Mistkerl bin. Eigentlich müsste er jetzt in Kasperskis Reich des Bösen sein. Es war alles seine Schuld.

Als Michelle leise aus dem Bett stieg und »Mark?« flüsterte, stellte er sich schlafend. Mark hatte das dringende Bedürfnis, mit seinen Gedanken allein zu sein.

Aus den Augenwinkeln sah er, dass Michelle sich in der Dunkelheit anzog, auf Zehenspitzen zur Tür ging und den Knauf leise zur Seite drehte. Dann öffnete sie die Tür einen Spaltbreit, huschte hindurch und verschwand.

Mark sprang aus dem Bett, zog seine Hose an und streifte ein T-Shirt über den Kopf. Als er das Zimmer verließ, sah er den Waschlappen, den sie zwischen die Tür geklemmt hatte, damit diese nicht zufiel.

Barfuß tappte er über den Gang, spähte um die Ecke und ging auf die Treppe zu.

Wohin sie wohl gegangen ist? Es war mitten in der Nacht.

Mark stieg die Treppe hinunter und warf einen Blick in die historische Hotelhalle. Michelle stand im dunklen Eingang zur Bar. Sie sprach mit jemandem und unterstrich ihre Worte mit kleinen Gesten.

Mark sah die Silhouette einer Person in der Bar, ein Schatten in der Dunkelheit. Der Mann erteilte ihr offenbar Anweisungen und zählte die einzelnen Punkte mit den Fingern auf. Michelle nickte.

Während des Gesprächs reichte er ihr eine kleine Plastikschachtel. Michelle öffnete sie, nahm eine Spritze heraus und hielt sie in das dämmerige Licht. Dann nickte sie und steckte die Spritze wieder in die Schachtel.

Eine Spritze? Um was zu injizieren? Und wem?

Mark lief ein kalter Schauer über den Rücken, als er begriff, für wen die Spritze bestimmt war.

Wenig später drehte Michelle sich um und hätte beinahe in seine Richtung gesehen. Doch in letzter Sekunde wandte sie sich wieder dem Mann zu und sprach noch kurz mit ihm. Mark lief die Treppe hinauf,bog um die Ecke und blieb dann kurz stehen. Vorsichtig warf er einen Blick zurück. Michelle ging mit besorgter Miene auf die Treppe zu, während der Mann das Hotel verließ.

Er war dick, hatte ein kantiges Gesicht und trug einen langen Mantel und eine Baskenmütze. Mark schätzte ihn auf etwa fünfzig. Ein leichtes Hinken mit dem linken Bein fiel ihm besonders ins Auge.

Als Mark Michelles Schritte auf der Treppe hörte, drehte er sich um und rannte los. Er gab sich alle Mühe, seine nackten Füße leise auf den alten Marmorboden aufzusetzen.

Während er den Gang hinunterlief, hatte Mark plötzlich

eine wahnsinnige Angst. Inständig hoffte er, dass der Waschlappen nicht zur Seite gerutscht war.

War er zum Glück nicht.

Er betrat das Zimmer, zog die Tür vorsichtig zu, soweit das möglich war, entkleidete sich hastig und sprang ins Bett.

Verdammt! Sein Herz klopfte bis zum Zerspringen, und er atmete schwer.

Sie wird es bemerken.

Mark wartete und versuchte verzweifelt, sich zu beruhigen.

Als Michelle eintrat, fiel Licht ins Zimmer, und sofort darauf wurde es wieder dunkel.

Zuerst hörte Mark nichts, doch dann vernahm er ein leises Rascheln. Als sie sich entkleidete, konnte er ihre Silhouette erkennen. Er begriff, dass Michelle gewartet hatte, bis ihre Augen sich an die Dunkelheit gewöhnt hatten, ehe sie durchs Zimmer ging.

So blieb ihm noch etwas Zeit zu verschnaufen.

Mit wem hatte sie gesprochen? Und warum hatten sie sich mitten in der Nacht heimlich getroffen? Hätte sie sich mit einem Kollegen der CIA nicht offiziell treffen können?

Darum ging es doch wohl, oder?

Mark schluckte, als Michelle unter die Decke kroch und sich neben ihn legte.

Erleichtert ließ Skip die Zollkontrolle an Zürichs einzigem Flughafen hinter sich. Der Stahl, das Glas und selbst die Bodenplatten in dem grauen Monster deprimierten ihn. Der Beamte an der Passkontrolle hatte Skips Reisepass routiniert kontrolliert und einen Stempel hinzugefügt.

Skip spähte an dem glänzenden Gepäckband vorbei zu dem großen blonden Mann hinüber, der neben der Damentoilette an einer Wand lehnte. Als sich ihre Blicke trafen, ließ der Mann das Handy sinken und ging auf Skip zu.

Helmut Rath war groß und hatte fast weißblondes Haar und ein markantes Gesicht. Selbst als er auf Skip zukam, wanderte sein Blick aufmerksam umher.

Er klopfte Skip auf den Rücken. »Schön, dich zu sehen, alter Junge. Ich bin dir dankbar, dass du mir die Gelegenheit verschaffst, eine Tour zu machen. In letzter Zeit habe ich wirklich zu oft im Büro gesessen.«

»Nicht einfach, dieser Papierkrieg.« Skip schüttelte ihm kräftig die Hand. »Der Adrenalinspiegel steigt, wenn man Rechnungen durchsieht.«

»Ja, eine aufregende Sache. Vor allem, wenn ich mich frage, wie ich sie alle bezahlen soll.« Während Helmut unaufdringlich die Menge beobachtete, warf er Skip einen Seitenblick zu. »Du bringst Arbeit mit, nicht wahr?«

»Vielleicht.« Skip nahm seine Reisetasche vom Band. »Ist dein Wagen sauber?«

»Gestern erst gewaschen, aber auf dem Weg hierher bin ich durch Schnee gefahren.«

»Richtig sauber, wenn du weißt, was ich meine.« Er warf Helmut einen eindringlichen Blick zu.

»Ach so. Es ist ein Mietwagen. Ich habe ihn gestern abgeholt. Da ich mir den Wagen spontan ausgesucht habe, ist es ziemlich sicher, dass er nicht verwanzt ist und man sich ungestört unterhalten kann.«

»Okay, dann lass uns gehen. Ich hab ein Problem, und du kannst mir vielleicht helfen, es zu lösen.«

Helmut grinste. »Ich dachte schon, du bist nur nach Zürich geflogen, um dir wieder meine Moto Guzzi auszuleihen.«

Skip schüttelte langsam den Kopf. »Diesmal nicht. Es sind zu viele Erinnerungen mit diesem Motorrad verbunden, und ich möchte sie nicht heraufbeschwören.«

»Ah, Jenn. Ich verstehe dich und teile deinen Kummer. Vielleicht sollte ich eine RT 1200 in die Garage stellen, falls du ein Motorrad brauchst? Sie haben jetzt obenliegende Nockenwellen. Zehn PS mehr.«

Sie traten hinaus in den Regen, und Helmut führte Skip zu einem schnittigen BMW in metallic Blau. Mit einem Klicken öffneten sich die Schlösser. Skip warf die Tasche auf die schicken weißen Ledersitze hinten.

»Das ist ein 750 Li«, erklärte Helmut, als Skip sich auf dem Beifahrersitz anschnallte. »Vierhundert PS, Allradantrieb. Hydraulische Aufhängung.«

Helmut startete den Motor und umklammerte dann den Schalthebel, der aussah, als ob er von der Brücke eines Raumschiffs stammte.

»Und den hast du gemietet? Kein Wunder, dass du deine Rechnungen nicht bezahlen kannst.«

Helmut lachte. »Stimmt, aber du hast mir ja Arbeit mitgebracht. Das nehme ich jedenfalls an, wenn ich dich in Zürich abholen und sofort zurück nach München fahren soll. Auf dich kann man sich verlassen, Skip.«

»Geht auf deine Rechnung«, fuhr Helmut fort, als er die Flughafengebühr bezahlte. »Ich muss jeden Euro für meine Mietwagen sparen.«

Skip wartete, bis sie auf der A1 waren und Richtung Bregenz fuhren. Helmut nahm die linke Spur, genoss alle Vorzüge eines Wagens mit vierhundert PS.

»Erzähl mir etwas über Michail Kasperski.«

Der irritierte Blick, den Helmut ihm zuwarf, sprach Bände. Gleich darauf schaute Helmut wieder auf die Straße und holte tief Luft. »Niemand, mit dem man sich anlegen sollte, nicht wahr? Diejenigen, die es getan haben, sind wahrscheinlich beerdigt worden, ohne dass ein Gerichtsmediziner die genaue Todesursache feststellen konnte. Wenn du über Kasperski nachdenkst, würde ich vorschlagen, ich fahre dich zurück zum Flughafen, bezahle die Flughafengebühren und schreibe die Kosten für den Mietwagen als Geschäftsverlust ab.«

Skip zog an seinem Bart. »Was weißt du über ihn?«

Helmut verzog das Gesicht. »Er hat meine Dienste mehrmals in Anspruch genommen. Das Übliche: Ein Prominenter kommt nach München. Ich muss dafür sorgen, dass ihm nichts zustößt, während er sich die Stadt und die Sehenswürdigkeiten ansieht und von einer Prostituierten verwöhnt wird. Ich war auf Kasperskis Firmengelände außerhalb von Oberau. Jeder Versuch, dort einzudringen, ist sinnlos. Höchste Sicherheitsstandards. Die Umzäunung ist mit Bewegungsmeldern, Lasern, Infrarotkameras und Wachposten gesichert. Da kommst du nicht rein. Keine Chance.«

»Und Kasperski selbst? Ich weiß, dass er früher mal mit Putin befreundet war. Ich hab auch gehört, dass er absolut skrupellos sein soll.«

»Ich habe ihn einmal persönlich getroffen und würde ihn lieber nicht verärgern. Gibt es einen Grund, warum du dich mit ihm anlegen willst? Wurde bei dir Krebs im Endstadium diagnostiziert, und nun wünschst du dir einen schnellen Tod?«

»Er hat meine Kundin entführt, für die ich mich verantwortlich fühle. Das kann ich ihm nicht durchgehen lassen«, erwiderte Skip leise. »Wenn du ihm gegenüber Verpflichtungen hast, verstehe ich das. In dem Fall würde ich dich nur bitten, dieses Gespräch vertraulich zu behandeln, und wir reden ab sofort nur noch über das Wetter und die schöne Landschaft.« Er hob den Blick zu den Wolken, die die Alpen verdeckten. »Falls man heute überhaupt viel von ihr sehen kann.«

»Und diese Kundin?«, fragte Helmut schließlich.

»Sie ist eine verdammt clevere junge Amerikanerin, die eine Entdeckung gemacht hat, für die sich viele Leute interessieren. Die nationale Sicherheit steht auf dem Spiel. Ohne ihre Schuld steckt diese Frau jetzt in großen Schwierigkeiten. Die Amerikaner wollen sie zurückhaben, und die Regierung wird dafür alles in ihrer Macht Stehende tun.«

»Du bist ein verdammter Idealist, Skip, weißt du das?«

»Ich kann nicht zulassen, dass die Bösen gewinnen, Helmut.«

»Ich vermute, du bist wieder ganz auf dich allein gestellt wie beim letzten Mal.«

Skip lächelte gequält. »Wo bleibt das Vergnügen, wenn man gegen Monster kämpft und die Chancen zu gewinnen, fifty-fifty stehen?«

»Der Spaß bleibt auf der Strecke, aber deine Chancen, eines Tages an Altersschwäche zu sterben, sinken erheblich.«

»Das Monster hat meine Kundin. Punkt. Du hast bei mir was gut, und ich bezahle den Mietwagen, wenn du vergisst, dass wir jemals darüber gesprochen haben. Okay, wie ist das Wetter?«

»Trübe.«

Helmut nahm geschickt die Kurven. Skip schaute aus

dem Fenster und spürte die Fliehkraft, als der große BMW über die Straße flog. »Ich weiß nicht, ob du es weißt, aber die Straßen sind nass.«

»Allradantrieb«, murmelte Helmut. »Sehr gute Straßenlage auf nassem Untergrund.«

Als Helmut durch die Kurven raste, rutschte Skip ein Stück auf dem Sitz hinunter und stemmte sich mit den Füßen gegen den Boden.

»Normalerweise erzähle ich diese Geschichte nie«, sagte Helmut schließlich. »Mein Großvater war Soldat in der 6. Armee. Er zog als guter Nazi in den Krieg, wie so viele damals. Auf Moral kann man im Krieg nicht hoffen, aber trotzdem war es ein starkes Stück, dass Hitler die gesamte 6. Armee aufgegeben hat, als die Russen die deutschen Soldaten in Stalingrad eingekesselt haben. Monatelang hat mein Großvater gekämpft, gehungert und alle Hoffnung verloren, als die Männer rings um ihn herum erfroren, verbluteten und starben.

Mein Großvater gehörte zu den etwa hunderttausend Soldaten, die sich schließlich ergaben. Er litt Höllenqualen und wäre fast verhungert auf dem Weg nach Moskau, wo er durch die Stadt geführt wurde, die Füße nur noch in Fetzen gewickelt. Dort hat er einen kleinen herrenlosen Hund von der Straße aufgelesen und gerettet.

Die deutschen Gefangenen wurden schließlich auf verschiedene Arbeitslager in Russland verteilt. Irgendwie schaffte es mein Großvater, am Leben zu bleiben, obwohl er sein Essen noch mit dem kleinen Hund teilte, den er Schatzi nannte.

Er musste im Ural eine Fabrik bauen, in der die Russen Flugzeugteile herstellen wollten. Er und seine Kameraden lebten in Zelten im Schlamm und arbeiteten sieben Tage die

Woche. Sie schleppten Zement, Sand und Stahl. Wenn jemand zu krank war, um zu arbeiten, wurde er erschossen. Und eines Tages wurde mein Großvater krank und konnte nicht arbeiten.

Ein russischer Aufseher, der meinem Großvater das Leben zur Hölle machte, beschloss, zuerst den kleinen Schatzi zu Tode zu treten, ehe er meinen Großvater erschießen wollte. Großvater hat mir erzählt, dass der kleine Hund jaulte und jaulte und nicht wusste, wie ihm geschah. Aber der Aufseher trat immer wieder zu.

Als Schatzi schließlich tot war, kroch mein Großvater zu dem Hund und schloss den kleinen Leichnam in seine Arme. Als der Russe das Gewehr anlegte, um meinen Großvater zu erschießen, stand mein Großvater mühsam auf, presste Schatzis Leichnam an sich und zwang sich, zur Arbeit zurückzukehren.

Er begrub Schatzi im Fundament der Fabrik. Schließlich erholte er sich ein wenig, was ihm das Leben rettete. Von all den Gefangenen kehrten 1955 nur noch wenige Tausend nach Deutschland zurück, und er gehörte dazu.«

Helmut umklammerte das Lenkrad so fest, dass seine Fingerknöchel sich weiß färbten. »Ich war da in der Nacht, als er starb. Die letzten Worte, die er murmelte waren: ›Schatzi? Es tut mir so leid. Schatzi, wo bist du?‹«

Skip biss sich auf die Lippe, den Blick starr auf die Straße gerichtet.

Helmut zuckte mit den Schultern. »Ich habe viele Russen kennengelernt. Die meisten sind Menschen wie du und ich. Michail Kasperski habe ich nur einmal getroffen, aber da dachte ich sofort: *So ein Mann hat Schatzi zu Tode getreten*. Und jetzt hat er einen riesigen Firmenkomplex – eine Art Gulag – ganz in meiner Nähe.«

Skip schaute schweigend auf die Häuser, als sie durch St. Gallen fuhren. Er sah die Doppeltürme der historischen Kathedrale über dem im Rokokostil gebauten Kloster mit der weltberühmten Stiftsbibliothek aufragen.

Helmut kniff die Augen zusammen. »Nachdem mein Großvater mir von Schatzi erzählt hatte, habe ich den kleinen Hund nie wieder vergessen. Also, Skip, was hast du vor? Und was kann ich tun, um dir zu helfen?«

20. Kapitel

Anika schaute durch das ovale Flugzeugfenster auf das verregnete Deutschland, als die Gulfstream die niedrige Wolkendecke durchbrach. Zwischen den Häusern sah sie grüne Weiden und Felder. Die Gulfstream setzte zur Landung an, und das Fahrwerk wurde ausgefahren. Über die Fenster rann der Regen, als die Maschine über die Landebahn holperte und die Geschwindigkeit weiter drosselte.

»Es gibt da etwas, was Sie wissen müssen«, sagte Stephanie, die auf der anderen Seite des Ganges saß.

»Willkommen in Deutschland?«, fragte Anika mürrisch.

»Nein. Es geht um die Pass- und Zollkontrolle.«

»Mir ist aufgefallen, dass wir in Nassau unbehelligt vom Hubschrauber zum Flugzeug gehen konnten und der Beamte uns dort gar nicht zur Kenntnis genommen hat. Er hat überall hingesehen, nur nicht zu uns.«

»Er wurde für seine Diskretion gut bezahlt«, erklärte ihr Stephanie. »In München läuft das etwas anders. Erinnern Sie sich an die Tests, über die wir gesprochen haben?«

»Ich habe gerade meine Doktorarbeit geschrieben. Ich bin mit Tests vertraut.«

Stephanie reichte ihr einige Unterlagen. »Ihr Reisepass, Arbeitsvisum und andere Dokumente. Der Name ist natürlich falsch. Sie heißen Louisa Velasquez und stammen aus Mexiko. Der Beamte nimmt Ihre Papiere, stempelt sie ab und lässt Sie passieren. Wir haben Vorkehrungen getroffen, damit er keine Fragen stellt. Und auch Sie werden nichts sagen.«

Anika verzog keine Miene. Sie hatte bereits darüber nachgedacht, beim Zoll eine Szene zu machen. Um ehrlich zu sein, war sie sogar fest entschlossen, es zu tun, falls sich ihr die geringste Gelegenheit bieten würde.

»Eine clevere Frau könnte sich in der Hoffnung, die Aufmerksamkeit auf sich zu lenken, dazu hinreißen lassen zu schreien: ›Ich bin Anika French und wurde in Washington entführt!‹«, fuhr Stephanie fort. »Aber Sie werden nichts dergleichen tun.«

Anika biss die Zähne zusammen.

»Ich erkläre Ihnen auch, warum nicht«, sagte Stephanie freundlich. »Das langsam wirkende Gift, das Sie mit dem Mangosaft zu sich genommen haben, sorgt dafür, dass Sie sich achtundvierzig Stunden später in eine Psychotikerin verwandeln.«

Entsetzt riss Anika die Augen auf. Stephanie blieb unbeeindruckt. »Sobald wir in Oberau ankommen, bekommen Sie von uns das Gegengift. Es verbindet sich mit den toxischen Molekülen und macht diese unschädlich.«

Anika schüttelte langsam den Kopf und wartete auf irgendeine körperliche Reaktion, doch sie fühlte nichts. Gar nichts.

»Wir sichern uns gerne ab.« Stephanie lächelte. »Und wir sind bereit, Ihnen Zeit einzuräumen, damit Sie entscheiden können, ob Sie mit oder gegen uns arbeiten wollen. Wenn Sie allerdings irgendetwas tun, um uns zu kompromittieren ... Was für uns nur eine unangenehme Situation wäre, hätte für Sie fatale Konsequenzen. Die Folgen sind nicht mehr rückgängig zu machen. Außerdem können wir beweisen, dass Sie uns kontaktiert und gebeten haben, Sie aus den Händen der Amerikaner zu befreien, weil Sie glaubten, diese würden Sie umbringen. Da Sie bis dahin buchstäblich verrückt geworden sind, wird man nicht Ihnen glauben, sondern uns.«

Das Flugzeug kam zum Stillstand, und das Geräusch der Triebwerke verstummte.

Simon Gunter schnallte sich ab, hob ein Handy ans Ohr und telefonierte leise auf Deutsch. Die Flugbegleiterin öffnete die Tür des Flugzeugs.

Ob das alles stimmt? Anika konnte kaum einen klaren Gedanken fassen.

»Das Gift war meine Idee«, fuhr Stephanie fort. »Ursprünglich hatten wir vor, Sie in einem Sarg nach Deutschland zu bringen. Oder auch auf einer Krankentrage, die dann von einem Krankenwagen abgeholt worden wäre. Andererseits können wir durch meine Methode feststellen, ob Sie wirklich so scharfsinnig sind, wie ich glaube. Wenn Sie sich entscheiden, mit uns zu arbeiten, biete ich Ihnen eine Gelegenheit, sich zu bewähren.«

Anika schluckte. Stephanie stand auf und fragte: »Sagen Sie, Anika, was bedeutet Ihnen mehr? Ihr scharfer Verstand oder die Möglichkeit, sich an uns zu rächen?«

Mein Gott, sie macht ihren Job wirklich gut. Anika stand auf und spürte dort, wo ihr Herz sein sollte, nur ein großes Loch. »Und wie wollen Sie beweisen, dass ich Sie gebeten habe, mich zu entführen?«

»Gefälschte Telefonaufzeichnungen mit Ihrer Stimme. Wir haben unsere Aufzeichnungen mit Synthesizern verändert. Für die deutsche Polizei reicht das. Den Rest werden Sie selbst erledigen. Sobald die Synapsen nicht mehr funktionieren, bekommen Sie die verrücktesten Wahnvorstellungen.«

Anika legte eine Hand auf ihren Bauch. Ihr war speiübel.

Stephanie schaute auf die Uhr. »Ihnen bleiben noch sechs Stunden, ehe die Moleküle an Ihren Nervenzellen andocken. Zeit genug.«

Mit wackeligen Knien ging Anika auf die Tür des Flugzeugs zu und stieg die Gangway hinunter in den Regen.

Verdammt! Verdammter Mist!

Sie dachte über die Variablen nach und führte sich alles vor Augen, was sie über die Spieltheorie wusste. Jeder versuchte den anderen in die Knie zu zwingen.

Wenn ECSITE Menschen so gut manipulieren konnte, stellte sich die Frage, was sie noch geplant hatten, um sie gefügig zu machen. Zum ersten Mal im Leben hatte Anika richtige Angst.

Die erste Kiste wurde am frühen Morgen geliefert. Auf der bruchsicheren schwarzen Kunststoffkiste prangte in großen Blockbuchstaben die Aufschrift: AUSPUFFSYSTEME FÜR MOTORRÄDER.

Das Haus, das Skip ausgewählt hatte, lag an einem Hang oberhalb von Oberau. Früher hatte sich dort eine kleine Fabrik befunden, in der Skihandschuhe hergestellt wurden. Auf dem Betonboden der Werkstatt waren noch die Abdrücke der Maschinen zu sehen.

Eine Tür führte von der Werkstatt ins Büro. Die ehemaligen Besitzer hatten einen brauchbaren Schreibtisch und Stühle zurückgelassen. Es gab eine Herren- und eine Damentoilette und einen geräumigen Wandschrank für Material. Im Boden war eine Falltür mit einem Griff eingelassen.

Wenn man sie öffnete, wurde eine Treppe sichtbar, die in einen kleinen Raum mit Betonwänden führte. Keine schlechte Zugabe für jemanden, der in geheimer Mission operierte. In einer Notlage konnte dieser verborgene Raum zwischen Leben und Tod entscheiden.

Skip schob gerade die schwere Kiste zur Seite, als ein zweiter Lastwagen mit einer Reihe schrottreifer Motorräder eintraf. Nacheinander wurden sie auf die hydraulische Ladebordwand gestellt und auf platten Reifen und mit verbogenen Felgen in die Werkstatt geschoben. Bis zur Mittagszeit hatte Skip sechzehn Maschinen entgegengenommen, die unterschiedlich stark beschädigt waren.

Um kurz nach eins kamen zwei Mechaniker, Jürgen und Lars, in einem weiteren Lastwagen und brachten Werkbänke, Motorradhebebühnen und Werkzeugkisten mit. Nachdem sie alles abgeladen hatten, begannen die Mechaniker, die Motorräder auseinanderzunehmen und die Teile auf die Werkbänke zu legen.

Weder Jürgen noch Lars kannten die wahren Absichten von »Alpen Motorrad«, wie Skip sein Geschäft nannte. Sie waren eingestellt worden, damit die nur zum Schein eröffnete Motorradwerkstatt auch glaubwürdig erschien.

Später kam noch Helmut dazu. Es versetzte Skip einen Stich, als dieser auf der silberfarbenen Moto Guzzi Norge auf den Parkplatz fuhr. Zum letzten Mal hatte er die Maschine in Amsterdam gesehen, und damals saß Jenn auf dem Soziussitz.

Helmut stieg von der Maschine und nahm den Integralhelm ab. Er hatte sich das Haar braun gefärbt und trug einen Schnauzbart. Dem alten Helmut ähnelte er in keiner Weise mehr. In der Kiste, die auf den Soziussitz geschnallt war, befand sich ein billiges Radio mit CD-Player. Helmut stöpselte den Stecker ein, worauf Rockmusik durch die Halle dröhnte. Lars und Jürgen freuten sich darüber und hoben die Daumen. Eine Motorradwerkstatt ohne Radio war unvorstellbar.

Helmut warf Skip einen Blick zu, worauf die beiden Männer auf die geöffnete Werkstatttür zugingen. Von diesem Standpunkt aus, auf dem Westhang oberhalb von Oberau, konnten sie das Firmengelände von ECSITE zwischen den Bäumen jenseits des Tals erahnen. Am zerklüfteten, felsigen Hang auf der anderen Seite fanden sich Weiden und Wälder.

»Was meinst du?«, fragte Skip. Er steckte die Daumen hinter den Gürtel und trat hinaus auf den Hof. An diesem Nachmittag schien die Sonne, sodass die Berge Schatten warfen. Skip drehte sich kurz um und vergewisserte sich, dass Jürgen und Lars außer Hörweite waren.

Helmut trat einen Schritt vor und betrachtete den Firmenkomplex in der Ferne. »Zu diesem Zeitpunkt haben sie schon erfahren, dass das Gebäude wieder vermietet ist. Es wird jemand kommen, um uns zu überprüfen. Vielleicht sogar schon heute Nacht. Kasperskis Sicherheitsdienst will sich bestimmt informieren, wer wir sind und was wir hier machen.«

»Ein Glück, dass das Gebäude frei war.«

Helmut zuckte mit den Schultern. »Wir wissen alle, wie es um die Wirtschaft steht, seitdem es mit dem Euro den Bach hinuntergeht. Es ist eine gute Tarnung, Motorräder als preiswerte Transportmittel zu reparieren.«

»Wetten, dass Kasperski misstrauisch geworden wäre, wenn wir uns hier stattdessen mit Überwachungstechnik beschäftigen würden?«

»Spione reparieren keine alten Motorräder. Kein Spion, der diesen Namen verdient, macht sich die Finger schmutzig.«

Skip grinste. »Dann ist es wohl besser, wenn wir uns die Finger schmutzig machen. Du weißt schon, was ich meine. Wir müssen auch wie Mechaniker aussehen. Ich will gut vorbereitet sein, wenn sie sich hier umschauen.«

»Und wo hältst du dich heute Nacht auf?«

Skip zeigte auf eine Gruppe Tannen oberhalb des Hauses. »Ich glaube, da oben. Sobald die Mechaniker Feierabend machen, installiere ich die ferngesteuerten Kameras und die Bewegungsmelder. Vielleicht kann ich ein paar Fotos machen. Dann kann Langley mit der Identifizierung beginnen.« Er zuckte mit den Schultern. »Wenn heute Nacht überhaupt jemand kommt.«

»Sie kommen«, prophezeite Helmut ihm. »Kasperski überlässt nichts dem Zufall, und Oberau ist *seine* Stadt. Könnte sogar sein, dass er der eigentliche Besitzer des Hauses ist. Der ideale Ort, von dem aus ein Spion ihn beobachten könnte, nicht wahr?«

»Ein cleverer Mann wie er könnte sogar schon Überwachungsgeräte im Haus installiert haben, oder?«

»Vielleicht.« Helmut betrachtete mit zusammengekniffenen Augen Kasperskis Firmenkomplex in der Ferne. »Und wann kommt ihr Mann?«

Skip schaute auf die Uhr. »Ich erwarte ihn jeden Augenblick.«

Wie auf ein Stichwort fuhr ein ramponierter Lieferwagen die Auffahrt hinauf. Ein junger Mann in einem Overall stieg aus und schnallte sich einen Werkzeuggürtel um die Taille. Dann nahm er einen Werkzeugkasten von der Ladefläche und ging auf Skip und Helmut zu.

»Sind Sie die Besitzer?«

Skip musterte den dürren Kerl von oben bis unten. Ja, genau so hatte er sich einen Techniker vorgestellt, den Langley ihm schicken würde. Es stimmte alles bis zu den müden blauen Augen nach dem langen Flug und dem zerzausten Haar.

Skip beugte sich zu ihm vor. »Könnte sein, dass der Ort schon verwanzt ist. Wir müssen davon ausgehen, dass hier die beste Technik eingesetzt wurde, die es derzeit gibt.«

Als sie das Haus betraten, sagte Helmut auf Deutsch: »Wir wollen Werkzeuge an der Wand befestigen. Darum müssen Sie aufpassen, wo Sie die Telefon- und Computerkabel verlegen. Wir haben keine Lust, in elektrische Leitungen zu bohren.«

»Kein Problem.« Für Skip hörte es sich so an, als würde der junge Mann perfekt Deutsch sprechen.

Der Techniker öffnete seinen Werkzeugkasten und nahm einen Metalldetektor heraus. Er begann an den Türen, ging langsam weiter und schaute dabei auf die Anzeige.

Skip stellte die Musik lauter und hoffte, dass sie jedes verdächtige Geräusch übertönte. Um in seiner Rolle als Mechaniker auch glaubwürdig zu erscheinen, ging er auf eine demolierte grüne Kawasaki ZX6R zu, nahm einen großen Schraubenschlüssel in die Hand und montierte die kaputte Verkleidung ab. Er schraubte gerade den Tank ab, als der Techniker in der Bürotür auftauchte und ihn zu sich winkte.

Skip nahm einen Lappen und warf Helmut, der mit der Reparatur einer KTM begonnen hatte, einen Blick zu. Gemeinsam gingen sie auf den Techniker zu.

»Was ist los?«, fragte Helmut auf Deutsch.

»Die Telefonleitungen kann ich verlegen, aber für die Computer brauchen wir eine USV-Leitung, falls der Strom mal ausfällt. Kommen Sie bitte mit zum Wagen, dann zeige ich Ihnen, was Sie dafür brauchen.«

Als sie die Werkstatt durchquerten, warfen Lars und Jürgen ihnen neugierige Blicke zu. Der Techniker öffnete die Hecktür und stieg auf die Ladefläche. »Kommen Sie rein. Hier ist Platz genug. Ich möchte Ihnen die Kataloge zeigen.«

Gefolgt von Helmut kletterte Skip in den Wagen. Jetzt wurde es doch ziemlich eng.

Der Techniker sah sie mit ernster Miene an. »Ihr Büro ist verwanzt. In der Werkstatt hab ich bis jetzt noch nichts gefunden, aber ich kann weder die Decke noch die Heizung überprüfen. Was Kameras anbetrifft, bin ich mir nicht sicher, doch als ich am Heizungsrohr im Büro vorbeigekommen bin, schlug der Detektor kurz an. Soll ich irgendetwas deaktivieren?«

»Nein«, erwiderte Skip erschöpft. »Das würde sie misstrauisch machen.«

»Vielleicht sollten wir eine Sekretärin einstellen«, meinte Helmut. »Dann sind sie abgelenkt.«

»Was ist mit unseren eigenen Überwachungsgeräten?«, fragte Skip.

Der Techniker schlug gegen den Werkzeugkasten, auf dem er saß. »Das Neueste vom Neuesten. Ich weiß nicht, wie Sie die Genehmigung für solche Geräte erhalten haben, aber Sie scheinen gute Beziehungen zu haben. Ich könnte das Zeug in ein paar Stunden eingebaut haben. Sie müssten cleverer sein als ich und bessere Geräte haben, um meine zu finden.«

»Und die Datenübertragung?«, fragte Helmut.

Der Techniker zeigte mit dem Finger nach oben. »Satellitenübertragung, direkte Sichtverbindung. Der Sender ist neu. Jede Überwachung vermindert den Datenfluss und informiert den Empfänger, dass jemand mithört.«

»Okay, machen Sie alles, was notwendig ist. Das Firmenschild kommt morgen früh. Wir befestigen es auf dem Dach. Dann haben Sie einen Grund, aufs Dach zu steigen und die Stromkabel zu verlegen.«

Der Techniker nickte. »Die anderen Sachen sind unterwegs. In zwei Tagen können Sie mit James Bond konkurrieren.«

»Danke, Q«, erwiderte Helmut trocken.

»Das gefällt mir«, sagte der Techniker erfreut. »Und da Sie mich irgendwie ansprechen müssen, können wir gerne dabei bleiben.«

Skip wandte sich an Helmut. »Wie weit ist das sichere Haus in München?«

»Fertig«, erwiderte er und warf Q einen Blick zu. »Wenn Sie Ihre Arbeit hier erledigt haben, könnten Sie doch mit nach München kommen. Ich zeige Ihnen, wo das Gebäude ist. Sie können sich dort wie zu Hause fühlen.«

Q grinste. »Ende der Woche haben wir auf dem ganzen Firmengelände Augen. Ich freue mich schon darauf.«

Skip rieb sich übers Kinn. »Ja, hoffen wir, wir haben eine Woche Zeit.«

Und hoffentlich kauft Kasperski uns die Tarnung ab, die wir für ihn aufgebaut haben.

Skip wartete, bis es dunkel war, bevor er seinen Schlafsack unter die niedrigen Äste einer Tanne legte. Dieser Platz lag weniger als fünfzig Meter oberhalb der Motorradwerkstatt und bot ihm einen ausgezeichneten Blick auf den Parkplatz und das Gebäude.

Er breitete seine Geräte aus: ein Starlight-Nachtsichtgerät der neuesten Generation, einen Bewegungsmelder, eine

Infrarotkamera mit einem starken Teleobjektiv, ein Richtmikrofon und ein digitales Aufnahmegerät. Das alles bedeckte er mit einer gekühlten Plane, die dazu bestimmt war, die Infrarotsignatur zu tarnen. Vielleicht war diese Sicherheitsmaßnahme übertrieben, aber nach allem, was er über Kasperski erfahren hatte, durfte man diesen Mann auf keinen Fall unterschätzen.

Nachdem Skip alles arrangiert hatte, kroch er in den Schlafsack und schlief ein.

Das leise Piepen des Bewegungsmelders weckte ihn. Skip blinzelte, um seinen Blick zu klären, und sah auf die Uhr: 3 Uhr 42. Als er das Nachtsichtgerät unter der Plane hervorzog und einschaltete, klickte es leise.

Ein schwarzer Mercedes fuhr mit knirschenden Reifen und ausgeschalteten Scheinwerfern langsam die Auffahrt hinauf und hielt auf dem Parkplatz der Motorradwerkstatt an. Der Fahrer schaltete den Motor aus und blieb eine Weile im Wagen sitzen, ehe er die Tür öffnete.

Ein umsichtiger Typ, stellte Skip fest. Der Mann stieg aus und schaute sich vorsichtig um. Skip musterte den Eindringling: muskulös, schwarz gekleidet und sportlich. Jetzt nahm Skip die Kamera in die Hand, stellte die Schärfe ein und schoss Fotos.

Der Eindringling ging auf die Bürotür zu und steckte einen Schlüssel ins Schloss. Das Richtmikrofon nahm das Klicken auf, als er sie aufschloss und öffnete.

Nachdem der Mann eingetreten war, schaltete er das Licht ein.

Skip nahm das Handy aus der Tasche und drückte auf die Sprechtaste. »Wir haben eine Maus«, sagte er auf Deutsch.

»Ja«, erwiderte Helmut.

Skip beendete das Gespräch und wartete. Helmut und Q, die sich in dem sicheren Haus in München aufhielten, würden alles aufzeichnen.

Ein paar Minuten später drang ein Lichtstrahl durch den Spalt unter der Werkstatttür.

Skip schürzte die Lippen und überlegte, was der Eindringling alles sehen würde: Motorräder, Motorrad-Hebebühnen, Werkzeuge, Getränkedosen, Motorradteile und verschmierte Lappen.

Das Licht in der Werkstatt ging aus, und eine Minute später schaltete der Mann das Licht im Büro aus.

Fünf Minuten später öffnete er die Tür.

Ein cleverer Bursche. Er hatte gewartet, bis seine Augen sich an die Dunkelheit gewöhnt hatten.

Der Mann ging raschen Schrittes auf den Mercedes zu. Das Mikrofon fing das Geräusch auf, als er die Wagentür leise schloss und den Motor startete. Dann leuchtete das Bremslicht auf.

Skip richtete die Kamera auf das Kennzeichen und machte ein Foto. Als der Mercedes langsam die Zufahrtsstraße hinunterfuhr, trat der Fahrer ab und zu auf die Bremse.

»Okay«, flüsterte Skip. »Das Spiel hat begonnen.«

Kasperski war so vorsichtig, wie es ihm nachgesagt wurde.

Anika, halte durch! Ich bin unterwegs.

Um sich abzulenken und nicht ständig an die Spritze zu denken, beschäftigte Mark sich eifrig mit Anikas Aufzeichnungen. Er kroch über den Boden des Hotelzimmers und sah einen Papierstapel nach dem anderen durch. Allmählich gelang es ihm, Anikas geniale Gedankengänge nachzuvollziehen.

Verdammt! Warum hatte er sich als Student nicht mehr um die Grundlagen der erweiterten Statistik bemüht? Doch allmählich machte er Fortschritte. Der Trick bestand darin, sich nicht in Details zu verlieren, sondern immer die Grundbedürfnisse im Hinterkopf zu behalten: Nahrung, Unterkunft, Energie und Sicherheit. Wie beim Eiffelturm würde das ganze Gebäude zusammenbrechen, wenn man einen Pfeiler wegriss. Es war ein gewaltiges Projekt, wenn man es auf einen globalen Maßstab übertrug. Systeme. Letztendlich hing alles davon ab, Lebensmittel und Energie zu produzieren und sie an die Verbraucher zu verteilen.

Michelle benahm sich so, als wäre nichts geschehen. Schließlich war sie ein echter Profi. Doch auch er als Universitätsprofessor mit einer Schwäche für junge Studentinnen begriff, nachdem er die Spritze gesehen hatte: Michelle gehörte nicht zur CIA.

Doch für wen arbeitete sie dann? Wie war sie an Anikas Aufzeichnungen und Unterlagen gekommen?

Mark kam sich vor wie ein Idiot. Michelle manipulierte ihn genauso geschickt, wie Stephanie es getan hatte. Sie benutzte Venedig als Kulisse, um ihn zu betören. Und sie hatte ihm alles geboten, was er sich wünschte: Designerkleidung, feines Essen, ein luxuriöses Hotel und leidenschaftlichen Sex.

Bin ich wirklich so oberflächlich? Die Antwort lag auf der Hand. Gunter, Stephanie und nun Michelle hatten ihn so problemlos um den kleinen Finger gewickelt wie ein verwöhntes Kind. Man musste ihn nur mit ein paar Süßigkeiten locken, und schon sprang Mark Schott durch die Reifen.

Was hatte sie mit der Spritze vor? Sie enthielt wohl kaum einen Impfstoff, der ihn vor einer Krankheit schützen sollte.

Damit Michelle seine argwöhnische Miene nicht bemerkte, beugte er sich tief zu den Papieren hinunter.

Mark hatte bereits einen Plan. Dieser barg Risiken, aber wenn er abwartete, bis Michelle ihm die Injektion verpasste, war er ebenfalls in großer Gefahr.

Kurz bevor der Abend hereinbrach, sammelte er die Papiere vom Boden auf und sagte: »Ich glaub, ich hab's.«

Michelle, die auf dem Bett saß und in Anikas Unterlagen las, hob den Blick. »Ach ja?«

»Ja.«

Michelle legte das Blatt zur Seite und betrachtete ihn nachdenklich.

Verdammt! Hoffentlich sieht sie mir meine Angst nicht an.

»Was brauchst du jetzt?«

»Daten. Unmengen von Daten.«

»Und dann kannst du das Modell fertigstellen, sodass es funktioniert?«

»Wir müssen auf jeden Fall hier weg und irgendwohin, wo ich Zugang zu einem Computer habe und mir ein Team von Statistikern zur Verfügung steht.« Mark zwang sich zu einem Grinsen. »Aber zuerst würde ich das Ereignis gerne feiern.«

»Ein ganz besonderes Essen?«

»Ich weiß etwas Besseres«, sagte er und legte den Deckel auf den Karton. Dann warf er sie aufs Bett und küsste sie zärtlich.

Komm schon, Mark, jetzt musst du den leidenschaftlichsten Liebhaber deines Lebens geben!

Seine Sorge, ob es ihm auch gelingen würde, verschwand, als er Michelle langsam entkleidete.

Einige Dinge, stellte er fest, gelangen immer.

Nachdem sie sich geliebt, geduscht und angezogen hatten, war es Abend in Venedig geworden.

Als sie das Hotel Danieli verließen, sprach Mark begeistert über seine Fortschritte. »Es steht alles in den Aufzeichnungen. Ich meine, die Grundlagen des Modells. Die vier Pfeiler, nun, die kannten wir immer. Aber niemand hat jemals einen Weg gefunden, sie auf einen globalen Maßstab zu übertragen, bei dem auch Variablen für menschliches Verhalten berücksichtigt werden. Anika hat alles ausgezeichnet zusammengefügt.«

Er musterte sie. »Jetzt kannst du mich doch aus Venedig herausschleusen, nicht wahr? Ich meine, Kasperskis Leute denken doch bestimmt, dass wir längst verschwunden sind, nachdem wir uns so lange hier aufgehalten haben.«

Michelle nickte und warf sich eine Strähne ihres langen schwarzen Haars über die Schulter. »Ich glaube schon. Morgen früh nehmen wir ein Wassertaxi zurück zum Festland. Es ist alles arrangiert.«

Morgen früh?

Mark bekam es mit der Angst zu tun. Mist. Er hatte keine andere Wahl. *Heute Abend oder nie.*

In diesem Augenblick bemerkte er den Mann mit dem leichten Hinken, der ihnen folgte. Er schien sie nicht zu beachten und schaute gedankenverloren auf die Arkaden.

Mark hatte sich alles genau überlegt. Er wusste, in welches Restaurant er gehen wollte, und seine Wahl hatte nichts mit dem Essen zu tun.

Er führte Michelle in eine kleine, dunkle Trattoria in der Calle Larga. Es war noch früh, und daher fanden sie sofort einen Tisch.

Mark unterhielt sich mit Michelle über Belanglosigkeiten, während sie Rotwein tranken und auf ihre Pizza warteten. Michelle schien vollkommen entspannt zu sein. Doch während des Essens sagte sie plötzlich: »Du bist ein wenig nervös, nicht wahr?«

»Wegen meines Durchbruchs bei dem Modell. Und weil ich nun endlich nach Hause zurückkehre.« Er hob sein Glas.

Sie lächelte und stieß mit ihm an.

Mark trank schnell einen Schluck, denn er hatte eine trockene Kehle.

»Entschuldige mich bitte.« Er stand auf und legte sich eine Hand auf den Bauch. »Es könnte einen Moment dauern.«

Er zwang sich, nicht zurückzuschauen, als er auf die Herrentoilette zuging – einen winzigen Raum auf einem schmalen Gang neben der Küche. Als er die Toilettentür öffnete, riskierte er es, einen Blick ins Restaurant zu werfen. Er sah nur Michelles Hinterkopf. Sie telefonierte.

Wahrscheinlich erstattete sie Bericht.

Anstatt die Toilette zu betreten, ging Mark zwei Schritte weiter zum Hinterausgang, der zu einer schmalen Gasse führte. Er rannte durch die Gasse auf einen kleinen Hof und starrte auf das kleine Stück Himmel drei Stockwerke über ihm.

Gleich darauf gelangte er in eine andere kleine Gasse. Zu seiner Bestürzung versperrte ihm ein verschlossenes Stahltor den Weg. Mit klopfendem Herzen tastete Mark über den Rand der Ziegelsteinmauer daneben. Nichts. Als er einen Blick zurückwarf, sah er ein schmales Fenster mit einem Blumentopf auf der Fensterbank.

Hoffentlich habe ich Glück.

Mark hob den Blumentopf hoch und fand einen verrosteten Schlüssel. Er lief zurück zu dem Tor, steckte den Schlüssel ins Schloss und öffnete es.

Keine Sekunde später war er draußen und zwang sich, nicht zu laufen und sich wie ein ganz gewöhnlicher Spaziergänger zu benehmen, der den Abend genoss.

Okay, und jetzt? Wohin?

Er schaute auf die Uhr. Ihm blieben vielleicht zehn Minuten, um ein Wassertaxi zu finden.

21. Kapitel

Mark fragte sich, ob sie ihm auf die Schliche kommen würden, als das Taxi ihn ein Stück von der kleinen Garage entfernt absetzte. Er reichte dem Fahrer des Mercedes einen Hunderteuroschein, nahm das Wechselgeld entgegen und trat hinaus in die Nacht.

Denk nach!

Mark wusste, dass es ein Fehler sein könnte, sich vor der Garage absetzen zu lassen. In jedem Fall war es besser, wenn er sich zuerst vergewisserte, dass ihn niemand beobachtete oder auf ihn wartete.

Er schlich langsam von einem Hauseingang zum nächsten, sein Ziel immer im Blick. Es kostete ihn ungeheure Mühe, das Zittern seiner Hände zu unterdrücken. Wann hatte er jemals so große Angst gehabt?

Hinter einem Sanitärfachhandel bog er um die Ecke und näherte sich in der Dunkelheit vorsichtig der Rückseite der kleinen Garage. Michelle war damals ebenfalls um das Gebäude herum zur Rückseite gelaufen und mit dem Schlüssel zurückgekehrt. Systematisch begann Mark mit der Suche.

Hier stand kein Blumentopf. Mark tastete über die Hauswand, fand aber nichts. Dann strich er mit den Fingern durch den Dreck und das Unkraut auf der Erde.

Plötzlich bewegte sich eine lockere Bodenplatte unter seinem Gewicht, und er hörte ein dumpfes Klicken.

Mark hob sie heraus und stellte sie hochkant gegen die

Mauer. Tatsächlich fand er in einer Vertiefung im Boden den Schlüssel.

Klasse, langsam werde ich richtig gut darin.

Mark spähte um die Ecke des Hauses, wartete, bis ein Fiat vorbeigefahren war, und trat dann mit klopfendem Herzen hervor. Er schob den Riegel zur Seite, öffnete die Tür und ging auf die Helme und Jacken zu.

Er erinnerte sich, in welche Jackentasche Michelle den Schlüssel gesteckt hatte, und fischte ihn heraus. Als er sich zu dem teuflisch schnellen Motorrad umdrehte, schimmerten Schweißperlen auf seiner Stirn.

Ich werde mir bestimmt das Genick brechen.

Er rollte die Maschine auf die Straße hinaus und schloss die Garagentür ab.

Nachdem Mark die Jacke angezogen hatte, setzte er sich den Helm auf. Anschließend stieg er aufs Motorrad, steckte den Schlüssel ins Zündschloss und drehte ihn herum. Auf dem Armaturenbrett leuchteten kleine Lichter auf.

Als er an dem Hebel rechts am Lenker zog, leuchtete das Bremslicht auf. Der Hebel an der linken Seite musste die Kupplung sein. Das Pedal rechts vor der Fußraste musste auch eine Bremse sein, denn das Bremslicht leuchtete auf.

Als er auf einen Schalter drückte, ging der Scheinwerfer an. Ein anderer Schalter aktivierte den Blinker. *Okay.*

Er zog die Kupplung und drückte mit dem rechten Daumen auf den Starter der Ducati. Das verdammte Ding sprang nicht an. Mark versuchte es noch einmal. Jetzt sprang der Motor an, stotterte und ging dann wieder aus. Als er nach dem nächsten Start wieder stotterte, gab Mark ein bisschen mehr Gas, worauf die Maschine laut zu dröhnen begann. Mark nahm etwas Gas weg, hob den linken Fuß, drückte den Schalthebel hinunter und spürte, dass der Gang einrastete.

Langsam ließ er die Kupplung kommen, worauf das Motorrad einen Ruck nach vorn machte und wieder ausging.

»Du verdammtes Miststück!«

Mark zog die Kupplung, drückte den Starter und erweckte das Ungeheuer wieder zum Leben. Er gab etwas mehr Gas und ließ die Kupplung vorsichtig kommen. Die Maschine schoss wie eine Rakete auf das Haus auf der anderen Straßenseite zu.

Als er Gas zurücknahm, ruckelte die Ducati ein wenig. Während Mark beide Füße über den Asphalt schleifen ließ, gelang es ihm zu wenden. Als er erneut Gas gab, bewegte sich die Maschine schlingernd und stotternd vorwärts.

Es war reines Glück, dass er es schaffte, durch ein paar Straßen zurück zur A 27 zu fahren. Es war nicht viel Verkehr, und es gelang ihm sogar, den Blinker zu setzen. Als er auf die Autobahn auffuhr, zog er die Kupplung und trat auf den Schalthebel. Noch immer fuhr er im ersten Gang.

Mark trat immer wieder auf den Schalthebel, doch er bekam den zweiten Gang nicht rein. Der Verkehr rauschte an ihm vorbei, als er es erneut versuchte. *Gut, dann eben im ersten Gang.*

Die Ducati heulte auf, als er sie auf zehntausend Umdrehungen hochzog.

Auch der Blinker verwirrte ihn. Er konnte zwar links und rechts blinken, den Blinker aber nicht ausschalten. Schließlich begriff er, was er machen musste. Er musste den Schalter reindrücken.

Blieb noch das Problem mit dem Schalten.

Denk nach!

Unten war der erste Gang. Darüber musste der Leerlauf liegen …

Es blieb ihm nichts anderes übrig, als alles auszuprobieren. Mark erinnerte sich daran, wie gut Michelle die Maschine im Griff hatte.

Er zog die Kupplung, ließ den Motor aufheulen, zog den Schalthebel nach oben und hörte ein beruhigendes Klicken.

Mark ließ die Kupplung kommen, worauf die Ducati nach vorn schoss und er ein Stück auf dem Sitz nach hinten rutschte. Als das Motorrad sich aufbäumte, klammerte er sich in Todesangst an den Lenker.

Für Maureen war es eine Wiederholung dessen, was sie schon einmal erlebt hatte. Als sie im Fall der *White Star* ermittelt hatte, war sie auch auf einer Militärbasis untergebracht worden. Damals war es ein Stützpunkt der Royal Navy in Südengland gewesen. Diesmal war es die Andrews Air Force Base.

Ihr Blick wanderte über die anderen Teammitglieder, die sich intensiv mit den Dokumenten beschäftigten, die aufgestapelt auf dem Tisch lagen. Ab und zu kam ein junger Mann in Uniform mit dem nächsten Karton und stellte ihn neben die anderen an die Wand.

Es war ein schlichter Raum mit Neonröhren an der Decke und einer Metalltür. An einer Wand hing eine weiße Tafel, auf der nun Notizen, Diagramme und unterstrichene Fragen standen. Die anderen Wände waren leer.

Sie brauchten nur die Tür zu öffnen, dann konnten sie den Sicherheitsbeamten der Air Force, der draußen stand, um Kaffee, Erfrischungsgetränke oder einen Imbiss bitten. Die einzige Abwechslung bot ihnen der Spaziergang zurück zur Kaserne, der etwa fünfzehn Minuten dauerte.

Trotz der Einschränkungen beklagte sich niemand, und

das bewies in Maureens Augen, wie wichtig allen das Projekt war. Sie hob den Blick von dem Geheimdienstbericht, den sie gerade las. Ganz oben auf der weißen Tafel stand in großen roten Buchstaben: »Wie zwingen wir Kasperski in die Knie?«

Sie schob die Unterlippe vor, runzelte die Stirn und wandte die Aufmerksamkeit wieder der Satellitenaufnahme von Kasperskis Firmengelände in Oberau zu, die auf dem Tisch lag.

»Es sieht aus wie eine Ferienanlage.« Maureen rieb sich den Nacken und spürte die Verspannung. »Wenn man sich das Satellitenbild genau anschaut, sieht man die Zäune und Mauern. Ich hab keine Ahnung, wie Skip Anika da herausholen will. Das ist das reinste Gefängnis. Unbezwingbar. Ein geschlossenes System.«

Gail Wade, in deren Mundwinkel eine Zigarette hing, schlug mit den Händen auf den Tisch, wo die Finanzberichte lagen, die sie durchsah. »Ich bin Klimatologin. Warum überprüfe ich Bankauszüge? Das ist für mich das reinste Chinesisch.«

Zoah murmelte leise, während er auf die Tasten seines Taschenrechners tippte. »Faszinierend. Wussten Sie, dass Kasperskis Chance auf Erfolg bei allen Geschäften 93 Prozent beträgt?«

»Was bedeutet das?«, fragte Sinclair. Er nahm die Lesebrille ab und rieb sich die Schläfen.

»Das bedeutet, das er betrügt.«

»Mensch, Fred, dass ist jetzt aber etwas ganz Neues für uns.« Sinclair runzelte die Stirn, wandte sich wieder seiner Arbeit zu und machte sich auf einem gelben Block Notizen.

Zoah lächelte nachsichtig. »Nein, das ist mein Ernst.

Seine einzigen Verluste rühren von Katastrophen und unvorhersehbaren Ereignissen her: ein Luxusresort in Aceh, das von dem Tsunami Weihnachten 2004 vernichtet wurde; ein Erdbeben in Kolumbien, das eine Smaragdmine zerstört hat; ein Hurrikan, bei dem eine Bohrinsel versank. Verstehen Sie, was ich meine?«

Sinclair spähte über den Brillenrand. »Nein, verstehe ich nicht.«

Zoah starrte an die Decke. »Ein Investmentbanker, der niemals Verluste macht?«

Gail Wades Zigarette wippte während des Sprechens auf und ab. »Natürlich macht er keine Verluste. Menschen, die ihn enttäuschen, tötet er.«

»Ja, das tut er«, sagte Fred nachdenklich und tippte auf ein Dokument, auf dem in großen roten Buchstaben »Sicherheitsstufe eins, vertraulich« stand. »Und diesem Bericht der CIA zufolge gehört die nordkoreanische Regierung zu seinen größeren Geschäftspartnern.«

»Und warum ist das interessant?«, fragte Sinclair.

»Weil die Nordkoreaner durch ihn verdammt viel Geld machen?«, entgegnete Zoah. »Aber was passiert, wenn sie ihn enttäuschen? Oder noch besser, wenn er sie enttäuscht?«

»Und?«, fragte Sinclair.

Zoah nahm den CIA-Bericht in die Hand. »Schauen wir mal, worin die Zusammenarbeit zwischen ihm und den Nordkoreanern besteht ... Systeme. Alles ist ein System. Hm! Raketenlenksysteme?«

Maureen zuckte zusammen und starrte auf das Bild des Firmenkomplexes in Oberau. Ein Gefängnis. Ein geschlossenes System. Aber es blieb doch ein System.

Der Ort war so gebaut, dass er unbezwingbar sein sollte,

wobei der Schwerpunkt darauf lag, dass niemand hinaus- oder hineingelangte. Dennoch mussten auch hier die Grundbedürfnisse der Menschen erfüllt werden: Nahrungsmittel, Wasser und Energie …

Sie lehnte sich zurück und wählte eine Nummer auf ihrem Handy.

»Randall«, meldete sich die vertraute Stimme.

»Amy? Hier ist Maureen. Ich brauche ein paar Informationen vom Landwirtschaftsministerium.«

»Über Kühe, Hühner und Schweine?«

»So ähnlich.«

Mark Schott nahm an, dass es sich um eine Truckerkneipe handelte. Wie eine Oase in der Nacht leuchteten Lichter, Schilder, ein Restaurant und ein paar überdachte Tanksäulen. Er setzte den Blinker, bremste und verlangsamte sein Tempo, als er mit der Ducati von der Autobahn fuhr.

Langsam rollte er auf eine Zapfsäule zu und zog kräftig den Bremshebel, sodass das Vorderrad blockierte und die Maschine ihm beinahe entglitt.

Mit aller Kraft gelang es ihm, sie wieder aufzurichten. Er schaltete den Motor aus und rang nach Atem.

»Benzina?«, fragte ein junger Mann Ende zwanzig in einem Blaumann fröhlich.

Mark klappte das Visier hoch. Er war fix und fertig, und seine Knie zitterten. »Was?«

»Benzina?«, wiederholte der junge Mann und zeigte auf den Tank.

»Si, si.«

Mark brauchte einen Moment, ehe er begriff, dass sein Gegenüber den Schlüssel benötigte, um die Kappe aufzuschließen. Der junge Mann griff schon nach der Zapfpistole.

Mark war froh, auf dem Motorrad sitzen zu können und zu warten, bis sich sein Herzschlag wieder normalisierte. Er schaute sich um und sah einige Autos und ein Motorrad vor dem Restaurant stehen.

Eine Tasse Kaffee konnte nicht schaden, überlegte er. Und er musste jetzt auch endlich etwas essen. Die Angst während der Fahrt auf dem mörderischen Motorrad hatte sein Hungergefühl vorübergehend verdrängt.

Als der Tankwart den Deckel auf den Tank schraubte, stellte er eine Frage auf Italienisch, die Mark nicht verstand.

»Wie viel?«

Der junge Mann lächelte. »Ah, Sie sind Amerikaner. Auf einer Ducati!« Er streckte die Faust in die Luft und nickte anerkennend, als Mark ein Bündel Geldscheine aus der Tasche zog und dem Mann einen Hunderter gab.

Mark nahm das Wechselgeld entgegen, schloss den Tankdeckel zu und startete das Motorrad. Es gelang ihm, den ersten Gang einzulegen, ohne den Motor abzuwürgen. Während er die Füße über den Boden schleifen ließ, fuhr er langsam auf das andere Motorrad zu und parkte die Ducati daneben. Es war eine BMW mit einer Windschutzscheibe und Packtaschen.

Mit einem Seufzer der Erleichterung zog Mark den Schlüssel ab und betrat das Restaurant, während er den Helm vom Kopf nahm.

Die meisten Tische waren frei. Das Restaurant war sauber, und in den Nischen standen Kunststoffbänke. Mark blieb stehen und warf einen Blick auf die wenigen Gäste, die etwas aßen oder Kaffee tranken.

»Buona sera«, sagte ein Mann, der am Fenster saß, leise

und nickte ihm zu. Auf dem Platz neben ihm lagen ein Helm und eine Motorradjacke. Vermutlich der BMW-Fahrer.

»*Buona sera*«, erwiderte Mark zögernd.

»Deinem Akzent nach zu urteilen musst du Amerikaner sein.« Der Motorradfahrer zeigte auf den Platz ihm gegenüber. »Setz dich!«

Mark wusste nicht, wie er sich verhalten sollte. Schon spürte er wieder Panik in sich aufsteigen.

Der BMW-Fahrer reichte ihm die Hand. »Harry Rau. Columbus, Ohio. Machst du Urlaub hier?«

»Hm, ja.« Mark wischte alle Bedenken beiseite, denn er sehnte sich danach, mit irgendjemandem zu reden. Er legte den Helm auf die orangefarbene Plastikbank, zog die Jacke aus und rutschte auf den Platz gegenüber von Harry. »Puh! Was für ein Tag!«

Mark schätzte den Mann mit dem grauen Haar und dem Schnurrbart auf Mitte fünfzig. Rau trug eine Motorradhose, Stiefel und ein Sweatshirt mit der Aufschrift: Alpen Motorcycle Tours. Er hatte Falten im Gesicht, ein festes Kinn, eine große Nase und funkelnde blaue Augen. In seinen gepflegt aussehenden Händen hielt er eine Tasse Kaffee.

»Hast du eine große Tour gemacht?«, fragte Rau. »Wo bist du gestartet?«

»In Venedig.«

»Hast du dir die Sehenswürdigkeiten angesehen? Ich persönlich liebe die Dolomiten.« Raus nachdenklicher Blick wanderte über Marks feine Hose und das Button-Down-Hemd. »Ist es nicht zu kalt in den Klamotten?«

Mark lächelte verlegen. »Dieses Motorrad ... Es war nicht gerade das Cleverste, was ich jemals gemacht habe.«

»Was fährst du sonst für eine Maschine?«

»Gar keine. Das war meine erste Tour.«

Rau runzelte die Stirn. »Wie jetzt? Du hast beschlossen, dich gleich bei deiner ersten Tour auf eine 1198er zu setzen? Hast du Todessehnsucht?«

Später schrieb Mark es dem Stress zu, unter dem er stand. Jedenfalls brach er in ein hysterisches Lachen aus. Nach dem Lachkrampf war er erschöpft und hatte Tränen in den Augen. Er rang nach Atem und stammelte: »Nach dem, was ich in den letzten Tagen erlebt habe, könnte man es fast meinen.«

Rau, der ab und zu einen Schluck aus seiner Tasse trank, beobachtete ihn amüsiert. »Lass mich raten. Du hast gerade eine Beziehung beendet, die nicht mehr richtig lief?«

Mark kämpfte gegen den nächsten Lachkrampf an, der ihn zu überwältigen drohte. »Du hast ja keine Ahnung.«

»Also hast du beschlossen, nach Italien zu fahren, dir eines der schnellsten und teuflischsten Motorräder auf Erden zu leihen und dein Glück zu versuchen, hm?«

Mark rieb sich die Augen und nickte. »Im Grunde hast du recht. Ja, das ist ungefähr die Kurzfassung.«

»Ich glaube, ich kann es mir vorstellen.«

»Offensichtlich«, murmelte Mark. Er nahm die Speisekarte in die Hand und überflog sie. »Jetzt sitze ich in dieser Kneipe und weiß überhaupt nicht, was ich hier mache und wohin ich fahren soll.«

»Wie heißt du?«

»Brian«, erwiderte Mark intuitiv. »Brian Meyer. Früher habe ich an der Highschool Sozialkunde unterrichtet. In Iowa. Später dann weiter im Westen in Colorado. Und du?«

»Auspuffanlagen. Für Autos. Insgesamt gehören zu meinem Unternehmen acht Geschäfte in Columbus und Dayton. Inzwischen arbeite ich hauptsächlich, um mein Hobby zu finanzieren.«

»Und was ist das?«

»Motorräder.« Rau grinste. »Ich habe eine ganze Garage voll davon. Und außerdem gebe ich Sicherheitstraining für Anfänger.«

»Ach ja?«

»Wir bringen Anfängern bei, wie man Freude an diesem Sport hat, ohne gleich in der Notaufnahme zu landen, was dir schnell passieren könnte. Du hast dir die falsche Maschine ausgesucht.«

»Ja, das Ding reagiert, als wäre es vom Teufel besessen. Aber man könnte sagen, ich hatte keine andere Wahl.«

»Wo willst du heute noch hin?«

»Ich? Keine Ahnung.«

Hier hat Mark also gewohnt. Der Gedanke daran vertrieb Anikas Angst nicht. Mit langsamen Schritten ging sie durch die luxuriös eingerichtete Wohnung Nummer 3 in Oberau und schaute durch das Fenster des Arbeitszimmers auf das große Herrschaftshaus unten und die Alpen dahinter.

Anika, die auf einer Ranch in Wyoming aufgewachsen war, fehlte die Fantasie, sich so etwas überhaupt vorzustellen. Aber da sie Mark kannte, wusste sie, dass ihn die Möbel, die holografische Wand und der Whirlpool sicherlich fasziniert hatten. Sie hatten alle seine Schwächen erkannt und sie mit der Kunstfertigkeit eines Geigenvirtuosen ausgenutzt.

Und ich? Sie hatte fast die ganze Nacht wach gelegen, angestrengt nachgedacht, Fakten rekapituliert und analysiert.

Stephanie hatte ihr das Sicherheitskonzept des Komplexes ausführlich erklärt und betont, dass eine Flucht vollkommen aussichtslos sei.

»Hab's verstanden«, murmelte Anika zu sich selbst. Stephanie schien der Gedanke an eine mögliche Flucht dennoch zu beunruhigen, wie ihr langer Vortrag bewiesen hatte. Kein Wunder, denn schließlich war Mark entführt worden. Ihr zweites Ziel würde es sein, Anika davon zu überzeugen, dass eine Rettung in weiter Ferne lag und es besser wäre, sich in das Unvermeidliche zu fügen.

»Eines Tages dürfen Sie wieder nach Hause zurückkehren«, hatte Stephanie ihr versichert, während sie ihr eine farblose Flüssigkeit zu trinken gab – angeblich das Gegenmittel für das Gift in dem Mangosaft, den sie auf den Bahamas getrunken hatte. »Sie sind mittlerweile einfach zu bekannt. Die Vereinigten Staaten werden nicht lockerlassen. Andererseits müssen sie sich an zivilisierte Regeln halten. Jedenfalls wird es ein langwieriger, mühseliger Prozess sein, Ihre Freilassung zu erreichen. Drohungen und diplomatischer Druck werden dabei ebenso eine Rolle spielen wie Verhandlungen.«

Es sei denn, Anika legte sich tüchtig ins Zeug und beugte sich ECSITEs Wünschen. Sobald sie im Besitz des fertigen Modells waren und es getestet hatten, brauchte ECSITE Anika French nicht mehr, deutete Stephanie an.

Sie können mich aber nicht einfach gehen lassen. Ich könnte das Modell ebenso wie Mark für andere reproduzieren. Wie werden sie mich beseitigen? Noch eine Infusion des Nervengiftes, dessen Wirkung erst spürbar wurde, kurz nachdem sie scheinbar gesund zurückgekehrt war? Vielleicht ein wenig Plutonium im Essen, das ihren Tod durch ein Krebsgeschwür garantieren würde? Oder ein Flugzeugabsturz auf dem Weg zurück nach Wyoming?

Sie hörte, dass die Haustür geöffnet wurde. »Hallo? Sind Sie fertig? Ich möchte Sie Ihrem Team vorstellen!«, rief Stephanie fröhlich.

Anika seufzte und lachte dann freudlos auf. Wenn sie Katz und Maus mit ihr spielen wollten, sollte sie besser zur Höchstform auflaufen.

Stephanie stieg die Treppe hinauf und betrat das Arbeitszimmer. Ihr verhaltenes Lächeln signalisierte, dass ihr Anikas Outfit gefiel. Anika hatte im Schlafzimmerschrank schicke Businesskleidung gefunden, die ihr von ECSITE zur Verfügung gestellt wurde.

Offenbar achtete ECSITE auf jedes kleine Detail. Eine Tatsache, die sie unbedingt im Blick behalten musste.

»Sicher«, erwiderte Anika mit einem aufgesetzten Lächeln. »Wenn meine Gefängniswärterin mich abholt, bin ich natürlich bereit.«

Stephanie, die so viel Sarkasmus nicht erwartet hatte, antwortete spitz: »Haben Sie Ihren Fluchtplan ausgearbeitet?«

»Bis ins kleinste Detail. Ich brauche nur noch einen Plan des Abwassersystems und hohe Gummistiefel.«

Stephanie musterte sie mit kalter Miene. »Nicht so eilig. Sie haben alle Zeit der Welt.«

Anika verschränkte die Arme. »Bevor ich irgendeine Entscheidung treffe, möchte ich Kasperski kennenlernen.«

Neben Stephanies Mundwinkeln bildeten sich Grübchen, als sie Anika lächelnd antwortete. »Sie haben Glück. Zufällig ist er heute hier.«

Großartig! Sobald ich ihn kennengelernt habe und verstehe, wie er arbeitet, werde ich jeden Augenblick darauf verwenden, wie ich euch alle zu Fall bringen kann, du Miststück!

Skip, der in der Tür zur Werkstatt stand, wischte sich mit einem Lappen das Öl von den Händen. Es war ein sonniger Spätnachmittag, und die Werkstatt hatte bereits geschlossen. Die beiden Mechaniker machten gerade Feierabend. Jürgen setzte seinen Motorradhelm auf, zog den Kinnriemen fest und streifte Handschuhe über. Lars stieg auf seine Triumph Thunderbird und drückte mit dem Daumen auf den Starter, worauf die große Maschine zu dröhnen begann. Er wartete noch, bis Jürgen auf der blauen Yamaha Ténéré saß und das Motorrad gestartet hatte. Gemeinsam fuhren sie dann die steile, gewundene Zufahrtsstraße hinunter.

Skip trat hinaus und starrte auf das riesige neue Schild auf dem Dach. Der Name des Geschäfts ALPEN MOTORRAD prangte in großen orangefarbenen Buchstaben über der Werkstatt. Diese wurden von einem geschlossenen Holzrahmen gestützt, der den Beobachtungsposten hervorragend verdeckte, den sie nach Einbruch der Dunkelheit beziehen würden.

Wie aufs Stichwort tauchte hinter den Häusern unten ein grüner Lieferwagen auf und fuhr mit heulendem Motor die Zufahrtsstraße hinauf.

Skip stopfte den Lappen in die Tasche seines Overalls und kehrte in die Werkstatt zurück, wo Helmut gerade Werkzeug wegräumte. Als Skip an seiner Werkbank vorbeikam, stellte Helmut den CD-Player an und drehte die Lautstärke auf. Das laute Hämmern eines Druckluft-Schlagschraubers hallte durch den Raum, und dann folgten andere Werkstattgeräusche.

Skip drehte sich gerade wieder zur Tür um, als der Lieferwagen vor der Tür hielt. Ein Mann in einem Blaumann stieg mit einem Klemmbrett in der Hand aus und öffnete die

Hecktür. Er nahm eine Kiste heraus, betrat die Werkstatt und stellte die Kiste auf den Tisch.

»Sie sind spät dran.« Skip stemmte die Hände in die Hüften.

»Ich hatte einen Platten«, erwiderte der Fahrer.

»Das linke Hinterrad?«

»Vorne rechts.«

Die Antwort war korrekt. Skip reichte dem Mann lächelnd die Hand. »Skip Murphy.«

Der Mann hatte einen festen Händedruck und ein Allerweltsgesicht, doch sein verschmitztes Lächeln wirkte sympathisch. »Gordon Gerber. Ich werde GG genannt.«

»Was haben Sie mitgebracht?«, fragte Skip und spähte auf die Kiste.

Gordon schnitt das Klebeband durch, öffnete die Kiste und nahm eine dicke Akte heraus. »Langley hat Ihre Maus als Simon Gunter identifiziert, neununddreißig Jahre alt. Nach einer recht schwierigen Jugend ging er zur Bundeswehr. Er musste eine gescheiterte Ehe und den Selbstmord seines Vaters verkraften. Nach dem Wehrdienst arbeitete Simon eine Weile in Südafrika und versuchte sich anschließend als professioneller Jäger in Namibia. Er hat einen belgischen Kunden im Streit um eine Jagdtrophäe fast zu Tode geprügelt.

Für ein paar Jahre verlor sich Gunters Spur, doch dann interessierten sich die Behörden für ihn, weil er Diamanten aus Westafrika geschmuggelt hat. Ein Jahr später stand er bei Kasperski auf der Gehaltsliste und arbeitete sich schnell bei ihm hoch. Es existieren zwar keine handfesten Beweise, aber sobald Kasperski sich mit jemandem überworfen hat, taucht Gunter auf, und eine Woche später wird derjenige tot aufgefunden. Todesursache unklar.«

»Ein Auftragskiller, hm?«

GG zuckte mit den Schultern. »Unter anderem. Man könnte ihn auch als Allzweckwaffe bezeichnen. Wir wissen zum Beispiel, dass er 2003 nach Afghanistan geschickt wurde, als Schwierigkeiten im Opiumhandel auftraten. Von dort aus ging er nach Usbekistan und dann in die Ukraine. Innerhalb eines Monats überschwemmten große Mengen Opium den Markt, und der Preis fiel. Was für ein Zufall!«

»Dann ist er also der Mann fürs Grobe?«

»Könnte man sagen.« Gordon blätterte in der Akte, bis er ein Foto von Simon Gunter fand. »Noch interessanter ist, dass er vor ein paar Wochen in den Staaten war. Und das hier wird Ihnen sicher gefallen: Sein Ziel war Laramie, Wyoming. Er verließ die Staaten mit derselben Maschine wie Mark Schott.«

»Gibt es Tote in dem Zusammenhang?«

Gerber lächelte. »Seltsam, dass Sie fragen. Ein gewisser Paul Fetzer lag tot auf den Bahngleisen. Die Gerichtsmediziner stellten fest, dass er betäubt worden war, ehe der Zug ihn überrollte. Ein Cocktail aus Disoprovan und Midazolam, Medikamente, die von Chirurgen eingesetzt werden.«

»Ja, das habe ich bei der Besprechung gehört. Und das Opfer?«

»Das ist noch interessanter.« GG rieb sich die Nase. »Das Opfer war ein bezahlter Schläger und hatte eine besondere Ausbildung für Spezialoperationen. Der Typ hat für Blackwater gearbeitet und war vermutlich für den chinesischen Geheimdienst tätig.«

»Ich erinnere mich. Wahrscheinlich für die Leute, die Anika Frenchs Unterlagen gestohlen haben.« Skip nickte und dachte über die neuen Informationen nach. »Gunter muss irgendwie bemerkt haben, dass er Konkurrenz hatte.

Er hat den Mann ausgeschaltet, ehe dieser seinen Deal mit Schott vereiteln konnte.«

»Ja, davon gehen wir aus. Er entledigt sich seiner Opfer gerne, indem er sie auf Bahnschienen legt. Das ist seine bevorzugte Methode und trägt eindeutig seine Handschrift. Da der Leichnam kaum noch zu identifizieren ist, reißen die Behörden sich kein Bein aus.« GG zuckte zusammen, als auf der CD wieder das Hämmern des Schlagschraubers ertönte.

»Wurden Sie informiert, dass wir hier verwanzt sind?« Skip zeigte auf den Raum.

»Ja. Meinen Sie, die Hintergrundgeräusche sind laut genug?«

»Klar. Unser Techniker – wir nennen ihn Q, weil ihm das gut gefällt – überwacht sie, während sie uns überwachen. Die Wanzen sind im Büro. Hier in der Werkstatt sind wir sicher.« Skip sah zufrieden aus. »Ich kann es aber auch lauter stellen, wenn Sie möchten.«

»Schon in Ordnung.« Gerber blätterte in der Akte. »Unser Freund Gunter war kürzlich nicht nur in den Staaten. Die Briten haben vor ein paar Tagen seinen Flug auf die Bahamas registriert. Kasperski besitzt dort eine eigene Insel, wo sich Gunter vermutlich aufhielt. Urlaub, hat er bei der Einreise angegeben.«

Skip spürte Wut in sich aufsteigen. »Die Bahamas. Also so haben sie Anika aus dem Land geschleust. Wie ist Gunter zurück nach Deutschland gekommen?«

»In Kasperskis Privatjet.«

»Okay, dann ist Gunter nicht nur ein ganz mieser Typ, sondern zudem auch verdammt clever. Die Ansage ist klar: Wir müssen vorsichtig sein und dürfen ihn nicht unterschätzen.«

»Da ist noch etwas.«

GG nahm eine zweite Akte aus der Kiste. »Gunter arbeitet nicht immer allein. Er hat eine Kollegin, und gemeinsam sind die beiden unschlagbar.«

Skip nahm die Akte entgegen und schlug die Seite mit dem Foto auf. Mit gerunzelter Stirn betrachtete er das Bild einer attraktiven Blondine und stieß einen Pfiff aus.

»Stephanie Huntz«, sagte GG leise. »In einem anderen Leben hätte sie Supermodel werden können. In diesem ist sie Kasperskis andere rechte Hand, und von den ganzen Psychopathen, die für ihn tätig sind, mag er sie besonders gern. Sie hat den Zoll auf den Bahamas gemeinsam mit Gunter passiert. Die süße Stephanie mag das schnelle, luxuriöse Leben, und dazu gehören Autos, Flugzeuge und Männer. Sie hat eine Fluglizenz und eine Ausbildung zur Pharmazeutin. Ihre bevorzugte Vorgehensweise besteht darin, ihr Opfer zu betören, alles von ihm zu erfahren, was sie wissen will, und es dann – je nach Befehl – entweder zu töten oder am ausgestreckten Arm verhungern zu lassen.«

»Was für eine reizende Person!«

Gerber zuckte mit den Schultern. »Sie spricht mehrere Sprachen und wurde ausgebildet, um Geheimdienstinformationen zu sammeln. Sie beherrscht asiatische Kampfsportarten, außerdem ist ihr der Gebrauch von Waffen und Sprengstoffen sowie verschiedener Gifte und Betäubungsmittel vertraut. Waffen oder Gift, ihr scheint beides zu gefallen. Sie war mit Mark unterwegs, als die Chinesen ihn entführt haben. Laut unseren Informationen sollen sie und Gunter beide in den Anschlag in Italien verwickelt gewesen sein.«

»Keinen Sinn für Humor, hm?«

»Scheint nicht so.«

»Was von Schott gehört?«

»Nicht nur wir sind auf der Suche nach ihm, sondern ganz Europa. Doch es gibt nicht die geringste Spur. Er ist wie vom Erdboden verschwunden. Auch über den Verbleib seiner Frau und seiner beiden Söhne gibt es nichts Neues.«

Skip nickte, als Helmut sich zu ihnen gesellte. Er reinigte seine Hände mit einer speziellen Handwaschpaste und warf einen Blick auf das Foto. »Ah, Stephanie«, sagte er.

»Du kennst sie?«, fragte Skip.

»Sie hat sich mal mit einem meiner Kunden verabredet. Er war in der Waffenentwicklung tätig ... computergesteuerte Zielsysteme für die neuesten NATO-Panzer. Absolute Präzisionsinstrumente. Ich war mehrmals als Personenschützer für die beiden tätig.«

»Und wie ging es aus?«

»Schlecht«, erwiderte Helmut mit unbewegter Miene. »Der Mann starb bei einem Skiunfall. Sein Leichnam wurde im nächsten Frühjahr gefunden. Eine Lawine, hieß es.«

»Wenn ich ihr begegne, stelle ich mich am besten erst mal vor.«

»Ganz schlechte Idee, Skip.« Helmut kniff die Augen zusammen.

»Warum?«

»Wenn du tot bist, muss ich Anika French allein da herausholen.«

22. Kapitel

Anika hatte damit gerechnet, zu dem großen herrschaftlichen Haus in der Nähe ihrer Wohnung geführt zu werden. Stattdessen wurde sie zu einem Bürogebäude gebracht, das in den Berg hineingebaut worden war. Von außen sah es mit seinem breiten Dach und dem Holzgiebel wie ein zweistöckiges Landhaus aus. Doch die Innenausstattung hätte mit den modernsten Gebäuden in der Innenstadt von Denver konkurrieren können. Fast alles bestand aus Glas. An den schallgedämpften Decken hingen Leuchtstoffröhren, die die gefliesten Böden, die schlichten Holztüren und die Aluminiumrahmen beleuchteten.

Am Ende eines Ganges benutzte Stephanie eine Magnetkarte und gab einen Code ein, worauf sich eine Aufzugtür öffnete. Sie trat ein und ließ sich zum zweiten Stock fahren.

Dort betrat Anika einen Gang mit weiß getäfelten Wänden und Türen aus massivem Holz.

Stephanie führte sie zu der dritten Tür, zog wieder ihre Karte hervor und gab einen Code ein. Sie warf Anika einen Blick zu und sagte: »Hier wird alles überwacht. Der Sicherheitsdienst weiß, wer in welchem Raum ist. Alle Zugänge werden vom Zentralcomputer überprüft. Jeder, der sich irgendwo unerlaubt aufhält, wird sofort gemeldet.«

»Da haben Sie sich ja eine herrliche Wellnessoase eingerichtet.«

»Uns gefällt's.« Stephanie öffnete die Tür und führte

Anika in einen Raum voller Schreibtische und Computerarbeitsplätze, in dem hektische Aktivität herrschte. Männer in weißen Hemden und mit Krawatte beugten sich über Tastaturen und schauten auf die Monitore vor ihnen. Die meisten trugen Headsets. An allen Wänden hingen Monitore, über die vor allem Zahlenreihen rollten. Anika erinnerte dieser Raum an ein NASA-Kontrollzentrum.

Stephanie, die Anikas erstaunte Miene bemerkte, fügte hinzu: »Willkommen in der Schaltzentrale von ECSITE! Von hier aus überwachen wir alles: Banken und Märkte auf der ganzen Welt sowie die verschiedenen Börsen.« Sie wies mit dem Kopf auf die Monitore an den Wänden. »Das hier sind die Ergebnisse unserer Analysten.« Sie zeigte auf einen verglasten Computerraum innerhalb des großen Raumes. »Nur die New Yorker Börse wird als eigenes System behandelt.«

Anika folgte ihr einen Seitengang hinunter. Im Vorübergehen schaute sie auf die Monitore, über die Zahlenreihen, Grafiken und Texte rollten, deren Sinn sich ihr so schnell nicht erschloss.

An der weißen Rückwand des Raumes befand sich eine Holztür, an die Stephanie nun klopfte.

Ein muskulöser Mann mit einem rasierten Schädel und dunklen Augen öffnete die Tür. Er trug einen Anzug und Krawatte, und ein Plastikkabel führte vom Headset zu seinem kräftigen Nacken.

»Anika French hat einen Termin beim großen Boss«, sagte Stephanie respektvoll.

Der Glatzkopf nickte mit undurchdringlicher Miene und trat zurück, um Anika Platz zu machen.

Der Raum war quadratisch und fünfzig Quadratmeter groß. Wie in ihrem Schlafzimmer gab es auch hier holografische Wände. Die Bilder zeigten jedoch keine Landschaften, sondern andere Büros, in denen Männer hinter Schreibtischen saßen und sie interessiert beobachteten, als sie den Raum betrat. Anika stellte fest, dass die meisten von ihnen Asiaten waren. Zwei trugen Uniformen des nordkoreanischen Militärs, und an den Wänden hinter ihnen hingen Bilder des nordkoreanischen Diktators. Die anderen Männer, die tadellos gekleidet waren, erinnerten sie an leitende Angestellte großer Unternehmen. Die Büros, in denen sie arbeiteten, bestätigten diesen Eindruck.

Wahnsinn! Eine virtuelle Videokonferenz auf höchstem technischem Niveau. Anika zwang sich, ihre Verwunderung zu verbergen, und konzentrierte sich auf den Mann, der hinter dem prächtigen Schreibtisch saß. Die mit Schnitzereien verzierte Tischplatte glänzte, und ihre Größe war beeindruckend.

»Dieser Schreibtisch gehörte einst Ludwig II.«, sagte der korpulente Mann. »Nach dem Tod des Königs wurde er in seine Einzelteile zerlegt und in den Vatikan transportiert. Vier Päpste haben dort gesessen, wo ich jetzt sitze. Durch gewisse Umstände ist er schließlich hier gelandet.«

Anika musterte den weißhaarigen Mann. Sie hatte noch nie ein Bild von Michail Kasperski gesehen, doch seine faszinierende Erscheinung ließ keinen Zweifel an seiner Identität aufkommen. Sie betrachtete den kantigen Schädel und die faltigen Wangen. Die Nase des Mannes hätte die eines Schlägers sein können. Seine funkelnden blauen Augen durchbohrten sie und waren kalt wie der sibirische Wind.

Kasperski hob kurz seine massige rechte Hand, worauf die Bildübertragung abgebrochen wurde und die Wände wieder einen sanften grünen Ton annahmen.

Er stand auf und schob den mit feinem Ziegenleder bezogenen Stuhl zurück. Anika schätzte den Mann auf knapp über eins achtzig. Bereits durch seine beeindruckende Gestalt strahlte er Macht aus. Er trug einen schimmernden Seidenanzug mit Weste, was ihn jedoch nicht weniger einschüchternd wirken ließ.

Mit neugierigem Blick trat er vor den Schreibtisch und reichte Anika die Hand. »Dr. French, bitte verzeihen Sie uns die rüde Entführung und den Transport nach Oberau.«

In seinem Englisch schimmerten ein britischer, ein amerikanischer und ein russischer Akzent durch. Anika schüttelte dem Mann die Hand und wunderte sich, wie warm sie war. »Es tut mir leid, aber verzeihen kann ich es aufgrund der Umstände nicht.«

Der große Boss lächelte. »Ich verstehe«, sagte er, und seine kalten blauen Augen waren weiter auf sie gerichtet. »Vielleicht kommen wir zu einer gütlichen Einigung?«

Anika zeigte auf die Wände. »Waren Sie gerade in einer Besprechung?«

Er zuckte mit den Schultern. »Unwichtig. Einer meiner Kunden behauptet, wir hätten ihm nicht die richtigen Teile geliefert. Da sich die Fabrik aber strikt an die Bestellung gehalten hat, werden wir nun den Transportweg zurückverfolgen, um zu ermitteln, wo die Fehlerquelle liegt. Wenn es nicht der Spediteur war, muss ein unbekannter Dritter die Teile ausgetauscht haben.«

Anika runzelte die Stirn. »Ein immer höheres Niveau an Komplexität?«

Kasperski zog seine buschigen weißen Augenbrauen hoch. »Es sieht so aus.«

»Das ist das Problem einer immer ausgefeilteren Technologie, die sich rund um den Globus ausbreitet. Eine Technologie, von der behauptet wird, dass Sie sie meisterhaft manipulieren können.«

Er musterte sie mit eiskaltem Blick. »Was genau wollen Sie damit andeuten?«

Sei vorsichtig, Anika. »Ist das nicht der Grund, warum Sie das Modell haben wollen? Um den bevorstehenden Zusammenbruch zu Ihrem Vorteil zu nutzen?« Sie zeigte kurz auf die Monitore. »Wie Sie gerade festgestellt haben, wird die Häufigkeit von zufälligem Chaos exponentiell ansteigen, egal, wie sorgfältig Sie auch planen. Wenn das Unvermeidliche offenbar wird, wird die Vorhersagbarkeit in demselben Maße sinken, wie die gesellschaftlichen Störungen ansteigen.«

Der große Boss kniff die Augen zu dünnen Schlitzen zusammen. »Sie sind ganz anders als Ihr Vorgänger Dr. Schott.«

Anika zuckte mit den Schultern. »Er versteht das Modell nicht und weiß nicht, was es vorhersagt. Es geht um mehr als um den Zusammenbruch der globalen Zivilisation.«

»Haben Sie das erfahren, als Sie mit Ihrem amerikanischen Team die Computertests durchgeführt haben?«

Denk nach, Anika! Finde heraus, was er weiß! »Wie kommen Sie darauf, dass wir das Modell getestet haben?«

Kasperskis linker Mundwinkel zuckte. »Warum sonst hätte das Außenministerium Sie sofort zum Weißen Haus fahren sollen? Sie haben sehr viel Zeit dort verbracht. Es war schon dunkel, als Sie das Weiße Haus wieder verließen.«

Sie war also beobachtet worden. »Dann kennen Sie auch die Ergebnisse.«

»Wo wird der Zusammenbruch beginnen?«, fragte er beinahe abwesend.

Was zum Teufel soll ich ihm erzählen? »Meine Meinung? Es kann ein Finanzchaos in der westlichen Welt sein, weil Schulden nicht mehr zurückgezahlt werden können. Oder auch ein landwirtschaftlicher Zusammenbruch in Südostasien oder Indien. Als Nächstes steht ein Kollaps der weltweiten Fischgründe durch das Aussterben einer Planktonart auf der Liste, was wiederum auf die Erwärmung und die Übersäuerung der Meere durch Kohlendioxid zurückzuführen sein wird. Ein Auseinanderbrechen des Schelfeises in der Antarktis ist nicht ausgeschlossen. Ebenso wenig wie eine Epidemie, die durch einen besonders ansteckenden und anpassungsfähigen Mikroorganismus ausgelöst wird. All diese Dinge werden unterschiedliche Auswirkungen haben.«

»Und welche?«

»Das hängt davon ab, welches Ereignis tatsächlich den Zusammenbruch auslöst. Eine Krise auf dem Kreditmarkt löst andere Reaktionen aus als eine Epidemie. Küstenüberschwemmungen führen zu einer anderen Ausgangssituation als gravierende Probleme in der Landwirtschaft ... Ich könnte diese Aufzählung endlos weiterführen.«

Kasperski strich sich übers Kinn und runzelte die Stirn. »Wird die amerikanische Regierung Maßnahmen ergreifen, um sich auf das vorzubereiten, was Sie mir erzählt haben?«

»Ich weiß es nicht. Sie scheinen nicht zu begreifen, wie es sich in der Realität abspielen wird.«

Kasperski grinste. »Dann werde ich vielleicht im Vorteil sein.«

»Nein, das glaube ich nicht«, erwiderte Anika grimmig.

Er lachte laut auf. »Dr. French, im Gegensatz zu Ihren

amerikanischen Kollegen weiß ich, wie anfällig Kultur ist. Sie kann in einer einzigen Generation verloren gehen. Es kommt alles auf die Information und auf das Wissen an, wie man mit ihr umgeht. Ohne diese beiden Faktoren sind die Menschen nicht mehr als Tiere. Ich habe begonnen, Maßnahmen zu ergreifen, um dieses Wissen zu schützen.«

»Was ist mit Ihrem Alter? Sie werden die Früchte Ihrer Bemühungen nicht mehr ernten können.«

»Nein, aber man wird sich immer an Kasperski als den Mann erinnern, der der Zivilisation ihre Wiedergeburt ermöglicht hat. Bevor ich sterbe, werde ich der mächtigste Mann der Welt sein und den Kopf behalten, während andere ihn verlieren.« Er verstummte kurz und lächelte vergnügt. »Dr. French, welches Vermächtnis kann ein Mensch sonst schon hinterlassen? Nach drei Generationen vergessen selbst die Urenkel alles.«

Anika beobachtete Kasperski und sah seine wachsende Befriedigung. Als er ihren Blick bemerkte, musterte er sie mit eiskalter Miene und nickte. »Oh ja! Es geht *nur* um mich und um das, was ich vollbringen kann. Ich gebe es zu. Ich genieße es. Das Einzige, was mich wirklich interessiert, ist die Frage, wie viel Geld ich anhäufen kann, wie viele Speichellecker mir in den Hintern kriechen und wie viele sonst noch nach meiner Pfeife tanzen.«

»Und jetzt geht die Welt unter, und Sie werden alles verlieren.«

Kasperski beugte sich zu ihr vor und funkelte sie wütend an. »Mich interessiert einzig und allein, zu gewinnen.« Er presste einen Finger auf ihr Brustbein. »Und Sie werden mir helfen.«

Der physische Übergriff und seine bedrohliche Nähe brachten sie aus dem Gleichgewicht.

Dann fügte er mit säuselnder Stimme hinzu: »Sie können in der angenehmen Umgebung Ihrer neuen Wohnung arbeiten und sich über das gute Essen und die schicke Kleidung freuen. Oder Sie leisten Ihren Beitrag nach Feierabend, wenn Sie nicht an einen Tisch gekettet sind und von einer ganzen Reihe von Männern vergewaltigt werden ... zum Beispiel vom Hausmeister oder vom Elektriker, die sich sicher über die Gelegenheit freuen, Sie mit ihrem Sperma zu besudeln.«

Anika sah die Entschlossenheit in seinen Augen. Sie suchte nach Worten, während das Adrenalin durch ihre Adern strömte.

Kasperski richtete sich auf. »Jetzt muss ich herausfinden, was mit den Raketenlenksystemen passiert ist, die wir den Nordkoreanern verkauft haben. Die ganze Sache macht mich sehr unglücklich. Stephanie, bringen Sie sie hier raus, und schauen Sie nach, ob sie sich in die Hose gemacht hat.«

Fred Zoahs graues Haar war völlig zerzaust. Maureen sah, dass er die dicke Brille abnahm und sich umschaute. Den ganzen Morgen waren Kisten voller Akten bei ihnen abgeliefert worden. Sie alle trugen den Vermerk »streng geheim«, und sie mussten ihren Empfang sorgfältig quittieren.

In dem Konferenzraum machte sich Hoffnungslosigkeit breit. Wie die meisten anderen war auch Maureen verzweifelt. Wo würde sich in diesem Wust von Daten eine Möglichkeit auftun, Kasperski eine Lektion zu erteilen, die ihn empfindlich traf?

»Sehr interessant«, sagte Zoah schließlich, der als Einziger ein zufriedenes Gesicht machte.

»Schön, dass Sie so denken«, knurrte Gail Wade. »Ich bin Klimatologin und keine Spionin.«

»Was bringt es, wenn eine Paläoklimatologin diese Dinge hier analysiert?« Sinclair zeigte mit dem Daumen auf die Finanzberichte.

Ken Foley machte ein saures Gesicht, während er eine Akte mit Tabellen studierte.

»Wussten Sie, dass Kasperskis Buchhaltung größtenteils von einer Firma in Indien geführt wird?«, fragte Zoah.

Maureen warf ihr Haar über die Schulter zurück und streckte sich, um die Rückenschmerzen zu vertreiben. »Die meisten großen Unternehmen haben Büros vor Ort, aber der Großteil der Arbeit wird elektronisch an Firmen in Indien transferiert. Die Kostenersparnis ist enorm.«

Gail Wade nahm sich eine Zigarette aus der Schachtel. »Seine Buchhaltung wird also in Indien gemacht? Und was bedeutet das?«

Zoah legte den Kopf in den Nacken. Maureen fiel auf, dass er sein zerknittertes Hemd wieder falsch zugeknöpft hatte.

»Fred?«, fragte Maureen.

»Öl«, sagte Fred.

Die anderen schauten Maureen verwirrt an. »Und?«

»Kasperski ist in großem Maßstab an der Ölförderung in Indonesien beteiligt. Einer seiner Kunden, ein Energieminister, konnte seine Kredite nicht mehr bedienen. Dadurch ergab sich das Ölgeschäft.«

Sinclair schluckte und schüttelte den Kopf. »Und auf das Pleistozän folgte das Holozän. Was ist der springende Punkt?«

»Gehaltsschecks«, erwiderte Fred, als würde er damit alles erklären.

Maureen holte tief Luft. »Fred, wir können Ihnen nicht folgen. Sagen Sie uns, was Sie denken. Erklären Sie es uns so wie einem Kind.«

Zoah blickte sie leicht beleidigt an und reichte ihr den Bericht, in dem er gelesen hatte. »Schauen Sie, Maureen. Da steht es. Es geht um Systemtheorien. Der Informationsfluss führt zur Verwaltung, dann zur Produktion und zum Vertrieb.«

»Richtig. Und?«

»Jemand muss das Personal verwalten, das wiederum die Quellen bohrt und die Pipelines wartet. Was passiert, wenn der Verwaltungsablauf gestört wird?«

»Dann bricht das Chaos aus«, erwiderte Ken Foley. »Die Arbeiter können sich an niemanden wenden, wenn sich ihre Arbeitsbedingungen ändern.«

»Und wenn es keine Arbeiter gibt?«, fragte Zoah.

»Dann gibt es keine Produktion«, murmelte Gail, die sich eine Zigarette in den Mund gesteckt, sie aber nicht angezündet hatte.

»Richtig«, sagte Zoah zufrieden. »Kasperski ist in Europa. Seine Verwaltung sitzt in Jakarta, und das ist am anderen Ende der Welt. Die Computer, die die Produktion, die Arbeit und die Abrechnungen kontrollieren, stehen in Indien.«

»Die Erde ist flach.« Maureens Stimme klang nüchtern. »Worauf wollen Sie hinaus?«

»Computer laufen mit Programmen.«

Maureen hob eine Hand. »Kommen Sie zur Sache!«

»Was passiert, wenn die Computer die Information erhalten, dass die Produktion sinkt? Dann schickt ein Administrator einen Tag später eine E-Mail ans Personalbüro, um die Zahl der Arbeitskräfte entsprechend zu reduzieren, nicht wahr?«

»Personal wird entlassen«, sagte Sinclair. »Aber wer gibt diese Information in das System ein?«

Zoah lächelte in die Runde. »Die CIA hat Leute, die das tun können. Und angesichts der Arbeitslöhne in Indien finden wir mit Sicherheit jemanden in der Buchhaltung, der diese Anweisung bestätigt. Elektronisch natürlich.«

Maureen lächelte. »Das ist fast genauso gut wie die Sache mit den Chips für die Raketenlenksysteme, die wir umgeleitet haben.«

Nachdem Anika das Büro verlassen hatte, musste sie sich gegen die Wand lehnen. Sie atmete schwer, und ihre Beine zitterten so stark, dass sie die Knie zusammenpressen musste. Sie versuchte zu schlucken, doch ihre Kehle war wie zugeschnürt.

»Er muss etwas in Ihren Augen gesehen haben. Sie hatten vor, ihn herauszufordern, nicht wahr?« Stephanie neigte den Kopf zur Seite und runzelte die Stirn. »Ich sollte mein Urteil über Sie überdenken.«

»Ach ja? Möchten Sie sich nicht mit jemandem verbünden, den er vergewaltigen will?« Anika musste noch immer um Fassung ringen. *Reiß dich zusammen! Du bist Red Frenchs Tochter.*

»Er hatte sein ganzes Leben lang Zeit, die Kunst der brutalen Einschüchterung zu perfektionieren.« Stephanie klang durchaus freundlich. »Sie haben sich nicht schlecht gehalten. Ich hatte erwartet, er würde Sie in ein schluchzendes Häufchen Elend verwandeln.«

»Danke«, murmelte Anika spöttisch.

»Ich hoffe nur, Sie treiben es nicht so weit, dass er seinen Worten Taten folgen lässt. Ich schätze, das würde sich negativ auf Ihre Kreativität und Genialität auswirken. Doch sobald Sie uns diesbezüglich enttäuschen und es nichts Besonderes mehr ist, Sie zu vögeln, werden entweder Gunter oder ich uns darum kümmern müssen, Ihre Leiche zu beseitigen.«

»Hatten Sie nicht gesagt, ich sei zu wertvoll?«, erwiderte Anika, die sich inzwischen ein wenig beruhigt hatte. Zu ihrer Verwunderung schien keiner der Analysten in den weißen Hemden, die sich über Computer beugten, auf sie zu achten.

Gedankenverloren strich Stephanie mit der Ledersohle ihres Schuhs über die Bodenplatten, als wollte sie testen, wie glatt sie war. »Sie könnten einen taktischen Fehler begangen haben. Warum sollte Washington sich noch für eine entführte Anthropologin interessieren, wenn die Welt wie ein Kartenhaus zusammenbricht?«

»Hat er Sie jemals so behandelt?«

Stephanie lächelte verhalten. »Ein Mal. Seit jenem Tag bin ich so clever, jeden Fehler sofort zu korrigieren und Schäden zu beheben.« Sie schaute nachdenklich auf die Tür. »Interessant.«

»Was?«

»Durch das Gespräch mit Ihnen konnte er sein Gesicht den Nordkoreanern gegenüber wahren. Er hat seine Autorität bewiesen, indem er die Konferenz unterbrochen hat. Doch es wäre besser, wenn sich der Irrtum mit den Chips für die Raketenlenksysteme nicht als unser Fehler herausstellt. Selbst Michail Kasperski kann es sich nicht erlauben, diesen miesen, kleinen Diktator in Pjöngjang zu verärgern.«

»Und wenn es Kasperskis Schuld war?«

Stephanie starrte sie mit zusammengekniffenen Augen

an. »Das Leben kann echt ungemütlich sein. Er wird sich daran erinnern, dass Sie in seinem Büro waren. Kommen Sie. Wir gehen auf die Toilette und schauen nach, ob Ihr Slip trocken ist.«

»Nicht nötig.«

»Wenn er so wütend ist wie heute, ist man gut beraten, seine Befehle aufs Wort zu befolgen.«

Skip hockte in einer unbequemen Haltung hinter Q. Er schaute auf den Monitor, und sein Rücken schmerzte. Doch der Monitor stand so ungünstig auf dem vollgepackten Schreibtisch, dass er nicht näher heranrücken konnte.

Er blinzelte und schaute sich in dem sicheren Haus um. Abgesehen von dem Hightech-Equipment, das überall herumlag, fiel ihm nichts Ungewöhnliches auf. Der Wohnraum mit den weißen Wänden, den Gardinen vor den Fenstern und der kleinen Küche unterschied sich nicht im Geringsten von anderen Apartments.

Auch von der Straße wirkte das Vorstadthaus mit dem kleinen Vorgarten und dem Gartentor vollkommen unauffällig. Eine schmale Treppe führte zu den beiden Schlafzimmern im ersten Stock.

Vorsichtig bewegte Q den Joystick, worauf das Bild auf dem Monitor sich leicht drehte. »Das ist die Zufahrtsstraße.«

Skip beugte sich wieder zum Monitor vor und blickte auf das grünliche Bild. Die Technologie versetzte ihn immer wieder in Erstaunen. Die kleine Drohne hatte eine Flügelspanne von zwei Metern. Das unbemannte Erkundungsflugzeug bestand aus Verbundfasern und war leicht und stabil. Es konnte sechs Stunden fliegen, bevor die Batterie des

Elektromotors leer war. Auf der Unterseite des Flugzeugs befand sich eine Infrarotkamera, die über eine Antenne an einen Empfänger sendete, der die digitalen Daten entschlüsselte und sie auf dem Monitor darstellte.

»Da.« Skip reckte den Hals. »Das ist das Firmengelände.«

Als die Drohne sich dem Ziel näherte, begann Skips Herz zu klopfen. »Nehmen Sie das auf?«

»Klar.« Als das Bild wackelte, bewegte Q wieder den Joystick. »Es scheint dort etwas windig zu sein. Später können wir uns die Bilder in aller Ruhe ansehen und die Details studieren. Doch jetzt brauchen wir erst einmal eine Nahaufnahme, um zu sehen, wo sich was auf dem Gelände befindet. Glauben Sie, sie ist in diesem Palast?«

»Keine Ahnung. Durch das Fernrohr haben wir gesehen, dass sich die meisten Aktivitäten dahinter abspielen. Oben in den Wohnungen. Man sieht kaum jemanden, der das Herrschaftshaus betritt oder verlässt.«

»Ich würde vorschlagen, wir überprüfen zuerst die Umzäunung, um zu sehen, ob es nicht doch irgendwelche Schwachstellen gibt. Anschließend kümmern wir uns um die Gebäude.«

»Ja.« Skip zog an seinem Bart. »Wir müssen jeden Quadratzentimeter des Komplexes erforschen. Bevor ich da reingehe, möchte ich Bescheid wissen.«

»Eine gute Idee, denn das, was ich bisher gesehen habe ... Nun, es entspricht alles dem neuesten Stand der Technik.« Das Bild zeigte zwei bewaffnete Männer, die den Zaun abschritten. »Und das ist stinknormales Wachpersonal. Wir verbessern die Qualität der Bilder später, aber ich sehe jetzt schon, dass sie Headsets tragen.«

In der nächsten Stunde vergaß Skip die Rückenschmerzen und verfolgte den Flug des kleinen Flugzeugs, das in der Dunkelheit über Kasperskis Firmenkomplex kreuzte. Und viel von dem, was die Kamera ihm zeigte, gefiel ihm überhaupt nicht.

Zwei Tage lang folgte Mark Schott auf seiner Ducati Harry Raus BMW. In den vielen Stunden, die er allein auf dem Motorrad und mit dem Helm auf dem Kopf verbrachte, wuchsen seine Sorgen beständig.

ECSITE hat Anika entführt. Sie ist jetzt Kasperskis Gefangene. Und wo würde er sie gefangen halten?

In Oberau.

Und was kann ich tun, um ihr zu helfen?

Nichts.

Während sie die Alpen durchquerten, brachte Rau ihm das Motorradfahren bei. Auf schneebedeckte Pässe folgten grüne Täler voller Haarnadelkurven.

Sie übernachteten in kleinen Hotels. Mark bezahlte immer bar, und allmählich schrumpfte seine Geldreserve. An einer Tankstelle hatte er sich ein Notizheft gekauft. Wenn sie sich abends trennten, nahm er es aus der Tasche und machte sich mit dem Stift, den er einer Kellnerin stibitzt hatte, Notizen.

Während Mark lernte, wie man Gasgriff, Gangschaltung und Bremsen richtig betätigte, fügte er Österreich, Liechtenstein und die Schweiz der Liste der Länder hinzu, die er schon bereist hatte.

Aber was konnte er tun, um Anika zu helfen? Der Gedanke an ihre Gefangenschaft weckte ihn mitten in der Nacht. Auch am Tage quälte ihn die Sorge um sie und lenkte ihn von der spektakulären Aussicht ab.

Freude? Ja, auch dieses Gefühl gab es für kurze Momente. Doch nach jedem unbeschwerten Augenblick spürte er noch stärkere Schuldgefühle. Er selbst hatte wahnsinnige Angst, aber er war frei. Und Anika …?

Rau war nach München geflogen und hatte das Motorrad, das er fuhr, dort gemietet. An diesem Abend wollte er zurückkehren, die Maschine zurückgeben und nach Hause fliegen.

Ab dann war Mark auf sich allein gestellt.

Und was sollte er dann tun?

»Der Trick, die Kurven ordentlich zu nehmen«, sagte Harry, als sie eine kurze Pause machten, »ist die Konzentration auf das Ziel. Auf trockenem Asphalt legt sich die Ducati so weit in die Kurve, dass die Fußrasten schleifen, ehe die Reifen die Haftung verlieren. Anfänger fahren oft zu schnell in eine Kurve. Sie geraten in Panik, bevor sie den Scheitelpunkt erreichen. Ihr Herzschlag beschleunigt sich, und ihr Adrenalinspiegel steigt. Der in Panik geratene Motorradfahrer konzentriert sich auf die unmittelbare Gefahr, und die droht normalerweise vom Rand der Kurve. Und genau dahin, mein Freund, fährst du dann. Oder in den Wagen, der dir entgegenkommt.«

»Das Motorrad fährt also dahin, wohin ich schaue? So einfach kann es doch nicht sein.«

Harry lächelte und zog die Stirn in Falten. »Doch. So einfach ist das. Das Einfache ist aber nicht immer leicht.«

»Was soll das heißen, das Einfache ist nicht immer leicht?«

»Möchtest du der beste olympische Zielschütze der Welt werden?«

»Wie kann ich das schaffen?«

»Richte Kimme und Korn der Pistole genau auf das Ziel

aus, und halte die Waffe ganz ruhig, wenn du auf den Abzug drückst. So einfach ist das.«

»Aber so leicht auch wieder nicht.« Mark schaute seufzend auf die Ducati.

»Das ist der Grund, warum nur ein paar Auserwählte nach vielen Jahren Training eine Goldmedaille erringen. Und das ist auch der Grund, warum Anfänger die Kurven falsch nehmen.« Harry hob die Hände. »Übung und Erfahrung machen das Motorradfahren aus. Wie man sicher fährt, das ist hier gespeichert.« Er tippte sich an die Stirn. »Immer das Gehirn einschalten, Brian. Es gibt einen Spruch: Wenn du lange genug Motorrad fährst, bringt es dich schließlich um. Doch wie bei allen Dingen besteht der Trick darin, vorher an Altersschwäche zu sterben.«

Mark sah Anika vor seinem inneren Auge. Wie hoch waren ihre Chancen?

»Das hohe Alter wird überbewertet«, flüsterte er, als er auf die schwarz-weißen Kühe schaute, die auf den Weiden unterhalb der schroffen Berggipfel grasten.

»Das Leben ist eine gefährliche Sache«, erwiderte Rau. »Niemand überlebt es.«

Mark nickte und traf eine Entscheidung. »Würdest du mir einen Gefallen tun?«

»Klar, Brian.«

Mark atmete tief ein, nahm das vollgeschriebene Notizheft aus der Tasche. »Mein Name ist nicht Brian Meyer. Ich heiße Mark Schott und bin Professor für Anthropologie an der University of Wyoming. Und ich stecke in großen Schwierigkeiten.«

Rau riss ungläubig die Augen auf.

»Ja«, sagte Mark, »es hört sich verrückt an, nicht wahr? Ich bitte dich, etwas früher nach München zu fahren. Im

Zentrum der Stadtmitte befindet sich ein amerikanisches Konsulat. Tu mir den Gefallen, und gehe dorthin, sage, wer ich bin, und gib das hier ab. Ich wäre dir ewig dankbar.« Er reichte ihm das kleine Heft.

»In was für Schwierigkeiten steckst du denn?« Rau nahm die Notizen entgegen und starrte auf die saubere Handschrift.

»Ich weiß, dass Anika French durch meine Schuld entführt wurde. Sag den Leuten im Konsulat das bitte. Das müsste sie interessieren. Anika French. Hast du verstanden?«

»Anika French«, wiederholte Rau. »Entführt? Und es ist deine Schuld?«

»Ja.« Mark fuhr sich mit der Zunge über die Lippen. »Ich bin wirklich ein Idiot.« Er schrieb eine Telefonnummer auf eine Tankquittung und reichte sie Rau. »Das ist die Telefonnummer meiner Frau in Laramie. Würdest du sie wohl anrufen, wenn du die Gelegenheit dazu hast? Sag ihr ... sag ihr, dass es mir leidtut und dass ich von ganzem Herzen hoffe, dass sie und die Jungen mich vergessen können. Sag ihr auch, dass ich alles tun werde, um die Dinge wieder in Ordnung zu bringen.«

Raus Miene verdunkelte sich. »Und das ist dein Ernst? Verdammt! Was hast du gemacht?«

»Ich hab zu viel Mist gebaut.«

»Warum fährst du nicht mit mir nach München und gibst das Notizheft persönlich im Konsulat ab?«

»Weil meine Chancen, an Altersschwäche zu sterben, von Tag zu Tag geringer werden, Harry.« Er grinste, doch die Angst jagte ihm einen kalten Schauer über den Rücken. »Anika wird auf dem Firmenkomplex von ECSITE in Oberau festgehalten. Ich will versuchen, sie da herauszuholen.«

»Der Firmenkomplex von ECSITE? Was ist das?«

Mark zog den Reißverschluss seiner Jacke zu, setzte den Helm auf und ging zurück zu seiner Ducati. Er klappte das Visier hoch und lächelte. »Pass auf dich auf, Harry! Ich danke dir. Du bist ein echter Freund.«

Mark startete den Motor. Als die große Ducati auf die Straße schoss, legte er geschickt den zweiten Gang ein. Im Rückspiegel sah er Harry Rau, dessen hellgraues Haar im Sonnenlicht glänzte.

23. Kapitel

»Sie müssen zugeben«, sagte Ken Foley, als er seine Brille reinigte, »dass es Spaß macht.«

»Wer hätte das gedacht!«, pflichtete Fred Zoah ihm grinsend bei. Sein dichtes graues Haar war schon wieder völlig zerzaust. Maureen fragte sich, ob der Mann überhaupt einen Kamm besaß.

Gail Wade stieß mit einem Kugelschreiber leicht gegen ihre Schneidezähne. Damit bekämpfte sie immer ihre Nervosität, wenn sie keine Zigarette im Mund hatte. Jetzt starrte sie an die weiß getäfelte Decke ihres tristen Arbeitsraumes. »Wir wissen, dass Kasperski Geschäftsverbindungen zum Iran unterhält.« Sie zeigte auf den aufgeschlagenen Bericht, der vor ihr auf dem Tisch lag. »Der Name des Mannes, der seine Interessen im Ölgeschäft vertritt, steht hier. Glauben Sie, wir können ihm eine Kiste Schweinefleischkonserven mit Kasperskis Absender schicken?«

»Und vielleicht eine zweite für den großen Führer? Wir müssen eine Karte beifügen: ›Mit den besten Empfehlungen von Michail Kasperski. Ich wünsche Ihnen guten Appetit und ewige Gesundheit.‹« Phil Sinclair schob seinen Stuhl zurück.

Maureen rieb sich die müden Augen. Seit zwei Tagen hatte sie sich das Haar nicht mehr gewaschen und hätte vermutlich als Marktfrau durchgehen können. »Das ist zu einfach. Kasperski würde den Mann einfach anrufen und erklären, dass ihm jemand einen bösen Streich gespielt hat.«

Es klopfte, und Amy Randall betrat den Raum. Sie trug ihr Haar hochgesteckt. Der hellbraune Hosenanzug sah frisch gebügelt aus. Sie hielt eine braune Aktentasche in der Hand und machte einen heiteren Eindruck.

»Guten Morgen, Amy!« Maureen stand auf. Der Tisch vor ihr war mit Berichten übersät. »Was gibt's Neues?«

»Ein kleiner Sieg.« Randall legte die Aktentasche auf den Tisch und nahm ein Bündel Papiere heraus. »Das sind Gespräche, die wir abgehört haben. Das Austauschen der Chips für die Raketenlenksysteme können wir als ersten Erfolg verbuchen. Kasperski stellt sein gesamtes Computernetzwerk auf den Kopf. Alles, was die Nordkoreaner sagen, erregt seine volle Aufmerksamkeit.«

Gail Wade schaute auf den Bericht und lächelte listig. »Und was ist, wenn man nun Kontakt zu den Iranern aufnimmt und ihnen Chips für ein paar Millionen mehr anbietet? Sie wissen schon, Chips mit derselben Spezifikation wie die, die die Nordkoreaner erhalten sollten.«

»Vorausgesetzt, die Nordkoreaner erfahren es irgendwie«, meinte Sinclair, als er begriff, worum es ging.

»Gute Idee«, pflichtete Wade ihm bei. Randall neigte den Kopf zur Seite, zog einen kleinen Block aus der Aktentasche und machte sich Notizen. »Ich werde sehen, was die CIA tun kann.«

»Und Anika?«, fragte Maureen. »Haben Sie etwas von ihr gehört?«

»Bis jetzt noch nichts. Sieht so aus, als träten wir gerade auf der Stelle.«

»Schott, seine Frau und die Kinder? Nichts?«, fragte Maureen.

Randall schüttelte den Kopf. »Was ist mit dem Projekt, an dem Sie arbeiten, Maureen?«

»Ich glaub, ich hab's. Phil und ich haben alle Möglichkeiten durchgespielt. Die sogenannte ›Operation Y‹ gefällt uns am besten.«

»Ist sie einfach umzusetzen?«, fragte Randall.

»Auf jeden Fall.«

Randall schaute sie neugierig an. »Operation Y?«

»Das ist einfacher als: *Yersinia enterocolitica*.«

Die Nacht war hereingebrochen, und es regnete. Mark lief in seinen Ferragamo-Schuhen durch die Dunkelheit. Um sich gegen den Regen zu schützen, trug er die Motorradjacke, dennoch fröstelte er. Verdammt, wenn er wenigstens etwas sehen könnte! Er prallte gegen Zäune; Äste schlugen gegen seinen Körper. Die Dunkelheit war undurchdringlich.

Doch das war auch gut so, denn sonst hätte das aufmerksame Wachpersonal des Komplexes auch mehr gesehen. Wenn er sich dem Tor nähern und es sich in der Dunkelheit genau anschauen könnte, fand er vielleicht eine Schwachstelle in dem System.

Und dann? Schließlich war er nicht James Bond.

Er wäre gerne umgekehrt und zurück nach Oberau gelaufen, wo er die Ducati abgestellt hatte. Dann wäre er am liebsten wie ein Verrückter durch die Gegend gerast. Nur wohin? Genau da lag das Problem. Halb Europa war auf der Suche nach Mark Schott, einem bekannten Drogendealer und mutmaßlichen Killer.

Anika wird auf diesem Gelände festgehalten, und es ist meine Schuld.

Mark fragte sich, ob Harry Rau sein Notizheft beim amerikanischen Konsulat abgegeben hatte. Und er fragte sich auch, ob sich dadurch an der Situation etwas ändern würde. In chronologischer Reihenfolge hatte er alles aufgeschrieben, was passiert war. Er hatte Stephanie, Gunter, Michelle und die italienische Villa beschrieben und über die Tage in Venedig berichtet, wo er an dem Modell gearbeitet hatte.

Wahrscheinlich würden sie den armen Harry festhalten und ihn gnadenlos ausfragen, um ihm alle Informationen über den niederträchtigen Mark Schott zu entlocken. Sie würden erfahren, dass er eine Ducati fuhr, dass er sich das Haar gefärbt hatte und jetzt einen ungepflegten Bart trug.

Was sollte er tun, wenn er die nächsten Tage überlebte? Sich das Haar rot tönen? Dann gab es nicht mehr viele Alternativen, es sei denn, er färbte sich das Haar grün, piercte seine Ohren und Augenbrauen und tauschte die Motorradjacke aus Neopren gegen eine schwarze Lederjacke mit Nieten.

»Verdammt! Mark, alter Junge, du hast nur eine Chance. Du musst auf das verdammte Gelände gelangen und Anika da herausholen.«

Er stolperte über die holprige Wiese und nahm schemenhaft einen weiß gestrichenen Zaun zu seiner Rechten wahr. War das der Zaun, der den Firmenkomplex zur Straße hin begrenzte? Er erinnerte sich nicht.

Warum habe ich nicht besser aufgepasst?

Weil er bei seiner Ankunft nach dem langen Flug erschöpft gewesen war. Als er dann in Stephanies Jaguar gesessen hatte, war er aus dem Staunen nicht mehr herausgekommen.

Mit dem nächsten Schritt trat er ins Leere und fiel ins nasse Gras. Er rollte in einen Graben, und Wasser spritzte hoch.

Um sich tretend und spuckend klammerte er sich an den Rand des Grabens, rutschte mit den Händen an dem nassen Gras ab und glitt zurück ins Wasser.

»Verdammt«, murmelte Mark und kroch mühsam die Böschung wieder hinauf. Er richtete sich auf und strich sich mit den Händen das Wasser aus der Kleidung.

Nass bis auf die Knochen stand Mark Schott fröstelnd in der Dunkelheit, schaute auf den schwarzen, wolkenverhangenen Himmel und fragte sich: »Was kann heute Nacht noch alles schiefgehen?«

Mark spürte eine Bewegung, und sofort darauf schlang jemand einen Arm fest um seine Kehle, als wollte er ihn erwürgen. Dann trat der Angreifer ihm die Beine weg, und als er zu Boden stürzte, bekam er für einen Moment keine Luft mehr.

Er wollte gerade um Hilfe schreien, als er etwas Spitzes am Hals spürte. Aus den Augenwinkeln sah er eine funkelnde Klinge. Vor Angst wie gelähmt öffnete Mark den Mund, doch es drang kein Laut aus seiner Kehle.

»Was kann noch schiefgehen?«, flüsterte ihm eine Stimme ins Ohr. »Michail Kasperski könnte Sie hier draußen finden. Oder Sie könnten *mir* in die Arme laufen.«

Wäre die Situation eine andere gewesen, hätte der Raum mit den vielen Monitoren, den schematischen Darstellungen und Landkarten ihr Interesse geweckt. Anika war so aufgewühlt, dass das Team, das an dem großen Tisch in der Mitte saß, für sie kaum von Interesse war. Sie erinnerte sich auch nur noch vage an die Namen der Anwesenden: Jacques Terblanch, Wu Liu, Nanda Hashahurti … Wer die beiden anderen waren, hatte sie vergessen.

Jetzt starrten sie alle an und warteten darauf, dass sie mit ihnen sprach und Stephanies Anweisungen befolgte.

Stattdessen durchlebte Anika immer wieder die letzten Minuten ihres Treffens mit Michail Kasperski. Sein eiskalter, bedrohlicher Blick, der sie durchbohrte und in dem sich grenzenlose Wut spiegelte, hatte sich in ihr Gedächtnis gebrannt. *An einen Tisch gekettet ... von einer Horde Männer vergewaltigt ... immer und immer wieder ...*

Obwohl es in dem Raum nicht kalt war, fröstelte Anika. Blinzelnd kämpfte sie gegen die Tränen an.

Dad wird kommen und mich befreien ...

Doch Red French ahnte nicht einmal, wo sie war.

Und selbst wenn er es wüsste, wie zum Teufel hätte er sie aus diesem Hochsicherheitskomplex herausholen können?

»Können wir Ihnen helfen?« Die leise Stimme riss Anika aus ihren Gedanken.

»Ich hätte cleverer sein sollen«, murmelte sie leise zu sich selbst.

»Das trifft auf uns alle zu«, hörte sie Terblanch sagen.

Anika zwang sich, die Erinnerung an das Treffen mit Kasperski zu verdrängen und sich auf die Gegenwart zu konzentrieren. Sie schaute in Terblanchs freundliche Augen und bemerkte dann das leichte Nicken der älteren Frau, die ihr einen besorgten Blick zuwarf. »Verzeihung. Wie war noch gleich Ihr Name?«

»Francine Inoui«, sagte die Frau mit einem starken Akzent. »Wir wissen, wie Sie sich fühlen. Auf die eine oder andere Weise hat er uns alle in der Hand.«

»Das ist seine Methode«, erklärte ihr der Mann mit dem kantigen Gesicht, der einen ausgeprägten russischen Akzent hatte. Als er lächelte, wurde ein Goldzahn sichtbar.

»Solange ich hier arbeite, geht es meiner Frau und meinen Kindern gut. Wenn ich keine Leistung zeige …« Er zuckte mit den Schultern. »… wird die Polizei informiert, und Menschen, die ich liebe, wandern ins Gefängnis.«

»Und Sie?«, fragte Anika Terblanch.

Er fuhr sich mit einer Hand über das braune Haar. »Ich habe eine Tochter, die an einer seltenen, unheilbaren Krankheit leidet. Mit den richtigen Medikamenten kann der Verlauf günstig beeinflusst und erheblich verlangsamt werden. Solange ich effektiv arbeite, bekommt meine Tochter regelmäßig ihre Medikamente. Sie ist sechzehn. Anstatt gelähmt im Bett zu liegen, während ihr Körper sich selbst zerstört, spielt sie Fußball.«

»Er hat Sie alle in der Hand?«

Die Anwesenden nickten.

»Wir wissen, wer Sie sind, Anika«, sagte der Russe. »Als Mark Schott hier war, hat er uns erzählt, wie entscheidend Sie an seinen Forschungen beteiligt waren. Sie sind nicht er. Das verstehen wir. Aber uns bleibt nicht viel Zeit, um sein Modell fertigzustellen und die Anwendbarkeit zu testen.«

Anika verdrängte die Tränen und schüttelte langsam den Kopf. »*Sein* Modell?«

»Sie sind damit vertraut, nicht wahr?« Inoui reckte ihr langes Kinn nach vorn.

»Ja, denn ich habe es geschrieben.« Anika sah auf ihre Hand, die sie zur Faust ballte. Sie war erschöpft, und gleichzeitig ließ die Angst allmählich nach. »Ich nehme an, er hat es Ihnen nicht gesagt. Ich habe einen Testlauf durchgeführt. In Amerika. Für das Außenministerium. Wir haben alles zusammengefügt.«

Nanda Hashahurti reckte sich. Ihr langes, dunkles Haar

fiel über eine Schulter auf ihre weiße Bluse. »Sie wissen, wie es geht?«

»Es ist kompliziert. Ich hatte ein Team. Aber ja, im Grunde schon.«

»Dann können wir alles reproduzieren!« Als der Russe zuversichtlich lächelte, schimmerte sein Goldzahn im Licht.

»Warum?«, fragte Anika.

»Um zu sehen, ob es funktioniert«, erwiderte Terblanch.

»Es funktioniert. Viel zu gut.«

»Und?«, fragten zwei Wissenschaftler im Chor.

»Hat Mark Ihnen alles erklärt? Die Ereignisse, die den Zusammenbruch herbeiführen können? Die gesellschaftlichen Triebkräfte? Was das Modell vorhersagt?«

Sie nickten. Anika fuhr fort. »Wir haben den Umkipppunkt bereits überschritten, und uns treibt allein die Trägheit voran. Jetzt müssen wir nur noch erkennen, wann und wo sich der Zusammenbruch ereignet.«

Die Anwesenden wechselten Blicke.

»Können wir nichts mehr tun?«, fragte Terblanch.

»Nein, es sei denn, Sie können zweihundert Milliarden Tonnen Kohlendioxid aus der Atmosphäre ziehen, viereinhalb Milliarden Menschen beseitigen, das Wetter in der ganzen Welt stabilisieren und die Trägheit umkehren.«

»Und wer geht Ihren Forschungen zufolge als Sieger aus alldem hervor?«

»Wie war noch gleich Ihr Name?«

»Max. Max Kalaschnikow.«

Anika musterte ihn teilnahmslos. »Wer als Sieger dasteht? Max, Sie verstehen es nicht. Niemand.«

»Der große Boss glaubt, er wird es sein«, meinte Wu Liu

in ruhigem Ton und verzog ihr rundes Gesicht mit den asiatischen Zügen.

Anika spreizte die Hände. »Indem er das Modell benutzt, um den Zusammenbruch bestimmter Staaten zu beschleunigen und den anderer zu verzögern?«

Ihre neuen Kollegen nickten.

Anika atmete tief ein und versuchte ihre letzten Kräfte zu mobilisieren. »Okay. Ich verstehe. Dann ist er wenigstens für eine gewisse Zeit der mächtigste Mann der Welt.« Sie schüttelte den Kopf. »Er begreift es nicht.«

»Was?«, fragte Terblanch.

»In welchem Maße es mit der Welt den Bach hinuntergeht. Wir steuern auf Zeiten zu, wie die Menschheit sie noch nie gesehen hat.«

»Wie schlimm wird es?«, fragte Terblanch.

»Innerhalb von fünfzig Jahren, nachdem sich der Zusammenbruch ereignet hat, werden neunzig Prozent der Menschen auf diesem Planeten durch Kriege, Hunger oder Epidemien gestorben sein.«

»Neunzig Prozent?« Inoui beugte sich vor.

»Aber die Menschheit wird nicht ausgelöscht?«, fragte Liu.

»Wahrscheinlich nicht.« Anika ließ den Blick schweifen. »Die Welt, die dann entsteht, wird sich gewaltig von der Welt unterscheiden, auf der wir jetzt leben. Größtenteils wird sie nicht wiederzuerkennen sein. Die meisten Spezies wird es nicht mehr geben. Das Klima wird sich weltweit verändern. Die Tundra verschwindet. Die Küsten werden ein paar Meter höher liegen. Und ...«, fügte sie traurig hinzu, »... nach den Ergebnissen meiner Forschungen haben wir Glück, wenn Mitte des nächsten Jahrhunderts noch eine halbe Million Menschen leben.«

»So schlimm?«, fragte Inoui mit leerem Blick.

»Wenn der Zusammenbruch spürbar wird, kämpft jeder Mensch auf diesem Planeten ums Überleben. Er wird alles tun – und ich meine wirklich alles –, um irgendwo etwas zu essen zu bekommen. Denken Sie darüber nach. Wie reagieren sieben Milliarden Menschen, wenn für sie das Licht ausgeht, wenn sie seit einer Woche nichts mehr gegessen haben und sie wissen, dass kein Lastwagen kommt, der ihnen Lebensmittel liefert? Was passiert in den großen Städten wie Berlin, Paris, Tokio, Mumbai oder Peking, wenn es keinen Nachschub mehr gibt?«

»Es wird die Hölle auf Erden sein«, flüsterte Kalaschnikow ehrfürchtig.

Anika nickte. »Stellen Sie sich sieben Milliarden Ratten vor, die in einem riesigen Kübel gefangen sind.«

»Und was machen wir?«, fragte Hashahurti und breitete die Arme aus.

Terblanch grinste freudlos. »Wir tun das, was der große Boss befohlen hat: Herausfinden, wie wir das Modell anwenden können, um Vorteil daraus zu ziehen.«

»Warum?«, fragte Anika. »Ich habe es Ihnen doch gerade erklärt. Nach dem Zusammenbruch geht alles den Bach hinunter.«

Terblanch schluckte. »Okay. Und wie lange wird es dauern, bevor das totale Chaos ausbricht?«

Anika zuckte mit den Schultern. »Ein paar Jahre. Es hängt von den Variablen ab, aber wahrscheinlich bleiben dann höchstens noch zehn Jahre.«

»Dann kann meine Tochter wenigstens noch ein paar Jahre lang Fußball spielen.« Terblanch klang niedergeschlagen. »Ich muss es tun. Was habe ich für eine Wahl?«

»Ich weiß nicht«, sagte Kalaschnikow freundlich, »womit

er Ihnen gedroht hat oder warum er Sie in der Hand hat, aber wenn Sie nicht liefern, Anika, werden die Konsequenzen … Ich nehme an, Sie möchten diesen Augenblick wie wir alle so lange wie möglich hinauszögern.«

An einen Tisch gekettet und immer wieder vergewaltigt werden …

Pures Entsetzen stieg in ihr auf und lähmte ihren Verstand. »Dann sollten wir uns am besten an die Arbeit machen«, sagte sie schließlich mit gebrochener Stimme.

Das muss ein Film sein! Dieser Gedanke hätte zumindest die Spur eines Lächelns hervorrufen können. Doch bedauerlicherweise konnte Mark Schott nur furchteinflößende Schlüsse aus seiner misslichen Lage ziehen.

Sein Angreifer, den er nicht sehen konnte, fesselte ihm geschickt die Hände auf dem Rücken. Er führte ihn über die Felder und wies ihn auf Gräben, Löcher und Zäune hin.

Als sie die Straße erreichten, klebte er Klebeband über Marks Augen. Der Mann nahm seine Hand und führte ihn weiter. Stolpernd, fröstelnd und orientierungslos flehte Mark, ihn gehen zu lassen, doch der Fremde klebte ihm nun auch noch Klebeband auf den Mund.

In einem akzentfreien amerikanischen Englisch befahl der Mann ihm, stehen zu bleiben. Mark hörte, dass eine Metalltür geöffnet wurde, und dann wurde er unsanft auf einen Metallboden gehievt. Seine Füße und Hände wurden gefesselt. Die Tür fiel ins Schloss, ein Motor startete, und Mark begriff, dass er auf der Ladefläche eines Lieferwagens lag. Sie fuhren eine ganze Weile über holprige Wege und Straßen, aber wie lange, wusste er nicht.

Irgendwann blieb der Lieferwagen stehen, und Mark

hörte, wie die Fahrertür zugeschlagen und die Hecktür geöffnet wurde.

»Alles in Ordnung?«

Mark nickte, worauf die Fußfesseln durchgeschnitten wurden. Starke Hände zogen ihn aus dem Wagen, halfen ihm, die Füße richtig aufzusetzen, und stützten ihn, damit er nicht das Gleichgewicht verlor.

»Gehen Sie.«

Eine Hand führte ihn.

»Gehen Sie die Treppe hoch.«

Noch immer durchnässt und zitternd stieg Mark die Stufen hinauf. Wie lange würde es dauern, bevor die Unterkühlung ihn in ein stammelndes Etwas verwandelte?

Eine Haustür wurde geöffnet. Mark betrat einen angenehm warmen Raum und musste erneut eine Treppe hinaufsteigen. Nachdem er noch ein paar Schritte gegangen war, schlug eine Tür hinter ihm zu.

Kurz darauf stieß der Fremde ihn auf einen Stuhl. Fröstelnd und von panischer Angst erfüllt musste Mark dort warten. Da seine Augen und der Mund noch immer zugeklebt waren, konnte er nichts sehen und nicht sprechen. Zu allem Übel drückte seine Blase.

Mein Gott, was werden sie mir antun?

Mark stellte sich vor, dass Stephanie oder Gunter mit einer Pistole auf seinen Kopf zielten. Würden sie ihn warnen, bevor sie abdrückten?

Heiße Tränen sammelten sich hinter dem Klebeband.

Denise, Anika, Will, Jake ... Es tut mir so leid.

Als das Klebeband von seinen Augen gerissen wurde, blieben Augenbrauen und Wimpern daran hängen. Das grelle Licht blendete Mark und zwang ihn, die Augen fest zusammenzukneifen und den Kopf zur Seite zu drehen.

»Wenn Sie schreien«, sagte die Stimme, »bringe ich Sie auf die harte Tour zum Schweigen.«

Mark nickte und fragte sich, wie lange er den Urin noch halten konnte.

Als der Fremde auch das Klebeband von seinem Mund abriss, blieben Schnurrbarthaare daran hängen.

»Werden Sie mich umbringen?«, fragte Mark mit heiserer Stimme.

»Das kommt darauf an.«

Mark blinzelte in das grelle Licht.

»Wo arbeiten Sie?«

Mark fuhr sich mit der Zunge über die Lippen. »An der University of Wyoming.«

»Als was?«

»Professor der Anthropologie.«

»Sorry, Mr Meyer. Einen Professor mit diesem Namen gibt es dort nicht.«

»Hm? Ich heiße Schott. Mark Schott.«

»Das steht aber nicht in Ihrem Reisepass.«

»Den Pass hat mir jemand gegeben.«

»Wer?«

Mark dachte angestrengt nach, wem die barsche Stimme gehören könnte, doch er konnte sie niemandem zuordnen. »Sie nannte sich Michelle Lee. Es war in Venedig. Nachdem sie mich in Garmisch-Partenkirchen entführt hatte. Wir haben uns da versteckt. Ich meine, ich war ihr Gefangener. Ich bin geflohen. Sie ... sie hatte eine Spritze. In einem Restaurant bin ich durch den Hinterausgang geflohen. Und ich habe die Ducati gestohlen.« Mark war den Tränen nahe. »Hören Sie, ich gebe Ihnen alles, was Sie haben wollen.«

»Wo ist Ihre Frau?«

»Michelle?«

»Ja.«

»Ich weiß es nicht. Als ich sie zum letzten Mal gesehen habe, saß sie in dem Restaurant und wartete aufs Essen.«

»Michelle ist Ihre Frau?«

»Nur zur Tarnung. Wir … wir haben so getan, als hätten wir gerade geheiratet. Wir glaubten, Kasperskis Leute würden in Venedig nicht nach einem Brautpaar Ausschau halten.«

»Und Denise?«

Wer ist dieser Mann? »Sie ist in Laramie. Hören Sie, sie weiß nichts von alledem. Es ist alles meine Schuld.«

»Warum schleichen Sie mitten in der Nacht um das Gelände herum?«

Er kniff die Augen zusammen und starrte wütend in das grelle Licht. »Ich wollte herausfinden, wie ich da hereinkomme, okay?«

»Warum?«

Mark schürzte die Lippen und schüttelte den Kopf. »Es spielt keine Rolle.«

»Wollten Sie Kasperski um Gnade bitten? Versuchen, Ihren alten Job zurückzubekommen? Hatten Sie vielleicht auch darauf gehofft, dass Stephanie Ihnen keine Kugel in den Kopf schießen würde?«

Verdammt! Stephanie! Noch ein Albtraum! »Wäre ich dann nicht gleich zum Tor gefahren und hätte um Einlass gebeten, wenn es so wäre?« Mark schluckte. »Wer sind Sie?«

»Vielleicht sage ich es Ihnen, wenn Sie meine Frage beantwortet haben. Warum sind Sie um das Gebäude herumgeschlichen?«

»Ich wollte versuchen, jemanden da herauszuholen.«

»Wen?«

Mark ließ den Kopf auf die Brust sinken. »Sie können mich mal kreuzweise. Machen Sie schon! Erschießen Sie mich! Ich hab die Schnauze voll. Und ich bin sicher, dass ich diese Sache sowieso nicht überleben werde.«

Hatte er das wirklich gesagt? Mark schluckte und wartete auf einen Faustschlag oder eine Kugel oder ...

Von rechts näherte sich die Hand eines Mannes und zeigte ihm ein Foto. »Wer ist das?«

Mark spähte auf das Bild. »Das ist Michelle Lee. Die Frau, die mich in Venedig gefangen gehalten hat.«

»Und wo haben Sie sie getroffen?«

»In einer Villa in den Dolomiten. Einen Tag, nachdem ich in Garmisch entführt wurde. Michelle brachte mich da raus, als Kasperskis Leute die Villa angriffen. Sie behauptete, sie sei von der CIA, aber später habe ich herausgefunden, dass es nicht stimmt.«

»Wissen Sie jetzt, für wen sie arbeitet?«

»Nein. Da war noch ein Mann.« Mark erzählte ihm von dem Treffen, das er beobachtet hatte, und der Übergabe der Spritze. »Ich weiß nicht, wozu sie bestimmt war, aber sicherlich nicht dazu, um mich vor irgendeiner Krankheit zu schützen.«

»Warum sind Sie nicht in Mailand zum amerikanischen Konsulat gegangen?«

»Mir wurde gesagt, dass ich als Drogendealer gesucht werde, der von der italienischen Villa aus seine Geschäfte betreibt. Wahrscheinlich hätten sie das eher geglaubt als die abstruse Geschichte, dass ich Professor bin und vor Kasperski davonlaufe.« Mark fragte sich, ob er auch den Rest erzählen sollte. Vielleicht blieb er dann am Leben.

»Ich habe aber alles aufgeschrieben und ans Konsulat

geschickt. Es ist zu spät, um noch etwas daran zu ändern. Meine Notizen müssten heute Nachmittag dort abgegeben worden sein.«

»Wo?«

»In Wien«, log Mark, um Zeit zu schinden. »Das amerikanische Außenministerium hat die Sachen bereits. Und sie erklären alles.«

»Wissen Sie, wo Denise und Ihre Söhne sind?«

»In Laramie.« Mark hob erstaunt den Blick. »Ich habe Ihnen bereits gesagt, dass sie zwar meine Frau ist, aber nicht die geringste Ahnung von dem Modell und von meiner Arbeit hat.«

»Ihre Frau und Ihre beiden Söhne sind in der Nacht, nachdem Sie Deutschland verlassen haben, verschwunden. Hat ein Mitarbeiter von Kasperski etwas erwähnt?«

»Verschwunden? Denise? Jake und Will?« Eine böse Ahnung stieg in ihm auf.

»Hat jemand erwähnt, wo sie sind, oder versucht, Sie mit der Tatsache unter Druck zu setzen?«

»Nein! Was soll das heißen, sie sind verschwunden?«

»Sie wurden aus Ihrem Haus in Laramie gebracht oder gekidnappt – nennen Sie es, wie Sie wollen. Danach verliert sich ihre Spur. Die drei sind wie vom Erdboden verschluckt. Wenn man Sie damit hätte unter Druck setzen wollen, hätte doch jemand etwas erwähnt, oder?«

Mark sackte in sich zusammen. »Mein Gott, bin ich ein Versager!«

»Ach, ich weiß nicht. Sie haben es geschafft, Michelle zu entwischen und von Italien bis nach Deutschland zu fliehen, ohne entdeckt und verhaftet zu werden, während halb Europa, Kasperski und die Chinesen Sie suchen. Nicht schlecht für einen Professor. Bei Ihrem Versuch, auf das Firmengelände zu gelangen, scheint Ihr gesunder Menschenverstand allerdings versagt zu haben. Und das bringt uns zurück zu der Frage: Warum wollten Sie dort eindringen?«

»Dort wird jemand gefangen gehalten«, erwiderte Mark kleinlaut. »Eine Freundin von mir. Es ist alles meine Schuld. Ich wollte versuchen, sie da herauszuholen.«

»Wen?«

Mark zuckte zusammen. »Anika French.«

»Woher wissen Sie, dass sie sich dort aufhält?«

»Michelle hat es mir erzählt.«

»Und wie wollten Sie das genau anstellen?«

Mark schüttelte den Kopf und blinzelte ins Licht. »Ich habe keine Ahnung. Aber ich musste irgendetwas tun.« Er schürzte die Lippen und begann in dem grellen Licht zu schwitzen. »Sind Sie sicher, dass meine Familie ... Ich meine Denise und die Jungen ...?«

Die Deckenbeleuchtung ging an. Mark blinzelte und sah einen kräftigen Mann mit einem getrimmten Bart, der eine grelle Werkstattlampe ausschaltete.

Der Mann kam auf ihn zu und musterte ihn neugierig. Sein kurzes, dunkles Haar schimmerte im Licht. Er trug einen schwarzen Pullover, unter dem sich muskulöse Schultern abzeichneten, und eine Cargohose mit vollgestopften Taschen. Auf seinen schwarzen Stiefeln klebten Schlamm und Gras.

Mark bekam einen Schreck, als der Mann plötzlich ein Messer in der Hand hielt. Doch dieser beugte sich nur hinunter und schnitt ihm die Handfesseln durch.

»Wer zum Teufel sind Sie?«

»Skip Murphy. SSM-Sicherheitsdienst.« Er nahm das Foto in die Hand. »Ich habe heute ein Foto von Michelle in Oberau gemacht. Sie scheint sich stark für Kasperskis Firmengelände zu interessieren. Den Rest der Zeit fährt sie durch die Stadt und beobachtet die Hauptstraße. Sie hat sich so auffällig verhalten, dass zwei von Kasperskis Leuten zu ihr gefahren sind und mit ihr gesprochen haben. Durch das Fernglas habe ich gesehen, dass sie eine Immobilienbroschüre bei sich hatte. Sie ist gut. Sie hat eine halbe Stunde mit ihnen gesprochen und immer wieder auf die Broschüre gezeigt.«

»Glauben Sie mir. Sie hat kein Interesse an Immobilien in Oberau.«

»Nein.« Skip setzte sich aufs Bett. »Aus irgendeinem Grunde muss sie wohl glauben, dass sie Sie hier findet. Wie kommt Sie darauf?«

Mark rieb seine wunden Handgelenke und schaute auf die Striemen, die die Fesseln hinterlassen hatten. »Sie muss herausgefunden haben, dass ich die Ducati gestohlen habe.«

»Die 1198er?«

»Ja, auf dieser Maschine sind wir aus der Villa geflohen.«

»Ich lasse das Motorrad noch heute Nacht von jemandem abholen. Seit wann fahren Sie Motorrad?«

»Ich bin vorher noch nie gefahren. Von Venedig nach Oberau war meine erste Tour.« Mark schaute sich um. »Gibt es hier eine Toilette? Ich muss dringend pinkeln.«

Murphy grinste. »Ja, gleich den Gang hinunter. Ich zeig's Ihnen.« Als Mark aufstand, fügte Murphy hinzu: »Sie haben Ihre erste Fahrt auf einer 1198er gemacht? Sie müssen sich vor Angst fast in die Hose gemacht haben. Haben Sie Todessehnsucht?«

»Mir wurde gesagt, es sei sicherer als Sex mit psychopathischen Mörderinnen.«

Murphy zog nachdenklich an seinem Bart. »Ich würde

sagen, es läuft fast auf dasselbe hinaus. Aber Michelle treibt sich da draußen herum, mein Freund. Wenn ich mich nicht irre, will sie Sie unbedingt finden. Und einer Frau die Ducati zu stehlen …? Das ist fast eine Aufforderung zu einem Mord.«

24. Kapitel

Helmut Rath fuhr auf den Parkplatz des Lagerhauses und schaltete den Motor des BMW aus. Einen Augenblick blieb er im Wagen sitzen und ließ den Blick über den Parkplatz schweifen. Natriumlampen beleuchteten die weißen Metallwände des Lagerhauses und die Reihe der Lieferwagen.

Diese standen ordentlich geparkt vor dem hinteren Zaun, und das gelbe Licht spiegelte sich auf ihren Windschutzscheiben und dem Chrom.

Es war niemand zu sehen, und nichts bewegte sich.

Nach fünf Minuten zog sich Helmut eine Gummimaske übers Gesicht und rückte sie zurecht, damit er durch die Augenschlitze sehen konnte. Anschließend setzte er sich einen Hut mit breiter Krempe auf den Kopf.

Nachdem Helmut das Paket vom Beifahrersitz genommen hatte, stieg er aus und ging auf den Seiteneingang des Gebäudes zu. Er beugte sich hinunter, damit er besser sehen konnte, und steckte einen Dietrich in das Schloss. Einst war er ein Experte auf diesem Gebiet gewesen. »Aus der Übung«, murmelte er.

Fünf Minuten später spürte Helmut, wie der letzte Metallstift nachgab. Die Tür ging auf. Er nahm das Paket wieder in die Hand und trat ein.

Nur drei Reihen Leuchtstoffröhren – die Nachtbeleuchtung – erhellten das Innere des Lagerhauses und warfen düstere Schatten auf die mit Plastikfolie überzogenen Paletten.

Welche Frachtpapiere brauche ich? Helmut hielt sich immer im Schatten, als er zu dem Büro schlich, wo ein Klemmbrett an einem Haken hing. Er nahm es herunter und las in dem trüben Licht die Einträge.

Mit dem Klemmbrett in der Hand und dem Paket unter dem Arm ging er die Gänge hinunter und suchte die richtigen Papiere.

Anika aß den Rest ihres Rühreis auf und die letzte Scheibe Speck. Auch wenn sie vielleicht bald die größte Sensation in Kasperskis Folterkammer sein würde, wollte sie verdammt sein, wenn sie vorher verhungerte.

Sieh zu, dass du bei Kräften bleibst, mein Kind, hatte ihr Dad immer gesagt. *Mit leerem Magen kann man nicht kämpfen und nicht fliehen.*

Anika stand auf, wusch sich die Hände und schaute auf die Uhr. Stephanie war spät dran.

Sie setzte sich auf einen der Sessel und starrte auf die Tür. Anika hatte schon versucht, sie zu öffnen, doch sie war verschlossen. Stephanie öffnete sie mit einer Magnetkarte und einem Code.

Und wenn ich in den Besitz der Karte gelangen könnte?

Stephanie würde den Verlust sofort bemerken.

Und wenn ich ihr einen Schlag auf den Kopf verpassen würde? Könnte ich das überhaupt?

Ja, sie könnte es. Aber nicht ohne einen Plan. Aus dem Gebäude zu gelangen war eine Sache. Aber die Umzäunung zu überwinden, das war etwas ganz anderes.

Anika ging die verschiedenen Möglichkeiten im Geiste durch und überlegte, welche die größte Aussicht auf Erfolg versprach. Doch sie führten alle in eine Sackgasse. Wie viele

Sicherheitsstufen hatte Kasperski tatsächlich in seinem Gefängnis eingebaut? Wie Terblanch wurden viele seiner Mitarbeiter vor allem durch die Androhung von Repressalien bei der Stange gehalten. Dennoch würde Kasperski, clever wie er war, kein Risiko eingehen und sich doppelt absichern.

Anika hörte, dass die Tür aufgeschlossen und geöffnet wurde. Stephanie sah abgespannt aus. Sie forderte Anika auf, ihr zu folgen.

»Sie müssen heute schon einiges erlebt haben«, sagte Anika, als Stephanie sie zum Bürogebäude führte, das sich unter dem breiten Holzdach zu ducken schien.

»Was geht Sie das an?«

»Die Nordkoreaner?«

Stephanie warf ihr einen wütenden Blick zu. »Es gibt Komplikationen.«

»Lassen Sie mich raten. Die Chips sind nicht aufgetaucht.«

»Leider doch. Es könnte sein, dass ich ein paar Tage verreisen muss.«

»Ach. Jemand anders hat sie?«

»Sieht so aus. Woher wissen Sie das?«

»Das würde Ihre schlechte Laune am ehesten erklären.«

»Und was können wir Ihrer Meinung nach tun?«

Anika verlangsamte ihre Schritte und dachte nach. »Wissen Sie, wer Sie hat?«

»Nicht genau.« Stephanie musterte sie mit scharfem Blick. »Es gibt noch weitere Komplikationen.«

»Welche?«

»Das ist nicht Ihr Problem«, erwiderte sie verärgert.

Anika breitete die Arme aus, als wollte sie damit die Größe

des Firmengeländes unterstreichen. »Stimmt. Als könnte ich hier abhauen und in die Welt hinausposaunen, dass Kasperskis Chips gestohlen wurden und sie jemand auf dem freien Mark verkauft.«

Für den Bruchteil einer Sekunde entgleisten Stephanies Gesichtszüge, doch sie fasste sich sofort wieder.

Bingo! Volltreffer!

Stephanie dachte kurz nach, dann schüttelte sie den Kopf. »In der Stimmung, in der Kasperski ist, möchte ich ihm keinen Grund liefern, seine Wut an mir auszulassen.«

»Okay, ich verstehe.« Anika blieb stehen und dachte nach. »Und die anderen Komplikationen?«

»Auf die Leute, die uns helfen könnten, unser Problem zu lösen, wurde Druck ausgeübt. Eingefrorene Gelder, Ermittlungen, Genehmigungen, die sich verzögern.«

»Wer ist dafür verantwortlich?«

»Ihre verdammten Amerikaner. Das war zu erwarten, aber trotzdem ...«

Ah, sie übten also ordentlich Druck aus. »Gott segne die Vereinigten Staaten! Mein Vorschlag? Lassen Sie mich frei! Dann üben sie auch keinen Druck mehr aus. Sie können Ihre Chips aufspüren und sie an die Nordkoreaner schicken.«

Anika sah, dass Stephanie ähnliche Gedanken hatte.

»Im Grunde wird es niemanden interessieren, wenn ich wieder zu Hause bin«, fügte Anika hinzu. »Sie haben mich zurück und ihr Gesicht gewahrt. Selbst wenn sie auf eine Vergeltungsmaßnahme aus wären, hätten die Nordkoreaner ihre Chips längst erhalten, bevor die Amerikaner einen Weg gefunden hätten, wie sie die Lieferung stoppen können, nicht wahr?«

Stephanie machte ein mürrisches Gesicht. »Unglücklicherweise möchte der große Boss, dass Sie hier arbeiten. An seinem Projekt.«

Anika ging weiter. »Ich habe nur das Modell erstellt, Stephanie. Ich habe nicht die geringste Ahnung, welches Ereignis letztlich zum Zusammenbruch der globalen Gesellschaft führen wird. Wenn ich die Forschungsergebnisse untergegangener Völker als Grundlage nehme, kann ich Ihnen sagen, wie es möglicherweise ablaufen wird. Aber prognostizieren, wann und wo? So komplex wie die Welt ist, die wir erschaffen haben, gibt es unendlich viele Möglichkeiten.«

»Ich hoffe, Sie finden die richtigen Antworten.«

Anika zögerte. »Sind Sie wirklich so kaltblütig?«

»Das haben Sie jedenfalls schon mal richtig erkannt.« Stephanie schaute auf die Uhr. »Und jetzt beginnen Sie mit der Arbeit. Ausgerechnet heute möchte ich auf gar keinen Fall zu spät kommen.«

»Vielleicht könnte ich Ihnen helfen herauszubekommen, was mit Ihren Chips schiefgegangen ist, wenn Sie mir die nötigen Informationen schicken.«

»Sie bewegen sich auf dünnem Eis, Anika, auf sehr dünnem Eis.«

Von dem Beobachtungsposten hinter dem großen Schild aus beobachtete Skip den weißen Lieferwagen, der den Weg zu dem Firmenkomplex hochfuhr. Durch das Fernglas sah Skip, dass der Wachposten am Tor auf den Lieferwagen zuging und die Papiere kontrollierte. Anschließend ging er mit dem Fahrer zum Heck des Wagens, öffnete die Hecktür und schaute hinein.

»Mann, sind die neugierig!«

Kurz darauf wurde das Tor geöffnet, und der Lieferwagen fuhr hindurch.

Skips Blick folgte ihm, als er zur Rückseite des Komplexes fuhr und die wöchentliche Lebensmittelbestellung auslieferte. Dann schob Skip ein Stück der Überdachung zur Seite und kroch zu der Satellitenantenne. Nachdem er sein Telefon angeschlossen hatte, stellte er die Verbindung her.

»Panther und Co.«

»Tiger«, sagte Skip. »Die Bestellung wurde ausgeliefert.«

»Verstanden, Tiger.«

»Ich brauche eine Verbindung zu Amy Randall. Es gibt neue Entwicklungen.«

»In Ordnung. Bleiben Sie dran! Ich verbinde.«

Kurz darauf meldete sie sich. »Randall.«

»Tiger hier.«

»Gut, dass Sie anrufen. Wurde die Bestellung ausgeliefert?«

»Alles in Ordnung.«

»Es gibt eine interessante Entwicklung. Wir haben etwas von Mark Schott gehört. Er hat einen amerikanischen Urlauber gebeten, ein Notizbuch mit seinen Erlebnissen beim amerikanischen Konsulat in München abzugeben. Offenbar hat der Mann mit einem gewissen Brian Meyer eine Motorradtour gemacht. In den vorliegenden Notizen steht übrigens auch, dass Schott versuchen will, Anika French zu befreien.«

»Verstanden.« Skip grinste. »Ich hab ihn geschnappt. Er befindet sich in dem sicheren Haus in München und wird dort bewacht. Sollen wir versuchen, ihn aus dem Land zu schleusen?«

»Was meinen Sie?«

Skip rieb sich die Nase. »Ich persönlich würde lieber warten. Nachdem die Bestellung ausgeliefert wurde, habe ich alle Hände voll zu tun.«

»Was halten Sie von Schott?«

Skip informierte sie über das, was der Mann ihm erzählt hatte. »Ich glaube, er sagt die Wahrheit. Ach so, ich habe Ihnen gestern über die sichere Verbindung das Foto einer Frau geschickt. Sie war es wohl, die Schott entführt hat, als er mit Stephanie in Garmisch war. Schott sagt, sie nennt sich Michelle Lee.« Er buchstabierte den Nachnamen. »Kann jemand die Frau überprüfen?«

»Schon geschehen. Sie heißt Mi Chan Li.« Randall buchstabierte den Namen. »Langley hat eine Akte über sie. Skip? Seien Sie vorsichtig! Sie werden verstehen, warum, wenn Sie die Papiere lesen. Sie wurden heute Morgen an das sichere Haus gefaxt.«

»Und die Kurzfassung?«

»Spionage und Mord. Ausgebildet von den Chinesen. Doch Gerüchten zufolge soll sie vor ein paar Jahren alle Verbindungen zum chinesischen Geheimdienst abgebrochen haben. Sie arbeitet jetzt wohl auf eigene Rechnung.«

Was bedeutet das? »Es könnte sich demnach noch eine vierte Partei für das French-Modell interessieren. Oder Mi Chan Li steht doch wieder bei den Chinesen auf der Gehaltsliste.«

»Ich weiß es genauso wenig wie Sie.« Randall räusperte sich. »Schott war also in der Villa? Die Spurensicherung des FBI hat mit Hilfe von Langley alles unter die Lupe genommen. Von dort aus wurde die Aviano Airbase überwacht. Einige der Toten hatten asiatische Gesichtszüge, aber um ihre genaue Herkunft zu bestimmen, haben die Gerichtsmediziner Isotopenuntersuchungen der Knochen durchgeführt. Keiner der Männer hat jemals in Ostasien gelebt. Die Ergebnisse weisen auf europäische und amerikanische Ernährungsweisen hin.«

»Verstehe.« Skip runzelte die Stirn. »Aber wer steckt dahinter?«

»Wissen wir nicht.«

Skip kroch zu dem Fernrohr hinüber.

»So, Mark, zuerst Stephanie und dann Mi Chan Li. Sie sollten sich in Zukunft mit Frauen treffen, die ein anderes Format haben.«

Er dachte kurz nach. »Wenn Li auf eigene Rechnung arbeitete, dann mit Sicherheit im Auftrag eines anderen.« Könnte es jemand sein, der sich für das *Journal of Strategic Assessment* interessiert? Oder jemand mit Verbindungen zu ECSITE?

Skip rutschte ein Stück zur Seite, nahm das schwere Swarovski-Fernglas mit fünfzehnfacher Vergrößerung in die Hand und beobachtete die Stadt. Nach knapp fünfzehn Minuten entdeckte er Lis Wagen.

»Schon auf der Jagd?«

Kurz darauf hörte er das Dröhnen eines kleinen Flugzeugs. Skip sah, dass Li aus dem Wagen stieg, den Blick nach Norden wandte und sich eine Hand über die Augen hielt. Als sich das Flugzeug näherte, griff Li zu ihrem Handy. Während sie sprach, beobachtete sie das Flugzeug, das über das Tal hinwegflog.

Skip legte das Fernglas wieder aus der Hand und versuchte verzweifelt, das Fernrohr zu schwenken, auf dem Dach hinter dem Schild war es zu eng dafür. Durch das Fernglas konnte er das Flugzeug gut erkennen, das Fabrikat und das Modell jedoch nicht zuordnen. Die Zulassungsnummer war überklebt. Das Ding flog über den

Firmenkomplex hinweg und drehte dann Richtung Garmisch ab.

Skip richtete das Fernglas auf Li. Sie stand neben ihrem Wagen. Ihr langes schwarzes Haar schimmerte in der Morgensonne. Jetzt war ihr Blick nach Süden gerichtet. Keine zehn Minuten später kehrte das Flugzeug zurück und flog wieder über das Firmengelände hinweg. Skip beobachtete Li, die telefonierte und immer wieder nickte. Als das Dröhnen in der Ferne verstummte, warf Li ihr langes Haar zurück, steckte das Handy in die Tasche und stieg wieder in den Wagen.

War sie auf der Jagd nach Mark Schott? Oder jagte sie jemand anders?

An diesem Nachmittag kamen die ersten Gerüchte auf. Anika war dabei, Umweltdaten zu kategorisieren, um diese anschließend mit geografischen Zonen in Beziehung zu setzen. Wenn Kasperski von ihr verlangte, die Zukunft vorherzusagen, würde sie eine Kristallkugel aus dem Ärmel zaubern müssen.

Was würde den Zusammenbruch auslösen? Könnte es ein Ereignis sein, das mit dem Klima zu tun hatte, wie zum Beispiel eine Dürre? Oder ausgiebige Regenfälle, in deren Folge das Korn auf den Feldern verrottete und ausgedehnte Ackerflächen überschwemmt wurden? Ein früher Frost, der die Ernte zerstörte? All diese Ereignisse würden sich unterschiedlich auswirken, je nachdem, ob sie sich in Indien, Ostasien, Europa oder Nordamerika ereigneten.

Von allen Variablen war die des Klimawandels und seiner Auswirkungen auf die Landwirtschaft am schlechtesten vorhersagbar. Paläoklimatische Forschungen hatten immer wieder bewiesen, dass Meeresströmungen, Winde und Regenfälle sich nicht graduell veränderten. Das Muster wechselte von einem stabilen Zustand zum anderen, als würde man einen Schalter umlegen. Oft mit dramatischen kontinentalen Auswirkungen auf regionaler Ebene.

Oder würde die Energieproduktion und -verteilung für den Zusammenbruch verantwortlich sein – der im Schwinden begriffene, krisenanfällige Kraftstoff der Weltwirtschaft? Wenn es um Energie ging, zogen die einzelnen Staaten alle Register. Der Iran, der von den fundamentalistischen Schiiten regiert wurde, die glaubten, sie könnten das Ende der Welt heraufbeschwören und dadurch die Rückkehr des »verlorenen Imam« bewirken, fügte ein großes Maß an Unsicherheit hinzu. Jede Provokation des Irans könnte zu einer Blockade des Persischen Golfs führen. Würde die Katastrophe groß genug sein und lange genug andauern, um den für einen Kollaps notwendigen Mangel hervorzurufen?

Welcher Dominostein würde, wenn er umfiel, einen Prozess auslösen, der nicht mehr rückgängig gemacht werden konnte?

Die Ausgangssituation, die zur Katastrophe führte, würde je nach geografischer Lage und politischer Stabilität variieren. Nordamerika, China oder Europa würden jeweils anders handeln.

Die Verteilung der Ressourcen war bereits ein enormes Problem. Jahrzehntelang hatte billige Energie es ermöglicht, dass Nahrungsmittel gewinnbringend von einer Halbkugel zur anderen transportiert wurden. Mitten im Winter konnte Anika im Supermarkt in Laramie, Wyoming, frisch geerntete Produkte aus Chile kaufen. In der westlichen Welt legten Nahrungsmittel zwischen Hersteller und Konsumenten durchschnittlich einen Weg von 2 500 Kilometern zurück.

Aber wie lange noch konnten Länder wie China und Ägypten Nahrungsmittel an ihre Bevölkerung verteilen, wenn es für Schiffe, Lastwagen und Züge nicht mehr genügend Treibstoff gab, selbst wenn Vorräte zur Verfügung standen?

Und dann die verarbeiteten Güter. Ein Produktionsstillstand in China aufgrund von Lebensmittelknappheit könnte bedeuten, dass eine Fabrik in Mexiko, Frankreich oder Argentinien schließen musste.

Heutzutage waren Dienstleistungen und Produktion in so kleine Arbeitsschritte unterteilt, dass alles zusammenbrechen konnte, wenn ein Rädchen im Getriebe versagte.

Anikas Team im Außenministerium hatte das Modell zwar getestet, die Auswirkungen auf die Finanzinstitutionen aber nicht berücksichtigt. An die Ereignisse von 2008 erinnerte sich jeder noch gut. Europa schwankte noch immer unter der Schuldenlast, die durch die Stützung des Euro entstanden war, nachdem Griechenland, Spanien und Portugal unter den Defiziten zusammenzubrechen drohten. Was passierte, wenn große Fabriken in Vietnam, auf den Philippinen und in Indonesien Bankrott anmeldeten? Ein Mangel an Investitionskapital würde Verteilungssysteme zerstören, was zu Mangel und dann in die Anarchie führen konnte.

Es konnte so vieles schiefgehen. Der Gedanke an das Ausmaß einer kommenden Katastrophe lastete auf Anika.

Sie machte sich gerade Notizen zu Epidemien und ihren Auswirkungen auf die Gesellschaften, als sie ihre Kollegen flüstern hörte und den Blick hob.

Terblanch sprach in leisem, ängstlichem Ton mit Kalaschnikow.

»Was ist los?«, fragte Anika. Sie sah, dass auch Hashahurti und Liu die Köpfe zusammensteckten und flüsterten.

»Es ist etwas geschehen«, erwiderte Terblanch leise. »Alle Führungskräfte wurden in das Büro des großen Bosses gerufen. Schon den ganzen Tag herrscht eine ungewöhnliche Spannung.«

»Ich habe so etwas hier noch nie erlebt.« Inoui warf einen nervösen Blick zur Tür. »Wir haben gerade eine E-Mail erhalten, dass einige Mitarbeiter heute Abend nicht nach Hause gehen dürfen.«

»Die Leute sind alle beunruhigt«, meinte auch Terblanch. »Ich habe es heute Morgen in der Cafeteria gespürt. Ich schwöre, es wurde nicht ein einziges Mal gelacht, während ich dort gefrühstückt habe.«

»Haben Sie die Autos gesehen, die vor dem Herrschaftshaus stehen?«, fragte Liu. »Es sind bestimmt an die fünfzig und alles teure Marken. Die Hälfte von ihnen hat ein Schweizer Kennzeichen. Alle Führungskräfte aus Zürich sind hier.«

Kalaschnikow rieb sich übers Gesicht und starrte auf das Blatt, das er in der Hand hielt. »Die Tatsache, dass sie hier sind und keine Videokonferenz führen, beweist, wie wichtig es ist. Es scheint große Probleme zu geben. Und weil Kasperski den Kommunikationswegen nicht vertraut, mussten sie persönlich hier erscheinen.«

»Hat irgendjemand von Ihnen etwas über Raketenlenksysteme gehört?«, fragte Anika.

Die Anwesenden wechselten Blicke und schüttelten die Köpfe.

Anika schob ihre Unterlagen hin und her. »Kasperski ist von Systemen abhängig. Vielleicht hat auch er, wie alles andere auch, den Umkipppunkt bereits überschritten.«

»Und was könnte bei ihm den Zusammenbruch auslösen?«, fragte Inoui.

Anika zuckte mit den Schultern und dachte: *Ich?*

Sofort darauf lief ihr ein Schauer über den Rücken. *Und was passiert, wenn er zu dem Schluss kommt, dass ich ihm mehr schade als nutze?*

In diesem Augenblick riss Stephanie die Tür auf und stürmte in den Raum. »Dr. French? Sie kommen sofort mit!«

Anika schluckte. Stephanies Augen funkelten wütend.

Die Deckenleuchte in dem sicheren Haus warf einen gelben Lichtkegel auf den Tisch. Skip beugte sich über den Tisch und betrachtete die Fotos mit hoher Auflösung, die auf der glatten Platte verteilt waren. Mit einer Lupe konnten sie alle Besonderheiten auf dem Firmenkomplex bis hin zu interessanten Details erkennen.

Helmut saß gegenüber von ihm und schaute mit grimmiger Miene hinaus auf das Firmengelände. Mark Schott hatte ihnen soeben erklärt, wo er gewohnt hatte und welchen Weg er zu seinem Labor gegangen war. Er hatte ihnen genau gezeigt, wo die Wachposten standen und was er beobachtet hatte, als er sich dort aufhielt.

Der Techniker, den sie Q nannten, stieg mit einer Versandrolle in der Hand die Treppe hinunter. »Die neuesten Analysen aus Langley sind angekommen. Ich habe alles auf der Overlay-Folie markiert.«

Skip gähnte und rieb sich den Nacken.

»Noch einen Kaffee?« Mark Schott hob den Blick von den Fotos und schaute in Skips müdes Gesicht.

»Nein. Wenn wir hier fertig sind, muss ich erst mal ein bisschen schlafen.« Er schaute Q an. »Was ist jetzt mit der Overlay-Folie?«

Der Techniker nahm die durchsichtige Folie aus der Versandrolle und rollte sie auseinander. Vorsichtig legte er sie auf die Luftaufnahmen und richtete sie an den Markierungspunkten aus. Die Grenzen des Komplexes waren auf der Folie mit einer leuchtend gelben Linie gekennzeichnet. Andere wichtige Objekte wie zum Beispiel Gebäude waren in verschiedenen Farben markiert.

Q tippte auf die gelbe Linie. »Das sind die Sicherheitsvorkehrungen, die ich entdeckt habe. Die parallel verlaufende Linie rings um den Zaun des Komplexes kennzeichnet die Sensoren der elektronischen Sicherheitsvorkehrungen. Wahrscheinlich werden sowohl Infrarot als auch Bewegungsmelder verwendet. Die blauen Punkte sind die Standorte der Kameras. Eine sorgfältige Analyse beweist, dass die Kameras ferngesteuert sind und den Mitarbeitern im Sicherheitszentrum hier ...« Er zeigte auf ein rotes Quadrat, das ein Gebäude überdeckte. »... erlauben, alles individuell zu verfolgen, was ihnen interessant erscheint.«

Skip nickte. »Sieht so aus, als hätten sie gründliche Arbeit geleistet.«

»Und bei der Elektronik, die wir identifizieren konnten, handelt es sich um das Neueste vom Neuen«, fügte Q hinzu. »Geld hat da keine Rolle gespielt. Das entspricht höchsten Sicherheitsstandards. Die gepunkteten Linien sind die Wege der Wachposten. Sie gehen sie in unregelmäßigen Abständen ab. Offenbar gibt es keine festgelegten Zeiten. Die Hunde scheinen gut trainiert zu sein, und die Wachen zögern nicht, sofort Kontrollen durchzuführen, wenn ein Hund anschlägt.«

Mark Schott verzog das Gesicht. »Sie hätten mich also sofort geschnappt.«

»Wahrscheinlich noch bevor Sie den Zaun erreicht hätten. Allerdings hätten Sie Stephanie – so wie wir sie einschätzen – den Tag damit versüßt.« Skip zeigte auf ein kleines silbernes Viereck, das hinter dem Herrschaftshaus zu sehen war. »Schauen Sie mal. Das ist ihr frisierter Jaguar. Er steht gleich neben den Bäumen. Aber ich glaube nicht, dass sie noch einmal eine Tour mit Ihnen macht. Jedenfalls keine, die Ihnen gefallen würde.«

Marks Miene verdunkelte sich. »Ja, sie hatte offenbar Übung darin, Ihre Spielchen mit mir zu treiben.«

»Das sollten wir uns merken«, sagte Skip nachdenklich. »Schließlich ist es nicht so schwer, da reinzukommen.« Er warf Q einen Blick zu. »Ist meine Spezialausrüstung da?«

»Ja, sie wurde heute Abend geliefert.«

Schott schaute Skip argwöhnisch an. »Wie meinen Sie das, es ist nicht schwer, da reinzukommen?«

»Ja, das stimmt. Aber wieder lebend herauszukommen, das steht auf einem ganz anderen Blatt.« Skip musterte Mark. »Sind Sie bereit, den Lockvogel für uns zu spielen? Der süßen Stephanie einen Grund zu liefern, eine Spritztour zu machen?«

»Stephanie?«, fragte Mark ungläubig. »Ich soll mit ihr eine Tour machen? Die Frau will mich umbringen! Sind Sie verrückt geworden?«

»Ja«, erwiderte Skip in ernstem Ton. »Haben Sie es noch nicht gehört? Wenn man verrückt ist, kann man den Verstand nicht mehr verlieren. Ich frage Sie noch einmal: Sind Sie bereit, den Lockvogel für uns zu spielen? Sie rufen Stephanie an, tun so, als hätten Sie wahnsinnige Angst, und bitten sie um Hilfe.«

»Und was soll sie machen?«, fragte Mark ungläubig und hob die Schultern.

Skip verschränkte die Arme, lehnte sich gegen den Tisch und musterte Mark Schott. »Dort auf dem Gelände herrscht ganz schön viel Verkehr. Banker, Investoren, Fabrikanten. Wir haben die Kennzeichen aller Wagen überprüft, die dort hinein- und hinausfahren. Kasperski steht im Augenblick unter enormem Druck. Es ist wie eine Art mentale Belagerung für ihn. Und auch wenn Stephanie total unter Stress steht, muss sie diesen wichtigen Leuten gegenüber so tun, als sei alles in bester Ordnung. Eine nette Spritztour durch die Frühlingslandschaft könnte ihr guttun und ihre Anspannung vertreiben.«

»Ihre Anspannung? Mich interessiert es nicht die Bohne, ob sie Stress hat.«

»Ja, die arme Stephanie. Ich glaube, es ist Zeit, dass sie zur Abwechslung mal etwas für uns tut, natürlich ohne dass sie es weiß.«

»Gute Idee!« Helmut starrte auf den silbernen Jaguar. »Sie sieht sich selbst als Raubtier, als Jägerin und nicht als potenzielle Zielscheibe.« Er wandte sich Skip zu. »Denkst du auch gerade daran, wie Rasheed aus Kandahar herausgekommen ist?«

Skip zuckte mit den Schultern. »Hast du eine bessere Idee?«

Schott holte tief Luft. »Hören Sie, ich hab gesehen, wie die Lady eine Maschinenpistole benutzt. Sogar Michelle hat Angst vor ihr. Sie müssen verrückt sein, wenn Sie glauben, dass Sie sie so leicht hinters Licht führen können.«

Skip strich sich übers Kinn und betrachtete noch einmal die Overlay-Folie. »Ja, wir haben alle ihre Schritte beobachtet. Sie braucht wirklich mal einen Grund, um das Gelände zu verlassen.«

»Möchtest du, dass ich alles aufzähle, was schiefgehen

könnte?«, fragte Helmut mit ernster Miene. »Dazu brauche ich alle meine Finger und Zehen.«

»Nein, lass sein! Wenn du am Ende mehr als zwanzig Dinge findest, möchte ich nicht wissen, mithilfe welcher Körperteile du weiterzählst.«

»Kandahar?«, fragte Schott. »Was zum Teufel ist in Kandahar passiert? Und wer ist Rasheed?«

Skip blickte wieder auf die beeindruckende Sicherheitstechnik des Firmenkomplexes. »Das war ein Typ, den wir an den Sicherheitskräften der Taliban vorbeischleusen mussten. Zu Anika vorzudringen ist nicht ganz so schwierig. Aber wieder herauszukommen …?«

»Und wie willst du da reinkommen?«, fragte Helmut.

»Auf den Flügeln eines Engels. Aber mit Anika? Das ist nicht so einfach.«

»Wir könnten Sie mit einem Hubschrauber holen«, schlug Q vor.

Skip schüttelte den Kopf. »So vorsichtig, wie die sind, wäre ich nicht überrascht, wenn sie wirkungsvolle Gegenmaßnahmen ergreifen würden. Ich denke gerade darüber nach, wie gerne Stephanie Menschen manipuliert. Es wird Zeit, das Blatt zu wenden.«

»Sie wird Sie umbringen!«, stieß Mark hervor. »Ich habe Ihnen schon gesagt, dass man die Türen auf dem Komplex nur mit einer Schlüsselkarte und einem Code öffnen kann. Wird Alarm ausgelöst, kann niemand mehr das Gelände betreten oder verlassen.«

»Kann sein, aber wir werden ein Ablenkungsmanöver inszenieren.« Skip schaute auf die Uhr. »Genau in diesem Augenblick beginnt die erste Phase.«

»Ich schätze, dass sich diese Leute nicht so schnell ablenken lassen«, meinte Mark. »Sie haben einem der Männer, die mich entführt haben, eine Kugel verpasst. Als sie die Villa angegriffen haben, kamen Michelle und ich gerade noch mit dem Leben davon.«

»Gut«, sagte Skip nachdenklich. »Je mehr Stephanie unter Druck steht, desto besser wird es funktionieren.«

Helmut runzelte die Stirn. »Wird sie darauf reinfallen?«

»Die engsten Mitarbeiter sind immer die Schwachstelle.« Skip wandte sich Q zu. »Es gibt ein paar Dinge, die ich brauchen werde.«

»Wann?«, fragte Q, der schweigend zugehört hatte.

»Morgen Nacht hole ich Anika da raus«, sagte Skip leise und schaute wieder auf die Uhr. »In einer halben Stunde habe ich eine Verabredung.«

»So spät noch?«, fragte Mark.

»Mit einem Versicherungsagenten«, murmelte Skip. »Ich schließe eine Lebensversicherung ab.«

»Dann empfehle ich dir aber eine hohe Versicherungssumme.« Helmut sah ihn skeptisch an. »Und trag mich bitte als Begünstigten ein. Ich glaube nämlich nicht, dass noch ein langes Leben vor dir liegt.«

25. Kapitel

Anika bekam es mit der Angst zu tun, als Stephanie den Weg zu Kasperskis Büro einschlug. Diesmal wurde sie aber nicht in den Besprechungsraum gebracht. Stattdessen öffnete Stephanie eine Tür, hinter der eine Treppe nach unten führte. Unten standen zwei Wachposten mit MP5-Maschinenpistolen über den Schultern.

Anika blieb wie angewurzelt stehen, doch Stephanie packte sie am Ellbogen und drückte genau auf den Nerv. Anika rang nach Luft, als ihr ein stechender Schmerz durch den Arm schoss.

»Kommen Sie«, knurrte Stephanie.

»Ich will nicht an diesen verdammten Tisch gekettet werden«, sagte Anika mit schmerzverzerrtem Gesicht.

»Da gehen wir gar nicht hin.«

»Wohin dann?«

»Ins Sicherheitszentrum, Sie Närrin. Ich möchte, dass Sie sich ein paar Fotos ansehen.«

»Von nackten Männern? Soll ich mich schon mal darauf einstellen, was auf mich zukommt?«

»Sie sollen sich Gesichter ansehen. Und dann, meine liebe Anika, werden Sie für uns eine kleine Aufgabe lösen. Und wenn Sie es nicht tun – und nur dann, ketten wir Sie an diesen Tisch. Kapiert?«

Die Wachposten hatten Anikas Zögern grinsend verfolgt, die sich jetzt widerwillig von Stephanie die letzten Stufen hinunterführen ließ. Die beiden Männer nickten Stephanie zu, ehe diese ihre Schlüsselkarte durch den Schlitz zog und den Code eingab.

Anika sah, wie der Code lautete: 48732. Am Tag zuvor hatte er 53719 gelautet.

Sie änderten den Code täglich. Das war ernüchternd. Selbst wenn es ihr gelingen würde, in den Besitz von Stephanies Karte zu kommen, brauchte sie immer noch den aktuellen Code.

Die Metalltür öffnete sich automatisch und schwang leise auf. Anika brach der Angstschweiß aus, als sie in einen kleinen Raum geführt wurde, an dessen hinterer Seite sich eine ähnliche Tür befand. Sie verstand sofort, was das bedeutete. Das Gefängnis in Converse County war ebenso gebaut. Es konnten nie beide Türen gleichzeitig geöffnet werden. An den Wänden sah sie einen Spiegel – vermutlich einen Einwegspiegel – und sonderbare Schlitze. Die zweite Tür öffnete sich zu einem Raum, der genauso aussah wie der erste.

»Ein bisschen paranoid, nicht wahr?« Anika zeigte auf den Raum aus Stahl.

»Das ist noch gar nichts«, erwiderte Stephanie und wies mit dem Kinn auf den Spiegel. »Sie sollten mal unser Geheimarchiv sehen. Und falls Sie sich wundern, die Schlitze sind tatsächlich dafür vorgesehen, um durch sie zu schießen. Ein Wort von mir genügt. Übrigens benutzen wir ganz besonders unangenehme Hohlspitzgeschosse. Haben Sie mal frisches Hamburger-Fleisch gesehen?«

Anika schaute ängstlich auf den Spiegel. »Man kann nur von einer Seite hindurchsehen, nicht wahr?«

»Anders würde es doch wenig Sinn machen, oder?«

Hinter der letzten Tür lag ein schmuckloser Gang. Anika sah sofort die in die Decke eingelassenen Überwachungskameras. Sie passierten massive Türen und weiß getäfelte Wände. Der Boden war auf Hochglanz poliert.

Vor der vorletzten Tür blieb Stephanie stehen und zog ihre Karte durch den Schlitz. Sie stellte sich vor Anika, gab den Code ein und öffnete die Tür.

Es war ein kleiner Raum, in dem sich eine Person aufhielt. Simon Gunter saß an einem Tisch mit den sechs Stühlen. Vor ihm lag ein dicker Ziehharmonikaordner. An der Decke hingen hinter zwei Reihen Leuchtstoffröhren zwei Überwachungskameras.

»Setzen Sie sich.« Stephanie zeigte auf den Stuhl neben Gunter und setzte sich neben Anika.

»Wir möchten, dass Sie sich Fotos anschauen«, sagte Gunter mit seinem starken Akzent. »Sagen Sie uns, ob Sie diese Leute kennen.«

Anika nickte, während Gunter die Mappe öffnete.

Er zeigte auf die Überwachungskameras über ihren Köpfen. »Lügen Sie nicht. Wir zeichnen Ihre Atmung, Ihren Herzschlag und die Erweiterung Ihrer Pupillen auf.«

Anika schaute nervös zu den Kameras hoch. »Viel Glück. Ich bin total durcheinander.«

Gunter warf Stephanie einen finsteren Blick zu. Unter seinem tadellos sitzenden schwarzen Anzug zeichneten sich muskulöse Schultern ab.

»Es ist nicht meine Schuld, dass sie Angst hat!«, zischte Stephanie. »Sie hat Michail gestern so sehr verärgert, dass er sie in ihre Schranken gewiesen hat.«

Knurrend nahm Gunter das erste Foto heraus. »Wer ist das?«

Auf dem Foto war eine hübsche Asiatin mit hohen Wangenknochen und langem schwarzem Haar abgebildet. »Die Frau habe ich noch nie gesehen.«

»Und den Mann hier?«

Das nächste Foto zeigte einen grauhaarigen Mann mit einem kantigen Gesicht Ende vierzig.

»Den kenne ich auch nicht.«

»Er hinkt«, fügte Gunter hinzu.

Anika zuckte mit den Schultern. »Ich habe ihn noch nie gesehen.«

»Und den hier?« Gunter zeigte ihr das Bild eines jungen Mannes Mitte zwanzig in einem Blaumann, der neben einem Motorrad stand.

»Den kenne ich auch nicht.«

»Und den hier?«

Auf dem Foto war ein großer, muskulöser Mann mit schwarzem Haar und einem dicken Schnurrbart Ende dreißig abgebildet. Er hatte ein gegerbtes Gesicht, als würde er sich oft im Freien aufhalten. »Ich kenne ihn nicht.«

»Und den hier?«

Anika versuchte angestrengt, sich zu entspannen, als sie auf Skip Murphys Foto schaute. Dann hob sie den Blick und tat so, als würde sie plötzlich vor Angst erstarren. »Jetzt verstehe ich!«

»Was?«, fragte Gunter.

»Das sind die Männer, die sich mit mir vergnügen dürfen, wenn ich an den Tisch gekettet werde, nicht wahr?«

Hoffentlich nehmen sie mir meine Panik ab! Bitte, lieber Gott, sie müssen glauben, dass ich aus Angst vor Kasperskis verdammtem Vergewaltigungstisch so reagiert habe.

Als Stephanie mit der flachen Hand auf den Tisch schlug, zuckte Anika zusammen. »Zum Teufel mit dir, Michail!«, sagte sie und starrte Anika an. »Kasperski hat nur damit gedroht.«

»Für mich hörte sich das aber ganz anders an«, flüsterte Anika mit gesenktem Blick.

Stephanie seufzte. »Die Fotos kannst du vergessen, Gunter.«

»Noch eins.« Gunter zeigte ihr noch ein Foto. »Wer ist diese Frau?«

Anika runzelte die Stirn. »Das ist die stellvertretende Außenministerin Amy Randall. Das wissen Sie doch mit Sicherheit selbst.«

»Erzählen Sie uns etwas über sie.«

»Was denn? Ich habe für sie an dem Modell gearbeitet.«

»Hat sie ECSITE erwähnt?«, fragte Gunter verärgert.

»Ja. Sie wusste, dass Mark Schott für ECSITE tätig ist. Ich sollte sie sofort informieren, sobald er Kontakt zu mir aufnimmt.«

Gunter entspannte sich. »Natürlich.«

Stephanie und Gunter kommunizierten schweigend miteinander, und dann zeigte Stephanie auf eine Mappe. »Gib ihr die Unterlagen!«

Gunter zog einen Stapel Blätter aus der Mappe. »Das hier sind technische Berichte, Studien des Energieversorgungsunternehmens Conn Edison und Berichte zur Verkehrsplanung.« Er griff unter den Tisch und hob eine Versandrolle vom Boden auf, die Anika nicht gesehen hatte. Er zog eine dicke Rolle Straßen- und Landkarten heraus, die er auf dem Tisch ausbreitete. Anika erkannte sofort Satellitenfotos von New York, New Jersey, Long Island und Connecticut.

»Wozu brauchen Sie das?«, fragte Anika und schaute Gunter argwöhnisch an.

»Wir starten zum Gegenangriff«, erwiderte Gunter freundlich. »Sie studieren die Berichte und Stadtpläne und sagen uns, wie wir New York City am besten lahmlegen können.«

»Ich verstehe nicht«, murmelte Anika leise.

Stephanie beugte sich vor und funkelte sie mit ihren blauen Augen entschlossen an. »Die Amerikaner machen uns das Leben schwer. Wir müssen ihnen begreiflich machen, wie dumm das ist, und sie dazu bewegen, die Restriktionen, die sie unseren Geschäftspartnern auferlegen, zu lockern.«

»Das ist nicht mein Problem.«

Stephanie lächelte spöttisch. »Doch, das ist es, Anika. Sie sind der Grund, warum sie uns unter Druck setzen. Daher werden Sie einen Weg finden, wie wir sie zur Umkehr bewegen können.«

»Warum sollte ich Ihnen helfen, meinem Land Schaden zuzufügen?«

Gunter zog ein letztes Foto aus der Mappe.

Als Anika auf das Foto starrte, begann ihr Herz zu rasen. Die Szene auf dem Bild war unmissverständlich. Vor einem Mann mit heruntergezogener Hose lag eine nackte Frau, die mit ausgestreckten Armen und Beinen an einen großen Metalltisch gefesselt war. Drei weitere Männer standen daneben und beobachteten alles. Einer beugte sich vor, um besser sehen zu können. Das Gesicht der Frau war der Kamera zugewandt. Ihre Augen waren geschlossen, der Mund verzerrt, und auf ihrem Gesicht spiegelte sich entsetzliche Angst.

Anika schob das Bild mit den Fingerspitzen von sich. »Wie viel Zeit habe ich?«

»Vierundzwanzig Stunden.«

»Und wenn ich es tue?«

»Dann kehren Sie in Ihre Wohnung zurück, und Ihr

Vater wird nicht in einer einsamen Nacht erschossen, während er Streife geht.«

Skip stand vor der Werkstatttür von Alpen Motorrad und beobachtete, wie Mark Schotts rote 1198er mit zwei Integralhelmen vorsichtig auf den Lieferwagen geladen wurde. Helmut sicherte die Maschine sorgfältig mit Spanngurten.

Jürgen und Lars hatten Feierabend. Sie setzten sich auf ihre Motorräder und fuhren nach München. Jürgen war gut aufgelegt, denn er hatte für den Abend eine Verabredung mit einer atemberaubend hübschen BMW-Fahrerin.

Nachdem Helmut das Motorrad festgeschnallt hatte, sprang er zufrieden von der Ladefläche und schloss die Hecktür. »Alles in Ordnung?«, fragte er.

»Alles bestens.« Skip grinste. »Q hat angerufen. Auf der Krankenstation herrscht Hochbetrieb. Mehr Leute als üblich gehen früher nach Hause.«

»Erste Phase«, meinte Helmut. Er steckte die Daumen in die Gürtelschlaufen und schaute über das Tal auf den Firmenkomplex. »Wie hieß das noch mal?«

»*Yersinia enterocolitica*.«

»Entzückender Name. Man könnte meinen, es wäre eine Oper von Verdi.«

»Nun, diese Erkrankung erzeugt ihre ganz eigenen Töne.« Skip verzog das Gesicht. »Wir einfachen Leute nennen es Magen-Darm-Grippe.«

»Und wenn Anika auch im Speisesaal war?«

»Das werde ich erfahren, wenn ich dort bin.«

»Sei vorsichtig, Skip!«

»Ja, du auch. Wir sehen uns am Treffpunkt.«

Sie reichten sich die Hände. Helmuts schwarzes Haar glänzte im Sonnenlicht, und der gezwirbelte, dicke Schnauzbart ließ ihn völlig fremd aussehen. Er ging zum Fahrerhaus, stieg ein und startete den Dieselmotor.

Skip schaute dem Lastwagen nach, als er die gewundene Zufahrtsstraße hinunterfuhr. Dann drückte er auf einen Knopf, worauf das schwere Metalltor herunterfuhr und sie vor neugierigen Blicken schützte.

Pfeifend ging Skip zum CD-Player und legte die CD mit den lauten Werkstattgeräuschen ein, um auf der sicheren Seite zu sein.

Aus einer kleinen Gürteltasche nahm er ein Headset, steckte es ins rechte Ohr und sprach in ein winziges Mikrofon. »Q? Wie ist die Lage?«

»Alles in Ordnung. Aber von Anika keine Spur. Sie ist noch immer in dem Sicherheitsgebäude. Ist das ein Problem?«

»Das weiß ich erst, wenn ich da bin.«

»Verstanden.«

»Kriegt Schott das hin?«

»Ja. Er macht sich wahnsinnige Sorgen um seine Familie. Ich glaube aber, er schafft es. Es ist ja auch nur ein Anruf.«

»Ja.« Skip seufzte. »Okay, Q, halten Sie Augen und Ohren offen. Informieren Sie mich, sobald Ihnen etwas komisch vorkommt.«

»Viel Glück, Skip! Passen Sie bloß auf!«

»Das mache ich immer.«

Skip beugte sich hinunter und zog einen Werkzeugkasten unter der Werkbank hervor. Er drehte am Zahlenschloss, öffnete den Kasten und nahm einen Einsatz mit Schraubenschlüsseln heraus.

Einen Teil des Werkzeugs packte er in einen Rucksack, den er auf dem Gepäckträger einer umgebauten 450er KTM Crossmaschine befestigte. Aus einer Kiste, auf der »Motorradzubehör« stand, nahm er etwas heraus, das aussah wie ein Zweimannzelt in einer Schutzhülle mit den dazugehörigen Teleskopstangen. Mit Spanngurten befestigte Skip den Nylonbeutel auf dem Rücksitz.

»Das wird eine lange, interessante Nacht«, murmelte er. »So, Mr Kasperski, bin ich so gut, wie ich glaube? Oder wird sich herausstellen, dass Sie besser sind?«

Als er den schwarzen Tarnanzug anzog, spürte er wie vor jeder Operation ein mulmiges Gefühl im Bauch. Er schaute auf die Uhr. In drei Stunden würde es dunkel sein.

Das Warten schien auch diesmal kein Ende zu nehmen. Schließlich drückte Skip auf den Knopf, worauf das Rolltor vor der Werkstatttür herauffuhr. Die Berge leuchteten sanft in der Abenddämmerung.

Skip schob die KTM heraus, stellte sie auf den Seitenständer und wartete, bis das schwere Tor herunterfuhr. Nachdem er alle Türen abgeschlossen hatte, schaltete er den Alarm ein und setzte sich aufs Motorrad.

Er musste den Kickstarter des Ein-Zylinder-Viertakters fünfmal durchtreten, bevor die Maschine ansprang. Skip setzte den Helm auf, wartete, bis der Motor warm war, und legte den ersten Gang ein. Dann ließ er die Kupplung kommen und fuhr in die Dunkelheit hinein.

Die Lichter des fernen Firmenkomplexes schienen ihn zu verspotten, als er die lange Zufahrtsstraße hinunterfuhr, rechts auf die Hauptverkehrsstraße Richtung Süden abbog und beschleunigte.

Nach gut einem Kilometer bog Skip links ab und folgte einem holprigen Waldweg die Berge hinauf. Nur einmal hielt er kurz an, um das Vorhängeschloss an einer Schranke zu knacken.

Dann, nachdem Skip die Scheinwerfer ausgeschaltet hatte, zog er eine Nachtsichtbrille aus dem Rucksack und befestigte sie an seinem Helm. Als er weiterfuhr, hallte das dumpfe Dröhnen des Einzylindermotors durch die Nacht.

Die Arbeit war nicht schwer. Nur wenige Orte auf der Welt waren technologisch so hoch entwickelt und daher so angreifbar wie Manhattan. In Hongkong und Tokio war es vielleicht ebenso schwierig, die Versorgung der Menschen sicherzustellen und die Infrastruktur instand zu halten.

Anika hob den Blick, als Stephanie mit leichenblasser Miene durch die Tür schritt. Die Frau sah nicht gut aus, und mit Sicherheit presste sie nicht ohne Grund eine Hand auf den Bauch.

»Ich bin fertig.« Anika stand erschöpft auf. Sie fühlte sich, als hätte sie den Nazis soeben geholfen, die Atombombe zu entwickeln. »Bringen Sie mich jetzt zu meiner Wohnung, damit ich duschen kann. Ich fühle mich schmutzig.«

Stephanies Haar war ungewöhnlich zerzaust, und sie hatte rote Augen. Auf ihrer Stirn schimmerten Schweißperlen. Mit unsicheren Schritten ging sie auf den Tisch zu und schaute auf die Karte, die dort lag. Hier und da hafteten gelbe Klebepfeile.

»Erklären Sie mir das bitte«, forderte sie Anika auf. Stephanies Gesicht, das soeben noch leichenblass gewesen war, war nun stark gerötet.

»Sie haben bestimmt Fieber.«

»Die Hälfte der Mitarbeiter ist krank. Lebensmittelvergiftung.« Stephanie starrte Anika mit ungewöhnlich glänzenden Augen an. »Haben Sie etwas gegessen?«

»Ein Sandwich aus der Mikrowelle.«

»Schade!«

»Was?«

»So miserabel, wie ich mich fühle, möchte ich, dass die ganze Welt mit mir leidet.« Sie warf ihr Haar zurück und schluckte vorsichtig, als müsse sie würgen. »Jetzt erklären Sie mir das bitte!«

Anika freute sich über Stephanies Übelkeit. Sie unterdrückte den Drang zu lächeln und beugte sich über die Karte. Unwillkürlich schoss ihr das Wort »Verräterin« durch den Kopf.

Dad, ich hoffe, du bist okay.

»Sie wollen New York in die Knie zwingen? Erste Phase: Schalten Sie den Strom ab.«

»Wie?«

»Zerstören Sie diese Verteilerstationen. Setzen Sie diese elektrischen Hauptleitungen außer Betrieb. Es wird über eine Woche dauern, sie zu reparieren. Inzwischen geraten die New Yorker in Panik. Alle Hochhäuser in der Stadt haben mit enormen Problemen zu kämpfen. New York ist in die Höhe gebaut, und mehr als drei Millionen Bürger sind auf Aufzüge angewiesen. Die Bürogebäude in der Innenstadt können nicht mehr genutzt werden.

Sobald die Wasserpumpen ausfallen, stehen den meisten Gebäuden nur noch die Tanks auf den Dächern als Wasserreserve zur Verfügung. Und die große Mehrheit der Menschen dort hat nicht die geringste Ahnung, wie man sparsam mit diesem Gut umgeht.«

»Also?« Stephanie zuckte mit den Schultern. »Sie können Wasser in Tankwagen herbeischaffen.«

»Sicher, aber wer trägt es in den fünfzigsten Stock hinauf? Ohne Elektrizität funktionieren die Computer nicht, die die Klimaanlagen, Automatiktüren, Ventilatoren, Verkehrsampeln und die Fahrpläne der U-Bahn regeln. Man kann keine Einkäufe mehr tätigen, da die Lesegeräte für Kreditkarten und die Kassen keine Netzverbindung mehr haben. Alle Schlösser, die mit Magnetkarten geöffnet werden, funktionieren nicht mehr. Alle Sicherheitssysteme, außer die mit Notfallbedienung wie zum Beispiel in städtischen Gebäuden, fallen aus. Während die Börsen über USV-Stromversorgung verfügen, sitzen die Händler und Banker in ihren Büros vor schwarzen Monitoren. Kurz gesagt gibt es in der Stadt kein Geschäftsleben mehr. Angefangen bei den Restaurants bis hin zu den renommierten Unternehmen in der Wall Street liegt alles lahm. Es ist das totale wirtschaftliche Chaos.«

»Der Stromausfall kann behoben werden. Es können mobile Trafostationen und Verbindungskabel herbeigeschafft werden.«

»Das wird auch geschehen, aber es dauert seine Zeit. Ehe es so weit ist, führt der Stromausfall dazu, dass die New Yorker die Nerven verlieren. Überlegen Sie mal, Stephanie. Neunzig Prozent der Menschen in Manhattan haben niemals unter Mangel gelitten. Sie wohnen in Betonburgen. Zahlreiche von ihnen so hoch oben, das sie vierzig oder fünfzig Stockwerke in der Dunkelheit zu Fuß bewältigen müssten. Bei der Polizei und beim Rettungsdienst stehen die Telefone nicht mehr still, weil panische Menschen um Hilfe bitten. Die Ampeln funktionieren nicht, und auf den Straßen staut sich der Verkehr. Buchstäblich *Tausende* stecken in dunklen Aufzügen fest. Auf den Straßen gibt es kein Durchkommen mehr, und auch Krankenwagen stecken im

Stau fest. Währenddessen verderben in der ganzen Stadt die Lebensmittel in den Kühlschränken.«

Anika hob die Augenbrauen, als Stephanie vor Schmerzen keuchte und das Gesicht verzog. »Sie müssen sich hinlegen, Stephanie.«

Stephanie krümmte sich und holte tief Luft. »Die Straßenverkäufer benutzen Propangas. Die Menschen können Hotdogs essen.«

»Nicht drei Millionen. Und wie schon gesagt: Ohne Strom funktionieren die Kassen nicht. Die Preise schnellen in die Höhe, und an Geldautomaten und bei Banken sind keine Abhebungen mehr möglich, denn auch der Zugang zu Konten ist nur elektronisch möglich.«

Stephanie nickte. »Und die zweite Phase?«

»Es herrscht bereits allgemeine Panik.« Anika zeigte auf die Tunnel. »Versprühen Sie etwas in den Tunneln. Ich würde etwas Biologisches wie Milzbranderreger vorschlagen. Irgendetwas, was sich durch Sporen verbreitet und die Behörden zwingt, die Tunnel zu schließen. Dann bleiben nur noch die Brücken und Fähren, um zu den einzelnen Stadtbezirken zu gelangen.«

»Warum nicht einfach in der ganzen Stadt einen Giftstoff versprühen?«

»Das könnten Sie tun. Doch mit den Tunneln würden Sie dasselbe Ergebnis mit viel weniger Aufwand erzielen. Wie wäre es mit der Grand Central Station und der Penn Station gleichzeitig? Selbst wenn die Züge noch fahren würden, wird auch Tage nachdem die Entseuchungstrupps durch die Tunnel gegangen sind, niemand das Risiko eingehen wollen, sie zu betreten. Und inzwischen tun Millionen von Menschen alles in ihrer Macht Stehende, um die Stadt zu verlassen. Die Nationalgarde hingegen wird alles in ihrer Macht

Stehende tun, damit sie bleiben. In einer solch unsicheren Lage kann es gar nicht anders laufen.«

Stephanie schaute auf Anikas Aufzeichnungen. »Und die dritte Phase?«

»Ich habe an Wasser gedacht. New York wird durch riesige Wasserleitungen versorgt. Aber ich glaube nicht, dass dieser dritte Schritt notwendig ist.«

»Warum nicht?«

»Aufgrund der gesellschaftlichen Triebkräfte. Millionen von Menschen, die auf der Suche nach Nahrungsmitteln alle versuchen, aus dunklen, steckengebliebenen Aufzügen und aus Hochhäusern zu fliehen. Wenn man diese Sache bis zum Ende durchspielt, werden die Menschen in New York – und ihr typisches Verhalten – ein Inferno auslösen, das den Rest der Welt das Fürchten lehren wird.«

»Haben Sie alles aufgeschrieben und alles auf den Karten markiert?« Anika nickte. Stephanie presste wieder eine Hand auf ihren Bauch. »Gute Arbeit. Ich muss auf die Toilette. Dann ruf ich den großen Boss an und bringe Sie in Ihre Wohnung.« Sie verzog das Gesicht und fuhr sich mit der Zunge über die Lippen. »Wenn ich es überhaupt bis dahin schaffe.«

Werden Sie schon. Anika schaute auf die Karten auf dem Tisch. *Verdammt! Was habe ich getan?*

26. Kapitel

Skip stellte die KTM zwischen die Bäume und richtete die Taschenlampe mit der roten Leuchtdiode auf sein GPS. Dann warf er sich die Nylonhülle mit den Teleskopstangen über die Schulter, nahm den Rucksack vom Gepäckträger und machte sich auf den Weg über den Bergrücken.

Der Anstieg war steil, und der kurvenreiche Pfad führte an Bäumen und Felsvorsprüngen vorbei. Ab und zu erhaschte Skip einen Blick auf die Lichter im Tal. Die kalte Luft roch nach Gras, Frühlingsblumen und Tannen. Der Himmel über ihm war dunkel und wolkenverhangen.

Skip schaute auf die Uhr und überquerte eine mit Geröll übersäte Lichtung.

Eine Stunde später erreichte er die Stelle, die er sich von unten ausgewählt hatte. Hier ragte eine abgerundete, verwitterte Felsnase aus dem Hang heraus. Sie war mit spärlichem Gras, ein paar Blumen und zwei kleinen Kiefern bewachsen. Skip schaute auf das GPS, rechnete kurz nach und kam zu dem Schluss, dass er sich mehr als siebenhundert Höhenmeter über dem Firmenkomplex befinden musste.

Er nahm den Rucksack ab und legte ihn auf die Erde. Dann zog er die Teleskopstangen aus dem Nylonbeutel und steckte sie im grünlichen Licht des modernen Nachtsichtgerätes sorgfältig zusammen.

Anschließend zog er den schwarzen Polyesterstoff hervor, und trotz der Brise gelang es ihm, ihn über die Stangen zu ziehen. Es entstand ein großes Segel mit einem Schwanz. Das Sondermodell eines Paragleiters. Als Nächstes nahm Skip eine Reihe von Gurten aus dem Nylonbeutel und hakte sie zusammen. Er streifte das Gurtzeug über die Schultern und zurrte die Gurte über der Brust und an den Oberschenkeln fest.

Danach befestigte er das Gurtzeug am Schirm. Er schnallte sich den Rucksack auf den Bauch und kämpfte gegen den Nachtwind an, der in das Segel blies, als er sich in Startposition brachte.

Ich muss verrückt sein. Er schaute auf die gespenstisch grünlich schimmernden Lichter von Oberau. Dann richtete er seine Aufmerksamkeit auf den hell erleuchteten Komplex unter sich.

Beinahe brachte ihn ein Windstoß zum Taumeln, doch schon im nächsten Augenblick setzte Skip zum Sprung in die dunkle Nacht an.

Für einen Moment waren seine Muskeln vor Panik wie erstarrt. Skip rief sich seine Ausbildung in Erinnerung, stieß sich mit den Beinen ab, krümmte den Rücken und spürte, dass sich der Schirm mit Luft füllte.

Im geisterhaften Schein des Nachtsichtgerätes rauschte ein Baumwipfel haarscharf an ihm vorbei. Skip wich ihm aus und ließ den Schirm über dem dunklen Tal aufsteigen.

Fifty-fifty, dass ich die Sache vermassle und mir das Genick breche.

Skip hoffte, dass er direkt auf Kasperski landete, falls er wie ein Stein in die Tiefe stürzen sollte.

Leise glitt er über spitze Tannen hinweg auf das Firmengelände zu. Trotz der Luft, die laut in seinen Ohren rauschte, vernahm er das Dröhnen eines Flugzeugs.

Skip verlangsamte seinen Gleitflug und drehte den Kopf.

Durch das Nachtsichtgerät erkannte er die dunklen Umrisse eines Flugzeugs, dessen Motoren als helle Punkte zu sehen waren und sich ihm näherten.

Als Skip zur Landung auf dem Firmenkomplex ansetzte, flog das Flugzeug über ihn hinweg. Aus der Seitentür fiel etwas heraus. Ehe das Flugzeug aufstieg und Richtung Garmisch abdrehte, öffnete sich ein Fallschirm.

Ich werde da unten wohl nicht allein sein.

Doch wer war dieser unbekannte Eindringling, und würde seine Anwesenheit es Skip erschweren, die Operation durchzuführen?

Anika kehrte mit Stephanie zu ihrer Wohnung zurück. Der Himmel über ihr war so dunkel wie ihre Seele, und ihr war übel. Die Lichter des Firmenkomplexes warfen gelbe Lichtkegel in die trübe Luft. Anika roch den Duft frisch gemähten Grases, und Erinnerungen an ihre Kindheit, als sie auf der Ranch Heu gemacht hatte, stiegen in ihr hoch.

Obwohl sie ständig daran denken musste, was sie mit den Daten der Stadt New York gemacht hatte, ließ sie es zu, dass ein Teil ihrer Gedanken in die Vergangenheit wanderte. Was hätte sie dafür gegeben, jetzt in dem heißen Fahrerhaus des Schwadmähers zu sitzen, der ein wenig schaukelte, während die Klingen das hohe Gras mähten. Damals hatte sie den Schwadmäher gehasst. Mom hatte es sich nie leisten können, die Klimaanlage im Fahrerhaus reparieren zu lassen. Selbst wenn die Fenster geöffnet waren, verwandelte die Sonne Ende Juni das Blech in einen Backofen. Und die Maschine ging ständig kaputt, denn die Verschleißteile wurden viel zu lange benutzt, um keine neuen kaufen zu müssen.

Bitte, lieber Gott, lass mich auf die Ranch zurückkehren und Heu machen, dann werde ich auch nie wieder von dort fortgehen!

In Stephanies Magen gurgelte es laut, worauf sie zusammenzuckte.

»Wie schlimm ist es?«, fragte Anika. »Wie hoch ist die Anfallsrate, meine ich?«

»Wie bitte? Anfallsrate?«

Anika zeigte während des Gehens auf das Gelände. »Das ist ein Terminus aus der Epidemiologie. Wie viele Personen hat es erwischt?«

»Nur die Hälfte der Mitarbeiter ist noch einsatzfähig. Der Rest ist in der Klinik oder wurde nach Hause geschickt. Und da müssen sie auch vorläufig bleiben, bis wir wissen, was es ist. Das Labor versucht den Erreger zu bestimmen. Aber sie ...« Stephanie blieb stehen und lauschte in ihr Headset. »Verdammt! Kommen Sie. Wir müssen uns beeilen!«

»Was ist passiert?«

»Eine der Hundestaffeln hat einen Fallschirmspringer entdeckt.«

Anika schaute sich um, und plötzlich stieg unbändige Hoffnung in ihr auf.

»Denken Sie gar nicht erst daran«, murmelte Stephanie. Sie griff in ihre Handtasche und zog eine Halbautomatik aus Stahl heraus.

»Was ist das für eine Waffe?«, fragte Anika und schaute beunruhigt auf die Pistole.

»Eine Sig 9 mm. Warum interessiert Sie das?«

»So krank wie Sie sind, würde ich an Ihrer Stelle die Waffe sichern. Wenn Sie anfangen zu zittern, könnte sich ein Schuss lösen.«

Stephanie funkelte sie mit fiebrigen Augen wütend an. »Reizen Sie mich nicht. Dann hätte ich eine hervorragende Entschuldigung.«

»Würde es Ihnen gefallen? Mich zu erschießen, meine ich?«

»So wie ich mich fühle? Jemanden umzubringen könnte meinen Tag noch retten.«

Stephanie hatte Mühe, das Schloss zu öffnen, als sie Anikas Wohnung erreichten. Sie gab Anika ein Zeichen, zuerst einzutreten. Nachdem Stephanie die Tür hinter sich geschlossen hatte, schaute sie sich aufmerksam um.

»Da wir einen Eindringling gesichtet haben und der Alarm ausgelöst wurde, müssten hier Wachposten stehen. Aber da die meisten auf den Toiletten hängen, haben wir nicht mehr genug Leute.« Stephanie hielt die Pistole in Brusthöhe und begann mit der Durchsuchung. »Bleiben Sie zurück, bis ich Ihnen grünes Licht gebe!«

Anika beobachtete Stephanie, die schnell einen Blick die Treppe hinaufwarf, ehe sie die Küche und anschließend das Badezimmer überprüfte.

»Sauber.«

»Warum sollte jemand hierherkommen?«

»Um Sie hier rauszuholen.«

Anikas Herz raste. Sie folgte Stephanie, die langsam die Treppe hinaufstieg. Wie ein Profi hielt sie die Waffe mit beiden Händen und gestreckten Armen. Es bestand kein Zweifel, dass diese Frau mit einer Waffe umgehen konnte.

Und wenn Dad hier ist? Anika schluckte. Dann durfte sie nicht zögern. Sie müsste Stephanie am Gürtel packen und sie rücklings die Treppe hinunterwerfen.

Anika öffnete die Hände. Ihr Herz klopfte bis zum Zerspringen, und ihr Mund war trocken. Ihr schoss der Gedanke durch den Kopf, dass ihr Dad sich genauso fühlen musste, wenn er in die Schusslinie geriet.

Verzweifelt hoffte Anika, dass genug von ihrem Vater in ihr steckte, wenn der Zeitpunkt zum Handeln gekommen war. *Verdammt! Warum habe ich nur so furchtbare Angst?*

Stephanie verlangsamte ihre Schritte und bog oben an der Treppe um die Ecke. Schnell und geschmeidig wie eine Katze bewegte sie sich vorwärts, als sie das Arbeitszimmer kontrollierte.

»Bleiben Sie zurück!«, befahl sie flüsternd und schaute hinter dem Schreibtisch nach. Nachdem sie sich überzeugt hatte, dass der Raum sauber war, schlich sie auf das Schlafzimmer zu und stürmte hinein.

Wenn ich nur weglaufen könnte! Doch die Eingangstür war verschlossen. Und wenn sie etwas durchs Fenster warf?

Das Zersplittern des Glases würde man auf dem halben Grundstück hören. Anika würde nicht einmal bis zu den Bäumen kommen.

Stephanie kam aus dem Schlafzimmer heraus und senkte die Pistole. »Hier ist niemand.« Auf ihrem verschwitzten Gesicht spiegelte sich Enttäuschung.

Nachdem Stephanie die ganze Wohnung überprüft hatte, ging sie zu dem kleinen Kühlschrank, kniete sich davor und nahm eine Flasche Wasser heraus. Anschließend wühlte sie in ihrer Handtasche, bis sie die Tablettenpackung fand. Sie schob sich zwei Tabletten in den Mund und schluckte sie mit Wasser hinunter.

»Ein Antibiotikum«, sagte sie. »Ich habe es immer dabei.«

Anika atmete tief ein und setzte sich auf einen der beiden Sessel. »Es ist doch nicht Ihr Ernst, halb New York lahmzulegen, oder? Überlegen Sie doch mal, welche Konsequenzen das haben könnte. Die Vereinigten Staaten werden Vergeltung üben.«

Stephanie setzte sich erschöpft auf den Sessel gegenüber von Anika. »Der große Boss macht sich Sorgen. Ich habe ihn noch nie so beunruhigt gesehen. Zuerst die Nordkoreaner und dann das hier.« Sie zeigte auf ihren Bauch. »Und das ist noch lange nicht alles. Geschäfte, die plötzlich auf Eis liegen. Investoren, die Einlagen abstoßen. Ein cleverer Mensch hat herausgefunden, wie er uns schaden kann. So etwas habe ich noch nie erlebt. Kleinigkeiten, die eher unbedeutend erscheinen. Der Lieferant eines wichtigen Teils, der plötzlich nicht liefern kann. Überweisungen werden nicht ausgeführt. Investoren, denen in letzter Minute lukrativere Geschäfte angeboten wurden. Alles Dinge, die Kasperski hart treffen. Seine Experten stehen vor einem Rätsel.«

Anika zählte eins und eins zusammen. Maureen und das Team. Eine einfache Anwendung der Systemtheorie. »Und dieser Fallschirmspringer?«

»Jeder, der meint, er könnte Sie hier herausholen, wird eine unangenehme Überraschung erleben«, erwiderte Stephanie nüchtern. »Selbst wenn es jemandem gelingen würde, bis zu Ihnen vorzudringen, würde derjenige auf dem Weg nach draußen bereits an der ersten Absperrung scheitern. Auch wenn nur die halbe Wachmannschaft zur Verfügung steht, sind alle Posten in Alarmbereitschaft. Wer auch immer dieser Eindringling ist, die Kameras und die Bewegungsmelder registrieren ihn, sobald er sich bewegt. Die Hunde nehmen schon seine Spur auf.« Sie lächelte siegessicher. »So ein Schwachkopf!«

»Warum glauben Sie, dass mich jemand hier herausholen will?«

Stephanie fielen vor Erschöpfung fast die Augen zu. »Um es mit Ihren Worten auszudrücken: Es ist im höchsten Grade wahrscheinlich.« Sie lauschte in ihr Headset. »Vor Ihrer Tür stehen Wachposten. In diesem Augenblick wird um dieses Gebäude herum eine Absperrung errichtet. Bis jetzt ist noch niemand hier, also wird auch keiner mehr kommen.«

Anika verlor den Mut.

»Es ist wirklich zu schade«, fuhr Stephanie fort. »Ich hätte ihn gerne persönlich erledigt. Es würde uns jedenfalls brennend interessieren, wie er Sie hier herausholen wollte.«

»In einem Hubschrauber?«

Stephanie lächelte spöttisch. »Wir haben Methoden, um das zu verhindern. Kasperski hat das System schon im Irak getestet. Dabei werden mit speziellen Waffen Drähte abgeschossen. Entweder werden dadurch die Rotorblätter zerschnitten, oder das gesamte Getriebe wird herausgerissen. Wenn man die Drähte beseitigt, ehe sie jemand finden kann, bleibt die Absturzursache höchst mysteriös.«

Stephanie lauschte wieder in ihr Headset. »Ich muss gehen. Aber ich lasse Ihnen einen Wachposten hier. Bis die Sache geklärt ist, stehen Sie unter ständiger Bewachung.«

Während sie mühsam aufstand, baumelte die Pistole in ihrer rechten Hand. »Der Wachmann müsste jeden Augenblick hier sein.«

Mit diesen Worten ging Stephanie zur Treppe und stieg die Stufen hinunter.

Anika blickte ihr nach. Sofort darauf lief sie zum Kühlschrank und nahm eine Flasche Champagner heraus.

»Okay, Anika. Du bist umzingelt. Hilfe ist unterwegs. Wie willst du sie warnen?« Sobald der Wachmann die Treppe hinaufkam, hatte sie eine einzige Chance, um ihm die Flasche auf den Kopf zu schlagen. Wenn es ihr nicht gelang, ihn außer Gefecht zu setzen, würde er sie überwältigen und sofort zu Kasperskis Vergewaltigungstisch zerren.

Anikas Muskeln zitterten. *Los, Anika! Du musst ihn töten. Du kannst das.*

Als die Schiebetür zur Dachterrasse geöffnet wurde, wirbelte sie herum. Sie umklammerte den Hals der Flasche und holte Schwung.

Skip Murphy, der schwarz gekleidet war, grinste schief. »Dom Perignon? Ich wusste, dass Sie sich freuen, mich wiederzusehen, aber das ist wirklich übertrieben.« Er schob die Tür zu und durchquerte leise den Raum.

»Skip! Mein Gott, bin ich froh, Sie zu sehen!« Anika hörte, dass unten eine Tür geschlossen wurde. »Der Wachposten kommt.«

Skip dachte einen Moment nach und flüsterte dann: »Können Sie ihn kurz ablenken?«

Anika schluckte. »Hm, mir fällt schon was ein.«

»Gut.« Skip hockte sich hinter den großen Schreibtisch, als sie Schritte auf der Treppe hörten.

Anika bemühte sich, das Zittern ihrer Hände zu unterdrücken, und fragte sich, warum Skip den Mann nicht einfach überwältigte, wenn dieser sich in dem Büro umsah. In diesem Augenblick betrat ein Mann um die dreißig in einem dunkelblauen Anzug mit einer Maschinenpistole über der Schulter vorsichtig den Raum.

Anika drückte die Flasche Champagner an ihre Brust. Ihn ablenken? Wie konnte sie seine Aufmerksamkeit am besten auf sich ziehen?

»Ah, Sie sind also mein neuer Gefängniswärter?«, fragte sie misstrauisch.

Der Mann warf einen argwöhnischen Blick in den Raum und sprach auf Deutsch in das Mikro an seiner Kehle. Darauf wandte er sich Anika zu und lächelte verhalten. »Dieser Job wird mir gefallen«, sagte er mit einem englischen Akzent.

Als Anika das Interesse in seinen Augen sah, hatte sie eine Idee. »Hören Sie, ich bin müde. Ich hab einen harten Tag hinter mir. Ich möchte duschen, ein Glas Champagner trinken und ins Bett gehen.«

Der Wachmann zuckte mit den Schultern. »Ich darf Sie nicht aus den Augen lassen.«

»Auch nicht, wenn ich dusche?«, fragte Anika erstaunt.

»Nein, auch dann nicht.«

»Ich hoffe, Sie erröten nicht«, erwiderte Anika mürrisch, als sie an ihm vorbei ins Schlafzimmer lief. »Ich bin nämlich völlig verschwitzt und dreckig.«

Aus den Augenwinkeln sah sie, wie sich seine schmalen Lippen zu einem breiten Grinsen verzogen und seine Augen erwartungsvoll funkelten.

Er folgte ihr ins Schlafzimmer, und genau das hatte sie gehofft.

Anika knöpfte sich die Bluse auf und warf sie aufs Bett. Auf dem Weg ins Bad zog sie den Reißverschluss ihrer Hose herunter. Nachdem sie die Dusche eingestellt hatte, streifte sie die Hose langsam über die Hüften. Der Wachmann stand im Türrahmen und grinste anzüglich.

»Glauben Sie ja nicht, dass das eine Einladung ist«, sagte Anika fröhlich. »Sie lassen sich doch sicher nicht von Ihrer Arbeit ablenken ...«

Im nächsten Moment näherte sich Skip blitzschnell von hinten, schlang den Arm um die Kehle des Mannes und riss ihn rücklings zu Boden. Anika trat einen Schritt vor und starrte ungläubig auf den bewusstlosen Mann, während Skip Murphy ihn leise auf den Boden legte.

»Wie haben Sie das denn gemacht?«, fragte sie.

»Gelernt ist gelernt, aber so genau wollen Sie es sicher nicht wissen.« Skip überprüfte den Puls des Mannes und nahm ihm schnell das Headset und das kleine Mikro ab. »Er ist größer als ich, aber in der Dunkelheit wird es kaum auffallen.« Skip hob den Blick. »Ziehen Sie sich an! Es ist zwar ein schöner Anblick, aber wir haben viel zu tun.«

»Warum haben Sie ihn nicht gleich auf der Treppe überwältigt?«

»Ich musste warten, bis er sich gemeldet hat, damit ich seinen Codenamen erfahre.«

Anika zog sich die Hose wieder über die Hüften, während Skip seine Jacke und das Hemd auszog. »Wie geht es weiter?« Sie lief an ihm vorbei und holte die Bluse, die auf dem Bett lag.

»Ich ziehe seine Sachen an und bringe Sie hier raus.«

»Skip, hier gibt es alle Sicherheitsvorkehrungen, die man sich vorstellen kann. Sie können sogar Hubschrauber vom Himmel holen.«

»Ja, ich weiß.« Skip zog dem muskulösen Wachmann das Hemd aus, und es interessierte ihn nicht, dass der Kopf des Mannes dabei unsanft auf den Boden schlug.

Anika knöpfte ihre Bluse zu. »Es gibt Wachhunde. Außerdem wurden Sie bereits gesichtet, als Sie mit dem Fallschirm landeten. Wir haben nicht viel Zeit.«

Skip zog das Hemd des Wachmanns an. »Das war nicht mein Fallschirm, Anika. Hier ist noch jemand. Ich hab den Fallschirm auch gesehen. Es war nur eine Person – schwarz gekleidet und schlank. Nach der Landung war sie blitzschnell verschwunden.« Skip runzelte die Stirn. »Sie müssen etwas anderes anziehen. Es sollte warm und dunkel sein. Nehmen Sie einen Mantel und Ihre Handtasche mit und was Sie sonst noch unbedingt brauchen. Es sollte aber nicht zu viel sein.«

Anika riss den Schrank auf und zog eine schwarze Hose, eine dunkelgraue Bluse und ein schwarzes Sweatshirt heraus. »Wie sind Sie hierhergekommen? Können wir auf demselben Weg fliehen?«

»Ich bin mit einem Gleitschirm auf dem Dach gelandet. Nein, zwei Leute trägt der Schirm nicht. Ich hab eine andere Idee, wie wir hier herauskommen.« Er grinste und schaute auf die Uhr. »Haben Sie mal Homer gelesen. Die *Ilias*?«

Anika zog sich schnell um. »Sie meinen, Sie sind Achilles, und Kasperski ist Hektor? Sie wollen ihn zu einem Zweikampf herausfordern?«

»Wen meinen Sie? Ich dachte eher an das Pferd.«

»Klassische Literatur ist wohl nicht Ihre Stärke, was?«

»Nein.« Skip knöpfte das Hemd des Wachmanns zu, das sich über seiner breiten Brust spannte. Das kleine Mikro befestigte er am Kragen und steckte sich das Headset ins Ohr. »Großartig, ich bin drin.«

Während sich Skip einen Gürtel mit Werkzeug um die Hüfte schlang, warf er einen Blick auf Anika, die sich gerade das schwarze Sweatshirt über den Kopf streifte und ihre dicke rote Mähne darunter hervorzog. »Ich will nicht lügen. Es wird schon ein wenig unheimlich werden. Wir müssen höllisch aufpassen. Sind Sie bereit?« Skip hängte sich die Maschinenpistole über die Schulter.

Anika schluckte. »Ich bin die Tochter von Red French.«

»Ich habe nichts anderes erwartet.« Skip grinste. »Kommen Sie.«

Er führte sie ins Büro und schaltete das Licht aus. An der Schiebetür zog er ein kleines Funkgerät aus einer Tasche an seinem Gürtel.

Vorsichtig öffnete er die Schiebetür. »Es geht los.« Als er das Funkgerät wieder in die Gürteltasche steckte, hörte Anika ein Zischen und dann ein leises Plopp. Sie schluckte. Dieses Geräusch hatte sie schon einmal gehört. Genau so hörte es sich an, wenn ein Hochgeschwindigkeitsgeschoss in Fleisch eindrang. In ihrer Jugend ging es dabei immer um einen Hirsch oder eine Antilope.

Hier gab es keine Hirsche.

»Kommen Sie«, sagte Skip und trat auf die Dachterrasse. »Ich habe Knoten in das Seil gemacht. Können Sie klettern?«

Anika nickte und ergriff das Seil. Von ungeheurer Angst erfüllt begann sie aufs Dach zu klettern, während Skip das Seil von unten stabilisierte.

Skip hielt den Atem an, als Anika zu klettern begann. Schwierig wurde es an der Stelle, wo das Seil über den Rand des mit Holzschindeln gedeckten Daches hing. Doch Anika schaffte auch diese Hürde. Anschließend stieg Skip, so schnell er konnte, hinauf. Anika wartete bereits auf ihn. Oben angekommen blieb Skip kurz stehen und zog dann das Seil hoch.

»Und wenn sie uns sehen?«, fragte Anika. »Auf dem ganzen Gelände sind Kameras installiert.«

»Ich hoffe, sie haben Personalmangel.«

»Haben sie. Lebensmittelvergiftung. Die Hälfte der Mitarbeiter ist krank.«

»Ja. Helmut hat die letzte Lieferung mit einem Bakterium infiziert. Dr. Cole wird begeistert sein, wenn sie erfährt, dass es funktioniert hat.« Mit dem aufgerollten Seil über der Schulter lief Skip über das Dach. »Wo waren Sie? Ich musste fünfzehn Minuten warten, bis Stephanie Sie in Ihre Wohnung gebracht hat.«

»Mist, das hätte ich fast vergessen! Sie haben mich gezwungen, einen Plan zu erstellen, wie sie New York lahmlegen können.«

»Haben Sie mal an ein anderes Hobby gedacht? Kronkorken sammeln ist gar nicht so schlecht und vollkommen ungefährlich.«

»Wir müssen sie aufhalten.«

»Eins nach dem anderen.«

»Ich meine es ernst!«

»Ich auch, Anika.« Als Skip das Ende des Daches erreichte und Schüsse in der Ferne hörte, grinste er.

»Was ist das für ein Aufruhr?«, fragte Anika und lauschte in die Dunkelheit.

»Ich habe gestern Nacht eine Art Lebensversicherung abgeschlossen. Das ist die Prämie, für die ich bezahlt habe. Nicht schlecht für eine neue Versicherungspolice.« Skip lauschte, als laute Befehle in sein Headset gebrüllt wurden. Er legte eine Hand auf Anikas Schulter. »Halten Sie sich einfach an dem Seil fest! Ich lasse Sie auf den Boden runter.«

Anika brach der Schweiß aus. Skip wickelte das Seil rasch um ihren Po und ihre Oberschenkel und sicherte sie auf diese Weise. Dann legte er ihre Hände auf die Knoten. »Halten Sie sich fest!«

Anika nickte ein wenig zu schnell. Skip sah, dass sie völlig verkrampft war. »Ich lasse Sie nicht fallen.«

»Ich weiß.« Anika glitt über den Rand. Skip schlang sich

das Seil um die Hüften, mobilisierte seine gesamten Kräfte und ließ Anika langsam hinunter.

Verdammt! Sie ist schwerer, als sie aussieht.

Skips Muskeln zitterten. Bevor die Spannung des Seils nachgab, hatte er sich die Hände an ihm aufgescheuert. Durch das Headset hörte er den Aufruhr, als seine »Lebensversicherung« weiterhin wild um sich schoss.

Skip befestigte das Seil, schwang sich die MP5 über die Schulter und kletterte dann selbst über den Rand. *Ich hätte die andere Ausrüstung mitnehmen müssen.*

Dabei hatte er sowieso schon viel zu viel eingepackt.

Als seine Füße den Boden berührten, wartete Anika im Schatten einer Mauer auf ihn. Skip umklammerte das Ende des Seils und zog fest daran, sodass es sich löste, durch die Dunkelheit flog und mit einem dumpfen Knall auf den Boden schlug.

»Kommen Sie«, sagte Skip und nahm Anikas Hand. »Lassen Sie uns gehen. Ganz normal, wie zwei Menschen, die einen Abendspaziergang machen.«

»Und wohin?«, fragte Anika, als sie mit Skip auf die Bäume zusteuerte.

Er griff in eine Tasche seiner Tarnhose und zog einen Schlüssel heraus. »Ich hoffe auf eine – wenn auch etwas ungemütliche – Fahrt hier heraus.«

Sie näherten sich einer Baumgruppe. Als plötzlich ein Mann aus der Dunkelheit hervortrat, zuckte Skip zusammen. »Bleiben Sie ganz ruhig! Überlassen Sie mir das Reden!«

Er hörte, dass Anika schluckte.

Der Mann starrte sie in dem düsteren Licht an, reckte sich und fragte auf Deutsch: »Was hat das zu bedeuten? Warum ist Dr. French hier draußen?«

»Sie wird aus Sicherheitsgründen verlegt.« Vorsichtig streckte Skip einen Arm nach hinten, schlang eine Hand um den Griff der Maschinenpistole und legte den Daumen auf den Sicherungshebel.

»Auf wessen Befehl?«, fragte der Mann, der eine schwarze Halbautomatik in der Hand hielt, nun ebenfalls auf Englisch.

»Ein Mann ist tot«, entgegnete Skip. »Jemand beschießt das Gelände. Ich habe Befehl, Dr. French in das Herrschaftshaus zu bringen.«

»Das glaube ich kaum, Mr Murphy.« Der Mann richtete die Pistole auf Anika. »Lassen Sie die Maschinenpistole fallen! Wenn ich das Klicken des Sicherungshebels höre, ist Dr. French tot.«

Skip ließ den Griff los und hob die Hand. »Okay, Gunter.«

Anika zitterte wie ein Reh im Scheinwerferlicht. Sie hörte wieder einen Schuss in der Ferne. Ein lauter Wortschwall drang aus dem Headset.

»War das Ihre Idee?«, fragte Gunter und hob auffordernd das Kinn. »Dieser Heckenschütze?«

»Tut mir leid.« Skip zuckte mit den Schultern. »Ich wollte die Wachposten ablenken.«

»Es wurden bereits Suchteams in die Berge geschickt, um Ihren Freund da oben zu jagen. Und wir kennen die Berge besser als er.« Gunter grinste hämisch.

»Hoffentlich haben Sie den Leuten geraten, ein Lunchpaket einzupacken. Sie werden es brauchen.«

»Drehen Sie sich um! Dann auf die Knie! Alle beide!«

»Denken Sie noch mal darüber nach«, erwiderte Skip in lockerem Ton. »Wenn Sie uns helfen, hier rauszukommen, wäre Ihnen eine hübsche Rente sicher. Ich finde, dieses

Haus auf den Bahamas ist ein herrlicher Ort, um den Ruhestand zu genießen.«

»Vergessen Sie es!«

»Gunter«, sagte Anika in schmeichelndem Ton. »Das wollen Sie doch sicher gar nicht.«

»Und warum nicht?«

»Kasperski ist erledigt. Leute, die viel cleverer sind als er, haben ihn ruiniert. Selbst die Nordkoreaner glauben jetzt, dass ein falsches Spiel mit ihnen gespielt wurde.«

Gunter zuckte mit den Schultern. »Drehen Sie sich um, und knien Sie sich hin!«

Skips Herz hämmerte gegen seine Brust. *Verdammt! Das war's.* Seine einzige Chance war es, den Griff der Maschinenpistole zu fassen zu bekommen, den Sicherungshebel herunterzudrücken und zu schießen. Gleichzeitig musste er nach links ausweichen, um das Schussfeuer von Anika abzulenken. War Gunter ein guter Schütze?

Skip musste ihn ausschalten, bevor er Anika erschoss.

In diesem Augenblick sah er den schwarzen Schatten, der zwischen den Bäumen hervortrat. Die Gestalt, die sich in geduckter Haltung auf sie zubewegte, schien zu schweben und mit der Nacht zu verschmelzen.

»Gunter!«, rief Skip. »Sie könnten ein Vermögen machen.«

»Geld ist nicht alles. Aber die Erinnerung an eine mitternächtliche Hinrichtung bleibt einem Mann für immer im Gedächtnis«, erwiderte Gunter in ernstem Ton. Er hob die Pistole, als die Gestalt mit der schwarzen Maske über dem Gesicht ihre Schritte verlangsamte, sich streckte und einen Arm um seine Kehle schlang. Als Gunter nach hinten gerissen wurde, bäumte er sich auf.

Skip sprang auf Gunter zu und schlug ihm mit der Maschinenpistole die Waffe aus der Hand. Dann trat er einen Schritt zurück und legte die Pistole an.

Gunter schlug mit Armen und Beinen um sich, als er auf dem Boden landete. Skip wusste sofort, was die blitzschnelle Handbewegung bedeutete, als ein Messer geschickt geschwungen und anschließend an Gunters Kleidung abgewischt wurde. Mit geschmeidigen Bewegungen richtete ihr Retter in der Not sich auf und steckte das Messer zurück in die Scheide am Gürtel.

»Danke für die Ablenkung«, sagte eine Frauenstimme. »Ich bin Ihnen was schuldig.« Die Frau warf einen Blick auf den Leichnam. »Mit Gunter hatte ich noch eine persönliche Rechnung offen.«

»Wegen Fetzer? Dem Typen, der in Laramie auf den Bahnschienen gefunden wurde?«, fragte Skip.

Sie nickte. »Und dann Italien.«

»Was jetzt, Li?« Skip stellte sich schützend vor Anika, die wie erstarrt war. »Dr. French gehört mir.«

Li schien die MP5 zu ignorieren, die auf ihre Mitte gerichtet war. »Wissen Sie, wie Sie hier herauskommen?«

»Ja, aber nur zu zweit. Und Sie?«

»Ich kann auch niemandem eine Mitfahrgelegenheit anbieten.«

»Wie lautet der Deal? Dr. French?«

»Wir haben kein Interesse mehr an ihr. Dr. Schott hat uns alles gegeben, was wir brauchen.«

»Dann sind wir hier fertig?«

»Ich hab andere Sorgen.« Sie nickte und verlagerte das Gewicht so auf ihre langen Beine, dass sie Skip sofort einen Tritt verpassen konnte, falls er sich bewegte. »Wir sehen uns draußen, Murphy.«

Mi Chan Li rannte auf die dunklen Bäume zu.

»Sie hat ihn getötet, ohne mit der Wimper zu zucken.«

»Sie brechen mir doch jetzt nicht zusammen?«

»Nein«, erwiderte Anika mit bebender Stimme.

Gemeinsam liefen sie auf die Bäume zu, duckten sich unter den niedrigen Ästen hindurch und traten auf der anderen Seite wieder ins Freie. Ja, da stand er, wie Skip es gehofft hatte. Der silberne Lack glänzte im Licht.

27. Kapitel

Michail Kasperski lief auf und ab wie ein Löwe im Käfig. Sein vor Wut gerötetes Gesicht bildete einen starken Kontrast zu seinem dichten weißen Haar. Wie eine Portion Erdbeeren mit Schlagsahne, dachte Stephanie unwillkürlich. An mehreren Monitoren saßen Sicherheitsleute. Sie überprüften die Filme der Überwachungskameras und dirigierten die Wachleute auf dem Gelände und die Suchteams, die den Heckenschützen auf dem Berghang jagten. Die Jagd nach dem Scharfschützen hatte sich in ein tödliches Katz-und-Maus-Spiel verwandelt. Zwei Mitglieder von Kasperskis Suchteams waren schwer verwundet worden und mussten aus den Bergen evakuiert werden.

Und dann hatten sie Simon Gunters Leichnam auf dem Gehweg in der Nähe der Bäume gefunden, in deren Schatten das herrschaftliche Haus stand. Simon Gunter, dessen tödliche Effizienz sogar Stephanie eingeschüchtert hatte, war ohne Anzeichen eines Kampfes ins Jenseits befördert worden. Noch unheimlicher war, dass sie seine Pistole ein paar Meter von dem Leichnam entfernt gefunden hatten. Er war also auf eine drohende Gefahr gefasst und bewaffnet gewesen, während er sich dort draußen aufgehalten hatte.

Wer war so gut, dass er Simon in einer solchen Situation mit einer Klinge töten konnte?

Stephanie schüttelte den Kopf und lächelte bitter. Sie erinnerte sich gut an die Zeiten, als sie rittlings auf seinem muskulösen Körper gesessen und einen Orgasmus nach dem anderen erlebt hatte. Noch heute trieb die Erinnerung ihr einen heißen Schauer über den Rücken.

Und jetzt bist du tot, alter Freund. Peng! Einfach so.

Sie schaute sich in dem Sicherheitszentrum um und fragte sich, warum sie nicht ebenso wütend war wie Kasperski. Irgendjemand zerstörte ihre Welt, und sie sah tatenlos zu.

Vielleicht war es die Müdigkeit. Die Ärzte hatten endlich den Krankheitserreger gefunden – ein Yersinia-Bakterium –, mit dem die Lebensmittel verseucht worden waren. Sie hatten so viele Kontaminationsquellen entdeckt – Brot, Fleisch, Geflügel und Gemüse –, dass es sich um eine vorsätzliche Tat handeln musste.

Aus den Augenwinkeln beobachtete Stephanie Kasperski, der fluchend hin und her lief und immer wieder die zur Hand geballte rechte Faust in seine linke Pranke schlug. »Dafür werden sie bezahlen«, murmelte er wütend. »Ich lege sie in Ketten und schlitze ihnen den Bauch auf. Dann reiße ich ihnen bei lebendigem Leibe langsam die Eingeweide heraus. Ich spucke in ihre vor Angst erstarrten Gesichter und schaue zu, wie sie sich in die Hosen pinkeln.«

Auch wenn er noch so wilde Drohungen ausstieß, änderte das nichts an der Situation. Obwohl sie schon seit vier Stunden suchten, stießen sie nur auf Geister. Die Bewegungsmelder und Infrarotkameras der neuesten Generation nahmen lediglich Schatten wahr, und sobald sie mit den Überprüfungen begannen, konnten sie nichts finden.

Und wo war Anika French? Auch dieses Rätsel mussten sie noch lösen, doch zunächst warteten dringlichere Aufgaben auf sie. Frenchs Wohnung war durchsucht worden, nachdem sie den Wachmann an der Tür mit einer großen Schusswunde in der Brust gefunden hatten. Das Suchteam hatte einen weiteren Wachmann bewusstlos und mit

Drogen vollgepumpt im Schlafzimmer gefunden. Aber von French gab es nicht die geringste Spur. Dem Computerprotokoll zufolge war ihre Tür in der Zeit zwischen dem Eintreffen des Wachmanns und dem Eintreffen der Suchmannschaft nicht geöffnet worden.

Wer hatte es geschafft, sie da herauszuholen? Dieselbe Person, die Simon getötet hatte?

Einer der Analytiker betrat den Raum und sagte: »Die Rohölförderung in Indonesien ist gerade um fünfzig Prozent gesunken. Ein Virus im Computersystem hat das Unternehmen offenbar dazu gezwungen, den größten Teil der Arbeitskräfte auf den Bohranlagen vorübergehend zu entlassen. Es lag wohl an einem Missverständnis, dass die Buchhaltung den Arbeitern vor der Entlassung Schecks mit einer Abfindung ausgehändigt hat.«

Ein Schrei erstickte in Kasperskis Kehle. Er hob hilflos die Hände, und sein Gesicht war so stark gerötet, dass Stephanie schon fürchtete, er würde eine Herzattacke erleiden. Schließlich ballte er die Fäuste und schrie: »Wer ist dafür verantwortlich?«

Der Analytiker, der aussah, als würde er sich am liebsten in Luft auflösen, antwortete kleinlaut: »Ein Computerabsturz, Sir. Unsere Leute suchen in diesem Augenblick die Ursache.«

»Wer auch immer dafür verantwortlich ist, wird erschossen!«

Der Analytiker floh wie ein verwundeter Hase.

Stephanies Handy klingelte. Sie fischte es aus ihrer Tasche, schaute mit müden Augen aufs Display und überprüfte die Nummer. Unbekannt.

»Ja?«

»Stephanie? Hier ist Mark Schott. Kannst du sprechen?«

Sie warf Kasperski einen Blick zu, der so mit seiner Wut beschäftigt war, dass er das Klingeln gar nicht registriert hatte.

»Einen Moment bitte.«

Sie stand auf und sagte an Kasperski gewandt: »Ich muss etwas kontrollieren.«

Er hob nur kurz die Hand.

Stephanie passierte die Sicherheitstüren, nickte den Wachen zu und ging den Korridor ein Stück hinunter, bis sie außer Hörweite war. »Wo bist du, Mark?«

»An einem sicheren Ort. Ich will nicht lange herumreden. Michelle Lee, wie sie sich nannte, arbeitet gar nicht für die CIA, wie sie mir weismachen wollte. Ich bin ihr in Venedig entwischt. Und seitdem bin ich auf der Flucht. Die ganze Welt scheint zu glauben, dass ich ein Drogendealer bin!«

»Immer langsam, Mark. Sag mir genau, was passiert ist!«

»Ich musste an dem Modell arbeiten. Sie hatten Anikas Aufzeichnungen. Und dann haben sie mir gesagt, dass meine Familie gekidnappt wurde. Weißt du etwas darüber? Sag mir ein einziges Mal die Wahrheit!«

»Ich hab es gehört. Wir haben die Nachricht einen Tag, nachdem du entführt wurdest, erhalten. Wir nahmen an, dass Li sie als Druckmittel benutzt, damit du an dem Modell arbeitest.«

»Deine Leute haben sie nicht?«

»Nein. So arbeiten wir nicht.«

Mark seufzte wütend. »Stephanie, wird es schwierig sein, sie zu finden?«

»Ich weiß es nicht.«

»Dir stehen alle Möglichkeiten offen.«

»Stimmt. Was hast du im Sinn?«

»Wenn du sie findest und befreien kannst, komme ich zurück.«

Stephanie dachte darüber nach. Schon bald würde Kasperski wild um sich schlagen. Und da Simon jetzt tot war, würde er seine Wut an ihr auslassen. Stephanie lief ein kalter Schauer über den Rücken.

Und wenn es ihr gelänge, Schott tatsächlich zurückzubringen? Dieser kleine Erfolg würde ausreichen, um ihren Kopf vorerst aus der Schlinge zu ziehen. Zumindest bis sie einen Plan hatte, wie sie das sinkende Schiff verlassen konnte.

»Mark? Warum rufst du mich an?«

»Ich ... ich dachte, das zwischen uns war etwas ganz Besonderes.«

Stephanie lächelte verhalten und erwiderte leise: »Das habe ich ebenso empfunden.« Sie zögerte. »Hm, ich habe dich vermisst. Ehrlich gesagt habe ich mir richtig Sorgen gemacht. Ich hätte nicht gedacht, dass es mich so mitnehmen würde. Ich habe alles getan, was ich konnte. Tatsächlich konnte ich deine Spur bis nach Italien zurückverfolgen.«

»Ich weiß. Ich war dort. Irgend so ein Schlägertyp hat mich gefesselt und dann in einem Lastwagen weggebracht.« Er verstummte kurz. »Und die Schüsse? Das warst du?«

Stephanie zögerte den Bruchteil einer Sekunde. »Was hättest du an meiner Stelle getan?«

»Hm, ich glaube, ich hätte es persönlich genommen.«

Stephanie lächelte. Oje, Männer waren so leicht zu durchschauen. »Li und ihre Leute sind hinter dir her. Sie hat die Polizei alarmiert.«

»Ich weiß. Ich bin vorsichtig. Ich bin für dieses Leben auf der Flucht nicht geschaffen. Kennst du Schongau?«

»Natürlich.«

»Dort gibt es eine Kirche. Die Mariae-Himmelfahrt-Kirche.«

»Ja, die kenne ich.«

»Wenn ich deinen Wagen sehe, rufe ich wieder an. Ich bin in einer Stunde da.«

»Mark? Mark?«, rief sie, doch er hatte schon aufgelegt.

»In einer Stunde? Verdammt!«

Stephanie öffnete ihre Handtasche und vergewisserte sich, dass sie die Pistole eingesteckt hatte. Dann schüttete sie ein paar Amphetamine in ihre Hand. Sollte sie ein Team mitnehmen? Auf jeden Fall. Sie drückte eine Nummer auf dem Handy und sagte: »Ich brauche zwei bewaffnete Männer in Schongau, die mich decken. Und zwar schnell. Sobald ich Näheres weiß, erteile ich weitere Anweisungen.«

Nachdem der Sicherheitsdienst ihre Anfrage bestätigt hatte, legte sie auf und steckte das Handy ein.

Stephanie sehnte sich danach, in ihr Zimmer zurückzukehren und zwei Tage lang zu schlafen. Die Nachwirkungen der Erkrankung und die vielen schlaflosen Stunden zehrten an ihren Kräften. Doch auch wenn sie sich schwach und ausgelaugt fühlte, war im Augenblick an keine Ruhepause zu denken. Sie warf den Kopf zurück, schluckte die Tabletten und fröstelte.

Mensch, Stephanie, du Miststück! Wenn es ihr gelingen würde, Schott zurückzubringen, hätte Kasperski das perfekte Opfer, an dem er seine Wut auslassen konnte.

Mark Schott beendete das Gespräch über das Satellitentelefon, das Q ihm gegeben hatte, und wischte sich übers Gesicht. Sein Blick wanderte durch das Wohnzimmer des sicheren Hauses. Das Gespräch hatte ihn mitgenommen. Er setzte sich auf einen Stuhl am Tisch.

»Wie war ich?«

Q betrachtete ihn mit ungerührter Miene. »Für mich hörte sich das gut an. Mir gefiel dieses leichte Beben in Ihrer Stimme, als Sie sagten, dass zwischen Ihnen und Stephanie etwas ganz Besonderes war.«

»Ja«, murmelte Mark und hob den Blick. »Sie hat gesagt, dass sie Denise und die Jungen nicht hat.«

»Sie sind noch im Spiel«, erwiderte Q. »Diejenigen, die sie haben, halten sie fest, bis sie Sie haben oder bis Sie tot sind.«

Schott warf ihm einen irritierten Blick zu. »Danke! Jetzt fühle ich mich schon besser.«

Q zeigte auf den Monitor. »Da ist sie. Sie geht zu ihrem Jaguar.«

Mark beugte sich vor und schaute über Qs Schulter. »Die ganze Sache kann immer noch furchtbar schiefgehen. Mein Gott, ich hab ganz verschwitzte Hände. Haben Sie denn keine Angst?«

»Nein, überhaupt nicht.« Q grinste. »Schließlich fühlt man sich doch erst richtig lebendig, wenn das Risiko besteht, dass man entdeckt und getötet wird.«

»Klasse. Genau das wollte ich hören. Haben Sie eigentlich auch einen richtigen Namen?«

»Ja sicher. Er steht sogar in meinem Führerschein.«

»Und warum nennen Sie alle Q?«

»Haben Sie nie James Bond gesehen?«

»Nein. Ich war Professor.«

Bevor Q etwas darauf antworten konnte, wurde seine Aufmerksamkeit anderweitig gefesselt. »Sehen Sie! Da. Zwischen den Bäumen. Mist, sie hat eine Handtasche bei sich!

Komm, Baby, geh einfach zu deinem Wagen! Sei ein braves Mädchen!«

Mark hielt den Atem an, als Q Stephanie, die durch die morgendliche Dämmerung lief, mit dem Teleobjektiv näher heranzoomte. Sie zögerte kurz, ehe sie die Fahrertür öffnete und die Tasche auf den Beifahrersitz warf. Dann stieg sie in den Jaguar und schloss die Tür.

»Wahnsinn«, flüsterte Q. »Es läuft alles wie geschmiert.«

»Ja.« Mark holte tief Luft.

Sein Herz schlug ihm bis zum Hals. Der silberne Jaguar setzte zurück, und hinter dem Herrschaftshaus verloren die Kameras ihn aus dem Blickfeld. Stephanie bog um die Ecke und fuhr auf das große schmiedeeiserne Tor zu, das von Wachposten bewacht wurde.

»Wenn sie jetzt Dienst nach Vorschrift machen«, flüsterte Mark, »wird es Tote geben.«

Stephanie ließ das Fenster herunter, als sie am Haupttor anhielt, und blickte den Wachmann mit blutunterlaufenen Augen an. »Wenn ich meine Verabredung verpasse und der Mann, hinter dem ich her bin, mir entwischt, reiße ich Ihnen die Eier ab und brate sie in der Pfanne.«

»Verzeihen Sie, aber wir sind auf der Suche nach Gunters Mörder, und es werden Leute vermisst.«

»Wenn ich Simon getötet hätte, hätte man ihn nackt in einem Bett gefunden. Öffnen Sie das verdammte Tor!«

Der Mann trat zurück, nickte unsicher und gab seinem Kollegen in dem Wachhaus ein Zeichen. Das schwere Metalltor glitt leise zur Seite. Stephanie schaltete in den ersten Gang und gab Gas, worauf ihr 500-PS-Jaguar wie eine Rakete und mit quietschenden Reifen durch das Tor schoss. Dann legte sie den zweiten Gang ein und raste davon.

Mist! Es wurde verdammt eng.

»Ich hoffe, du bist da, Mark. Alles andere ist mir egal.«

Sie wäre wirklich froh, wenn sie diesen albernen Amerikaner zurückhätte. Wenn Kasperski ihm nicht sofort den Bauch aufschlitzte, käme ihr vielleicht die Aufgabe zu, eine Kugel in dieses überschlaue Hirn zu schießen.

Mark lief hin und her und schaute immer wieder auf die Uhr. Er hatte Kaffee gekocht, doch seine Tasse stand unberührt auf der Küchentheke und war mittlerweile kalt.

Helmuts Stimme drang durch den Lautsprecher. »Stephanie ist angekommen und gerade an mir vorbeigefahren. Sieht so aus, als wäre sie allein. Keine Wagen hinter ihr. Ich würde sagen, das hat schon mal geklappt.«

Q warf Mark einen Blick zu. »Zeit für den nächsten Anruf, Romeo. Haben Sie den Text?«

Mark drehte sich der Magen um. »Ja.« Er nahm das Blatt in die Hand, setzte sich und drückte auf die Wahlwiederholung auf dem Satellitentelefon.

Vor der Kirche verlangsamte Stephanie das Tempo und schaute sich im Ort um. Auf der ganzen Münzstraße parkten Autos. Die Morgensonne drang durch dicke weiße Wolken, die nach Osten trieben, und ließ die alte Kirche leuchten. Stephanie spähte auf die mittelalterliche Stadtmauer. Die hölzernen Wehrgänge und die Türme waren menschenleer. Auch für Touristen war es noch zu früh. Sie warf prüfende Blicke in die parkenden Autos, doch es schien niemand darin zu sitzen. Nur ein paar Fußgänger waren am frühen Morgen schon unterwegs, und sie sahen alle wie Einheimische aus.

Ihr Handy klingelte.

»Wo bist du, Mark?«

»An einem sicheren Ort. Nur fünf Minuten von dir entfernt. Folge meinen Anweisungen!«

»Du willst mich doch hoffentlich nicht an der Nase herumführen. Wenn du …«

»Nein, nein. Ich schwöre. Aber nach dem, was ich in letzter Zeit alles erlebt habe, bin ich jetzt vorsichtig. Wenn Li sich da draußen herumtreibt, können wir gar nicht diskret genug sein.«

Stephanie legte den ersten Gang ein. »Wohin soll ich fahren?«

Sie folgte den Anweisungen und fuhr durch das mittelalterliche Tor mit den Wachtürmen und an Geschäften und Wohnhäusern vorbei auf die B17. Nach eineinhalb Kilometern forderte Mark sie auf abzubiegen. Stephanie folgte einem Kiesweg, der auf einem Parkplatz endete. Ein Wanderweg entlang des Lechs führte in den Wald. Sie schaltete den Motor aus und nahm ihre Tasche. »Und jetzt?«

»Du musst noch ein paar Hundert Meter weitergehen. Da habe ich mich im Wald versteckt.«

»Warum tust du das, Mark?«

»Um zu sehen, ob dir jemand folgt. Li hasst dich.«

War das eine Falle?

Was zum Teufel hatte das alles zu bedeuten? Stephanie beendete das Gespräch, zog die Pistole aus der Handtasche und rief ihre Bodyguards an. »Habt ihr alles gehört?«

»Ja. Wir stehen an der Kreuzung. In fünf Minuten sind wir da«, sagte ihr Deckungsteam.

Stephanie stieg aus und betrachtete aufmerksam die Umgebung. Auf der linken Seite des Wanderwegs floss das klare Wasser des Lechs. Am Ufer standen Weiden und Büsche. Hohe Eichen und Pappeln warfen Schatten auf den Weg.

Sie warf sich die Tasche über die Schulter, sodass die Pistole verdeckt wurde, und ging langsam den Weg hinunter, während ihr Blick ständig hin und her wanderte. Der hohe Adrenalinspiegel, der jede Jagd begleitete, vertrieb die Müdigkeit, sodass sie wieder klarer denken konnte.

»Mark?«, rief sie leise und lauschte auf die Geräusche. Nachdem Stephanie etwa fünfzig Meter gegangen war, drehte sie sich um. Ihr Wagen stand versteckt hinter den Bäumen.

Stephanie schaute auf die Uhr. Vier Minuten waren verstrichen. Ihr Team würde sich von Osten durch den Wald heranschleichen.

»Sag mir, dass das keine Falle ist, Mark. Wenn doch, lernst du mich richtig kennen.«

Stephanie ging noch etwa hundert Meter weiter und rief dann wieder: »Mark?«

Nur die zwitschernden Vögel in den Bäumen antworteten ihr. Plötzlich wurde sie misstrauisch und versteckte sich hinter einem Baum. Sie gab eine Nummer ein und hielt das Handy ans Ohr.

»Ja?«, meldete sich eine Stimme.

»Wo seid ihr?«

»Anders hat gesehen, dass du gerade den Weg verlassen hast. Noch sehen wir niemanden.«

Erleichtert trat Stephanie hinter dem Baum hervor und rief: »Mark? Es reicht! Ich gehe jetzt zurück!«

Stephanie lauschte den morgendlichen Geräuschen und

hörte das Plätschern des Flusses. Das Dröhnen eines Motorrads in der Ferne durchbrach die morgendliche Stille. Stephanie erstarrte. Die Erkenntnis traf sie wie ein Schlag.

»Mist!«, rief sie. »Das Motorrad!«

Sie drehte sich um, rannte, so schnell sie konnte, und wünschte sich, sie hätte andere Schuhe angezogen. Keuchend erreichte sie den Parkplatz und sah ihren silberfarbenen Jaguar. In der Ferne verhallte das Dröhnen des Motorrads.

Stephanie drückte auf die Fernbedienung, öffnete die Türen und sah im gleichen Augenblick, dass das rechte Hinterrad einen Platten hatte. Sie beugte sich hinunter und fluchte, als sie den Ventilschaft fand, der komplett abgeschnitten worden war.

Skip folgte der B17 rund um Schongau, und als er die Stadt passiert hatte, fuhr er auf die B23. Er drehte das Gas voll auf und genoss das laute Dröhnen des V-Zweizylinders, als er einen langsam fahrenden Lastwagen überholte.

»Ich glaube, mein Rücken bleibt für immer krumm!«, rief Anika in den Wind. Sie klammerte sich noch fester an Skips Taille, als er sich in die Kurve legte.

»Sie waren nicht derjenige, der mit dem Kopf immer gegen die Heckleuchtenhalterung gestoßen ist!«, rief er zurück. »Ich dachte, meine Eingeweide werden herausgequetscht, als sie mit Vollgas durch das Tor gebrettert ist.«

»Ach ja? Mein Gesicht wurde in jeder Rechtskurve auf die Kofferraumverkleidung gepresst. Außerdem sind Sie verdammt schwer. Weiß diese Frau nicht, wie man das Tempo drosselt, ohne dass der Wagen sich fast überschlägt?«

»Es hätte schlimmer kommen können.«

»Wie denn?«, fragte Anika. »Wenn die Wachposten am Tor einen Blick in den Kofferraum geworfen hätten?«

»Nee.« Als eine gerade Strecke folgte, schaltete Skip in den dritten Gang. »Ich hätte Blähungen haben können.«

Anika schlug ihm freundschaftlich auf den Rücken.

Skip grinste und schaute in die winzigen, unübersichtlichen Spiegel der Ducati. Sie boten ihm eine großartige, aber verschwommene Ansicht seiner Ellbogen. Italienische Motorradfahrer vertraten seit jeher das Motto: Was hinter mir geschieht, interessiert mich nicht.

Skip schaltete herunter und legte sich in eine Linkskurve. Anika hatte Angst, von dem winzigen Soziussitz der 1198er zu rutschen. Als der Scheitelpunkt hinter ihnen lag, schaltete Skip wieder hoch, gab Gas und fuhr mit einem lauten Dröhnen aus der Kurve heraus.

»Skip? Wäre echt klasse, wenn Sie keinen Unfall bauen. Was ich bislang erlebt habe, reicht mir voll und ganz. Zuerst habe ich mir vor Angst fast in die Hosen gemacht, dann wurde vor meinen Augen ein Mann abgestochen, und ich war fünf Stunden in einem dunklen Kofferraum eingesperrt, wobei ich Stephanies verrückten Fahrstil ertragen musste. Ich hab wirklich keine Lust, dass wir uns jetzt noch in einer Kurve hinlegen.«

»Eh! Sie sind draußen oder etwa nicht?«

»Es tut höllisch weh, wenn man sich bei einem Unfall die Haut aufschürft«, erwiderte Anika. »Glauben Sie mir, ich weiß, wovon ich rede.«

»Sie fahren Motorrad?«

»Nur eine kleine Kawasaki, die wir auf der Ranch benutzt haben. Ich war sechzehn. Mom brachte mich zur Notaufnahme in die Stadt. Mit so einer komischen Bürste haben sie den Kies aus der Wunde entfernt. Ich dachte, ich sterbe.«

Skip hob einen Ellbogen, als die Straße sich auf einem mit Bäumen bestandenen Abhang durch mehrere Kurven schlängelte, und riskierte schnell einen Blick zurück. Als sie hinunter ins Ammertal fuhren, war die Straße bis auf einen VW weit hinter ihnen frei.

Skip gefiel das Motorradfahren in Deutschland mit den gut ausgebauten, kurvenreichen Straßen, den grünen Feldern, den kleinen Wäldern und den hübschen Städten mit den rot gedeckten Häusern. Vor ihnen ragten die schneebedeckten Alpen majestätisch in die Höhe.

»Und jetzt?«, fragte Anika.

»Wir müssen Sie aus Deutschland rausschleusen und zurück in die Staaten fliegen. Doch noch heißt es warten, bis das Außenministerium Ihre Reiseroute ausgearbeitet hat. Innsbruck ist eine Option. Mailand eine andere. Zürich wird komplett von Kasperski kontrolliert. Wir glauben auch, dass er in München viele Leute in der Tasche hat. Das wäre ein Problem, selbst wenn wir Ihnen einen Diplomatenpass ausstellen und versuchen würden, Sie über das Konsulat herauszuschleusen.«

»Mit dem Konsulat werden sie sich doch nicht anlegen.«

»Und wer hat sich sowohl mit dem Außenministerium als auch mit dem FBI angelegt, als Sie entführt wurden? Wir begreifen erst allmählich, wo Kasperski überall seine Finger im Spiel hat.«

»Verdammt, Skip, warum interessieren die sich überhaupt noch für uns? Jetzt haben doch alle das verfluchte Modell. Was für ein Mist!«

Skip grinste. »Anika, das Modell war nur der Anfang. Jetzt geht's um eine viel gefährlichere Sache.«

»Gefährlicher als das Ende der Zivilisation, wie wir sie kennen?«

»Ja.« Skip schaltete herunter. Sobald er seine Ideallinie gefunden hatte, legte er sich in die Kurve und genoss die harte Federung. Er bremste spät und gab dann wieder Gas.

Als sie den Berggipfel erreicht hatten und die steile Abfahrt nach Oberau begann, rief Anika: »Noch gefährlicher als das Ende der Zivilisation ist nur noch, mit Ihnen durch enge Serpentinen zu rasen.«

»Falsch. Das Gefährlichste auf Erden ist der Stolz des Menschen gepaart mit Wut. Denken Sie mal darüber nach, Anika. Viele Menschen drehen durch, weil sie das Modell in ihren Besitz bringen wollen. Kasperski, Mi Chan Li, Stephanie ... sogar der Präsident war stinksauer. Wissen Sie, was dann passiert?«

Skip spürte, dass Anika nickte. »Ja, die Zeit für Rache ist gekommen.«

28. Kapitel

»Sie sind draussen!« Mark spürte eine Freude wie nie zuvor in seinem Leben. Sogar Q, der Profi, der selten Emotionen zeigte, lächelte. Er beugte sich über die technischen Geräte, die an einer Wand aufgestapelt waren. Das zerknitterte weiße Hemd, die braune Dockers und die Slipper passten irgendwie zu ihm.

Q rieb sich die Nase. »Klasse, Mark. Sie haben Ihre Rolle als Lockvogel gut gespielt.«

»Wenn Sie wüssten, wie ich mich gefühlt habe.« Mark schüttete seinen kalten Kaffee aus und holte frisches Wasser. »Unglaublich, nicht wahr? Murphy hat sie da rausgeholt ... im Kofferraum von Stephanies Jaguar! Wenn ich es nicht mit eigenen Augen gesehen hätte, hätte ich es nicht geglaubt. Das war wirklich der Hammer. Auf so etwas wären die nicht einmal in Hollywood gekommen.«

»Ja, genießen Sie das Gefühl. Jetzt müssen wir Sie nur noch aus Europa herausschleusen, und dann können Sie wieder das langweilige Leben eines Universitätsprofessors führen.«

Als Mark auf den Knopf der Kaffeemaschine drückte, starrte Q nachdenklich auf die Monitore. »Und wer war der Schütze in der vergangenen Nacht? Jemand hat sich in den Bergen versteckt und wild um sich geschossen.«

»Ich tippe auf Michelle Lee. Diese Frau darf man nicht unterschätzen. Wir wissen, dass sie da war. Skip hat berichtet, dass er sie gesehen hat. Sie ist doch bestimmt nicht mit einem Fallschirm dort gelandet, ohne für Rückendeckung zu sorgen.«

»Wahrscheinlich nicht.« Q wippte auf seinem Stuhl. »Dadurch wurde die Operation für uns jedenfalls einfacher, weil sie den gesamten Firmenkomplex auf den Kopf gestellt haben. Ich frage mich, wie Kasperski sich heute Morgen fühlt.«

Mark dachte kurz nach. »Er ist mit Sicherheit fuchsteufelswild. Ich habe den Mann kennengelernt, Q. Wenn man dem auf die Füße tritt, kommt man auf keinen Fall ungeschoren davon. Sogar Stephanie hat Respekt vor ihm.«

»Damit haben Sie aber nichts zu tun. Sollen wir mal auf die Drohne umschalten und nachsehen, was Stephanie macht?« Er gab den entsprechenden Befehl ein. Das Bild zeigte ein Waldstück am Lech. Man konnte Stephanies Jaguar auf dem Parkplatz, wo der Waldweg begann, gut erkennen. Der Kofferraum war geöffnet und die Bodenplatte hochgeklappt. Stephanie und zwei Männer bockten den Wagen gerade auf, um das Rad zu wechseln.

»Ah, sie hat Unterstützung«, murmelte Q. »Wie sind die so schnell dahin gekommen? Sie muss Ihre Anweisungen weitergegeben haben. Das sollten wir uns merken.«

Mark nickte. Er schaute auf Stephanies blonde Locken, die in der Morgensonne schimmerten. »Kasperski ist nicht der Einzige, der vor Wut kocht. Könnten Sie Ihre kleine Drohne nicht etwas tiefer fliegen lassen? Ich würde gerne mal einen Blick in Stephanies Gesicht werfen. Ich wette, sie ist so wütend, dass sie sich selbst ohrfeigen könnte.«

»Es ist wohl besser, wenn die Drohne oben bleibt, wo sie unsichtbar ist.« Q grinste. »Ich an Ihrer Stelle würde Stephanie in nächster Zeit jedenfalls um kein Treffen mehr bitten.«

Marks Miene verdunkelte sich. Die Erkenntnis traf ihn wie ein Schlag. Nachdem Stephanie ausgetrickst worden war, hatten viele Menschen in Italien ihr Leben verloren. »Q, was soll aus mir werden? Ich meine, wenn ich wieder zu Hause bin. Ich muss Denise und die Jungen finden. Wie soll ich das machen, wenn Stephanie sich da draußen herumtreibt? Sie wird mich töten, ohne mit der Wimper zu zucken.«

»Unsere Leute lassen sich etwas einfallen.«

»Wie bei Anika? Es ist Kasperski gelungen, sie praktisch vor den Augen des FBI zu entführen.«

»Wahrscheinlich müssen Sie Ihren Namen ändern und untertauchen.« Q kaute an seinem Daumennagel. »Tut mir leid, mein Freund, aber Ihre Zeit als Professor ist vorbei.«

Mark, der sich gerade Kaffee eingießen wollte, verharrte mitten in der Bewegung. Kasperski hatte sich darauf spezialisiert, sich mit Hilfe von Agenten Informationen zu beschaffen. Es bestand nicht der geringste Zweifel, dass dieses gewiefte Miststück Stephanie wie ein Bluthund seine Fährte verfolgen würde.

Zeugenschutz? Wenn ihn jemand wie Stephanie jagte? Sie würde alle mit ihren weiblichen Reizen um den Finger wickeln, Informationen stehlen oder sie manipulieren. Und wenn sie ihn, Denise, Will oder Jake schließlich fand?

Verdammt! Ich sitze richtig in der Falle!

Und was nun?

Mark warf Q einen flüchtigen Blick zu. Der Mann dirigierte die Drohne mithilfe eines Joysticks zu dem Feld, wo Helmut sie bereits erwartete.

Mark schlich zu einer der Metallkisten und öffnete sie. Vorsichtig griff er hinein und nahm eine 9-mm-Pistole heraus. Als er über den glatten Stahl strich und die Finger um den kalten Plastikgriff legte, bekam er eine Gänsehaut.

Ja, er musste auf jeden Fall das sichere Haus verlassen.

Sie wird mich finden. Und wie schaffe ich es zu überleben, wenn sie mich findet?

Skip schaltete herunter, als er die Zufahrtsstraße zur Motorradwerkstatt hinauffuhr. Aus Gewohnheit warf er als Erstes einen prüfenden Blick auf das große Schild auf dem Dach. Es war kaum zu glauben, dass sie hinter den riesigen Buchstaben eine Hightech-Überwachungsstation installiert hatten.

»Behalten Sie Ihren Helm auf, wenn ich anhalte!«, rief er Anika über die Schulter hinweg zu. »Und sagen Sie nichts, wenn Sie in der Werkstatt sind. Kasperski hat das Gebäude verwanzt.«

»Ja, Skip.« Sie schlug ihm freundschaftlich auf die Schulter. »Ich träume nur noch von einer Dusche und einem weichen Bett.«

Skip drosselte das Tempo, als er sich in die letzte Kurve legte. »Ich muss zuerst Bericht erstatten, aber wenn alles gut läuft, sind Sie heute Mittag in dem sicheren Haus. Falls die Mechaniker auftauchen, stelle ich Sie als meine neue Freundin vor. Wir haben uns in einer Kneipe in München kennengelernt. Sie stammen aus Kalifornien und machen hier Urlaub.«

»Okay. Volleyball, Surfen und heiße Motorräder.«

Skip sah die KTM 450, die auf dem Seitenständer stand. Der Lenker war zur Seite geneigt, und die breiten Reifen waren dreckig. Das Motorrad sah irgendwie verloren aus.

Skip rollte auf der Maschine bis zum Garagentor, legte den Leerlauf ein und schaltete den Motor aus. Anika stieg vom Soziussitz, und gemeinsam gingen sie auf das Tor zu. Er schloss auf und drückte auf einen Knopf, worauf sich das Tor öffnete. Skip rollte die Ducati in die Garage und kam dann wieder heraus. Sein Blick wanderte über die Berge hinter der Werkstatt.

Nichts auf dem Hang sah irgendwie verdächtig aus. Die Morgensonne schien auf die dichten Tannenwälder mit den jungen Trieben. Gras und Blumen, vereinzelte Büsche und Felsvorsprünge – alles sah friedlich und unberührt aus.

Skip betrat die Werkstatt und gab Anika ein Zeichen, dass sie den Helm abnehmen könnte. Dann schaltete er den CD-Player ein, worauf Musik und Werkstattgeräusche erklangen.

»Sie können leise sprechen«, sagte Skip. Anika sah unglaublich erschöpft aus. »Ich muss zu Hause anrufen. Mein Dad macht sich bestimmt schon wahnsinnige Sorgen.«

»Sorgen? Red French?« Skip musste bei dieser Vorstellung lächeln. »Ja sicher, wahrscheinlich zittern sogar dem knallharten Major die Knie, wenn es um seine einzige Tochter geht.« Skip legte Anika eine Hand auf den Oberarm. »Er wird es verstehen, wenn Sie nicht sofort anrufen.«

Anika setzte sich auf einen Werkstatthocker und ließ die Schultern hängen. »Sie müssen das Außenministerium anrufen und vor dem Angriff warnen, der New York droht. Kasperski hat vor, die Informationen als Druckmittel zu benutzen, um die Vereinigten Staaten zum Einlenken zu zwingen.« Sie starrte benommen auf den Boden. »Er wird Rache wollen, Skip.«

»Ja.« Er ging zu seinem Werkzeugkasten, hob den Einsatz hoch und nahm ein Kästchen heraus. Statt einer Steckschlüsselgarnitur enthielt es ein kleines Satellitentelefon. Skip nahm es und zeigte mit dem Finger auf die Decke. »Direkte Sichtverbindung zum Satelliten auf dem Dach. Gehen Sie ins Büro! Da steht ein bequemer Chefsessel. Schlafen Sie ein bisschen! Ich erstatte inzwischen Bericht. Denken Sie aber daran, dass das Büro verwanzt ist!«

Skip schaute Anika nach, als sie die Werkstatt verließ. Wahrscheinlich würde sie schon schlafen, ehe er die Nummer gewählt hatte.

»Randall. Welche Neuigkeiten gibt es vom Postamt?«

Skip runzelte die Stirn. Sie hatten verabredet, das Wort »Postamt« in ein Gespräch einfließen zu lassen, falls das Risiko einer Sicherheitslücke bestand. »Ich habe hier einen Brief, den ich nur noch in einen Umschlag stecken muss. Wissen Sie, was für eine Briefmarke ich brauche?«

»Schön, dass Sie endlich schreiben konnten. Wir hatten schon Sorge, andere Dinge hätten Sie davon abgehalten.«

»Sagen Sie Doc, dass sie und ihr Team sich intensiv um die Sicherheit des großen Apfelbaums kümmern müssen. Ich habe hier jemanden, der die Äpfel pflücken will. Wahrscheinlich aus Groll, weil er den ersten Preis beim Schießen auf dem Rummelplatz verloren hat. Doc möchte bitte in Erfahrung bringen, wo die Äpfel am anfälligsten für Schädlinge wie zum Beispiel Würmer sind.«

Es dauerte eine ganze Weile, ehe Randall antwortete. »Okay. Wissen Sie, wann dieser Kerl die Äpfel pflücken will?«

»Negativ. Es ist ein ganz neuer Plan, und er war sehr beschäftigt.«

»Wir haben die Info, die Sie vom Wagen aus geschickt haben. Über die neue Person auf der Farm. Es könnten noch andere Käufer auftreten. Wir glauben, dass es sich um sehr zahlungskräftige Käufer handelt. Es hängt alles von ihrem Interesse ab, und es wäre schön, wenn Sie feststellen könnten, wie motiviert sie sind.«

Skip biss sich auf die Lippe, um nicht zu fluchen. »Meine Verantwortung endet, wenn der Brief sicher zugestellt wurde.«

»Angesichts der Kosten, in die die Zentrale sich gestürzt hat, werden Sie nichts gegen ein paar Überstunden einzuwenden haben. Wir schätzen Ihre Qualifikation und Ihre Erfahrung in der Immobilienbranche sehr.«

Skip hielt das Telefon ein Stück vom Ohr weg und funkelte es wütend an, ehe er es wieder ans Ohr presste. »Ja, okay. Aber nur, wenn die Sache mich nicht an der Ausübung meines eigentlichen Berufs hindert.«

»Wir wissen es zu schätzen, dass Sie bereit sind, weitere Anstrengungen in Kauf zu nehmen.«

»Vergessen Sie den Grund des Anrufs nicht. Ich muss wissen, wie hoch das Porto ist.«

»Wir informieren Sie umgehend. Überprüfen Sie Ihre Mails, wenn Sie wieder zu Hause sind. Noch etwas?«

»Nein.« Skip hörte, wie Randall das Gespräch beendete. »Verdammt!«

In diesem Augenblick fuhr der Lieferwagen auf den Hof. Helmut, der ein graues Sweatshirt, eine Jogginghose und eine Lederkappe trug, betrat mit einer Einkaufstüte aus Plastik in der Hand pfeifend das Haus. Als er Skip sah, streckte er den Daumen nach oben und schaute sich um. »Wo?«

Skip zeigte auf das Büro. »Sie ist im Sessel eingeschlafen.«

»Das war echt spitze, wie du das durchgezogen und deine Schutzbefohlene aus den Klauen dieses Mistkerls befreit hast, mein Freund. Was ist los?«

»Ich hab gerade in Washington angerufen. Sie wollen die Operation ausdehnen.«

Helmuts Miene verdunkelte sich. »Was genau haben sie vor?«

»Das erfahre ich erst, wenn ich wieder in München bin. Könnte sein, dass unsere Kommunikation eine Sicherheitslücke aufweist.«

Helmut runzelte skeptisch die Stirn. »Wie? Der Datenaustausch erfolgt verschlüsselt; Sichtverbindung, gebündelter Strahl, modernste Satellitentechnologie. Q hat richtig damit geprahlt. Erinnerst du dich?«

»Es kommt noch schlimmer.«

»Tatsächlich?«

»Gestern Nacht bin ich Simon Gunter in die Arme gelaufen. Er wollte Anika und mich auf der Stelle regelrecht exekutieren.«

Helmut verschränkte seine muskulösen Arme. »Und warum bist du dann hier?«

»Während wir über das Pro und Kontra diskutiert haben, schlich sich Mi Chan Li von hinten mit einer Klinge an ihn heran.« Skip rieb sich über die Wange.

»Hat sie was gesagt?«

»Ja, sie hat gesagt, ich hätte bei ihr was gut.«

»Gunter wollte dich umbringen, und du hast was bei ihr gut?«, fragte Helmut verwirrt. Dann zuckte er mit den Schultern, zwirbelte seinen falschen Schnurrbart und grinste. »Hier sind die Lebensmittel, die du bestellt hast.«

Skip nahm die Plastiktüte, ging hinaus und bog um die Ecke des Hauses. Dort stellte er die Tüte außer Sichtweite an die Mauer und legte einen Stein drauf, damit sie nicht umfiel.

»Und was jetzt?«, fragte Helmut.

»Wir bringen Anika in das sichere Haus und fragen das Außenministerium, wie wir sie und Schott schnell aus dem Land schleusen können. Und dann spielen wir Spion.«

In diesem Moment klingelte Skips Handy.

»Guten Tag!«

»Alpen Motorrad?«, hörte er Q sagen. »Hm, ich weiß nicht, wie ich es erklären soll, aber ich habe gerade ein Motorrad verloren.«

»Wie jetzt?«, fragte Skip ungerührt.

»Gerade war es noch da, und im nächsten Augenblick war es weg.«

Skip seufzte.

»Noch mehr Ärger?«, fragte Helmut.

»Schott ist abgehauen.«

»Verflucht! Was ist denn in den gefahren? Wie kann er nur so dumm sein?«

»Er ist Professor. Gelehrt und weltfremd. Wenn Stephanie ihn vor uns findet, wird er erfahren, was es heißt, Schmerzen zu haben.«

»Warten Sie mal kurz«, bat Q ihn. »Es klopft an der Tür. Vielleicht ist er das.«

Skip hörte, dass Q die Tür öffnete und sagte: »Ja? Was kann ich …?«

Gleich darauf fiel das Telefon auf den Boden, worauf zuerst ein dumpfer Aufprall und dann ein Knirschen zu hören waren. Es folgte unheilvolle Stille.

Als Mark Schott die Straße hinunterging, warf er immer wieder verstohlene Blicke zurück und versuchte sich an jeden Spionagethriller zu erinnern, den er sich gezwungenermaßen mit Denise angesehen hatte. Er hatte diese Abende gehasst, wenn er im Wohnzimmer gesessen und auf den Fernseher gestarrt hatte, um sich einen der Filme mit Matt Damon in der Rolle des Jason Bourne anzusehen. Während des ganzen Films hatte er jede Wende in der Handlung und jedes rätselhafte Entkommen analysiert und sich gesagt, wie weit hergeholt das doch alles war.

Jetzt bin ich selbst mitten in einem solchen Film.

Mark versuchte angestrengt, sich an alle Details zu erinnern. Regisseure, die fiktionale Filme drehten, zogen oft Fachleute hinzu, um die Illusion der Realität aufrechtzuerhalten. Wie viele der Filme, die er sich im Fernsehen angesehen hatte, beruhten wirklich auf Tatsachen?

»Verdammt! Warum habe ich nicht besser aufgepasst?«

Weil er ein arroganter Professor und ein überheblicher Mistkerl war, der glaubte, allen anderen intellektuell überlegen zu sein.

Als er die Straße nun so unauffällig wie möglich beobachtete, wurden ihm schlagartig noch ein paar andere Dinge bewusst. Er war Amerikaner in einer deutschen Stadt und sprach kein Wort Deutsch. Er hatte nur noch ein paar Hundert Euro, eine gestohlene Pistole, ein Handy und keinen Ausweis bei sich.

Mark blieb stehen und blinzelte. Er wunderte sich über seine grenzenlose Dummheit und fragte sich, wie dämlich man eigentlich sein konnte.

»Mensch, Mark. Du kannst die anthropologische Theorie erklären, über die Problematik von Claude Levi Strauss' Hypothesen diskutieren, jedes Argument zerpflücken, das Bronislaw Malinowski oder A. R. Radcliffe-Brown jemals vorgebracht haben. Du kennst die Jagdhypothesen wie deine Westentasche ebenso wie die Feinheiten des Verwandtschaftssystems der Irokesen. Du weißt, was es mit der Traumzeit der Aborigines auf sich hat. Du wirst auch mit dieser Situation fertig werden.«

Verdammt! Geh zurück ins sichere Haus, ehe die Münchener Polizei dich aufgreift.

Stattdessen betrat Mark ein Eckcafé. Er bestellte sich einen Cappuccino, setzte sich ans Fenster und schaute auf die Straße. Während er an seiner Tasse nippte, fühlte er sich plötzlich furchtbar einsam. Wo zum Teufel war Denise? Er schloss die Augen und versuchte sich in ihre Lage zu versetzen. Und Will? Mein Gott, er war erst vierzehn – ein intelligenter, feinfühliger Junge. Und der kleine Jake? Was mochte es für einen Neunjährigen bedeuten, entführt zu werden und Todesängste auszustehen?

»Es tut mir so leid, Denise.« Mark rieb über die kurzen Bartstoppeln an seinem Kinn. Wenn jemand alle, die er kannte, vor den Kopf gestoßen hatte wie zum Teufel konnte er das je wiedergutmachen?

Mark nahm das Handy heraus und starrte darauf. Mit der anderen Hand strich er über die Pistole in seiner Tasche.

Ich habe alles verloren.

Er drückte auf Wiederwahl. Stephanie meldete sich nach dem zweiten Klingeln.

»Hallo, Stephanie!«

»Mark? Cleverer Schachzug, mich in den Wald zu locken.«

»Und es tut mir nicht einmal leid, verstehst du? Was hältst du davon, wenn wir nun über Fakten sprechen?«

»Über welche zum Beispiel?«

»Warum hat Kasperski Denise und meine Söhne entführt?«

»Wir haben sie nicht entführt.«

»Das Problem mit Leuten wie euch ist, dass jemand wie

ich niemals weiß, wann ihr lügt.« Mark schaute am Fenster vorbei auf die Wand des Cafés. Dort hing eine Wanderkarte, und ein kleiner roter Stern markierte den Standort des Cafés.

»Wir schätzen, Luccio Garibaldi hat sie.«

»Wer zum Teufel ist Luccio Garibaldi?«

»Weißt du das wirklich nicht?«, fragte Stephanie nach einem Moment des Schweigens. »Aber warum hätte Li es dir auch sagen sollen? Okay. Luccio Garibaldi ist zwar nicht mit Giuseppe Garibaldi verwandt, dem großen italienischen General und Politiker, doch er hat immer so getan, als wäre er es, und hat so vor allem zu Beginn seiner Karriere handfest von der Bekanntheit seines Namensvetters profitiert. Ruhm und Ehre waren Luccio Garibaldi allerdings völlig egal, ihm ging es immer nur um Geld und Macht. Als junger Mann fand Luccio seine Bestimmung im Drogenhandel. Sein wahres Talent lag in der Verteilung, und er baute ein richtiges Imperium auf. Diese Villa in den Dolomiten war ursprünglich eines seiner Verteilzentren. Nachdem die Taliban die Macht in Afghanistan übernommen hatten, stellte Luccio Verbindungen zu den Führern und den höchsten Warlords her und baute ein Netzwerk auf, um den Opiumhandel auszubauen. In den folgenden Jahren verdiente er nicht nur Millionen, sondern Milliarden, indem er den europäischen Heroinmarkt belieferte. Später fand er noch eine zusätzliche Einnahmequelle durch Prostitution und Menschenhandel.«

»Was will ein Heroindealer mit Denise und meinen Söhnen? Oder auch mit mir?«

»Die Kurzfassung lautet, dass Garibaldis Netzwerk größtenteils zerstört wurde, nachdem die Amerikaner die Macht in Afghanistan übernommen haben. Er brauchte neue Transportwege für seine Ware. Als Michail die Einfuhr von amerikanischem Kriegsmaterial nach Afghanistan ermöglichte, verhandelte er mit Luccio über eine Möglichkeit, dessen Ware auf dem Rückweg aus dem Land zu schleusen.«

»Kasperski und Garibaldi waren Partner?«

»Eine Weile. Gunter hat sogar mitgeholfen, die Transportwege aufzubauen. Doch es funktionierte nicht.« Stephanie zögerte. »Noch während sie über ihre weitere Zusammenarbeit verhandelten, marschierten die Amerikaner im Irak ein. Garibaldi wurden lukrativere Transportwege angeboten, bei denen nicht so hohe Kosten anfielen. Die Tatsache, dass an der Ost- und Westgrenze des Irans amerikanische Soldaten im Einsatz waren, machte die Iraner offenbar immer nervöser.«

»Er transportiert seine Ware durch den Iran?«

»Man könnte sagen, dass der höchste Führer und der Wächterrat motivierte Partner sind.«

»Und was ist mit den Chinesen?«

»Das war ein meisterhafter Trick, nicht wahr?« Stephanie kicherte. »Wir haben es anfangs selbst geglaubt. Durch Mi Chan Lis Beteiligung erhielt die Sache eine gewisse Glaubwürdigkeit, bis wir dich in der Villa aufgespürt haben. Dann war uns alles klar. Um sicher zu sein, haben wir bei hochrangigen Chinesen Erkundigungen eingezogen. Da die Amerikaner signalisiert haben, dass die Chinesen normalerweise in Länder wie Wyoming keine Agenten schicken, interessierte es sie, wer in ihrem Namen agierte.«

»Ich habe Asiaten in der Villa gesehen.«

»Sie dienten nur als Kulisse. Wir haben Fotos der Leichen an unsere chinesischen Kontakte geschickt. Es handelt sich um eigens für diese Operation angeheuerte Leute. Das war nicht der chinesische Geheimdienst.«

»Warum hat Li mir nicht gesagt, dass sie Denise und die Jungen haben?«

»Ich nehme an, du hast kooperiert. Sie hätten die Entführung wahrscheinlich erst als Druckmittel eingesetzt, wenn sie dich hätten motivieren müssen. Das vermute ich zumindest. Jetzt zu dir. Warum hast du mich in Schongau in den Wald gelockt? Wer hat mir die Luft aus dem Reifen gelassen und ist dann auf einem Motorrad weggefahren?«

Mark überlegte, ob er es ihr sagen sollte. Hatte es noch eine Bedeutung? »Wir haben Anika im Kofferraum deines Jaguars herausgeholt.«

Schweigen. »Du hast mich in eine sehr schwierige Lage gebracht. Michail wird herausfinden, wie Dr. French geflohen ist.«

»Stephanie, du hast mich zum Narren gehalten. Ich weiß nicht, ob du von Anfang an vorhattest, mich zu töten. Ich wette aber, dass du mir, ohne eine Sekunde zu zögern, eine Kugel in den Kopf geschossen hättest, sobald ihr alles von mir bekommen hättet, was ihr haben wolltet.«

Mark Schott wunderte sich über sich selbst. Hatte er das tatsächlich gesagt? Hatte er so offen mit einer Mörderin über seine eigene Hinrichtung gesprochen?

Stephanie äußerte sich nicht dazu. Mark fuhr fort: »Jetzt meine Frage: Gibt es eine Chance, dass wir alles auf sich beruhen lassen und friedlich getrennte Wege gehen können, oder müssen wir diese Sache auf die eine oder andere Weise zu einem Ende bringen?«

»Ich glaube, nachdem du mich in diese Lage gebracht hast, müssen wir die Sache beenden.«

»Ich hatte befürchtet, dass du das sagst.« Mark schaute auf den Stadtplan für die Touristenkarte. »Hier gibt es eine breite Straße, die vom Karlstor zum Marienplatz führt. Dort halte ich mich auf.«

»Wie in irgendeinem Western?«

»So ungefähr.«

»Du bewegst dich auf unbekanntem Terrain, weißt du das?«

»Ja, ich weiß, aber ich habe nichts mehr zu verlieren. Ich setze jetzt alles auf eine Karte.«

Mark hörte ihre Antwort nicht, denn in diesem Augenblick wurde ihm etwas Hartes in den Rücken gepresst. »Keine Bewegung, Dr. Schott«, sagte ein Mann mit einem starken Akzent und nahm ihm das Handy aus der Hand.

Marks Herz klopfte zum Zerspringen. »Dr. Schott bedauert es, die Verabredung absagen zu müssen, denn er hat gerade eine neue Verabredung getroffen«, hörte er den Mann sagen, ehe dieser das Handy zuklappte.

Langsam drehte Mark sich um und sah dem grauhaarigen Mann ins Gesicht, der in Venedig mit Li gesprochen hatte und der ein Bein nachzog.

»Luccio Garibaldi?«, fragte Mark.

»Ich freue mich, Sie kennenzulernen, Dr. Schott. Wenn Sie bitte langsam und ohne Aufsehen zu erregen aufstehen würden, ersparen Sie es mir, Sie hier in der Öffentlichkeit zu erschießen. Folgen Sie mir bitte auf die Straße und setzen Sie sich in meinen Wagen! Nun werden Sie endlich Ihre bezaubernde Frau und Ihre reizenden Söhne wiedersehen. Doch wenn Sie sich nicht an meine Anweisungen halten, werden sich daraus eine Reihe äußerst unangenehmer Konsequenzen für Ihre Familie ergeben.« Er zuckte mit den Schultern. »Ohne Ihre Hilfe kann ich meine Verluste nur ausgleichen, indem ich sie an Leute verkaufe, die sich gerne mit kleinen Jungen und einer attraktiven Frau vergnügen.«

29. Kapitel

Maureen stand mit verschränkten Armen vor dem Schreibtisch und verfolgte das Telefonat zwischen Amy Randall und Skip, der über die letzten Rückschläge berichtete. Randall sah beunruhigt aus.

Die vertretende Außenministerin hatte ein stilvolles Büro mit holzgetäfelten Wänden, Bücherschränken, einem dicken Teppich, hohen Decken, einem großen Schreibtisch und einem separaten Computertisch. Fotos des Präsidenten und der Außenministerin und ein Bild von George Washington hingen an den Wänden. Auf dem Schreibtisch stand das Bild eines älteren Paares, und Maureen vermutete, dass es Randalls Eltern waren.

Skips Stimme drang durch den Lautsprecher. »Helmut berichtet, dass das sichere Haus verwüstet wurde. Die technischen Geräte wurden zerstört und liegen nun überall herum.«

»Und Nelson?«

»Wer?«

»Der Techniker der CIA.«

»Ach, Sie meinen Q. Wir kannten seinen richtigen Namen gar nicht. Es geht ihm gut. Sie haben ihn betäubt, doch er kommt allmählich wieder zu sich. Er lag in einem Schrank und war wie eine Mumie mit Klebeband verschnürt. Auf seinen Fingerkuppen waren Tintenflecken. Helmut nimmt an, dass sie seine Fingerabdrücke genommen haben.«

»Wie geht es Anika?«, fragte Maureen.

»Sie ist in Sicherheit, aber erschöpft, Doc. Ich habe sie an einen sicheren Ort gebracht. Angesichts der Umstände glaube ich, es wäre das Beste, sie so schnell wie möglich aus Deutschland auszufliegen.«

»Wir arbeiten daran«, sagte Randall.

»Wir sind in Deutschland, verdammt! Ich könnte sie nach Ramstein bringen, sie in einen Flieger Richtung Heimat setzen, und niemand würde etwas davon mitbekommen.«

Randall warf Maureen einen wachsamen Blick zu. »Es gibt ein paar zusätzliche Überlegungen, die wir berücksichtigen müssen«, sagte sie dann.

»Ach ja?«, knurrte Skip. »Oder wäre es im Interesse der nationalen Sicherheit, wenn sie getötet wird?«

»Mr Murphy, Sie müssen mir in diesem Punkt vertrauen. Sie erfahren nur das, was Sie unbedingt wissen müssen.«

»Ich bitte Sie, Amy. Ich weiß, wie so was läuft. Wenn es nur um mich ginge, würde ich zustimmen und das Risiko eingehen. Aber es gibt einen Haken: Anika ist meine Kundin. Sie hat nicht eingewilligt, verdeckte Ermittlungen zu führen. Sie hat nur ein statistisches Modell entworfen.«

»Das ist mein letztes Wort.« Randall presste die Fingerspitzen gegeneinander.

»Mrs Randall«, sagte Skip in scharfem Ton, »mir ist schon klar, was Sie wollen. Hier ist mein Vorschlag: Ich erkläre ihr alles und frage sie. Wenn sie einwilligt, machen wir es. Wenn sie ablehnt, stellen Sie in Ramstein eine Militärmaschine für sie bereit.«

»Ich habe bereits ...«

Maureen erblasste und schüttelte heftig den Kopf.

»Warten Sie mal kurz«, sagte Randall und schaltete das Telefon stumm. »Was ist?«

»So wird auf gar keinen Fall etwas daraus. Murphys größte Sorge gilt seiner Kundin. Punkt. So ist dieser Mann nun einmal. Wenn Sie von ihm verlangen, das Leben seiner Schutzperson zu gefährden, sind er und Anika morgen Abend wieder in Wyoming. Ich weiß zwar nicht, wie er das machen will, aber Sie können darauf wetten, dass er es schafft.«

Randall erkannte an Maureens Miene, dass sie nicht die geringsten Zweifel daran hegte.

»Sie müssen ihm reinen Wein einschenken. Skip und Anika sind beide erwachsene Menschen.«

Randall hob die Stummschaltung auf. »In Ordnung, Murphy, das ist unser Problem: Wir glauben nicht, dass Kasperski das sichere Haus verwüstet hat. Und unser Geheimdienst geht davon aus, dass die andere Partei, die noch im Spiel ist, nicht die Chinesen sind.«

»Wer dann?«

»Sagt Ihnen der Name Luccio Garibaldi etwas?«

»Dieser Drogenschmuggler, den verdeckte Ermittler seit Jahren zu schnappen versuchen?«

»Genau der. Der militärische Geheimdienst hat die Hälfte des Opiums aufgespürt, das aus Afghanistan herausgeschmuggelt wurde. Es wurde durch den Iran geschleust. Wir wissen nicht, warum die Iraner sich für Anikas Modell interessieren, aber wir vermuten, dass Garibaldi versucht, es für sie in seinen Besitz zu bringen.«

»Und wie soll der iranische Geheimdienst unser sicheres Haus ausfindig gemacht haben?«

»Garibaldi hat den größten Teil der europäischen Unterwelt in der Hand. Sogar Drogendealer, kleine Diebe und Junkies arbeiten für ihn.«

»Und warum haben die Deutschen, die Italiener oder irgendjemand anders ihn nicht längst geschnappt?«

»Weil wir gerade erst herausgefunden haben, dass er sich in Europa aufhält. Alle europäischen Regierungen wurden alarmiert.« Randall beugte sich vor. »Vorher konnten wir ihn nicht dingfest machen, weil er eine wunderschöne Residenz außerhalb von Teheran hat. Mit Videokonferenzen und per Satellitenkommunikation kann er alle Geschäfte bequem von seinem Haus aus erledigen. Wir wissen, Skip, dass er nicht nur für den Geldnachschub bei den Iranern und den Taliban sorgt, sondern auch Menschenhandel betreibt. Es gibt einen lukrativen Markt für junge Frauen, Jungen und Mädchen, über den die meisten europäischen Staaten am liebsten gar nicht sprechen möchten. Genau genommen hilft er dabei, Staaten und Netzwerke zu finanzieren, die amerikanische Soldaten töten und ›Sexspielzeug‹ an Perverse verkaufen.«

»Warum geht er das Risiko ein, nach Europa zu kommen?«

»Fragen Sie die Iraner. Jedenfalls muss es von großer Bedeutung sein, wenn er sich selbst in die Schusslinie begibt.«

»Okay, Amy. Ich erkläre Anika alles.« Skip schwieg für einen Moment. »Und zwar ohne etwas zu beschönigen.«

Maureen hörte, dass er auflegte.

Randall legte ebenfalls auf. »Ohne etwas zu beschönigen? Klar.«

»Er wird es tun«, versicherte Maureen Amy. »Es gefällt ihm nicht, aber er hat ein ausgeprägtes Ehrgefühl.«

Randall nahm einen goldenen Kugelschreiber in die Hand und rollte ihn mit gerunzelter Stirn zwischen den Fingern. »In einem Punkt hat Skip recht: Es macht keinen Sinn, dass Garibaldi sein Leben riskiert, indem er nach Europa kommt.«

»Das Modell«, flüsterte Maureen. »Das erklärt alles.«

Randall schaute sie verständnislos an.

»Die Zwölfer-Schiiten.« Maureen reckte sich und ging auf dem dicken Teppich nachdenklich hin und her.

Randall verzog das Gesicht. »Warum sollte ein kleiner mystischer Kult der Schiiten das Modell haben wollen?«

»Weil sie großen Einfluss im Wächterrat haben. Ihr Name stammt vom zwölften Imam ab, der auch der verborgene Imam genannt wird. Sie glauben, dass er eines Tages zurückkommen und sich leibhaftig zeigen wird.«

»Okay, wir wissen, dass die Zwölfer-Schiiten Einfluss haben. Aber warum sollten sie das Modell haben wollen?«

Maureen lief wieder auf und ab. »Um das zu erklären, muss man bis ins 9. Jahrhundert zurückgehen. Bis zu dem Bruch zwischen den Sunniten und den Schiiten. Die Schiiten glauben, dass nur die echten Nachfahren Mohammeds Macht über die Muslime haben sollten. Eine Reihe von zehn Imamen, die direkt von Mohammed abstammten, standen in Konflikt mit dem Kalifat. Der zehnte Imam wurde nach Samarra gerufen und von dem Kalifen al Mutawakkil gefangen genommen. Im Namen des Imam wurden Befehle erteilt, worauf die Schiiten sich ruhig verhielten. Als der zehnte Imam starb, wurde sein ältester Sohn der elfte Imam, und er gab weiterhin Befehle durch Repräsentanten, die behaupteten, sie persönlich gehört zu haben.

Zu dieser Zeit wurde die Lage auf den Straßen durch Rebellionen immer chaotischer. Als der elfte Imam starb, wurde berichtet, dass sein Sohn, Abu al-Qasim Muhammed, der Welt ›entrückt‹ sei. Stellen Sie es sich wie eine mystische Transformation von der physischen Ebene in ein spirituelles Reich vor. Qasim Muhammed wäre der zwölfte Imam gewesen. Der Legende zufolge wird er leibhaftig zurückkehren, um am Ende der Welt über die Welt zu richten. Und wenn er es tut, bringt er den Guten Gerechtigkeit und bestraft die Bösen.«

»Und Sie meinen, die Zwölfer-Schiiten möchten, dass Garibaldi das Modell in seinen Besitz bringt, damit der verborgene Imam zurückkehrt?«

Maureen warf Randall einen vielsagenden Blick zu. »Der Iran wird den Spannungen im eigenen Land nicht mehr lange standhalten. Im Wächterrat herrscht Chaos. Ahmadinedschad stand vor den Vereinten Nationen, nachdem er sich den Wahlsieg angeeignet hatte, und belehrte die ganze Welt über die Rückkehr des verborgenen Imams. Wenn die Zwölfer-Schiiten das Modell haben, können sie die Ergreifung der Macht rechtfertigen und die Kontrolle übernehmen.«

»Das hat uns gerade noch gefehlt«, sagte Randall nachdenklich. »Verblendete religiöse Fanatiker, die erwarten, dass jeden Augenblick ein Messias durch die Tür marschiert.«

»Die gibt es hier auch.« Maureen zuckte mit den Schultern. »Fundamentalistische Prediger in diesem Land glauben, dass Christus bald einen Taumel der Verzückung auslösen wird.«

»Das ist nur ein kleiner Prozentsatz der Amerikaner«, brummte Randall. »Und sie haben keine Atomwaffen.«

»Und nur ein kleiner Prozentsatz der Iraner sind radikale Zwölfer-Schiiten. Aber es gibt ein Problem: Wir haben gerade bewiesen, dass die Zivilisation kurz vor ihrem Ende steht. Was wird dieser Beweis für die ›verblendeten‹ Fanatiker bedeuten?«

»Erinnern Sie mich nicht daran!« Amy Randall drückte auf den Knopf der Gegensprechanlage. »Ellen, kontaktieren Sie bitte unsere Iran-Experten. Ich brauche alle Informationen, die sie auftreiben können, über den verborgenen Imam, die Zwölfer-Schiiten und alles, was damit zusammenhängt.«

»Ja, Ma'am.«

Maureen blieb stehen. Die Richtung, in die ihre Gedanken gingen, versetzte sie in Angst und Schrecken. »Das auslösende Ereignis eines Zusammenbruchs?«

»Was glauben Sie?«

»Dass es um mehr geht als um eine Machtergreifung. Der Iran ist ein Pulverfass. Die Führung steht unter enormem internationalem Druck. Die Menschen stehen kurz vor einer Revolte. Die Wirtschaft des Landes liegt am Boden. Ich bin sicher, dass der höchste Führer und sein gesamter Rat wissen, dass es nur eine Frage der Zeit ist, bis im ganzen Land das Chaos ausbricht. Die Führung ist verzweifelt, und Verzweiflung kann dazu führen, drastische Aktionen zu ergreifen. Wenn sie wirklich glauben, Anikas Modell prognostiziert das Ende der Welt, was hält sie dann davon ab, das auslösende Ereignis eines Zusammenbruchs herbeizuführen?«

Randall schloss die Augen und schüttelte den Kopf. »Wenn nichts mehr bleibt, könnte das Herbeiführen der Apokalypse als gar keine so schlechte Idee erscheinen. Vor allem, wenn man glaubt, dass man unter den ›Geretteten‹ sein wird.«

Skip beobachtete das Gelände jenseits des Tals durch sein leistungsstarkes Fernrohr. Seitdem er Anika dort herausgeholt hatte, wirkte der Komplex wie ausgestorben. Nur selten ging jemand über den Rasen hinter dem Herrschaftshaus. Vor dem Tor stauten sich morgens nicht mehr die

Autos der Pendler. Die Wachen waren so aktiv wie immer, und ihre Hunde und Maschinenpistolen erinnerten an eine militärische Einrichtung in einem Kriegsgebiet. Kasperski schien sich verbarrikadiert zu haben.

War das derselbe Mann, der den Befehl für den Angriff auf die italienische Villa gegeben hatte? Der Mann, der Anika aus den Händen des FBI entführt hatte? Was zum Teufel hatte er vor?

Stephanies Jaguar war noch nicht wieder aufgetaucht. Wo war sie? Hielt sie sich zurück, bis Kasperski sich wieder beruhigt hatte? Oder hatte sie den Jaguar gegen ein weniger auffälliges Fahrzeug eingetauscht? Was war sie diesmal – auf der Flucht oder auf der Jagd?

»Ich weiß nicht, was ich davon halten soll.« Skip wandte den Blick vom Fernglas ab und spähte zu Anika hinüber, die auf einem Schlafsack lag. Sie hatte ihr Haar zu einem Pferdeschwanz zusammengebunden. Sogar in dem düsteren Licht konnte er erkennen, dass sie sich Sorgen machte.

»Und die Frau, die Gunter getötet hat?«

»Keine Spur von ihr. Aber da unsere Überwachungsgeräte zerstört sind, können wir nicht mehr alles überwachen. Wir sind halb blind.«

»Skip, was halten Sie von der Idee, Garibaldi aus seinem Versteck zu locken?«

Skip rieb über die Bartstoppeln an seinem Kinn. »Die wollen Sie als Lockvogel benutzen, Anika.«

»Würde es den Opiumhandel aus Afghanistan stoppen, wenn wir ihn schnappen würden?«

Skip schüttelte den Kopf. »Garibaldi kontrolliert nur die Hälfte der Opiumproduktion, aber er verfügt über die besten Transportwege. Wenn wir ihn zur Strecke bringen könnten, würde das System jedenfalls empfindlich gestört.

Der Nachschub würde sinken, und die Preise auf den Straßen Europas würden sich über Nacht verdoppeln. Es könnte ein Jahr dauern, bis die Nachfrage über andere Transportwege wieder vollständig befriedigt werden könnte. Die gute Nachricht ist, dass die anderen Drogenhändler nicht so talentiert sind wie Garibaldi. Und die Iraner würde es mächtig verärgern, wenn wir ihm das Handwerk legen.«

»Was soll ich Ihrer Meinung nach tun?«

Er musterte sie nachdenklich. »Ich kann Ihnen keinen Rat geben. Garibaldi ist ein Monster. Die Welt wäre ohne ihn ein besserer Ort. Aber ihn tatsächlich zur Strecke zu bringen? Er ist clever. Er hat eine verdammt gut aufgebaute Organisation. Der Typ hat unser sicheres Haus aufgespürt und verwüstet. Er ist für die Sicherheitslücke in unserer Kommunikation verantwortlich, und er hat einige unserer Hightech-Überwachungsgeräte ausgetrickst. Garibaldi hat es geschafft, Li auf das Firmengelände zu schleusen, und er hat sie vermutlich auch wieder herausgeholt. Diesen Mann sollte man wirklich nicht unterschätzen.«

»Und wir dürfen auch Kasperski nicht vergessen.« Anika fröstelte. »Glauben Sie mir, auch wenn da drüben alles ruhig zu sein scheint, dieser Mann ist nicht der Typ, der das so hinnimmt, ohne zurückzuschlagen.«

»Ja, wir müssen mit ihm rechnen. Allerdings haben Sie nur dieses eine Leben. Wenn Sie wieder zu Hause sind, können Sie der Welt dienen. Vor Ihnen liegt eine großartige Karriere. Sie haben das Zeug dazu, das Leben vieler junger Menschen zu beeinflussen. Die Anthropologie neu zu schreiben. Vielleicht sogar einen Weg zu finden, die Welt vor der Katastrophe zu bewahren, die Ihr Modell vorhersagt.«

Anika spähte nachdenklich auf das schräge Dach über ihrem Kopf. »Haben Sie etwas von Mark gehört?«

»Nein. Er ist spurlos verschwunden.« Skip verlagerte das Gewicht und streckte sein verkrampftes Bein aus. »Ich dachte eigentlich, er würde wenigstens anrufen.«

Anika holte tief Luft. »Mein Vater hat sein Leben größtenteils dem Kampf geopfert. Wenn meine Mutter nicht gestorben wäre, wäre er noch immer dabei.«

»Er hat den Job für Sie aufgegeben.«

Anika nickte und starrte in die Ferne. »Er hat es mir ermöglicht, in einer behüteten Umgebung aufzuwachsen und meine Talente zu entdecken. Ich glaube, es hat funktioniert.«

»Wie meinen Sie das?«

»Ich meine, jetzt bin ich dran, Skip. Er hat seine Schuldigkeit im Kampf gegen das Böse getan. Jetzt will ich meinen Teil dazu beitragen.«

Skip hatte ein mulmiges Gefühl im Bauch. »Anika, ich will ganz offen sein. Wenn die anderen gewinnen – was gut möglich ist –, sind Ihre Chancen, getötet, schwer verletzt oder von Garibaldi oder Kasperski geschnappt zu werden, sehr hoch. Wenn wir diese Sache irgendwie durchziehen, wird Ihr Leben nie mehr so sein wie zuvor. Die Gefahr ist groß, von Erinnerungen verfolgt zu werden und die Entscheidung zu bedauern.«

»Ich weiß.« Anika kniff die Lippen zusammen. In ihren Augen spiegelte sich Entschlossenheit. »Dad hat auch Albträume. Das ist der Preis, den Soldaten zahlen müssen, nicht wahr? Nichts im Leben ist umsonst.«

Skip drückte Anikas Hand. »Willkommen im Club!«

In diesem Augenblick klingelte sein Handy. Skip drückte es an sein Ohr und meldete sich. »Ja?«

»Skip?« Mark Schott klang unsicher. »Ich hab eine Botschaft für Sie. Mi Chan Li möchte wissen, ob Sie das Spago kennen. Es ist ein Restaurant in Garmisch. Sie lässt Sie grüßen und bittet Sie, sich um fünf Uhr dort mit ihr zu treffen. Draußen ist ein Tisch für Sie beide reserviert. Sie möchte, dass Sie auf der Ducati kommen. Allein. Ihre Leute werden das Treffen beobachten, garantieren Ihnen aber freies Geleit. Sie möchte nur mit Ihnen sprechen.«

»Worüber?«

Mark schluckte, ehe er fortfuhr. »Sie möchte mit Ihnen über einen Deal sprechen.«

»Ich weiß nicht. Sagen Sie ihr, ich möchte eine Sicherheit haben, dass sie mich nicht hereinlegt.«

»Ich soll Ihnen sagen, dass Sie noch was bei ihr guthaben. Sie wüssten dann schon, was sie meint.«

»Mark?« Keine Antwort. »Mark?« Der Anrufer hatte schon aufgelegt.

»Was ist los?«, fragte Anika.

»Garibaldi hat Mark Schott in seine Gewalt gebracht. Mi Chan Li möchte in einem Restaurant in Garmisch mit mir über einen Deal sprechen.«

»Sie denken doch wohl nicht ernsthaft daran, zu diesem Treffen zu gehen?«

Skip starrte nachdenklich aufs Telefon. »Sie kennen sich gut mit Spieltheorien aus. Denken Sie mal darüber nach.«

»Ob Sie es glauben oder nicht, aber damit beschäftige ich mich schon die ganze Zeit. Li hat Gunter umgebracht. Glauben Sie ihr?«

»So würde ich es auch machen. Der gegnerischen Partei auf den Zahn fühlen und herausfinden, ob ich meine Ziele ohne größere Gefahr erreichen kann.«

Anika überlegte kurz und nickte dann. »Sie müssen das Risiko eingehen.«

»Okay. Warum?«

»Die Spieltheorie. Wie sollen wir sonst herausbekommen, was sie planen?«

Mark reichte Michelle das Telefon. Es fiel ihm noch immer schwer zu begreifen, dass sie Mi Chan Li hieß. Luccio Garibaldi saß rücklings auf einem Stuhl und hatte die Arme um die Lehne geschlungen. Der Mann mit dem dicken grauen Haar und den markanten Gesichtszügen verzog keine Miene, als er fragte: »Kommt er?«

Mark zuckte mit den Schultern. Er hatte wahnsinnige Angst. »Ich … ich weiß es nicht. Er schien misstrauisch zu sein.«

»Er wird kommen«, versicherte Li den Männern. »So wie ich ihn einschätze.«

Mark rieb sich übers Gesicht und schaute sich in dem winzigen Raum um, der nur mit einem Bett, einem kleinen Tisch und einem Stuhl ausgestattet war. Die knallrot gestrichenen Wände und die roten Leuchtstoffröhren verliehen der Einrichtung eine schrille Note. Der Duft von Parfum lag in der Luft, und zu Marks Bestürzung hingen an allen vier Ecken des billigen Bettrahmens Seile mit Schlaufen an den Enden.

Garibaldi bemerkte seinen Blick. »Das ist das Bett einer Hure«, erklärte er ihm. »Es gibt kaum einen Ort, an dem man weniger auffällt als in einem Bordell, nicht wahr? Die Anwohner sind es gewohnt, dass Männer zu jeder Tages- und Nachtzeit durch diese Tür huschen.«

Mark atmete tief ein und hoffte, dass sich sein Herzschlag wieder normalisierte. Nach seiner Ankunft war er gefesselt und geknebelt worden und hatte jedes Zeitgefühl verloren, als er dort in der Dunkelheit gesessen hatte. Er hatte keine

Ahnung, wo er war, und wusste nicht einmal, ob er sich noch in Deutschland aufhielt.

Ab und zu hörte er leise Musik, Lachen und Stimmen. Manchmal gingen draußen auf dem Gang hinter der verschlossenen Tür Leute vorbei, die leise miteinander sprachen.

»Kommen Sie«, sagte Garibaldi und quälte sich von seinem Stuhl. Wegen seines steifen Beines war das Aufstehen immer eine Tortur für ihn. »Es wartet jemand auf Sie.«

Li beugte sich vor und schaute Mark mit ihren dunklen Augen an, als sie ein Messer aufklappte und die Fesseln an seinen Hand- und Fußgelenken durchschnitt. »Tut mir leid«, flüsterte sie.

Mark versuchte ihre Gedanken zu lesen, doch es gelang ihm nicht.

Er stand auf, schwankte ein wenig, als das Blut wieder richtig durch seine Adern floss, und folgte Garibaldi auf einen üppig dekorierten Gang. Indirektes rotes Licht spiegelte sich auf der Folientapete mit den riesigen roten Rosen. Trotz der parfümierten Luft war der schwache Duft von Marihuana deutlich wahrnehmbar.

Garibaldi und Li nahmen Mark in die Mitte und gingen an geschlossenen Türen vorbei den Korridor hinunter. Eine Tür war geöffnet. Mark warf einen Blick hinein und sah zwei blutjunge Frauen in aufreizenden Dessous nebeneinander auf dem Bett sitzen. Sie rauchten Zigaretten und starrten ihn an. Mark schätzte sie nicht älter als zwanzig. Ihr Blick war abweisend und verlor sich in der Ferne.

Am Ende des Ganges zog Garibaldi einen Schlüssel aus der Tasche und öffnete ein Vorhängeschloss. Auf einer Tastatur an der Wand gab er einen Code ein, worauf die Tür aufsprang.

Mark wurde auf einen Treppenabsatz gestoßen, von dem eine Treppe nach unten führte.

Garibaldi humpelte die Stufen hinunter, öffnete ein zweites Vorhängeschloss und gab wieder einen Code ein. »Zweifach gesichert«, sagte er. »Wir wollten nicht, dass irgendjemand aus dem Keller an die Tür oben gelangen kann. Das hätte zu unangenehmen Fragen führen können.«

Mark, der sich vor dem fürchtete, was er hinter der letzten Tür finden würde, biss sich auf die Lippe.

Als die Tür aufschwang, trat Garibaldi zurück und bedeutete Mark einzutreten. »Sie möchten sicher allein sein.«

Mark warf dem Mann einen Seitenblick zu und fragte sich, was passieren würde, wenn er ihm gegen das steife Bein trat.

Michelle würde ihm mit Sicherheit den Bauch mit ihrem Messer aufschlitzen. Sie war auf dem Weg in den Keller immer dicht hinter ihm geblieben und hatte ihn nicht aus den Augen gelassen.

Mit klopfendem Herzen betrat Mark den dunklen Raum. Garibaldi schaltete das Licht ein und schlug die Tür zu.

Mark wirbelte herum und rüttelte verzweifelt am Türknauf, doch die Tür ließ sich nicht öffnen. Mutlos schlug er mit der flachen Hand gegen die Stahltür. Die leisen Schritte verhallten in der Ferne.

Er schaute sich um. Betonwände, dunkle, mit Spinnweben überzogene Balken an der Decke. Hier und da waren Kisten aufgestapelt, und an der hinteren Wand standen ein paar alte Betten.

Es roch muffig. Ein Betonboden mit einem Abfluss in der Mitte. Rohre verliefen parallel zu den beiden Neonröhren an der Decke.

Als Mark bemerkte, dass sich auf einem der Betten

jemand bewegte, drehte er sich um und erkannte ein vertrautes Gesicht.

Mark schrie auf, rannte zu den Betten und starrte ungläubig auf die gefesselten Gestalten, die dort lagen.

»Jake? Will? Denise?« Er fiel vor dem Bett auf die Knie und zog das Klebeband von Denise' Mund.

»Oh mein Gott!«, flüsterte Denise. »Bring uns hier raus!«

Mark entfernte das graue Klebeband auch von Wills und Jakes Mund. Jake weinte bitterlich. Will schaute ihn mit großen, ungläubigen Augen an. Die Angst stand dem Jungen ins Gesicht geschrieben.

»Seid ihr okay?« Mark versuchte vergebens, die Kabelbinder von Jakes Handgelenken zu entfernen.

»Oh mein Gott! Oh mein Gott!«, rief Denise immer wieder. »Bring uns hier raus!«

Mark stand mühsam auf und schaute sich um. »Beruhige dich! Alles wird gut. Ich finde schon etwas, womit ich die Fesseln durchschneiden kann.«

Er durchsuchte die Kisten, fand aber nichts, was ihm helfen könnte. Auf einem Vorsprung der Betonmauer entdeckte Mark schließlich eine leere Flasche. Er umklammerte ihren Hals, zerbrach sie auf dem Boden und kehrte zu den Betten zurück.

»Halt die Hände still!« Vorsichtig zerschnitt er den Kabelbinder und half Denise, sich aufzurichten. Anschließend zerschnitt er die Fesseln der Jungen.

»Daddy?«, rief Jake. Er schlang die Arme um Marks Brust und presste sich an ihn.

»Pst! Ist ja gut.«

Will klammerte sich ebenfalls an seinen Vater. Heiße Tränen brannten in Marks Augen, während er die beiden Jungen eine Ewigkeit an sich drückte.

Schließlich löste er sich aus der Umarmung und wandte sich Denise zu, die ihn ungläubig musterte. Ihr Haar war zerzaust, ihre Kleidung zerknittert und befleckt.

Er fragte sich, ob sie unter Schock stand.

Mark ging zu ihr. Die Jungen folgten ihm. Er nahm Denise' Hand und fragte: »Bist du in Ordnung?«

Sie schüttelte den Kopf. »Warum sind wir hier?«, erwiderte sie mit versteinerter Miene. »Womit haben wir das verdient?«

»Alles wird gut.« Mark wusste nicht, was er sagen sollte. Erst allmählich begriff er, dass er allein seine Familie in diese Situation gebracht hatte.

»Wo sind wir?«, fragte Denise. Die Jungen verfolgten das Gespräch mit weit aufgerissenen Augen.

»In Europa. Wo genau, weiß ich nicht. Deutschland? Schweiz? Österreich? Wahrscheinlich nicht in Italien oder Frankreich, dazu war die Fahrt zu kurz.«

»Frankreich?«, fragte Denise mit weinerlicher Stimme.

»Dad?« Will liefen Tränen über die Wangen. »Warum tun sie das? Was wollen sie von uns?«

Mark holte tief Luft und rang um Fassung. »Es geht um ein statistisches Modell. Ein Modell, das ...«

»Was für ein Modell?« Die Stimme seiner Frau klang schrill. »Was ist das für ein verdammtes Modell? Sie haben mich immer wieder danach gefragt ...« In ihren Augen spiegelte sich blankes Entsetzen. »Ich weiß rein gar nichts über irgendein verdammtes Modell!«

»Pst! Pst! Bitte, Liebling. Beruhige dich!«

»Beruhigen?«, schrie sie. »Wir wurden aus unserem Haus entführt, Mark! Mit Waffengewalt! Dann haben sie uns die Augen verbunden, uns gefesselt und uns in Kisten gepackt!«

»Pst! Alles wird gut. Jetzt bin ich ja bei euch.«

Denise' Gesicht war verzerrt, und ihre Augen schwammen in Tränen. »Und was willst du tun?«, fragte sie.

Mark blinzelte und schaute sich in dem tristen Kellerraum um. »Mir fällt schon etwas ein.«

30. Kapitel

Garmisch erstrahlte in der hellen Nachmittagssonne, als Skip auf dem Motorrad in die Stadt fuhr. Es war viel Verkehr, und er musste immer wieder rauf- und runterschalten, als er sich an den Fahrzeugen vorbeischlängelte. Die Europäer waren Motorradfahrern gegenüber toleranter als Amerikaner. Schnelles Spurwechseln und gewagte Überholmanöver wurden als ganz normales Fahrverhalten akzeptiert.

Als Skip das Spago entdeckte, drosselte er das Tempo und setzte vorsichtig rückwärts in die Parklücke neben eine lindgrüne BMW 1000RR. Er schaltete den Motor aus, klappte den Seitenständer heraus und stieg ab. Nachdem er den Helm abgenommen und an den Lenker gehängt hatte, ließ er den Blick über die umliegenden Gebäude und Fenster schweifen. Auf dem Bürgersteig herrschte viel Betrieb. Einige Fußgänger waren stehen geblieben und unterhielten sich. Niemand schien ihn zu beachten. Skip wunderte sich nicht darüber, denn er hatte es mit Profis zu tun.

Mi Chan Li saß an einem Tisch auf dem Bürgersteig. Ihr langes schwarzes Haar glänzte im Sonnenlicht. Über ihrer Stuhllehne hing eine grüne Motorradjacke. Sie trug ein leuchtend gelbes T-Shirt, das die Rundungen ihres geschmeidigen Körpers betonte, eine gut sitzende Motorradhose und Sidi-Stiefel.

Als Skip sich zu ihr setzte, hob sie den Blick. »Wie fährt sich meine Ducati?«

»Viel besser als vorher.« Skip hängte seine Jacke ebenfalls über einen Stuhl. »Wann haben Sie zum letzten Mal die Ventile eingestellt und die Zündkerzen gewechselt?«

»Ich wundere mich, dass Sie Zeit hatten, an der Maschine herumzubasteln. Im Augenblick haben Sie doch wahrlich andere Dinge zu tun.«

»Das ist wie ein Zwang bei mir.« Er musterte sie. Was wusste sie über Alpen Motorrad?

»Ich mag Jürgen«, sagte sie, als könnte sie seine Gedanken lesen. »Wir haben neulich eine Tour gemacht, und er hat mir die Werkstatt gezeigt.«

Warum erzählte sie ihm das? Q hatte das Geschäft seit mehreren Tagen nicht mehr überprüft. Niemand wusste, was sie bei der Besichtigung der Werkstatt dort zurückgelassen hatte. Kein Wunder, dass Washington eine Sicherheitslücke vermutete.

Sie starrte ihn mit ihren dunklen Augen an. Was versuchte sie ihm mitzuteilen? Jedenfalls wollte sie es nicht laut sagen.

Okay, sie war verkabelt.

»Jürgen ist ein geschickter Mechaniker. Er könnte Ihrer BMW bestimmt noch ein paar PS mehr entlocken.«

Als sie sich vorbeugte, bot sich Skip ein guter Blick auf ihren wohlgeformten Busen. »Wir sollten mal eine Tour machen. Ich auf der Ducati und Sie auf der BMW. Mal sehen, welche besser in den Kurven liegt.«

Skip zwang sich, nicht auf ihre Rundungen zu achten. »Sie würden mich mit Sicherheit besiegen. Meine Spezialität sind lange Strecken. Ich hab Ausdauer. Verstehen Sie?«

Sie lächelte verhalten. »Ich hab Ihre Akte gelesen. Nachdem Jenn Royce getötet worden ist, sind Sie von der Bildfläche verschwunden.«

Skip erstarrte. Diese Frau war gut informiert. »Es trifft immer die Falschen.« War es nötig, auch noch Salz in die Wunde zu streuen? »Es ist eine Mahnung, dass nichts im Leben sicher ist.«

Li lehnte sich zurück. Eine leichte Brise strich durch ihr langes Haar. »Dinge können sich ändern, wenn man am wenigsten damit rechnet«, sagte sie zögernd.

»Warum sagen Sie mir nicht einfach, wieso Sie mich treffen wollten?«

Ihre vollen Lippen zuckten leicht. »Ein einfacher Deal. Wir wissen, dass Anika French das Modell mit ihrem Team getestet hat. Wir wissen auch, dass sie eine Simulation durchgeführt haben.«

»Zu viele Fehler. Anika ist auf dem Weg nach Hause, um weiter an dem Modell zu arbeiten.«

Mi Chan Li musterte ihn skeptisch. »Und darum wurde sie nach dem ersten Testlauf sofort zum Weißen Haus gefahren? Tut mir leid, das glaube ich nicht. Ihre Ergebnisse haben den Präsidenten und sein Kabinett zutiefst erschüttert. Und Frenchs Entführung durch Kasperskis Leute hat sie noch mehr erschüttert.«

»FBI-Agenten hassen es, wenn sie auf diese Weise bloßgestellt werden und wie Narren dastehen.«

Li legte ihre schmalen Hände auf den Tisch und betrachtete Skip nachdenklich. »Es wird Sie freuen zu erfahren, dass es im Washington Metro Field Office personelle Umstrukturierungen gab. Viele Agenten wurden plötzlich nach Norddakota versetzt. Die Verbrechensrate dort ist enorm.«

»Was für ein Deal schwebt Ihnen vor?« Skip wunderte es kaum, dass Männer, die an ihrem Tisch vorbeigingen, Li interessiert musterten. Die große, schlanke Frau mit dem geschmeidigen Körper zog die Blicke der Männer förmlich auf sich.

Ja, sie war eine wahre Schönheit, aber sie hatte keine Probleme damit, Menschen zu töten.

»Schott und seine Familie gegen das Modell. Die Sache hat keinen Haken. Wir möchten, dass Maureen Cole uns das Programm auf USB-Sticks liefert. Wir bringen einen Computer mit, um die Daten zu überprüfen. Sobald wir sichergestellt haben, dass es das richtige Modell ist, übergeben wir Schott, seine Frau und seine Kinder.«

»Warum sollte uns deren Schicksal interessieren? Schott ist nur ein stinknormaler Anthropologe. French war diejenige, die das Modell entwickelt hat.«

»Mein Auftraggeber würde Schott vermutlich einfach nur töten.« Sie zögerte eine Sekunde. »Wir leben in einer verdorbenen Welt.«

Li starrte Skip mit leicht zusammengekniffenen Augen an, und es bestand kein Zweifel am Ernst der Lage.

»Ja, Garibaldi ist ein wahrer Heiliger, nicht wahr?«

Li verzog das Gesicht, ohne sich dazu zu äußern. Doch Skip verstand sie auch so. »Sie müssen Randall über unsere Bedingungen informieren. Es ist nicht der richtige Augenblick, um sich gegenseitig auszutricksen oder falsche Versprechungen zu machen. Schott hat es uns deutlich vor Augen geführt. Die Welt steuert geradewegs auf eine Katastrophe zu. Das ist unabänderlich.«

»Warum brauchen Sie das Modell dann überhaupt?«

»Die Leute, für die wir arbeiten, glauben, dass einige ihrer Behauptungen dadurch auf unwiderlegbare Weise erklärt werden.«

»Die Welt ist nicht mehr zu retten, hm?«

Li zuckte mit den Schultern. »Ich handle nur im Auftrag.«

»Ach ja? Wie wird Garibaldi sich verhalten, wenn seine Auftraggeber etwas Dummes tun und sein Exportland sich in ein radioaktives Kriegsgebiet verwandelt?«

»Was werden wir alle dann tun?« Li runzelte die Stirn.

Skip fingerte an dem Zündschlüssel der Ducati herum, der vor ihm auf dem Tisch lag. »Ich sag Ihnen was. Sie kommen morgen allein zur Werkstatt. Dann habe ich eine Antwort für Sie.«

Li nickte. »Einverstanden.«

»Und Kasperski? Wie ich gehört habe, ist er im Augenblick nicht in versöhnlicher Stimmung.«

»Seine Reaktion ist schwer einzuschätzen. Die süße Stephanie hat es ebenfalls geschafft, uns zu entwischen.« Sie warf ihm einen bedeutsamen Seitenblick zu. »Wenn sie Ihnen zufällig über den Weg läuft, würde ich es gerne erfahren.«

Nachdem Li Gunter getötet hatte, hatte sie gesagt, dass es eine persönliche Sache gewesen sei, schoss es Skip durch den Kopf.

»Okay, wenn ich Stephanie sehe, rufe ich Sie an.«

Sie lächelte spöttisch. »Ich wusste gar nicht, dass Sie meine Nummer haben.«

»Wir sehen uns dann morgen in der Werkstatt.« Sie standen beide auf. Li war ein paar Zentimeter größer als Skip. Sie nahm ihre Jacke, und als sie mit Skip zu den Motorrädern ging, musterte sie ihn abschätzend.

»Zu schade, dass wir auf verschiedenen Seiten stehen«, sagte Skip und bedauerte es sofort.

»Ja«, pflichtete sie ihm bei und zog die Jacke an. »Geschäft ist Geschäft.«

»Ich arbeite für die Guten.« Skip zog den Reißverschluss seiner Jacke zu.

Li lachte auf, schwang eines ihrer langen Beine über den Sitz der BMW und nahm den Helm vom Lenker. Ihr hübsches Gesicht sah nachdenklich aus. »Tun Sie mir einen Gefallen: Sorgen Sie dafür, dass alles klappt! Wenn etwas schiefgeht, werden Menschen sterben. Und Schotts Frau und seine beiden Söhne? Man mag es sich gar nicht vorstellen.« Ihr Ton klang aufrichtig.

Sie setzte den Helm auf und zog die Handschuhe an. Als sie auf den Starter drückte, sprang die grüne BMW an und der Auspuff des Vierzylindermotor dröhnte. Li nickte kurz, legte den ersten Gang ein und fädelte sich in den Verkehr ein.

Skip setzte ebenfalls den Helm auf, klappte den Seitenständer mit der Hacke ein und startete seine Maschine. Als er den Gang einlegte und Gas gab, dachte er: *Menschen sterben, Kinder werden an Perverse verkauft, und ich soll die Entscheidung darüber Bürokraten überlassen?*

In einer Wüste mit riesigen Sträuchern von Wüstenbeifuß rannte Dusty Stewart um sein Leben. Der Wolf Kachina, genannt Kweo, rannte heulend hinter ihm her, während er sein grässliches Maul weit aufriss. Das Ungeheuer hatte einen riesigen Wolfskopf, funkelnde rote Augen und einen bemalten menschlichen Körper. Mit einer Rassel in einer Hand und einem Messer in der anderen verfolgte ihn rachedurstig der Dämon der Puebloindianer.

Je schneller Dusty lief, desto langsamer wurde er, als würde er in Schlamm versinken. Der Wüstenbeifuß stand immer dichter, und seine Füße blieben in dem braunen, sandigen Boden stecken. Dusty spürte den heißen Atem in seinem Nacken und roch den Gestank, der ihn an den einen verrottenden Kadaver erinnerte, der zu lange in der Sonne gelegen hatte. Das schreckliche Monster Kachina hatte ihn fast erreicht, da klingelte ein Telefon.

Dusty schrak auf und begriff nicht, warum ausgerechnet in diesem Moment ein Telefon klingeln konnte. Benommen von dem Albtraum versuchte er herauszufinden, wo es in dem blauen Wüstenbeifuß liegen könnte.

Beim zweiten Klingeln saß er aufrecht im Bett, und sein Herz klopfte laut. Dusty warf die Decke zurück, stand auf und lief schlaftrunken an der Wand seines alten Wohnwagens entlang. Er stieß mit dem Kopf gegen den Türpfosten und durchquerte die Küche. Schließlich gelangte er in den kleinen Wohnraum des Wohnwagens.

Eilig warf Dusty die schmutzige Wäsche von der abgewetzten Couch, tastete nach dem kleinen Tisch und griff nach dem alten Telefon, das noch eine Wählscheibe hatte. Er drückte sich den Hörer ans Ohr und schaute sich in dem dunklen Wohnwagen um.

»Hallo?«

»Dusty Stewart?«

»Ja«, erwiderte er keuchend und blinzelte wie eine Eule, um den Schlaf und den Albtraum zu vertreiben. »Was gibt's?«

»Hier ist Skip Murphy.«

»Wie bitte? Murphy? Es ist mitten in der Nacht.«

»Tut mir leid. Es gibt ein Problem.«

Dustys Herzschlag setzte für eine Sekunde aus, und ihm lief ein kalter Schauer über den Rücken. »Ist mit Maureen alles okay?«

»Ja. Hören Sie, Sie müssen ihr eine Nachricht zukommen lassen. Geht das?«

Dusty kratzte sich am Bart. »Klar. Aber warum machen Sie das nicht selbst?«

»Es gibt Komplikationen. Ich kann Maureen nicht direkt anrufen, weil die Computer das Gespräch dann aufzeichnen. Sie sind Ihr Freund. Rufen Sie im Sicherheitsbüro der Airbase an und sagen Sie, es ginge um eine dringende private Angelegenheit. Wenn Sie sie am Apparat haben, sagen Sie Maureen bitte ...«

»Ma'am?«

Maureen wachte auf, als sie die Stimme hörte. In dem düsteren Licht ihres Schlafraums in der Kaserne war der uniformierte Offizier nicht mehr als ein Schatten.

»Was gibt's?«

»Ein Anrufer, Ma'am. Er hat gesagt, sein Name sei Dusty Stewart, und es sei privat.«

Maureen rieb sich seufzend die Augen. Wenn es um Dusty ging, konnte das Wort »privat« ungeahnte Bedeutung bekommen. Nachdem er einst mit einer Stripperin getanzt hatte, war er auf den mit Bierflaschen übersäten Tisch einer Kneipe gefallen. Unzählige Schnitte in seinem Allerwertesten waren anschließend genäht worden.

»Einen Augenblick bitte, Sergeant. Ich zieh mich rasch an.«

Fünf Minuten später folgte sie dem Sergeant in ein Büro. Der Mann zeigte auf das Telefon. Maureen setzte sich an den Schreibtisch. »Dusty?«

»Hallo, Maureen! Hm, es hört doch keiner zu, oder?«

»Glaub nicht.« Sie schloss die Augen. »Was ist los?«

»Skip Murphy hat mich gerade angerufen. Du wirst es nicht glauben, aber du sollst Folgendes für ihn tun ...«

Maureen hörte ihm zu und spähte hin und wieder zu dem Sergeant hinüber. Ihr Herz klopfte inzwischen laut. Oh Gott, wie sie diese Dinge hasste!

Das Dröhnen der BMW wurde lauter, als die lindgrüne Maschine die Zufahrtsstraße nach Oberau hinauffuhr. Die Fahrerin nahm die Kurven wie eine Rennfahrerin, fuhr sie richtig aus und legte die Maschine von einer Seite auf die andere.

Skip trat hinaus in den Morgen und wischte sich die Hände an einem Lappen ab. Er spähte um die Ecke und sah, dass die Plastiktüte, die er neben die Mauer gestellt hatte, verschwunden war. Der Stein lag noch da.

Er kniff die Augen leicht zusammen, als Mi Chan Li die letzte Kurve nahm und auf dem Grundstück der Werkstatt noch einmal kurz Gas gab. Das Vorderrad der BMW 1000 RR hob vom Boden ab, und sie fuhr auf dem Hinterrad auf den Parkplatz. Keinen Meter von Skips Füßen entfernt kam sie zum Stehen.

Li schaltete den Motor aus, nahm den schwarzen Helm ab und stieg von der Maschine. Sie zog den Reißverschluss ihrer Jacke auf, schüttelte ihre lange schwarze Mähne und grinste.

Mit der Ecke eines Lappens entfernte Skip Dreck unter seinem Daumennagel. »Sind Sie noch nie gestürzt?«

»Nicht der Rede wert.« Li hängte den Helm an einen der Spiegel und ging mit wiegendem Gang auf Skip zu. »Ich habe früh angefangen. Eine Honda 50, als ich zwölf war. Im Verkehr in Hongkong lernt man entweder das Fahren, oder man endet als Krüppel.«

Skip griff in die Hosentasche, versteckte einen kleinen Zettel in der Faust und drückte ihn Li in die Hand, als er sie begrüßte. Sie nahm ihn entgegen, ohne eine Reaktion zu zeigen. Skip beugte sich hinunter und zeigte auf die Kette der BMW. »Die Kette ist etwas locker.«

Li warf einen verstohlenen Blick auf den kleinen Zettel,

zerknüllte ihn und sagte: »Heute bin ich nicht verkabelt. Wir können frei sprechen. Soweit es Garibaldi betrifft, bin ich nur hier, um zu erfahren, wie Ihre Antwort lautet. Ja oder nein?«

Li war zwar nicht verkabelt, aber Skip nahm an, dass sie durch ein Fernglas beobachtet wurden. Er zeigte beiläufig auf die BMW, wie es Motorradfreaks zu tun pflegen, wenn sie über ihre Maschinen fachsimpeln. »Nelson hat die Werkstatt durchsucht und Ihren Sender gefunden. Jetzt ist das Haus sauber. Wir können frei sprechen. Und welches Interesse haben Sie an der Sache?«

»Geld«, erwiderte sie leichthin und schaute auf die schnittige BMW. »Private Auftraggeber zahlen besser als der Staat. Es gibt allerdings auch Nachteile.« Ehe Skip etwas erwidern konnte, fügte sie hinzu: »Schott hat mich überzeugt, dass die Welt nicht mehr zu retten ist. Was meint French dazu?«

»Wir haben den Umkipppunkt überschritten. Es gibt kein Zurück. Es ist nur noch eine Frage der Zeit. Die Gewissheit der Ergebnisse hat sogar sie schockiert.«

Li trat vor und zeigte auf den Lenker, wo sich die Schalter für die Traktionskontrolle befanden. »Mein Dilemma ist, dass ich den Zusammenbruch nicht vorzeitig herbeiführen will. Gewisse Gruppen im Rat des höchsten Führers sind ganz versessen darauf, die Apokalypse auszulösen. Kennen Sie die Zwölfer-Schiiten?«

»Ja sicher.« Skip musterte sie neugierig. »Seit wann hat Mi Chan Li ein Gewissen?«

Ihre dunklen Augen funkelten. »Wenn das hier vorbei ist, will ich in Geld schwimmen. Jetzt stehe ich vor dem Problem, wie ich das erreichen kann, ohne den Iranern einen Vorwand zu liefern, das Ende der Welt heraufzubeschwören, ehe ich den Reichtum genießen kann.«

»Und Schott und seine Familie?«

Sie lächelte verhalten. »Trotz seiner Bildung ist Schott ein einfacher, eingebildeter Mann.«

»Er hat es dennoch geschafft, Ihnen zu entwischen.«

»Und dann hat er das sichere Haus verlassen und sich in ein Café gesetzt, während er von Luccio beobachtet wurde. Der Narr glaubte, er könnte Stephanie in die Knie zwingen.« Sie betrachtete ihn nachdenklich. »Er hat einen Pakt mit dem Teufel geschlossen. Seine Frau und seine Kinder? Dadurch wird alles noch komplizierter. Ich möchte nicht, dass die Jungen verkauft werden. Das ist mir einfach zuwider.«

Skip erkannte an ihrem entschlossenen Blick, wie ernst es ihr war.

»Das möchte ich auch nicht.« Skip steckte die Hände in die Hosentaschen und drückte mit dem Fuß gegen das Hinterrad der BMW, als wollte er den Luftdruck prüfen. »Die Antwort auf Garibaldis Frage lautet: Ja. Wir stimmen dem Deal zu. Dr. Cole ist mit den USB-Sticks bereits unterwegs.«

Li atmete tief ein. »Den Iranern einen Grund zu liefern, eine Atombombe auf Israel zu werfen? Oder ein amerikanisches Kriegsschiff mit Raketen zu bewerfen? Nur um zwei Jungen zu retten? Läuft es darauf hinaus?«

»Der Austausch findet hier statt. Morgen früh um dieselbe Zeit. Darüber verhandeln wir nicht.« Er zeigte auf die Berge. »Das ganze Gebiet ist offen und überschaubar. Keine Chance für irgendwelche Tricks.«

»Bleibt noch die Möglichkeit, dass auf den USB-Sticks nicht das richtige Programm gespeichert ist.«

»Sie haben gesagt, Sie kümmern sich um den Computer. Ich würde Ihnen vorschlagen, auch einen sehr kompetenten Statistiker mitzubringen.«

»Wird Anika French hier sein, um dem Statistiker alles zu erklären?«

»Tut mir leid, Li. Das Risiko, dass Kasperski sie noch einmal in seine Gewalt bringt, möchte ich nicht eingehen. Ein Freund hat sie nach Ramstein gebracht. In diesem Augenblick ist sie irgendwo über dem Atlantik. Randall holt sie in ein paar Stunden auf der Andrews Airbase ab.«

»Das macht die Sache etwas komplizierter.«

»Was stört Sie an Dr. Cole? Sie hat wochenlang an dem Modell gearbeitet und bringt es hierher.«

Li streckte eines ihrer langen Bein aus und starrte auf den Boden. Sie hatte schöne, muskulöse Beine wie eine Tänzerin. »Okay, damit kommen wir klar.«

»Und ich möchte, dass Luccio Garibaldi auch zu unserem Treffen erscheint. Er soll sich ansehen, wie das Modell funktioniert. Dieser Mistkerl soll wissen, dass ich kein falsches Spiel mit ihm treibe.«

Li lächelte wissend. »Sicher, und sobald er aus dem Wagen steigt, erschießen Sie ihn. Und dann mich.«

»Nein, das Risiko, dass den Schotts etwas zustößt, ist zu groß. Sie können aber darauf wetten, dass ich große Lust habe, Garibaldi später zur Strecke zu bringen. Damit sein krankes Hirn Ruhe gibt, schicken Sie zwei Ihrer Leute und den Statistiker eine Viertelstunde vorher hierher. Sie können sich hier umsehen und Garibaldi versichern, dass wir uns an die Abmachungen halten. Maureen kann dem Statistiker das Programm erklären. Dann kommen Sie in einem Van mit Garibaldi und den Schotts. Ich nehme die Schotts in Empfang, während Garibaldi mit dem Statistiker spricht. Sobald er sich von der Richtigkeit des Modells überzeugt hat, nimmt er die USB-Sticks, steigt in den Van und fährt davon. Die Schotts bleiben hier.«

»Sie sind ziemlich kompliziert.«

»Sie auch. Da ist noch etwas, was Sie wissen müssen. Es gibt eine Absicherung für den Fall, dass etwas schiefgeht. Das Problem ist, dass wir alle verlieren, wenn es dazu kommen sollte. Machen Sie das Garibaldi bitte unmissverständlich klar.«

»Die gegenseitige Vernichtung?«

»So ungefähr.«

Li lächelte freundlich. »Also sollten alle versuchen, sich gegenseitig zu vertrauen. Eine schwierige Situation, nicht wahr?«

»Ja.« Skip strich mit nachdenklicher Miene über den Sitz der BMW. »Darum hält Washington sich auch aus der Sache raus. Verstehen Sie, was ich meine?«

Li musterte ihn. Sie war bildschön, vor allem ihre großen, dunklen Augen hatten es Skip angetan. Eine clevere Frau mit einer unglaublich erotischen Ausstrahlung, die ihren Job verdammt gut machte.

»Wo ist der Haken?«, fragte sie leise.

Konnte er ihr vertrauen? »Der Haken? Sie bekommen genau das, was Sie haben wollen: das vollständige, unverständliche Statistikprogramm, das French mit einigen der besten Wissenschaftlern der Welt in Washington geschrieben hat.«

Das gefiel Li. »Ich mag Sie, Skip Murphy. Sie denken wie ich.«

»Wenn man bedenkt, für wen Sie arbeiten, weiß ich nicht, ob das ein Kompliment ist.«

Li nickte und nahm ihren Helm in die Hand. »Sagen wir einfach, wir machen beide das Beste aus einer schwierigen Situation. Ich würde mich freuen, wenn Sie nichts tun, was mich zwingen würde, Sie zu töten.«

»Geht mir ebenso.« Skip grinste und sah ihr dabei zu, wie sie mit geschmeidigen Bewegungen auf die Maschine stieg. »Es würde mir Spaß machen, eines Tages eine Tour mit Ihnen zu machen.«

Sie lächelte verführerisch. »Ich werde alles in meiner Macht Stehende tun, damit wir das noch erleben.«

31. Kapitel

Anika hatte auf dem Beobachtungsposten hinter dem Schild von Alpen Motorrad Position bezogen und sah von dort, dass Mi Chan Li davonfuhr. Der Dröhnen des Auspuffs veränderte sich, als die Frau sich in die ersten Kurven legte.

Nachdenklich ließ Anika das Fernglas sinken und dachte angestrengt nach.

Sie hörte, wie Skip die Leiter hinaufstieg, ehe er die Luke öffnete und auf Händen und Füßen in das Versteck kroch. Ganz in Gedanken warf er einen Blick über das Tal und auf Kasperskis Firmenkomplex. »Haben Sie alles gehört?«

Anika zeigte auf ihr Headset. »Morgen früh?«

»Ich hoffe. Was meinen Sie? Ist das eine Falle?«

Anika strich mit dem Finger durch ihr zerzaustes Haar. »Ich habe Garibaldis Akte gelesen. Er plant alles lange im Voraus und hat ein besonderes Talent, Systeme zu durchblicken und Dinge mit geringem persönlichem Risiko zum Erfolg zu führen. Er ist kein Mann, der großartige Statements abgibt oder sich in Szene setzt, und er bevorzugt Operationen, bei denen große Gewinne herausspringen. Er ist weder depressiv, noch steht er unter Stress, und er glaubt, dass er die meisten Asse im Ärmel hat. Wahrscheinlich will er den Austausch ohne großes Aufsehen über die Bühne bringen. Ich nehme an, er fliegt auf direktem Wege nach Teheran, sobald er das Programm hat.«

»Meinen Sie?«

»Warum sollte er hierbleiben, wo ihm Kasperski gefährlich werden könnte oder eine Verhaftung durch die Europäer droht? Nein, er hat seine Fluchtroute bereits ausgearbeitet. Wahrscheinlich nimmt er denselben Weg, den er für seinen Menschenhandel benutzt.«

Skip kaute am Daumennagel, während er Anika zuhörte.

»Schmeckt das nicht nach Öl?«

»Ein bisschen.«

Anika erkannte den Blick in Skips sanften braunen Augen. »Sie haben sich in Li verguckt, nicht wahr?«

»Wie kommen Sie darauf?«

»Hübsche Figur, erotische Ausstrahlung, langes Haar. Sie ist einfach umwerfend, fährt Motorrad wie ein Profi und hat Ihnen eine ganze Weile lang in die Augen gesehen. Ich konnte förmlich sehen, wie Ihr Testosteronspiegel angestiegen ist. Sie hat es darauf angelegt, Ihnen den Kopf zu verdrehen.«

»Sie tötet Menschen für Geld.« Skip fuhr sich mit der Hand durchs Haar und seufzte.

»Und sie hat es wirklich raus, Männer wie Sie zu manipulieren.« Anika rutschte ein Stück zur Seite, sodass sie ihm in die Augen sehen konnte. »Sie hat Sie aus dem Gleichgewicht gebracht, und Sie haben sich gefragt, ob Sie eine Chance hätten und wie es wohl wäre, mit ihr ins Bett zu gehen. Wie es wäre, wenn Sie sie näher kennenlernen und feststellen würden, dass sie die Richtige ist. So ist es doch, oder?«

Skip verzog das Gesicht. »Na ja, theoretisch schon.«

»Es geht ihr nicht darum, ein bisschen mit Ihnen zu flirten, Murphy. Sie will Sie richtig heißmachen.«

Skip lachte. »Sie scheinen ja eine echte Expertin auf diesem Gebiet zu sein.«

Anika winkte ab. »Auch Frauen können den Reizen des

anderen Geschlechts erliegen, wenn es sich um einen gut aussehenden, charismatischen Mann handelt. Das ist mir auch einmal passiert.«

»Verstehe.«

Anika atmete tief ein. »Okay. Ich hab noch mal über den Plan nachgedacht. Morgen um diese Zeit müssten Mark, Denise und die beiden Jungen frei sein.«

»Ja, und das verdammte Modell ist auf dem Weg nach Teheran. Sind Sie sicher, dass sie dort wirklich nichts damit anfangen können?«

Anika lächelte traurig. »Skip, nichts im Leben ist sicher. Man kann immer nur von Wahrscheinlichkeiten sprechen.«

Skip starrte auf Kasperskis Firmenkomplex. »Schließlich kann immer etwas schiefgehen. Deshalb sollten wir auch die Details noch einmal durchsprechen. Heute Nacht gegen ein Uhr klettern Sie hier herunter und verlassen das Haus. Sie nehmen Wasser und etwas zu essen mit und gehen dort zu der höchsten Tanne hinüber.«

»Unter den Zweigen befindet sich ein Versteck mit einer Plane darüber. Ich krieche in das Versteck und ziehe die Plane über meinen Kopf, um etwaige Hitzesignaturen zu tarnen.«

Skip holte tief Luft. »Und Sie warten dort. Egal, was passiert. Wenn alles gut geht, gebe ich Entwarnung. Falls nicht, warten Sie, bis Helmut kommt und Sie abholt. Er beobachtet alles durch die Kamera der Drohne und weiß daher, was sich hier abspielt. Sie verlassen das Versteck erst, wenn er Sie dort heraushol. Selbst wenn es ein paar Tage dauert.«

»Und wenn Sie sterben?«

»Schließen Sie die Augen, und stopfen Sie sich die Ohren zu. Denn wenn Sie aus dem Versteck kriechen und auf den Hof laufen, um mit mir zu sterben, wäre das wirklich das

Dümmste, was Sie tun könnten.« Er lächelte. »Und es würde bedeuten, dass ich am Ende versagt habe. Wenn Sie aber am Leben bleiben, werden Sie bis ans Ende Ihrer Tage sagen, dass Skip Murphy die letzte Runde gewonnen hat.«

Anika biss sich auf die Lippe und blinzelte, um die Tränen zurückzuhalten.

Mit dem Reisepass in der Hand passierte Maureen die Passkontrolle und ging auf das Gepäckband zu. Da sie kein Gepäck hatte, reichte sie dem Zollbeamten die Zollerklärung und verließ den Münchener Flughafen durch den Haupteingang.

Sie hatte ein mulmiges Gefühl im Bauch. Mit ihrem ersten Aufenthalt in München verband sie nicht gerade schöne Erinnerungen. Eine Frau war an ihrer Stelle erschossen worden, und Maureen hatte in den folgenden Wochen in Angst und Schrecken gelebt.

Wie konnte sie nur glauben, dass es diesmal anders sein würde?

Sie atmete tief ein. Diesmal ging es nicht nur um sie. Anika French, Mark Schott, eine Frau und zwei unschuldige Kinder waren in Gefahr.

»Ich hoffe, du weißt, was du tust, Skip«, flüsterte Maureen. Doch sie wusste auch, dass er immer bewiesen hatte, dass man sich auf ihn verlassen konnte.

»Hallo, Maureen!«

Sie hob den Blick zu dem großen schwarzhaarigen Mann mit dem dicken, gezwirbelten Schnurrbart und musste ein zweites Mal hinsehen, ehe sie ihn erkannte. »Helmut?«

Während sie sich begrüßten, näherten sich vier Männer von der Seite und nickten ihr freundlich zu.

»Skip hat mich geschickt.« Helmut zeigte auf die Männer. »Ich habe zusätzliche Vorsichtsmaßnahmen getroffen, um jedes Risiko zu vermeiden. Der Wagen steht dort drüben. Je eher wir hier weg sind, desto besser.«

Die vier Männer deckten Maureen, als sie ihm folgte.

»Gab es Probleme?«, fragte Helmut.

»Nein, es hat alles gut geklappt. Alles ist gelaufen, wie ich es mit Dusty abgesprochen habe. Ich habe einen Wagen bestellt, der mich zum Außenministerium gebracht hat. Ich ließ mich am Haupteingang absetzen, und ein paar Minuten später kam ein Taxi. Eine halbe Stunde später war ich in Dulles. Ich habe das Ticket abgeholt, die Sicherheitskontrolle passiert, und schon war ich in der Luft.«

»Haben Sie das Programm?«

Maureen legte eine Hand auf ihre Handtasche. »Und das ist auch alles, was ich bei mir habe. Ich brauche frische Kleidung und eine Zahnbürste.«

»Ich kümmere mich darum.«

Als sie den Wagen erreicht hatten, drängten die Sicherheitsleute Maureen zur Eile. Schnell setzte sie sich auf den Rücksitz, während die Männer aufmerksam in alle Richtungen schauten. Kaum waren die Türen geschlossen, schlug einer von ihnen aufs Dach, und der Wagen fuhr los.

Maureen warf einen Blick zurück und sah, dass die Sicherheitsleute in einen zweiten Wagen stiegen, der sofort ihre Verfolgung aufnahm.

»Warum das schwarze Haar und der Schnurrbart? Was hat das alles zu bedeuten, Helmut? Dusty hat nur gesagt, es sei verdammt wichtig.«

Helmut, der auf dem Beifahrersitz saß, drehte sich zu ihr um. »Ganz ehrlich? Skip und Anika gehen ein großes Risiko ein. Ich hoffe, sie wissen, was sie tun.«

»Und warum sind Sie in die Sache involviert?«

Helmut grinste, doch dann wurde sein Blick ernst. »Schatzi hat mich dazu motiviert. Ein kleiner Hund, der vor langer Zeit gestorben ist.«

Mark Schott lehnte sich mit dem Kopf gegen die Betonwand des Kellerraums und starrte ins Licht. Die Lampen in ihrem Gefängnis wurden niemals ausgeschaltet. Jetzt fragte er sich, ob das vielleicht gar nicht so schlecht war.

In dem grellen weißen Licht war es einfacher, die Situation auszuhalten. Er starrte auf seine Hände und auf die Bettwäsche, die völlig verdreckt war, doch es interessierte ihn kaum.

Zweimal am Tag brachte ihnen ein stämmiger Mann Essen auf einem Tablett und einen leeren Eimer. Auf dem Rückweg nahm er das leere Tablett und den Eimer mit, den sie als Toilette benutzten.

»Ich hasse dich«, flüsterte Denise, als die Jungen eingeschlafen waren. Für sie alle war die Situation leichter zu ertragen, wenn sie schliefen. Sobald das Gedankenkarussell sich nicht mehr drehte, begannen zwar die Albträume, doch alles war besser als die Realität.

»Ich hasse mich selbst«, entgegnete Mark ruhig. »Es war nur ein Modell, ein statistisches Modell.«

»Wer bist du?«, zischte Denise mit bösem Blick. Ihr Haar, das sonst immer perfekt frisiert war, sah zerzaust, strähnig und schmutzig aus. Die Bügelfalte in ihrer zerknitterten, fleckigen Hose konnte man nur noch erahnen. Die Bluse, die sie seit der Nacht trug, als sie entführt worden war, betonte ihren vollen Busen und den flachen Bauch – das Ergebnis unzähliger Stunden im Fitnessstudio. Mark fragte sich, ob er ihr sagen sollte, dass ihre makellose Figur der einzige Grund sein könnte, der sie vor einer Kugel bewahrte. Und auch, dass fremde Männer gewillt sein könnten, genug für sie zu bezahlen, sodass es sich lohnte, sie am Leben zu lassen.

Er musterte sie und fragte sich, wie es möglich war, dass sie in eine solche Situation geraten konnten, wo es nur noch ums nackte Überleben ging. Und die Jungen? *Verdammt, nicht die Jungen!*

»Ich weiß nicht mehr, wer ich bin.« Er starrte auf seine Hände. »Wenn man mir den Professorentitel wegnimmt, bleibt von Mark Schott nichts mehr übrig. Nichts als ein hoffnungsloser Versager.«

»War unser Leben in Laramie so schlecht? War *ich* so schlecht?«

»Mit dir hatte das nichts zu tun.« Mark spreizte die Finger.

»Hast du mich jemals geliebt?«

Mark zuckte mit den Schultern. »Anfangs ja. Nachdem Will dann geboren wurde, hat sich alles verändert. Du wolltest eine perfekte Mutter und Hausfrau sein. Wir haben uns in unterschiedliche Richtungen entwickelt.«

Denise senkte den Kopf und schaute mit leerem Blick auf ihre Füße und auf das fleckige Bettlaken. »Sucht uns jemand? Interessiert sich überhaupt irgendjemand für unser Schicksal?«

Mark atmete tief ein. »Niemand weiß, wo wir sind. Es gibt aber einen Mann, dem wir nicht egal sind. Allerdings hat er jetzt ein viel größeres Problem, als uns zu finden, und das ist meine Schuld.«

»Und was passiert nun? Erstellst du dieses Modell für sie?«

»Wenn es sein muss.« Er nickte. »Wenn man einem Mann alles wegnimmt, was er hat, und das Leben seiner Familie in die Waagschale wirft, tut er alles, was von ihm verlangt wird. So einfach ist das.«

»Wenn wir hier jemals wieder herauskommen ...«

»Ich hab doch gesagt, dass ich ihnen zeige, wie das Modell funktioniert.«

Denise starrte ihn mit ausdrucksloser Miene an. »Und dann lassen sie uns einfach gehen, obwohl sie wissen, dass wir alles erzählen werden, was wir erlebt haben?« Sie lächelte spöttisch. »Sei kein Dummkopf.«

»Ich bin kein ...« Niedergeschlagen wandte er sich ab.

»Lass mich in Ruhe!« Sie atmete tief ein. »Ich will dich nicht mehr sehen. Ich wünschte, ich ...«

»Es tut mir leid.«

»Sicher. Es tut dir furchtbar leid.« Denise schnaubte verächtlich. »Du Idiot!«

Sie hörten Schritte auf der Treppe. Mark machte sich auf das Schlimmste gefasst. Der Riegel wurde zur Seite geschoben, und als sich die Tür öffnete, stand dort ein stämmiger Mann, der von drei Typen mit grimmigen Mienen begleitet wurde.

Die Jungen wachten auf. Sie setzten sich aufs Bett und blickten ängstlich auf die Männer.

»Zeit zu gehen«, sagte einer von ihnen mit einem starken Akzent. »Wir fesseln euch zuerst die Hände. Hübsch der Reihe nach. Dann gehen wir alle zum Van. Wenn jemand schreit oder Theater macht, gibt's Ärger.«

Mark ging auf ihn zu und streckte die Hände vor, worauf der Mann sofort Kabelbinder aus der Tasche zog. »Bitte tun Sie meiner Familie nichts.«

Der Mann zuckte mit den Schultern. »Wenn sie sich anständig benehmen, geschieht niemandem etwas.«

»Wohin bringen Sie uns?«, fragte Mark, als seine Hände auf dem Rücken gefesselt wurden.

»Vielleicht an einen anderen Ort?« Der Mann mit dem unrasierten Gesicht grinste. »Jetzt ist Ihre Frau an der Reihe.«

Mark sah seinen lüsternen Blick, als er sich Denise zuwandte. Der Drang, dem Mann einen Tritt zu versetzen, wich augenblicklich, als einer der anderen Männer mit einem Holzknüppel vortrat.

Furchtbare Angst stieg in Mark auf, doch der Mann begnügte sich damit, ein wenig an Denise herumzufingern, während er ihr die Hände ebenfalls auf dem Rücken fesselte. Mit ausdrucksloser Miene ertrug sie es. Will sah ängstlich aus, und über Jakes Wangen rannen Tränen.

Der Mann mit dem Knüppel zeigte auf die Tür. »Los jetzt!«

Mark drehte sich um und zwang sich, die Treppe hinaufzusteigen.

Gott, vergib mir!

Mit quietschenden Reifen fuhr Maureen auf den Parkplatz und hielt vor Skips Motorradwerkstatt an. Sie lächelte, als sie eine große Crossmaschine neben der Bürotür und eine knallrote Ducati neben der geöffneten Garagentür stehen sah. Der Anblick war keine Überraschung. Wenn Skip versuchen würde, die Welt zu retten, dann auf jeden Fall auf einem Motorrad.

Die Sonne ging soeben auf. Maureen stieg aus und schaute auf die Alpen, die in den Himmel ragten. Die hohen, mit Schnee bedeckten Gipfel zeichneten sich gegen den blauen Himmel ab. Sattgrüne Weiden und dunkelgrüne Tannenwälder bildeten einen starken Kontrast dazu, und die Farbtupfer der gelben, roten und blauen Frühlingsblumen vervollständigten das Bild.

Skip, der eine schwarze Cargohose trug, trat vor die Tür. Er blieb kurz stehen und zog eine zusammengefaltete weiße Plastiktüte unter einem Stein hervor. Dann ging er grinsend auf Maureen zu. »Hallo, Doc! Möchtest du eine Tour mit mir machen, wenn das alles hier vorbei ist? Um der alten Zeiten willen?«

»Ich nehme an, mit wahnsinniger Geschwindigkeit und verrückten Manövern, während uns die Kugeln um die Ohren fliegen.«

Skip schenkte ihr ein schiefes Lächeln. »Möglich ist das immer, wenn ich es mit Anthropologen zu tun habe. Hast du die Unterlagen?«

»Nur das Statistikprogramm.«

»War es schwierig, Amy zu entwischen?«

»Nein, aber mittlerweile tun sie bestimmt alles, um mich aufzuspüren. Ich weiß nicht, was du vorhast, aber es sollte schnell gehen. Und ich hoffe auch, es funktioniert, denn unser beider Leben steht auf dem Spiel.«

»Ja, ich weiß«, entgegnete Skip in sanftem Ton. »Danke, Doc! Wenn es Probleme gibt, wirf dich auf den Boden und geh in Deckung! Ich stelle den Computer auf eine Werkbank in der Werkstatt, sodass ich euch durch die Tür beobachten kann. Genau unter deinen Füßen ist eine Falltür. Falls Schüsse fallen, kriechst du in das Versteck. Ich habe die Werkzeugkisten so hingestellt, dass du dort in Sicherheit sein müsstest.«

»Super, Murphy, jetzt bin ich wirklich beruhigt.«

»Ich tue alles, was ich kann, Doc.«

»Anika?«

»Sie ist in Sicherheit und nicht in die Sache verwickelt.«

Skip schaute auf die Uhr. »Wenn sie pünktlich sind, müssten sie in fünf Minuten hier sein.«

Maureen folgte seinem Blick nach Oberau. Auf den Dächern schimmerte der Morgentau. Die Sonne spiegelte sich in den Windschutzscheiben der Autos und ließ die pastellfarben gestrichenen Mauern der Wohn- und Geschäftshäuser leuchten.

»Ein hübscher Ort.«

»Ja«, pflichtete Skip ihr bei. »Hoffen wir, es bleibt so.« Er streckte den Arm aus. »Sie kommen.«

Ein glänzender Mercedes fuhr die Zufahrtsstraße hinauf.

»Was soll ich tun?«, fragte Maureen.

»Sie bringen einen Statistiker mit. Du musst ihm nur begreiflich machen, dass es das richtige Modell ist.«

»Das kann er gar nicht begreifen, Skip. Anikas Modell ist dermaßen ausgefeilt und hoch entwickelt ...«

»Ich weiß, Doc.« Skip hob die Hände. »Genau darauf hoffe ich. Sind die Zwölfer-Schiiten intelligent genug, um es anzuwenden, falls sie es tatsächlich in die Hände bekommen sollten? Ihnen stehen keine Leute wie Fred Zoah, Ken Foley oder die anderen Experten zur Verfügung.«

Maureen nickte. Darauf setzte auch sie ihre Hoffnungen. »Und sie haben keinen Zugang zu den Daten, die sie brauchen, selbst wenn sie die Statistiken verstehen.«

»Ja.« Skip grinste. »Das ist der Iran. Ein abgeschottetes, isoliertes Land.«

Der Mercedes fuhr auf den Parkplatz. Skip zeigte dem Fahrer, wo er parken sollte.

Zwei Männer mit kurz geschorenen Haaren in schwarzen T-Shirts und Cargohosen stiegen aus und schauten sich misstrauisch nach allen Seiten um. Dann öffnete ein blonder junger Mann um die dreißig in einer Sportjacke die hintere Tür. Er sah aus wie eine verängstigte Eule.

Maureen ging auf ihn zu. »Ich bin Dr. Cole.«

»Björn Fryung.«

Die beiden Männer forderten ihn auf zu warten, ehe sie wie Löwen auf der Jagd nach Beute die Werkstatt betraten. Maureen sah durch die Tür, dass sie alles durchsuchten, jede Kiste öffneten und auch das Büro kontrollierten. Als sie schließlich wieder hinaustraten, nickten sie, worauf Fryung einen HP-Computer vom Lederrücksitz nahm.

Der junge Mann folgte Maureen zu der Werkbank in der Werkstatt, die Skip freigeräumt hatte. Er stellte den Computer auf die Werkbank, verband ihn mit der Steckdose und startete ihn. »Das gefällt mir nicht«, sagte er und warf Maureen einen nervösen Blick zu.

»Mir auch nicht«, gab sie zu, während der Computer hochfuhr. »Ich hoffe, Ihr Computer hat genügend Speicherkapazität.«

Fryung runzelte die Stirn. »Mir wurde gesagt, ich soll nur die Statistiken überprüfen.«

Maureen musterte ihn skeptisch. »Sind Sie Sozialwissenschaftler?«

»Wirtschaftswissenschaftler.«

Maureen seufzte. »Dann kann ich nur hoffen, dass diese Statistiken nicht Ihren Horizont übersteigen.«

»Ich verstehe nicht.«

»Das habe ich befürchtet.« Sie reichte ihm den ersten USB-Stick und schaute zu, als er das Programm startete.

Maureen beugte sich vor und öffnete mit der Maus die erste Datei. Dann erklärte sie ihm geduldig die statistischen Funktionen.

Während Fryung sich auf einem Block Notizen machte,

warf Maureen einen Blick durch die Tür nach draußen. In diesem Augenblick fuhr ein weißer Mercedes-Van auf den Parkplatz. Eine große, schwarz gekleidete Frau, deren langes Haar in der Sonne schimmerte, stieg aus und ging auf Skip zu. Sie sprachen miteinander, während ein grauhaariger Mann Ende fünfzig vom Beifahrersitz stieg.

Als die Frau die Seitentür des Vans öffnete, humpelte der Mann über den Parkplatz und nickte den Sicherheitsleuten zu, die auf beiden Seiten der Tür standen.

Garibaldi. Maureen zuckte zusammen, als er sich näherte und sie mit Raubtieraugen fixierte. Sie schaute in sein faltiges, fast graues Gesicht. Dieser Mann hatte etwas Einschüchterndes an sich. Ein verhaltenes Lächeln umspielte die dünnen Lippen, während sein Blick über ihren Körper wanderte, als handelte es sich um ein Stück Fleisch. »Dr. Cole. Ich freue mich, Sie kennenzulernen.«

Maureen ignorierte die ausgestreckte Hand. »Ersparen wir uns die Förmlichkeiten und konzentrieren uns gleich auf das French-Modell. Fryung hat die ersten Dateien bereits geöffnet.«

»Ich wäre nicht sehr glücklich, wenn es nicht das richtige Modell ist«, sagte er mit eiskaltem Blick und wandte sich dem jungen Mann zu. »Fryung? Sieht das Programm echt aus?«, fragte er ihn auf Deutsch.

»Herr Garibaldi.« Der junge Mann hob die Hände. »Ich weiß es nicht. Es unterscheidet sich erheblich von den Statistiken, mit denen ich es bisher zu tun hatte. Soweit ich es beurteilen kann, ja. Wirtschaftswissenschaftler benutzen viele dieser mathematischen Formeln, aber auf eine andere Weise. Ich sollte das meinem Professor zeigen.«

»Es macht mich nicht sehr glücklich, was ich da höre, Dr. Cole«, zischte Garibaldi.

Maureen bekam eine Gänsehaut und verschränkte die Arme. »Damit wir uns richtig verstehen. Ich bringe Ihnen eines der am weitesten entwickelten statistischen Modelle der Welt, und Sie bitten einen *Studenten*, es zu überprüfen?«

»Sie sind Wissenschaftlerin und müssten in der Lage sein, selbst einem *Studenten* alles rasch zu erklären. Falls Ihre Fähigkeiten diesbezüglich nicht ausreichen ...« Er grinste hämisch. »... wird die natürliche Selektion ihren Lauf nehmen.«

Garibaldi zog eine kleine Beretta aus der Tasche, ohne sie jedoch auf sie zu richten. »Beginnen Sie mit der Arbeit, Dr. Cole.«

Entsetzliche Angst kroch in Maureen hoch und ließ ihr das Blut in den Adern gefrieren. Zögernd beugte sie sich neben dem erblassten Fryung zum Monitor hinunter. »Okay, dann erkläre ich Ihnen am besten alles noch einmal von Anfang an.« Mit der Maus kehrte sie zu den ersten Formeln zurück. »Diese Variablen stehen für den geschätzten Ernteertrag pro Hektar, gemessen in Kilokalorien. Verstehen Sie?«

Fryung nickte. Auf seiner Stirn schimmerten Schweißperlen.

Maureen erschauderte, als Garibaldi sich hinter sie stellte und sein Blick dem Cursor auf dem Monitor folgte.

Ein leises Knarren im Büro lenkte Maureen kurz ab, doch sie setzte ihre Erklärungen mit einer Statistik zur Verteilung fort.

Als sie Schritte hinter sich hörte, glaubte sie, Skip würde ihr endlich zu Hilfe kommen.

»Luccio?«, fragte eine sanfte Frauenstimme.

Garibaldi drehte sich um und erstarrte. Maureen drehte

vorsichtig den Kopf und sah eine große Blondine in einem engen schwarzen Oberteil und einer schmutzigen schwarzen Hose. Die Frau lächelte. Der Schalldämpfer, mit der ihre Pistole ausgerüstet war, wirkte im Vergleich zur Waffe überdimensional groß. Ein dumpfer Knall ertönte, worauf die Pistole durchgeladen wurde und die Metallhülse auf den Boden fiel.

Der Aufprall des Schusses warf Garibaldi nach hinten. Ehe er zu Boden stürzte, knickten die Beine des Mannes ein, als wären die Fäden einer Marionette durchgeschnitten worden. Die Frau sprang auf ihn zu und entriss ihm geschickt die Pistole.

»Es war mir eine Freude, endlich Ihre Bekanntschaft zu machen«, sagte die Frau trocken. Darauf wandte sie sich Maureen zu und richtete die schallgedämpfte Waffe auf sie. »Keinen Ton, Dr. Cole!«

Zwei schwarz gekleidete Männer kamen aus dem Büro. Einer schlich hinter den Werkbänken entlang und hockte sich hinter die Motorräder. Die schwarze Maschinenpistole, die er schussbereit in den Händen hielt, war ebenfalls mit einem langen Schalldämpfer versehen.

Der andere Mann lief schnell auf die Blondine zu und reichte ihr die Kabelbinder. Dann huschte er zwischen den Hebebühnen hindurch, bis er sich ebenfalls versteckt hatte.

»Wer sind Sie?«, stammelte Maureen. Ihr Mund war trocken, und sie ballte die Fäuste, um das Zittern ihrer Hände zu unterdrücken.

»Stephanie Huntz. Sie haben sicherlich schon von mir gehört, nicht wahr?« Die Frau reichte Maureen die Kabelbinder und deutete mit dem Kinn auf Fryung. »Binden Sie seine Hände an den Beinen der Werkbank fest. Keine Tricks, bitte! Ich würde mir zu einem späteren Zeitpunkt zwar gerne

Ihre detaillierten Erklärungen zu dem Modell anhören, aber denken Sie immer daran, dass es nicht unbedingt erforderlich ist, dass Sie am Leben bleiben.«

Maureen nickte und bedeutete Fryung, sich über die Werkbank zu beugen. Es dauerte einen Augenblick, bis es ihr gelang, den Statistiker mit dem Kabelbinder zu fesseln.

»Drehen Sie sich um!«, befahl Stephanie. »Stecken Sie Ihre Arme zu dem Schraubstock aus! Genau so. Jetzt sieht es so aus, als würden Sie sich vorbeugen und etwas überprüfen.«

Die Frau fesselte Maureens Handgelenke mit Kabelbinder an den Schraubstock. Suchend blickte sie durch die Werkstatt, bis sie eine Rolle Klebeband entdeckte. Sie riss zwei Streifen ab, die sie auf Maureens Mund und den des Statistikers klebte.

Maureen zitterte, als Stephanie Huntz sich mit der Waffe im Anschlag zwischen den Werkbänken und Motorrädern hindurch den Weg bahnte.

Hilflos über die Werkbank gebeugt, warf Maureen einen Blick in die Werkstatt, doch sie entdeckte nichts, womit sie sich befreien oder Skips Aufmerksamkeit auf sich lenken konnte.

Skip stand währenddessen auf dem Parkplatz. Er hatte sich auf die Fußballen gestellt, während er mit der schwarz gekleideten asiatischen Frau sprach und ab und zu einen Blick in den Van warf.

Verdammt, Skip! Wenn kein Wunder geschieht, bist du gleich tot!

32. Kapitel

Erst hatte Skip vorgehabt, Garibaldi in die Werkstatt zu folgen, sich dann aber anders entschieden. Es war besser, hier draußen zu bleiben und alles im Auge zu behalten. Als der weiße Mercedes-Van die Zufahrtsstraße hinauffuhr, wanderte sein Blick über das Grundstück, um erneut die Lage zu überprüfen.

Es war ein Schock, Garibaldi höchstpersönlich zu sehen, wie er dort keine drei Schritte von ihm entfernt gestanden hatte. Wie viele amerikanische Soldaten und Zivilisten waren elendig gestorben, deren Mörder dieser Mann bezahlt hatte? Wie viele Menschenleben waren durch sein Heroin zerstört worden, das in Berlin, Den Haag, Paris und Wien verkauft wurde? Und die unschuldigen Kinder, die auf ein besseres Leben gehofft hatten? Wie viele waren in die Hände von Garibaldis Häschern gefallen und an den Meistbietenden verkauft worden?

Skip konnte es sich nicht vorstellen, wie es war, in einem Bordell oder in einem Keller gefangen gehalten zu werden und gezwungen zu sein, seinen Körper wie eine Ware anzubieten, um nicht zu sterben. Wie sollte die Seele dieser geschundenen Wesen sich jemals wieder erholen, selbst wenn sie diese Tortur überlebten?

Vielleicht ist dieser Mistkerl tot, bevor er diesen Ort wieder verlässt. Könnte es ihm gelingen, Garibaldi zu beseitigen, ohne dass Maureen, die Schotts oder irgendjemand sonst getötet würde?

Skip verdrängte den Gedanken und schaute sich noch einmal um. Er sah niemanden auf den Feldern herumschleichen und auch kein Flugzeug, das sich näherte.

Er gab Mi Chan Li auf dem Fahrersitz ein Zeichen, sich rechts neben den BMW zu stellen, in dem Maureen hergekommen war.

Mit einem Blick in die Werkstatt überzeugte Skip sich davon, dass Maureen, der junge Statistiker und Garibaldi sich über den Monitor beugten. Maureen würde vermutlich von einer heißen Dusche und viel Seife träumen, nachdem dieser Kerl ihr so nahe gerückt war.

»Wie geht es Ihnen?«, fragte Skip Li. Dann warf er einen nervösen Blick auf die beiden Sicherheitsleute, die das Gebäude durchsucht hatten. Mit verschränkten Armen standen die muskulösen Männer neben der Tür, während sie ebenso wie Skip alles im Auge behielten.

»Gut«, sagte Li, als sie ausstieg. Für die Operation an diesem Morgen hatte sie einen sportlichen schwarzen Stretchanzug gewählt, der die Rundungen ihres Körpers betonte. Skip bemühte sich nach Kräften, nicht darauf zu achten.

»Wir halten uns an unseren Teil der Abmachung.« Li öffnete die Seitentür.

Skip schaute in den Wagen und sah Mark Schott neben einer Frau und zwei Jungen gefesselt auf dem Boden sitzen. Über ihre Köpfe waren Kapuzen gestülpt. Ihre Kleidung war verschmutzt, und der unverkennbare Geruch von Urin kam ihm entgegen.

»Das war nicht meine Idee«, beteuerte Li. »Ich habe in diesem Fall nicht das Sagen.«

Skip nickte und warf wieder einen Blick zur Werkstatt hinüber. »Ja, ich weiß. Sie brauchen wirklich einen besseren Job.«

Li lächelte verhalten. »Bald, Murphy, bald.«

»Lassen Sie mich raten«, sagte Skip leise. »Sobald Sie den letzten Scheck eingelöst haben?«

»Sie sind ein cleverer Junge.« Sie beobachtete ihn aus den Augenwinkeln. »Vielleicht kann ich noch etwas von Ihnen lernen.«

Skip wies mit dem Kinn auf die Werkstatt. »Sie sollten den Job aufgeben, ehe ich ihm das Handwerk lege.«

»Ist das eine Warnung?«

»Verstehen Sie es, wie Sie wollen. Ich würde gerne glauben, dass Sie zu gut sind, um für einen solchen Mistkerl zu arbeiten. Leider wurden meine Hoffnungen diesbezüglich schon häufiger enttäuscht, daran habe ich mich gewöhnt.«

Li senkte den Blick. Während sie über Skips Worte nachdachte, ging sie auf einen der Wachmänner zu und fragte: »Alles in Ordnung?«

»Ja, Ma'am. Alles ruhig. Es läuft alles wie vereinbart.«

Li nickte. Sie kehrte zu Skip zurück und blickte auf den fernen Firmenkomplex. »Was meinen Sie? Heckt Kasperski etwas aus?«

»Er hat sich verbarrikadiert wie in einer Festung.« Skip rieb sich den Nacken. »Das ist nicht seine Art.«

»Glauben Sie, wir werden beobachtet?«

»Ich hoffe jedenfalls, dass hier alles nach einer ganz normalen Motorradwerkstatt aussieht. Damit der Schein gewahrt bleibt, wäre es besser, wenn Ihre beiden Typen sich wie Kunden und nicht wie Wachposten verhalten würden.«

Li neigte den Kopf zur Seite, ehe sie den beiden Männern schließlich ein Zeichen gab und rief: »Lauft ein wenig hin und her, und schaut euch die Motorräder an! Haltet aber Augen und Ohren offen, okay?«

Sie nickten und schlenderten vor dem Haus umher.

Skip drehte sich wieder zu dem Van um. »Mark? Hier ist Skip Murphy. Können Sie mich hören?«

Der Kopf mit der Kapuze nickte, und Schott stieß erstickte Laute aus. »Sie haben ihn auch geknebelt, hm?«

»Wir wollten nicht, dass er in einem ungünstigen Augenblick schreit.« Li runzelte die Stirn.

»Es musste doch keiner von ihnen für Garibaldis miese Geschäfte herhalten, oder?«

Lis langes Haar glänzte im Licht, als sie den Kopf schüttelte. »Meines Wissens nicht.«

Skip atmete auf. Er warf einen Blick in die Werkstatt und sah Maureen, die sich über die Werkbank beugte. Dann wandte er seine Aufmerksamkeit wieder dem Van zu und fragte sich, was Schott wohl durch den Kopf ging. Das Ende eines Albtraums?

Ein leises Zischen, gefolgt von einem dumpfen Knall, ließ Skip zusammenzucken. Es dauerte eine halbe Sekunde, bis er begriff, was das bedeutete. Doch da hatte er sich schon instinktiv auf die Erde geworfen und kroch nun in Deckung. Eine Stimme rief: »Keine Bewegung!«

Skip warf einen Blick über seine Schulter und sah Stephanie Huntz in Begleitung von zwei Männern aus der Werkstatt kommen. Als er die Maschinenpistolen sah, die alle drei im Anschlag hielten, erstarrte er.

Li, in deren Augen sich Fassungslosigkeit spiegelte, hockte mit ausgestreckten Armen auf dem Boden. Ihre beiden Sicherheitsleute waren ausgeschaltet worden. Einer keuchte, und aus seinem Mund rann blutiger Schaum. Der andere starrte mit leerem Blick in den Himmel. Unter ihm bildete sich eine Blutlache.

Als Stephanie sich überzeugt hatte, dass ihre Bodyguards

Murphy und Li in Schach hielten, trat sie einen Schritt zur Seite und schaute auf den sterbenden Wachmann. Kaltblütig schoss sie ihm eine Kugel in den Kopf und lud die Waffe durch.

Skip schluckte. Sein Herz raste. Welche Alternativen hatte er? Er warf einen Blick auf die Tannen am Hang, doch dann schüttelte er unwillkürlich den Kopf.

»Auf die Knie! Alle beide!«, befahl Stephanie.

Zögernd kniete Skip sich hin. Li, die der Anordnung ebenfalls gefolgt war, warf ihm einen vielsagenden Blick zu, worauf Skip unmerklich nickte.

Tun Sie nichts Unüberlegtes! Bitte!

Stephanie ging auf Skip zu und richtete die Pistole auf seinen Kopf. »Ganz ruhig«, sagte sie. »Pfeifen Sie Ihren Mann zurück, der sich gestern Nacht zwischen den Bäumen auf dem Hang versteckt hat. Sonst sind Sie in wenigen Augenblicken tot, und die Schotts sterben gleich nach Ihnen.«

Skip atmete tief ein und rief dann: »Major? Kommen Sie herunter! Wir haben keine andere Wahl.«

Fassungslos blickte Li zum Hang, als ein Mann in einem Tarnanzug aus seinem Versteck zwischen den Tannen hervorkroch und mit erhobenen Händen den Hang hinunterlief.

»Meine Lebensversicherung«, brummte Skip. »Für den Fall, dass etwas schiefgeht.«

»Das hat ja gut geklappt«, murmelte Li.

Stephanie trat lächelnd zurück, während sie Skip weiterhin mit der Pistole bedrohte. Mit den Maschinenpistolen im Anschlag gingen ihre beiden Killer auf Red French zu, der sich ihnen langsam mit erhobenen Händen näherte.

»Stephanie«, sagte Skip in lockerem Ton, »wie haben Sie das denn herausgefunden?«

»Als wir den Reifen in Schongau wechselten, habe ich gehört, wie ein Motorrad weggefahren ist.« Sie drehte sich um und schaute die Zufahrtsstraße hinunter. In diesem Augenblick fuhr eine schnittige schwarze Limousine zur Werkstatt hinauf. »Die Sache ging mir nicht mehr aus dem Kopf. Warum ein Motorrad?« Sie zuckte mit den Schultern. »Dann fiel der Groschen. Sie haben einen ganzen Laden voll mit Motorrädern und mit einem riesigen Schild, das man sogar auf der anderen Seite des Tales lesen kann. Ein guter Posten, um den Firmenkomplex zu beobachten.«

Mit unbewegter Miene und zusammengepressten Lippen erreichte Red French den Parkplatz vor der Werkstatt im selben Moment wie der Wagen. Dem ehemaligen Marine war anzusehen, dass er seine Wut kaum zügeln konnte.

Stephanie musterte ihn nachdenklich. »Sie waren also der mysteriöse Scharfschütze in den Bergen?«

»Wenn jemand meiner Tochter auch nur ein Haar krümmt, kriegt er es mit mir tun!«, stieß der Major aufgebracht hervor.

Stephanie lachte auf. Ihre Augen strahlten vergnügt.

Schließlich wandte sie sich wieder Skip zu. »Ihre Mechaniker sind nicht in die Sache verwickelt, nicht wahr? Wir haben ihnen immer wieder Motorräder gebracht, sodass sie vollauf beschäftigt waren. Kennen Sie die Falltür im Büro? Es waren zwei unangenehme Tage dort in der Dunkelheit.«

Skip holte tief Luft, als die Tür der Limousine geöffnet wurde und Michail Kasperski ausstieg. Der Fahrer folgte ihm mit einer Beretta 92 in der Hand.

Kasperski, in dessen weißem Haar das Sonnenlicht schimmerte, schenkte Stephanie ein zufriedenes Lächeln. »Hallo, meine Liebe! Jetzt weiß ich wieder, dass ich mich auf dich verlassen kann. Rache ist süß, wie wir schon im Großen Vaterländischen Krieg gesagt haben.« Er runzelte die Stirn. »Und Garibaldi, dieser Mistkerl?«

»Herzprobleme. Leider tödlich«, entgegnete Stephanie mit einem Schulterzucken.

»Und wer sitzt in dem Van?«, fragte Kasperski.

Einer der Schützen ließ seine MP5 sinken, zog Mark Schott heraus und riss ihm die Kapuze vom Kopf. Schott blinzelte ins Licht. Sein Mund war mit Klebeband zugeklebt, und in seinen Augen spiegelte sich Panik, als er den Blick zu Kasperski hob.

»Ah, Dr. Schott.« Kasperski trat vor. »Wir waren betrübt, als Garibaldi Sie uns so grob entrissen hat. Sie müssen verstehen, dass wir versucht haben, Sie wieder in unsere Gewalt zu bringen. Angesichts der aktuellen Lage brauchen wir Sie nun unglücklicherweise nicht mehr.«

Kasperski zog eine abgegriffene blaue Makarow aus der Tasche und richtete sie auf Schotts Kopf.

Skip bereitete sich auf einen Sprung vor. Ein skrupelloser, von sich eingenommener Mann wie Kasperski würde sich nach dem Schuss noch einmal ansehen, wie er sein Opfer zugerichtet hatte. *Das ist meine einzige Chance, ihn auszuschalten*, dachte Skip.

Kasperski lachte laut, als Mark Schott zu schluchzen begann. »Leben Sie wohl, Doktor ...«

Ein Hochgeschwindigkeitsgeschoss verursacht ein ganz bestimmtes Geräusch, wenn es in den menschlichen Körper eindringt: Es kracht und zischt gleichzeitig, wenn die Kugel durch die Luft fliegt und beim Aufprall Knochen brechen.

Kasperskis Kopf war durch den Schuss buchstäblich explodiert, sodass Hirn, Blut und Knochensplitter in alle Richtungen spritzten.

Als Kasperskis Leichnam auf dem Boden aufschlug, rief Skip: »Eh, da oben! Schieß! Sofort!«

Stephanie und die Wachleute wirbelten herum und starrten auf den Berg. Während einer der Schützen im Dauerfeuer auf die Bäume schoss, flogen die Hülsen aus der schallgedämpften Waffe heraus.

Skip ergriff Kasperskis Makarow, rollte über die Erde und drückte immer wieder ab. Jeder Schuss traf Kasperskis Fahrer, der soeben die Beretta heben wollte.

Begleitet von dem Zischen und Krachen eines zweiten Hochgeschwindigkeitsgeschosses stürzte einer der Schützen rücklings zu Boden. Sein Kopf schlug auf den Asphalt, und im nächsten Moment starrte er mit glasigem Blick ins Leere. Die rauchende Maschinenpistole fiel aus seinen Händen.

Skip kniete sich hin und hielt Ausschau nach weiteren Angreifern. Aus den Augenwinkeln sah er, dass Stephanie sich geduckt hatte und die Pistole wütend auf ihn richtete.

Er erkannte die Bedrohung zu spät.

Doch dann senkte sich der Lauf, als Stephanie gerade abdrückte. Skip spürte, dass die Kugel zwischen seinem rechten Knie und dem linken Fuß auf den Asphalt prallte. Die Hülse flog zur Seite. Stephanie riss die Augen weit auf, und auf ihrer Miene spiegelte sich Ungläubigkeit. Li versetzte ihr einen Tritt gegen die Schläfe, und sie rollte auf die Seite.

Während Stephanie mühsam nach Atem rang, umfasste Li das Messer, das aus ihrem Rücken herausragte. Sie riss es von links nach rechts, sodass die scharfe Klinge Lunge, Herz und Arterien durchschnitt.

Schließlich zog Li die Klinge heraus und wischte sie sorgfältig an Stephanies Kleidung ab. Noch immer in der Hocke wirbelte Li auf den Fußballen herum und hielt nach weiteren Gefahren Ausschau.

Mit der Makarow im Anschlag stand Skip auf. Red French beugte sich mit einer 1911er in der ausgestreckten Hand über den Leichnam des zweiten Schützen.

Skip wies mit dem Kopf zur Werkstatt. »Major, sehen Sie bitte nach, ob Dr. Cole unversehrt ist. Aber passen Sie auf!«

»Mach ich.«

Skip drehte sich zu Li um. »Gut gemacht.«

»Das war eine persönliche Angelegenheit.« Sie warf ihr langes Haar auf den Rücken und steckte das lange Messer in die Scheide unter ihrem Stretchanzug.

»Persönlich?«

Li spähte auf den Leichnam. »Stephanie und Gunter haben die Villa angegriffen. Ich habe die Leute dort engagiert und viele von ihnen ausgebildet. Anstatt zu flüchten, blieben sie auf ihren Posten, wie ich es ihnen während des harten Trainings beigebracht habe.«

»Verstehe.«

Sie warf ihm einen betrübten Blick zu. »Ich sollte mal nachsehen, was Garibaldi macht. Nur um ganz sicher zu sein, dass ich meine Hoffnung auf eine finanziell abgesicherte Zukunft vergessen kann.« Sie zeigte auf seine Wunde. »Sie sind verletzt.«

Skip schaute auf das zerrissene Hosenbein oberhalb des Stiefels und spürte den Schmerz in der rechten Wade. Es war nicht seine erste Schussverletzung. »Nur ein Streifschuss. Halb so wild.«

Li klopfte ihm auf die Schulter und lief auf die Werkstatt zu, als Red French mit Maureen auf den Parkplatz trat. Mit blasser Miene sah Maureen von einer blutüberströmten Leiche zur anderen.

Skip zog sein Messer heraus, schnitt Schotts Handfesseln durch und riss ihm das Klebeband vom Mund. »Sind Sie okay?«

Über Schotts Gesicht rannen Tränen. Seine Kehle war wie zugeschnürt. Er beugte sich hinunter und würgte. Der Mann zitterte wie Espenlaub. Schließlich holte er Luft und sagte: »Ist meine Familie in Sicherheit?«

»Ja.«

Skip zuckte zusammen, als ein Ein-Zylinder-Motor aufheulte. Sein Blick wanderte zu der gewundenen Zufahrtsstraße und fiel auf die KTM 450, die sich mit hoher Geschwindigkeit entfernte.

»Unglaublich.«

Er wusste sofort, wie sich alles abgespielt hatte. Mi Chan Li hatte die Werkstatt betreten und gesehen, dass Garibaldi tot war. Wahrscheinlich hatte sie die KTM vor der Tür entdeckt, als sie die Werkstatt verließ. Sie stieg auf die Maschine und rollte den grasbewachsenen Hang hinunter. Erst an der Straße startete sie das Motorrad und legte den zweiten Gang ein.

»Skip?«, rief Maureen. »Die USB-Sticks! Verdammt! Sie sind weg!«

Skip fluchte. Auf der langen Zufahrtsstraße schaltete Mi Chan Li in den nächsten Gang, und dann verschwand die KTM zwischen den Häusern aus seinem Blickfeld.

»Verdammt, diese Frau ist wirklich gut!«

Breitbeinig und die Hände in die Hüften gestemmt schaute Red French den Hang hinauf. »Anika? Alles in Ordnung? Komm runter, mein Schatz!«

Anika kroch aus dem Versteck unter den Zweigen der

hohen Tanne. Sie hielt ein Barrett .338, ein großes, schallgedämpftes Scharfschützengewehr mit einem Nightforce-Zielfernrohr, in der Hand. Ihr rotes Haar leuchtete im Sonnenlicht, als sie mit unsicheren Schritten den Hang hinunterging und beinahe stolperte.

Skip stellte sich neben Red French. »Sie haben ihr beigebracht, wie ein Profi zu schießen, Major.«

»Das war ihre Mutter. Es waren harte Zeiten auf dieser kleinen Ranch. Anika hat ihre erste Antilope mit neun Jahren geschossen. Als sie zwölf war, konnte sie einer Gabelantilope mit einem Schuss aus dreihundert Metern Entfernung das Genick brechen. Das schmeckte tausendmal besser als das, was Sie mir in die Plastiktüte gepackt haben.«

Anika stand unter Schock. Fassungslos starrte sie ihren Dad an. »Du ... du warst die ganze Zeit hier? Ich konnte es gar nicht glauben, als Skip gerufen hat und du ... plötzlich hervorgekommen bist.«

Der alte Major wurde tatsächlich rot. »Als Skip angerufen und mir erzählt hat, dass du entführt wurdest, habe ich es einfach nicht ausgehalten, mein Engel. Ich war nie da, wenn du mich brauchtest.«

»Als du weg warst, bin ich schnell zu deinem Versteck geschlichen. Ich sah das Gewehr und was sie vorhatten ...« Anika schloss die Augen und lehnte sich erschöpft an ihren Vater. Das Barrett hing an ihrem erschlafften Arm. »Mein Gott. Ich habe Menschen erschossen. Mir ist übel.«

Red strich ihr durchs Haar. »Tut mir leid, mein Schatz. Ich glaube, du musst nun ebenso wie ich damit leben.«

Das Surren mehrerer Hubschrauber hallte durch das Tal.

Skip drehte sich um und schaute nach Norden. Vier Militärhubschrauber flogen in Formation. »Ich glaube, sie haben schließlich herausgefunden, wo Maureen steckt.«

Red betrachtete die nahenden Hubschrauber. »Warum habe ich das Gefühl, dass sie uns gleich ordentlich die Hölle heißmachen?«

»Ich hab Anika zwar da rausgeholt, aber jetzt müssen sie die verdammten USB-Sticks von Li zurückkaufen. Und das Land steckt ohnehin bis zum Hals in Schulden.«

EPILOG

HOCH IN DEN Bergen von Colorado saß Skip an der alten Theke der Buffalo Bar und schaute auf den antiken Spiegel. Durch die geöffnete Tür konnte er die Hauptstraße von Idaho Springs und seine BMW sehen, die auf dem Seitenständer stand. Die Sonne schien auf den Tank, die Verkleidung, die Satteltaschen und den Motorradkoffer. Skip zuckte zusammen, als drei große Harleys mit kurzen Auspuffrohren die Straße hinunterfuhren. Die Maschinen dröhnten so laut, dass die Fensterscheiben in den historischen Häusern der Stadt bebten.

Skip legte eine Hand auf seinen Zündschlüssel auf der verkratzten Holztheke. Im Laufe der Jahre hatten hier schon Generationen von Goldgräbern, Touristen, Einheimischen und unzählige Motorradfahrer wie er selbst gesessen. Die Kneipe war bekannt für ihre hervorragende Pizza und die Büffelburger.

Skip trank noch einen Schluck Bier und rieb sich den Nacken. Das melodische Dröhnen von getunten Auspuffrohren erregte seine Aufmerksamkeit. Er schaute hinaus und sah, wie eine BMW 1000 RR vor der Kneipe anhielt. Die große, schlanke Frau parkte geschickt neben seiner BMW. Sie klappte den Seitenständer heraus und nahm den Helm ab.

Skip grinste, als Mi Chan Li die Kneipe betrat. Sie zog ihr langes schwarzes Haar unter der Jacke hervor, ehe sie die Reißverschlüsse an den Ärmeln aufzog.

Sie setzte sich auf den Hocker neben ihm und stützte die Ellbogen auf die Theke. »Schöne Kneipe.«

»Ich bin eben davon ausgegangen, dass Sie tatsächlich kommen. Haben Sie die USB-Sticks?«

Li griff in die Tasche und legte sie auf die Theke. »Haben Sie den Scheck?«

Skip zog einen zusammengefalteten Scheck aus der Tasche und schob ihn über die glänzende Holztheke. Li faltete ihn auseinander. Sie schaute auf die Zahl, lächelte und steckte ihn in ihre Jacke. »Hoffentlich ist der Scheck auch gedeckt.«

»Sicher ist das nicht. Warten Sie auf keinen Fall zu lange. Das Land ist pleite.«

Li bestellte sich ein Guinness. »Muss ein interessantes Erlebnis gewesen sein, als die Hubschrauber kamen und Sie zwischen all den Leichen standen.«

»Es führte zu einer heftigen Diskussion. Nach der abschließenden Analyse waren alle Seiten mit den Ergebnissen zufrieden. Die Deutschen stellen Kasperskis Firmenkomplex auf den Kopf. Sie würden sich wundern, wie viele Politiker jetzt, nachdem er tot ist und niemandem mehr schaden kann, behaupten, dass sie ihn zur Strecke bringen wollten. Mit Hilfe von Interpol nimmt Europa Garibaldis Netzwerk auseinander. Es hat Ihnen viel Sympathie eingebracht, dass Sie die Informationen über seine Drogendealer preisgegeben haben.«

Li zuckte mit den schmalen Schultern. »Sie haben gut bezahlt.«

»Ist Geld alles, was Sie motiviert?«

Sie musterte ihn eindringlich. »Das als streng geheim eingestufte French-Modell ist jetzt unter Verschluss, und das wird auf unabsehbare Zeit auch so bleiben. Das ändert aber nichts an der Lage. Wir haben den Umkipppunkt überschritten und warten nur noch auf den Zusammenbruch. Wen interessiert es, dass Sie die USB-Sticks haben und nicht die Zwölfer-Schiiten? Die Fakten bleiben dieselben. Wir beuten unsere Ressourcen aus, holzen immer mehr Wälder ab, und eine nicht nachhaltige Landwirtschaft hat rund sieben Milliarden Menschen zu ernähren. Die Meere übersäuern, und die Oberflächentemperatur steigt mit dem Meeresniveau. Ganze Landstriche veröden, und jeden Tag werden weitere Arten ausgerottet. Wie viel Zeit haben wir noch?«

»Wir können nur von einem Tag zum anderen planen«, meinte Skip.

»Da ich die Entwicklung nicht aufhalten kann, gönne ich mir ein schönes Leben, bis das Ende kommt. Haben Sie eine bessere Idee?«

Er musterte sie aus den Augenwinkeln, als ihr Guinness auf die Theke gestellt wurde.

Li trank einen Schluck. »Ich bin in einer anderen Welt aufgewachsen als Sie. Halb in Hongkong und halb in China. Als ich rekrutiert wurde, habe ich China von all seinen Seiten kennengelernt, und eine Zeit lang war ich eine echte Patriotin.«

»Und was geschah dann?«

»Ich hielt durch, während meine Vorgesetzten in Untätigkeit versanken. Die Bürokratie dort ist noch schlimmer als die in den Staaten. Eigeninitiative wird selten belohnt.«

»Ja.«

»Wie geht es Dr. French?«

»Sie hat die Geheimhaltungserklärung unterschrieben und beginnt im Herbst an der University of Wyoming. Red French verhaftet wieder Schurken in Converse County.«

»Und Mark Schott?«, fragte sie leise.

»Denise hat die Scheidung eingereicht. Als ich Schott zum letzten Mal gesehen habe, war er ein gebrochener Mann.« Skip schüttelte den Kopf. »Ich weiß nicht, ob er die Kraft hat, wieder auf die Beine zu kommen. Die Jungen machen eine Therapie. Das ist auch dringend nötig, denn sie haben ein großes Trauma aufzuarbeiten. Die wahre Tragödie in dieser Sache ist ihr Schicksal.«

Li schürzte die Lippen. »Wenn ich etwas ungeschehen machen könnte ...«

»Können Sie nicht.«

»Nein. Wahrscheinlich nicht.« Sie neigte den Kopf. »Luccio hatte mir nicht erzählt, dass er Schotts Familie in den Staaten entführen wollte. Und auch nicht, was er mit ihnen vorhatte. Als ich es nach dem Angriff auf Kasperskis Firmenkomplex erfuhr, war das für mich der Wendepunkt.«

»Es war richtig, dass Sie die Seite gewechselt und so dafür gesorgt haben, dass die Schotts gerettet werden konnten. So etwas zahlt sich aus.«

»Haben Sie auch Leichen im Keller, Dinge, die Sie gerne rückgängig machen würden?«

»Warum glauben Sie, arbeite ich als Bodyguard und Sicherheitsexperte? Ich habe, wie Sie auch, oft die Grenzen überschritten. Es gefällt mir nicht, was aus mir geworden ist.«

Li strich mit ihren schlanken Fingern über das Glas. »Und was macht Dr. Cole?«

»Sie ist wieder mit diesem Archäologen Stewart in New Mexico. Er ist mit ihr in die Wüste gefahren, wo sie Tonscherben und Dörfer ausgraben. Ich glaube, das ist genau das Richtige für sie, um Abstand zu den Ereignissen zu gewinnen.«

Sie schwiegen eine Weile und nippten an ihrem Bier.

»Was haben Sie vor?«, fragte Li schließlich.

»Ich mache Urlaub. Nachdem ich dem Außenministerium meine Rechnung vorgelegt habe, geht es meinem Sicherheitsunternehmen sehr gut.« Er musterte sie und spürte ihr Interesse. »Anika hat gesagt, ich müsse in Ihrer Nähe auf mich aufpassen. Sie meinte, Sie seien eine Expertin darin, einem Mann vollkommen den Kopf zu verdrehen.«

Li schaute ihn herausfordernd an. »Expertin? Ich weiß nicht. Sie merken es jedenfalls, und das ist selten.« Sie runzelte die Stirn und dachte kurz nach. »Es gab in meinem Leben schon zahlreiche schmerzliche Wendepunkte. Jedes Mal, weil es mir nicht gefiel, was aus mir geworden war. Nach Garibaldi – und dem French-Modell – brauche ich einige Zeit, um darüber nachzudenken, wer ich bin und wohin die Reise geht.«

»Vor ein paar Jahren war ich ein paar Wochen allein auf dem Motorrad unterwegs, und das hat mir das Leben gerettet. Ich bekam wieder einen klaren Kopf. Vielleicht sollten Sie das auch mal tun.«

Sie verzog das Gesicht und lächelte verhalten. »Sollen wir gemeinsam eine Tour machen? Getrennte Zimmer. Um zu sehen, was passiert?«

Skip musterte sie und dachte darüber nach. Ihr wunderschöner Körper, der zarte Moschusduft und das seidig lange Haar, in dem das Licht schimmerte, bargen ein Versprechen.

Verlockend, Skip. Verdammt verlockend.

»Was halten Sie davon, wenn wir uns in einer Woche treffen? Nachdem Sie Zeit für sich allein hatten. In Marathon, Texas, gibt es ein kleines Hotel. Sein Name ist Gage. Wenn ich Sie sehe, heißt es, dass Sie etwas Neues über sich entdeckt haben. Und wenn nicht, sind Sie zu einem anderen Entschluss gekommen.«

Li kniff die Augen zu Schlitzen zusammen und nickte. »Sie sind ein ulkiger Vogel, Skip Murphy.«

Mit diesen Worten stand sie auf, warf einen Zwanzigdollarschein auf die Theke und ging mit wiegenden Hüften hinaus. Skip schaute auf das fast volle Glas vor sich und wandte den Blick dann Li zu, die auf die BMW stieg und den Helm aufsetzte.

Der Motor heulte auf, als sie davonfuhr. Skip stieg vom Hocker. Er hatte eine Woche. In dieser Zeit konnte er nach Washington hochfahren, einigen seiner Lieblingsstraßen durch das Große Becken folgen und dann die Berge im Norden New Mexicos durchqueren.

Im Gage Hotel würde Mi Chan Li ihm dann vielleicht verraten, was sie inzwischen über sich selbst erfahren hatte.

Der provokanteste Thriller des Jahres!

Michael Gear / Kathleen
O'Neal Gear
DAS ENDE ALLER TAGE
Thriller
Aus dem amerikanischen
Englisch von
Rainer Schumacher
560 Seiten
ISBN 978-3-404-16290-1

Die WHITE STAR treibt im Atlantik. An Bord über viertausend tote christliche Pilger. Ein Anschlag? Aufgehetzt von einem Hassprediger verüben radikale Christen aus Rache weltweit Attentate auf Muslime. Die Welt steht am Abgrund. Die Forensikerin Maureen Cole soll das seltsame Sterben auf der *White Star* aufklären. Sie findet heraus, dass der vermeintliche Massenmord eine natürliche Ursache hat, die viel bedrohlicher ist als der Kampf der Kulturen.

»Spannung pur im Stil von Michael Crichton. Sie werden dieses Buch lieben!« BOOKLIST

Bastei Lübbe Taschenbuch